ଉଡ଼ିଆ

ନକ୍ସଲ ନିଆଁରେ ଜଳୁଥିବା ଛତିଶଗଡ଼ର ବାସ୍ତବ ଘଟଣା ଉପରେ ଆଧାରିତ ମର୍ମସ୍ପର୍ଶୀ ଉପନ୍ୟାସ

# ଡୁଡ଼ିୟା

ମୂଳ ମରାଠୀ:

## ବିଶ୍ୱାସ ପାଟିଲ

ଅନୁବାଦ:

## ମହେନ୍ଦ୍ର ପ୍ରସାଦ

BLACK EAGLE BOOKS

2022

 BLACK EAGLE BOOKS

USA address:
7464 Wisdom Lane
Dublin, OH 43016

India address:
E/312, Trident Galaxy, Kalinga Nagar,
Bhubaneswar-751003, Odisha, India

E-mail: info@blackeaglebooks.org
Website: www.blackeaglebooks.org

First International Edition Published by
BLACK EAGLE BOOKS, 2022

**DUDIYA**
by **Biswas Patil**
Translated by **Dr. Mahendra Prasad**

Original Copyright © **Biswas Patil**
Translation Copyright © **Dr. Mahendra Prasad**



Cover: **Sudhakar Biswal**
Interior Design: Ezy's Publication

ISBN- 978-1-64560-275-0 (Paperback)

Printed in the United States of America

ଦଳିତ, ନିର୍ଯ୍ୟାତିତ, ଶୋଷିତ, ନିଷ୍ପେଷିତ ଏବଂ ପ୍ରତାରିତ
ମଣିଷଙ୍କ ସମସ୍ୟାକୁ ନିଜ ସାହିତ୍ୟରେ ରୂପଦେଇଥିବା
ଯଶସ୍ୱିନୀ ଲେଖିକା ମହାଶ୍ୱେତା ଦେବୀଙ୍କୁ

– ମହେନ୍ଦ୍ର ପ୍ରସାଦ

ଅନେକ ସମୟରେ ବାସ୍ତବତା ଓ କଳ୍ପନା
ଗୋଟିଏ ମୁଦ୍ରାର ଦୁଇ ପାର୍ଶ୍ୱ ହୋଇଥାଏ।

ବାସ୍ତବ ଜୀବନର ଚରିତ୍ର ଓ ଘଟଣାବଳୀ
ବେଳେବେଳେ କାଳ୍ପନିକ କାହାଣୀ ପରି
ଭୟଙ୍କର ମନେହୁଏ।

ତଥାପି, କଳ୍ପନା ଦୁନିଆର ଲୋକମାନଙ୍କ
ଚେହେରା ଓ ଘଟଣାଗୁଡ଼ିକ ବାସ୍ତବତାଠାରୁ ଅଧିକ
ବାସ୍ତବିକ ଦେଖାଯାଏ ଏବଂ ସେମାନେ ପ୍ରାୟତଃ
ସେହିଭଳି ହୋଇଥାନ୍ତି।

୧

ମୁଁ ଯେତେବେଳେ ମୋର ବିମାନ ସିଟ୍‌ରେ ଆରାମ କରୁଥିଲି, ମୋ ମନକୁ ଏହି କଥାଟି ଆଚ୍ଛନ୍ନ କରିବାକୁ ଲାଗିଲା: ଯଦି ମୋତେ ନକ୍ସଲବାଦର ଭୟାବହ କଳା ବାଦଲ ଘୋଡ଼େଇ ରହିଥିବା ଛତିଶଗଡ଼ ପରି ଏକ ଅଞ୍ଚଳକୁ ପଠାଯାଆନ୍ତା ତେବେ କ'ଣ ହୁଅନ୍ତା ?

ଏ କଥା ଚିନ୍ତା କରିବା ସମୟରେ ୨୫ ମେ' ୨୦୧୩ରେ ଝିର୍ମା ଉପତ୍ୟକାରେ ଘଟିଥିବା ଭୟଙ୍କର ଘଟଣା ମୋର ମନେ ପଡ଼ିଗଲା। କଂଗ୍ରେସ ଦଳର 'ପରିବର୍ତନ' ରାଲି ସେହି ଅଞ୍ଚଳର ଘନ ସବୁଜ ଜଙ୍ଗଲ ଦେଇ ଅଗ୍ରଗତି କରୁଥିଲାବେଳେ ନକ୍ସଲମାନେ ବୋମା, ଗ୍ରେନେଡ୍, ୟୁଆର୍‌ଏଲ ଓ ଏକେ-୪୭ ରାଇଫଲ ସାହାଯ୍ୟରେ ଜଙ୍ଗଲରେ ପାଶବିକତା ଜାଗ୍ରତ କରିରଖିଥିଲେ। ସେଦିନ ସନ୍ଧ୍ୟାବେଳେ ବିଦ୍ରୋହୀମାନେ ଜଙ୍ଗଲରେ ନିଆଁ ଲଗାଇଦେବା ପରେ ଏକ ହଲିଉଡ୍ ଚଳଚ୍ଚିତ୍ରରେ ପ୍ରଦର୍ଶିତ ଭିଏତନାମ ଯୁଦ୍ଧର ଦୃଶ୍ୟର ଭ୍ରମ ସୃଷ୍ଟି ହୋଇଥିଲା- ଘଞ୍ଚ ଅରଣ୍ୟର ସେହି ସର୍ପିଲ ଘାଟି ରାସ୍ତା ଉପରେ ବିଳାସପୂର୍ଣ୍ଣ ଚାରିଚକିଆ ଯାନଗୁଡ଼ିକ ଭଗ୍ନ, ଅର୍ଦ୍ଧ-ଦଗ୍ଧ ଅବସ୍ଥାରେ ବିକ୍ଷିପ୍ତ ହୋଇ ପଡ଼ିଥିଲେ। ଖେଳନା କାର ଭଲି କେତୋଟି ଗାଡ଼ି ଓଲଟି ପଡ଼ିଥିଲେ। ଗୁଲି ମାଡ଼ରେ ସେଗୁଡ଼ିକର ଉଇଣ୍ଡସ୍କ୍ରିନ୍ ଓ ଝରକା କାଚରେ ଅଗଣିତ ଛିଦ୍ର ହୋଇଯାଇଥିଲା। କଂଗ୍ରେସର ବରିଷ୍ଠ ନେତା ବିଦ୍ୟା ଚରଣ ଶୁକ୍ଳା ମୃଦୁ ଗର୍ଜନ କରି ନିଜ କାର ଭିତରୁ ବାହାରିବାର ଭିଡିଓ ଫୁଟେଜ୍ ମୁଁ ଦେଖିଥିଲି। ଦୃଶ୍ୟଗୁଡ଼ିକ ଏତେ ଭୟଙ୍କର ଥିଲା ଯେ ଆଜି ବି ସେଗୁଡିକ ମୋ ମାନସ ପଟଳରେ ଝଲସି ଉଠୁଛି।

ସେହି ଦିନ ଝିର୍ମା ଉପତ୍ୟକାରେ ବତିଶ ଜଣଙ୍କର ଘଟଣାସ୍ଥଳରେ ମୃତ୍ୟୁ ଘଟିଥିଲା, ଯାହା ଫଳରେ ଛତିଶଗଡ଼ରୁ କଂଗ୍ରେସ ନେତାଙ୍କ ସଂପୂର୍ଣ୍ଣ ଦଳ ଏକାବେଳେ

ପୋଛି ହୋଇଯାଇଥିଲା । ନକ୍ସଲମାନେ ପ୍ରସିଦ୍ଧ ସାଲଭା ଜୁଡ଼ୁମ୍ ନେତା ମହେନ୍ଦ୍ର କର୍ମାଙ୍କୁ ହତ୍ୟା କରିବା ପାଇଁ ଜାଲ ବିଛାଇଥିଲେ । 'ମହେନ୍ଦ୍ର କର୍ମା' ନାମ ଗର୍ଜନରେ ଜ୍ୱଳନ୍ତ ଜଙ୍ଗଲର ପରିବେଶ ଫାଟିପଡ଼ୁଥିବା ବେଳେ ୬୩ ବର୍ଷୀୟ ଶିକାର ଜଣକ ସେ ଭିତରୁ ଗୋଟିଏ କାରରେ ବସିଥିଲେ । ମୂଳତଃ କମ୍ୟୁନିଷ୍ଟ ପାର୍ଟି ଟିକେଟ୍‌ରେ ରାଜ୍ୟ ବିଧାନସଭାକୁ ନିର୍ବାଚିତ ହୋଇଥିବା ମହେନ୍ଦ୍ର କର୍ମା ରାଜ୍ୟ ରାଜନୀତିରେ ଜଣେ ଗୁରୁତ୍ୱପୂର୍ଣ୍ଣ ଆଦିବାସୀ ନେତା ଭାବରେ ଉଭା ହୋଇଥିଲେ ଏବଂ 'ବସ୍ତର ଟାଇଗର' ଆଖ୍ୟା ଅର୍ଜନ କରିଥିଲେ । ସାଲଭା ଜୁଡ଼ୁମ୍ ଆନ୍ଦୋଳନର ନେତୃତ୍ୱ ପାଇଁ ସେ ଜଣେ ଶକ୍ତିଶାଳୀ ଆଦିବାସୀ ନେତା ଭାବରେ ସମଗ୍ର ଦେଶର ଦୃଷ୍ଟି ଆକର୍ଷଣ କରିଥିଲା । ଏକ ରାଜନୈତିକ ପରିବେଶରେ ସାମ୍ୟବାଦର ଶିକ୍ଷାଦୀକ୍ଷା ନେଇ ବଡ଼ ହୋଇଥିବାରୁ ମହେନ୍ଦ୍ର ଛତିଶଗଡ଼ରେ ବ୍ୟାପିଥିବା ମାଓବାଦର ସଂପୂର୍ଣ୍ଣ ବିରୋଧୀ ଥିଲେ । ସେ ସାରା ରାଜ୍ୟରେ ନକ୍ସଲମାନଙ୍କ ସବୁଠାରୁ ବଡ ଶତ୍ରୁ ଭାବରେ ନିଜର ଭାବମୂର୍ତ୍ତି ନିର୍ମାଣ କରିଥିଲେ । ନକ୍ସଲମାନଙ୍କ ସହିତ ଏଭଳି ଶତ୍ରୁତା ପାଇଁ ସେ ଭାରି ମୂଲ୍ୟ ଦେଇଥିଲେ । ସେମାନେ ତାଙ୍କ ଭାଇ ପୋଡ଼ିରାମଙ୍କ ସମେତ ଅନେକ ସମ୍ପର୍କୀୟକୁ ହତ୍ୟା କରିସାରିଥିଲେ ।

ଜ୍ୱଳନ୍ତ ଜଙ୍ଗଲର ସେହି ଭୟାନକ ସାୟ୍ୟ ପରିବେଶରେ 'ମହେନ୍ଦ୍ର କର୍ମ କେଉଁଠି ଅଛି ?' ଚିକ୍ଲାର ଲଗାତାର ଭାବେ ଗୁଞ୍ଜରିତ ହେଉଥିଲା । ଜଣେ ଶ୍ୟାମଳବର୍ଣ୍ଣ, ଡେଙ୍ଗା ଲୋକ ପଦାକୁ ବାହାରି ଆସିଲେ ଏବଂ ତାଙ୍କ ଆଡ଼େ ମୁହଁ କରି ଥିବା ଏକେ- ୪୭ ରାଇଫଲ ଏବଂ ମେସିନଗନ୍ ପରି ମାରାମ୍ଲକ ଅସ୍ତ୍ରଶସ୍ତ୍ରଗୁଡ଼ିକୁ ଭୁକ୍ଷେପ ନ କରି ଜଙ୍ଗଲରେ ବିଛାଇ ହୋଇ ପଡ଼ିଥିବା ମୃତ ଦେହଗୁଡ଼ିକ ଦେଇ ଆଗକୁ ବଢ଼ିଲେ । ସେ ବୁଦା ଭିତରୁ ଆସୁଥିବା ଶଢ଼ ଆଡ଼କୁ ଅଗ୍ରସର ହେବା ସହିତ ଚିକ୍ଲାର କଲେ, "ମୁଁ ମହେନ୍ଦ୍ର କର୍ମା" । ଏହା ପରେ ଲଗାତାର ଗୁଲି ବର୍ଷଣ ଆରମ୍ଭ ହୋଇଗଲା । ବ୍ୟକ୍ତିଜଣକ ଆଉ ଆଗକୁ ବଢ଼ିପାରିବା ପୂର୍ବରୁ ତାଙ୍କ ଦେହ ଗର୍ଡରେ ପରିପୂର୍ଣ୍ଣ ହୋଇଗଲା । ଅତ୍ୟୁସାହୀ ହତ୍ୟାକାରୀମାନେ ପଦାକୁ ବାହାରି ମୃତଦେହକୁ ଗୋଇଠା-ବିଧା ମାରିବା ସହିତ ଦୀର୍ଘ ସମୟ ଧରି ତାଙ୍କ ଶବ ଉପରେ ନାଚିବାରେ ଲାଗିଥିଲେ ।

ଏହା ଥିଲା ଛତିଶଗଡ଼ର ସବୁଜ ଭୂଇଁ ଯାହାକି ନିକଟ ଅତୀତରୁ ରକ୍ତରଞ୍ଜିତ ହୋଇଉଠିଥିଲା ।

କୁହାଯାଏ ଯେ ଥରେ ଏକ ଭାବନା ମନରେ ପ୍ରବେଶ କଲେ ତାହା କ୍ରମେ ଟର୍ମ ଭିତରକୁ ପ୍ରବେଶ କରିଯାଏ । ଯେହେତୁ ମୋତେ ତୁରନ୍ତ ଛତିଶଗଡ଼ରେ ଡ୍ୟୁଟିରେ ଯୋଗଦେବାର ଥିଲା, ତେଣୁ ମୁଁ ତରବରିଆ ଭାବେ ପ୍ୟାକିଂ କରିଦେଇଥିଲି । ବିମାନରେ

ଆଖି ପକାଇବା ପାଇଁ ମୁଁ ତିନି-ଚାରିଟି ବହିକୁ ଏକ ପୁରୁଣା ଖବରକାଗଜରେ ଗୁଡ଼ାଇ ମୋ ଛୋଟ ବ୍ୟାଗ୍‌ରେ ପୂରାଇଦେଇଥିଲି । ନିଜ ସିଟ୍‌ରେ ବସିବା ପରେ ମୁଁ ସେହି ବହିଗୁଡ଼ିକୁ ପଢ଼ିବା ପାଇଁ ବାହାର କଲି । ଏତିକି ବେଳେ ସପ୍ତାହେ କିମ୍ବା ଦୁଇ ସପ୍ତାହ ପୁରୁଣା ସେହି ଖବରକାଗଜର ଏକ ଶିରୋନାମା ଉପରେ ମୋର ଦୃଷ୍ଟି ପଡ଼ିଲା । ଛତିଶଗଡ଼ରେ ଏକ ଅଜବ ଘଟଣା ଘଟିଥିଲା ।

ମୁଁ ରିପୋର୍ଟ ସଂଲଗ୍ନ ଫଟୋଟିକୁ ନିରୀକ୍ଷଣ କଲି । ଏଥିରେ ଜଣେ ପୁଲିସ କର୍ମୀ ଏକ ଲମ୍ବା ଦଉଡ଼ି ଟାଣୁଥିବାର ଦୃଶ୍ୟମାନ ହେଉଥିଲା । ଦଉଡ଼ି ଶେଷରେ ଏକ ଅଖା ବନ୍ଧାଯାଇଥିଲା । ମୁଁ ଅଧିକ ନିରେକ୍ଷିବା ପରେ ଦେଖିଲି ଯେ ତାହା ଅଖା ନୁହେଁ, ବରଂ ଏକ ମୃତ ଶରୀର ଯାହାକୁ ପୁଲିସ୍ ଟାଣି ଟାଣି ନେଉଥିଲା । ଏପରି ଏକ ଦୃଶ୍ୟ ପୁରାତନ ଅତ୍ୟାଚାରୀ ଶାସନକାଳ ପାଇଁ ଉଦ୍ଦିଷ୍ଟ ଥିଲା । ମୋ ପରି ଆଧୁନିକ ସମ୍ବେଦନଶୀଲ ହୃଦୟକୁ ଦୋହଲାଇ ଦେଇଥିଲା । ମୁଁ ତା'ପରେ ସମ୍ପୂର୍ଣ୍ଣ ରିପୋର୍ଟଟିକୁ ପଢ଼ିଲି । ଏଥିରେ ଉଲ୍ଲେଖ ଥିବା ବ୍ୟାଖ୍ୟା ଥିଲା ଅଭୂତପୂର୍ବ ତଥା ଶଙ୍କାପୂର୍ଣ୍ଣ । ନକ୍ସଲମାନେ କେବଳ କଲଭର୍ଟ ଏବଂ ଜଙ୍ଗଲ ରାସ୍ତାରେ ନୁହେଁ, ମୃତ ଦେହ ତଳେ ମଧ୍ୟ ବୋମା ଖଞ୍ଜିଦେଇଥିଲେ । ମୃତଦେହଗୁଡ଼ିକୁ ଉଠାଇବା ବେଳେ ଟିକିଏ ଅତିରିକ୍ତ ଚାପ ବିସ୍ଫୋରଣ ସୃଷ୍ଟି କରିଥାଏ ଏବଂ ଅଧିକ ସଂଖ୍ୟକ ଯବାନ ମୃତାହତ ହୁଅନ୍ତି । ମୁଁ ଯେଉଁ ଜିଲ୍ଲାକୁ ଯାଉଥିଲି ଚିତ୍ରଟି ସେହି ଅଞ୍ଚଳର ଥିଲା । ସେହି ଜିଲ୍ଲାର ନକ୍ସଲପନ୍ଥୀମାନେ ଜଣେ ଗାଁ ମୁଖ୍ୟାଙ୍କ ହାତ ଓ ଗୋଡ଼ କାଟି ଦେଇଥିଲେ । ତାଙ୍କ ହାତଗୋଡ଼ ଗୋଟିଏ ପଟେ ଏବଂ ବଳକା ଶରୀରକୁ ଜଙ୍ଗଲ ରାସ୍ତାରେ ଫିଙ୍ଗି ଦେଇଥିଲେ । ଚିତ୍ରରେ ଦିଶୁଥିବା ପୁଲିସକର୍ମୀ ଜଣକ ମୃତଦେହକୁ ଲମ୍ବା ନାଇଲନ୍ ଦଉଡ଼ିରେ ଘୋଷାଡ଼ି ଘୋଷାଡ଼ି ନେବା ବିସ୍ଫୋରଣରୁ ବର୍ଉବାର ସତର୍କତା ଛଡ଼ା ଆଉ କିଛି ନ ଥିଲା ।

ଏହି ଭୟାନକ କାହାଣୀ ପୁରାଣର କୌଣସି ରୋମାଞ୍ଚକର ଗାଥା ନୁହେଁ, ବରଂ ଭାରତର ଏକ ରାଜ୍ୟର ଜ୍ୱଳନ୍ତ ବାସ୍ତବତାର ଅଂଶବିଶେଷ ।

ଦିଲ୍ଲୀର ବିଜ୍ଞାନ ଭବନରେ ସକାଳ ୧୧.୩୦ରେ ୫୦୦ରୁ ଅଧିକ ଆଇଏଏସ ଅଧିକାରୀ ଏକାଠି ହୋଇଥିଲେ । ନିର୍ବାଚନ ଆୟୋଗର ଅଧିକାରୀମାନେ ସଂକ୍ଷିପ୍ତ ବକ୍ତବ୍ୟରେ ନକ୍ସଲ ପ୍ରଭାବିତ ଅଞ୍ଚଳର ବିପଦ ଉପରେ ବିଶେଷ ଗୁରୁତ୍ୱାରୋପ କଲେ । ଗଣତାନ୍ତ୍ରିକ ଜୀବନଶୈଳୀ ଓ ଶାସନ ନକ୍ସଲମାନଙ୍କ ପାଇଁ ଆଦୌ ଗ୍ରହଣୀୟ ନୁହେଁ । ତେଣୁ ଦେଶର କୋଣ ଅନୁକୋଣରେ ସାଧାରଣ ନିର୍ବାଚନର ଆୟୋଜନ ସେମାନଙ୍କ ଲାଗି ପୁଞ୍ଜିପତିଙ୍କ ଆଦେଶକ୍ରମେ ଅନୁଷ୍ଠିତ ହେଉଥିବା ସରକାରୀ ପ୍ରହସନ ବ୍ୟତୀତ ଆଉ କିଛି ନୁହେଁ । ସେଥିପାଇଁ ମାଓବାଦୀମାନେ ସମସ୍ତ ରାଜନୈତିକ ଦଳ, ସେମାନଙ୍କର

ସମସ୍ତ ପ୍ରାର୍ଥୀ, ସମଗ୍ର ଶାସନ କଳ, ନିର୍ବାଚନ ବୁଥ୍, ସବୁକିଛି ଶ୍ରେଣୀ ଶତ୍ରୁ ଭାବରେ ବିବେଚିତ । ନିର୍ବାଚନ ପ୍ରକ୍ରିୟାର ପ୍ରତ୍ୟେକ ପର୍ଯ୍ୟାୟରେ ବାଧା ସୃଷ୍ଟି କରିବା ପାଇଁ ସେମାନେ ହିଂସାମ୍କ ପନ୍ଥାର ସାହାଯ୍ୟ ନେଉଥିଲେ । ତେଣୁ ଗଣତନ୍ତ୍ରର ପ୍ରକୃତ ଉପାସକ ଭାବରେ ଆମେ ଆମର କର୍ଭବ୍ୟ କିପରି ସମ୍ପାଦନା କରିବା ସେ ନେଇ ଆମକୁ ନିର୍ଦ୍ଧେଶ ଦିଆଗଲା ।

ନିର୍ବାଚନର ଜଣେ ବରିଷ୍ଠ ଅଧିକାରୀ ଉଚ୍ଚ ସ୍ୱରରେ କହିଲେ, "ଅନେକ ରାଜ୍ୟରେ ଲୋକଙ୍କୁ ନିର୍ବାଚନ ବର୍ଜନ କରାଇବା ପାଇଁ ନକ୍ସଲମାନେ ପ୍ରସ୍ତୁତି ଚଳାଇଆସିଛନ୍ତି– ସେମାନେ ଲୋକଙ୍କ ଉପରେ ଚାପ ପକାଉଛନ୍ତି ଏବଂ ଅନେକ ସ୍ଥାନରେ ବର୍ଜନକୁ କାର୍ଯ୍ୟକାରୀ କରିବା ପାଇଁ ରାସ୍ତା ଅବରୋଧ କରାଯାଇଛି । ଅନେକ ଗାଁରେ ଭୋଟରଙ୍କୁ ମତଦାନ କେନ୍ଦ୍ରରେ ପହଞ୍ଚିବାରୁ ରୋକିବା ପାଇଁ ସେମାନେ ଜୋରଦାର ଉଦ୍ୟମ କରୁଛନ୍ତି ।" ତେଣୁ ନିର୍ବାଚନ କମିଶନର ଅଧିକାରୀ ଜଣକ କର୍କଶ ସ୍ୱରରେ କହିଥିଲେ ଯେ କାଶ୍ମୀର, ଝାଡ଼ଖଣ୍ଡ, ଛତିଶଗଡ଼, ଆନ୍ଧ୍ରପ୍ରଦେଶ ଓ ବିହାର ଭଳି ଅସ୍ଥିର ରାଜ୍ୟକୁ ଯାଉଥିବା ନିର୍ବାଚନ ଅଧିକାରୀମାନେ ଅତ୍ୟଧିକ ବିପଜ୍ଜନକ ପରିସ୍ଥିତିର ସମ୍ମୁଖୀନ ହେବାବେଳେ ଅତ୍ୟଧିକ ସତର୍କତା ଏବଂ ଅଦମ୍ୟ ସାହସ ପ୍ରଦର୍ଶନ କରିବା ଗୁରୁତ୍ୱପୂର୍ଣ୍ଣ ।

ଯେତେବେଳେ ମୁଁ ମୋର କାର୍ଯ୍ୟ ଆଦେଶପତ୍ର ସଂଗ୍ରହ କରିବାକୁ ଗଲି, ମୋର ଆଖିକୁ ବିଶ୍ୱାସ ହେଲା ନାହିଁ । ସେଥିରେ ଗାଢ଼ ଅକ୍ଷରରେ ମୁଦ୍ରିତ ହୋଇଥିଲା– ଦିଲୀପ ପାଉଥର: ଛତିଶଗଡ଼ । ମୋ ମନ ବ୍ୟାକୁଳତାରେ ଭରିଗଲା । ଛତିଶଗଡ଼ରେ କେଉଁ ଅଞ୍ଚଳରେ ? ସୁକମା ? ବିଜାପୁର ? ଦାନ୍ତେଓ୍ୱାଡା ? ରାଜନନ୍ଦଗାଓଁ, ବସ୍ତର ଅବା ନାରାୟଣପୁର ? କିମ୍ବା ଅନ୍ୟ କେଉଁଠାରେ ? ମୋତେ ସେହି ନକ୍ସଲୀ ଅଞ୍ଚଳ ମଧ୍ୟରୁ ଗୋଟିଏକୁ ମୋତେ ଯିବାର ଥିଲା । ପରବର୍ତ୍ତୀ ୭୬ ଦିନ ପର୍ଯ୍ୟନ୍ତ ମୋତେ ସେଠାରେ ନିର୍ବାଚନ ପର୍ଯ୍ୟବେକ୍ଷକ ଭାବେ ରହିବାର ଥିଲା । ତୁରନ୍ତ ନିର୍ଦ୍ଧାରିତ ଜିଲ୍ଲାକୁ ଯାଇ ରିପୋର୍ଟ କରିବା ପରେ ନିର୍ବାଚନ ଫଳାଫଳ ଘୋଷଣା ହେବା ପର୍ଯ୍ୟନ୍ତ ସେ ସ୍ଥାନ ହିଁ ମୋର ଆବାସ । ମୁଁ ସଙ୍ଗେ ସଙ୍ଗେ ମୋ ପନ୍ତୀଙ୍କୁ ଫୋନ୍ କଲି ।'

ସେପଟୁ ଉତ୍ତର ଆସିଲା, 'ହଁ, କେଉଁଠି ଡ୍ୟୁଟି ପଡ଼ିଲା ତା'ହେଲେ ?'

"ଛତିଶଗଡ଼"

ଦୀର୍ଘ ସମୟ ଧରି ନିରବତା ଛାଇ ରହିଲା । ଘରେ ସମସ୍ତେ ସେ ରାଜ୍ୟରେ ଘଟି ଆସୁଥିବା ଲଢ଼େଇ ଓ ଏନ୍‌କାଉଣ୍ଟର ବିଷୟରେ ଅବଗତ ଥିଲେ ।

"ଏହା ସତ କି ?"

"ମୁଁ ଆଦେଶପତ୍ରର ଏକ କପି ହ୍ୱାଟ୍ସଆପ୍‌ରେ ପଠାଇବି କି ?"

"ଦରକାର ନାହିଁ," କ୍ଷୀଣ ସ୍ୱରରେ ସେପଟୁ ଉତ୍ତର ଆସିଲା । "ମୁଁ ଜାଣିଥିଲି ଏମିତି କିଛି ହେବ ।"

"କିନ୍ତୁ, ଆଦେଶ ତ ମାନିବାକୁ ହେବ–"

"ସେପରି ଆଦେଶ ମିଳିନଥିଲେ ବି ତୁମେ କମିଶନରଙ୍କୁ କହି ଏପରି ସ୍ଥାନରେ ଡ୍ୟୁଟି ଦେବାକୁ କହିଥାନ୍ତ । ମୁଁ ତୁମକୁ ବହୁତ ଦିନରୁ ଜାଣିଛି, ନୁହେଁ କି ? ମୁଁ କ'ଣ ଜାଣେ ନାହିଁ ଜଙ୍ଗଲ, ପର୍ବତ ଏବଂ ଉପତ୍ୟକାର ବାସ୍ନା ତୁମକୁ କିଭଳି ବଶୀଭୂତ କରିପକାଏ ? ଆଉ ଏମିତି ବି ତୁମେ କେବେ ଘର ଓ ପରିବାର ବିଷୟରେ ଚିନ୍ତା କରିଛ କି ?"

ଚୁପଚାପ୍ ଏସବୁ ଶୁଣିବା ବ୍ୟତୀତ ମୋ ପାଖରେ କୌଣସି ବିକଳ୍ପ ନଥିଲା ।

ନକ୍ସଲ ରାଜ୍ୟକୁ ଯିବାଟା କେଉଁ ବଡ଼ କଥା ବି ? ଯେକୌଣସି ପରିସ୍ଥିତିରେ ଜଣେ ଅଧିକାରୀ ନିଜ ଦାୟିତ୍ୱରୁ ମୁକୁଳିବାର ଉପାୟ ନାହିଁ କହିଲେ ଚଳେ । ଏଥିସହ ଜଣେ ନିର୍ବାଚନ ପର୍ଯ୍ୟବେକ୍ଷକଙ୍କ ହାତରେ ଅମାପ କ୍ଷମତା । ନିର୍ବାଚନ ବୁଥ୍‌ରେ ସଂଘର୍ଷ ଘଟିବା ପରେ ପୁନର୍ବାର ନିର୍ବାଚନ ପାଇଁ ସୁପାରିଶ କରିବାର ଅଧିକାର ସେମାନଙ୍କ ପାଖରେ ଥିଲା । ଯଦି ଯଥେଷ୍ଟ କାରଣ ଥାଏ, ତେବେ ସେ ଭୋଟ ଗଣତି ବନ୍ଦ କରିପାରିବେ । ସାନି ନିର୍ବାଚନ କରିବା ଲାଗି ନିର୍ବାଚନ ପର୍ଯ୍ୟବେକ୍ଷକଙ୍କ ସୁପାରିସ ଅସାଧାରଣ ଗୁରୁତ୍ୱ ବହନ କରେ । ପ୍ରଶାସନିକ ଭାଷାରେ ନିର୍ବାଚନ ପର୍ଯ୍ୟବେକ୍ଷକ ହେଉଛନ୍ତି ନିର୍ବାଚନ ଆୟୋଗର ଆଖି ଓ କାନ । ଏହି ସବୁ ଦାୟିତ୍ୱ ନ୍ୟସ୍ତ ଥିବା ହେତୁ ସମଗ୍ର ଜିଲ୍ଲା ପ୍ରଶାସନ ଓ ପୁଲିସ୍ ଫୋର୍ସ ଦିନରାତି ଆପଣଙ୍କ ଆଦେଶ ଅପେକ୍ଷାରେ ରହିଥାଏ । ତେଣୁ, ନିର୍ବାଚନ ପର୍ଯ୍ୟବେକ୍ଷକ ଦାୟିତ୍ୱ ପ୍ରକୃତରେ ଚିନ୍ତାଜନକ ଓ ସ୍ୱଚ୍ଛ ଅପ୍ରୀତିକର ହୋଇଥିଲେ ହେଁ ସବୁ ଦିଗରୁ ବିବେଚନା କଲେ ନକ୍ସଲପ୍ରବଣ ଅଞ୍ଚଳରେ ନିଯୁକ୍ତି ମିଳିବା ଯୋଗୁଁ ମୁଁ ସେତେଟା ଚିନ୍ତିତ ନ ଥିଲି ।

ଥରେ କାର୍ଯ୍ୟର ଅପରିହାର୍ଯ୍ୟତା ବୁଝିଗଲା ପରେ, ପନ୍ନିଙ୍କ ପାଖରେ ସାହସିକତା ପ୍ରଦର୍ଶନ ଛଡ଼ା ଅନ୍ୟ କୌଣସି ବିକଳ୍ପ ନଥିଲା । ତେବେ ସେ ଭିତରୁ ଦୋହଲିଯାଇଥିଲେ । ଆଗକୁ ପିଲାମାନଙ୍କୁ ବଡ଼ କରିବାର ଚିନ୍ତା ଥିଲା । ମାସେ-ଦୁଇମାସ ପାଇଁ ହେଉ ପଛେ ପରିବାରର ମୁଖ୍ୟଆ ଏକ ବିପଦପୂର୍ଣ୍ଣ ଅଞ୍ଚଳରେ ଅବସ୍ଥାପିତ ହେବା ନିଶ୍ଚିତ ଭାବରେ ଚିନ୍ତାର ବିଷୟ ଥିଲା । ପିଲାମାନେ ବିଭିନ୍ନ ସ୍ରୋତରୁ ସୂଚନା ହାସଲରେ ଲାଗିପଡ଼ିଲେ । ଛୋଟ ଝିଅ ଶରାୟୁ– ଯାହାକୁ ଆମେ ଚିଙ୍ଗୀ ଡାକୁ– ରାତ୍ରୀ ଭୋଜନ ବେଳେ ଗୋଟିଏ ପ୍ରଶ୍ନ ପଚାରିଲା । ସେ ଜୋର ପାଟିରେ କହିଲା, "ମା'

ଯେତେବେଳେ ନକ୍ସଲ ଇଲାକାରେ କୌଣସି ଅଧିକାରୀଙ୍କର ଅପହରଣ ହୁଏ, ସେତେବେଳେ ଘଟଣାଟି ବହୁତ ଚର୍ଚ୍ଚିତ ହୁଏ ନା ?" ଏହି ଅପ୍ରୀତିକର ପ୍ରଶ୍ନ ପନ୍ନିଙ୍କୁ ବ୍ୟତିବ୍ୟସ୍ତ କରିପକାଇଲା । ସେ ତାକୁ ଚିମୁଟି ଦେଇ ତା ପାଟି ବନ୍ଦ କରାଇଦେଲେ ।

ରାତ୍ରିଭୋଜନ ସରିବା ମାତ୍ରେ ସ୍ତ୍ରୀ ଆମ ଝିଅ ପଛେ ପଛେ ତା କୋଠରିକୁ ଗଲେ ଓ କାନରେ ପଚାରିଲେ "ବାପାଙ୍କ ଉପସ୍ଥିତିରେ ତୁ ମୂର୍ଖଙ୍କ ଭଳି କେଉଁ କଥା କହୁଥିଲୁ ?" ଚିଙ୍ଗି ତା ମାଆଙ୍କୁ ଦୁଇଟି ଖବରକାଗଜ କ୍ଲିପିଂ ଓ ୟୁଟ୍ୟୁବ୍‌ରେ ଏକ ଛୋଟ ଭିଡିଓ ଦେଖାଇଲା ।

ଏପ୍ରିଲ ୨୦୧୨ରେ, ସୁକମା ଜିଲ୍ଲା କଲେକ୍ଟର ଆଲେକ୍ସ ପଲ ମେନନ୍ ଏକ କୃଷକ ସମ୍ମିଳନୀରେ ଯୋଗ ଦେବାକୁ ମାଁଝିପଡ଼ା ନାମକ ଏକ ଗାଁକୁ ଯାଇଥିଲେ । କ୍ୟାରିଅର୍ ଆରମ୍ଭରେ, ଯୁବ ଅଧିକାରୀମାନଙ୍କ ମନରେ ସମାଜ ସେବାର ଇଚ୍ଛା ପ୍ରବଳ ଥାଏ । ବୋଧହୁଏ ଏହି କାରଣରୁ ଆମର ଯୁବ କଲେକ୍ଟର ସାହେବ ସରକାରଙ୍କ ସ୍ୱରାଜ ଅଭିଯାନ କାର୍ଯ୍ୟକାରୀ କରିବାକୁ ଏତେ ବ୍ୟାକୁଳ ହୋଇପଡ଼ିଥିଲେ । ରାସ୍ତା ଦୁର୍ଗମ ହୋଇଥିବାରୁ, ସେ ତାଙ୍କର ଟାଟା ସଫାରି ଛାଡ଼ି ଜଣେ ଅଧସ୍ତନଙ୍କ ମୋଟର ସାଇକେଲରେ ଯାତ୍ରା କଲେ । ସୂର୍ଯ୍ୟ ଅସ୍ତ ହେବାପରେ କଲେକ୍ଟର କୃଷକମାନଙ୍କ ସହ ଆଲୋଚନା କରୁଥିବାବେଳେ ସଶସ୍ତ୍ର ନକ୍ସଲମାନେ ସେମାନଙ୍କୁ ଚାରିଆଡ଼ୁ ଘେରିଯାଇଥିଲେ । ସେମାନେ କଲେକ୍ଟରଙ୍କ ଦୁଇଜଣ ସୁରକ୍ଷାକର୍ମୀଙ୍କୁ ଅତି ନିର୍ମମ ଭାବରେ ହତ୍ୟା କରିଥିଲେ ଏବଂ ବହୁ ଉତ୍ସାହର ସହିତ କଲେକ୍ଟରଙ୍କୁ ସେଠାରୁ ଉଠାଇ ନେଇଥିଲେ ।

ନକ୍ସଲମାନେ ବିଜୁଳି ବେଗରେ କଲେକ୍ଟରଙ୍କୁ ଅପହରଣ କରିନେଲେ । ସେମାନେ ସେମାନଙ୍କ ପରିଚିତ ଜଙ୍ଗଲ ରାସ୍ତା ଏବଂ ଗୁପ୍ତ ମାର୍ଗ ଦେଇ ଅଶୀ କିଲୋମିଟର ବାଟ ଅତିକ୍ରମ କଲେ । ସେ ଭିତରେ ସେମାନେ ପାଞ୍ଚଟି ପୁଲିସ୍ ବେସ୍ କ୍ୟାମ୍ପ ଅତିକ୍ରମ କରିଗଲେଣି କିନ୍ତୁ ପୁଲିସକୁ ତା'ର ସୁରାକ ମିଳି ନ ଥିଲା । ସେ ଚାଡ଼ମେଟ୍ଲା ଜଙ୍ଗଲ ନିକଟରେ ଏକ ସ୍ଥାନରେ ମେନନଙ୍କୁ ବନ୍ଦୀ କରି ରଖିଥିଲେ । ଦୁଇ ବର୍ଷ ପୂର୍ବେ ଜଙ୍ଗଲର ଏହି ଅଞ୍ଚଳ କୁଖ୍ୟାତ ହୋଇଥିଲା ଯେତେବେଳେ ୭୮ ଜଣ ସିଆର୍‌ପିଏଫ୍ କର୍ମଚାରୀଙ୍କ ସମ୍ପୂର୍ଣ୍ଣ ଦଳ ନକ୍ସଲ ବିଦ୍ରୋହୀମାନଙ୍କ ଅଭୂତପୂର୍ବ ତଥା ଆକସ୍ମିକ ଅପରେସନରେ ପ୍ରାଣ ହରାଇଥିଲେ ।

ପରବର୍ତ୍ତୀ ବାର ଦିନ ଧରି ଜିଲ୍ଲା କଲେକ୍ଟର ନକ୍ସଲମାନଙ୍କ ପାଖରେ ବନ୍ଦୀ ହୋଇ ରହିଲେ । ଜାତୀୟ ଖବରକାଗଜରେ ଏ ଘଟଣା ନେଇ ସୃଷ୍ଟି ହୋଇଥିବା ଝଡ଼, ମେନନ୍ ପରିବାରର ହତାଶାଜନକ ଅବସ୍ଥା, ଜଣେ ପ୍ରଶାସନିକ ଅଧିକାରୀଙ୍କର

ସେହି ଉଦ୍‌ବେଗପୂର୍ଣ ଦିନଗୁଡ଼ିକର ଚାପ ସଂମ୍ଳିତ ଅପ୍ରତ୍ୟାଶିତ ଅଭିଜ୍ଞତା- ଆମର ଚିଙ୍ଗୀ ସେହି ସବୁ ଲୋମହର୍ଷକ ଖବରକାଗଜ କ୍ଲିପିଂଗୁଡ଼ିକୁ ସଂଗ୍ରହ କରିଥିଲା। ପତ୍ନୀ ସେଗୁଡ଼ିକୁ ଶୋଇବା ଘରକୁ ନେଇ ପଢ଼ିବାରେ ଲାଗିଲେ, ପଢ଼ିବା ବେଳେ ମଝିରେ ମଝିରେ ଦୀର୍ଘ ନିଃଶ୍ୱାସ ଛାଡ଼ିବାର କ୍ଷୀଣ ଶବ୍ଦ ଆସୁଥିଲା।

ତା ପରେ ସେ ଯେତେବେଳେ ବି ମୋ ପାଖ ଦେଇ ଯାଉଥିଲେ, ତାଙ୍କର ତୀକ୍ଷ୍ଣ, ଭର୍ସନାପୂର୍ଣ ନଜର ମୋ ଆଡ଼କୁ ଏହିସବୁ ପ୍ରଶ୍ନ ମାଡ଼ କରୁଥିଲା- "ତୁମେ କାହିଁକି ସେହି ନର୍କ ଗର୍ତ୍‌କୁ ଡେଇଁପଡ଼ୁଛ? ତୁମେ ଜାଣିବୁଝି ବିପର୍ଯ୍ୟୟକୁ ନିମନ୍ତ୍ରଣ କରୁଛ କାହିଁକି? ତୁମେ ତୁମର ପୋଷ୍ଟିଂ ସ୍ଥାନ ବଦଳାଇ ପାରିବ ନାହିଁ କାହିଁକି?"

ତଥାପି, ବର୍ଷ ବର୍ଷ ଧରି ଜଙ୍ଗଲ ସଫାରିର ଅଭିଜ୍ଞତା ଏବଂ ସାହ୍ୟାଦ୍ରୀ ପର୍ବତମାଳା ସହ ମୋର ଆଜୀବନ ରୋମାନ୍‌, କଲଙ୍ଗ ନଦୀ ଉପତ୍ୟକାରୁ ଆରମ୍ଭ କରି ମାରାନାଇ ଘାଟ ଏବଂ ଶିବାଜୀ ଦୁର୍ଗଗୁଡ଼ିକରେ ପର୍ବତାରୋହଣ ଅଭିଯାନ ମୋତେ ଏହି ଦୁଃସାହସିକ ଦାୟିତ୍ୱ ତୁଲାଇବା ପାଇଁ ପର୍ଯ୍ୟାପ୍ତ ଭାବେ ପ୍ରସ୍ତୁତ କରିସାରିଥିଲା। ତେଣୁ, ମୁଁ ଏକଥାକୁ ଅସ୍ୱୀକାର କରିପାରିବି ନାହିଁ ଯେ ଆଗକୁ କ'ଣ ହେବ ଚିନ୍ତା କରିବା ବେଳକୁ ମୁଁ ରୋମାଞ୍ଚିତ ହୋଇପଡ଼ୁଥିଲି।

ମୋ ପତ୍ନୀ ଭଲ ଭାବେ ଅବଗତ ଯେ ଡ୍ୟୁଟିରୁ ବିରତ ହେବା ମୋ ଆଦର୍ଶର ପରିପନ୍ଥୀ, ତେଣୁ ତାଙ୍କୁ ଏକଥା ଜଣା ଥିଲା ଯେ ସେ ଦିଗରେ ତାଙ୍କର ସବୁ ପ୍ରୟାସ ବୃଥା ହେବ। ଏହା ମୋର ଆମ୍ଭବିଶ୍ୱାସକୁ ଆଉ ଟିକେ ବଢ଼ାଇଦେଲା।

ଏହାର ଚାରି ଦିନ ପରେ ମୁଁ ରାୟପୁର ବିମାନବନ୍ଦରରେ ଅବତରଣ କଲି। ସେଠାରେ ଜିଲ୍ଲାର ଜଣେ ବରିଷ୍ଠ ପ୍ରୋଟୋକଲ ଅଧିକାରୀ ମୋତେ ପାଛୋଟି ନେବାକୁ ଅପେକ୍ଷା କରିଥିଲେ। ଆମେ ଯେଉଁ ଆୟାସଦାୟକ କାର୍‌ରେ ବସିଲୁ ତା ଆଗରେ ଏକ ପାଇଲଟ୍ ଜିପ୍‌ ବାଟ କଡ଼ାଇ ନେଉଥିଲା। ଏହି ଜିପ୍‌ଟିକୁ ଦୃଢ଼ ଇସ୍ପାତ ଜାଲି ଘେରି ରହିଥିଲା ଏବଂ ଅନେକ ସଶସ୍ତ୍ର କମାଣ୍ଡୋ ତା ଭିତରେ ବସିଥିଲେ।

ଆମେ ରାୟପୁର ଛାଡ଼ି ଯାଉଥିବା ବେଳେ ମୁଁ ଫାଇଲ ପତ୍ର ସବୁ ସଜାଡ଼ିଲି। ସର୍କୁଲାର, ପରିସଂଖ୍ୟାନ ଫର୍ମ ଏବଂ ଡାଟାବେସ୍ ଇତ୍ୟାଦି ଛାଡ଼ିଦେଲେ ଜଣେ ସରକାରୀ ଅଧିକାରୀଙ୍କ ଜୀବନରେ ରହିଲା ବା କ'ଣ? ଭାଗ୍ୟ ମୋତେ ଏକ ଦୂର ଜଙ୍ଗଲରେ ଏହି ବିପଦପୂର୍ଣ ଅଞ୍ଚଳରେ କାମ କରିବାର ସୁଯୋଗ ଦେଇଛି; ଜଣେ ପର୍ଯ୍ୟବେକ୍ଷକ ହୋଇଥିବାରୁ ସୁରକ୍ଷା ନେଟ୍‌ଓ୍ୱାର୍କ ସର୍ବଦା ମୋ ଚାରିପାଖରେ ରହିଥିବ, ତେଣୁ ମୁଁ କାହିଁକି ବା ଭୟଭୀତ ହେବି? ସେଥିପାଇଁ ଏହି ସୁଯୋଗର ସଦୁପଯୋଗ କରିବାକୁ ସ୍ଥିର କଲି। ଆଗକୁ ଯେକୌଣସି ସମସ୍ୟା ଆସିଲେ ବି ମୁଁ ମୋ ଆଖ୍ ଏବଂ

କାନଗୁଡ଼ିକୁ ସବୁବେଳେ ସଜାଗ ରଖ୍ବି ଏବଂ ସମ୍ମୁଖକୁ ଯାହା ବି ନୂଆ ତଥ୍ୟ ଆସିବ ତାକୁ ସଂଗ୍ରହ କରିବି, ପଦାକୁ ବାହାରି ଲୋକମାନଙ୍କ ସହିତ ମିଲାମିଶା କରିବି ବୋଲି ମୁଁ ମନସ୍ଥ କଲି ।

ମୋ ମନରେ ଅନେକ ଶବ୍ଦ ଘୂରି ବୁଲୁଥିଲା: ଶ୍ରେଣୀ ଶତ୍ରୁ, ବୁର୍ଜୁଆ, ଆମ୍ବୁସ୍, ସାଲଭା ଜୁଡୁମ୍, ଆରଓପି, ଅବୁଜମାଦ୍, ଟାଡମେଟଲା ଏବଂ ଆହୁରି ଅନେକ । ମୋତେ ସବୁ ନାମ ଓ ଘଟଣାର ପୃଷ୍ଠଭୂମି ସଂଗ୍ରହ କରି ସେମାନଙ୍କର ସ୍ଥିତି ବୁଝିବାର ବାକି ଥିଲା । ଯଦି ମୁଁ ମୋ ଭାଗ୍ୟରେ ଏହି ଅସାଧାରଣ ଯାତ୍ରା ଜୁଟି ନ ଥାନ୍ତା ତେବେ କ'ଣ ହୁଅନ୍ତା ? ଉଡ଼ିଆ ନାମକ ସେହି ଅବିସ୍ମରଣୀୟ ଯୁବତୀକୁ ମୁଁ କିପରି ଭେଟିଥାନ୍ତି ଏବଂ ତାଙ୍କର ଶୁଷ୍କ କିନ୍ତୁ ଅସୀମ ଚିତ୍ତାକର୍ଷକ ଦୁନିଆ ବିଷୟରେ କିପରି ଜାଣିଥାନ୍ତି ?

ଜିଲ୍ଲା ଟାଉନ୍ ଗୋଟିଏ ପାର୍ଶ୍ୱରେ ଏକ ଉଚ୍ଚ ପାହାଡ଼ ଶିଖର ଉପରେ ସରକାରୀ ଡାକ-ବଙ୍ଗଲା ଛିଡ଼ା ହୋଇଥିଲା- ଏକ ବୃହତ୍ ନବନିର୍ମିତ ତିନିମହଲା କୋଠା । ମୋତେ ସ୍ୱାଗତ କରିବାକୁ ଜିଲ୍ଲା କଲେକ୍ଟର ଅବଧେଶ ବାବୁ, ପୁଲିସ୍ ମୁଖ୍ୟ ପ୍ରଭାକର ଶର୍ମା ଓ ଏ କେତେଜଣ ନିର୍ବାଚନ ଅଧିକାରୀ ଉପସ୍ଥିତ ଥିଲେ ।

ମୁଁ ମୋ କାରରୁ ଓହ୍ଲାଇବା ମାତ୍ରେ ପୁଲିସ୍ ସ୍କାର୍ଡ଼ ? ମୋତେ ଅଭିବାଦନ ଜଣାଇଲେ । ଏହି ସ୍ଥାନଟି ଏସ୍ଏଲ୍ଆର ଓ ଅନ୍ୟାନ୍ୟ ରାଇଫଲଧାରୀ କମାଣ୍ଡୋଙ୍କ ପରିପୂର୍ଣ୍ଣ ଥିଲା । କିଛି ସମୟ ପାଇଁ ମନେ ହେଲା ମୁଁ ସେନା ଶିବିରରେ ଆସି ପହଞ୍ଚିଯାଇଛି । ଏହା ଥିଲା ଡାକ-ବଙ୍ଗଲା ଯେଉଁଠାରେ ସମସ୍ତ ଭିଆଇପି ରହୁଥିଲେ । ଉପର ମହଲାରେ ଦୁଇଟି ବଡ଼ ଆବାସ ଥିଲା, ସେଥିମଧରୁ ଗୋଟିଏରେ ମୁଁ ରହିଲି । ଡାକ-ବଙ୍ଗଲାର ଶୀର୍ଷ ମହଲାରେ ଏକ ହଲ୍ ଥିଲା ଯେଉଁଠାରେ ଅତ୍ୟାଧୁନିକ କମ୍ପ୍ୟୁଟର, ପ୍ରିଣ୍ଟର୍ ଓ ଯୋଗଯୋଗ ସ୍ଥାପନକାରୀ ଯନ୍ତ୍ରପାତି ରଖାଯାଇଥିଲା । ଜିଲ୍ଲା ପ୍ରଶାସନ ଭଲ ବ୍ୟବସ୍ଥା କରିଥିଲା ।

ମୋ ଝରକାରୁ ଜନଗହଳିପୂର୍ଣ୍ଣ ଟାଉନ୍ ଦିଶୁଥିଲା । ଏହା ଏକ ପ୍ରାଚୀନ ସ୍ଥାନ ବୋଲି ଜଣାପଡୁଥିଲା । ମଧ୍ୟପ୍ରଦେଶର ଏକ ସାଧାରଣ ସଦର ମହକୁମା ଯାହା ଆଧୁନିକତା ଆଡ଼କୁ ଗତି କରିବା ଆରମ୍ଭ କରୁଥିଲା । ଅଧା କିଲୋମିଟର ଦୂରରେ ଏକ ବିଶାଲ ଜଲଭଣ୍ଡାର ଥିଲା, ଯାହାର ଲମ୍ବ ପ୍ରାୟ ଦେଢ଼ କିଲୋମିଟର ହେବ । ତାକୁ ଲାଗି ଏକ ଛୋଟ ବଗିଚା ଥିଲା, ଯେଉଁଠାରେ ଜଣେ ପ୍ରସିଦ୍ଧ କବିଙ୍କ ପ୍ରତିମୂର୍ତ୍ତି ଥିଲା । ମୁଁ ପରବର୍ତ୍ତୀ ଦୁଇମାସ ଏଇଠାରେ ବିତାଇବା ଲାଗି ମାନସିକ ପ୍ରସ୍ତୁତି କଲି । ନିର୍ବାଚନ ଫଳାଫଳର ଏକ ଆନୁଷ୍ଠାନିକ ରିପୋର୍ଟ ପଠାଇବା ପରେ ହିଁ ମୋତେ ଦାୟିତ୍ୱରୁ ମୁକ୍ତି ମିଳିବ ।

ଡାକ ବଙ୍ଗଲା ଏବଂ ଏହାର ଆଖପାଖରେ ମୋ ପାଇଁ ବହୁତ କଡ଼ା ସୁରକ୍ଷା ବ୍ୟବସ୍ଥା କରାଯାଇଥିଲା। ସାଧାରଣତଃ ପୁଲିସ୍ କର୍ମଚାରୀମାନେ ନିଜ ହାତରେ ଠେଙ୍ଗା ଧରିଥାନ୍ତି, କିନ୍ତୁ ଏଠାରେ ଅଧିକାଂଶ ଏକେ–୪୭ ଓ ଏସ୍ଏଲ୍ଆର୍ ପରି ବଡ଼ ରାଇଫଲ ଧରୁଥିଲେ।

ନିୟମ ଅନୁଯାୟୀ, ନିର୍ବାଚନ ପରିଚାଳନା ଦାୟିତ୍ୱ ଜିଲ୍ଲା କଲେକ୍ଟର ତଥା ପୋଲିସ ଅଧୀକ୍ଷକଙ୍କ କାନ୍ଧରେ ଥିଲା। ଏହି ଉଭୟ ଅଧିକାରୀଙ୍କ ବୟସ ଚାଳିଶ ଅତିକ୍ରମ କରିସାରିଥିଲା ଏବଂ ସେମାନେ ଛତିଶଗଡ଼ର ବାସିନ୍ଦା ଥିଲେ। ଏହି ଦୁଇଜଣଙ୍କ ମଧ୍ୟରୁ ପ୍ରଭାକର ଶର୍ମା ଅନେକ ସୁନାମ ଅର୍ଜନ କରିଥିଲେ। ସେ ମଧ୍ୟପ୍ରଦେଶ ରାଜ୍ୟ କ୍ୟାଡର୍ର ଥିଲେ, ଯେଉଁଠାରେ ସେ ଡେପ୍ୟୁଟି ଏସ୍ପି ଭାବରେ ଯୋଗ ଦେଇଥିଲେ।

୨୦୦୦ ମସିହାରେ ଯେତେବେଳେ ମଧ୍ୟପ୍ରଦେଶରୁ ଛତିଶଗଡ଼ ଅଲଗା ହୋଇଗଲା, ସେତେବେଳେ ଶର୍ମା ବାବୁ ଛତିଶଗଡ଼ରେ ନିଜ ଭାଗ୍ୟ ପରଖିବାକୁ ନିଷ୍ପତ୍ତି ନେଇଥିଲେ। ସେ ନକ୍ସଲମାନଙ୍କ ପାଇଁ କାଳ ସାଜି ସୁନାମ ଅର୍ଜନ କରିଥିଲେ। ସେ ଦୁଇଟି ରାଷ୍ଟ୍ରପତି ପୁରସ୍କାର ଏବଂ ଅଗଣିତ ରାଜ୍ୟ ପୁରସ୍କାର ପାଇଥିଲେ। ସେ ନକ୍ସଲମାନଙ୍କ ହିଟ୍‌ଲିଷ୍ଟର ଶୀର୍ଷ ଆଡ଼କୁ ରହିଆସିଥିଲେ।

ମନେ ହେଉଥିଲା ସତେ ଯେପରି ଉଭୟ ପ୍ରଭାକର ଶର୍ମା ଏବଂ ନକ୍ସଲମାନେ ପରସ୍ପରକୁ ଧ୍ୱଂସ କରିବାକୁ ଶପଥ ନେଇଥିଲେ। ଦୁଇ–ତିନି ବର୍ଷ ପୂର୍ବେ ଏକ ବୋମା ବିସ୍ଫୋରଣରେ ତତ୍କାଳୀନ ଆରକ୍ଷୀ ଅଧୀକ୍ଷକ ଭି.କେ ଚୌବେଙ୍କୁ ହତ୍ୟା କରି ନକ୍ସଲମାନେ ସେମାନଙ୍କର ପ୍ରାଧାନ୍ୟ ଜାହିର କରିଥିଲେ। ବର୍ତ୍ତମାନ ପ୍ରଭାକର ଶର୍ମା ନକ୍ସଲମାନଙ୍କ ନିର୍ମୂଳ କରିବା ପାଇଁ ବାହାରିଥିବାରୁ ନକ୍ସଲମାନେ ତାଙ୍କୁ ଚୌବେଙ୍କ ଭଳି ଆଉ ଏକ ଉଦାହରଣରେ ପରିଣତ କରିବେ ବୋଲି ଘୋଷଣା କରିଥିଲେ। ପୃଷ୍ଠଭୂମିରେ ଏସବୁ ଚାଲିଥିବା ବେଳେ ନିର୍ବାଚନ ସମୟ ଆସିଗଲା। ବାଲଟ୍ ବକ୍ସ, ନିର୍ବାଚନ ବୁଥ ତଥା ପାହାଡ଼ ଓ ଉପତ୍ୟକାର ଆଦିବାସୀ ଭୋଟରଙ୍କୁ ବନ୍ଦୁକର ଛତ୍ରଛାୟା ତଳେ ଚଳପ୍ରଚଳ କରିବାକୁ ପଡ଼ୁଥିଲା। ନିର୍ବାଚନ, ଗଣତନ୍ତ୍ର ଏବଂ ବାଲଟ୍ ବକ୍ସ ଭଳି ଶବ୍ଦ ଏବଂ ସେଗୁଡ଼ିକ ପଛରେ ଥିବା ମୂଲ୍ୟବୋଧ ନକ୍ସଲମାନଙ୍କ ପାଇଁ ସବୁଠାରୁ ଅଶ୍ରାବ୍ୟ ଗାଳିଠାରୁ ବି ଅଧିକ ଅପମାନଜନକ ଥିଲା। ଜଳରୁ ନେଇ ସ୍ଥଳ ପର୍ଯ୍ୟନ୍ତ ନକ୍ସଲବାଦ ସର୍ବତ୍ର ଏକ ସ୍ଥାୟୀ, ଅପରିହାର୍ଯ୍ୟ ସମସ୍ୟା ଭାବେ ଦଣ୍ଡାୟମାନ ଥିଲା।

ଶର୍ମାଜୀ ବାର୍ତ୍ତାଲାପ ଆରମ୍ଭ କଲେ। 'ଉତ୍ତରରେ ପଶୁପତି ଠାରୁ ଦକ୍ଷିଣରେ ତିରୁପତି ପର୍ଯ୍ୟନ୍ତ ଆମ ଦେଶର ପୂର୍ବ ଉପକୂଳରେ ଥିବା ସମଗ୍ର ଭୂମି ନକ୍ସଲ ପ୍ରଭାବିତ

ବେଲ୍‌ଟରେ ପରିଣତ ହୋଇଛି । ନେପାଲରୁ ଚେନ୍ନାଇ ପର୍ଯ୍ୟନ୍ତ ପ୍ରାୟ ୧୮୦ଟି ଜିଲ୍ଲା ଅଛି ଯେଉଁଗୁଡ଼ିକ ନକ୍ସଲବାଦ ଦ୍ୱାରା କଳୁଷିତ ।

"ହେ ଭଗବାନ ! ଏତେ ଗୁଡ଼ିଏ ଜିଲ୍ଲା !"

ନକ୍ସଲମାନେ ଗର୍ବର ସହିତ ଏହାକୁ ରେଡ୍‌ କରିଡର ବୋଲି କହନ୍ତି ।

ଚାଳିଶ ଅତିକ୍ରମ କରିବା ସତ୍ତ୍ୱେ ଶର୍ମା ବାବୁ କିଶୋର ସୁଲଭ ପତଳା ଶରୀର ଧାରଣ କରିଥିଲେ । ଅନ୍ୟପକ୍ଷରେ ଅବଧେଶ କୁମାର ମୋଟା ଓ ହୃଷ୍ଟପୁଷ୍ଟ ଥିଲେ । ସେ ମୂଳତଃ ହରିୟାଣାର । ସେ ଜଣେ ଅଭୁତ, ଖାମଖିଆଲି ଓ ବିଦ୍ରୋହୀ ଆଏଏସ୍ ଅଧିକାରୀ ହେବାର ଦୁର୍ନାମ ଅର୍ଜନ କରିଥିଲେ । ସେ ଦେଶର ଦୁଇ କିମ୍ବା ତିନି ଜଣ ଅଧିକାରୀଙ୍କ ମଧ୍ୟରୁ ଜଣେ ହେବାର ରେକର୍ଡ ରଖିଛନ୍ତି, ଯେଉଁମାନେ ସେମାନଙ୍କୁ ପ୍ରଥମ ପୋଷ୍ଟିଂ ମିଳିବା ପୂର୍ବରୁ ନିଲମ୍ବିତ କରାଯାଇଛି ।

ଅବଧେଶ ବାବୁ ପ୍ରୋବେସନର୍ ଭାବରେ ଯୋଗ ଦେବା ଦିନରୁ ନିଜର ବିଶେଷ ଗୁଣ ଦେଖାଇବା ଆରମ୍ଭ କରିଥିଲେ । ଯାତ୍ରା କରିବା ସମୟରେ ନଦୀ ଶଯ୍ୟାରେ ସେ ନିଜ ଜିପ୍ ଅଟକାଇ ଦେଇ କୂଳରେ ଠିଆହୋଇ ରହୁଥିଲେ । ପ୍ରବାହମାନ ପାଣି ତାଙ୍କ ଆଖିରେ ଗଭୀର କୃତଜ୍ଞତା ଭରିଦେଉଥିଲା । ସେ ଭାରତୀୟ ସଂସ୍କୃତି ଓ ପ୍ରକୃତିର ଉପହାର ରୂପେ ନଦୀ ଓ ପର୍ବତର ପ୍ରଶଂସା ଗାନ କରୁଥିଲେ, ଆଖି ବନ୍ଦ କରି କିଛି ମନ୍ତ୍ର ଜପ କରୁଥିଲେ । ତା'ପରେ ସେ ନିଜ ମଉଜା ଖୋଲିଦେଇ ଅଙ୍ଗୁଳା ଅଙ୍ଗୁଳା ପାଣିରେ ନିଜର ଅପବିତ୍ର ପାଦ ଧୋଇଦେଉଥିଲେ । ଏହିପରି ଭାବେ ନିଜର ଆମ୍ବା ଓ ଶରୀରକୁ ଶୁଦ୍ଧ କରିବା ପରେ ଶାନ୍ତ ଓ ନିର୍ମଳ ମନ ନେଇ ନଦୀ ଶଯ୍ୟାକୁ ପ୍ରବେଶ କରୁଥିଲେ । ସେ କିଛି ଓଦା ପଟୁମାଟି ନେଇ ନିଜ ମୁଣ୍ଡରେ ବୋଲିଦେଉଥିଲେ । ଏହା ପରେ କେତେକ ପ୍ରାକୃତିକ ଉପଚାର ପ୍ରୟୋଗ କରୁଥିଲେ । ସେ ଯୋଗମୁଦ୍ରାରେ ଘଣ୍ଟା ଘଣ୍ଟା ଧରି ବସିରହିଥିବା ବେଳେ ତାଙ୍କ ଡ୍ରାଇଭର୍ ଓ ଅଧସ୍ତନମାନେ ମଧ୍ୟ ଗାଡ଼ିରେ ଅପେକ୍ଷା କରି କରି ମୂର୍ଚ୍ଛା ପାଲଟିଯାଉଥିଲେ ।

ବୋଧହୁଏ, ମଝିରେ ମଝିରେ ଏପରି ହୋଇଥିଲେ ବି ସବୁକିଛି ଠିକ୍‌ ରୁହନ୍ତା । କିନ୍ତୁ ପ୍ରକୃତରେ ବିବାଦ ସେତେବେଳେ ଆରମ୍ଭ ହେଲା ଯେତେବେଳେ ସେ ପ୍ରୋବେସନ୍ ସମୟରେ ବିଡ଼ିଓ ଭାବରେ ନିଯୁକ୍ତ ହୋଇଥିଲେ । ପ୍ରାଥମିକ ସ୍ୱାସ୍ଥ୍ୟକେନ୍ଦ୍ରରେ ଗାଁର ରୋଗୀଙ୍କୁ ଡାକ୍ତରମାନେ ଉଚିତ ସ୍ୱାସ୍ଥ୍ୟସେବା ଦେଉ ନ ଥିବା ନେଇ ଅଭିଯୋଗ ହୋଇଥିଲା । ତେଣୁ, ଅବଧେଶ ବାବୁ ଜଣେ ସାଧାରଣ କୃଷକ ବେଶରେ ଯାଇ ଦୁଇ ଦିନ ଧରି ପିଏଚ୍‌ସିର ବେଡ୍‌ରେ ପଡ଼ିରହିଲେ । ତୃତୀୟ ଦିନରେ ସେ ଡ୍ୟୁଟିରେ ଅବହେଳା କରୁଥିବା ଡାକ୍ତରଙ୍କ କଲାର ଧରିପକାଇଲେ । ଡାକ୍ତର ହାତ

ଉଠାଇବାରୁ ଅବଧେଶ ବାବୁ ତାଙ୍କୁ ପ୍ରବଳ ମାଡ଼ ମାରି ତାଙ୍କର ଅସଲ ହରିୟାଣାବୀ ରୂପ ଦେଖାଇଦେଲେ। ଦୁର୍ଭାଗ୍ୟବଶତଃ, ସେ ଡାକ୍ତର ଥିଲେ ଜଣେ ରାଜ୍ୟ କ୍ୟାବିନେଟ୍ ମନ୍ତ୍ରୀଙ୍କ ପୁତୁରା। ଏହା ପରେ ଡାକ୍ତରଙ୍କ ସାଧାରଣ ଧର୍ମଘଟ ହୋଇଥିଲା। ଏହା ପରେ ଅବଧେଶ ବାବୁଙ୍କୁ ତିନି ବର୍ଷ ପାଇଁ ନିଲମ୍ବିତ କରାଯାଇଥିଲା।

ଆଉ ଦୁଇ ବର୍ଷ ବିତିଗଲା। ଶେଷରେ, ବୃଦ୍ଧ ପିତାମାତାଙ୍କ ଚାପର ସମ୍ମୁଖୀନ ହୋଇ ସେ କୌଣସି ପ୍ରକାରେ କାର୍ଯ୍ୟ ଆରମ୍ଭ କଲେ। ସେ ବର୍ତ୍ତମାନ ଜିଲ୍ଲା କଲେକ୍ଟରେଟ୍‌ର ମଙ୍ଗ ଧରିଥିଲେ। ଅବଶ୍ୟ, ବେଳେବେଳେ, ସେ ପରିହାର କରି ନିଜ ସହକର୍ମୀମାନଙ୍କ ଉଦ୍ଦେଶ୍ୟରେ କହୁଥିଲେ, ଏମାନେ ସବୁ ହେଉଛନ୍ତି ପ୍ରଶାସନିକ ଗୁଣ୍ଡ ଓ ଡକାୟତ।

ଅନେକେ ଆଇଏଏସ୍ ଏବଂ ଆଇପିଏସ୍ କ୍ୟାଡର ଅଧିକାରୀଙ୍କୁ ଦେଶ ପ୍ରଶାସନର ମେରୁଦଣ୍ଡ ବୋଲି ବିବେଚନା କରନ୍ତି। ପ୍ରଥମ ଚେଷ୍ଟାରେ ଆଇଏଏସ୍ ପାଇବା ସତ୍ତ୍ୱେ ଅବଧେଶ ବାବୁ ଏହି ଉକ୍ତି ନେଇ ଦୃଢ଼ ଅସହମତି ପ୍ରକାଶ କରୁଥିଲେ। ତାଙ୍କ ମତରେ ପ୍ରତିଯୋଗିତାମୂଳକ ପରୀକ୍ଷାରେ ସଫଳ ହୋଇଥିବା ସମସ୍ତେ ବୁଦ୍ଧିମାନ ନୁହଁନ୍ତି। ଯେଉଁମାନେ ଅଳ୍ପ କିଛି ମାର୍କ ପାଇଁ ପ୍ରଶାସନିକ ସେବାରେ ସୁଯୋଗ ପାଆନ୍ତି ନାହିଁ ସେମାନେ ମୂର୍ଖ ନୁହଁନ୍ତି। ପରୀକ୍ଷାରେ ଉତ୍ତୀର୍ଣ୍ଣ ହେବା କୌଶଳ ଏବଂ ଭାଗ୍ୟର କଥା। ତା'ପରେ ସେ ହଠାତ୍ ନିଜ କ୍ୟାଡର ପ୍ରତି କଠୋର ଏବଂ ଆକ୍ରମଣାମ୍ବକ ହୋଇ କହିଲେ, "ଲୋକମାନେ ପ୍ରାୟତଃ ମୋତେ ପଚାରନ୍ତି, ଆମେ ଏକ ବଡ଼ ପରୀକ୍ଷାରେ ଉତ୍ତୀର୍ଣ୍ଣ ହେଲୁ ବୋଲି ସେମାନଙ୍କୁ ଆଉ କେତେ କଷ୍ଟ ସହିବାକୁ ପଡ଼ିବ ?" ସେ ଏକ ବ୍ୟଙ୍ଗାମ୍ବକ ହସ ସହିତ ଏହି କଥାକୁ ଇଙ୍ଗିତ କରିବେ ଯେ ସରକାରୀ ଚାକିରି ହେଉଛି କେବଳ ମୂର୍ଖତା ଏବଂ ପାଗଳାମିର କଥା।

ମଧ୍ୟାହ୍ନ ଭୋଜନ ସମୟରେ ପ୍ରଭାକର ଶର୍ମା ମୋତେ ନକ୍ସଲମାନେ ଭିଆଇଥିବା ଆତଙ୍କର ବ୍ୟାଖ୍ୟା କଲେ ଯାହା ସାତ କିମ୍ବା ଆଠଟି ପଡ଼ୋଶୀ ଜିଲ୍ଲାରେ ବ୍ୟାପି ଯାଇଥିଲେ। ସେ ପ୍ରଘଟ କଲେ ଯେ ପଡ଼ୋଶୀ ଜିଲ୍ଲା ବିଜାପୁରର କଲେକ୍ଟର ନିଜ ଜିଲ୍ଲା ମୁଖ୍ୟାଳୟଠାରୁ ପନ୍ଦର କିଲୋମିଟର ଦୂର ଯିବାକୁ ସାହସ କରନ୍ତି ନାହିଁ।

"ଯଦି ଦୂରକୁ ଯିବା ନିହାତି ଦରକାର ହୁଏ ତେବେ କ'ଣ କରାଯିବ?"

"ଏହା ଅତ୍ୟନ୍ତ କଷ୍ଟସାଧ୍ୟ ବ୍ୟାପାର। ହେଲିକପ୍ଟର୍ ହେଉଛି ଏକମାତ୍ର ବିକଳ୍ପ। ରାସ୍ତାରୁ ଲ୍ୟାଣ୍ଡମାଇନ୍, ବୋମା ଏବଂ ଅନ୍ୟାନ୍ୟ ଆଇଡି ଉପକରଣର ସଫେଇ କରିବା ପାଇଁ ସ୍ବତନ୍ତ୍ର ୟୁନିଟ୍ ଆବଶ୍ୟକ। ଏହି ନକ୍ସଲ ପ୍ରପୀଡ଼ିତ ଅଞ୍ଚଳରେ ଆପଣ କେବଳ ନିଜ କର୍ତ୍ତବ୍ୟ ପାଳନ କରିବା ଅର୍ଥ ମୃତ୍ୟୁ ସହିତ ଛକାପଞ୍ଜା ଖେଳିବା।"

"ଶର୍ମା ବାବୁ, ନକ୍ସଲମାନଙ୍କ ସହିତ ଆପଣଙ୍କର କେବେ ସାକ୍ଷାତ ହୋଇଛି କି?"

"ଓଃ, ଅସଂଖ୍ୟ ଥର!" ଅବଧେଶ ବାବୁ ହସିହସି ଉତ୍ତର ଦେଲେ। "ସାର୍ ଆଜି ପର୍ଯ୍ୟନ୍ତ ଆନୁଷ୍ଠାନିକ ଭାବେ ତାଲିକାଭୁକ୍ତ ତଥ୍ୟ ଅନୁଯାୟୀ ସେ ବାଇଶ ଥର ନକ୍ସଲମାନଙ୍କ ସହିତ ମୁହାଁମୁହିଁ ହୋଇସାରିଛନ୍ତି।"

ଯେଉଁ ପରିସ୍ଥିତି ସମ୍ପର୍କରେ ମୁଁ ଅବଗତ ହେଉଥିଲି ତାହା ମୋର କଳ୍ପନାତୀତ ଭୟଙ୍କର ଥିଲା। "ନକ୍ସଲ ପ୍ରଭାବ ଏତେ ଶକ୍ତି କିପରି ହାସଲ କଲା?" ମୁଁ ଶର୍ମା ବାବୁଙ୍କୁ ପଚାରିଲି।

ପ୍ରଭାକର ଶର୍ମା ଦୀର୍ଘ ନିଃଶ୍ୱାସ ଛାଡ଼ି କହିଲେ, "ଏହା ଏକ ଭଲ ପ୍ରଶ୍ନ। ପ୍ରକୃତ କଥା ହେଉଛି ଏହି ରୋଗକୁ ପ୍ରଶାସନ ଦ୍ୱାରା ଆହ୍ୱାନ କରାଯାଇଛି। କିଛି ପିଢ଼ି ପୂର୍ବରୁ, ବିଭିନ୍ନ ବିଭାଗର ଆମର ସରକାରୀ ବାବୁମାନେ ଗରିବ ଆଦିବାସୀଙ୍କର ଟ଼ାବ

ଶୋଷଣ ଅଭିଯାନ ଆରମ୍ଭ କରିଥିଲେ । ସେମାନଙ୍କ ଉପରେ ନିର୍ଦ୍ଦୟ ଭାବରେ ଅତ୍ୟାଚାର କରାଯାଇଥିଲା । ଆମେ ସେମାନଙ୍କର ପାପର ଫଳ ଭୋଗୁଛୁ ।”

“ଆମ ପ୍ରଶାସନିକ ବାବୁମାନେ ଏସବୁ କରିଛନ୍ତି ? ସେମାନେ ଏସବୁ କିପରି କରିପାରିଲେ ?”

“ଏହି ଘଞ୍ଚ, ପାର୍ବତ୍ୟ ଅଞ୍ଚଳରେ ବାସ କରୁଥିବା ଦରିଦ୍ର ଆଦିବାସୀମାନେ ଠେକୁଆ ପରି ନିରୀହ ଥିଲେ । ସହରର ବାବୁଙ୍କୁ ଦେଖି ସେମାନେ ବୁଦା ଭିତରେ ଲୁଚିଯାଉଥିଲେ । ସେମାନଙ୍କ ହୃଦୟ ପାଣି ପରି ଶୁଦ୍ଧ ଏବଂ ସ୍ୱଚ୍ଛ ଥିଲା । ଆମ ଜଙ୍ଗଲ ବିଭାଗର କର୍ମଚାରୀ, ରାଜସ୍ୱ ରେକର୍ଡ ରଖୁଥିବା ପାଟୱାରୀ, ଆମର ତଳ ସ୍ତରର ପୁଲିସ୍ ଅଧିକାରୀ, ତହସିଲଦାର ଓ ଅନ୍ୟାନ୍ୟ ସରକାରୀ ଚାକିରିଆମାନେ ଏହାକୁ ସୁବର୍ଣ୍ଣ ସୁଯୋଗ ମଣିଲେ । ତାଙ୍କର ଅଶ୍ଳୀଳ ଆଚରଣ, ତାଙ୍କର ବିଭ୍ରାନ୍ତିକର କୌଶଳ–”

“କେଉଁଭଳି କୌଶଳ ?”

“ସରକାରୀ କଳ ସାହାଯ୍ୟରେ ଆଦିବାସୀଙ୍କର ଦୈନନ୍ଦିନ ଲୁଟ୍ ! ସରପଞ୍ଚ ଓ ତେଜରାତି ଦୋକାନୀମାନେ ମିଳିମିଶି ଆଦିବାସୀମାନଙ୍କ ପାଇଁ ଉଦ୍ଦିଷ୍ଟ ଯୋଜନା ହଡ଼ପ କରିବାକୁ ଲାଗିଲେ । ଆଦିବାସୀ କଲ୍ୟାଣ କାର୍ଯ୍ୟକ୍ରମରୁ ଟଙ୍କା ଲୁଟ୍ କରାଯାଇଥିଲା । ଜଙ୍ଗଲ ଅଧିକାରୀଙ୍କ ଗୋଚରରେ ଜଙ୍ଗଲ କଟାଗଲା, କୋଇଲା ଲୁଟ୍ ହେଲା । କେତେ ଗାଁରେ ସରକାରୀ ବାବୁମାନେ ଯୌନ କେଲେଙ୍କାରୀରେ ସାମିଲ ଥିଲେ–”

“ସରକାରୀ ଅଧିକାରୀମାନେ ?”

“ହଁ । ସେହି ପିଢ଼ିର ସରକାରୀ ଅଧିକାରୀମାନେ ଅତ୍ୟନ୍ତ ନିମ୍ନ ସ୍ତରକୁ ଖସିଯାଇଥିଲେ । ସେହି ଆଦିବାସୀମାନେ ସରଳ ଜୀବନଯାପନ କରୁଥିଲେ । ସେମାନଙ୍କର ଉଦାର ଯୌନ ପ୍ରଥା ଥିଲା । ପ୍ରତ୍ୟେକ ଗାଁରେ ଏକ ଘୋଟୁଲ୍ ଥାଏ, ଯେଉଁଠାରେ ସେମାନଙ୍କର ପରମ୍ପରା ଅନୁଯାୟୀ ଯୁବକଯୁବତୀମାନେ ଏକତ୍ର ରାତି ବିତାଇଥା’ନ୍ତି । ଆମର ଚରିତ୍ରହୀନ ସରକାରୀ ବାବୁମାନେ ଏହିଭଳି ପାରମ୍ପରିକ ସ୍ଥାନକୁ ମଦ ପିଇ ଅନୁପ୍ରବେଶ କରୁଥିଲେ । କିଶୋରୀମାନଙ୍କୁ ସେମାନେ ଉଲଗ୍ନ ହୋଇ ସେମାନଙ୍କ ସହ ନାଚିବାକୁ ବାଧ୍ୟ କରୁଥିଲେ । ରାତିସାରା ଏଭଳି ବିଶୃଙ୍ଖଳା ଚାଲୁଥିଲା । ବଳାତ୍କାର ଏହାର ଏକ ନିୟମିତ ବୈଶିଷ୍ଟ୍ୟ ଥିଲା ।”

“ଆଉ ସାର୍ ଆମର ପଟୱାରୀମାନେ ବନରକ୍ଷୀଙ୍କ ସହିତ ମିଶି କିଛି କମ୍ ଦୌରାମ୍ୟ କରିନାହାନ୍ତି । ସେଭଳି ଜଣେ ଅସଭ୍ୟ ପାଟୱାରୀ ବାବୁଙ୍କ କଥା କହୁଛି । ସେ ଗୋଟିଏ ଗାଁରେ ପ୍ରବେଶ କଲେ ତାଙ୍କ ପଛେ ପଛେ ତାଙ୍କର ଜଣେ ବିଶ୍ୱସ୍ତ

ଚାକର ଏକ ଦଉଡ଼ିଆ ଖଟ ବୋହି ନେଇଯାଉଥିଲା। ପଟୱାରୀ ବାବୁଜଣକ ଗାଁ ମୁଖିଆଙ୍କ ଘରେ ଖାଉଥିଲେ। ତାଙ୍କ ଭଳି ଅନେକ ଲମ୍ପଟ ଥିଲେ ଯେଉଁମାନେ ଗାଁ ମୁଖିଆଙ୍କୁ ଗାଁର ସମସ୍ତ କିଶୋର ତଥା ସୁନ୍ଦର ଝିଅମାନଙ୍କୁ ଧାଡ଼ିରେ ଛିଡ଼ା କରାଉଥିଲେ ଏବଂ ପରେ ସେମାନଙ୍କ ପସନ୍ଦର କିଶୋରୀ ସହିତ ବେଧଡ଼କ ଅସଦାଚରଣ କରୁଥିଲେ। ସେମାନେ ରାଜକୀୟ ଜୀବନ କାଟୁଥିଲେ-" ଏତିକି କହି ଅବଧେଶ ବାବୁ ହସିବାକୁ ଲାଗିଲେ, ତାଙ୍କର ହଳଦିଆ ଦାନ୍ତ ଚମକି ଉଠିଲା।

"ଦୁର୍ନୀତିଗ୍ରସ୍ତ ଜଙ୍ଗଲ ଅଧିକାରୀଙ୍କ ମଧ୍ୟରୁ ଅଧିକାଂଶ ସରକାରୀ ବ୍ୟବସ୍ଥା ନାଁରେ କଳଙ୍କ ଥିଲେ। ସେମାନେ ନିୟମିତ ଭାବେ ରାତିରେ ରଙ୍ଗାରଙ୍ଗ ଆସର ଆୟୋଜନ କରିଥିଲେ ଯାହାକୁ ସେମାନେ 'ଜଙ୍ଗଲ କ୍ୟାମ୍ପ' ବୋଲି କହୁଥିଲେ। ସେମାନେ ସ୍ଥାନୀୟ ଯୁବତୀଙ୍କୁ ମାଲିସ୍ କରାଇବା ବାହାନାରେ ଡାକି ଆଣିବା ପରେ ସେମାନଙ୍କୁ ଧାଡ଼ିରେ ଠିଆ କରି ସେମାନଙ୍କ ଦେହରେ ଟର୍ଚ ଆଲୁଅ ପକାଉଥିଲେ। ସର୍ବୋତ୍ତମ ନିତମ୍ବ ଏବଂ ସ୍ତନ ଥିବା ସ୍ମାର୍ଟ ଝିଅମାନଙ୍କୁ ରଖିନେଉଥିଲେ। ରାତିରେ ଉଚ୍ଚପଦସ୍ଥ ଅଧିକାରୀମାନେ ସେମାନଙ୍କ ସହିତ ଦୁଷ୍କର୍ମ କରୁଥିଲେ।"

"ତାହେଲେ ଏହାକୁ ଅବାଧ ଅରାଜକତା କୁହାଯାଇପାରେ ?"

"ସମ୍ପୂର୍ଣ୍ଣ ରୂପେ। ପାହାଡ଼ିଆ ଲୋକମାନେ ଏହି ସରକାରୀ କଳକୁ ଏତେ ଘୃଣା କରିବାକୁ ଲାଗିଲେ ଯେ ବନବିଭାଗ ବା ଅନ୍ୟ କୌଣସି ସରକାରୀ କର୍ମଚାରୀଙ୍କ ଉପରେ ସାମାନ୍ୟ ନଜର ପଡ଼ିଲେ ବି ଏହାକୁ ସେମାନେ ଅଶୁଭ ମଣୁଥିଲେ।"

ହଠାତ୍ ପ୍ରଭା ଶର୍ମା ହସିଉଠିଲେ ଏବଂ କ୍ରମେ ତାଙ୍କର ଚେହେରା ଅତ୍ୟନ୍ତ ଗମ୍ଭୀର ହୋଇଗଲା। ଶପଥ କରିବା ପରି ସେ କହିଲେ, "ଷାଠିଏ, ସତୁରି ଓ ଅଶୀ ଦଶକରେ ସରକାରୀ କର୍ମଚାରୀଙ୍କ ଦ୍ୱାରା ଏହି ଗରିବ ଆଦିବାସୀମାନଙ୍କ ଉପରେ କରାଯାଇଥିବା ଅତ୍ୟାଚାରର ସବୁ ଘଟଣା ସତ, ପ୍ରତ୍ୟେକଟି ଘଟଣା ସମ୍ପୂର୍ଣ୍ଣ ବାସ୍ତବିକ।"

ସେ କିଛି ସମୟ ପାଇଁ ଭାବନାରେ ହଜିଗଲେ ଏବଂ ପୁନର୍ବାର କହିବା ଆରମ୍ଭ କଲେ, "ଜଣେ ବନ ଅଧିକାରୀଙ୍କୁ ମୁଁ ଜାଣେ। ନିଶାସକ୍ତ ଅବସ୍ଥାରେ ସେ ଥରେ ମୋତେ କହିଥିଲେ ଯେ ଏକ ଆଦିବାସୀ ପରିବାରକୁ ସେ କିପରି କାମରେ ଲଗାଇଥିଲେ। ଶ୍ରମ ଦେୟ ବାବଦକୁ ଏକ ଲକ୍ଷ ଟଙ୍କା ଖର୍ଚ ହୋଇଥାନ୍ତା। କିନ୍ତୁ ସେ ଏହି ସରଳ ଲୋକଙ୍କ ଉପରେ ଟଙ୍କା ନଷ୍ଟ କରିଥାନ୍ତେ ବା କାହିଁକି ? ସେ ସେମାନଙ୍କୁ ଚାରି ବସ୍ତା ଚାଉଳ ଓ ଗୋଟିଏ ଡ୍ରମ୍ ମହୁଲି ଦେଇଦେଲେ ଏବଂ ସେମାନେ ଖୁସିରେ ତାହା ଗ୍ରହଣ କରିନେଲେ।"

"ଏହି ପିଢ଼ିର ଅଧିକାରୀ ଯେଉଁମାନେ ପୂର୍ବରୁ ଏଠାରେ କାର୍ଯ୍ୟ କରିଥିଲେ

ସେମାନେ ଏତେ ସ୍ୱାର୍ଥନ୍ୱେଷୀ ହୋଇଗଲେ ଯେ ରାତିରେ ସେମାନେ ଏହି ଗରିବ ଲୋକଙ୍କ କୁକୁଡ଼ା ମାରି ଖାଇବା ପରେ ଦିନବେଳା ସେମାନଙ୍କ ଟୋକେଇରୁ ଅଣ୍ଡା ଏବଂ ମହୁ ବୋତଲ ଚୋରି କରୁଥିଲେ। ଦୁର୍ଭାଗ୍ୟବଶତଃ ଏମାନେ ସମସ୍ତେ ଏଠାକାର ମୂଳନିବାସୀ, କିନ୍ତୁ ଏଠାରେ ଆସି ଆସ୍ତାନ ଜମାଇଥିବା ମାଓ ନେତା ଯେଉଁମାନେ 'ଲୋକଙ୍କ ସରକାର' ପ୍ରତିଷ୍ଠା କରିବାକୁ ବାହାରିଛନ୍ତି, ସେମାନେ ସମସ୍ତେ ବାହାରୁ ଅର୍ଥାତ ଆନ୍ଧ୍ର ଓ ତେଲେଙ୍ଗାନାରୁ ଆସିଛନ୍ତି।"

"କିନ୍ତୁ ଏହି ଲାଲ ସଲାମ ଆନ୍ଦୋଳନ କାହିଁକି ଏଠାରେ ଏତେ ଶକ୍ତିଶାଳୀ ହୋଇପାରିଲା?" ମୁଁ ପଚାରିଲି।

ସେହି ସମୟର କିଛି ଅଭିଜ୍ଞ ଅଧିକାରୀ ମୋତେ ନକ୍ସଲମାନେ କିପରି ଧୀରେ ଧୀରେ ଛତିଶଗଡ଼ରେ ବିସ୍ତାର କରିବାକୁ ଲାଗିଲେ ସେ ବିଷୟରେ କହିବା ଆରମ୍ଭ କଲେ। ମୁଖ୍ୟତଃ ୧୯୭୦ ମସିହା ପରବର୍ତ୍ତୀ ବର୍ଷମାନଙ୍କରେ ବନ ବିଭାଗ ଏହି ଜଙ୍ଗଲର ଲୋକ ଏବଂ ଆଦିବାସୀ ଜୀବନଶୈଳୀ, ଦାରିଦ୍ର୍ୟ ଓ ନିରାଶା ପ୍ରତି ତିଳେ ମାତ୍ର ସହାନୁଭୂତି ଦେଖାଇନାହାନ୍ତି।

ପ୍ରାଚୀନ କାଳରୁ ସମସ୍ତେ ସ୍ତୁତି ଗାନ କରିଆସୁଛନ୍ତି ଯେ ଆଦିବାସୀମାନେ ହେଉଛନ୍ତି ଜଙ୍ଗଲର ସନ୍ତାନ। କିନ୍ତୁ ବାସ୍ତବରେ ସେମାନଙ୍କ ମଧ୍ୟରୁ ପ୍ରାୟ କାହା ପାଖରେ ନିଜର ବୋଲି ଜମି ଖଣ୍ଡିଏ ନାହିଁ। ସେମାନେ ପୂର୍ବପୁରୁଷଙ୍କ ପରି ସେମାନଙ୍କର ଜମିରେ ଚାଷ କରିଆସୁଥିଲେ, କିନ୍ତୁ ନିଜ ନାମରେ ସେହି ଜମିର ପଞ୍ଜୀକରଣ କରିବାର ଉପାୟ ସେମାନଙ୍କୁ ଜଣା ନ ଥିଲା। ତା'ପରେ ହଠାତ୍ ଷାଠିଏ ଦଶକରେ ଜଙ୍ଗଲ ଅଧିକାରୀମାନେ ନୂତନ ନିୟମ ସହିତ ସଜ୍ଜିତ ହୋଇ ଜଙ୍ଗଲରେ ପ୍ରବେଶ କଲେ। ଆଦିବାସୀମାନଙ୍କୁ ସେମାନଙ୍କ ଜଙ୍ଗଲରୁ କାଠ ସଂଗ୍ରହ କରିବାକୁ ମଧ୍ୟ ବାରଣ କରାଯାଇଥିଲା। ଏପରିକି ସେମାନଙ୍କର ଛେଳି ଓ ମେଣ୍ଢାମାନେ ଜଙ୍ଗଲରେ ଚରିବାକୁ ଦିଆଗଲାନାହିଁ। ସ୍ୱାଭାବିକ ଭାବେ ଆଦିବାସୀମାନେ ଆଶ୍ଚର୍ଯ୍ୟ ହେଲେ। ପିଢ଼ି ପରେ ପିଢ଼ି ସେମାନେ ଏଠାରେ ଜୀବନ ବିତାଉଥିଲେ! ଏହା କି ପ୍ରକାର ନିୟମ ଥିଲା? କାହାର ନିୟମ? ଏହି ନୂତନ ବିକାଶ ତାଙ୍କ ବୁଝିବାର ସାମର୍ଥ୍ୟ ବାହାରେ ଥିଲା। ଏହି ନୂତନ ନିୟମ ସେମାନଙ୍କ ହାତ ଗୋଡ଼ରେ ଏକ ପ୍ରକାର ବେଡ଼ି ପକାଇଦେଲା। ସେମାନେ ଆସ୍ତେ ଆସ୍ତେ ଦୁର୍ଭିକ୍ଷର ଶିକାର ହେଲେ।

ସେହି ସମୟରେ ବିଜାପୁର ଜିଲ୍ଲାରେ ଏକ ନୂତନ ଜାତୀୟ ଉଦ୍ୟାନ ନେଇ ଘୋଷଣା କରାଯାଇଥିଲା। ଏଥିପାଇଁ ଜଙ୍ଗଲର ଷାଠିଏଟି ଗାଁକୁ ସ୍ଥାନାନ୍ତର କରିବାର ଥିଲା। ସ୍ୱାଭାବିକ ଭାବେ ସରକାରୀ କଳର ଚାବୁକ୍ ପ୍ରହାର ଏହି ଗାଁଗୁଡ଼ିକର

ଦୁର୍ଭାଗ୍ୟଜନକ ଅଧିବାସୀଙ୍କ ପିଠି ଉପରେ ପଡ଼ିଲା। ଯେତେବେଳେ ଅତି ଉତ୍ସାହର ସହିତ ଜାତୀୟ ଉଦ୍ୟାନ ଲାଗି ଭିତ୍ତିଭୂମି ନିର୍ମାଣ କାର୍ଯ୍ୟ ଆରମ୍ଭ ହେଲା, ଆନ୍ଧ୍ର ଏବଂ ବେଙ୍ଗଲରୁ କିଛି ନକ୍ସଲ ଦାଦା ଆସି ପହଞ୍ଚିଲେ। ସରକାରୀ ଅଟ୍ଟାଳିକା ସବୁବେଳେ ଏହି ଆଦିବାସୀମାନଙ୍କ ପାଇଁ ଅନ୍ୟାୟ ଓ ଅତ୍ୟାଚାରର ପ୍ରତୀକ ହୋଇଆସିଛି। ନକ୍ସଲ ଯୁବକମାନେ ଏଗୁଡ଼ିକୁ ଭାଙ୍ଗିବା ଏବଂ ନିଆଁ ଲଗାଇବା ଆରମ୍ଭ କରିଥିଲେ। ବହୁତ ଧ୍ୱଂସଲୀଳା ଚାଲିଲା।

ଯେତେବେଳେ ନକ୍ସଲମାନେ ବନ୍ଦୁକ ଧରି ଗାଁରେ ଅନୁପ୍ରବେଶ ଆରମ୍ଭ କଲେ, ବନରକ୍ଷୀମାନେ ଅପେକ୍ଷାକୃତ ଦୁର୍ବଳ ସାବ୍ୟସ୍ତ ହେଲେ। ମଧ୍ୟଯୁଗରେ, ରାଜା ଓ ସମ୍ରାଟମାନଙ୍କ ଦରବାରରେ ଏଭଳି କିଛି ଜଗୁଆଳି ଓ ଚୌକିଦାର ଥିଲା ଯେଉଁମାନେ ସର୍ବଦା ଉପହାସର ଶରବ୍ୟ ହେଉଥିଲେ। ଷାଠିଏ ଦଶକରେ ମଧ୍ୟପ୍ରଦେଶର ପୁଲିସକର୍ମୀଙ୍କ ସ୍ଥିତି ସେମାନଙ୍କ ଅନୁରୂପ ଥିଲା। ଏହି ଦୁଇ ଗୋଷ୍ଠୀ ମଧ୍ୟରେ ନିରୀହ ଆଦିବାସୀମାନେ ଫସିଯାଇଥିଲେ। ଜଣେ ୟୁନିଫର୍ମପିନ୍ଧା ବ୍ୟକ୍ତି ଦେଖିବା ମାତ୍ରେ ସେମାନେ ଭୟଭୀତ ହୋଇ ଲୁଚିବା ପାଇଁ ବୁଦା ଖୋଜୁଥିଲେ। ଯେତେବେଳେ ମାଓବାଦୀମାନେ ପୁରାତନ ୩୦୩ ରାଇଫଲ ଓ ଟେଙ୍ଗା ଧରି ବସ୍ତର ଜଙ୍ଗଲରେ ପ୍ରବେଶ କଲେ, ନିରକ୍ଷର ଆଦିବାସୀମାନେ ସେମାନଙ୍କୁ 'ଜଙ୍ଗଲ ପୁଲିସ୍' ବୋଲି ସମ୍ବୋଧନ କରିବା ଆରମ୍ଭ କଲେ।

ଦିନରେ ଅଧିକାରୀମାନଙ୍କ ସହ ଆଲୋଚନା କରିବା ପରେ ସନ୍ଧ୍ୟାରେ ମୁଁ ବଙ୍ଗଲାର ପରିଚାରକ ଓ ରୋଷେୟାମାନଙ୍କ ସହିତ ବସି କଥାବାର୍ତ୍ତା କରୁଥିଲି। ଖାନସାମା ନାମକ ଜଣେ ରୋଷେୟା ମୋତେ ବୁଝାଇଲେ ଯେ ନକ୍ସଲମାନେ ବସ୍ତର ଜଙ୍ଗଲର ନିରୀହ ଆଦିବାସୀମାନଙ୍କ ସହିତ କିପରି ଧୀରେ ଧୀରେ ଘନିଷ୍ଟ ସମ୍ପର୍କ ସ୍ଥାପନ କଲେ।

"ସାହେବ, ଏହି ପାହାଡ଼ିଆ ଲୋକଙ୍କ ପାଇଁ ଜୀବିକାର ଉତ୍ସ ହେଉଛି 'ସବୁଜ ସୁନା'।"

"ସବୁଜ ସୁନା ପୁଣି କ'ଣ?"

"କେନ୍ଦୁ ପତ୍ର, ଯେଉଁ ପତ୍ରରେ ବିଡ଼ି ତିଆରି କରାଯାଏ। ଆମର ଆଦିବାସୀ ପରିବାର ଦିନସାରା ଏହି ପତ୍ର ତୋଲି ତୋଲି ଥକିପଡ଼ନ୍ତି। କିନ୍ତୁ ଲାଭ କଣ୍ଟ୍ରାକ୍ଟରଙ୍କ ପକେଟ୍‌କୁ ଯାଇଥାଏ। ନକ୍ସଲମାନେ କଣ୍ଟ୍ରାକ୍ଟରମାନଙ୍କୁ ପ୍ରଥମେ ସାବଧ କଲେ। ନକ୍ସଲମାନେ ସେମାନଙ୍କୁ ତର୍ଜନୀରେ ଧରି ଆମ ଗାଁ ସଭାକୁ ଆଣିଥିଲେ। ସେମାନଙ୍କୁ ଚଟାଣରେ ବସାଇ ଆମ ପାଦତଳେ ପକାଇଲେ। ଏଭଳି ଦୃଶ୍ୟ ଦେଖି ଆମ ଆଖି

ଖୋସି ହୋଇଯାଇଥିଲା। ସେବେଠାରୁ ସେମାନଙ୍କୁ ଆମର ରକ୍ଷକ ଓ ପଥପ୍ରଦର୍ଶକ ମାନ୍ୟତା ଦେଇଥିଲୁ।"

ଅନ୍ୟ ପଟେ ଥିଲେ ଏହି ଆଦିବାସୀଙ୍କ ଉପସ୍ଥିତିକୁ ଜଙ୍ଗଲର ଜବରଦଖଲ ବିବେଚନା କରୁଥିବା ବନବିଭାଗ କର୍ମଚାରୀମାନେ। ସେମାନେ ନିୟମିତ ଭାବେ ଆଦିବାସୀମାନଙ୍କ ଚାଳ ଘରେ ନିଆଁ ଲଗାଇଦେଉଥିଲେ। ନକ୍ସଲ ଦାଦାମାନେ ଭୋକିଲା ଆଦିବାସୀମାନଙ୍କୁ ସୁରକ୍ଷା ଦେଇ ନିଜର ଜମି ହଳ କରିବାକୁ ପ୍ରବର୍ତ୍ତାଇଥିଲେ। ତେଣୁ ଏଥିରେ ଆଶ୍ଚର୍ଯ୍ୟ ହେବାରେ କିଛି ନାହିଁ ଯେ ଆଦିବାସୀମାନେ ଏହି ଦାଦାମାନଙ୍କୁ ଈଶ୍ୱରଙ୍କ ଦୂତ ରୂପେ ଦେଖିବା ଆରମ୍ଭ କଲେ।

"୧୯୮୫-୮୬ ମସିହାର କଥା। ଶ୍ୟାମାଚରଣ ଶୁକ୍ଳ ସେତେବେଲେ ମଧ୍ୟପ୍ରଦେଶର ମୁଖ୍ୟମନ୍ତ୍ରୀ ଥିଲେ। ସେ 'ବୋଧଘାଟ ଡ୍ୟାମ୍ ପ୍ରକଳ୍ପ'ର ଘୋଷଣା କରିଥିଲେ ଯେଉଁଠାରେ ଇନ୍ଦ୍ରାବତୀ ନଦୀ ଉପରେ ଏକ ବିଶାଳ ବନ୍ଧ ନିର୍ମାଣ ହେବାର ଥିଲା। ଏହି ବନ୍ଧ ନିର୍ମାଣ ହେଲେ ଶହ ଶହ ଘର ଓ ବସ୍ତି ଜଳମଗ୍ନ ହୋଇଥାନ୍ତା। ଆଦିବାସୀଙ୍କର ଭୟ ଥିଲା ଯେ ଯେଉଁ ଖଣ୍ଡିଏ ଲେଖାଏଁ ଉର୍ବର କିଆରି ସେମାନଙ୍କର ଥିଲା ସେସବୁ ପାଣିରେ ବୁଡ଼ିଯିବ।"

"ତା ପରେ କ'ଣ ହେଲା?"

"ଏହି ପ୍ରକଳ୍ପ କେବେ କାର୍ଯ୍ୟକାରୀ ହେଲାନାହିଁ ସତ, କିନ୍ତୁ ନକ୍ସଲମାନେ ବନ୍ଧ ନିର୍ମାଣର ଭୟକୁ ଚତୁରତାର ସହ ବ୍ୟବହାର କରି ବସ୍ତରର ଗାଁଗୁଡ଼ିକରେ ପ୍ରବେଶ କରିଥିଲେ। ସେମାନେ ଧନୀକ ବ୍ୟକ୍ତିବିଶେଷ ଓ ପୁଞ୍ଜିପତିମାନଙ୍କୁ ଟାର୍ଗେଟ୍ କରୁଥିଲେ ଏବଂ ଏମିତି ସହଜ ସ୍ଲୋଗାନ ଦେଉଥିଲେ ଯାହା ଅଶିକ୍ଷିତ ଆଦିବାସୀମାନେ ସହଜରେ ମନେ ରଖିପାରିବେ:

ରାସ୍ତା ରୋକ, ହ୍ରଦ ଗଢ଼

ପୁଞ୍ଜିପତି ଭଗାଅ, ଜଙ୍ଗଲ ବଞ୍ଜାଅ।

ନକ୍ସଲମାନେ ଏଭଳି ତ୍ରାଣକର୍ତ୍ତା ପାଲଟିଲେ ଯେଉଁମାନେ ଡ୍ୟାମରେ ବୁଡ଼ି ମୃତ୍ୟୁବରଣ କରିବା ଭଳି ବିପଦରୁ ସେମାନଙ୍କୁ ରକ୍ଷା କରିଥିଲେ। ଢୋଲ ଓ ନୃତ୍ୟ ସଙ୍ଗୀତର ତାଲେ ତାଲେ ସେମାନଙ୍କୁ ଏ ଗାଁରୁ ସେ ଗାଁ ବୁଲାଯାଇଥିଲା।

ବୋଧଘାଟ ଡ୍ୟାମ୍ ପ୍ରକଳ୍ପରୁ ନକ୍ସଲମାନେ ସର୍ବାଧିକ ଲାଭ ହାସଲ କରିଥିଲେ। ସେମାନେ ଗର୍ଜନ କରି କହୁଥିଲେ, "ସରକାର ତୁମର କ୍ଷେତ, ହାଟ, ଗାଁ ସାଙ୍କୁ ସମସ୍ତଙ୍କୁ ବୁଡ଼ାଇବାକୁ ମସୁଧା କରୁଛନ୍ତି। ତୁମକୁ, ତୁମର ପଶୁମାନଙ୍କୁ ଏବଂ ତୁମର ଜୀବିକାକୁ ବୁଡ଼ି ମରିବାରୁ ରକ୍ଷା କରିବାକୁ ଆମେ ଏତେ ଦୂରରୁ ଆସିଛୁ।" ସେମାନେ

ଏହିଭଳି ଭାବେ ନିଜର ଭାବମୂର୍ତ୍ତି ତିଆରି କରିଥିଲେ ଏବଂ ଆଦିବାସୀମାନଙ୍କ ଭୟ ଓ ଅସୁରକ୍ଷାବୋଧର ସମ୍ପୂର୍ଣ୍ଣ ଲାଭ ଉଠାଇଥିଲେ ।

"ତାହେଲେ ଆପଣ କହୁଛନ୍ତି ଯେ ବିସ୍ଥାପନର ଭୟ ହିଁ ମାଓବାଦୀଙ୍କ ଆଦିବାସୀଙ୍କ ବିଶ୍ୱାସଭାଜନ କରିଥିଲା ଏବଂ ପରେ ପ୍ରାଧାନ୍ୟ ବିସ୍ତାର ପାଇଁ ନକ୍ସଲମାନେ ସେମାନଙ୍କୁ ଶୋଷଣ କରିଥିଲେ ?"

"ନିଶ୍ଚୟ ! ବୋଧଘାଟ ଡ୍ୟାମ୍ ଗାଁ, ବସ୍ତି, କୁଡ଼ିଆ, ଜୀବଜନ୍ତୁ ସବୁକିଛି ଜଳମଗ୍ନ କରିଦେବ ବୋଲି ଭୟଙ୍କର ପ୍ରଚାର କରାଯାଇଥିଲା । ଆଦିବାସୀଙ୍କ ପାଖରୁ ସେମାନଙ୍କ ସ୍ୱଳ୍ପ ଜମି ଓ ଗୃହପାଳିତ ପଶୁଗୁଡ଼ିକୁ ଛଡ଼ାଇନେଲେ ସେମାନଙ୍କ ପାଖରେ ଆଉ କ'ଣ ବା ରହିବ ?"

"ଅବଧେଶ ବାବୁ ଆପଣଙ୍କ ମତ କ'ଣ ?" ମୁଁ ପଚାରିଲି ।

"ପ୍ରଭାକର ପୂରା ଠିକ୍ କଥା କହିଛନ୍ତି । ମୁଁ ସେତେବେଳେ କର୍ନାଲର ଏକ କଲେଜରେ ପଢୁଥିଲି ଏବଂ ଖବରକାଗଜରେ ଏହି ନକ୍ସଲମାନଙ୍କ କାର୍ଯ୍ୟକଳାପ ବିଷୟରେ ପଢୁଥିଲି । ସେମାନେ ସରକାରୀ କଳ ବିରୋଧରେ ଆବୁଜମାଦ୍ ପାହାଡ଼ର ଲୋକଙ୍କୁ ପ୍ରବର୍ତ୍ତାଇଥିଲେ । ଟାଟା, ବିର୍ଲା ଓ ଏସର ପରି ବଡ଼ ବ୍ୟବସାୟ ପ୍ରତିଷ୍ଠାନମାନେ କାହିଁକି ଅବା ପ୍ଲାଣ୍ଟ ବସାଇ ସେମାନଙ୍କ ଜଙ୍ଗଲରେ ପ୍ରବେଶ କରିବାକୁ ଚାହୁଁଥିଲେ ? କାରଣ ଏହା ଦ୍ୱାରା ସେମାନେ ମାଟି ତଳେ ଗଚ୍ଛିତ ସବୁ କୋଇଲା ଓ ମାଙ୍ଗାନିଜ୍ ଲୁଟ୍ କରିପାରିବେ । ଏହା କରିବା ପାଇଁ, ସେମାନେ ପ୍ରଥମେ ଜଙ୍ଗଲର ନିରାଶ୍ରୟ ଅଧ୍ବାସୀଙ୍କୁ କଳେ ବଳେ କୌଶଳେ ଉପାଡ଼ି ଦେବେ । ଏହା ଭୀତିଦାୟକ ପ୍ରଚାର ଜରିଆରେ ନକ୍ସଲମାନେ ଗରିବ, ଭୟଭୀତ ଗ୍ରାମବାସୀଙ୍କର ପ୍ରିୟଭାଜନ ହୋଇଥିଲେ ।"

ଦିନେ ସକାଳେ ସବୁ ପୋଲିଂ କର୍ମଚାରୀ ଏବଂ ବରିଷ୍ଠ ପୁଲିସ ଅଧିକାରୀଙ୍କୁ ନେଇ ଏକ ବୈଠକ ଅନୁଷ୍ଠିତ ହୋଇଥିଲା । ଜିଲ୍ଲା ଏବଂ ପୁଲିସ ମୁଖ୍ୟାଳୟ କୋଠାଗୁଡ଼ିକ ଚାଳିଶ-ପଚାଶ ବର୍ଷ ପୁରୁଣା ଥିଲା । ପାଚେରି କାନ୍ଥକୁ ଲାଗି ବଢୁଥିବା ବର ଓ ଓସ୍ତ ଗଛଗୁଡ଼ିକର ପତ୍ରଗୁଡ଼ିକ ଉପରେ ଧୂଳିର ଘନ ଆବରଣ ଘୋଡ଼ାଇ ହୋଇ ରହିଥିଲା । ଗଛ ଡାଳରେ କାଉମାନଙ୍କର ଏକ ସଂସଦ ବସୁଥିଲା ଯେଉଁଠାରେ ଦିନ ତମାମ ବିତର୍କ ଲାଗିରହୁଥିଲା । ଗଛ ଡାଳ ଓ ତଳେ ଥିବା ସମସ୍ତ ଜିନିଷକୁ ସେମାନେ ନିଜ ମଳରେ ରଙ୍ଗେଇ ଦେଉଥିଲେ ।

ଚାରିପଟେ ପାଚେରି ଉପରେ କଣ୍ଟା ତାର ବେଷ୍ଟିତ ହୋଇଥିଲା । ଅବହେଳା କାରଣରୁ ତାରଗୁଡ଼ିକରେ କ୍ରମେ କଳଙ୍କି ଲାଗିଯାଇଥିଲା । କାନ୍ଥକୁ ଲାଗି ପୁଲିସ ଫୋର୍ସ ଓ ପାରା-ମିଲିଟାରୀ ୟୁନିଟ୍ର ଅନେକ ଗାଡ଼ି ଛିଡ଼ା ହୋଇଥିଲା । ଗାଡ଼ି

ୱିଣ୍ଡସ୍କ୍ରିନ୍ ଉପରେ ତାର ଜାଲ ଲାଗିଥିଲା। ସେଠାରେ କେତୋଟି ବିଶାଳ, ଅତ୍ୟାଧୁନିକ, ଅସ୍ତ୍ରଶସ୍ତ୍ର ଖଟିତ ଜିପ୍ ମଧ୍ୟ ଛିଡ଼ା କରାଯାଇଥିଲା ଯେଉଁଗୁଡ଼ିକୁ ଆଣ୍ଟି- ଲ୍ୟାଣ୍ଡମାଇନ୍ ଯାନ କୁହାଯାଉଥିଲା। ସେଗୁଡ଼ିକ ଅତ୍ୟନ୍ତ ବିଶାଳ ଦିଶୁଥିଲେ, ପାଖାପାଖି ଗୋଟିଏ ଛୋଟ ହାତୀ ଆକାରର।

ମୁଁ ଦେଖିଲି ଏକ ବାକ୍ସ ଆକୃତିର ଇସ୍ପାତ ଢାଞ୍ଚା ସେଠାରେ ଗୋଟିଏ ପଟେ ଢାଲି ଠିଆ ହୋଇଛି। ଏହାର ଲୁହା ଚରଦଗୁଡ଼ିକ ବଙ୍କିଯାଇଥିଲା ଏବଂ ଷ୍ଟିଲ୍ କଳା ହୋଇଯାଇଥିଲା। ଜଣେ ପୁଲିସ ଅଧିକାରୀ ନମ୍ର ସ୍ୱରରେ ଆଶ୍ଚର୍ଯ୍ୟ ହୋଇ ମୋତେ କହିଲେ, "ସାର୍, ଏହା ହେଉଛି ଆମର ପ୍ରସିଦ୍ଧ ଆଣ୍ଟି-ଲ୍ୟାଣ୍ଡମାଇନ୍ ଗାଡ଼ି।" ମୁଁ ସେଠାରେ ଅଟକି ଯାଇ ଗାଡ଼ିର ଢାଞ୍ଚାକୁ ଗଭୀର ଭାବରେ ନିରୀକ୍ଷଣ କଲି।

ମୁଁ ପୂର୍ବରୁ ଖବରକାଗଜରେ ପଢ଼ିଥିଲି ଯେ ନକ୍ସଲମାନେ ଯେଉଁଠାରେ ନିଜର ପ୍ରାଧାନ୍ୟ ବିସ୍ତାର କରିଥିଲେ ସେଠାରେ ନିୟମିତ ଭାବରେ ଟ୍ରକ୍, ପୁଲିସ୍ କାର୍ ଏବଂ ସରକାରୀ ଓ ବେସରକାରୀ ଗାଡ଼ିଗୁଡ଼ିକୁ ଲ୍ୟାଣ୍ଡମାଇନ୍ ଲଗାଇ ଅଥବା ମୋର୍ଟାର ମାଡ଼ କରି ଧ୍ୱଂସ କରିଦେଉଥିଲେ। ଏପରି ଭୟଙ୍କର ଆକ୍ରମଣରୁ ନିଜକୁ ରକ୍ଷା କରିବା ପାଇଁ ପୁଲିସ୍ ଏବଂ ସାମରିକ ଅଧିକାରୀମାନେ ସ୍ୱତନ୍ତ୍ର ଯାନ ନିର୍ମାଣ କରିଥିଲେ। ଏହି ଯାନଗୁଡ଼ିକ ମୋଟା, ବୋମା ନିରୋଧୀ ଷ୍ଟିଲ୍ ତାଦରରେ ତିଆରି ହୋଇଥିଲା ଯାହା ମୋର୍ଟାର ମାଡ଼ ଓ ଲ୍ୟାଣ୍ଡମାଇନ୍ ବିସ୍ଫୋରଣକୁ ପ୍ରତିହତ କରିପାରିବ।

ଅବଶ୍ୟ, ଏହି ସୁପ୍ରଶଂସିତ ଯାନଟିର ଯେଉଁ ଅଦସ୍ତା ହୋଇଥିଲା ତାହା ଦେଖି ଦୁଃଖ ଲାଗିଲା। ମୁଁ ଏହାର ଚାରିପାଖେ ବୁଲି ଅକ୍ଷମ କଙ୍କାଳକୁ ପରୀକ୍ଷା କରୁଥିବା ବେଳେ ନିକଟରେ ମୋବାଇଲରେ ଚାଟିଂ କରୁଥିବା ପ୍ରଭାକର ଶର୍ମା ମୋର କୌତୂହଲକୁ ଦେଖି ଆସିଲେ। ସେ ଆଣ୍ଟୁମାଡ଼ି ବସିବା ପରେ ଗାଡ଼ି ତଳକୁ ଚାହିଁଲେ। ମୁଁ ମଧ୍ୟ ତାଙ୍କୁ ଅନୁକରଣ କଲି। ସେ ଗାଡ଼ିର ଚଟାଣରେ ଥିବା 'O' ଆକୃତି ପ୍ରତି ମୋର ଧ୍ୟାନ ଆକର୍ଷଣ କଲେ। ଭାରୀ ଇସ୍ପାତ ଚଟାଣକୁ ଏପରି ଭାବରେ ଡିଜାଇନ୍ କରାଯାଇଥିଲା ଯେ ଯଦି ତଳେ ବିସ୍ଫୋରଣ ହୁଏ ତେବେ ବିସ୍ଫୋରଣରୁ ଜାତ ଶକ୍ତି ଓ ବିସ୍ଫୋରିତ ପଦାର୍ଥଗୁଡ଼ିକ ଏହି ଆକାର ଯୋଗୁଁ ଉଭୟ ଦିଗକୁ ଫିଙ୍ଗି ହୋଇଯିବ।

ପ୍ରଭାକର ବ୍ୟାଖ୍ୟା କରି କହିଲେ ଯେ ଏହି ଗାଡ଼ିରେ ଅନେକ ସମସ୍ୟା ରହିଛି। ଏହାର ସ୍ୱତନ୍ତ୍ର ଆକୃତି ହେତୁ ଏହା ଭିତରେ ଆଉରୁ ଅଧିକ ହେଲମେଟ୍ ପରିହିତ ଲୋକ ବସିବା ଲାଗି ଏଥିରେ ସ୍ଥାନ ନାହିଁ। କିନ୍ତୁ ପ୍ରକୃତରେ କୌଣସି ଅପରେସନ୍ ବେଳେ ଅତି କମ୍‌ରେ ପନ୍ଦର ଜଣଙ୍କୁ ଏଥିରେ ଭର୍ତ୍ତି କରି ନିଆଯାଏ।

ତାଙ୍କ ସ୍ୱର ଟିକେ କର୍କଶ ହେବା ଅନୁଭବ କରି ମୁଁ ପଚାରିଲି, "ଏହାର ଅନ୍ୟାନ୍ୟ ସମସ୍ୟା କ'ଣ?"

"ଏହି ଯାନଗୁଡ଼ିକ ଅପରାଜେୟ ବୋଲି ଯେଉଁ ଦାବି ଆମେ ଶୁଣୁଥିଲୁ ତାହା ଫମ୍ପା ବୋଲି ପ୍ରଥମ ଦିନରୁ ଜଣା ପଡ଼ିଯାଇଥିଲା। ନକ୍ସଲମାନେ ଏହି ଯାନକୁ ଅନେକ ଥର ଚୁରମାର କରିଛନ୍ତି।

"କିଛି ଗୁରୁତର କ୍ଷତି ହୋଇଛି କି?"

"ହଁ, ବହୁତ କ୍ଷତି ହୋଇଛି। ଏହି ଯାନଗୁଡ଼ିକୁ ବ୍ୟବହାର କରିବା ସତ୍ତ୍ୱେ ଆମେ ଅନେକ ଯୁବ ସୈନିକଙ୍କୁ ହରାଇଆସୁଛୁ।" ତାଙ୍କର ସ୍ୱର ଆହୁରି ଗମ୍ଭୀର ହୋଇପଡ଼ିଲା। ସେ ଯୋଡ଼ିଲେ ଯେ ଭାସ୍କର ଦିବ୍ୟାନନ୍ଦ ନାମକ ସହକର୍ମୀ ଯିଏ ବସ୍ତର ଅନ୍ତର୍ଗତ ନାରାୟଣପୁରର ଅତିରିକ୍ତ ଏସପି ଭାବରେ ଅବସ୍ଥାପିତ ଥିଲେ, ସେ ଏହି ଲ୍ୟାଣ୍ଡମାଇନ୍ ନିରୋଧୀ ଗାଡ଼ିରେ ପ୍ରାଣ ହରାଇଛନ୍ତି।

ସମଗ୍ର କମ୍ପ୍ଲେକ୍ସରେ ପୁଲିସ ଓ ଯବାନଙ୍କ ଗତିବିଧି ଦେଖି ଲାଗୁଥିଲା ଯେମିତି ସଶସ୍ତ୍ର ସୈନ୍ୟବାହିନୀ ଯୁଦ୍ଧ ଲାଗି ପ୍ରସ୍ତୁତ ହେଉଛନ୍ତି। ଏହି ଦୃଶ୍ୟ ଏକ ସାମରିକ ରେଜିମେଣ୍ଟ ମୁଖ୍ୟାଳୟର ଭ୍ରମ ସୃଷ୍ଟି କରୁଥିଲା। ସକାଳ ପ୍ରାୟ ୧୧ଟା ବେଳେ ହୁକ୍କା ନାମକ ଜିଲ୍ଲାର ମତ୍ସ୍ୟ ବିଭାଗର ଅଧିକାରୀ ଭେଟିବାକୁ ଆସିଥିଲେ। ମୋର ଜଣେ କବି ବନ୍ଧୁ ରବି ତାମ୍ବୋଲିଙ୍କ ଯୋଗାଯୋଗରୁ ସେ ମୋ ପାଖକୁ ଆସିଥିଲେ। ଅବିଶ୍ରାନ୍ତ ପାନ ଚୋବାଇବା କାରଣରୁ ତାଙ୍କ ପାଟିରେ ଗାଢ଼ ନାଲି ରଙ୍ଗର ଏକ ମୋଟା ଆସ୍ତରଣ ଜମିଯାଇଥିଲା। ଏକ ମିନିଟ୍ ବା ଦୁଇ ମିନିଟ୍‌ର ସୌଜନ୍ୟମୂଳକ ବାର୍ତ୍ତାଳାପ ପରେ ଭଦ୍ରଲୋକଜଣକ କହିଲେ, "ସାହେବ, ମୋର ଜଣେ ବନ୍ଧୁ ତାଙ୍କ ପୋଖରୀରେ ମାଛ ଚାଷ କରିଛନ୍ତି। ସେଥାରୁ ସେ ଭଲ ରୋହି ମାଛ ଅମଲ କରିଛନ୍ତି।"

"ତ?"

ଖାସ୍ କରି ଆପଣଙ୍କ ପାଇଁ ମୁଁ ଗୋଟିଏ ସୁନ୍ଦର ମାଛ ଆଣିଛି ସାହେବ କହି ସେ ନିଜ ବ୍ୟାଗ୍‌ରୁ ଏକ ମାଛ ବାହାର କଲେ, ଯାହାର ଓଜନ ଅତି କମରେ ଅଢ଼େଇ କିଲୋ ହେବ। ମୋ ମତରେ ସବୁପ୍ରକାର ମାଛ ଭଲ; ତେବେ ରୋଷେଇ ଉପରେ ସ୍ୱାଦ ନିର୍ଭର କରେ। ମୁଁ ମନେ ମନେ ଭାବୁଥାଏ ଏହି ବଙ୍ଗଳାରେ ସେଭଳି କୁଶଳୀ ରୋଷେଇଆ ଅଛନ୍ତି କି? ହୁକ୍କାଙ୍କ ଅଭିଜ୍ଞ ଆଖି ମୋ ମନର ପ୍ରଶ୍ନକୁ ଠଉରାଇ ନେଇଥିଲେ। "ସାହେବ ଆପଣ ବ୍ୟସ୍ତ ହୁଅନ୍ତୁ ନାହିଁ। ଆମର ଏଠାରେ ଉଡ଼ିଆ ଅଛି। ମୁଁ ତାକୁ ବାଡ଼ ସାହେବଙ୍କ ବଙ୍ଗଳାରୁ ଡାକିଆଣିବି।"

ଏହା ସହିତ ହୁକ୍କା କାମରେ ଲାଗିପଡ଼ିଲେ। ସେଦିନ ମୁଁ ଏକୁଟିଆ ଥିବାରୁ ମୁଁ

ତାଙ୍କୁ ଏକାଠି ଭୋଜନ କରିବାକୁ ନିମନ୍ତ୍ରଣ କଲି। କଦଳୀ ପତ୍ରରେ ଫୁଟାଯିବା ପରେ ଭଜାଯାଇଥିବା ମାଛର ସ୍ୱାଦ ଚମତ୍କାର ଥିଲା। ମୁଁ ଖାଉ ଖାଉ ଚାରିଟି ବଡ଼ ଖଣ୍ଡ ଉଦରସ୍ତ କରିଦେଲି।

ମୁଁ ଆପ୍ୟାୟିତ ହେବା ଦେଖି ରୋଷେୟା, ପରିଚାରକ ଓ ସୁରକ୍ଷା କର୍ମୀମାନେ ମଧ୍ୟ ଅତ୍ୟଧିକ ଆନନ୍ଦିତ ହେଲେ। ଟିକେ ପରେ ରୋଷେଇ ଘର କବାଟରେ ଲାଗିଥିବା ପରଦା ହଟିଲା ଏବଂ ସେଥିରୁ ଜଣେ କୋଡ଼ିଏ-ପଚିଶ ବର୍ଷିଆ ଆଦିବାସୀ ମହିଳାଙ୍କ ଚେହେରା ଆବିର୍ଭୂତ ହେଲା। ତାଙ୍କର ଆଖିଗୁଡ଼ିକ ସୁନ୍ଦର ଓ ଆବେଗପୂର୍ଣ୍ଣ ଦିଶୁଥିଲା।

ହୁଙ୍କା କହିଲେ, "ଆରେ, ଆସ ଆସ।" ମହିଳାଜଣକ କିଛି ପାଦ ଆଗକୁ ବଢ଼ିବା ପରେ, ହୁଙ୍କା ଗର୍ବର ସହିତ ମୋତେ ତାଙ୍କ ସହିତ ପରିଚିତ କରାଇଲେ, "ସାର୍ ଏହା ହେଉଛନ୍ତି ଡୁଡ଼ିୟା। ତାଙ୍କର ହାତ ବହୁତ ଦକ୍ଷ। ସେ ହିଁ ଆଜି ମାଛ ତିଆରି କରିଛନ୍ତି।"

ଡୁଡ଼ିୟା ମୋତେ ଆମୃତ୍ୟପୂର୍ଣ୍ଣ ସହ ଚାହିଁ ନମସ୍କାର କଲେ। ଯେତେବେଳେ ମୁଁ ତାଙ୍କ ହାତରନ୍ଧାକୁ ପ୍ରଶଂସା କଲି, ସେ ଖୁସି ହେଲେ। ହୁଙ୍କା କହିଲେ, "କ'ଣ କହିବି ସାର୍ କଲେକ୍ଟର ଓ କମିଶନରଙ୍କ ପରି ବଡ଼ ଅଧିକାରୀମାନେ ଏବେ ନିୟମିତ ଭାବରେ ଡୁଡ଼ିୟାଙ୍କ ହାତରନ୍ଧା ଖାଆନ୍ତି। କିନ୍ତୁ ଅତୀତରେ ସେ ଦୁର୍ଦ୍ଦାନ୍ତ ଆତଙ୍କବାଦୀଙ୍କୁ ମଧ୍ୟ ଖାଇବାକୁ ଦେଇଛନ୍ତି।"

ସେ ହୁଙ୍କାର ପ୍ରଶଂସା ଶୁଣି ବହୁତ ଖୁସି ଦିଶୁଥିଲେ। ମୁଁ ଯେତେବେଳେ ତାଙ୍କ ଗାଢ଼ ନୀଳ ରଙ୍ଗର ଆଖିରେ ଦେଖିଲି, ସେଥିରେ ଏକ ଗଭୀର କୃଷ୍ଣ ଅନ୍ଧକାର ଦେଖାଯାଉଥିଲେ। ସେ ଜୀବନରେ ବହୁତ ଯନ୍ତ୍ରଣା ଭୋଗିଥିବା ଭଲି ଲାଗୁଥିଲା। ହୁଙ୍କା ଡୁଡ଼ିୟା ବିଷୟରେ ଅଧିକ କହିବାକୁ ଚାହୁଁଥିଲେ କିନ୍ତୁ କେତେଜଣ ଅଧିକାରୀ ମୋତେ ଦେଖା କରିବାକୁ ଆସିବାରୁ ଆମ ବାର୍ତ୍ତାଳାପ ବନ୍ଦ ହୋଇଗଲା।

ଦୁଇ ଦିନ ପରେ ଏସପି ପ୍ରଭାକର ଶର୍ମା କଲେକ୍ଟର ଅବଧେଶ ବାବୁ ଓ ମୋତେ ତାଙ୍କ ବଙ୍ଗଳାକୁ ମଧ୍ୟାହ୍ନ ଭୋଜନ ପାଇଁ ଡାକିଲେ। ସେଦିନ ଅଧିକ କାମ ନ ଥିଲେ। ପ୍ରାୟ ସାଢ଼େ ଗୋଟାଏ ବେଳେ ମୁଁ ତାଙ୍କ ଘରେ ପହଞ୍ଚିଲି। ଶ୍ରୀମତୀ ଶର୍ମା ଦୁଇଜଣ ପିଅନଙ୍କ ସାହାଯ୍ୟରେ ଭୋଜନ ପାଇଁ ଟେବୁଲ ସଜାଉଥିଲେ।

'ଟେବୁଲରେ ସୁନ୍ଦର, ଚକଚକିଆ କାଂସା ଥାଲି ଓ ପାତ୍ର ସଜେଇ ହୋଇ ଥିଲା। ପରିବାରର ଉତ୍ତରାଧିକାରୀ ସୂତ୍ରରେ ଏଗୁଡ଼ିକ ମିଳିଥିବ ନିଶ୍ଚୟ। ସୁନ୍ଦର ଭାବରେ କଟା କଦଳୀ ପତ୍ର ଉପରେ ପ୍ରଥମେ ମୋ ଆଖି ପଡ଼ିଲା, ଯେଉଁଥିଲେ ପନିପରିବା ଓ ତରକାରି ବଢ଼ାଯାଇଥିଲା। ତା'ପରେ ଭଜା ମାଛରେ ଯାଇ ଆଖି ଅଟକିଗଲା। ମୁଁ

ଏସବୁ ଦେଖିବା ମାତ୍ରେ ମୋର ଲାଳ ଗଡ଼ିବାକୁ ଲାଗିଲା। ସବୁକିଛି ଚାଖିବା ପରେ ମୋତେ ଏକ ବିରଳ ତୃପ୍ତି ଅନୁଭବ ହେଲା। "ଭାଉଜ, କି ଅଭୁତ ଖାଇବା ପରଷିଛନ୍ତି!"– ଏକଥା ନ କହି ମୁଁ ରହିପାରିଲି ନାହିଁ।

ଶ୍ରୀମତୀ ଶର୍ମାଙ୍କ ମୁହଁରେ ହସର ଢେଉ ଖେଳିଗଲା। ପ୍ରସନ୍ନତା ବ୍ୟକ୍ତ କରି ସେ କହିଲେ "ଆପଣଙ୍କୁ ଭଲ ଲାଗିଲା ତାହେଲେ?"

"ଭଲ ଲାଗିଲା ମାନେ? ଏହି ସ୍ୱାଦ ମୋ ମନ ଜିଣିନେଇଛି। ମୁଁ କିଛି ଦିନ ପୂର୍ବରୁ ସମାନ ପ୍ରକାରର ସ୍ୱାଦ ଚାଖିଥିଲି।"

ପ୍ରଭାକର ଶର୍ମା ହସି କହିଲେ, "ଠିକ୍ ଠଉରାଇଛନ୍ତି, ସାର।"

"ତମେ କ'ଣ କହିବାକୁ ଚାହୁଁଛ?"

ଶ୍ରୀମତୀ ଶର୍ମା ହସି କହିଲେ, "ସେହି ବ୍ୟଞ୍ଜନଗୁଡ଼ିକ ସମାନ ଲୋକ ତିଆରି କରିଛନ୍ତି। ତା'ପରେ ସେ ଜୋର ପାଟିରେ ଡାକିଲେ– "ଡୁଡ଼ିୟା, ଏଠାକୁ ଆସ!"

ପୂର୍ବଦିନର ସେହି ଝିଅ ଟିକିଏ ଦୂରରେ ଲାଜଲାଜ ମୁହଁ ନେଇ ଛିଡ଼ା ହୋଇଥିଲେ। ତାଙ୍କ ଆକର୍ଷଣୀୟ ଆଖିଗୁଡ଼ିକ ଅଳ୍ପ ନମିତ ହୋଇ ରହିଥିଲା। ସେ ଆଜି ବି ମୋର ପ୍ରଶଂସା ଦ୍ୱାରା ଅତ୍ୟଧିକ ଆନନ୍ଦିତ ଥିଲେ। ଏଥର ମୁଁ ତାଙ୍କୁ ଟିକିଏ ନିକଟରୁ ଦେଖିଲି। ପତଳା ଶରୀର, ଆଦିବାସୀମାନଙ୍କ ମାନଦଣ୍ଡରେ ତାଙ୍କ ଉଚ୍ଚତା ଅଧିକ ହେବ। ଜଙ୍ଗଲର ଏକ ସତେଜ ଫଳ ପରି ତାଙ୍କ ମୁଖମଣ୍ଡଳ ଚମକି ଉଠୁଥିଲା ଏବଂ ସେହି ଆଖିଗୁଡ଼ିକ ଚମତ୍କାର ଦିଶୁଥିଲା!– ବଡ଼, ଗୋଲାକାର ଓ ଅତ୍ୟନ୍ତ ଭାବପ୍ରବଣ।

ସେ ମୋତେ ଦୂରରୁ ନମସ୍କାର କରି ଭିତରକୁ ଚାଲିଗଲେ। ପରେ ଦୁଇଥର ଭିତରୁ ବାହାରିଲେ– ଆମ ଥାଳିରେ ବ୍ୟଞ୍ଜନ ବାଢ଼ିଦେବା ଲାଗି। ସେଦିନ ମସ୍ଯ ଅଧିକାରୀଜଣକ ମୋତେ ଯେଉଁ କଥା କହିଥିଲେ ତାହା ହଠାତ୍ ମୋର ମନେ ପଡ଼ିଲା। ମୁଁ ପ୍ରଭାକର ଶର୍ମାଙ୍କୁ ପଚାରିଲି, "ଏସ୍ପି ସାହେବ, ମୁଁ ଶୁଣିଛି ଯେ ଏହି ଝିଅଜଣକ ଆବୁଜମାଦ୍ ପର୍ବତର ଏକ ନକ୍ସଲ ଶିବିରରେ ରହୁଥିଲେ?"

"ହଁ, ଠିକ୍ ଶୁଣିଛନ୍ତି। ସେ ସେଠାରେ କିଛି ବର୍ଷ ରହିଥିଲେ। ସେଇଠି ସେ ବିବାହ କରିଥିଲେ। ରହସ୍ୟମୟ ଆବୁଜମାଦ ପର୍ବତଗୁଡ଼ିକରେ ଅନେକ ଭଲ ଏବଂ ଖରାପ ସମୟ କାଟିଛନ୍ତି। ବର୍ତ୍ତମାନ ଅବଶ୍ୟ ସେ ସେସବୁ ପଛରେ ଛାଡ଼ି ଆସିଛନ୍ତି। ଗତ ବର୍ଷ ପଡ଼ୋଶୀ ଜିଲ୍ଲାରେ ମୋ ଉପସ୍ଥିତିରେ ସେ ପିସ୍ତଲ ସହିତ ଆତ୍ମସମର୍ପଣ କରିଥିଲେ।"

"ବହୁତ ଭଲ କଥା। ଆପଣ ଏଠାରେ ଏମିତି କେତେଜଣ ଶରଣାର୍ଥୀ ରଖିଛନ୍ତି?"

"୨୦-୩୦ ଜଣ ହେବେ। ଏହି ଯୁବକଯୁବତୀମାନେ ଦାରିଦ୍ର୍ୟ ଓ ଅଜ୍ଞତା ହେତୁ ଏଭଳି କୁପଥରେ ଚାଲିଯାଇଥାନ୍ତି। ଆମେ ସେମାନଙ୍କୁ କହୁ ଜଙ୍ଗଲର ଖସଡ଼ା, ବିନାଶକାରୀ ରାସ୍ତା ଛାଡ଼ିଦିଅ। ପ୍ରଶାସନିକ ସେବାରେ ଯୋଗ ଦିଅ। ସାଧାରଣ ଜୀବନଯାପନ କର। ଆମେ ତୁମକୁ ସୁରକ୍ଷା ଦେବୁ।"

"ଆପଣ ସତରେ ନିଜର ପ୍ରତିଶ୍ରୁତି ପାଳନ କରିପାରିବ କି ?"

"ଏହିପରି ଦିଗଭ୍ରଷ୍ଟ ଯୁବକଯୁବତୀଙ୍କୁ ଥଇଥାନ କରିବା ସରକାରଙ୍କ ନୀତିର ଏକ ଅଂଶ, ଅର୍ଥାତ୍ ଏହା ଆମର କର୍ତ୍ତବ୍ୟର ଏକ ଅଂଶ।"

"ବହୁତ ଭଲ କଥା।"

"ସେମାନଙ୍କୁ ଭଲ ଚାକିରି ଦେଇ ସେମାନଙ୍କ ଆମ୍ଭବିଶ୍ୱାସ ବଢ଼ାଇବା ଆମର ଲକ୍ଷ୍ୟ।"

"ତେବେ, ଆପଣ ଡୁଡ଼ିୟାକୁ କେଉଁ କାମ ଦେଇଛନ୍ତି ? ପିଅନ୍ ନା ଆଉ କିଛି ?"

"ନା ନା, ସେ ଜଣେ ପ୍ରତିଭାବାନ ଝିଅ। ସେ ପ୍ରଥମେ ନିରକ୍ଷର ଥିଲେ, କିନ୍ତୁ ଆବୁଜମାଦ୍ ପର୍ବତ ରହଣି ସମୟରେ ପଢ଼ାଲେଖା ଶିଖିଲେ। ତାଙ୍କର କଳ୍ପନାତୀତ ବୁଦ୍ଧି। ସେ ଆମ ପୁଲିସ୍ ଫୋର୍ସରେ ଯୋଗଦେବାକୁ ଅତ୍ୟନ୍ତ ଉସ୍ତାହିତ। ମୁଁ ନିଶ୍ଚିତ ଯେ ସେ ସେବାରେ ଯୋଗ ଦେବା ପରେ ବହୁତ ସଫଳ ହେବେ।"

"ତେବେ, ବାଧା କେଉଁଠି ରହିଲା ?"

"ତାଙ୍କୁ ପ୍ରଥମେ ଦଶମ ପରୀକ୍ଷାରେ ଉତ୍ତୀର୍ଣ୍ଣ ହେବାକୁ ପଡ଼ିବ। ସେ ଖୁବ୍ ଶୀଘ୍ର ସେ ପରୀକ୍ଷା ଦେବେ। ଆମେ ମଧ୍ୟ ତାଙ୍କ ପାଇଁ ଟ୍ୟୁସନ୍ ବ୍ୟବସ୍ଥା କରିଛୁ। ଶୀଘ୍ର ତାଙ୍କ ଜୀବନ ବ୍ୟବସ୍ଥିତ ହୋଇଯିବ।"

ତାଙ୍କର ଚମତ୍କାର କାର୍ଯ୍ୟ ପାଇଁ ମୁଁ ଏସ୍‌ପିଙ୍କୁ ପ୍ରଶଂସା କଲି। ମୋର ପ୍ରଶଂସା ଶୁଣି ସେ ଆହୁରି ଉସ୍ତାହିତ ହୋଇ କହିଲେ, "ଏହି ଆମ୍ଭସମର୍ପଣକାରୀଙ୍କ ଜୀବନ ଅତ୍ୟନ୍ତ କଷ୍ଟସାଧ୍ୟ। ମାଓବାଦୀଙ୍କ ପାଇଁ ଏମାନେ ଆଜୀବନ ଶତ୍ରୁ। ସେମାନେ 'କୋଭିଟ୍' ଭାବରେ ଚିହ୍ନିତ ହୋଇଯାଇଛନ୍ତି। କୋଭିଟ୍ ହେଉଛନ୍ତି ସେହି ଦେଶଦ୍ରୋହୀ ଯେଉଁମାନେ ନିଜକୁ ପୁଲିସ୍ ନିକଟରେ ବିକ୍ରି କରିଛନ୍ତି। ସେମାନେ ପୁଲିସର ଖବରଦାତା। ତେଣୁ ସେମାନଙ୍କ ନିପାତ କରାଯିବା ଆବଶ୍ୟକ। ଏପରି କରି ସେମାନେ ଅନ୍ୟମାନଙ୍କୁ ଚେତାଇ ଦେଇପାରିବେ ଯେ ପରିଣାମ କ'ଣ ହୋଇପାରେ। ତେଣୁ ଆମେ ଜାଣିଶୁଣି ସେମାନଙ୍କୁ ପୁଲିସ୍ ସୁରକ୍ଷା ବଳୟ ଭିତରେ ରଖିଛୁ।"

ଖାଇବା ପରେ ଆମେ ପାଟିରେ କିଛି ପାନମହୁରୀ ପକାଇଲୁ। ତା'ପରେ ପ୍ରଭାକର ଶର୍ମାଙ୍କ ନିକଟକୁ ଏକ ଫୋନ୍ ଆସିଲା। ସେ ପିଅନକୁ ପଚାରିଲେ, "କଟରୁ

କେଉଁଠି ଅଛି ? ସେ ଏଠାକୁ ଆସିଛି କି ?” ତୁରନ୍ତ ଖୋଜାଖୋଜି ଆରମ୍ଭ ହେଲା। ଅଳ୍ପ ସମୟ ବ୍ୟବଧାନରେ ତିରିଶି ବର୍ଷର ଜଣେ ପତଳା କଳା ବ୍ୟକ୍ତି ଆମ ସାମ୍ନାରେ ଆସି ଠିଆ ହେଲା। ସେ ଚାପଗ୍ରସ୍ତ ଥିବା ଭଳି ଦିଶୁଥିଲେ। ତାଙ୍କୁ ଦେଖାଇ ପ୍ରଭାକର ଶର୍ମା ମୋତେ କହିଲେ, “ସାର୍, ଏ ହେଉଛନ୍ତି କଟରୁ। ଆମେ ଡୁଡ଼ିୟାଙ୍କର ପୁନଃବିବାହ କରିଛୁ। ଇଏ ହେଉଛନ୍ତି ତାଙ୍କ ସ୍ୱାମୀ।”

“ସେ କ’ଣ କରନ୍ତି ?”

ସେ ତହସିଲରେ ଏକ ପ୍ରାଥମିକ ସ୍କୁଲର ଶିକ୍ଷକ ବୋଲି ସେ କହିଲେ।

ଆମେ ବଙ୍ଗଲା ଛାଡ଼ିଲୁ। ‘ପୁନର୍ବିବାହ’ ଶବ୍ଦଟି ମୋ କାନରେ ଗୁଞ୍ଜରିତ ହେଉଥାଏ। ପୂର୍ବଦିନ ଡାକବଙ୍ଗଲାର ପିଲାମାନେ ଡୁଡ଼ିୟାଙ୍କ ବିବାହ ବିଷୟରେ କଥା ହେଉଥିଲେ। ସେ ଆବୁଜମାଦରେ ଥିବା ବେଳେ ସେ ନକ୍ସଲ କମିଟିର ଜଣେ ବରିଷ୍ଠ ସଦସ୍ୟଙ୍କୁ ବିବାହ କରିଥିଲେ; ଏବେ ପୁଣି ପୁନଃବିବାହ! ମୋ ଦ୍ୱନ୍ଦ୍ୱ ବଢ଼ିବାରେ ଲାଗିଲା। ଏହି ଯୁବ ଆଦିବାସୀ ଝିଅର ଜୀବନରେ କେତେସବୁ ପରିବର୍ତ୍ତନ ଘଟିଥିଲା ? ମୁଁ ପ୍ରକୃତରେ ତାଙ୍କ ସହିତ ବସି ଏକ ଦୀର୍ଘ ଆଲୋଚନା କରିବାକୁ ଚାହୁଁଥିଲି; କିନ୍ତୁ ସେତେବେଳେ, ଆମେ ସମସ୍ତେ ସେଠାରୁ ଯିବାକୁ ତତ୍ପର ଥିଲୁ।

ଓ

ସେଦିନ ରାତିରେ ଡାକ-ବଙ୍ଗଲାରେ ମୋ ପାଖରେ ନିୟୋଜିତ କିରାଣି ସହିତ ଟିକିଏ କଥାବାର୍ତ୍ତା କଲି । ଆମ ଆଲୋଚନାର ବିଷୟବସ୍ତୁ ଥିଲେ ପ୍ରଭାକର ଶର୍ମା ନାମକ ଏହି ସାହସୀ ଅଧିକାରୀ । ଏହାପୂର୍ବରୁ ସେ ମଧ୍ୟପ୍ରଦେଶ ପୁଲିସ୍‌ରେ ଡେପ୍ୟୁଟି ଏସ୍‌ପି ଭାବରେ ଯୋଗ ଦେଇଥିଲେ । ତା ଆଗରୁ ରାୟପୁରର ଏକ କଲେଜରେ ସେ ହିନ୍ଦୀ ଅଧ୍ୟାପକ ଭାବରେ କାର୍ଯ୍ୟ କରୁଥିଲେ । ତେଣୁକରି ତାଙ୍କ ସାଂସ୍କୃତିକ ଔଜ୍ଜଲ୍ୟ ଓ ମିଠା ଉଚ୍ଚାରଣକୁ ଖାକି ୟୁନିଫର୍ମ ଭିତରେ ଲୁଚାଇରଖିବା କଷ୍ଟକର ଥିଲା ।

ଅନେକ ଦିନ ଧରି ନକ୍ସଲମାନେ ତାଙ୍କୁ ଟାର୍ଗେଟ୍‌ରେ ରଖିଥିଲେ । ସେମାନେ ତାଙ୍କୁ ହତ୍ୟା କରି ଆଉ ଏକ ଦୃଷ୍ଟାନ୍ତ ସୃଷ୍ଟି କରିବା ପାଇଁ ବ୍ୟାକୁଳ ଥିବା ଭଳି ମନେ ହେଉଥିଲା ।

ମୋର କର୍ତ୍ତବ୍ୟର ଏକ ଅଂଶ ଭାବରେ, ମୋତେ ସୁନିଶ୍ଚିତ କରିବାର ଥିଲା ଯେ ନିର୍ବାଚନ ଦାୟିତ୍ୱରେ ଥିବା ଲୋକଙ୍କ ତାଲିମ କାର୍ଯ୍ୟ ସନ୍ତୋଷଜନକ ଭାବରେ ଚାଲିଛି । ଏମାନେ ମତଦାନ କେନ୍ଦ୍ରରେ କାମ କରିବା ପରେ ଭୋଟ୍ ଗଣତିରେ ମଧ୍ୟ ନିୟୋଜିତ ହେବାର ଥିଲା । ତେଣୁ ଏଥିପାଇଁ ସର୍ବୋତ୍ତମ ପ୍ରଶିକ୍ଷକ ଚୟନ କରାଯାଇଥିଲା । ଦିନେ ମୁଁ ଏହି ତାଲିମ କେନ୍ଦ୍ରଗୁଡ଼ିକ ମଧ୍ୟରୁ ଗୋଟିଏ ପରିଦର୍ଶନ କରି ଜଣେ ପଚାଶ ବର୍ଷୀୟ ଭଦ୍ରଲୋକଙ୍କୁ ଭେଟିଲି ଯିଏ ପ୍ରଶିକ୍ଷାର୍ଥୀଙ୍କୁ ବହୁତ ଉତ୍ସାହର ସହିତ ସମ୍ବୋଧିତ କରୁଥିଲା ।

ମୋର ଉଦ୍ଦେଶ୍ୟ ଥିଲେ ଟିକିଏ ନଜର ପକାଇ ଆଗକୁ ବଢ଼ିବି । କିନ୍ତୁ ଯେତେବେଳେ ମୁଁ ସେହି ବ୍ୟକ୍ତିଙ୍କର ଆକର୍ଷଣୀୟ ହିନ୍ଦୀ ଉଚ୍ଚାରଣ ଶୁଣିଲି ମୁଁ ସେହି ସ୍ଥାନରେ ଅଟକିଗଲି । ତାଙ୍କ କ୍ଲାସ୍ ସରିବା ପରେ ମୁଁ ତାଙ୍କୁ ମୋ ରୁମ୍‌କୁ ନିମନ୍ତ୍ରିତ କଲି

ଏବଂ ତାଙ୍କ ଶିକ୍ଷାଦାନ ଦକ୍ଷତା ପାଇଁ ତାଙ୍କୁ ପ୍ରଶଂସା କଲି । ସେ ସମ୍ମାନର ସହ ମୋ ଆଗରେ ହାତ ଯୋଡ଼ି କହିଲା, "ସାହେବ ଜୀ, ମୋ ନାମ ଜୟେଶ ଦୀକ୍ଷିତ ଏବଂ ମୁଁ ମୂଳତଃ ମରାଠୀ ବ୍ରାହ୍ମଣ ।"

"କେଉଁ ସହର ?"

"କୋଙ୍କଣର କେଲସି"

"ତେବେ, ଆପଣ ଏପଟେ କେମିତି ଚାଲିଆସିଲେ ?"

"ସାହେବ, ପାଞ୍ଚ ପିଢ଼ି ହେଲା ମୋ ପରିବାର ଏଠାରେ ରହିଆସୁଛି । ମୋର ପିତୃପୁରୁଷମାନେ ଗ୍ୱାଲିୟର ରାଜାଙ୍କ ପାଖରେ ଚାକିରି କରିବାକୁ ଆସି ଏଠାରେ ରହିଗଲେ । କିନ୍ତୁ ଆମ ଘରୋଇ ଚାଲିଚଲନ ମରାଠୀ ରହିଆସିଛି । କେଲସିର ଦେବୀ ମହାଲକ୍ଷ୍ମୀଙ୍କ ରୂପା ମୂର୍ତ୍ତି ଆମ ଘରେ ପିଢ଼ି ପରେ ବହୁତ ସମ୍ମାନର ସହ ପୂଜିତ ହୋଇଆସୁଛି ।

ଜୟେଶ ଦୀକ୍ଷିତ ଏକ ହିନ୍ଦୀ ମାଧ୍ୟମିକ ସ୍କୁଲର ପ୍ରଧାନଶିକ୍ଷକ ଭାବରେ ବେଶ ଜଣାଶୁଣା । ସେ ଶିବାଜୀ ସାଓ୍ୱନ୍ତଙ୍କ ଉପନ୍ୟାସ 'ମୃତ୍ୟୁଞ୍ଜୟ'ର ହିନ୍ଦୀ ଅନୁବାଦ ପଢ଼ିଥିଲେ । ଉପନ୍ୟାସ କର୍ଣ୍ଣ ଚରିତ୍ର ତାଙ୍କ ଉପରେ ଗଭୀର ଛାପ ଛାଡ଼ିଥିବା ତାଙ୍କ କଥାବାର୍ତ୍ତାରୁ ସ୍ପଷ୍ଟ ଜଣାପଡ଼ୁଥିଲା । ସେ ମୋତେ ତାଙ୍କ ଘରକୁ ଆସିବାକୁ ନିମନ୍ତ୍ରଣ କଲେ ଏବଂ ମୁଁ ଖୁସିରେ ତାହା ଗ୍ରହଣ କଲି ।

ଦିନକୁ ଦିନ ନିର୍ବାଚନ ତାରିଖ ପାଖେଇ ଆସୁଥିଲା । ଏପ୍ରିଲର ଉଭାପ ଅନୁଭୂତ ହେବାରେ ଲାଗିଲା ଏବଂ ଜଙ୍ଗଲରେ ପତ୍ର ଝଡ଼ିବା ଆରମ୍ଭ ହେଲା । କିଛି ସପ୍ତାହ ପୂର୍ବରୁ ଗହଳ ସବୁଜ ଗଛଗୁଡ଼ିକ ଏବେ ଲଙ୍ଗଳା ଓ ପାଉଁଶିଆ ଦିଶୁଥିଲେ । ନକ୍ସଲଙ୍କ ବନ୍ଧୁକମୁନ ତଳେ ନିର୍ବାଚନ ଆୟୋଜନା ପାଇଁ ରାଜନୈତିକ ଦଳଗୁଡ଼ିକ ଏକ ନୂତନ ରଣନୀତି ପ୍ରସ୍ତୁତ କରୁଥିଲେ । ବହୁ ସଂଖ୍ୟକ ବରିଷ୍ଠ ନାଗରିକ ଶୋକରେ ମୁଣ୍ଡ ନୁଆଁଇ କହୁଥିଲେ, "ପ୍ରଶାସନ ଯେତେ ସତର୍କତାର ସହ ପଦକ୍ଷେପ ନେଲେ ବି, ନକ୍ସଲମାନେ ଏଥର ନିର୍ବାଚନ କାଳକୁ କିଛି ଡଜନ ଲୋକଙ୍କ ମୃତ୍ୟୁ ବିନା ଅତିକ୍ରାନ୍ତ ହେବାକୁ ଦେବେ ନାହିଁ ।"

ନକ୍ସଲମାନଙ୍କ ପ୍ରଭାବରେ ଲୋକସଭା ନିର୍ବାଚନମଣ୍ଡଳୀରେ ପ୍ରଶାସନ ସ୍ତରରେ ଅତ୍ୟଧିକ ସତର୍କତା ଅବଲମ୍ବନ କରାଯାଉଥିଲା । ବାରମ୍ବାର ପୁଲିସ୍ ଫୋର୍ସ ଓ କେନ୍ଦ୍ରୀୟ ପାରାମିଲିଟାରି ଫୋର୍ସର ପ୍ରସ୍ତୁତି ନେଇ ମୂଲ୍ୟାଙ୍କନ କରାଯାଉଥିଲା । ମୁଁ ଏଭଳି ପ୍ରତ୍ୟେକ ମିଟିଂରେ ଉପସ୍ଥିତ ରହୁଥିଲି ।

ଯେତେବେଳେ ମୁଁ ରାଜ୍ୟ ଶସ୍ତ୍ରାଗାର ପରିଦର୍ଶନ କରିବାକୁ ଯାଇଥିଲି,

ସେଠାରେ ଥିବା ଅତ୍ୟାଧୁନିକ ଅସ୍ତ୍ରଶସ୍ତ୍ର - ଉଭୟ ଆକ୍ରମଣ ଏବଂ ପ୍ରତିରୋଧ ପାଇଁ -
ଦେଖି ମୁଁ ଆଶ୍ଚର୍ଯ୍ୟ ହେଲି। ୫୧ ମିଲିମିଟର ମୋର୍ଟାର (ଯାହାର ଆକାର ପ୍ରାୟ ଏକ
ଛୋଟ ତୋପ ସହିତ ସମାନ), ବାଇପୋଡ୍‌ରେ ରଖାହୋଇଥିବା ସ୍ନାଇପର ରାଇଫଲ
(ଯାହାକୁ ଭୂଇଁରେ ଶୋଇରହି ଚଲାଯାଇପାରେ), ଅଟୋମେଟିକ୍ ଏଫ୍‌ଏଲ୍ ରାଇଫଲ
(ଯାହା ଏକ ମୋଟା କାଠ ପଟାକୁ ବିନ୍ଧ କରିଦେଇପାରେ), ୩୦ ରାଉଣ୍ଡ ମାଗାଜିନ୍
ଲାଗିଥିବା ଏକେ-୪୭, ଅଧିକ ଶକ୍ତିଶାଳୀ ଅଣ୍ଡର-ବ୍ୟାରେଲ ଗ୍ରେନେଡ୍ ଲଞ୍ଚର
(ଟଙ୍ଗ୍‌ଏଖ) (ଯାହା ଏକେ-୪୭ ସହିତ ସଂଲଗ୍ନ ହୋଇପାରିବ)- ଏସବୁ ଅସ୍ତ୍ରଶସ୍ତ୍ରର
ତାଲିକା କଲେ ବହୁତ ଲମ୍ବ ହେବ।

ପୁଲିସ୍ ଦ୍ୱାରା ହେଉ କି ନକ୍ସଲମାନଙ୍କ ଦ୍ୱାରା, ମୁଁ ଦେଖୁଥିଲି ଏହି ଦେଶରେ
ଅସ୍ତ୍ରଶସ୍ତ୍ର ପାଇଁ କେତେ ଖର୍ଚ୍ଚ ହେଉଛି। ମାଓ ଦୀର୍ଘଦିନ ଧରି ନିଜର ଅନୁଗାମୀମାନଙ୍କୁ
ଚେତାଇ ଦେଇଥିଲେ ଯେ ବନ୍ଧୁକ ମୁନରୁ ରାଜନୈତିକ ଶକ୍ତି ଉତ୍ପନ୍ନ ହୁଏ ଏବଂ
ଶତ୍ରୁଙ୍କ ଛାତିରେ ଗୁଳି ଚାଳନା ଏହାର ଆଉ ଏକ ଉପାୟ।

ମୋ ପାଖରେ ମାଓଙ୍କ ଟ୍ରେନିଂ ମାନୁଆଲ୍‌ର ଏକ ଜେରକ୍ସ ନକଲ ଥିଲା।
ସେଠାରେ ଏକ ନିର୍ଦ୍ଦେଶ ଥିଲା ଯେ ଜଣେ ବ୍ୟକ୍ତି ନିଜ ଜୀବନର ଯତ୍ନ ନେବା
ଅପେକ୍ଷା ଅସ୍ତ୍ରଶସ୍ତ୍ରର ଅଧିକ ଯତ୍ନ ନେବା ଉଚିତ। ଶର୍ମାଙ୍କ ଅଧୀନରେ କାର୍ଯ୍ୟ କରୁଥିବା
ଜଣେ ଡେପୁଟି ଏସ୍‌ପିଙ୍କୁ ମୁଁ ପଚାରିଲି, 'ଜଙ୍ଗଲରେ ରହୁଥିବା ଏହି ମାଓବାଦୀମାନେ
କେଉଁଠାରୁ ଅସ୍ତ୍ରଶସ୍ତ୍ର ପାଆନ୍ତି ?'

'ମିଆଁମାର ଏବଂ ଚୀନ୍ ସୀମାରେ ଏଗୁଡ଼ିକର ବଜାର ଅଛି, ଏଲ୍‌ଏମ୍‌ଜି ଓ
ଏକେ-୪୭ ପରି ବଡ଼ ବଡ଼ ଅସ୍ତ୍ରଶସ୍ତ୍ର ଏହି ବଜାରରେ ମିଳି।'

"ଖୋଲାଖୋଲି ଭାବେ ଏଗୁଡ଼ିକର ବିକ୍ରି ହୁଏ ?"

"ଆଜ୍ଞା ! ଜଙ୍ଗଲ ଏବଂ ବାହାରର ବନ୍ଧୁକ ଏଜେଣ୍ଟମାନେ ଏହି ବ୍ୟବସାୟରେ
କୋଟିପତି ହୁଅନ୍ତି। ସେମାନେ କେବଳ ମାଓବାଦୀଙ୍କୁ ନୁହେଁ, ନାଗା ଓ ମିଜୋରାମର
ଉଗ୍ରବାଦୀଙ୍କ ସମେତ ଜାମ୍ମୁ କାଶ୍ମୀରର ଆତଙ୍କବାଦୀଙ୍କୁ ମଧ୍ୟ ଚାହିଦା ମୁତାବକ ଅସ୍ତ୍ରଶସ୍ତ୍ର
ଯୋଗାଉଛନ୍ତି।"

କର୍ତ୍ତୃପକ୍ଷଙ୍କ ପାଖରେ ସୂଚନା ଥିଲା ଯେ ସମଗ୍ର ଭାରତରେ ମାଓବାଦୀଙ୍କ
ନିୟନ୍ତ୍ରଣରେ ପ୍ରାୟ ୧୦,୦୦୦ ପୁରୁଷଙ୍କର ଏକ ସଶସ୍ତ୍ର ବାହିନୀ ଥିଲା। ସେମାନେ
କାନ୍ଧରେ କିମ୍ବା ବାହୁରେ ଅତ୍ୟଧିକ ବିପଜ୍ଜନକ ଏବଂ ବିନାଶକାରୀ ଅସ୍ତ୍ର ବହନ
କରନ୍ତି। ପୁଲିସ୍ ସହିତ ମୁହାଁମୁହିଁ ପରିସ୍ଥିତି ହେଲେ ଏବଂ ମାଓବାଦୀମାନେ ମାର ବା
ମର ଆଭିମୁଖ୍ୟ ଗ୍ରହଣ କରୁଥିଲେ।

ଭୟଙ୍କର ଅସ୍ତ୍ରଶସ୍ତ୍ର ନେଇ ଲଢୁଥିବା ଏହି ଦୁଇ ଦଳ, ଦେଶର ସୀମାରେ ନୁହେଁ, ବରଂ ଏକ ରାଜ୍ୟର ଘଞ୍ଚ ଜଙ୍ଗଲ ଭିତରେ ଯୁଦ୍ଧ ଚଲାଇଥିଲେ ।

ମୁଁ ଶସ୍ତ୍ରାଗାରରୁ ବାହାରିବା ବେଳେ ଦିଲ୍ଲୀର ଏକ ପ୍ରସିଦ୍ଧ ଇଂରାଜୀ ସାମ୍ବାଦିକଙ୍କୁ ଭେଟିଲି । ସେ ମୋ ପାଖକୁ ଆସି ଚାପା ସ୍ୱରରେ କହିଲେ, "ସାରଜୀ, ଯେମିତିବି ହେଉ ଆଧୁନିକ ଅସ୍ତ୍ରଶସ୍ତ୍ର ହାସଲ କରିବା ମାଓବାଦୀମାନଙ୍କର ଏକ ମିଶନ ପାଲଟିଛି ।"

"କେମିତି ?" ମୁଁ ପଚାରିଲି ।

"ଦଶ ବର୍ଷ ପୂର୍ବେ ସେମାନେ ଓଡ଼ିଶାର କୋରାପୁଟ ଜିଲ୍ଲାର ଶସ୍ତ୍ରାଗାର ଉପରେ ଆକ୍ରମଣ କରି ୫୦୦ ରାଇଫଲ ଏବଂ ଶହ ଶହ କାର୍ଟିଜ ବେଲ୍ଟ ଛଡ଼ାଇ ନେଇଥିଲେ ।"

"ସେ ଯାହା ହେଉନା କାହିଁକି, ଏଠାରେ ମୋର ପ୍ରାଥମିକତା ହେଉଛି କିଭଳି ଭାବେ ନିର୍ବାଚନ ଶାନ୍ତିପୂର୍ଣ୍ଣ ଭାବେ ସରିବ ।" ଏହା କହି ମୁଁ ସେଠାରୁ ଚାଲିଆସିଲି ।

ଡାକ-ବଙ୍ଗଲାର ତଳ ମହଲା ଅଗଣାରେ ମୁଁ ଡ଼ୁଡ଼ିୟାର ସ୍ୱାମୀ କତରୁଙ୍କୁ ନିୟମିତ ଭାବେ ଦେଖିବାକୁ ପାଉଥିଲି । ତାଙ୍କର କିଛି ସାଙ୍ଗ ସେଠାରେ ରୋଷେଇ କରୁଥିଲେ । ବେଲେବେଲେ ମୁଁ ମଧ୍ୟ ଡ଼ୁଡ଼ିୟାଙ୍କୁ ରୋଷେଇ ଘରୁ ବାହାରକୁ ଆସୁଥିବାର ଦେଖିଛି । ଏଥିରୁ ଜଣାପଡ଼େ ଯେ ଯେତେବେଲେ ସେ ରୋଷେଇ ଘରୁ ସାହାଯ୍ୟ ପାଇଁ ଡାକିଲେ ଡ଼ୁଡ଼ିୟାଙ୍କୁ ସୁରକ୍ଷା ଯୋଗାଇଦେବା ତାଙ୍କର କାମ ଥିଲା । ଯେତେବେଲେ ବି ଆମେ ପରସ୍ପରକୁ ଭେଟୁ, ମୁଁ ତାଙ୍କୁ ପଚାରେ, "ମାଷ୍ଟରଜୀ କେମିତି ଅଛନ୍ତି ?" ଏହା ଶୁଣି ଡ଼ୁଡ଼ିୟା ହସ ସମ୍ଭାଳି ପାରନ୍ତି ନାହିଁ ।

ଦିନେ, ମୁଁ ତାଙ୍କ ସ୍ୱାମୀଙ୍କୁ 'ମାଷ୍ଟରଜୀ' ବୋଲି ସମ୍ବୋଧନ କରିବାରୁ ସେ ହସ ହସ କହିଲେ, "ସାହେବ, ତାଙ୍କୁ ପଚାରନ୍ତୁ ଯେ ସେ କୌଣସି ସ୍କୁଲରେ ଆଜି ପର୍ଯ୍ୟନ୍ତ ଗୋରୁଗାଇ ଚରାଇଛନ୍ତି କି, ପିଲାଙ୍କୁ ପଢ଼ାଇବା ତ ବହୁ ଦୂରର କଥା ।" ସେ କ'ଣ କହିବାକୁ ଚାହୁଥିଲେ ମୁଁ ବୁଝିପାରିଲି ନାହିଁ ।

ଗ୍ରାମାଞ୍ଚଳର ମତଦାନ କେନ୍ଦ୍ର ଯାଞ୍ଚ କରିବା ଅଭିଯାନରେ ଆମେ ସେଦିନ ବାହାରିଥିଲୁ । ପ୍ରଭାକର ଶର୍ମା ଆଗ ସିଟ୍‌ରେ ବସିଥିବା ବେଲେ ଆମ ତିନିଜଣ ସମାନ ଆମ୍ବାସାଡର କାର୍‌ରେ ଥିଲୁ । ଏହି ଅଞ୍ଚଲର ଗ୍ରାମଗୁଡ଼ିକରେ ବୁଲି ସର୍ବଦା ଏକ ବିପଦଜନକ କାର୍ଯ୍ୟ ଥିଲା, କିନ୍ତୁ ସୁରକ୍ଷିତ ଯାତାୟାତ ପାଇଁ ଜିଲ୍ଲା ପୁଲିସ୍‌ର ଏକ ରାସ୍ତା ଖୋଲିବା ୟୁନିଟ୍ ଆମ ସାମ୍ନାରେ ଯାଉଥିଲା । ଆମର କାରକେଡ଼୍ ଆଗରେ ଏବଂ ପଛରେ ଆସୁଥିବା ଭ୍ୟାନ୍‌ଗୁଡ଼ିକରେ ଏକେ-୪୭ ଓ ୟୁଏଲବିଜି ଧାରୀ କମାଣ୍ଡୋ ଭର୍ତି ହୋଇ ରହିଥିଲେ ।

ଆକାଶ ମେଘାଚ୍ଛନ୍ନ ଥିବା ସହିତ କୁହୁଡ଼ିଆ ପରିବେଶ ଥିଲା। ଏହି ଅଞ୍ଚଳରେ ଭୟର ଏଭଳି ରାଜୁତି ଥିଲା ଯେ ସୂର୍ଯ୍ୟ ମଧ୍ୟ ସତର୍କ ହୋଇ କେତେବେଲେ କେମିତି ପଦାକୁ ବାହାରୁଥିଲେ।

ଯେତେବେଲେ ଆମେ ବଙ୍ଗଲାରେ କାର୍ ଭିତରେ ବସିଲୁ, ମୁଁ ଟିକିଏ ଦ୍ୱନ୍ଦ୍ୱରେ ପଡ଼ିଗଲି। ମୁଁ ପ୍ରକୃତରେ ଜାଣି ନଥିଲି କି ମୁଁ ଝରକା ପାଖରେ ବସିବି ନା ମଝିରେ ବସିବି। ଶେଷରେ, ମୁଁ ଝରକା ପାଖରେ ବସିଲି, ଜିଲ୍ଲା କଲେକ୍ଟର ଅବଧେଶ ବାବୁ ଅନ୍ୟ ଝରକା ପାଖରେ ବସିଲେ। ଶର୍ମା ବାବୁ ଯାଇ ଆଗ ସିଟ୍ ଦଖଲ କଲେ। ସେ ବସିଲା ପରେ ବୁଲିପଡ଼ି ହସି ହସି କହିଲେ, "ସାର୍ ଏଠାରେ ଅତ୍ୟଧିକ ସତର୍କତା ଅବଲମ୍ଭନର କୌଣସି ଅର୍ଥ ନାହିଁ। ଯାହା ଘଟିବାର ଥିବ ତାହା ଘଟିବ।"

"ଆପଣ ଏମିତି କାହିଁକି କହୁଛନ୍ତି ?"

"ନିକଟରେ ଏକ ଘଟଣା ଘଟିଥିଲା। କେନ୍ଦ୍ରର ଜଣେ ବରିଷ୍ଠ ଅଧିକାରୀ କିଛି ଯୋଜନା କାର୍ଯ୍ୟକାରୀ କରିବା ପାଇଁ ଏଠାକୁ ଆସିଥିଲେ। ଦିଲ୍ଲୀର ଏହି ଭଦ୍ରଲୋକ ତାଙ୍କୁ ନେଇ ଯାଉଥିବା ହେଲିକପ୍ତରରେ ଝରକା ପାଖ ସିଟ୍‌ରେ ବସିଲେ ନାହିଁ। ସେ ଭାବିଥିଲେ ଯେ ଯଦି ଆକ୍ରମଣ ହେବ, ତାହେଲେ ସେ ମଝି ସିଟ୍‌ରେ ଅପେକ୍ଷାକୃତ ସୁରକ୍ଷିତ ରହିବେ। ହେଲିକପ୍ତରଟି ଉଡ଼ିବା ଆରମ୍ଭ କରିବାର ମାତ୍ର ୧୫ ମିନିଟ୍ ପରେ ସେହି ପର୍ବତରୁ ବନ୍ଦୁକ ଆକ୍ରମଣ ହେଲା। ଭାଗ୍ୟକୁ କାହାର କୌଣସି କ୍ଷତି ହୋଇ ନ ଥିଲା। କିନ୍ତୁ ଗୋଟିଏ ମାତ୍ର ଗୁଲି ଦିଲ୍ଲୀରୁ ଆସିଥିବା ସେହି ଭଦ୍ରଲୋକଙ୍କ ଜୀବନ ନେଇଗଲା।"

ଧର୍ମବିଶ୍ୱାସୀ ଅବଧେଶ ବାବୁ କହିଲେ, "ସାର୍ ନିଜ ଭାଗ୍ୟରେ ଯାହା ଲେଖା ହୋଇଛି ତାହା ଘଟିବ।"

ଆବୁଜମାଦର ପର୍ବତମାନଙ୍କୁ ନେଇ ଯେଉଁମାନେ ଲେଖାଲେଖି କରିଛନ୍ତି ଅଥବା ଅଧ୍ୟୟନ କରିଛନ୍ତି ସେମାନଙ୍କ ମଧରେ ଏହା ବହୁତ କୌତୂହଲ ଏବଂ ରହସ୍ୟ ସୃଷ୍ଟି କରିଛି। ଯେତେବେଲେ ମୁଁ ଶର୍ମା ବାବୁଙ୍କ ସହ ଏହି ବିଷୟରେ କଥାବାର୍ତା କଲି, ସେ କହିଲେ ଯେ କେହି ବି ଇନ୍ଦ୍ରାବତୀ ନଦୀର ଅପର ପାର୍ଶ୍ୱରେ ଥିବା ଅବୁଜମାଦ୍ ପର୍ବତକୁ ଯାଇପାରିବ ନାହିଁ।

"କାହିଁକି ?"

"ଏହା ଏକ ଘନ ଜଙ୍ଗଲ, ଗୋଟିଏ ପଛକୁ ଗୋଟିଏ ଘଞ୍ଚ ସବୁଜ ପର୍ବତର ଅସୀମ ଧାଡ଼ି-"

"ପର୍ବତ ସଂଖ୍ୟା କେହି ଗଣି ନାହାନ୍ତି କି ?"

"ହଁ, ମୁଁ ଥରେ ଗଣନା କରିବାକୁ ଚେଷ୍ଟା କରିଥିଲି।"

"ଆପଣ କେମିତି ଗଣିଲେ ?"

"ମୁଁ ସେତେବେଳେ ମୁଖ୍ୟମନ୍ତ୍ରୀଙ୍କ ସୁରକ୍ଷା ଦାୟିତ୍ୱରେ ଥିଲି। ଯେତେବେଳେ ମୁଁ ହେଲିକପ୍ଟରରେ ମୁଖ୍ୟମନ୍ତ୍ରୀଙ୍କ ସହ ପର୍ବତ ଶିଖର ଉପରେ ଉଡ଼ୁଥାଏ, ମୁଁ ଏଗୁଡ଼ିକୁ ଗଣିବାକୁ ଚେଷ୍ଟା କରୁଥିଲି, କିନ୍ତୁ ସେହି ସବୁଜ ପର୍ବତଗୁଡ଼ିକ ସରିବାର ନାମ ନେଉ ନ ଥିଲେ।"

ଆମେ ଯାତ୍ରା କରୁଥିବା ବେଳେ, ହଠାତ୍ ଡୁଡ଼ିଆ କଥା ମୋର ମନେ ପଡ଼ିଲା। ମୁଁ ଏସପିଙ୍କୁ ପଚାରିଲି, "ଶର୍ମାଜୀ, ଡୁଡ଼ିଆ ନାମକ ଝିଅଟି ଏକ ବଡ଼ ବିପଦ ବୋଲି ଆପଣ ଭାବୁ ନାହାଁନ୍ତି କି ?"

"କାହିଁକି ?"

"ଜଣେ ମହିଳା ଯିଏ ଦୀର୍ଘଦିନ ଧରି ନକ୍ସଲମାନଙ୍କ ପାର୍ବତ୍ୟ ମୁଖ୍ୟାଳୟରେ ବିତାଇଥିଲେ ଏବଂ ବର୍ତ୍ତମାନ ଆପଣଙ୍କ ପାଖରେ ଆଶ୍ରୟ ନେଇଛନ୍ତି, ଆପଣ ଭାବୁ ନାହାଁନ୍ତି ଯେ କେହି ଜଣେ ଗୁପ୍ତରେ ତାଙ୍କ ଉପରେ ବନ୍ଧୁକ ଦାଗିଦେବ ?"

"ନିଶ୍ଚୟ !" ପ୍ରଭାକର ଶର୍ମା ଶୁଖିଲା ହସ ସହିତ ଉତ୍ତର ଦେଲେ। "ଏହି ମାଓବାଦୀଙ୍କ ପାଇଁ ଶରଣାର୍ଥୀମାନେ ସବୁଠାରୁ ବଡ଼ ଟାର୍ଗେଟ୍। ସେମାନେ ସେମାନଙ୍କୁ 'ମୁଖବିର' ଓ 'କୋଭିଟ୍' ଭଳି ନାଁରେ ସମ୍ବୋଧନ କରନ୍ତି, ଯାହାର ଅର୍ଥ ହେଲା ସେମାନେ ହେଉଛନ୍ତି ପୁଲିସ୍ ଇନ୍‌ଫର୍ମର୍। ଯଦି ସେମାନଙ୍କ ମଧ୍ୟରୁ କେହି ଧରାପଡ଼ନ୍ତି, ତେବେ ତାଙ୍କୁ ଅତି ନିର୍ମମ ଭାବରେ ହତ୍ୟା କରାଯାଇଥାଏ। ପ୍ରଥମେ ସେମାନଙ୍କର ଅଙ୍ଗ ପ୍ରତ୍ୟଙ୍ଗ କାଟି ଦିଆଯାଏ ଏବଂ ତା'ପରେ ସେମାନଙ୍କର ମୁଣ୍ଡ କାଟ କରାଯାଏ।"

"ଏଠାରେ ଆପଣ ଏହି ଶରଣାର୍ଥୀମାନଙ୍କୁ ସେମାନଙ୍କର ମୁଖ୍ୟାଳୟ ନିକଟରେ ରହିବାର ବ୍ୟବସ୍ଥା କରିଛନ୍ତି, ଆପଣ ତାହା କରି ବିପଦକୁ ଆମନ୍ତ୍ରଣ କରୁନାହାଁନ୍ତି କି ?"

"ସେମାନଙ୍କର ନିରାପତ୍ତା ଏବଂ ପୁନର୍ବାସ ପାଇଁ ସମସ୍ତ ପ୍ରକାର ବ୍ୟବସ୍ଥା କରିବା ପ୍ରଶାସନର ବାଧ୍ୟତାମୂଳକ କର୍ତ୍ତବ୍ୟ। ଯଦି ଆମେ ଏଠାରେ ତ୍ରୁଟି କରିବା, ତେବେ କିଏ ଆମକୁ ଆଉ ବିଶ୍ୱାସ କରିବ ?"

ଡୁଡ଼ିଆ ଏକ କଳଙ୍କିତ ଛୁରୀ ପରି ମୋ ମୁଣ୍ଡରେ ପ୍ରବେଶ କରିଥିଲା। ଏହି ସାହସୀ ଆଦିବାସୀ ଝିଅର ଉଦ୍‌ଵେଗାପୂର୍ଣ୍ଣ ଜୀବନ ବିଷୟରେ ଅଧିକ ଜାଣିବାର ଜିଜ୍ଞାସା ଅଧିକ ଶକ୍ତିଶାଳୀ ହେଉଥିଲା। କିନ୍ତୁ ନିର୍ବାଚନ ସମୟଦାୟ କାର୍ଯ୍ୟର ଚାପ ଏତେ ଭାରୀ ଥିଲା ଯେ ମୁଁ ପର୍ଯ୍ୟାପ୍ତ ସମୟ ପାଇ ନଥିଲି।

ଜିଲ୍ଲା ମୁଖ୍ୟାଳୟରେ ଥିବା ସରକାରୀ କୋଠାଗୁଡ଼ିକ ଅତ୍ୟନ୍ତ ଆକର୍ଷଣୀୟ

ଏବଂ ଚମକାର ଦେଖାଯାଉଥିଲା। କିନ୍ତୁ ଅଭ୍ୟନ୍ତରରେ ଅବସ୍ଥିତ ସ୍କୁଲଗୁଡ଼ିକର ଅବସ୍ଥା ଶୋଚନୀୟ ଥିଲା। ବୋଧହୁଏ ମାସେ ଧରି ସେଗୁଡ଼ିକୁ ବ୍ୟବହାର କରାଯାଇ ନଥିଲା। ନକ୍ସଲମାନେ ନିର୍ମାଣ କଣ୍ଟ୍ରାକ୍ଟରମାନଙ୍କୁ ସ୍କୁଲ, ସ୍ୱାସ୍ଥ୍ୟକେନ୍ଦ୍ର ଓ ବିଶ୍ରାମ ଗୃହର ରକ୍ଷଣାବେକ୍ଷଣ କାମ କରିବାକୁ ଦେଉ ନ ଥିଲେ। ତାଙ୍କ ହିସାବ ଅନୁଯାୟୀ, ଏହି କୋଠାଗୁଡ଼ିକୁ ପୁଲିସ୍ ସେମାନଙ୍କ ସୁରକ୍ଷା ପାଇଁ କିମ୍ୱା ସେନାର ହାଉସିଂ ୟୁନିଟ୍ ପାଇଁ ବ୍ୟବହାର କରାଯିବର ଆଶଙ୍କା ଥିଲା। ତେଣୁ, ସମସ୍ତ ବିକାଶମୂଳକ କାର୍ଯ୍ୟ ଏବଂ ଭିତ୍ତିଭୂମି ନିର୍ମାଣକୁ ନଷ୍ଟ କରିଦେବା ସେମାନଙ୍କ ଲକ୍ଷ୍ୟ ଥିଲା। ଶିକ୍ଷକ ଏବଂ ଅନ୍ୟ କର୍ମଚାରୀମାନେ ସଦର ମହକୁମାରେ ରହୁଥିଲେ। କୁହାଯାଏ ଯେ ସେ ସମୟରେ ସେମାନେ କେବଳ ଦରମା ଉଠାଇବା ଦିନ ଭେଟାଭେଟି ହେଉଥିଲେ।

ଆମର କାର ପଟୁଆର ଧୂଳି ରାସ୍ତା ଦେଇ ଯିବା ବେଳେ ପଛରେ ଘନ ମେଘର ଭ୍ରମ ସୃଷ୍ଟି ହେଉଥିଲା। ରାସ୍ତାରେ ବିଭିନ୍ନ ସ୍ଥାନରେ ଲଗାଯାଇଥିବା ଲ୍ୟାଣ୍ଡମାଇନ୍ ଦ୍ୱାରା ଯେକୌଣସି ଗାଡ଼ି ବିସ୍ଫୋରଣରେ ଉଡ଼ିଯିବାର ଭୟ ଲାଗିରହିଥିଲା।

ସବା ଆଗରେ ଯାଇ ଧାତବ-ଡିଟେକ୍ଟର ରଡ୍ ସାହାଯ୍ୟରେ ରାସ୍ତାର ଉଭୟ ପାର୍ଶ୍ୱ ଜାଞ୍ଚ କରିବା ପାଇଁ ରୋଡ୍ ଓପନିଂ ପାର୍ଟି ଗଠିତ ହୋଇଥିଲା। କୌଣସି ସ୍ଥାନରେ ବୋମା କିମ୍ୱା ଅନ୍ୟ ବିସ୍ଫୋରକ ନାହିଁ ବୋଲି ସୁନିଶ୍ଚିତ କରିବା ପରେ ଯାଇ ଭିଆଇପି ଗାଡ଼ି ଏବଂ ଅନ୍ୟାନ୍ୟ ସରକାରୀ ଯାନକୁ ସେହି ରାସ୍ତା ଦେଇ ଯିବାକୁ ଅନୁମତି ଦିଆଯାଉଥିଲା।

ବେତାର ସେଟ୍‌ରୁ ଲଗାତାର ଧ୍ୱନି ବାହାରୁଥିଲା। ପ୍ରଭା ଶର୍ମା ଜିଲ୍ଲାର ବିଭିନ୍ନ ସ୍ଥାନରୁ ନକ୍ସଲମାନଙ୍କ ଗୁପ୍ତ ତଥା ଖୋଲା କାର୍ଯ୍ୟକଲାପ ବିଷୟରେ ସବିଶେଷ ସୂଚନା ସଂଗ୍ରହ କରୁଥିଲେ।

ପ୍ରାୟ ଚାରି ବର୍ଷ ପୂର୍ବେ ପୁଲିସ୍ ଅଧୀକ୍ଷକ ବିନୋଦ କୁମାର ଚୌବେ ଏବଂ ତାଙ୍କ ତିରିଶ ଜଣ ଯବାନଙ୍କୁ ହତ୍ୟା ଘଟଣା ଘଟିଥିଲା। ରାଜନନ୍ଦଗାଓଁ ଜିଲ୍ଲାର ସେ ଏଭଳି ପ୍ରଥମ ବରିଷ୍ଠ ପୁଲିସ୍ ମୁଖ୍ୟ ଥିଲେ ଯାହାଙ୍କୁ ଏହିଭଳି ଭାବେ ହତ୍ୟା କରାଯାଇଥିଲା। ଏହି ଭୟଙ୍କର ହତ୍ୟାକାଣ୍ଡ ନକ୍ସଲମାନଙ୍କ ଆତ୍ମବିଶ୍ୱାସ ଜାଗ୍ରତ କରିଥିଲା ଏବଂ ପୁଲିସ୍ ଓ ସାମରିକ ବାହିନୀର ମନୋବଳ ଭାଙ୍ଗି ଦେଇଥିଲା।

ରକ୍ତପାତ ଘଟଣା ପରେ ଏପର୍ଯ୍ୟନ୍ତ ଜିଲ୍ଲାରୁ ଭୟର ଛାୟା ଦୂରେଇ ଯାଇ ନଥିଲା। ଆମର କାର ପର୍ବତ ଏବଂ ନକ୍ସଲମାନଙ୍କ ଦ୍ୱାରା ଘେରି ରହିଥିବା ସେହି ଡିଭିଜନ୍ ଆଡ଼କୁ ଗତି କରୁଥିଲା। ମନପୁର ହେଉଛି କୋରକାଟୀ ଓ କୋହକା ଗାଁ

ମଧ୍ୟରେ ଅବସ୍ଥିତ ଘଞ୍ଚ ଜଙ୍ଗଲ । ମନପୁର ସେପଟକୁ ବାର କିଲୋମିଟର ରାସ୍ତା ପିଚୁରେ ତିଆରି, ଏହା ପରେ ଅଙ୍କାବଙ୍କା ତଥା ଗର୍ତ୍ତପୂର୍ଣ୍ଣ ରାସ୍ତା ଆରମ୍ଭ । ଚାରି କିମ୍ବା ପାଞ୍ଚ କିଲୋମିଟର ଗଲାପରେ ଉଚ୍ଚ ପର୍ବତମାଳା ଏବଂ କୋହକା ନଦୀର ଦୃଶ୍ୟ ।

କାର୍ ଭିତରେ ପ୍ରଭା ଶର୍ମା କହୁଥିଲେ, "ମନପୁର ପୁଲିସ୍ ଷ୍ଟେସନ୍ ଅଧୀନରେ ଥିବା ମଦନଓ୍ୱାଡା ଭିତରେ ଛତିଶଗଡ଼ର ସଶସ୍ତ୍ର କନଷ୍ଟେବଲାରୀ କ୍ୟାମ୍ପ ଥିଲା । ସେଦିନ ସକାଳେ ଦୁଇ ଜଣ ପୁଲିସ୍ କର୍ମୀ ନିତ୍ୟକର୍ମ ସାରିବାକୁ ସେମାନଙ୍କ ତମ୍ବୁଠାରୁ ଅଳ୍ପ ଦୂରରେ ବୁଦା ଭିତରକୁ ଗଲେ । ସେଠାରେ ଅପେକ୍ଷା କରିଥିବା ନକ୍ସଲମାନେ ସେମାନଙ୍କୁ ନିର୍ଦ୍ଦୟ ଭାବରେ ଗୁଲି କରିଥିଲେ ।"

"ହେ ଭଗବାନ !"

"ସେମାନେ ଭୀରୁ ଥିଲେ !" ଏହା କହିବାବେଲେ ଅବଧେଶ ବାବୁଙ୍କର ଚେହେରା ଲାଲ ହୋଇଗଲା । "ଏପରି ହତ୍ୟାକୁ କିଏ ସାହସିକତାର କାର୍ଯ୍ୟ ବୋଲି କହିପାରେ ?"

"ଏସ୍‌ପି ବିନୋଦ କୁମାର ଚୌବେ ଏହି ହତ୍ୟାକାଣ୍ଡର ଖବର ଶୁଣିବା ମାତ୍ରେ ସେ ମୁଖ୍ୟାଳୟରୁ ଘଟଣାସ୍ଥଳକୁ ଛୁଟିଥିଲେ ।" ଚୌବେଙ୍କ ବିଷୟରେ କହୁଥିବାବେଲେ ଶର୍ମା ଅତ୍ୟନ୍ତ ଭାବପ୍ରବଣ ହୋଇପଡ଼ିଲେ । "ସେ ଜଣେ ସାହସୀ ଅଧିକାରୀ ଥିଲେ । ଜଣେ ଡେପୁଟି ଏସ୍‌ପି ଭାବରେ ପ୍ରଥମେ ଯୋଗ ଦେଇଥିଲେ । ରାଜ୍ୟ ସେବା ଆୟୋଗର ପରୀକ୍ଷାରେ ଉତ୍ତୀର୍ଣ୍ଣ ହେବା ପରେ ସେ ଆମ ପୁଲିସ୍ ବାହିନୀର ତାରକା ଥିଲେ । ସେ ମୋହଲା–ମନପୁର ଅଞ୍ଚଳରେ ଆତଙ୍କ ସୃଷ୍ଟି କରିଥିଲେ ।"

"ମାଓବାଦୀଙ୍କୁ ଖୋଲା ଚ୍ୟାଲେଞ୍ଜ ଦେଇ ?" ମୁଁ ପଚାରିଲି ।

"ହଁ । ସାମ୍ପ୍ରତିକ ସମୟରେ ଆମେ ଏକ ଗୁରୁତର ସମସ୍ୟାର ସମ୍ମୁଖୀନ ହେଉଛୁ ଏବଂ ସହରୀ ନକ୍ସଲମାନଙ୍କ ସଂଖ୍ୟା ଦିନକୁ ଦିନ ବୃଦ୍ଧି ପାଉଛି ।"

"ଓ୍ୱ"

"ସହରାଞ୍ଚଳରେ କାୟାବିସ୍ତାର କରୁଥିବା ଏହି ମାଓବାଦୀମାନେ ଜଙ୍ଗଲରେ ଥିବା ମାଓବାଦୀଙ୍କ ଅପେକ୍ଷା ଅଧିକ ଭୟଙ୍କର । ସେମାନେ ସଂଗଠିତ ଓ ବ୍ୟବସ୍ଥିତ ଭାବରେ ଆଗ୍ରହୀ ଯୁବକମାନଙ୍କୁ ଆକର୍ଷିତ କରନ୍ତି । ଏହି ଉଚ୍ଚଶିକ୍ଷିତ ଯୁବକମାନେ ବହୁତ କ୍ଷତି କରିପାରିବେ । ତେଣୁ ଚୌବେ ସହରୀ ନକ୍ସଲମାନଙ୍କ ଉପରେ ଧ୍ୟାନ ଦେଇଥିଲେ ଏବଂ ସେମାନଙ୍କ ସଂଗଠନକୁ ଭାଙ୍ଗିବାକୁ ଚେଷ୍ଟା କରୁଥିଲେ ।

"ତେବେ, ଏହି ସହରୀ ନକ୍ସଲମାନଙ୍କ କାମ କ'ଣ ?"

"ସମାନ ଆଦର୍ଶର ଯୁବକ ଏବଂ ବୁଦ୍ଧିଜୀବୀଙ୍କୁ ନେଇ ଗୋଷ୍ଠୀ ଗଢ଼ିବା ।

ଜଙ୍ଗଲରେ କାର୍ଯ୍ୟ କରୁଥିବା ମାଓବାଦୀଙ୍କ ପାଇଁ ଅସ୍ତ୍ରଶସ୍ତ୍ର ଏବଂ ଗୁଳି କିଣିବା ପାଇଁ ଟଙ୍କା ସଂଗ୍ରହ କରିବା ଏବଂ ଏହି ଟଙ୍କାକୁ ସେମାନଙ୍କ ସାଥୀମାନଙ୍କୁ ପଠାଇବା । ଏହା ସେମାନେ ଖେଳୁଥିବା ଏକ ବିପଜ୍ଜନକ ଖେଳ ।"

"ମୁଁ ନିଶ୍ଚିତ ଯେ ତୁମେ ଯାହା କହୁଛ ତାହା ସିଦ୍ଧାନ୍ତରେ ଠିକ୍; କିନ୍ତୁ ଏହା ବାସ୍ତବ ଦୁନିଆରେ ଘଟେ କି ?"

"ନିଶ୍ଚୟ । ଆମର ଚୌବେ ବାବୁ ଏହି ନକ୍ସଲମାନଙ୍କ ସଂଗଠନ ଓ ନେଟୱାର୍କକୁ ନଷ୍ଟ କରିବାକୁ ଲାଗିଥିଲେ; ଏବଂ ସେଥିପାଇଁ ସେ ସେମାନଙ୍କ ହିଟ୍ ଲିଷ୍ଟର ସବା ଉପରେ ଥିବା ଅଧିକାରୀ ଥିଲେ ।"

"ତେବେ, ଚୌବେ ସେମାନଙ୍କ ପାଇଁ ବହୁତ ସମସ୍ୟା ସୃଷ୍ଟି କରୁଥିଲେ କି ?"

"ବହୁତ । ସେ ସହରରେ ଥିବା ଅନେକ ମାଓ ସମର୍ଥକଙ୍କ ଉପରେ ଚଢ଼ାଉ କରିଥିଲେ । ସେ କୁକୁର ପରି ସେମାନଙ୍କ ପଛରେ ପଡ଼ିଯାଇଥିଲେ ଏବଂ ସେମାନଙ୍କ ନେଟୱାର୍କକୁ ନଷ୍ଟ କରିଦେଇଥିଲେ । ସେ ସେମାନଙ୍କର ଅନେକ ଅସ୍ତ୍ରଶସ୍ତ୍ର ମଧ୍ୟ ଜବତ କରିଥିଲେ ।"

"କେବଳ ଅସ୍ତ୍ରଶସ୍ତ୍ର ନା ଅନ୍ୟ କିଛି ସାମଗ୍ରୀ ମଧ୍ୟ ?"

ଶର୍ମା ହସିଦେଇ କହିଲେ, "ଜଣେ ଶୀର୍ଷ ନକ୍ସଲ ନେତାକୁ ମଧ୍ୟ ଚୌବେ ଗିରଫ କରିଥିଲେ ।"

"ଏ କିଏ ଥିଲା ?"

"ଜଣେ ଅତ୍ୟନ୍ତ ଭୟଙ୍କର ନକ୍ସଲ ଯିଏ ସୁମିତ ବଙ୍ଗାଳୀ ନାମରେ ଜଣାଶୁଣା । ତା ମୁଣ୍ଡରେ କେଇ ଲକ୍ଷ ଟଙ୍କାର ପୁରସ୍କାର ରାଶି ଘୋଷଣା ହୋଇଥିଲା । ସେ କେବଳ ଆଦିବାସୀଙ୍କୁ ନୁହେଁ, ଜଙ୍ଗଲର ଗଛକୁ ମଧ୍ୟ ଆତଙ୍କିତ କରିଥିଲା । ତା ଆଖପାଖରେ ବିଚରଣ କରିବାକୁ କେହି ସାହସ କରୁ ନ ଥିଲେ । କିନ୍ତୁ ଆମ ଚୌବେଙ୍କ ହୃଦୟ ସିଂହ ପରି ଥିଲା । ଏବେ ଆମେ ପ୍ରକୃତରେ ମନପୁର ଡିଭିଜନର ଜଙ୍ଗଲ ଅଞ୍ଚଲ ଦେଇ ଯାଉଛୁ ଯେଉଁଠାରେ ସେ ସୁମିତ ବଙ୍ଗାଳୀକୁ ଜୀବନ୍ତ ଧରିଥିଲେ ।

"ତା ସହିତ ଆଉ କ'ଣ ମିଳିଥିଲା ?"

"ବଙ୍ଗାଳୀ ପାଖରେ ଥିବା ଦଶ ଲକ୍ଷ ଟଙ୍କା ଧରାପଡ଼ିଥିଲା । ସେ ନକ୍ସଲ ଜଗତର ଏକ ବଡ଼ ଦୂତ ଥିଲେ । ତା ଗିରଫ ଯୋଗୁଁ ମାଓବାଦୀଙ୍କ ନେଟୱାର୍କକୁ ଏକ ବଡ଼ ଝଟକା ଲାଗିଥିଲା । ଏହା ପରେ ବଡ଼ ନକ୍ସଲ ନେତାଙ୍କ ଲାଗି ଚୌବେ ଜଣେ କଣ୍ଟା ସାଜିଥିଲେ ।"

ପ୍ରଭାକର ଶର୍ମା କିଛି ସମୟ ପାଇଁ ଚିନ୍ତା କଲେ । ଏକ ଦୀର୍ଘ ନିଶ୍ୱାସ ଛାଡ଼ି

ସେ ପୁନର୍ବାର କହିଲା, "ନକ୍ସଲମାନେ ସେହି ସକାଳେ ଜଙ୍ଗଲରେ ଦୁଇଜଣ ପୁଲିସ୍‌ କର୍ମଚାରୀଙ୍କୁ ହତ୍ୟା କରି ଯେଉଁ ଫାନ୍ଦ ରଖିଥିଲେ, ତାହା ଆରମ୍ଭ ମାତ୍ର। ଏହା ଏକ ସୁପରିକଳ୍ପିତ ଆକ୍ରମଣ ଥିଲା। ତେବେ ଚିତାବାଘ ପରି କୌଣସି ବିପଜ୍ଜନକ ସ୍ଥାନକୁ ଯିବାରେ ଅଭ୍ୟସ୍ତ ଥିଲେ। ଏହି ଉତ୍ସାହ ଏବଂ ସାହସ ହେତୁ ସେ ଏତେ ସହଜରେ ଶତ୍ରୁ ବିଛାଇଥିବା ଫାଶ ନିକଟକୁ ଆକର୍ଷିତ ହୋଇଥିଲେ।"

ନକ୍ସଲମାନେ ନିଶ୍ଚିତ ଥିଲେ ଯେ ହତ୍ୟାକାଣ୍ଡର ଖବର ପାଇବା ମାତ୍ରେ ତୁରନ୍ତ ଜିଲ୍ଲା ମୁଖ୍ୟାଳୟରୁ ଏକ ବଡ଼ ପୁଲିସ୍‌ ଫୋର୍ସ ପଠାଯିବ। ତେଣୁ, ସେମାନେ ନିଜର ଫାଶ ବିଛାଇଦେଇ ଅପେକ୍ଷା କଲେ। ତିନି ଶହ ସଶସ୍ତ୍ର ନକ୍ସଲମାନେ ଜଙ୍ଗଲର ସେହି ଅଂଶରେ ବ୍ୟାପି ଯାଇଥିଲେ। ସେମାନଙ୍କ ଆଖି ଓ କାନ ସଜାଗ ହୋଇ ରହିଥିଲା। ସେମାନେ କୋରକୋଟୀ ଓ କୋହକା ମଧ୍ୟରେ ମଧ୍ୟରେ ଅବସ୍ଥିତ ଜଙ୍ଗଲରେ ଲୁଚି ରହିଥିଲେ। ସେମାନଙ୍କ ଅଭିଯାନର ଇତିହାସରେ ଏହା ଥିଲା ସବୁଠାରୁ ବଡ଼ ଆକ୍ରମଣ। ସେମାନେ ଏହା ଦ୍ୱାରା ନିଜର ମଧ୍ୟ ପରୀକ୍ଷା ନେଉଥିଲେ।

ନକ୍ସଲମାନେ କି ପ୍ରକାର ଅପରେସନ୍‌ ଯୋଜନା କରିଥିଲେ, ତୌବେଙ୍କୁ ତାହାର ଆଭାସ ମିଳି ନ ଥିଲା। ଦଶରୁ ପନ୍ଦର ନକ୍ସଲ ଏହି ହତ୍ୟା ଘଟାଇଥିବେ ଅନୁମାନ କରି ସେମାନଙ୍କୁ ମାରିବା ଲାଗି ସେ ଅତିଶୀଘ୍ର ବାହାରିପଡ଼ିଥିଲେ। ତେଣୁ ଜିପ୍ ଚଳାଉଥିବା ବେଳେ ସେ ଅମ୍ବାଗଡ଼, ମୋହଲା ଏବଂ ମନପୁରର ପୁଲିସ୍‌ ଷ୍ଟେସନ୍‌କୁ ନିର୍ଦ୍ଦିଷ୍ଟ ନିର୍ଦ୍ଦେଶନାମା ସମ୍ବଳିତ ବେତାର ବାର୍ତ୍ତା ପଠାଉଥିଲେ। ସବୁଠାରୁ ସାହସୀ ପୁଲିସ୍‌ଙ୍କୁ ତାଙ୍କ ପଛରେ ମୋଟରସାଇକେଲରେ ପଠାଇବାକୁ ସେ ଆଦେଶ ଦେଇଥିଲେ।

ତାଙ୍କ ନିର୍ଦ୍ଦେଶ ଅନୁଯାୟୀ, ତିନିଟି ପୁଲିସ୍‌ ଷ୍ଟେସନ୍‌ର ସବୁଠାରୁ ଉଗ୍ର ଯୁବକମାନେ ତାଙ୍କ ପଛେ ପଛେ ବାହାରିଲେ। କିନ୍ତୁ ସେମାନେ ବାଇକ୍‌ ଷ୍ଟାର୍ଟ କରିବା ପୂର୍ବରୁ ତୌବେ ଶତ୍ରୁ ଅଞ୍ଚଳ ଭିତରକୁ ପ୍ରବେଶ କରିସାରିଥିଲେ। ସେ ତାଙ୍କ ବୋମା ନିରୋଧୀ ଯାନକୁ ତାଙ୍କ ନିକଟକୁ ପଠାଇବାକୁ ନିର୍ଦ୍ଦେଶ ଦେଇଥିଲେ।

ତୌବେଙ୍କ ଆମ୍ବାସଡ଼ର ନିଛାଟିଆ ଜଙ୍ଗଲ ରାସ୍ତାରେ ଯାଉଥିବାବେଳେ ହଠାତ୍‌ ଏକ ଲ୍ୟାଣ୍ଡମାଇନ୍‌ ଫୁଟିଉଠିଲା। ବିସ୍ଫୋରଣର ଭୟଙ୍କର ଶବ୍ଦରୁ ସେ ସଙ୍ଗେ ସଙ୍ଗେ ଅନୁଭବ କଲେ ଯେ ସେ ଏକ ମାରାତ୍ମକ ନକ୍ସଲ ଜାଲରେ ପଡ଼ିଯାଇଛନ୍ତି। ଉଭୟ ପାର୍ଶ୍ୱରେ ଥିବା ଗଛ ପଛରେ ବନ୍ଦୁକଧାରୀ ନକ୍ସଲମାନେ ଲୁଚି ରହିଥିଲେ। ଉଭୟ ପାର୍ଶ୍ୱରୁ କ୍ରସ୍‌ ଫାୟାରିଂ ଆରମ୍ଭ ହୋଇଥିଲା। ନକ୍ସଲମାନେ ଗଛର ଉପର ଶାଖାରେ ମଧ୍ୟ ଲୁଚି ରହିଥିଲେ, ଯେଉଁଠାରୁ ସେମାନେ ଗୁଳି ଚଳାଇବା ଆରମ୍ଭ କରିଥିଲେ।

ଏହି ସମୟରେ ରାସ୍ତାରେ ପୋତି ହୋଇଥିବା ଲ୍ୟାଣ୍ଡମାଇନ୍‌ଗୁଡ଼ିକରେ ବିସ୍ଫୋରଣ ଆରମ୍ଭ ହୋଇଥିଲା। କିଛି କ୍ଷଣ ମଧ୍ୟରେ ଲାଗିଲା ସତେ ଯେପରି ପୂରା ଜଙ୍ଗଲରେ ନିଆଁ ଲାଗିଯାଇଛି।

ତା ପରେ ଚୌବେ ପଛ କାର୍ ଡ୍ରାଇଭରକୁ ଗୁଲି କରାଯାଇଥିଲା। ଗାଡ଼ିଟି ଅଳ୍ପ ଦୂରକୁ ଗଡ଼ିଯାଇ ଗୋଟିଏ ଗଛ ପାଖରେ ଯାଇ ଅଟକିଗଲା। ଚୌବେ ସଙ୍ଗେ ସଙ୍ଗେ ତାଙ୍କ କାରକୁ ବୁଲାଇଲେ ସେ ଡ୍ରାଇଭରକୁ ସାହାଯ୍ୟ କରିବାକୁ ଧାଇଁଲେ।

ସେହି ଭୟଙ୍କର ପରିସ୍ଥିତିରେ ମଧ୍ୟ ସେ ନିଜ ଉପସ୍ଥିତି ବୁଦ୍ଧି ହରାଇ ନ ଥିଲେ। ୱାକି-ଟକିରେ ନିକଟସ୍ଥ ପୁଲିସ୍ ଷ୍ଟେସନକୁ ଫୋନ୍ କରି କହିଥିଲେ- "ସେମାନଙ୍କୁ ଆସିବାକୁ ମନା କର! ମଟରସାଇକେଲରେ ଆସୁଥିବା ବାଇଶ ଜଣଙ୍କୁ କୁହ ସେମାନେ ଯେଉଁଠାରେ ଅଛନ୍ତି ସେଠାରେ ଅଟକି ଯାଆନ୍ତୁ! ରାସ୍ତା ସାରା ଲ୍ୟାଣ୍ଡମାଇନ୍ ଫୁଟିଚାଲିଛି! ସେମାନଙ୍କୁ ଆସିବାକୁ ଦିଅ ନାହିଁ!"

କିନ୍ତୁ ସେହି ନିର୍ଭୀକ ମୋଟରସାଇକେଲ ଚାଳକଙ୍କ ଆଗକୁ ବଢ଼ିବା ଛଡ଼ା ଅନ୍ୟ କୌଣସି ବିକଳ୍ପ ନଥିଲା। ୨୦-୨୫ ବର୍ଷ ବୟସ୍କ ବାଇଶ ଜଣ ପୁଲିସ୍ କର୍ମୀ, ଅଫିସରୁ ଚେତାବନୀ ଆସିବା ପୂର୍ବରୁ ସାହସୀ ଅଧିକାରୀଙ୍କ ସାହାଯ୍ୟ କରିବାକୁ ତୀବ୍ର ବେଗରେ ବାହାରି ସାରିଥିଲେ।

ଏକ ଟ୍ରକର ପଛ ପଛେ ସେ ଆହତ ଡ୍ରାଇଭର ଆଡ଼କୁ ଯାଉଥିଲେ। ଶେଷରେ ଯେତେବେଲେ ସେ ଟ୍ରକ୍‌କୁ ଅତିକ୍ରମ କଲେ, ତାଙ୍କ ଆଖି ଯେଉଁ ଦୃଶ୍ୟ ଦେଖିଲା ତାହା ତାଙ୍କୁ ବିଧ୍ୱସ୍ତ କରିଦେଲା। ଚୌବେ ବୁଝିସାରିଥିଲେ ଯେ ନକ୍ସଲମାନେ ତାଙ୍କୁ ଜଙ୍ଗଲ ଭିତରେ ପଇଁଚାଳିଶ ମିନିଟର ରାସ୍ତା ଅତିକ୍ରମ କରିବାକୁ ଦେଇଥିଲେ ଏବଂ ତା'ପରେ ରାସ୍ତା ସାରା ଗଛ କାଟି ଅବରୋଧ ସୃଷ୍ଟି କରିଥିଲେ। ଏହି କାରଣରୁ ସେମାନେ ଚୌବେଙ୍କ ଗାଡ଼ି ଅଟକାଇ ଉଭୟ ପାର୍ଶ୍ୱରୁ ଗୁଲି ଚଲାଇବାର ସାହସ କରିପାରିଥିଲେ। ଦେଖୁ ଦେଖୁ ବାଇଶ ଜଣ ସାହସିକ ଯବାନ ମଧ୍ୟ ନିଜ ରକ୍ତରେ ଗାଧୋଇଯାଇଥିଲେ। ସେମାନଙ୍କ ଶରୀର ଏବଂ ବାଇକ୍ ଗୁଲି ଓ ଲ୍ୟାଣ୍ଡମାଇନ୍ ବିସ୍ଫୋରଣରେ ଖଣ୍ଡ ଖଣ୍ଡ ହୋଇଯାଇଥିଲା।

ଗଣହତ୍ୟାର ବିଭୀଷିକା ସତ୍ତ୍ୱେ ନକ୍ସଲମାନେ ନିଜ ମିଶନକୁ ଭୁଲି ନଥିଲେ: ସେମାନେ ସହିଦ ପୁଲିସ୍‌ମାନଙ୍କ କେବଳ ବନ୍ଦୁକ, ପିସ୍ତଲ ଏବଂ ଅସ୍ତ୍ରଶସ୍ତ୍ର ନୁହେଁ, ବରଂ ସେମାନଙ୍କ ଦେହରୁ ସେମାନେ ବୁଲେଟ୍ ପ୍ରୁଫ୍ ଜ୍ୟାକେଟ୍ ଓ ସେନା-ବୁଟ୍ ମଧ୍ୟ ଖୋଲି ନେଇଥିଲେ।

ଗନ୍ଧକ ଏବଂ ପ୍ରତିଶୋଧର ଗନ୍ଧ ବାୟୁମଣ୍ଡଲରେ ଖେଲିଯାଇଥିଲା। ଗଛର

ଉପର ଶାଖା ଉପରେ ଲୁଚି ରହିଥିବାବେଳେ ମୃତ୍ୟୁ ଏଯାଏଁ ତଥାପି ରକ୍ତର ଶୋଷ ମେଣ୍ଟାଇ ପାରି ନଥିଲା ।

ଅଳ୍ପ ସମୟ ପୂର୍ବରୁ ପହଞ୍ଚିଥିବା ପୁଲିସ୍ ଇନ୍‌ସ୍ପେକ୍ଟର ଜେନେରାଲ୍ ମୁକେଶ ଗୁପ୍ତାଙ୍କ ନିକଟରେ ଟୌବେ ଠିଆ ହୋଇଥିଲେ । ଦୁହେଁ ଚିନ୍ତା କରୁଥିଲେ ଯେ ସେମାନେ ଯାହାକୁ ସମ୍ଭବ ତାଙ୍କୁ କିପରି ଉଦ୍ଧାର କରିବେ । ଠିକ୍ ଏତିକି ବେଳେ ସେମାନେ ଛିଡ଼ା ହୋଇଥିବା ଭୂଇଁରେ ଏକ ବିରାଟ ଲ୍ୟାଣ୍ଡମାଇନ୍ ବିସ୍ଫୋରଣ ହୋଇଥିଲା । ଉଭୟ ଆକାଶରେ ବହୁ ଉପରକୁ ଛିଟିକି ପଡ଼ିଥିଲେ । ଆଇଜିପି ଗୁପ୍ତା ଧୀରେ ଧୀରେ ଉଠିବାକୁ ଚେଷ୍ଟା କରୁଥିବାର ବେଳେ, ଏକ ଗୁଳି ଆସି ଟୌବେଙ୍କୁ ସହିଦ କରିଦେଇଥିଲା ।

ମୁଁ ଯେତେବେଳେ ଚାରି ବର୍ଷ ତଳର ଏହି ହୃଦୟ ବିଦାରକ କାହାଣୀ ଶୁଣିଲି, ମୁଁ ଆଶ୍ଚର୍ଯ୍ୟ ହୋଇଗଲି । ମୋର ଏବେ ବି ମନେ ଅଛି ଏହି ଘଟଣା ଶୁଣିବା ପରେ ମୁଁ କିଭଳି ଥରୁଥିଲି ।

୪

ପରଦିନ ଅନ୍ୟ ଏକ ତହସିଲର ବ୍ୟବସ୍ଥା ଯାଞ୍ଚ କରି ଆମେ ପ୍ରାୟ ୫.୩୦ରେ ଜିଲ୍ଲା ମୁଖ୍ୟାଳୟକୁ ଫେରୁଥିଲୁ। ଯେତେବେଳେ ଆମେ ଏକ ଉପତ୍ୟକାର ବୁଲାଣିଆ ରାସ୍ତା ଦେଇ ଯାଉଥିଲୁ, ଦେଖିଲୁ ଯେ ରାସ୍ତାର ଉଭୟ ପାର୍ଶ୍ୱରେ ବହୁ ସଂଖ୍ୟାରେ ଗ୍ରାମବାସୀ ଏବଂ ଆଦିବାସୀ ଏକତ୍ରିତ ହୋଇ ହୋହାଲ୍ଲା କରୁଥିଲେ।

କମାଣ୍ଡୋମାନେ ସେମାନଙ୍କ ଗାଡ଼ିରୁ ଓହ୍ଲାଇ ଏକ ପ୍ରତିରକ୍ଷା କର୍ଡନ୍‌ ଗଠନ କଲେ। ଆମେ ମଧ୍ୟ ଓହ୍ଲାଇଲୁ। ରାସ୍ତାର ଉଭୟ ପାର୍ଶ୍ୱରେ ମହିଳା ଏବଂ ଶିଶୁଙ୍କ ଭିଡ଼ ଦେଖି ଗୋଟିଏ କଥା ସ୍ପଷ୍ଟ ହେଲା ଯେ ଏହା ନକ୍ସଲଙ୍କ ଭୟ କାରଣରୁ ହୋଇ ନ ଥିବ। ଆଉ କିଛି କାରଣରୁ ଏମାନେ ଉତ୍ତେଜିତ ହୋଇଥିଲେ। କିଛି ଭାଇଭର ସେମାନଙ୍କର ଜିପ୍ ଏବଂ ଟେମ୍ପୋ ଛାଡ଼ି ବୁଦା ଭିତରକୁ ଡେଇଁପଡ଼ିଥିଲେ। ମୋଟରସାଇକେଲ ଚାଲକମାନେ ମଧ୍ୟ ସେମାନଙ୍କ ଗାଡ଼ି ଫିଙ୍ଗିଦେଇ ଜୀବନ ବିକଳରେ ଦୌଡ଼ି ପଳାଇଥିଲେ।

ଏକ ପର୍ବତ ଆକାରର ବଣୁଆ ହାତୀ ରାସ୍ତାରେ ଘୁରିବୁଲୁଥିବା ଦେଖିବା ପରେ ଆମର ଦ୍ୱନ୍ଦ ଦୂର ହୋଇଗଲା। ହାତୀର ମୋଟା, ଧୂସର ଚର୍ମରେ ଲାଲ ଜଙ୍ଗଲ ମାଟିର ଦାଗ ଲାଗିଥିଲା। ଏହା ପ୍ରକୃତରେ ଜଙ୍ଗଲୀ ଏବଂ ଭୟାନକ ଦେଖାଯାଉଥିଲା।

ସମୟକ୍ରମେ ହାତୀଟି ଡାହାଣ ପାର୍ଶ୍ୱର ବୁଦା ଭିତରକୁ ଚାଲିଗଲା। ଭୟ ଦୂର ହୋଇଗଲା ଏବଂ ଅଟକି ରହିଥିବା ଟ୍ରାଫିକ୍ ପୁଣି ଥରେ ଗତିଶୀଳ ହେବାକୁ ଲାଗିଲା। ଆମେ ଫେରି ଆସିଲୁ। ପର୍ବତ ଉପରେ ଅନ୍ଧାର ଘୋଟିଆସୁଥାଏ। ପ୍ରଭାକର ଶର୍ମା କହିଲେ, 'ପାଗଳ ବଣୁଆ ହାତୀ ଠାରୁ ଅନ୍ୟ କୌଣସି ପ୍ରାଣୀ ଅଧିକ ଭୟଙ୍କର ନୁହେଁ। ଥରେ ଏହା ରାଗିଗଲେ ଭାରୀ ଟ୍ରକ୍‌ଗୁଡ଼ିକୁ ମଧ୍ୟ ଧକ୍କା ଦେଇ ଓଲଟାଇ ଦେଇପାରେ।'

ଅବଧେଶ ବାବୁ ଯୋଡ଼ିଲେ, "ମୁଁ ହାତୀମାନଙ୍କର ପାଗଳ ହେବାର ଅନେକ କାହାଣୀ ଶୁଣିଛି।"

ପ୍ରଭାକର ଶର୍ମା ଅତର୍କିତ ଠୋ ଠୋ ହୋଇ ହସିଲେ। ଯେତେବେଳେ ଆମେ ତାଙ୍କୁ ଅଜବ ଦୃଷ୍ଟିରେ ଦେଖିଲୁ, ସେ ମୁଣ୍ଡ ହଲାଇ କହିଲେ, "ମୋର ମନେ ପଡ଼ିଗଲା: ମୋର କିଛି ବନ୍ଧୁ ମୋତେ ବଣୁଆ ହାତୀ ବୋଲି ଡାକୁଥିଲେ। ଏହି ନାମରେ ମୋତେ ଚିଡ଼ାଉଥିଲେ।"

"କାହିଁକି?" ଅବଧେଶ ବାବୁ ପଚାରିଲେ।

"ଏହି ହାତୀମାନଙ୍କର କିଛି ବିଶେଷତ୍ୱ ରହିଛି। ସେମାନେ ସିଗାରେଟ୍ ଧୂଆଁର ଗନ୍ଧକୁ ଘୃଣା କରନ୍ତି। ସେମାନେ ଧୂମପାନକାରୀଙ୍କୁ ସେମାନଙ୍କ ଚାରିପାଖରେ ବୁଲିବାକୁ ଦିଅନ୍ତି ନାହିଁ। ମୁଁ ମଧ୍ୟ ଧୂମପାନର ଏକ ଶତ୍ରୁ; ମୋର ବନ୍ଧୁମାନେ ଏହା ଜାଣନ୍ତି।"

"ଆଉ କ'ଣ?"

"ଯେତେବେଳେ ଏକ ହାତୀ ମହୁଲ ଫୁଲ ବା ମହୁଲିର ସାମାନ୍ୟ ବାସ୍ନା ପାଏ, ଏହା ଅନିୟନ୍ତ୍ରିତ ହୋଇଯାଏ। ଏହାର ଗନ୍ଧ ଏହାକୁ ଏକ କିଲୋମିଟର କିମ୍ବା ଦୁଇ କିଲୋମିଟରରୁ ପ୍ରଲୋଭିତ କରିବା ପାଇଁ ଯଥେଷ୍ଟ।"

"ସତରେ?"

"ହଁ। ଯଦି ଘର ଭିତରେ ମହୁଲ ହାଣ୍ଡି ଥାଏ ତେବେ ପଶୁଟି କାନ୍ଥ ଭାଙ୍ଗିଦିଏ ଏବଂ ଏହାର ଶୁଣ୍ଡକୁ ସିଧାସଳଖ ହାଣ୍ଡି ଭିତରେ ବୁଡ଼ାଇ ଦିଏ।

"ତେବେ, ଆପଣଙ୍କ ସହିତ ଏହାର ସାମଞ୍ଜସ୍ୟ କ'ଣ?"

"ମୋର ବନ୍ଧୁମାନେ କୁହନ୍ତି ଯେ ମୋ ପାଇଁ ନକ୍ଷଲଙ୍କ ବାସ୍ନା ହିଁ ଯଥେଷ୍ଟ। ସେମାନେ କୁହନ୍ତି ଯେ ପ୍ରଭା ନକ୍ଷଲମାନଙ୍କ ବାସ୍ନା ପାଇବା ମାତ୍ରେ ସେହି ଦିଗରେ ଦୌଡ଼ିବାକୁ ଲାଗେ।"

୫

ମନପୁର-ମଦନଭ୍ୱାଡ଼ା ଅଞ୍ଚଳର ମତଦାନ କେନ୍ଦ୍ର ଯାଞ୍ଚ କରି ଫେରିବା ପରେ ମୁଁ ବହୁତ ବିଚଳିତ ଅବସ୍ଥା ଥିଲି । ମୋ ମୁଣ୍ଡରେ ବିସ୍ଫୋରଣ ହେଉଥିବା ଲ୍ୟାଣ୍ଡମାଇନ୍, ଗଛ ଉପରୁ ଗୁଳିଚାଳନା, ଟେଲିଫୋନ୍ ପୋଲ ପାଇଁ ଖୋଲା ଯାଇଥିବା ଗର୍ତ୍ତକୁ ବଙ୍କର ଭାବରେ ବ୍ୟବହାର କରାଯାଉଥିବା ଚିତ୍ରଗୁଡ଼ିକ ଘୁରିବୁଲୁଥିଲା ।

ଦିନଟି ମୋତେ ସଂପୂର୍ଣ୍ଣ ରୂପେ କ୍ଲାନ୍ତ କରିଦେଇଥିଲା । ଏହା ମୋ ମନରେ ଛତିଶଗଡ଼ର ପ୍ରତ୍ୟେକ ପର୍ବତ, ପ୍ରତ୍ୟେକ ଗଛ ତଥା ଚ୍ୟାଲେଞ୍ଜର ସମ୍ମୁଖୀନ ହେଉଥିବା ପୁଲିସ୍ ବାହିନୀ ଏବଂ ସରକାରୀ କଳ ପଛରେ ନକ୍ସଲମାନଙ୍କ ଆହ୍ୱାନର ଏକ ଚିତ୍ର ଛିଡ଼ା କରାଇଥିଲା । ସତେ ଯେପରି ପୂରା ରାଜ୍ୟ ବନ୍ଧୁକର ବ୍ୟାରେଲ୍ ଉପରେ ଦଣ୍ଡାୟମାନ ଥିଲା ! ସ୍ୱାଭାବିକ ଭାବରେ, ସମସ୍ତ ପ୍ରକାରର ଆଶଙ୍କା ଓ ସଦେହ କ୍ରମାଗତ ଭାବରେ ବଢୁଥିଲା ଏବଂ ମୋ ମୁଣ୍ଡ ଭିତରେ ତରଙ୍ଗାୟିତ ହେଉଥିଲା ।

ମୁଁ ବଙ୍ଗଳାକୁ ଫେରିବା ବେଳକୁ ବହୁତ ଡେରି ହୋଇଯାଇଥିଲା । ତଥାପି ମୁଁ ମୋର ଜୋତା ପିନ୍ଧି ବିଶାଳ ହ୍ରଦ ଆଡ଼କୁ ଦୌଡ଼ିବାକୁ ଗଲି । ଷ୍ଟ୍ରିଟ୍ ଲାଇଟ୍‌ଗୁଡ଼ିକ ବେଶ ଭଲଭାବେ ଅନ୍ଧାରକୁ ଦୂର କରିବା ଦାୟିତ୍ୱ ତୁଲାଉଥିଲେ । ସବୁଥର ପରି, ଷ୍ଟେନ୍-ଗନ୍ ସହିତ ସଜ୍ଜିତ ଚାରିଜଣ ଦେହରକ୍ଷୀ ମୋତେ ଅନୁସରଣ କରୁଥିଲେ - ଦୁଇଜଣ ଆଗରେ ଏବଂ ଦୁଇଜଣ ପଛରେ । ମୁଁ ସେହି ପ୍ରସିଦ୍ଧ କବିଙ୍କ ପ୍ରତିମୂର୍ତ୍ତି ଯାଏଁ ଗଲି । କିନ୍ତୁ ଅଧିକ ଚାଲିବାର ମନୋବଳ ହରାଇ ବଙ୍ଗଳାକୁ ଫେରିଆସିଲି ।"

ରାତ୍ରିଭୋଜନ ପାଇଁ ତଥାପି ସମୟ ଥିଲା । ଏହି ସମୟରେ, ଉପର ହଲକୁ ଯାଇ ଏକୁଟିଆ ବସିବାକୁ ମୋର ମନ ନ ଥିବାରୁ ମୁଁ ଡାଇନିଂ ହଲରେ ବସି ଏକ କପେ କଡ଼ା ଚା' ମାଗିଲି । ଚା' ଆଣିଥିବା ପିଲାଟି ନମ୍ର ସ୍ୱରରେ କହିଲା, "ସାର

ଆପଣ ଅନ୍ଧାର ପରେ ଏପରି ବାହାରକୁ ବୁଲିବାକୁ ଯିବା ଉଚିତ ନୁହେଁ । ଏହା ଅତ୍ୟନ୍ତ ବିପଜ୍ଜନକ ।"

"ମାନେ ?"

"ସାର, ଜିଲ୍ଲା ମୁଖ୍ୟାଳୟର ଚାରିପାଖରେ ମଧ ନକ୍ସଲମାନେ ସବୁ ପ୍ରକାର ଛଦ୍ମବେଶରେ ଘେରି ରହିଛନ୍ତି । ତେଣୁ ଆପଣ ବଜାରରେ ଭେଟୁଥିବା ବ୍ୟକ୍ତି କିଏ ହୋଇଥିବ ତାହା କହିବା ଅସମ୍ଭବ ।"

"କିନ୍ତୁ, ପୁଅ, ସଶସ୍ତ୍ର ସୁରକ୍ଷାକର୍ମୀମାନେ ମୋ ସହିତ ସର୍ବଦା ଅଛନ୍ତି !"

ସେ ମୋତେ ସନ୍ଦେହଜନକ ଦୃଷ୍ଟିରେ ଦେଖି ଅଳ୍ପ ହସିଲା । କିଛି ନ କହି ସେ ମୋତେ ଆଖି ଠାରରେ ଜଣାଇ ଦେଇଥିଲା ଯେ ତାଙ୍କର ଅସ୍ତ୍ରଶସ୍ତ୍ର ଓ କୌଶଳ ଆମ ତୁଳନାରେ ଅତ୍ୟାଧୁନିକ ।

ମୁଁ ଶୋଇ ପାରୁ ନ ଥିଲି । ମୁଁ ମୋର ଡାଏରି ବାହାର କରି ମୋହଲା-ମନପୁରରେ ଚୌବେ ହତ୍ୟାକାଣ୍ଡର ଖବରକାଗଜ କଟିଙ୍ଗ୍ ବାହାର କଲି । ସେଥିରେ ଥିବା ଚିତ୍ରଗୁଡ଼ିକ ଉପରେ ଦୃଷ୍ଟିପାତ କଲାବେଳେ, ମୁଁ ଅନୁଭବ କଲି ଯେ କେହି ଜଣେ ମୋ ହୃଦୟକୁ କଣ୍ଟା ବାଡ଼ ଉପରେ ଘୋଷାଡ଼ି ନେଉଛି ।

ପ୍ରାୟ ତିରିଶ ଜଣ ସହିଦଙ୍କ ରକ୍ତଭିଜା ଶରୀର କ୍ଷେତରେ ମାଟି ଗଦା ଭଳି ପଡ଼ିରହିଥିଲା; ସେମାନଙ୍କ ସବୁଜ ୟୁନିଫର୍ମ ଉପରେ ଏକ ଗାଢ଼ ରଙ୍ଗର ଆବରଣ ଥିଲା; ସେ ସ୍ଥାନର ପାଶବିକତାକୁ ମନେ ପକାଇବା ପାଇଁ ଚାରିଆଡ଼େ ଶୁଖିଲା ପତ୍ର ବିଛାଡ଼ି ହୋଇ ପଡ଼ିଥିଲା ।

ଏହି ଦୂରଦୂରାନ୍ତ ଜଙ୍ଗଲରେ ଥିବା ନକ୍ସଲମାନଙ୍କୁ ବିପୁଳ ପରିମାଣରେ ଅସ୍ତ୍ରଶସ୍ତ୍ର ଯୋଗାଉଥିବା ଏହି ଲୋକମାନେ କିଏ ? ଟନ୍ ଉପରେ ଟନ୍ ବିସ୍ଫୋରକ, ରାଇଫଲ୍ ଏବଂ ବଡ଼ ବଡ଼ ମୋର୍ଟାର୍ ସବୁ ଆସୁଥିଲା କେଉଁଠୁ ?

ମୁଁ ସେନା ଏବଂ ନକ୍ସଲମାନଙ୍କ ମଧ୍ୟରେ ସଂଘର୍ଷର ଚିତ୍ର ଦେଖିଲି । ଯବାନଙ୍କ ବୁଲେଟ୍ ପ୍ରୁଫ୍ ଜ୍ୟାକେଟ୍, ପାଦର ଜୋତା, ରାଇଫଲ୍ ଏବଂ କାର୍ଟ୍ରିଜ୍ ବେଲ୍ଟ ଯାହାସବୁ ନକ୍ସଲମାନେ ନେଇ ଯାଇଥିଲେ- ମୁଁ ସେସବୁ କଥା ଚିନ୍ତା କରି କିଛି କିଛି କଥା ବୁଝିବାକୁ ଲାଗିଲି । କିନ୍ତୁ ଏହି ଚିତ୍ରଗୁଡ଼ିକ ବାହାରେ ଥିବା ବିଷୟଗୁଡ଼ିକ ନିଶ୍ଚିତ ଭାବେ ଏଥିରୁ ବିଶାଳ ହୋଇଥିବେ । ପ୍ରକୃତରେ କିଏ ଏହି ସୁନ୍ଦର ସବୁଜ ଜଙ୍ଗଲରେ ବିସ୍ଫୋରକର ପର୍ବତ ଜନ୍ମ ଦେଲା ?

ମୁଁ ଡାକ-ବଙ୍ଗଲାରେ କାମ କରୁଥିବା ପିଲାମାନଙ୍କ ସହିତ ପରିଚିତ ହେଲି । ସେମାନେ ଜାଣିଥିଲେ ଯେ ମୁଁ ଜଣେ ବୟସ୍କ ବ୍ୟକ୍ତି ଯିଏ ଅନ୍ୟ ରାଜ୍ୟରୁ ଆସିଛନ୍ତି,

ଯାହାଙ୍କୁ ପର୍ଯ୍ୟବେକ୍ଷକ ଭାବରେ କାର୍ଯ୍ୟ କରିବାକୁ ନିର୍ବାଚନ ଆୟୋଗ ପଠାଇଛନ୍ତି। କଲେକ୍ଟର, ଏସ୍‌ପି, କମିଶନର ଏବଂ ଅନ୍ୟ ବରିଷ୍ଠ ଅଧିକାରୀମାନେ ମତେ ସାକ୍ଷାତ କରିବାକୁ ଆସିବା ଓ ମୋତେ ଅପେକ୍ଷା କରି ରହିବା ଦେଖୁଥିଲେ। କିନ୍ତୁ ବହୁତ ଶୀଘ୍ର ମୁଁ ଏହି ପିଲାମାନଙ୍କ ଗହଣରେ ଅଜାଣତରେ ଜଣେ ଅଧିକାରୀର ପରିଚ୍ଛଦ ହଟାଇ ଦେଇଥିଲି। ମୁଁ ସେମାନଙ୍କ ସହିତ ମାନବିକ ସ୍ତରରେ ଆଲୋଚନା କଲି, ସେମାନଙ୍କ ଭଲମନ୍ଦ ବୁଝାବୁଝି କଲି ଏବଂ ଦୈନନ୍ଦିନ ସେମାନଙ୍କୁ ବିଭିନ୍ନ ପ୍ରଶ୍ନ ପଚାରିଲି, ଯେପରିକି ସେମାନେ କିଏ, ସେମାନେ କେଉଁଠାରୁ ଆସିଛନ୍ତି, ସେମାନେ କେତେ ଶିକ୍ଷିତ, ସେମାନେ କେତେ ଟଙ୍କା ରୋଜଗାର କରନ୍ତି ଇତ୍ୟାଦି। ଫଳସ୍ୱରୂପ, ମୋ ସହିତ ସେମାନେ ଖୁବ୍‌ ଘନିଷ୍ଠ ହୋଇଯାଇଥିଲା।

ଏହି ପିଲାମାନେ ବହୁତ ଭଲ ଭାବରେ ବୁଝିଥିଲେ ଯେ ଏହି ଅଞ୍ଚଳରେ ସର୍ବତ୍ର ବିସ୍ତାରିତ ଭୟଙ୍କର ନକ୍‌ସଲବାଦ, ବିପର୍ଯ୍ୟସ୍ତ ଅବସ୍ଥା ଏବଂ କୋକୁଆ ଭୟକୁ ବୁଝିବାକୁ ମୋର ଆଗ୍ରହ ଥିଲା। ଏମାନଙ୍କ ବୁଦ୍ଧି ଖୁବ୍‌ ପ୍ରଖର ଥିଲା। ବହୁ ବରିଷ୍ଠ କାର୍ଯ୍ୟନିର୍ବାହୀ ଅଧିକାରୀଙ୍କ ଦ୍ୱାରା ବାରମ୍ବାର ପରିଦର୍ଶନ, ଦକ୍ଷ କାର୍ଯ୍ୟକଳାପ ଏବଂ ହଲ୍‌ରେ ଆୟୋଜିତ ସଭାଗୁଡ଼ିକ ସେମାନଙ୍କୁ ଏଠାରେ ଘଟୁଥିବା ଘଟଣାଗୁଡ଼ିକ ବିଷୟରେ ଅବଗତ କରାଉଥିଲେ। ତେଣୁ, ଚା'ର ଶେଷ ଢୋକ ସହିତ ମୁଁ ତାଙ୍କୁ ଏହି କଥାଟି କହିଲି: ମୁଁ ଆଜି ମନପୁର-ମଦନୱାଡ଼ା ଅଞ୍ଚଳ ପରିଦର୍ଶନ କରିବାକୁ ଯାଇଥିଲି, ଯେଉଁଠାରେ ତୁମର ଚୌବେ ସାହେବ୍‌ ସହିଦ ହୋଇଥିଲେ।

ପରିଚାରକ ଭାବରେ କାମ କରୁଥିବା ଜଣେ ଯୁବକ କୋମଳ ସ୍ୱରରେ କହିଲା, "ସାହେବଜୀ, ସେହି ଝିଅ ଉଡ଼ିଯାକୁ ଥରେ ପଚାରନ୍ତୁ। ସେ ଜଙ୍ଗଲରେ ଥିବା ଗଛଠାରୁ ଅଧିକ ସଂଖ୍ୟକ କାହାଣୀକୁ ନିଜ ମୁଣ୍ଡରେ ଧାରଣ କରିଛନ୍ତି।" ପିଲାଟିର କଥାରେ ଦମ୍‌ ଥିଲା।

କିଛି ସମୟ ପରେ ଆଲୋଚନାରେ ଯୋଗ ଦେବାକୁ ରୋଷେୟା ବାହାରକୁ ଆସିଲା। ପିଲାମାନେ ଉତ୍ସାହର ସହ ନାଚିଉଠି କହିଲେ, "ସାହେବଜୀ, ଏଠାରେ ଥିବା ଶରଣାର୍ଥୀମାନଙ୍କ ମଧ୍ୟରେ କିଛି ଲୋକ ଅଛନ୍ତି ଯେଉଁମାନେ ଚୌବେ ସାହେବଙ୍କୁ ହତ୍ୟା କରାଯାଇଥିବା ମିଶନରେ ଭାଗ ନେଇଥିଲେ। ଯଦି ଆପଣ ଶର୍ମାଜୀଙ୍କୁ ପଚାରନ୍ତି, ତେବେ ସେ ନିଶ୍ଚିତ ଭାବରେ ଏହି ଶରଣାର୍ଥୀମାନଙ୍କ ସହିତ ଆଲୋଚନାର ଆୟୋଜନ କରିପାରିବେ।" ପ୍ରକୃତରେ ସେହି ଲ୍ୟାଣ୍ଡମାଇନ୍‌ଗୁଡ଼ିକୁ ବିଛାଇଥିବା ଲୋକମାନଙ୍କ ମଧ୍ୟରୁ ଜଣେ ପ୍ରତ୍ୟକ୍ଷଦର୍ଶୀଙ୍କ କଥା ନ ଶୁଣିବା ଯାଏଁ ମୋର କୌତୁହଳ ସନ୍ତୁଷ୍ଟ ହୋଇ ନ ଥାନ୍ତା।

ମୁଁ ପ୍ରଭାକର ଶର୍ମାଙ୍କୁ ଅନୁରୋଧ କଲି ଏବଂ ପୁଲିସ୍ ଲାଇନ୍ ନିକଟରେ ରହିଥିବା କିଛି ଶରଣାର୍ଥୀ ମୋତେ ଦେଖା କରିବାକୁ ଆସିଲେ: ସେମାନେ କ୍ଲାନ୍ତ ଓ ପତଳା ଦିଶୁଥିଲେ। ହାତରେ ବିସ୍ଫୋରକ କିମ୍ବା ବନ୍ଧୁକ ଧରି ନକ୍ସଲ ଯୋଦ୍ଧା ଭାବରେ ସେମାନଙ୍କର ଚାଲିବା ଦେଖିଲେ ତାଙ୍କୁ କେହି ଗୁରୁତ୍ୱ ଦେଇପାରେ। କିନ୍ତୁ ଅସ୍ତ୍ରଶସ୍ତ୍ର ବିନା ସେମାନେ ଜଙ୍ଗଲର ନିରୀହ ଲୋକ ପରି ଦେଖାଯାଉଥିଲେ। ସେମାନଙ୍କ ନଳ ପରି ପତଳା ଶରୀରର କୌଣସି ଅଂଶରେ ଗୋଟିଏ ଗ୍ରାମ ଅତିରିକ୍ତ ମାଂସ ନ ଥିଲା।

ଯେତେବେଳେ ମୁଁ ମନପୁର ଏବଂ ଏସ୍‌ପି ଚୌବେଙ୍କ ପ୍ରସଙ୍ଗ ଉଠାଇଲି, ଶ୍ରୀରାମ (ଛଦ୍ମନାମ) ନାମକ ଏକ ଶରଣାର୍ଥୀ ହସିଲେ। ସେ କେବଳ ସେହି ସଂଘର୍ଷର ସାକ୍ଷୀ ନୁହଁନ୍ତି, ବରଂ ଜଣେ ସକ୍ରିୟ ନକ୍ସଲ କର୍ମୀ ଥିଲେ। ତାଙ୍କର ଉତ୍ତର ପ୍ରସ୍ତୁତ ଥିଲା। ସେ କହିଲେ, "ମଦନୱାଡ଼ା ଅଞ୍ଚଳରେ ଦୁଇ-ତିନି ପୁଲିସ୍ ପୋଷ୍ଟର ଜରିଆରେ ନିର୍ମାଣ କାର୍ଯ୍ୟ ଖୁବ୍ ଶୀଘ୍ର ଆରମ୍ଭ ହେବାକୁ ଯାଉଛି ବୋଲି ଆମେ ସୂଚନା ପାଇଥିଲୁ। ପୁଲିସ୍ ବିଭାଗ ଏହାର ବାହିନୀର ଏକ ବ୍ୟାପକ ଅପରେସନ୍ ପାଇଁ ଯୋଜନା କରିଥିଲା। ଯଦି ନିର୍ମାଣ କାର୍ଯ୍ୟ ସମାପ୍ତ କରିବାରେ ପୁଲିସ୍ ସଫଳ ହୋଇଥାନ୍ତା, ତେବେ ମନପୁର ପର୍ବତ ଉପରେ ନିୟନ୍ତ୍ରଣ ଆମ ହାତରୁ ଚାଲିଯାଇଥାନ୍ତା। ତେଣୁ ନିର୍ମାଣ କାର୍ଯ୍ୟକୁ ବନ୍ଦ କରିବା ଏବଂ ସେମାନଙ୍କର କ୍ରମବର୍ଦ୍ଧିଷ୍ଣୁ ଆକ୍ରମଣକୁ ବନ୍ଦ କରିବା ଗୁରୁତ୍ୱପୂର୍ଣ୍ଣ ଥିଲା। ସେଥିପାଇଁ, ଆମ ତରଫରୁ ଏଭଳି ଏକ ବଡ଼ ବିସ୍ଫୋରଣ କରିବାକୁ ଯୋଜନା ହୋଇଥିଲା ଯାହା ପୁଲିସ୍‌ର ହୃଦୟରେ ଆତଙ୍କ ସୃଷ୍ଟି କରିବ ଏବଂ ସେମାନଙ୍କ ଆମ୍ବିଶ୍ୱାସକୁ ଭାଙ୍ଗିବ।

"କିନ୍ତୁ ଏଭଳି ସୁବ୍ୟବସ୍ଥିତ ଯୋଜନା ହୋଇଥିଲା?"

"ନିଶ୍ଚିତ ସାର। ଏହି ଏନ୍‌କାଉଣ୍ଟରର ଯୋଜନା ରାମଧର ଆୟାଟୁ, ଉସେଣ୍ଡି ଓ ସୁଖଦେବ ପ୍ରେମଲାଲାଙ୍କ ମସ୍ତିଷ୍କରୁ ନିର୍ଗତ। ସେମାନେ ରାତିସାରା ଜଙ୍ଗଲର ଝରଣା ପାଖରେ ବସି ଏହି ସାହସିକ ଷଡ଼୍‍ଯନ୍ତ୍ର ସବିଶେଷ ତଥ୍ୟ ପ୍ରସ୍ତୁତ କରିଥିଲେ।"

"ତୁମେ ଯୁଦ୍ଧକ୍ଷେତ୍ରକୁ ସର୍ଭେ କରିଛ କି?"

"ସାର, ଆମେ ଏହାକୁ ରିକି ବୋଲି କହିଥାଉ। ଯେଉଁଠାରେ ଆମେ ଚୌବେ ସାହେବଙ୍କୁ ହତ୍ୟା କରିଥିଲୁ, ଆମେ ସେଠାରେ ଅତି କମ୍‌ରେ ବାରଦିନ ପୂର୍ବରୁ ରିକି କରିଥିଲୁ– ପ୍ରତ୍ୟେକ ସମ୍ଭାବ୍ୟ କୋଣରୁ। ଯଦି ହଠାତ୍ ଏକ ବଡ଼ ପୁଲିସ୍ ଫୋର୍ସ ସେହି ଦିଗରୁ ଆମ ଉପରେ ଆକ୍ରମଣ କରେ ତେବେ ସେମାନଙ୍କୁ କିପରି ରୋକାଯିବ, କେତେ ନକ୍ସଲ ସାଥୀଙ୍କୁ ଏଥିରେ ସାମିଲ କରିବା ଉଚିତ, କିଏ କେଉଁ ଢଙ୍ଗରେ,

କେଉଁ ସମୟରେ କେଉଁ ଗଛ ଉପରେ ରହିବ, ଏସବୁ ଦିଗର ସୂକ୍ଷ୍ମ ବିବରଣୀ ଅନୁଯାୟୀ ବିଚାର ଏବଂ ରିହର୍ସାଲ୍ କରାଯାଏ ।

ଏହି ଆକ୍ରମଣରେ କେତେଜଣ ନକ୍ସଲ ଭାଗ ନେଇଥିଲେ ?

"ପ୍ରାୟ ଦୁଇଶହ । ବୋଧହୁଏ ଅଧିକ, କିନ୍ତୁ କମ୍ ନୁହେଁ ।"

ମୁଁ ନରସିଂହ ଜାଡେ ନାମକ ଅନ୍ୟ ଏକ ଶରଣାର୍ଥୀଙ୍କୁ ଭେଟିଥିଲି, ଯିଏ ଭଗତ ନାମରେ ମଧ୍ୟ ଜଣାଶୁଣା । ସେ ମଦନଓ୍ୱାଡାରେ ନକ୍ସଲ ଗୋଷ୍ଠୀରେ ଯୋଗ ଦେଇଥିଲେ ଏବଂ ସାତ ବର୍ଷ ପର୍ଯ୍ୟନ୍ତ ଏହି ସଂଗଠନରେ ରହିଥିଲେ । ସେ ସତେଇଶ ବର୍ଷର କଳା, ପତଳା ଯୁବକ ଥିଲେ । ତାଙ୍କର ଗୋଟିଏ ଆଖିରେ ଏକ ବଡ଼ ଧଳା ଦାଗ ଥିଲା, କିନ୍ତୁ ରକ୍ତଚାପ କିମ୍ବା ଅନ୍ୟ କିଛି ସମସ୍ୟା ହେତୁ ସେ ଅସ୍ତ୍ରୋପଚାର କରି ସେହି ଅଂଶଟିକୁ ବାହାର କରି ପାରିନଥିଲେ । କିନ୍ତୁ ଦୃଷ୍ଟିବାଧିତ ହୋଇଥିବା ସତ୍ତ୍ୱେ ସେ ବହୁତ ନିଷ୍ଠା ସହିତ ଅଧ୍ୟୟନ କରୁଥିଲେ ।

ସେ କହିଲେ, "ମନପୁର ଆକ୍ରମଣରେ ଆମର ଅନେକ ସାଥୀ ଗଛର ଉପରୁ ବନ୍ଧୁକ ଚଲାଇଥିଲେ । କିଏ କେଉଁ ଗଛରେ ଚଢ଼ିବ ତାହା ଆମେ ଯତ୍ନର ସହ ନିର୍ଦ୍ଧାରିତ କରିଥିଲୁ । ଆମ ଭଳି ଆଦିବାସୀ ପିଲାମାନେ ଗଛ ଚଢ଼ିବାରେ ପାରଙ୍ଗମ, କିନ୍ତୁ ଆମକୁ ଲଗାତାର ଘଣ୍ଟା ଘଣ୍ଟା ଧରି ଗଛ ଉପରେ ବସିରହିବାର ଥିଲା । ଏଥିପାଇଁ ଆମକୁ ବହୁତ କଠିନ ଅଭ୍ୟାସ କରିବାକୁ ପଡ଼ିଲା । ମୁଁ ସେହି ଆକ୍ରମଣରେ ସୂଚନା ପ୍ରଦାନକାରୀ ଭାବରେ କାର୍ଯ୍ୟ କଲି । ଗୋଟିଏ ହାତରେ ୱାକି-ଟକି ଧରି ମୁଁ ନିଜକୁ ଏକ ବଡ଼ ଗଛର ଉପର ଡାଳରେ ଲୁଚାଇ ରଖିଲି । ସେଠାରୁ ମୋତେ ଚାରି କିଲୋମିଟର ଦୂର ଦେଖାଯାଉଥିଲା । ମୁଁ ପ୍ରତ୍ୟେକ ଗତିବିଧିକୁ ରିପୋର୍ଟ କରିବା ଲାଗି ଘଣ୍ଟା ଘଣ୍ଟା ଧରି ସେଠାରେ ବସିଥିଲି । ଆଠ ଦିନ ଧରି ଆମେ ରିହର୍ସାଲ୍ କଲୁ ଯେ ଆମେ କିପରି ଏକ ବଡ଼ ପୁଲିସ୍ ଫୋର୍ସକୁ ଅଟକାଇବୁ, ବିଭିନ୍ନ ସ୍ଥାନରେ ସେମାନଙ୍କ ରାସ୍ତା ଅବରୋଧ କରିଦେବୁ ଏବଂ ପୁଲିସ ବାହିନୀକୁ ସଂପୂର୍ଣ୍ଣ ଧ୍ୱଂସ କରିଦେବୁ ।"

ଚୌବେଙ୍କ ହତ୍ୟା ନକ୍ସଲମାନଙ୍କ ପାଇଁ ଏକ ପ୍ରମୁଖ ବିଜୟ ହୋଇଥିବାବେଲେ ଏହା ରାଜ୍ୟ ଶାସନ କଳ ପାଇଁ ଏକ ସଂପୂର୍ଣ୍ଣ ଉଦାସୀନ ଘଟଣା ଥିଲା ଯାହା ସେମାନଙ୍କ ଆମ୍ଭବିଶ୍ୱାସକୁ ଧରାଶାୟୀ କରିଥିଲା । ମୁଁ ଛୋଟୁଙ୍କୁ ଆଗକୁ କ'ଣ ହେଲା ପଚାରିବାରୁ ସେ କହିଲେ, "ମୁଁ ଏହାକୁ କିପରି ପ୍ରକାଶ କରିବି, ସାର୍ ଚୌବେଜୀଙ୍କ ପରି ବଡ଼ ଶିକାର ଆମକୁ ଏତେ ଖୁସି କଲା ତାହାକୁ ଆମେ ନିୟନ୍ତ୍ରଣ କରିପାରିଲୁ ନାହିଁ । ଆମେ ସେଦିନ ଭୁକମାକା ଜଙ୍ଗଲକୁ ଯାଇଥିଲୁ । ଭୁକମାକା ଜଙ୍ଗଲରେ ଗୋଟିଏ ଖାସି କାଟି ଉତ୍ସବ ମନାଇବା ଆରମ୍ଭ କରିଦେଇଥିଲୁ । ସାରା ଦେଶର ନକ୍ସଲମାନଙ୍କ ଦ୍ୱାରା ଆମକୁ

ସମ୍ମାନିତ କରାଯାଇଥିଲା। ଝାଡ଼ଖଣ୍ଡ, ବିହାର ଏବଂ ଅନ୍ୟାନ୍ୟ ସ୍ଥାନରୁ ନକ୍ସଲ ସାଥୀମାନେ ଆମକୁ ସିଂହ ବୋଲି କହି ଅଭିନନ୍ଦନ ବାର୍ତ୍ତା ପଠାଉଥିଲେ। ସବୁଆଡ଼ୁ ପ୍ରଶଂସାର ସୁଅ ଛୁଟୁଥିଲା।"

ମନପୁର ଏବଂ ଚୌବେ ଅଘଟଣ ବାସ୍ତବରେ ଭୟଙ୍କର ଥିଲା। ଦୁଇ ଶହ ଯୁବ ନକ୍ସଲମାନେ ଏହି ଆକ୍ରମଣ ଭିଆଇଥିଲେ।

ମୋର ୨୬/୧୧ ଘଟଣା ମନେ ପଡ଼ିଗଲା ଯାହା ମୁମ୍ବାଇର ତାଜ ହୋଟେଲରେ ଘଟିଥିଲା। ସେଠାରେ ମଧ ସାହସୀ ସେ?ନିକ ଏବଂ ମୁମ୍ବାଇ ପୁଲିସ୍‌ର ବରିଷ୍ଠ ଅଧିକାରୀମାନେ ଘଟଣାସ୍ଥଳରେ ପହଞ୍ଚି ଆମ୍ବଲିଦାନ ଦେଇଥିଲେ।

ଚାରିଦିନ ପରେ, ଆମେ ଅନ୍ୟ ଏକ ତହସିଲର ସହର ଓ ମତଦାନ କେନ୍ଦ୍ର ପରିଦର୍ଶନ କରିବାକୁ ଯାଇଥିଲୁ। ସହରର ପ୍ରାଥମିକ ସ୍ୱାସ୍ଥ୍ୟକେନ୍ଦ୍ରର ଅବସ୍ଥା ଦେଖି ଲାଗିଲା ସ୍ୱାସ୍ଥ୍ୟକେନ୍ଦ୍ରକୁ ହିଁ ସବୁଠାରୁ ବେଶୀ ଚିକିତ୍ସା ଦରକାର। ଏହାର ଭଗ୍ନ କାନ୍ଥଗୁଡ଼ିକରେ ଘାସ ଦ୍ୱାରା ଘୋଡ଼େଇ ହୋଇଯାଇଥିଲା। ଯେତେବେଳେ ମୁଁ କବାଟରେ ପଡ଼ିଥିବା ତାଲାକୁ ଯାଞ୍ଚ କଲି, ସେତେବେଳେ ସେଠ୍ରେ ଲାଗିଥିବା କଳଙ୍କି ଦେଖି ମୁଁ ଯାହା ବୁଝିବା କଥା ବୁଝିଗଲି।

ଏହା ସତ୍ତ୍ୱେ ସେଠାରେ କିଛି ରୁଗ୍ଣ ଗ୍ରାମବାସୀ ସେମାନଙ୍କ ଛିଡ଼ା କାନ୍ଥା ଉପରେ ପଡ଼ିରହିଥିଲେ। ସେମାନଙ୍କର ଆଖ୍ରୁ ଏହି ଆଶା ଝଲସୁଥିଲା ଯେ ଡାକ୍ତରବାବୁଦିନେ କିମ୍ବା ଦୁଇ ଦିନରେ ନିଶ୍ଚୟ ଆସିବେ।

ଉଭୟ ପାର୍ଶ୍ୱରେ ରାଇଫଲ୍ ଏବଂ ମେସିନ୍ ଗନ୍ ଥିଲା: ଗୋଟିଏ ପଟେ ନକ୍ସଲ ଏବଂ ଅନ୍ୟ ପଟେ ପୁଲିସ ଓ କେନ୍ଦ୍ରୀୟ ପାରାମିଲିଟାରୀ ଫୋର୍ସ। ଏହି ପୃଷ୍ଠଭୂମିରେ ଗାଁ ରାସ୍ତାର ଉଭୟ ପାର୍ଶ୍ୱରେ ଠିଆ ହୋଇଥିବା ଗରିବ, ଅସୁସ୍ଥ, ଶିଶୁମାନେ ଡେଣା ହରାଇଥିବା ପ୍ରଜାପତି ପରି ଦେଖାଯାଉଥିଲେ।

ଆମେ ଦିନେ ଗୋଟିଏ ଗାଁରେ ଏକ ମତଦାନ କେନ୍ଦ୍ର ଯାଞ୍ଚ କରୁଥିଲୁ। ଗୋଟିଏ ଦିନ ପୂର୍ବରୁ ନିର୍ବାଚନ ଉତ୍ସବ ଆରମ୍ଭ ହୋଇଥିଲା। ଜଣେ ସ୍ଥାନୀୟ ସାମୟିକ ଗୋପନରେ ମୋତେ ସ୍କୁଲ ତଥା ସ୍ଥାନୀୟ ଅଧିବାସୀଙ୍କ ସ୍ୱାସ୍ଥ୍ୟ ସ୍ଥିତି ବିଷୟରେ ଅଯାଚିତ ସୂଚନା ଦେଇ କହିଥିଲେ, "କୌଣସି ଏମବିବିଏସ୍ ଡାକ୍ତର ଚାକିରି ପାଇଁ ଏଠାକୁ ଆସନ୍ତି ନାହିଁ। ଯଦି ବି ଆସନ୍ତି ତେବେ କ୍ୱଚିତ୍ ଆସନ୍ତି-"

"କିନ୍ତୁ କନିଷ୍ଠ ସ୍ୱାସ୍ଥ୍ୟକର୍ମୀ ହୁଅନ୍ତୁ ବା ତହସିଲ ସ୍ତରର ଶିକ୍ଷକ ହୁଅନ୍ତୁ, ସେମାନେ ସେମାନଙ୍କର ଦରମା ତ ପାଆନ୍ତି ନା?"

"ଏହା 'ରଙ୍ଗଦାରି' ବ୍ୟବସ୍ଥାରେ ମିଳେ ସାର। ଦରମା କେବେ ବନ୍ଦ ହୁଏ ନାହିଁ। ଯଦି ଦରମା ଦିନରେ ଛୁଟିଦିନ ପଡ଼େ, ତେବେ ଦରମା ପୂର୍ବ ଦିନରୁ ମିଳିଯାଏ।"

"ଆପଣ ବର୍ତ୍ତମାନ କହିଥିବା ଏହି ରଙ୍ଗଦାରି ବ୍ୟବସ୍ଥା କ'ଣ?"

"ଜଣେ କର୍ମଚାରୀଙ୍କ ଦରମାର ନିର୍ଦ୍ଦିଷ୍ଟ ପରିମାଣ ବରିଷ୍ଠ ଅଧିକାରୀଙ୍କ ନିକଟକୁ ଯାଇଥାଏ। ଯଦି ଆପଣ ପାହାଡ଼ିଆ ଅଞ୍ଚଳ ଭିତରକୁ ଯାଇ ଦେଖିବେ, ତେବେ ବେତନର ଏକ ଅଂଶ ବିଧାୟକଙ୍କ ନିକଟକୁ ପଠାଯାଏ ଏବଂ ଆଉ ଏକ ଅଂଶ ଏକେ-୪୭ ରାଇଫଲଧାରୀ ନକ୍ସଲ ଦାଦାଙ୍କୁ ମଧ୍ୟ ପଠାଯାଏ।"

ମୁଁ ହତାଶାପୂର୍ଣ୍ଣ ହସଟିଏ ହସିଲି। ଯାତ୍ରା ପୁଣି ଆରମ୍ଭ ହେଲା। ମୁଁ ହଠାତ୍ ଡ଼ୁଡ଼ିୟା ଏବଂ ସେ ତାଙ୍କ ସ୍ୱାମୀଙ୍କ ବିଷୟରେ କହିଥିବା କଥାଟି ମନେ ପକେଇଲି। ବର୍ତ୍ତମାନ ମୁଁ ବୁଝିପାରୁଥିଲି ଯେ ତାଙ୍କ ପ୍ରାଥମିକ ଶିକ୍ଷକ-ସ୍ୱାମୀ ଏବଂ ତାଙ୍କ ସ୍କୁଲ କାହିଁକି ଯୋଗାଯୋଗରେ ନ ଥିଲେ।

କାରରେ ଏସ୍ପି ଶର୍ମା ଲଗାତାର ମୋବାଇଲରେ କଥା ହେଉଥିଲେ। ଯେତେବେଳେ ସେ ନେଟୱର୍କ ବାହାରକୁ ଗଲେ, ସେ ତାଙ୍କ ବେତାର ୟୁନିଟ୍ ରିସିଭରରେ କଥା ହେଉଥିଲେ। ମୁଁ ପିଲାଦିନେ ରେଡିଓରେ ଶୁଣୁଥିବା କ୍ରିକେଟ୍ ଧାରାବିବରଣୀ କଥା ମନେ ପଡ଼ିଗଲା। ଦୃଶ୍ୟର ଉତ୍ତେଜନାକୁ ବଢ଼ାଇବା ପାଇଁ ମୁଁ ଏକ ଭୌତିକ ଚଳଚିତ୍ର ପ୍ରଚ୍ଛଦ ସଙ୍ଗୀତ ମନେ ପକାଇଲି। ଏସ୍ପି ଫୋନ୍‌ରେ ସେମିତି କଥାବାର୍ତ୍ତା ଜାରି ରଖିଥିଲେ। "ହଁ ସାର ଡ଼୍ୟାରପଟୀ ଚାରିପାଖରେ ଏକ ବୃହତ୍ ଗୋଷ୍ଠୀର ଗତିବିଧ୍ୟ ଅଛି। ହଁ, କିଛି ଦିନ ପୂର୍ବରୁ ଏକ ଡ଼େରଣା କୂଳରେ ସେମାନଙ୍କୁ ଠାବ କରାଯାଇଥିଲା। ୩୪, ସତରେ? ... ଉପତ୍ୟକା ସେପାଖରେ କୌଣସି ନୂତନ ଗତିବିଧ୍ୟ ଜଣାପଡ଼ିଛି କି? ...."

ପରଦିନ ଅନ୍ଧାର ହେବା ବେଳକୁ ମୁଁ ବିରାଟ ହ୍ରଦ କୂଳରେ ବୁଲୁଥିଲି। ମୁଁ ଦେଖିଲି ଜଣେ ବ୍ୟକ୍ତି ମୋ ଆଡ଼କୁ ପିଠି କରି ପଥର କଲଭର୍ଟ ଉପରେ ସିଗାରେଟ୍ ଟାଣୁଛନ୍ତି। ମୁଁ ତାଙ୍କୁ ଅତିକ୍ରମ କରିବାର ଏକ ମିନିଟ୍ ପରେ ସେ ଜୋର୍‌ରେ ଚିକ୍ତାର କରି କହିଲା, "ଦିଲୀପ? ଆବେ ଦିଲୀପ?" ଏହି ସୁଦୂର ସ୍ଥାନକୁ ଏପରି ଅନ୍ତରଙ୍ଗ ଡାକ? ଇଏ କିଏ ହୋଇପାରେ? ଏକଥା ଭାବିବାବେଳେ ମୁଁ ଦେଖିଲି ସେହି ଲୋକଟି ମୋ ଆଡ଼କୁ ଦୌଡ଼ୁଛି। ତାଙ୍କ ନାକ ଉପରେ ମୋଟା ଲେନ୍ସ, ଜଟ କେଶ; ସେ ଜର୍ଜ ଫର୍ଣ୍ଣାଣ୍ଡିସ୍‌ଙ୍କ ପରି ଦେଖାଯାଉଥିଲେ। "ଆଞ୍ଜା? ଆମେ ପରସ୍ପରଙ୍କୁ ଜାଣୁ କି? ହେ, ଭଗବାନ! କମ୍ରେଡ୍, ତୁମେ? ଏ ଜାଗାରେ ତୁମେ କ'ଣ କରୁଛ?" ମୁଁ ତାଙ୍କୁ ଚିହ୍ନିସାରିବା ପରେ ଅତି ଉତ୍ସାହିତ ହୋଇ ପଚାରିଲି।

“ଆରେ ! ତୁମେ ମୋତେ କୁହ ତୁମେ ଏଠାରେ କ’ଣ କରୁଛ ?” ସେ ଓଲଟା ପ୍ରଶ୍ନ କଲେ ।

“ମୁଁ ତୁମକୁ ପ୍ରଥମେ ପଚାରିଥିଲି, ଗୋପାଳ ! ତୁମେ ଏଠାରେ କ’ଣ କରୁଛ ?” ଏତିକି କହି ମୁଁ ତାଙ୍କ ପେଟକୁ ଗୋଟିଏ ମୁଥ ମାରିଲି ।

ସେ କହିଲେ, “ହେ, ମୁଁ ଭିଲାଇ ଜିଲ୍ଲାର ଇସ୍ପାତ କାରଖାନାରେ ପରିଚାଳନା ଅଧିକାରୀ ଭାବରେ କାର୍ଯ୍ୟ କରୁଛି ।” ସେ ମୋର କଲେଜ ଦିନର ବନ୍ଧୁ ଗୋପାଳ ପଙ୍କଜେ ଥିଲେ ।

ଲୋକେ କହୁନ୍ତି ପୃଥିବୀ ଗୋଲ ଏବଂ ଏଠାରେ ତାହାର ଏକ ଦୃଷ୍ଟାନ୍ତ ମିଳିଯାଇଥିଲା । ହଠାତ୍ କମ୍ରେଡ୍ ଗୋପାଳ ପଙ୍କଜେ ସହିତ ଭେଟି । ମୁଁ ଜାଣେ ନାହିଁ ଗୋପାଳ ପ୍ରକୃତରେ କମ୍ୟୁନିଷ୍ଟ ପାର୍ଟିରେ ଯୋଗ ଦେଉଛନ୍ତି କି ନାହିଁ, ତାଙ୍କୁ ଆନୁଷ୍ଠାନିକ ଭାବରେ କମ୍ରେଡ୍ ଆଖ୍ୟା ଦିଆଯାଇଛି କି ନାହିଁ, କିନ୍ତୁ ଆମେ ସାଙ୍ଗିଲର ଉଲିଙ୍ଗଡନ୍ କଲେଜରେ ଏକାଠି ପଢ଼ିବାବେଳେ ସେ ଏହି ଟାଇଟଲ୍ ପାଇଥିଲେ । ପ୍ରଫେସରମାନଙ୍କ ଠାରୁ ଆରମ୍ଭ କରି କ୍ୟାଣ୍ଟିନ୍ ପିଲା ପର୍ଯ୍ୟନ୍ତ, ସଭିଯେ ତାଙ୍କୁ ଏହି ନାମରେ ଜାଣିଥିଲେ— କମ୍ରେଡ୍ ଗୋପାଳ । ତାଙ୍କ ବାପା କଲେଜ ସମ୍ମୁଖରେ ଥିବା ପୋଷ୍ଟ ଅଫିସରେ ଜଣେ ପୋଷ୍ଟମାଷ୍ଟର ଥିଲେ । ସେ କେନ୍ଦ୍ର ସରକାରଙ୍କ ଡାକ ବିଭାଗରେ ପ୍ରତିଦିନ ବହୁ ପରିଶ୍ରମ କରୁଥିବାର ଆମେ ଦେଖିଥିଲୁ । କିନ୍ତୁ ଅନ୍ତରରୁ ସେ କମ୍ୟୁନିଷ୍ଟ ଚିନ୍ତାଧାରାର ଆଦର୍ଶରେ ଦୀକ୍ଷିତ ହୋଇଥିଲେ ।

ଯେଉଁ ବୟସରେ ଏହି ସବୁ ଜିନିଷଗୁଡ଼ିକର କିଛି ଅର୍ଥ ନ ଥିଲା, ସେହି ବୟସରେ ଗୋପାଳ ପିତାଙ୍କ ଲାଇବ୍ରେରିରେ ବସି ଦିନରାତି ବହି ପଢ଼ୁଥିଲା । ଯେଭଳି ପାନ ଚୋବାଇବାରେ ଅଭ୍ୟସ୍ତ ଲୋକମାନଙ୍କ ପାଟି, ଜିଭ ଓ ଦାନ୍ତରେ ଗାଢ଼ ଲାଲ ରଙ୍ଗର ଆବରଣ ସୃଷ୍ଟି ହୁଏ, ସେହିପରି କମ୍ୟୁନିଷ୍ଟ ଶବ୍ଦଗୁଡ଼ିକ ଗୋପାଳଙ୍କ ଜିଭର ଅଗରେ ରହିଯାଇଥିଲା । ସେ ସର୍ବଦା ଏହି ଗାଳି ପ୍ରୟୋଗ କରୁଥିଲେ: “ତୁମେ ସବୁ ହେଲ ଅମୋଚନୀୟ ବୁର୍ଜୁଆ !” ସେ ଲାଲ ଅଭିଧାନରୁ “ତୃଣମୂଳ ସ୍ତର”, “ଥିଲାବାଲା ଓ ନଥିଲାବାଲା”, “ପ୍ରଲିଟାରିଏଟ୍”, “ଶ୍ରମିକଙ୍କ ଶାସନ”, “ଶ୍ରେଣୀ ସଂଗ୍ରାମ” ପରି ବାକ୍ୟାଂଶଗୁଡ଼ିକ ଆମ ସମ୍ମୁଖରେ ସର୍ବଦା ଉଚ୍ଚାରଣ କରୁଥିଲେ ।

ପ୍ରାୟ ସମୟରେ ଗୋପାଳ ଭାବନାରେ ବୁଡ଼ି ରହୁଥିଲେ । ତାଙ୍କର ପତଳା ଚେହେରା ଦେଖି ଆମର ପ୍ରଫେସର ସିଣ୍ଡେ କହୁଥିଲେ, “ଗୋପାଳ, ତୁମର ବିପ୍ଲବ ଯେତେବେଳେ ହେବାର ଥିବ ହେବ; କିନ୍ତୁ ଦୟାକରି ଠିକ୍ ସମୟରେ ଖିଆପିଆ କର । ପେଟକୁ ଏତେ ଉପେକ୍ଷା କର ନାହିଁ !”

ବର୍ତ୍ତମାନ ଯେତେବେଳେ ଆମେ ଏତେ ବର୍ଷ ପରେ ସାକ୍ଷାତ କରୁଥିଲୁ, ସେ ମୋତେ ଆଲିଙ୍ଗନରୁ ମୁକ୍ତ କରି ଉତ୍ସାହିତ ଭାବରେ ପଚାରିଲେ, "ତୁମେ ଏହି ରାଜ୍ୟରେ କିପରି ପହଞ୍ଚିଲ, ଦିଲୀପ ?"

"ସରକାରୀ କାମରେ-"

"ହଁ, ସେକଥା ମୁଁ ଜାଣେ ! ମୁଁ ଜାଣେ ତୁମେ ତୁମର ପୂରା ଜୀବନକୁ ଅଫିସ୍ ଫାଇଲ୍ ଖେଳାଇବାରେ ନଷ୍ଟ କରିଦେଇଛ !"

"ଆଚ୍ଛା, ତୁମେ କେଉଁ ଗଡ଼ ଜିତିଲ ବନ୍ଧୁ ? କଲେଜରେ ଆମେ ତୁମକୁ ଭବିଷ୍ୟତର ଭାରତର ଲେନିନ୍ କିମ୍ବା ଅନ୍ତତଃ ପକ୍ଷେ ମାଓ ଭାବରେ ଦେଖୁଥିଲୁ ! କିନ୍ତୁ ତୁମେ ବର୍ତ୍ତମାନ କ'ଣ କରୁଛ ? ତୁମେ ବି ସେଇ ଫାଇଲ ଖେଳାଇବାରେ ବ୍ୟସ୍ତ, ନୁହେଁ କି ?"

"ମଣିଷ କ'ଣ କରିପାରେ ? ମୋତେ ମୋ ଚାରି ପିଲାଙ୍କୁ ପୋଷିବାକୁ ପଡ଼ୁଛି ! ମୋର ବିବାହ ମୋର ଲକ୍ଷ୍ୟକୁ ପଥଭ୍ରଷ୍ଟ କରିଦେଇ ମୋର ଗନ୍ତବ୍ୟ ସ୍ଥଳକୁ ବଦଳାଇଲା !"

ସେଦିନ ସନ୍ଧ୍ୟାରେ ସେ ଯିବାକୁ ତତ୍ପର ଥିବା ଭଳି ମନେ ହେଉଥିଲା । ମୁଁ ମଧ୍ୟ ଫେରିବାକୁ ବ୍ୟସ୍ତ ହେଉଥିଲି । କିନ୍ତୁ ଦୁଇ ଦିନ ମଧ୍ୟରେ ମୋତେ ଭେଟିବାକୁ ପ୍ରତିଜ୍ଞା କରି ମୁଁ କେଉଁଠି ରହୁଛି ବୋଲି ସେ ପଚାରିଥିଲେ ।

"ସରକାରୀ ଡାକ-ବଙ୍ଗଳାରେ । ସେଇଠି ଦେଖିପାରୁଛ ?"

ମୁଁ ସେହି କୋଠା ଆଡ଼େ ଅଙ୍ଗୁଳି ବଢ଼ାଇଲି ଯାହା ପ୍ରାୟ ଅନ୍ଧକାରଉତେ ଅଦୃଶ୍ୟ ହୋଇଯାଇଥିଲା । ତା'ପରେ ମୋର କମାଣ୍ଡୋମାନେ ମୋ ପାଖକୁ ଆସିଲେ । ସେହି କ୍ଷୀଣ ଆଲୋକରେ ମଧ୍ୟ ମୁଁ ଗୋପାଳଙ୍କ ମୁହଁରେ ସନ୍ଦେହର ଛାଇ ଦେଖିଲି । ମୁଁ କୌଣସି ଅପରାଧ କରିଥିଲି କି ? କାହିଁକି ଏତେ ସଂଖ୍ୟକ ପୁଲିସ୍ ମୋ ଚାରିପାଖରେ ବୁଲୁଥିଲେ ?

ଦିନେ ଏସପି ମୋତେ ତହସିଲ ଏକ ସ୍ଥାନକୁ ଡାକିଲେ । ତାଙ୍କ ବୋହୂ ଇଦୋରରୁ ତାଙ୍କୁ ଭେଟିବାକୁ ଆସିଥିଲେ । ସେ ଜଣେ ଇତିହାସ ଗବେଷକ ଥିଲେ ଏବଂ ପଶ୍ଚିମ ଉପକୂଳରେ ଥିବା ଦୁର୍ଗ ଉପରେ ଏକ ଗବେଷଣା ରିପୋର୍ଟ ଲେଖିବାରେ ବ୍ୟସ୍ତ ଥିଲେ । ସେ ମୋ ସହିତ ଏହି ବିଷୟରେ ଆଲୋଚନା କରିବାକୁ ଚାହୁଁଥିଲେ । ପରଦିନ ସେ ଇଦୋରକୁ ଫେରିଯିବାର ଥିଲା ।

ମୁଁ ଏସପିଙ୍କ ବଙ୍ଗଳାରେ ସୁଜାତାଙ୍କୁ ଭେଟିଥିଲି । ଶ୍ରୀମତୀ ଶର୍ମାଙ୍କ ସହ ମୋର ଭଲ ପରିଚୟ ଥିଲା । ଆମେ ଏହା ବିଷୟରେ ଆଲୋଚନାରେ ବ୍ୟସ୍ତ ଥିବା ବେଳେ ମୁଁ ଦେଖିଲି ଯେ ଉଡ଼ିଆ ରୋଷେଇ ଘରର କବାଟ ପାଖରେ ଠିଆ ହୋଇଛନ୍ତି । ମୁଁ

ତାଙ୍କ ଆଡ଼କୁ ଚାହିଁ ରହିବାରୁ ସେ ଟିକେ ଲାଜେଇଗଲେ। ଶ୍ରୀମତୀ ଶର୍ମାଙ୍କ କଥା ହଠାତ୍ ମୋ କାନରେ ପଡ଼ିଲା, "ପାଣ୍ଡର ସାହେବ, ଆପଣ କେଉଁ ଭାବନାରେ ହଜିଯାଇଛନ୍ତି ?"

ମୁଁ ଶ୍ରୀମତୀ ଶର୍ମା ଆଡ଼କୁ ବୁଲି କହିଲି, "ମୁଁ ଟିକିଏ ଖୋଲି କହିବି କି ? ଆମେ କଥାବାର୍ତ୍ତା କରିବା ପରିବର୍ତ୍ତେ, ଢ଼ୁଡ଼ିଯାକୁ କଥା ହେବା ପାଇଁ ଡାକିପାରିବା କି ? ମୋର ମନେ ହେଉଛି ଯେ ଚଳଚ୍ଚିତ୍ର ଓ ଉପନ୍ୟାସର ହିରୋଇନ୍ଙ୍କ ଅପେକ୍ଷା ତାଙ୍କ ପାଖରେ ଅଧିକ ରହସ୍ୟଜନକ କାହାଣୀ ଅଛି।"

ଶ୍ରୀମତୀ ଶର୍ମା ମୋର ପରାମର୍ଶକୁ ଗମ୍ଭୀରତାର ସହ ନେଇଥିଲେ। ସେହିଦିନ ଅପରାହ୍ଣରେ ଆମ ପାଖରେ ବହୁତ ସମୟ ଥିଲା। ସେ ଢ଼ୁଡ଼ିଯାକୁ କହିଲେ, "ପ୍ରକୃତରେ ଢ଼ୁଡ଼ିଯା, ମୁଁ ତୁମ ବିଷୟରେ ବହୁତ କିଛି ଶୁଣିଛି। ଦୟାକରି ଆମକୁ ନିଜ ବିଷୟରେ କୁହ, ଦୟାକରି ଏଠାକୁ ଆସ-"

"ବିଶେଷ କରି ତୁମ ଗାଁ କଣ୍ଠାପାଣିରୁ ଦଣ୍ଡକାରଣ୍ୟକୁ ଯାତ୍ରା ଏବଂ ପରେ ଅବୁଜମାଦ୍‌ରୁ ରାୟପୁରକୁ ପ୍ରତ୍ୟାବର୍ତ୍ତନର କାହାଣୀ-"

ଶ୍ରୀମତୀ ଶର୍ମା କୌତୂହଲ ସହିତ ଢ଼ୁଡ଼ିଯାକୁ ଚାହିଁ ରହିଥିଲେ। ନକ୍ସଲ ଆମ୍ଭସମର୍ପଣକାରୀ ହୋଇଥିବାରୁ ପୁଲିସ୍ ସୁରକ୍ଷା ଅଧୀନରେ ଥିବା ଏହି ଝିଅଟି ଜିଲ୍ଲା ପୁଲିସ୍ ମୁଖ୍ୟଙ୍କ ରୋଷେଇ ଘରେ କାମ କରୁଥିଲା। ତେଣୁ ସେ ମଧ୍ୟ ତାଙ୍କ ସମ୍ପର୍କରେ ଜାଣିବାକୁ ଉସ୍ତୁକ ଥିଲେ।

ଢ଼ୁଡ଼ିଯା ପ୍ରାରମ୍ଭରେ ଦ୍ୱିଧାରେ ଥିଲେ, କିନ୍ତୁ ଧୀରେ ଧୀରେ ତାଙ୍କର ଦ୍ୱିଧା ଦୂର ହେବାକୁ ଲାଗିଲା। ତାଙ୍କର ଗଭୀର, ନୀଲ-କଳା ଆଖିରେ ରହସ୍ୟମୟ ତରଙ୍ଗ ଖେଳିବାକୁ ଲାଗିଲା। ତାଙ୍କ ଭିତରେ ଜାଗ୍ରତ ହେଉଥିବା ଆବେଗର ବଶୀଭୂତ ହୋଇ ସେ ତାଙ୍କ କାହାଣୀ ଆରମ୍ଭ କଲେ।

ସେ ଏକ ଆଦିବାସୀ ଗ୍ରାମରେ ତାଙ୍କର ଚିନ୍ତାମୁକ୍ତ ପିଲାଦିନର ସମୟକୁ ସ୍ୱସ୍ତ ଭାବରେ ମନେ ରଖିଥିଲେ। ତାଙ୍କର ଉସ୍ଵାହ, ଦୁନିଆ ବିଷୟରେ ଜ୍ଞାନ, ନକ୍ସଲବାଦ ପଥ ଅନୁସରଣ କରିଥିବା ପଡ଼ୋଶୀ ଯୁବକଯୁବତୀ ଇତ୍ୟାଦି ସବୁକିଛି!

... ହଁ, ସେମାନଙ୍କ ଟ୍ରାଉଜର ଏବଂ ଆମ୍ଭବିଶ୍ୱାସରେ ପରିପୂର୍ଣ୍ଣ ଚାଲି! ଚାଲିବା ସମୟରେ ସେମାନଙ୍କ ଜୋତା କିପରି ଗୋଡ଼ରେ ଚାଟୁ ଖୋଦେଇ ଦେଉଥିଲା! ଢିଲା, ଗାଢ଼ ସବୁଜ ୟୁନିଫର୍ମ, କାନ୍ଧରେ ବନ୍ଦୁକ ଏବଂ ଗୀତ ଓ ନୃତ୍ୟ- ଏହି ତିନିଟି ଜିନିଷ ଆମ ଭିତରେ ଗଭୀର ଆବେଗ ଜନ୍ମାଇଲା।

ଆମ ଗାଁର ଘାସ ଏବଂ ବାଉଁଶ ତିଆରି କୁଡ଼ିଆ ତଥା ସାହି ଓ ବସ୍ତିରେ

ଝିଅମାନଙ୍କୁ ବହୁତ ଖରାପ ବ୍ୟବହାର କରାଯାଉଥିଲା। ବଡ଼ମାନେ କୌଣସି କାରଣ ବା ବିନା କାରଣରେ ଝିଅମାନଙ୍କୁ ଚାପୁଡ଼ା ମାରିବାରେ ଏକପ୍ରକାର ଆନନ୍ଦ ପାଉଥିଲେ। ଝିଅମାନେ ଘରର ପୁରୁଷମାନଙ୍କ ପାଖରେ ଭୟଭୀତ ଅବସ୍ଥାରେ ଘୂରିବୁଲୁଥିଲେ। ସେମାନେ ଅର୍ଦ୍ଧପାଗଳୀଙ୍କ ପରି କେଉଁଠି ବସିରହୁଥିଲେ ଅଥବା ସମୟ କାଟିବା ପାଇଁ ଜଟା ହୋଇଯାଇଥିବା ଚୁଟିରୁ ଉକୁଣି ବାହାର କରୁଥିଲେ।

ଅପର ପଟେ ନକ୍ସଲ କ୍ୟାମ୍ପର ଜୀବନ। ସେଠାରେ ପୁଅମାନଙ୍କ ପରି ଝିଅମାନେ ବ୍ୟୟକଟ୍ କେଶ ରଖୁଥିଲେ, ସେଠାରେ କବୀର ଥ୍ୟେଟର-ଗ୍ରୁପ୍ ଥିଲା, ପରେଡ୍ ସମୟରେ ବୈପ୍ଲବିକ ଗୀତ ଗାନ କରାଯାଉଥିଲା, ତମ୍ବୁରା, ଢୋଲ ଏବଂ ବିଗୁଲ୍ ଭଲି ବାଦ୍ୟଯନ୍ତ୍ର ବଜାଯାଉଥିଲା। ଏହା ଏଭଳି ଏକ ସକ୍ରିୟ ଦୁନିଆ ଥିଲା ଯାହା ଅଳ୍ପ ବୟସ ପିଲାମାନଙ୍କୁ ଆକର୍ଷିତ କରୁଥିଲା।

ଆଉ ମୋର ବିଚାରୀ ମା! ସେ ଯେତେବେଳେ ମୋତେ ଜନ୍ମ ଦେବା ସମୟରେ ମୁଁ ବାର୍ଥ କେନାଲ୍‌ରେ ଅଟକି ଯାଇଥିଲି। ମୋ ବାପା ତାଙ୍କୁ ଏକ ଡୁଲିରେ ବୋହି ଚାଳିଶ ମାଇଲ ଦୂର ଡାକ୍ତରଙ୍କ ନିକଟକୁ ନେଇଗଲେ। ମୋ ମା ଡାକ୍ତରଙ୍କୁ କହିଥିଲେ ଯେ ବ୍ୟାଗ୍ ଛିଣ୍ଡାଇବା ପରି ତାଙ୍କ ପେଟକୁ ସେ ଚିରିଦିଅନ୍ତୁ। ବାପା ମୋତେ ନର୍ସଙ୍କ ହାତରୁ ନିଜ କୋଳକୁ ନେଲେ। ସେ ମୋତେ ମା'ଙ୍କ ପାଖରେ ରଖିବାବେଳେ ଦେଖିଲେ ଯେ ମା ମୋତେ ଜନ୍ମ ଦେବା ପ୍ରକ୍ରିୟାରେ ତାଙ୍କ ଶରୀର ଅତ୍ୟନ୍ତ କ୍ଷତିଗ୍ରସ୍ତ ହୋଇସାରିଥିଲା। ଏଥିପାଇଁ ତାଙ୍କୁ ସାରା ଜୀବନ ଖୁବ୍ କଷ୍ଟରେ ଦଣ୍ଡିବାକୁ ପଡ଼ିଲା।

ମୋ ବାପା ମୋତେ ବହୁତ ସ୍ନେହ ଆଦରରେ ବଡ଼ାଇଥିଲେ। ଯେତେବେଳେ ମୁଁ ବଡ଼ ହେଲି, ମୁଁ ରଙ୍ଗିନ ବ୍ଲାଉଜ ପିନ୍ଧିବାକୁ ଭଲ ପାଉଥିଲି। କିନ୍ତୁ ଆମ ଲୋକଙ୍କ 'ରେଙ୍ଗେଟେଡ଼ନା' ପରମ୍ପରା ଅନୁଯାୟୀ ଝିଅମାନେ ବିବାହ ପରେ ବ୍ଲାଉଜ୍ ପିନ୍ଧିବା ବନ୍ଦ କରିଦିଅନ୍ତି। ଭଲ ଚରିତ୍ର ଝିଅ ସେଇମାନେ ଯେଉଁମାନେ ଅନାବୃତ ଛାତିରେ ବୁଲନ୍ତି। ସେହି ପରମ୍ପରାକୁ ମୁଁ ପ୍ରବଳ ଘୃଣା କରୁଥିଲି। ମୋର ସମଗ୍ର 'ମାଡ଼ିଆ' ସମ୍ପ୍ରଦାୟ ମୋ ବିରୁଦ୍ଧରେ ଗଲେ ବି, ମୋତେ କେହି ବିବାହ ନ କଲେ ବି ମୁଁ ମୋର ବ୍ଲାଉଜ୍ ଛାଡ଼ିବାକୁ ମନା କରିଦେଲି। ସମ୍ପ୍ରଦାୟର ଲୋକେ ମୋ ବାପାଙ୍କ ଉପରେ ଚାପ ପକାଇଲା– ଝିଅକୁ ଆଚରଣ ଶିଖିବାକୁ କୁହ, ନହେଲେ ବହୁତ ଖରାପ ହେବ। ମୋ ବାପାଙ୍କ ସହ ମୋର ବହୁତ ଝଗଡ଼ା ହୋଇଥିଲା।

ଆମର ସୁଖଦ ଗାଁ କାନ୍ଥାପାଣି ପ୍ରକୃତିର କୋଳରେ ଅବସ୍ଥିତ। ସେହି ପାହାଡ଼ ଏବଂ ପର୍ବତଗୁଡ଼ିକ ଗହଣରେ ମୁଁ ବଡ଼ ହୋଇଥିଲେ। ଆମ ବସ୍ତି ପଛରେ ଥିବା ପର୍ବତ ଥିଲା ଆମର ପିତା। ଆମ ଗାଁରେ ପ୍ରବାହିତ ନଦୀ ଆମ ମା'ଠାରୁ କମ୍

ନୁହେଁ। ସବୁଆଡ଼େ ଦୃଶ୍ୟମାନ ଛୋଟ-ବଡ଼ ଗଛ ଆମର ଭାଇ ଓ ଭଉଣୀ ଥିଲେ। ବାଉଁଶ ଏବଂ ଖଜୁରୀ ପତ୍ରରେ ତିଆରି ଆମ କୁଟୀରରେ ମୁଁ ବଢ଼ିଥିଲି। ମୁଁ ଯେତେବେଳେ ଛୋଟ ଥିଲି, ମୋ ବାପା ମୋ କୋମଳ ଗାଲରେ ଚୁମ୍ବନରେ ଭରି ଦେଉଥିଲେ। 'ଝିଅ, ତୁ ହେଲୁ ମୋର କଣ୍ଠେଇ' କହି ସେ ମୋତେ ତାଙ୍କ ଛାତିରେ ଜୋରରେ ଚାପି ଧରୁଥିଲେ। ମୁଁ ସେହି ଉଷ୍ମ ଆଲିଙ୍ଗନକୁ କେବେବି ଭୁଲି ପାରିବି ନାହିଁ।

ମୁଁ ଜନ୍ମ ହେବା ପୂର୍ବରୁ ମୋର ପିତାମାତାଙ୍କର ଦୁଇଟି ପୁଅ ଥିଲେ; ବଡ଼ ରାମ ଓ ସାନ ଥାକେରାମ। ମୋର ବଡ଼ ଭାଇ ଏହି ଜଙ୍ଗଲରେ ବଞ୍ଚିଲେ ନାହିଁ। ଆମ ମାଡ଼ିଆ ଜନଜାତି ସମେତ ଭିଲ୍ ଓ ଗୋଣ୍ଡ ଜନଜାତିର ଲୋକେ ବର୍ଷକୁ ଆଠ ମାସ କୁଡ଼ିଆ ବାହାରେ ଶୋଅ। ଆମେ କେବଳ ବର୍ଷା ଋତୁରେ ଭିତରେ ଶୋଇଥାଉ। ଅବଶିଷ୍ଟ ଆଠ ମାସ ଆମେ ଉତ୍ତାପ ପାଇଁ ଆମ ସୀମା ବାହାରେ ଏକ 'ଆଲଣ୍ଟା' ରଖିଥାଉ। ଏଇ 'ଆଲଣ୍ଟା' ହେଉଛି ଶୁଷ୍କ ଗାଈ ଗୋବର ଏବଂ ଡାଲରୁ ନିର୍ମିତ ଅଗ୍ନି। ନିଆଁ ମଝିରେ ରଖାଯାଇଥାଏ ଏବଂ ଘରର ଲୋକମାନେ ତା ଚାରିପଟେ ଘେରି ଶୁଅନ୍ତି। ଅଧିକାଂଶ ସମୟ ସେମାନେ ମହୁଲି ନିଶାରେ ମଲା ମଣିଷ ପରି ଶୋଇଥାନ୍ତି।

ରାତିର ଅନ୍ଧକାରରେ ମୁଣ୍ଡରେ 'ଆଲଣ୍ଟା'ର ଉତ୍ତାପ ଅନୁଭୂତ ହେଉଥାଏ। ଶିଶୁମାନେ ନିଜ ମା'ଙ୍କ ନିକଟରେ ଶୋଇଥାନ୍ତି। ନିଆଁ ଲାଗିବା ଭୟ ମା'ମାନଙ୍କୁ ଏତେ ସତର୍କ କରିଦିଏ ଯେ ସେମାନେ ନିଜ ଛୋଟ ପିଲାମାନଙ୍କୁ ପିଠିରେ କିୟା ପେଟରେ ବାନ୍ଧି ଶୋଇଥାନ୍ତି।

ମୋର ବଡ଼ ଭାଇ ରାମଙ୍କୁ ଅଠର ମାସ ହୋଇଥିଲା। ସେ ସବୁବେଳେ ମା'ର ସ୍ତନରେ ପାଟି ଲଗାଇ ଶୋଇଥାଏ; ସ୍ତନରେ କ୍ଷୀର ଥାଉ ନ ଥାଉ, ସେ ଚୁଚୁକୁ ପାଟିରୁ ବାହାର କରେ ନାହିଁ। ଆମ ଭାଷାରେ, ଆମେ ଏହିପରି ପିଲାମାନଙ୍କୁ 'ଦୁଧମୁଆ' ପିଲା ବୋଲି କହିଥାଉ।

ଏପରି ଏକ ଅନ୍ଧକାର ରାତି ମୋର ପିତାମାତାଙ୍କ ଜୀବନର ଝଡ଼ ସୃଷ୍ଟି କରିଥିଲା। ଜଙ୍ଗଲରେ ଅକ୍ଲାନ୍ତ ପରିଶ୍ରମ ସାଙ୍ଗକୁ ମହୁଲି କାରଣରୁ ବାପାଙ୍କ ମୁଣ୍ଡକୁ ଅଧିକ ନିଶା ଚଢ଼ିଯାଇଥିଲା। ମୋ ମା' ମଧ୍ୟ ଦିନଯାକ ହାଡ଼ଭଙ୍ଗା କାମ କରି ଫେରିବା ପରେ ଅଚେତ ଭଳି ଶୋଇପଡ଼ିଥିଲା। ରାତିରେ ରାମ ମା'ର ବନ୍ଧନରୁ ମୁକ୍ତି ହୋଇ ରଡ଼ ନିଆଁ ଭିତରକୁ ଗଡ଼ିଗଲା। ଯାହା ତାଙ୍କ ମୁଣ୍ଡରେ ବହୁତ ଜୀବନ୍ତ ଥିଲା। ପାହାନ୍ତାରେ ପୋଡ଼ା ମାଂସର ଗନ୍ଧ ମୋ ବାପାଙ୍କୁ ଜାଗ୍ରତ କଲା। ନିଦରୁ ଉଠି ସେ ଯାହା ଦେଖିଲେ

ତାହା ସାରା ଜୀବନଲାଗି ତାଙ୍କୁ ମାନସିକ ଆଘାତ ଦେଇଥିଲା। ଛୋଟ ପିଲାଟିର ମୁଣ୍ଡର ଅର୍ଦ୍ଧେକ ନିଆଁରେ ପୋଡ଼ିଯାଇଥିଲା।

ଏ ଘଟଣା ମୋ ବାପାଙ୍କ ହୃଦୟରେ ଏକ ଗଭୀର ଗର୍ତ ସୃଷ୍ଟି କରିଥିଲା। ରାମଙ୍କ ପରି ଏକ କଅଁଳ ଶିଶୁକୁ ହରାଇବାର ଦୁଃଖ ତାଙ୍କ ମନରୁ ଏତେ ଶୀଘ୍ର ଅପସରି ଯାଇ ନଥିଲା। ବଡ଼ ପୁଅର ଦେହାନ୍ତ ପରେ ଆମ ଦୁହେଁ ବାପାଙ୍କ ନୟନପିତୁଲା ହୋଇଯାଇଥିଲୁ। ନିଜ ପିଲାକୁ ନିଆଁରେ ହରାଇବାର ଦୁଃଖ ମୋ ମା'ର ହୃଦୟକୁ ସାରା ଜୀବନ ପାଇଁ ଜାବୁଡ଼ି ରହିଥିଲା।

ମୋର ସୌନ୍ଦର୍ଯ୍ୟ ଆମ ଗାଁର ଚର୍ଚ୍ଚାର କେନ୍ଦ୍ରବିନ୍ଦୁ ପରିଣତ ହୋଇଥିଲା। ପଡ଼ୋଶୀ ମହିଳାମାନେ ମୋ ମା'ଙ୍କୁ କହୁଥିଲେ, ତୁମର ଝିଅ ରାଜପ୍ରାସାଦକୁ ଯିବ। ତଥାପି ଆମ ସମ୍ପ୍ରଦାୟର ମହିଳାମାନେ ମୋତେ ଭାରି ଈର୍ଷା କରୁଥିଲେ। ମୋ ବାପା ସବୁବେଳେ ମୋ ପଛେ ପଛେ ଥିଲେ। ଯଦି ମୁଁ ତାଙ୍କ ଆଖିରୁ ଦୂରେଇ ଯାଉଥିଲି, ତେବେ ସେ ବିବ୍ରତ ହୋଇପଡୁଥିଲେ। ସୂର୍ଯ୍ୟ ମୁଣ୍ଡ ଉପରେ ଥିବା ବେଳେ ଗଛର ଡାଲ ଦେଇ ଯେଉଁ ରଶ୍ମି ଭେଦ କରିଯାଏ ସେଗୁଡ଼ିକ ଠେକୁଆ ବିଲେଇ ପରି ପରସ୍ପର ପଛରେ ଧାଉଁଥିବା ପରି ଦେଖାଯାଏ। ପ୍ରଜାପତିମାନେ ଏଣେତେଣେ ଉଡ଼ିବୁଲନ୍ତି, ସେମାନଙ୍କୁ ଧରିବାକୁ ମୁଁ ସେମାନଙ୍କ ପିଛା କରେ। ବାପା ମୋତେ ଜୋର ପାଟିରେ ଡାକନ୍ତି। ମୋ ଡୁଡ଼ିୟା କୁଆଡ଼େ ଗଲା? ଧଡ଼ପଡ଼ ହୋଇ ନିଦରୁ ଉଠିବା ଭଳି ସେ ବ୍ୟାକୁଳ ହୋଇ ମୋତେ ଚାରିଆଡ଼େ ଖୋଜନ୍ତି।

ଆମର ଜଙ୍ଗଲ ଦେବତାମାନେ ଆମ ପରି ଶାନ୍ତ, ପରିଶ୍ରମୀ ଓ ଧେ?ର୍ଯ୍ୟବାନ ଥିଲେ। ଆମ ଭଳି ଗ୍ରୀଷ୍ମରେ ଦଗ୍ଧ ହେଉଥିଲେ ଓ ମେ?ସୁମୀର ବୁଡ଼ି ରହୁଥିଲେ। ସେଦିନ ଗଲାଣି ଯେବେ ଆମେ ଆମର ପଥର ଦେବତା ଏବଂ ଆମ ଗାଁକୁ ଘେରି ରହିଥିବା ଜଙ୍ଗଲର ଛତ୍ରଛାୟା ତଲେ ବାସ କରୁଥିଲୁ। ଘରେ ଉକ୍ରଟ ଦୁଃଖ ଓ ଦାରିଦ୍ର୍ୟ ଥିଲା। ମୋ ବାପା ତାଙ୍କ ପେଟକୁ ଧରି କହୁଥିଲେ, "ଡୁଡ଼ିୟା ତୁ ବ୍ୟସ୍ତ ହୋ ନା, ଆମେ ପଛେ ଶୁଖିଲା ରୁଟି ଖାଇବୁ, କିନ୍ତୁ ତୋ ପାଇଁ ସବୁବେଳେ ଗୋଟିଏ ପାତ୍ରରେ ଲହୁଣୀ ଭର୍ତ୍ତି ରହିବ।" ବର୍ଷ ପରେ ବର୍ଷ ମୋର ପିତାମାତା ଅମଲ ସମୟକୁ ଅପେକ୍ଷା କରି ରହୁଥିଲେ; କେନ୍ଦୁ ପତ୍ର ତୋଳି ଆମେ ସାରା ବର୍ଷର ସମ୍ବଳ ସଂଗ୍ରହ କରିଥାଉ। ଭଲ ରୋଜଗାର ଆଶାରେ ଆମେ ବର୍ଷସାରା ଏହି ସମୟକୁ ଅପେକ୍ଷା କରି ରହିଥାଉ।

ବନବିଭାଗର ପହରାରୁ ଲୁଚି ଆମକୁ ଚୁଲି ପାଇଁ ଜଙ୍ଗଲରୁ ଜାଳେଣି କାଠ ସଂଗ୍ରହ କରିବାକୁ ପଡୁଥିଲା। ସାପ୍ତାହିକ ବଜାର ଆମ ଜୀବନର ଏକ ପର୍ବ ଠାରୁ କିଛି କମ୍ ନଥିଲା। ମା' ଏକ ମାଟିପାତ୍ରରେ ମହୁଲି ନେଇ ବଜାରକୁ ଯାଉଥିଲେ। ବାପା

ସର୍ବଦା ହାତର କେଉଁ କୋଣରେ କିମ୍ଵା ବାହାରେ ବଡ଼ ବଡ଼ ଅଖାରେ ଭର୍ତି ମହୁଲ ଫୁଲ ବିକ୍ରି କରୁଥିଲେ।

ଯେତେବେଳେ ବି ଆମର ଟଙ୍କା ଅଭାବ ହେଉଥିଲା, ଆମକୁ ମହୁଲି ସହାୟ ହେଉଥିଲା। ମୋ ବାପା ମହୁଲି ତିଆରିରେ ବ୍ୟସ୍ତ ରହୁଥିଲେ। ଚଉଡ଼ା ମୁହଁ ଥିବା ମାଟିପାତ୍ରଗୁଡ଼ିକୁ ମହୁଲର ଶୁଖିଲା ପତ୍ରରେ ଭର୍ତି କରିବା ପରେ ତାକୁ ପାଣିରେ ପୂର୍ଣ୍ଣ କରାଯାଏ। ଏହିପରି ପାଞ୍ଚ କିମ୍ଵା ଛଅଟି ହାଣ୍ଡି ମୁହଁ ଖୋଲା କରି ଘର ପଛରେ ପୋତି ଦିଆଯାଏ। ଆଠ କିମ୍ଵା ଦଶ ଦିନ ମଧ୍ୟରେ ମହୁଲି ପ୍ରସ୍ତୁତ। ଆମେ ପ୍ରତି ଚାରି ଦିନରେ ହାଣ୍ଡିର ମହୁଲିକୁ ଭଲଭାବେ ଘାଣ୍ଟୁଥିଲୁ। ଯେତେବେଳେ ମହୁଲି ଠିକ୍ ଭାବେ ପ୍ରସ୍ତୁତ ହୋଇଗଲେ ମୋ ବାପାଙ୍କ ନାକ ତାହା ବାରିବାରେ ଦକ୍ଷ ଥିଲେ। ସେ ସର୍ବଦା କହୁଥିଲେ, "ଅର୍ଦ୍ଧପ୍ରସ୍ତୁତ ମହୁଲିର କୌଣସି ଲାଭ ନାହିଁ। ସେଥିରେ କୌଣସି ସ୍ଵାଦ ନ ଥାଏ କିମ୍ଵା ନିଶା ନ ଥାଏ। ସେଭଳି ମହୁଲି ପିଇଲେ କିଛି ମଜା ମିଳେ ନାହିଁ। ଏଥିରେ ଅଧିକ ଫେଣ ମଧ୍ୟ ନ ଥାଏ। ଏହି ପ୍ରକାରର ସ୍ଵାଦହୀନ ଜିନିଷ ଯଦି ଅଧିକ ନିଶା ଦେଇ ନ ପାରିଲା ତେବେ ତା'ର ଲାଭ ବା କ'ଣ?" ସେ ଏକଥା ଦୁଃଖଦ ସ୍ଵରରେ କହୁଥିଲେ। "ଭଲ ଭାବରେ ସଂରକ୍ଷିତ ମହୁଲି ଫୁଲ ଆମ ପରି ଗରିବ ଲୋକଙ୍କ ପାଇଁ ଏକ ଦୁଧିଆଳୀ ଗାଈଠାରୁ କମ୍ ନୁହେଁ।"

ଆମ କ୍ଷେତରେ ତିନିଟି ସଲଫି ଗଛ ଥିଲା। ଆମେ ସଲଫି ଗଛରୁ ତାଡ଼ି ବାହାର କରୁଥିଲୁ। ଖଜୁରୀ ଗଛର ତାଡ଼ି ପରି ଏହାର ସ୍ଵାଦ ବହୁତ ଖଟା। ଥରେ ଫୁଟାଇବା ପରେ ନିର୍ଗତ ଦ୍ରବ୍ୟକୁ ମୋ ମା' ଭାରି ଭଲ ପାଉଥିଲେ। ଟିକେ ଟିକେ କରି ପିଇଲେ ଏହା ବହୁତ ଭଲ ଲାଗେ। ଯେଉଁ ଚାଷୀଙ୍କ ଜମିରେ ଛଅ କିମ୍ଵା ସାତଟି ସାଲଫି ଗଛ ଅଛି, ସେ ବହୁତ ସମୃଦ୍ଧ ବୋଲି ବିବେଚନା କରାଯାଏ।

ଦିନେ ରାତିରେ କେହି ଜଣେ ଆମର ତିନିଟି ସଲଫି ଗଛ କାଟିଦେଲା। ମୋ ବାପା ଏମିତି କାନ୍ଦିଲେ ଯେପରି ବନ୍ୟା ତାଙ୍କର ଅଧଡଜନ ଗାଈଗୋରୁ ଭାସି ଯାଇଥିଲା।

ମୋ ବାପା ଛୋଟବେଳୁ ଆମକୁ ଅନେକ କାହାଣୀ କହୁଥିଲେ। ସେତେବେଳେ ଶିକାର ଆମ ଜନଜାତି ସମ୍ପ୍ରଦାୟର ଏକ ଗୁରୁତ୍ୱପୂର୍ଣ୍ଣ ବୃତ୍ତି ଥିଲା। ଯଦି ଆମର ତୀର ଲକ୍ଷ୍ୟଚ୍ୟୁତ ହେଲେ ତେବେ ଏକ ବଣୁଆ ଜନ୍ତୁ ଆମ ପାଖକୁ ଦୌଡ଼ି ଆସି ଶିଙ୍ଗରେ ଆମକୁ ମାରିଦେବାର ବିପଦ ଥିଲା। ସମୟ ସହିତ ସରକାର ହିଁ ଆମ ଗୋଡ଼ରେ ଶିକୁଳି ପକାଇବା ଆରମ୍ଭ କଲେ। ଜଙ୍ଗଲ ନିବାସୀ ଏବଂ ପାଟଙ୍ଗାରୀମାନେ ଦନ୍ତକାରଣ୍ୟ ଜଙ୍ଗଲରେ ଆମ ପାଇଁ ସମସ୍ୟା ସୃଷ୍ଟି କଲେ। ସେମାନେ ଆମ ନିଜ ଜଙ୍ଗଲରୁ ଆମକୁ ବିତାଡ଼ିତ କରୁଥିଲେ। ଜଙ୍ଗଲ ସରକାରଙ୍କର ବୋଲି ଦାବି କରି

ସେମାନେ ଆମ ଅଧିକାରର ଜମିରେ ଆମକୁ ଅତ୍ୟାଚାର କରୁଥିଲେ। ନିଆଁ ପାଖରେ ବସି ସେସବୁ ଯନ୍ତ୍ରଣାଦାୟକ ଘଟଣାଗୁଡ଼ିକୁ ମନେପକାଇ ଆମକୁ କହୁଥିଲେ– ସରକାର ସାଧୁ ପରି ହେବା ଉଚିତ।

"ମାନେ କେମିତି ?" ମୁଁ ପଚାରିଲି।

"ଯିଏ ଅନ୍ଧଙ୍କ ଆଶାବାଡ଼ି, ବାସହରାକୁ ବିଛଣା, ଭୋକିଲା ଲୋକଙ୍କୁ ଖାଦ୍ୟ ଏବଂ ଚାଷୀଙ୍କୁ ହଳ ଦେଇଥାନ୍ତି। ସେମିତି ବ୍ୟକ୍ତିଙ୍କୁ ସାଧୁ କୁହାଯିବ।"

"ସରକାର ସେପରି ନ ଥିଲେ କି ?"

"ଜମା ନୁହେଁ! ଫରେଷ୍ଟର ଜଣେ ଘୃଣ୍ୟ ବ୍ୟକ୍ତି ଥିଲେ। ସେ ଆମକୁ ନିଜ ଭିଟାମାଟିରୁ ବାହାର କରିଦେଲେ। ଆମର ମେଣ୍ଢା ଓ ଛେଳିମାନଙ୍କୁ ଜଙ୍ଗଲ ଭିତରେ ଚରିବାକୁ ଅନୁମତି ଦିଆଗଲା ନାହିଁ। ଗୋରୁ ମଧ ନୁହେଁ। ଜଙ୍ଗଲ ଆମ ପାଇଁ ଅପହଞ୍ଚ ଆଉ ଆମର ପାଦ ଶୃଙ୍ଖଳରେ ବନ୍ଧା ପଡ଼ିଥିଲା।"

ଆମ ସରକାର ଆମକୁ ଜଙ୍ଗଲରୁ ବାହାର କରି ସାପ ପରି ଆମ ଦେହରେ ଗୁଡ଼ାଇ ହୋଇଯାଇଥିଲେ। ସରକାରୀ ବାବୁଙ୍କ ଦୃଷ୍ଟିରେ ରଣଦାତା ବଡ଼, କଣ୍ଟ୍ରାକ୍ଟର ବଡ଼। ଜଣେ କଣ୍ଟ୍ରାକ୍ଟରଙ୍କ ଧୋତିର ମୂଲ୍ୟ ଲକ୍ଷ ଲକ୍ଷ ଟଙ୍କା ଥିଲା ଏବଂ ଆମର ଗରିବ ଗୋଷ୍ଠୀ ଏବଂ ମାଡ଼ିୟାଙ୍କ ଲୁଗାପଟାର ମୂଲ୍ୟ ଥିଲା ନଗଣ୍ୟ। ପରିସ୍ଥିତି ଏପରି ଥିଲା।

ଏପରିକି ଯେଉଁ କେନ୍ଦୁ ପତ୍ର ବିକ୍ରି ବଜାରରୁ ଭଲ ପଇସା ମିଳୁଥିଲା, କଣ୍ଟ୍ରାକ୍ଟରମାନେ ସେଗୁଡ଼ିକରୁ ଅଧିକାଂଶ ଲାଭ ନେବାକୁ ଲାଗିଲେ। ଆମ ଭାଗକୁ କେବଳ ସ୍ୱଳ୍ପ ଲାଭାଂଶ ମିଳୁଥିଲା। ପତ୍ର ତୋଳିବାର ଆମର ସବୁ ପରିଶ୍ରମର ମୂଲ୍ୟ କଣ୍ଟ୍ରାକ୍ଟରଙ୍କ ହାତକୁ ଯାଉଥିଲା। ମୂଲ୍ୟ ହ୍ରାସ ପାଇଲେ ବା ବଜାର ଆମ ହାତରୁ ଖସିଗଲେ ଆମର ପଥର ଦେବତାମାନେ ମଧ ଆମକୁ ସାହାଯ୍ୟ କରୁ ନଥିଲେ। ମୁଣ୍ଡ ଉପରେ ଥିବା ବନ୍ଧ୍ୟା ଆକାଶକୁ ଚାହିଁବା ବ୍ୟତୀତ ଆମେ କିଛି କରିବା ସ୍ଥିତିରେ ନ ଥିଲୁ। ସେ?ସୁମୀ ସମୟରେ ନଦୀରେ ବନ୍ୟା ପରିସ୍ଥିତି ଉପୁଜିଥାଏ; କିନ୍ତୁ ଦଶହରା ପରେ ଯେତେବେଳେ ବର୍ଷା ବନ୍ଦ ହୁଏ, ନଦୀର ଜଳ ମଧ ଅଦୃଶ୍ୟ ହୋଇଯାଏ ଏବଂ ଏହା ସହିତ ଜମିବାଡ଼ିରୁ ପାଣି ଶୁଖିଯାଏ। ଆମର ମଧ ସମାନ ଅବସ୍ଥା। କେନ୍ଦୁ ପତ୍ର ରତୁ ଆସେ ଆଉ ଯାଏ, କିନ୍ତୁ ଆମେ ପୂର୍ବପରି ଦରିଦ୍ର ରହିଥାଉ।

ଧୀରେ ଧୀରେ ଆମ ଆଦିବାସୀମାନଙ୍କ ମନରେ ବୁଝିବା ଶକ୍ତି ସୃଷ୍ଟି ହେବାକୁ ଲାଗିଲା। ଏହି କେନ୍ଦୁ ପତ୍ର ଦଲାଲ, କଣ୍ଟ୍ରାକ୍ଟର ଏବଂ ବିଧାୟକମାନେ ପ୍ରତି ପାଞ୍ଚ ବର୍ଷରେ କିପରି ଏକାଠି ହୁଅନ୍ତି ? ଗାଁର ଧୂଳିରାସ୍ତାରେ ଆମ ଭୋଟ ପାଇଁ ଭିକ ମାଗୁଥିବା ସେମାନେ କିପରି ଦେବତା ପାଲଟନ୍ତି ? କିନ୍ତୁ ଏହି ନେତାମାନଙ୍କ ମଧରୁ କେହି ଆମ

କେନ୍ଦୁ ପତ୍ରର ଭଲ ମୂଲ୍ୟ ଲାଗି ଯୁଦ୍ଧ କରୁଥିବାର ଦେଖାଯାଏ ନାହିଁ। ଏହି କାରଣରୁ ଯେତେବେଳେ ଏହି ନୂତନ ଅତିଥିମାନେ, ଯେଉଁମାନେ ନିଜକୁ ନକ୍ସଲପନ୍ଥୀ ବୋଲି କହୁଥିଲେ, ସେମାନେ ଏହି ଦଲାଲଙ୍କ ଛାତିରେ ବନ୍ଦୁକ ମୁନ ରଖିଲେ, ସେମାନେ ଆମର ପ୍ରିୟଭାଜନ ହୋଇଥିଲେ।

ଏହି ନକ୍ସଲମାନେ ଝଡ଼ ପରି ଆମ ସବୁଜ ଜଙ୍ଗଲରେ ବୁଲିବା ଆରମ୍ଭ କଲେ। ଏହି ନକ୍ସଲମାନେ ଆମ ହାଟ ଏବଂ ବସ୍ତିରେ ପ୍ରବେଶ କଲେ। ତା'ପରେ ସରକାର ନିଦରୁ ଉଠି ଏହି ନକ୍ସଲ ଦାଦାମାନଙ୍କ ବିରୁଦ୍ଧରେ ଠିଆ ହେଲେ। ସେମାନେ ବର୍ତ୍ତମାନ ହଠାତ୍ ସେମାନଙ୍କୁ ସାବାଡ଼ କରିବାକୁ ତତ୍ପର ହେଲେ ଏବଂ ଏହି ଜଙ୍ଗଲର ଯୁବକମାନଙ୍କୁ ନିଯୁକ୍ତି ଦେବା ଆରମ୍ଭ କଲେ।

ମୋ ଭାଇ ଠାକେରାମ ଏକ ଦ୍ଵନ୍ଦରେ ଥିଲେ: ସେ କାହା ସହିତ ମିଶିବା ଉଚିତ ? ପୁଲିସ ନା ନକ୍ସଲ ? ବିଳମ୍ବିତ ରାତି ପର୍ଯ୍ୟନ୍ତ ଆଲୋଚନା ଚାଲିଥିଲା। ମୋ ବାପା କହିଥିଲେ, "ଦେଖ ପୁଅ, ତୁ ଯେଉଁଠି ଚାହୁଁ ସେଇଠି ମିଶ। ଯୁଆଡ଼େ ଗଲେ ବି ତୁମ ହାତରେ ବନ୍ଦୁକ ରହିଥିବ।"

"ହଁ, କିନ୍ତୁ ମୁଁ କାହା ପକ୍ଷ ନେବି ? ତୁମେ ମୋତେ ସେକଥା କହିପାରିବ ନାହିଁ କି ବାପା ?"

"ହଉ, ତାହେଲେ ତୁ ପୁଲିସରେ ସାମିଲ ହୋଇଯା।"

"କାହିଁକି ?"

"ବାର ମାସ ଏବଂ ତେର ରତୁ ପାଇଁ ଗୋଟିଏ ଜଙ୍ଗଲରୁ ଅନ୍ୟ ଜଙ୍ଗଲକୁ ଯିବା ବ୍ୟତୀତ ନକ୍ସଲମାନଙ୍କ ସହିତ ଆଉ କ'ଣ ବା କରିବୁ ? ଏହା ବ୍ୟତୀତ ସେଠାରେ କୌଣସି ବେତନ ନାହିଁ। କେବଳ ନାଲି ପତାକା ଉତ୍ତୋଳନ କଲେ ତୋ ପେଟକୁ ଦାନା ମିଳିବ ନାହିଁ!"

ମୁଁ ପ୍ରାୟତଃ ମୋ ଘରର ଛେଳିଗୁଡ଼ିକୁ ଜଙ୍ଗଲ କିମ୍ବା ନଦୀ କୂଳକୁ ଚରାଇବାକୁ ଯାଉଥିଲି। ତା'ପରେ ମୁଁ ପକ୍ଷୀମାନଙ୍କ ସହିତ ପବନର ତରଙ୍ଗ ବା ଝରଣାର କୁଲୁକୁଲ ତାଲରେ ଗୀତ ଗାଇବା ଆରମ୍ଭ କରୁଥିଲି। ସମସ୍ତେ ମୋ ସ୍ଵରକୁ ପସନ୍ଦ କରୁଥିଲେ। ଯେତେବେଳେ ମୁଁ ମାଡ଼ିଆ କିମ୍ବା ଗୋଣ୍ଡ ଭାଷାର ଗୀତ ଗାଉଥିଲି, ପଥଚାରୀମାନେ ଅଟକି ଯାଇ ଶୁଣୁଥିଲେ।

ଯେତେବେଳେ ନକ୍ସଲ ଆନ୍ଦୋଳନର ଥିଏଟର ଗୋଷ୍ଠୀ ଆମ ଗାଁକୁ ଆସିଲା ସେତେବେଳେ ମୁଁ ଭାବବିହ୍ଵଲ ହୋଇପଡ଼ୁଥିଲି। ତାଙ୍କର 'ଜଲ, ଜଙ୍ଗଲ ଏବଂ ଜମି ବଞ୍ଚାଅ' ସ୍ଲୋଗାନ ଶୁଣିବାକୁ ଭାରି ଭଲ ଲାଗୁଥିଲା। ସେମାନେ ଆମ ଭାଷାରେ

ଆମକୁ ନୂଆ କଥା ବୁଝାଉଥିଲେ। ସେମାନେ ବୁଝାଉଥିଲେ ଯେ ପୁଲିସ୍ ଏବଂ ସେନା ହେଉଛନ୍ତି ଟଙ୍କା ଥିବା ଲୋକଙ୍କ କୁକୁର।

ଆମ ଜୀବନର ସ୍ୱପ୍ନ ଭାଙ୍ଗିଗଲା, ହଁ ଭାଙ୍ଗିଗଲା।

ଦୁଇ ଶହ କୋଟି ବେକାରଙ୍କୁ ବିକ୍ରି କରାଗଲା, କେବଳ ବିକ୍ରି କରାଗଲା।

ନଅ ଶହ ଲୋକ ଭୋକରେ ଅଛନ୍ତି, ଆମେ ସତ କହୁଛୁ।

ଜୀବନ କ୍ଷୁଧା ଏବଂ ଶୋଷର ନିଆଁରେ ଜଳିଯାଏ, ହଁ ଏହା ଜଳିଯାଏ।

ରତନ ଚାଚା, ଅମ୍ବାନୀ, ଜିନ୍ଦଲ, ମିଉଲ, ଏସାର

ସେମାନେ କାରଖାନା ବସାଇବାକୁ ଆସୁଛନ୍ତି, ହଁ ଆସୁଛନ୍ତି।

ହଜାର ହଜାର ଲୋକଙ୍କୁ କବର ଦିଆଯାଇଛି, ହଁ କବର ଦିଆଯାଇଛି।

ସେମାନେ ଆମକୁ ଅକର୍ମଣ୍ୟ କରି ଫିଙ୍ଗିଦେଲେ।

ବିଶୃଙ୍ଖଳା, ଘରୋଇକରଣ ସମଗ୍ର ଦେଶକୁ ବୁଡ଼ାଇ ଦେଲା।

ଆରେ, ପାଣି ବଞ୍ଚାଅ, ଜଙ୍ଗଲ ଓ ଜମି ବଞ୍ଚାଅ।

ଲାଲ ପତାକାର ଜୟ, ଲାଲ ପତାକାର ଜୟ।

ଯେତେବେଳେ ଆମେ ଏ ସମସ୍ତ ଗୀତଗୁଡ଼ିକୁ ତମ୍ବୁରା ଏବଂ ଢୋଲର ସୁସଜ୍ଜିତ ବାଦ୍ୟ ସହ ଗାଉଥିଲୁ, ଆମ ଭିତରେ ଏକ ରୋମାଞ୍ଚ ଖେଳିଯାଉଥିଲା। ଏହି ଗୀତଗୁଡ଼ିକ ଆମ ଜଙ୍ଗଲୀ ଗୀତ ଏବଂ ଅମଳ ଗୀତ ପରି ମଧୁର ଏବଂ ନିଜର ଲାଗୁଥିଲା।

ଆମ ଗାଁ କଥ୍ୱାପାଣି ପଛରେ ବହୁତ ଘନ ଜଙ୍ଗଲ ଥିଲା। ସେଠାରେ ଅଣ୍ଟା ଉଚ୍ଚରେ ଘାସ ଥିଲା। ଆମେ ସେଠାରେ ଅନେକ ପଶୁପକ୍ଷୀ ଦେଖୁଥିଲୁ। ପ୍ରଜାପତିର ରଙ୍ଗୀନ ଡେଣା କେତେ ଆକର୍ଷଣୀୟ ଦିଶୁଥିଲା। ମୁଁ ମୋ ଭାଇ ସହିତ ବାରମ୍ବାର ସେଠାକୁ ଯାଉଥିଲି। ଓସ୍ତ ଗଛର ଓହଳ, ନଦୀ କୂଳରେ ଥିବା ବୁଦା ଭିତରେ ଲୁଚକାଳି ଖେଳ, ଏସବୁ ଭିତରେ ଆମେ ବହୁତ ଆନନ୍ଦମୟ ସମୟ କାଟୁଥିଲୁ।

ଥରେ ଆମେ ଦୁହେଁ ପ୍ରବଳ ଗରମରେ ଖେଳୁଥିଲୁ ଯେତେବେଳେ ହଠାତ୍ ଘାସରେ ଭିତରୁ କିଛି ଗୋଟେ ଥରୁଥିବାର ଉଚ୍ଚ ଶବ୍ଦ ଶୁଣିଲୁ। ଏକ ଭୟଙ୍କର 'ଫସ୍ ଫସ୍' ଶବ୍ଦ ଆମ କାନରେ ପଡ଼ିଲା। ମୁଁ ସେ ଦିଗରେ ଦୌଡ଼ି ଯାଇ ଦେଖିଲି ଏକ ବିରାଟ ପ୍ରାଣୀ ସେଠାରେ ଛାଟିପିଟି ହେଉଛି। ମୁଁ ବଡ଼ ପାଟି କହି କହିଲି 'ମାସୋଦି!! ମାସୋଦି!!!' ଆମ ଭାଷାରେ ଏକ ଅଜଗରକୁ 'ମାସୋଦି' କୁହାଯାଏ। ପିଲା ହେଉ ବା ବୁଢ଼ା, ଯିଏ ବି ଗଛର ଗଣ୍ଠି ପରି ମୋଟା ଜୀବ ଦେଖିବ, ତେବେ ସେ ଚମକିପଡ଼ିବ ନିଶ୍ଚୟ। ଏହା ପରେ ଅନେକ ଥର ଆମେ ସ୍ୱପ୍ନରେ ସେହି ସାପକୁ ଦେଖୁଥିଲୁ।

ଅଜଗର କେବଳ ଛୋଟ ବାଛୁରୀ, ଛେଳି ଓ ମେଣ୍ଢା ନୁହେଁ, ପିଲାମାନଙ୍କୁ ମଧ୍ୟ ଗିଳି ପାରେ। ଏହାର ଶିକାରକୁ ହଜମ କରିବା ପାଇଁ ଅଜଗର ନିଜକୁ ଏକ ଗଛର ଶାଖା ବା ଗଣ୍ଠିରେ ଗୁଡ଼ାଇହୋଇଯାଏ। ଏହା ଶିକାରର ଶରୀର ଭାଙ୍ଗି ହଜମ ପ୍ରକ୍ରିୟାକୁ ସହଜ କରିଥାଏ। ଏସବୁ କାହାଣୀ ଶୁଣି ଆମେ ଭୟରେ ଥରିବାକୁ ଲାଗୁଥିଲୁ।

ଗୋଟିଏ ପଟେ ପୁଲିସ୍ ଏବଂ ଅନ୍ୟ ପଟେ ନକ୍ସଲମାନେ। ସେମାନଙ୍କ ମଧ୍ୟରେ ଫସି ରହିଥିବା ଆମ ଆଦିବାସୀମାନଙ୍କ ଜୀବନ ଅତ୍ୟନ୍ତ ପୀଡ଼ାଦାୟକ ହୋଇଗଲା। ମୁଣ୍ଡ ଉପରେ ଥିଲା ଆମର ହତାଶାଜନକ ଭବିଷ୍ୟତର ବିସ୍ତୃତ ଆକାଶ।

ଯେତେବେଳେ ଆମେ ଛୋଟ ଥିଲୁ, ବାପା ଆମକୁ ଏହିସବୁ ଜ୍ଞାନ ଦେଉଥିଲେ: ମାନବ ଜୀବନ କଦମ୍ୱ ଗଛର ଏକ ଉଚ୍ଚ ଶାଖାରେ ଝୁଲାଯାଇଥିବା ସୁନା ପଞ୍ଜୁରିରେ ଶୋଇଥିବା ପାରା ପରି। ପବନ ବହିଲେ ଏହା କମ୍ପିତ ହୁଏ। ଆମ ଜଙ୍ଗଲରେ ଥିବା ଗଛର ଡାଲରେ ପକ୍ଷୀମାନେ ଝୁଲୁଥିବା ପରି ଆମେ ଖୁସି ଥିଲୁ। ଯେତେବେଳେ ନଦୀ କୂଳରେ ବଡ଼ ସହରରେ ବାସ କରୁଥିବା ଏହି ଭାରୀ ପୋଷାକଧାରୀମାନେ ପ୍ରଥମେ ଜଙ୍ଗଲକୁ ଆସିଲେ, ଆମେ ପ୍ରଥମେ କଲେରା ଏବଂ ଅନ୍ୟାନ୍ୟ ରୋଗ ସହିତ ପରିଚିତ ହେଲୁ। ନଚେତ୍ ଆମ ସମ୍ପ୍ରଦାୟରେ ଗଣତନ୍ତ୍ର ଏବଂ ନକ୍ସଲ ଭଳି ରୋଗ ବିଷୟରେ କିଏ ବା ଜାଣିଥିଲା?

ଉପତ୍ୟକାରେ ଥିବା ପ୍ରତ୍ୟେକ ଜନବସତି ଉପରେ ନକ୍ସଲମାନଙ୍କ ତୀକ୍ଷ୍ଣ ନଜର ଥିଲା। ସେ ପର୍ବତ ଉପରକୁ ଚଢ଼ିଥିବା ଏବଂ ନଦୀ ପାର ହୋଇ ଅନ୍ୟ ଗାଁକୁ ଯାଉଥିବା ପ୍ରତ୍ୟେକ ବ୍ୟକ୍ତିଙ୍କ ଉପରେ ନଜର ରଖୁଥିଲେ ଏବଂ ତାଙ୍କର ଯାତ୍ରାର ଉଦ୍ଦେଶ୍ୟ ଜାଣିବାକୁ ଚେଷ୍ଟା କରୁଥିଲେ।

ନକ୍ସଲମାନଙ୍କ ପ୍ରଭାବ ବଢ଼ିବା ସହିତ ଗାଁରେ ଅଧିକରୁ ଅଧିକ କମଲା ପତାକା ଏବଂ 'ଜନତାର ସରକାର' ଲିଖିତ ପ୍ଲାକାର୍ଡ ଦେଖାଗଲା। ପୁଲିସ୍ ଅଧିକାରୀମାନେ ନିଦରୁ ଉଠି ଆମ ଯୁବକମାନଙ୍କୁ ସେନାରେ ନିଯୁକ୍ତି ଦେବା ଆରମ୍ଭ କଲେ। ଏହା ନକ୍ସଲମାନଙ୍କୁ ଉତ୍ତେଜିତ କରିଥିଲା। ସେମାନେ ଖୋଲାଖୋଲି ଭାବେ ଘୋଷଣା କଲେ ଯେ ଯେଉଁମାନେ ପୁଲିସ୍‌ରେ ଯୋଗ ଦେଇଥିଲେ ସେମାନଙ୍କୁ ମୃତ୍ୟୁଦଣ୍ଡ ଦିଆଯିବ। ଧମକ ଦେବା ବନ୍ଦ ନକରି ସେମାନେ ଏପରି ଯୁବକଙ୍କ ପରିବାରକୁ ବ୍ଲାକ୍‌ଲିଷ୍ଟରେ ରଖୁଥିଲେ। ଅନ୍ୟ ପରିବାରମାନଙ୍କୁ ଏପରି ପରିବାରକୁ ବାସନ୍ଦ କରିବାକୁ ଏବଂ ସେମାନଙ୍କ ସହିତ ଖାଇବା ପିଇବା ବନ୍ଦ କରିବାକୁ ନିର୍ଦ୍ଦେଶ ଦିଆଯାଇଥିଲା; ତେଣୁ ଗାଁଲୋକେ ସେମାନଙ୍କ ସହିତ ସମସ୍ତ ସମ୍ପର୍କ ଭାଙ୍ଗିଦେଇଥିଲେ।

ମୋର ବଡ଼ ଭାଇ ପିଲାଦିନେ ଜଳିଯିବା ସହିତ ମୋର ଠାକେରାମ ଭାଇ

ଆମ ପରିବାର ପାଇଁ ଚିନ୍ତାର କାରଣ ପାଲଟିଗଲା। ଆମର ବଂଶକୁ ଆଗକୁ ବଢ଼ାଇବା ଦାୟିତ୍ୱ ତାର ଥିଲା। ଯେତେବେଳେ ସେ ତହସିଲ ସ୍କୁଲକୁ ଯିବା ଆରମ୍ଭ କଲା, ନକ୍ସଲମାନେ ଏହି ଖବର ପାଇଲେ। ଦିନେ ଏହି ଦାଦାମାନଙ୍କ ଏକ ଦଳ ବନ୍ଧୁକ ଧରି ଆମ ଘର ଦ୍ୱାରରେ ଠିଆ ହେଲେ। ମୋ ବାପା ସେମାନଙ୍କୁ ପାଣି ଏବଂ ଖାଦ୍ୟ ଦେଇ ସ୍ୱାଗତ କରିଥିଲେ। କିନ୍ତୁ ସେହି ବନ୍ଧୁକଧାରୀଙ୍କ ନଜର କେବଳ ଠାକେରାମ ଭାଇ ଉପରେ ଥିଲା। "ତୁମେ ପୁଅକୁ କେଉଁ ସ୍କୁଲକୁ ପଠାଅ?"

"ତହସିଲ ସ୍କୁଲ।"

"ତୁ ସେ ଚୋରଙ୍କ ସ୍କୁଲରେ କ'ଣ ଶିଖିବାକୁ ଯାଉଛୁ? ଆମ ସହିତ ଜଙ୍ଗଲକୁ ଚାଲ।"

"କିନ୍ତୁ କାହିଁକି?"

"ଆମ ଲାଲ୍ ଝଣ୍ଡା ଏବଂ ବିପ୍ଳବର ପବନ ତଳକୁ ଆ।"

"ମୁଁ ତୁମ ସହିତ ଆସିବାକୁ ଚାହେଁ ନାହିଁ।"

ସେମାନେ କହିଲେ, "ଆମ ସହିତ ଆସିଲେ, ତୋତେ ଆମେ କମ୍ପ୍ୟୁଟର ତାଲିମ ଦେବୁ। ତୁ ଦଳରେ ଯୋଗ ଦେଇ ଦିନେ କମାଣ୍ଡର ହୋଇପାରିବୁ।"

"ନା, ମୁଁ ପଢ଼ିବାକୁ ଚାହୁଁଛି।" ଠାକେରାମ ଭାଇ ତାଙ୍କ ନିମନ୍ତ୍ରଣକୁ ପ୍ରତ୍ୟାଖ୍ୟାନ କଲେ ଏବଂ କୌଣସି ପ୍ରକାରେ ତାଙ୍କ କବଳରୁ ବାହାରକୁ ଯିବାକୁ ଚେଷ୍ଟା କଲେ।

ଏହି ସିଧାସଳଖ ପ୍ରତ୍ୟାଖ୍ୟାନ ନକ୍ସଲମାନଙ୍କୁ ବିରକ୍ତ କଲା। ନକ୍ସଲ କମାଣ୍ଡର ତାଙ୍କୁ ଚେତାବନୀ ଦେଇ କହିଲେ, "ପୁଅ, ଯଦି ତୁମେ ଆମ ଦଳରେ ଯୋଗଦେବାକୁ ଚାହୁଁନାହଁ, ତେବେ ଠିକ୍ ଅଛି। କିନ୍ତୁ ଯଦି ତୁମେ ଆସନ୍ତାକାଲି ପୁଲିସ୍‌ରେ ଯୋଗ ଦିଅ, ତେବେ ସନ୍ଧ୍ୟାରେ ଆମେ ତୁମର ପିତାମାତାଙ୍କ ମୁଣ୍ଡ କାଟି ରାସ୍ତାରେ ଫିଙ୍ଗିଦେବୁ। ତୁମେ ଆମ ସହିତ ଚୁକ୍ତି କରିଛ, ଏକଥା କେବେ ଭୁଲିବ ନାହିଁ।"

ଯେତେବେଳେ ନକ୍ସଲମାନେ ତାକୁ ଭୟଭୀତ କରିବାକୁ ଚେଷ୍ଟା କଲେ, ଠାକେରାମ ଭାଇ ବହୁତ ଡରିଗଲେ। ସେ ଘରକୁ ଫେରିବା ବନ୍ଦ କରିଦେଲେ। ସେ ଗ୍ରୀଷ୍ମ ଛୁଟି ସମୟରେ ମଧ ତହସିଲ ହଷ୍ଟେଲରେ ରହୁଥିଲେ।

ଠାକେରାମ ଦାଦା ଦଶମ ଶ୍ରେଣୀରେ ପ୍ରବେଶ କଲେ ବୋଲି ନକ୍ସଲମାନେ ଜାଣିବା ମାତ୍ରେ, ସେମାନେ ଆମ ଘର ପରିଦର୍ଶନ କରିବା ଆରମ୍ଭ କଲେ। ସେମାନେ ଠାକେରାମ ଭାଇକୁ ସେମାନଙ୍କ ସଂଗଠନକୁ ପଠାଇବାକୁ ବାପାକୁ ବାଧ୍ୟ କରିଥିଲେ।

ଆତଙ୍କିତ ଶିକ୍ଷକମାନେ ଠାକେରାମ ଭାଇଙ୍କ ମନରେ ସାହସ ଜାଗ୍ରତ କଲେ। ଆଉ ଆମର ବିଚରା ବାପା! ଜଙ୍ଗଲରେ ହାଡଭଙ୍ଗା କାମ କରି କରି, ପଚାଶ ବର୍ଷ

ବୟସରେ ସେ ସତୁରି ବର୍ଷ ବୟସର ଦେଖାଯାଉଥିଲେ। ଦିନେ ସକାଳେ ସେ ଠାକେରାମ ଭାଇର ହସ୍ଟେଲ ରୁମରେ ପହଞ୍ଚି କହିଲେ, ମୁଁ ତୋତେ ମୋର ସ୍ୱପ୍ନରେ ଦେଖିଲି ଆଉ ତୁ ଭଲରେ ଅଛୁ ନା ନାହିଁ ସେ ନେଇ ମୋର ଚିନ୍ତା ହେଉଥିଲେ। ସେଥିପାଇଁ ମୁଁ ତୋତେ ଭେଟିବାକୁ ଆସିଲି।

"ବାବା, ମୁଁ କ'ଣ କରିବି ? ମୁଁ କିପରି ବଞ୍ଚିବି ?"

"ପୁଅ ଭୟ କର ନାହିଁ-"

"ମୁଁ ରାତିରେ ହସ୍ଟେଲ ବାହାରେ ଜୋତାର ଶବ୍ଦ ଶୁଣୁଛି। ସେମାନେ ଆସି ସ୍କୁଲ ପରିସରରେ ଛିଡ଼ା ହୁଅନ୍ତି। ସେମାନେ ବିରାଟ ଶିକାରୀ ପକ୍ଷୀ ପରି ଆସି ମୋତେ ଆତଙ୍କିତ କରିବାକୁ ଚେଷ୍ଟା କରନ୍ତି।"

"ସେମାନେ କ'ଣ କହନ୍ତି ?"

"ପାର୍ଟିରେ ଯୋଗ ଦେ, ନଚେତ୍ ତୁ ମରିବୁ। ଏପରିକି ତୋର ପିତାମାତାଙ୍କର ଶବ ମଧ ଖୋଜିଲେ ମିଳିବ ନାହିଁ।"

ସେଦିନ ରାତିରେ ବାପା ବାହାରେ ଗଛ ତଳେ ବସି କାନ୍ଦୁଥିଲେ। ସେ ଘରକୁ ଯିବାବେଳେ ଠାକେରାମ ଭାଇକୁ ତାଙ୍କ ଛାତିରେ ଜୋର୍‌ରେ ଜାବୁଡ଼ି ଧରି କହିଲା, ପୁଅରେ, ଯଦି ମୃତ୍ୟୁ ମୋତେ ନେବାକୁ ଆସେ ଏବଂ ମୋର ଗଳା ଚିପିଦିଏ, ତେବେ ବି ତୁ ପାଠପଢ଼ା ଛାଡ଼ିବୁ ନାହିଁ।

ଏକ ଭୟ ଥିଲା ଯାହା ନକ୍ସଲମାନଙ୍କୁ ପାଗଳ କରିଦେଉଥିଲା- ଯଦି ଏଠାରେ ପୁଅମାନେ ଶିକ୍ଷିତ ହୁଅନ୍ତି, ତେବେ ସେମାନେ ଅଧିକ ଚତୁର ହୋଇ ସହର ଆଡ଼କୁ ଯିବେ। ସେମାନେ ପୁଲିସରେ ଯୋଗ ଦେଇ ନକ୍ସଲମାନଙ୍କ ବିରୋଧରେ ଠିଆ ହେବେ ଏବଂ ସେମାନଙ୍କ ମୁଣ୍ଡରେ ବନ୍ଧୁକ ଲଗାଇବେ। ତେଣୁ ନକ୍ସଲମାନେ ଏଠାରେ କେବଳ ଦୁଇଟି ବିକଳ୍ପ ମାର୍ଗ ଦେଖନ୍ତି: ସେମାନଙ୍କୁ ନିଜ ସଂଗଠନରେ ସାମିଲ କରିବା ନହେଲେ କୁରାଢ଼ିରେ କାଟି ଦେବା। ସେ ସମସ୍ତ ଗାଁ ସ୍କୁଲ ଉପରେ ତୀକ୍ଷ୍ଣ ନଜର ରଖ଼ିଥିଲେ ଏବଂ ଲକ୍ଷ୍ୟ ରଖ଼ିଥିଲେ ଯେ ଏହି ସ୍କୁଲ ଯାଉଥିବା ପିଲାମାନଙ୍କ ମଧ୍ୟରେ ଥିବା ଉଜ୍ଜ୍ବଲ ପିଲାମାନଙ୍କୁ ସେମାନଙ୍କ ଦଳରେ ଭର୍ତ୍ତି କରିବେ।

ନକ୍ସଲମାନଙ୍କ ସୂଚନାଦାତା ପୁଲିସ୍ ଅପେକ୍ଷା ଦଶଗୁଣ ଅଧିକ ଦକ୍ଷ ଥିଲେ। ଠାକେରାମ ଭାଇର ଦଶମ ବୋର୍ଡ ପରୀକ୍ଷା ଆରମ୍ଭ ହୋଇସାରିଥିଲା ଏବଂ ସେ ସଦର ମହକୁମାକୁ ଯାଇଥିଲେ। ସେ ପୁଲିସରେ ଯୋଗଦେବ ବୋଲି ଗୁଜବ ପ୍ରଚାରିତ ହେଲା। ଭାଇ ଅଧା ପରୀକ୍ଷା ଦେଇସାରିଥାଏ। ସେ ଯେତେବେଳେ ରାତିରେ ଅଧ୍ୟୟନ ପାଇଁ ଉଠି ଏକ କିରାସିନି ଦୀପ ଜାଳିଲା, ତା'ର ତୀକ୍ଷ୍ଣ କାନ ଫାଟକ ଦିଗରୁ ହସ୍ଟେଲ

ଆଡ଼କୁ ଆସୁଥିବା ଭାରୀ ଜୋତାର ଶବ୍ଦ ଶୁଣିଲା। ସେମାନେ କିଏ ଏବଂ ହ୍ୟାଙ୍କେଲକୁ କାହିଁକି ଆସୁଛନ୍ତି ସେ ବିଷୟରେ ତାର ସନ୍ଦେହ ନ ଥିଲା। ସେମାନେ ତାକୁ କାବୁ କରି ଜଙ୍ଗଲକୁ ନେଇଯାଇ ତାକୁ ଜୀବନକୁ ମାରିଦେବା ପୂର୍ବରୁ ସେ ଭାବିଥିଲେ ଯେ ଏହି ସମୟରେ ସାହସ ଦେଖାଇବା ଠିକ୍। ସମ୍ଭବ ହେଲେ ପଳାୟନ କରିବା ସର୍ବୋତ୍ତମ। ସେ ଅନ୍ଧାରକୁ ଆଉ ଭୟ କରୁ ନ ଥିଲା, ସେ କୋଠରିରୁ ତଳକୁ ଡେଇଁପଡ଼ି ବୁଦା ଭିତରେ ଅଦୃଶ୍ୟ ହୋଇଗଲା।

ସୌଭାଗ୍ୟବଶତଃ ସେ ରାୟପୁରର ଏକ କୋଇଲା ଡିଲରଙ୍କ ଠିକଣା ଜାଣିଥିଲା, ଯିଏ ମୋ ବାପାଙ୍କୁ ଜାଣିଥିଲେ। ସେ ଯାଇ ତାଙ୍କ ଦୋକାନରେ ଜଣେ ଶ୍ରମିକ ଭାବରେ କାମ କରିବା ଆରମ୍ଭ କଲା ଏବଂ ପୁନର୍ବାର ମାଟ୍ରିକ୍ ପରୀକ୍ଷା ଦେଲା। ଦିନେ ସନ୍ଧ୍ୟାରେ କେହି ଜଣେ ଘରେ ଆସି ଜଣାଇଲେ ଯେ ଠାକେରାମ ଭାଇ କେବଳ ପରୀକ୍ଷାରେ ଉତ୍ତୀର୍ଣ୍ଣ ହୋଇ ନ ଥିଲା ବରଂ ପୁଲିସରେ ମଧ୍ୟ ଯୋଗ ଦେଇଥିଲା। ସେଦିନ ସନ୍ଧ୍ୟାରେ, ମୋ ବାପା ପେଟେ ମହୁଲି ପିଇ ନାଚିବା ଆରମ୍ଭ କଲେ। ସେ ଏହି ପାଚିଲା ବୃଦ୍ଧାବସ୍ଥାରେ ଯୁବ ବର ପରି ନାଚୁଥିଲେ। ସମ୍ପୂର୍ଣ୍ଣ ଭାଙ୍ଗିପଡ଼ିଥିବା ମୋ ମାଆର ଆଖି ସେଦିନ ପ୍ରଥମ ଥର ପାଇଁ ମୋତେ ଉଜ୍ଜ୍ୱଳ ଦିଶୁଥିଲା।

ଏଥିରୁ ଗୋଟିଏ ଖରାପ ନିଷ୍କର୍ଷ ବାହାରିଲା- ଠାକେରାମ ଭାଇ ଗାଁକୁ ଆଉ କେବେ ଫେରିବ ନାହିଁ। ଆମ ନିଜର ହୋଇଥିବା ସଙ୍ଗେ ଭାଗ୍ୟର ବାଧବାଧକତା ତାଙ୍କୁ ଆମ ପାଇଁ ଅଚିହ୍ନା କରିଦେଇଥିଲା। ସବୁଦିନ ପାଇଁ।

ଏହି ସମୟରେ ମୁଁ ରଜୁମତୀ ହେଲି। ମୋ ଗାଁରେ ମୋର ବିବାହର କଥାବାର୍ତ୍ତା ଆରମ୍ଭ ହୋଇଥିଲା। କିନ୍ତୁ ଠାକେରାମ ଭାଇର ପାଦ ଘରେ ପଡ଼ିଲା ନାହିଁ। କୌଣସି ଚିଠି ନାହିଁ, ବାର୍ତ୍ତା ନାହିଁ, କିଛି ନାହିଁ।

ଆମ ଗାଁରେ ଏବଂ ଆଖପାଖ ଅଞ୍ଚଳ ଉପରେ ନକ୍ସଲ ଓ ପୁଲିସ୍‌ମାନଙ୍କ ଖଣ୍ଡା ଝୁଲୁଥିଲା। ଉଭୟଙ୍କର ସମାନ ପ୍ରଭାବ ଥିଲା। ସେମାନେ ଆମ ଆଦିବାସୀମାନଙ୍କ ଜୀବନକୁ ନର୍କରେ ପରିଣତ କରିଦେଇଥିଲେ। ଆମକୁ ପଚା ପନିପରିବା ପରି ଫିଙ୍ଗି ଦିଆଯାଇଥିଲା।

ପ୍ରତ୍ୟେକ ଗାଁରେ ଯୁବକମାନେ ଆତଙ୍କରେ ଘୂରିବୁଲୁଥିଲେ। ବୟସ ବଢ଼ିବା ସହିତ ମୁଁ ଅଧିକ ସ୍ପଷ୍ଟ ଭାବରେ ହୃଦୟଙ୍ଗମ କରିବାକୁ ଲାଗିଲି ଯେ ଆମ ଲୋକମାନଙ୍କ ଲାଗି ଦୁଇତରଫା ଫାନ୍ଦ ଥିଲା। ଗାଁର ଅନେକ ଯୁବକ ଗୁପ୍ତରେ ପୁଲିସ ନିଯୁକ୍ତି ପାଇଁ ଧାଡ଼ି ବାନ୍ଧୁଥିଲେ। ଅବଶ୍ୟ, ନକ୍ସଲମାନେ ସେମାନଙ୍କ ଉପରେ ନଜର ରଖ୍ଥିଲେ। ତେଣୁ ଏହି ଯୁବକମାନେ ପୁଲିସ ଷ୍ଟେସନ୍ ପରିସରରେ ଶୋଉଥିଲେ, ସାଙ୍ଗରେ ନେଇ

ଯାଇଥିବା ବାସି ଖାଦ୍ୟ ଖାଉଥିଲେ। ସ୍ୱାଭାବିକ ଭାବେ ସୂଚନାଦାତାମାନେ ମଧ୍ୟ ସମାନ ପରିସରରେ ବିଚରଣ କରୁଥିଲେ।

ଯୌବନର ଆଗମନ ସହିତ ମୋ ଶରୀରରେ ବୃଦ୍ଧି ଘଟିବା ଆରମ୍ଭ ହେଲା। ଛୋଟ ଗଛ ଯେପରି ତାଜା ଶାଖା ଏବଂ ପତ୍ର ବିସ୍ତାର କରେ ମୋ ଦେହ ସେମିତି ବଢ଼ିବାରେ ଲାଗିଲା। ବହୁ ବର୍ଷ ପୂର୍ବେ ମୋ ମା' ତା ଭଉଣୀର ବିବାହ ପାଇଁ ଏକ ଶାଢ଼ି କିଣିଥିଲା; ସେବେଠାରୁ ଏହା ଏକ କାଠ ଟ୍ରଙ୍କରେ ସୁନ୍ଦର ଭାବରେ ଚଉତା ହୋଇ ଥିଲା। ଯେତେବେଳେ ମୁଁ ନିଜକୁ ଏଥିରେ ଗୁଡ଼ାଇ ଦେଲି, ମୁଁ ଚହଟିବାକୁ ଲାଗିଲି। ମୋ ନୂଆ ରୂପ ଉଭୟ ପୁଲିସ ଏବଂ ନକ୍ସଲମାନଙ୍କ ଦୃଷ୍ଟି ଆକର୍ଷଣ କରିଥିଲା।

ଦିନେ ପୁଲିସ୍ ମୁଖ୍ୟ ମୋ ବାପାଙ୍କୁ ସାପ୍ତାହିକ ହାଟରୁ ତାଙ୍କ କାର୍ଯ୍ୟାଳୟକୁ ଡାକିଲେ। ସେ ଧମକ ଦେଇ କହିଲେ, "ବୁଢ଼ା ଶୁଣିରଖ, ଯଦି ତୁମ ଝିଅ ଉଡ଼ିଆ ସେହି ନକ୍ସଲମାନଙ୍କ ଗୋଷ୍ଠୀରେ ଯୋଗ ଦିଏ ତେବେ ମୁଁ ତୁମକୁ ଏକ ଗଧ ଉପରେ ବସାଇ ଏକ ଶୋଭାଯାତ୍ରା ଆୟୋଜନ କରିବାର ପ୍ରତିଜ୍ଞା କରୁଛି।"

ନକ୍ସଲମାନେ ପଛରେ ପଡ଼ି ନ ଥିଲେ। ଲାଲ-ସଲାମ ଗୋଷ୍ଠୀର ଲୋକମାନେ ବାପାଙ୍କୁ ଡରାଇବାକୁ ଲାଗିଲେ: "ଭାବ ନାହିଁ ଯେ ଆମେ ମୂର୍ଖ। ତୁମର ଠାକେରାମ ଆମ ସହିତ ବିଶ୍ୱାସଘାତକତା କରି ପୁଲିସରେ ଯୋଗଦେବା ପାଇଁ ରାୟପୁର ଯାଇଥିଲେ। ଯଦି ତୁମ ଝିଅ ସମାନ କାର୍ଯ୍ୟ କରେ ତେବେ ଆମେ ତୁମ ଘର, ପରିବାରକୁ ଜିଅନ୍ତା ଜାଲିଦେବୁ।"

ମୋ ବାପା ମୋ ପାଇଁ ସେହି ନିଷ୍ପତ୍ତି ନେଇଥିଲେ ଯାହା ସମସ୍ତ ଜାତି ଏବଂ ଧର୍ମର ପିତା ସେମାନଙ୍କ ଝିଅମାନଙ୍କ ପାଇଁ ନିଅନ୍ତି: ଉଡ଼ିଆ ନାମକ ଏହି ଯୁବତୀ ହେଉଛି ଜଳନ୍ତା କୋଇଲା ପିଣ୍ଡ। ତାକୁ ପାରିବାରିକ ରୀତିନୀତି ଅନୁଯାୟୀ ଜଣେ ସୁନ୍ଦର ଯୁବକ ସହିତ ବିବାହ କରାଇଦେବା ଭଲ। ବିବାହ ମଣ୍ଡପରେ ତା ଉପରେ ଥରେ ପାଣି ଢାଳିଦେଇ ନିଜ କାନ୍ଧରୁ ତା'ର ବୋଝ ଓହ୍ଲାଇଦେଲେ ସରିଲା।

ଆମ ଆଦିବାସୀ ଗ୍ରାମରେ ଏକ ବିରାଟ ସାର୍ବଜନୀନ କୁଡ଼ିଆ ଅଛି ଯେଉଁଠାରେ ଯୁବକ ଯୁବତୀମାନେ ମିଳାମିଶା କରନ୍ତି। ଏହାକୁ ଘୋଟୁଲ କୁହାଯାଏ। ସେଠାରେ କୌଣସି କଟକଣା ବିନା ଆମେ ବାଦ୍ୟ ବଜାଉ, ଗୀତ ଗାଉ ଏବଂ ନାଚୁ। ଏହି ସ୍ଥାନରେ ଯୁବକଯୁବତୀ ନିଜର ଜୀବନସାଥୀ ଖୋଜନ୍ତି।

ଦିନେ ସନ୍ଧ୍ୟାରେ ମୁଁ ଆଦିବାସୀ ମୁଖ୍ୟଆଙ୍କ ପୁଅ ସହିତ ନାଚିଲି। ମୋ ବାପା, ଯିଏ ମୋତେ କେବେ ପାଟି କରି ନ ଥିଲେ, ସେ ଚିତ୍କାର କରି କହିଲେ "ତା'ର ପୂର୍ବରୁ ତିନିଟା ଅଛି। ତୁ ଚତୁର୍ଥ ହୋଇ ଚାକରାଣୀ ଭାବରେ ଅନ୍ୟମାନଙ୍କ ସେବା

କରିବାକୁ ଚାହୁଁ କି ?” ସମସ୍ତଙ୍କ ସାମ୍ନାରେ ସେ ମୋତେ ଚାପୁଡ଼ା ମାରିଥିଲେ। ମୁଁ ରାଗରେ ଶୁଖିଲା କେନ୍ଦୁ ପତ୍ର ପରି ଜଳିଉଠିଲି ଏବଂ ମୃଷାମରା ବିଷ ଖାଇଦେଲି। ଏହା ପରେ ସମସ୍ତେ ମୋତେ ବାନ୍ତି କରାଇବା ଲାଗି ରାସାୟନିକ ପାଣି ପିଆଇବାକୁ ଲାଗିଲେ। ସେମାନେ ମୋ ପାଟିରେ ଗାଈ ଗୋବର, ତା'ପରେ ଶିଶୁ ମଳ ଏବଂ ତା'ପରେ କେଞ୍ଚୁଆ ପୁରାଇଲେ। ଏତେ ଜୋର ବାନ୍ତି ହେଲା ଯେ ମୋ ପେଟରୁ ବିଷ ସମେତ ସବୁକିଛି ବାହାରି ଯାଇଥିଲା।

ଗାଁ ପାଖରେ କୌଣସି ସ୍କୁଲ ନ ଥିବାରୁ ମୋ ପଢ଼ିବା ମଧ କଳ୍ପନାତୀତ ଥିଲା। ଏତଦ୍‌ବ୍ୟତୀତ, ଘରର ଦାରିଦ୍ର୍ୟ ଏତେ ଉଦ୍‌ବେଗଜନକ ଥିଲା ଯେ ଅଧିକାଂଶ ଦିନ ଭୋକରେ ରହିବାକୁ ପଡ଼ୁଥିଲା। ଆମେ ପ୍ରାୟତଃ ଜଙ୍ଗଲରୁ କନ୍ଦମୂଲ ଆଦି ସଂଗ୍ରହ କରି ତା ସହିତ 'ଲାଇଙ୍ଗ' ସୁପ୍ କରି ପିଉଥିଲୁ।

ଦିନେ ମୋ ବାପା କହିଲେ, “ଝିଅ, ମୁଁ ବୁଢ଼ା ହୋଇଗଲିଣି। କେଉଁ ଦିନ ମୋର ଶେଷ ଦିନ ହେବ ତାହା କହିହେବ ନାହିଁ। ତୁ ଟିକେ ଟିକେ କଥାରେ ରାଗିଯିବା ଲୋକ। ମୁଁ ତୋ ପାଇଁ କେଉଁଠି ଗୋଟେ ଚାକିରି ଖୋଜିଦେଉଛି।”

ମୋ ବାପା ଗମ୍ଭୀରତାର ସହିତ ମୋ ପାଇଁ ଚାକିରି ଖୋଜୁଥିଲେ, କିନ୍ତୁ କେଉଁ ଝିଅଟି କେବଳ ଅକ୍ଷର ଚିହ୍ନିଛି ସେ ବା କେଉଁ କାମ କରିପାରିବ ? ଆମ ଘର ପଛରେ ଥିବା ଜଙ୍ଗଲରେ କାଠ କଟା ଚାଲିଥିଲା। ସେଠାରେ ଥିବା ବଡ କଣ୍ଟ୍ରାକ୍ଟର ନିର୍ବାଚନରେ ଜିତି ଜଣେ ବିଧାୟକ ହୋଇଥିଲେ। ଯେହେତୁ ମୋ ବାପା ତାଙ୍କୁ ଜାଣିଥିଲେ ତେଣୁ ଝିଅର ଚାକିରି ପାଇଁ ସେ ତାଙ୍କ ପାଦତଳେ ପଡ଼ିଲେ। ସେ ତାଙ୍କ ପାଦ ତଳେ ପଡ଼ି ନେହୁରା ହୋଇ କହିଥିଲେ, “ମୋ ଝିଅ ଡ଼ୁଡ଼ିୟା ପାଇଁ କିଛି କର।”

ଏହି ବିଧାୟକଜଣକ କାଠକଟା କାମ ପରିଦର୍ଶନ କରିବା ପରେ ସେଠାରେ ନିର୍ମିତ ଫାର୍ମ ହାଉସ୍‌ରେ ସପ୍ତାହକ ଦୁଇ ଦିନ ରହୁଥିଲେ। ସେ ମୋ ବାପାଙ୍କୁ ପ୍ରତିଶ୍ରୁତି ଦେଇଥିଲେ ଯେ ଜିଲ୍ଲା ବ୍ୟାଙ୍କରେ ନୂଆ ନିଯୁକ୍ତି ବାହାରିଲେ, ସେ ମୋତେ ଏକ ପିଅନ୍‌ ଚାକିରି ଦେବେ। ତେବେ ସେ ମୋତେ ପରଦିନ ଦେଖିବାକୁ ଚାହୁଁଥିଲେ।”

ମୁଁ ପ୍ରଥମ ଥର ପାଇଁ ଏହି ବିଧାୟକ ସାହେବଙ୍କୁ ଭେଟିଲି। ବଳଦ ପରି ଗଠନ। ସେ ଜଣେ ସମାଜସେବାର ମୁଖା ପିନ୍ଧିଥିଲେ, କିନ୍ତୁ ତାଙ୍କ ମନରେ ଥିବା ପାଶବିକ କାମନାର ନିଆଁ ତାଙ୍କ ଆଖିରୁ ସ୍ପଷ୍ଟ ବାରିହୋଇ ପଡ଼ୁଥିଲା। ସେ କହିଲେ, “ମୁଁ ତୁମକୁ ସିଧା କଥା କହୁଛି। ତୁମ ଚାକିରି ପକ୍କା।”

“ବହୁତ ଧନ୍ୟବାଦ ସାର୍‌” ମୁଁ ଏତିକି କହି ତାଙ୍କ ପାଦତଳେ ପଡ଼ିଗଲି।

କିନ୍ତୁ ସେ ମୋ ମୁଣ୍ଡରୁ ଗୋଡ଼ ପର୍ଯ୍ୟନ୍ତ ସବୁଆଡ଼େ ଆଖି ପକାଇଲେ। ମୋ

ଛାତି ଏବଂ ନିତମ୍ବ ଉପରେ ଦୀର୍ଘ ସମୟ ଧରି ତାଙ୍କ ଆଖି ଅଟକିରହିଲା। ସେ ପୁଣି କହିଲେ, "ଦେଖ, ଝିଅ, ଭାଗ୍ୟ ତୁମକୁ ଗୋଟିଏ ସୁଯୋଗ ଦେଇଛି। ତୁମେ ଏହା ଚାହଁ କି ନାହିଁ ତାହା ତୁମ ଇଚ୍ଛା।"

"ଏହାର ଅର୍ଥ କ'ଣ ସାର୍"

"ଜଣେ କର୍ମଚାରୀ ସର୍ବଦା ମାଲିକଙ୍କ ସେବା କରିବାକୁ ପ୍ରସ୍ତୁତ ରହିବା ଦରକାର ଏବଂ ତାଙ୍କ ଆବଶ୍ୟକତା ବିଷୟରେ ସଚେତନ ରହିବା ଆବଶ୍ୟକ।"

"ସାହେବ, ମୁଁ ଭାବେ ଯେ ବ୍ୟାଙ୍କ ଚାକିରିର ଅର୍ଥ ହେଉଛି ଲୋକମାନଙ୍କୁ ସଚ୍ଚୋଟତାର ସହିତ ସେବା କରିବା। ମୁଁ ଆନ୍ତରିକତାର ସହ କାମ କରିବାକୁ ପ୍ରତିଜ୍ଞା କରୁଛି।"

"ତୁମେ ଜଣେ ସ୍ମାର୍ଟ ଝିଅ, ନୁହେଁ କି?" ସେ ଏହା କହିବା ବେଳେ ତାଙ୍କ ସ୍ୱର ଉତ୍ସାହରେ ଫୁଲିଉଠିଲା। "କିନ୍ତୁ ମୁଁ ଜଣେ ପ୍ରାକ୍ଟିକାଲ୍ ମଣିଷ। ମିଠା ଶବ୍ଦର ଜାଲରେ ମୋର ସମୟ ନଷ୍ଟ କର ନାହିଁ। ମୁଁ ଯାହା କହୁଛି ତାହା ଭଲ ଭାବରେ ଶୁଣ।"

"ହଁ ସାର୍, ମୁଁ ଶୁଣୁଛି।"

"ଦେଖ, ମୁଁ ପ୍ରତି ସପ୍ତାହରେ ଗୋଟିଏ ରାତି କିମ୍ବା ଦୁଇ ଦିନ ଏଠାରେ ବିଶ୍ରାମ ନେଉଛି।"

"ହଁ ସାହେବ–"

"ହଁ ସାହେବ କ'ଣ? ମୁଁ ନିଜକୁ ମନୋରଞ୍ଜନ କରିବା ପାଇଁ ଅନେକ ସହରୀ କନ୍ୟେଇ ପାଇ ପାରିବି, କିନ୍ତୁ ସେମାନେ ଜଙ୍ଗଲୀ ଝିଅର ଆକର୍ଷଣକୁ ଅତିକ୍ରମ କରିପାରିବେ ନାହିଁ। ମୁଁ ଶୁଣିଲି ତୁମେ ବ୍ଲାଉଜ୍ ବହୁତ ଭଲ ପାଅ?"

ମୋର ପୁରା ଶରୀର ଥରିବାକୁ ଲାଗିଲା। ଦେହ ଯାକ ଝାଳରେ ଭର୍ତ୍ତି ହୋଇଗଲା। ସେହି ସାହେବ ମୋ ହାତ ଧରି ଟିକେ ମୋଡ଼ି ଦେଲା। ସେ କହିଲା, "ଦେଖ, ମୁଁ ତୁମ ପାଇଁ କାଚ କାମ ହୋଇଥିବା ରେଶମ ବ୍ଲାଉଜ୍ ଗଦା କରିଦେବି। ପ୍ରତିଦିନ ମୁଁ ତୁମକୁ ଏକ ନୂଆ ବ୍ଲାଉଜ୍ ପିନ୍ଧାଇବି ଓ ଖୋଲିଦେବି।"

ମୁଁ ଡରିଗଲି। ମୁଁ ସେଠାରୁ ମୁକୁଳିବାକୁ ପ୍ରସ୍ତୁତ ହେବାବେଳେ ସେ ମୋ ହାତକୁ ଜୋର କରି ଜାବୁଡ଼ି ଧରି କହିଲା, "ମୁଁ ସପ୍ତାହରେ ଦୁଇ ରାତି ପାଇଁ ଏଠାକୁ ଆସେ, ଯେଉଁଥିରୁ ଗୋଟିଏ ରାତି ତୁମ ପାଇଁ ସଂରକ୍ଷିତ ରଖିବି। ସେବାର ଏହି ସୁଯୋଗକୁ ହାତଛଡ଼ା କର ନାହିଁ।"

ସେହି ଘୃଣ୍ୟ ବୟସ୍କ ବ୍ୟକ୍ତିଙ୍କ ପାଟିରୁ ବାହାରୁଥିବା ଏହି ଶବ୍ଦଗୁଡ଼ିକ ସତେ

ଯେମିତି ମୋ ଦେହକୁ ରାମ୍ପୁଡ଼ି ପକାଉଥିଲା। ମୁଁ ଭୟରେ ଥରୁଥିଲି। ମୋ ମୁହଁରେ ଆତଙ୍କ ଦେଖି ସେ ପ୍ରସଙ୍ଗ ବଦଳାଇ କହିଲେ, "ତୁମେ ଏତେ ଚିନ୍ତିତ କାହିଁକି ? ଭୋରରୁ ଗାଧୋଇସାରି ତୁମେ ଏଠାରୁ ମୁକ୍ତ ହୋଇଯିବ! ତୁମର ସେବା ସମାପ୍ତ! ପ୍ରତିବଦଳରେ ବ୍ୟାଙ୍କରେ ତୁମର ସ୍ଥାୟୀ ଚାକିରି ହୋଇଯିବ। ତୁମ ପରି ଜଣେ ଜଙ୍ଗଲୀ ଝିଅକୁ ଆଉ କ'ଣ ଦରକାର ?"

ମୁଁ ସେଠାରୁ ସିଧା ଘରକୁ ଦୌଡ଼ି ପଳାଇ ଆସିଲି। ପରିସ୍ଥିତିକୁ ଆହୁରି ଜଟିଲ ନ କରିବାକୁ ମୁଁ ସେ ରାକ୍ଷସର ଅଫର ବିଷୟରେ କାହାରିକୁ କିଛି କହିଲି ନାହିଁ। କିନ୍ତୁ ବାପା ଅନ୍ୟ କେଉଁଠୁ ଏ ସମ୍ପର୍କରେ ଶୁଣିଲେ ଏବଂ ମୁଁ ଯାହା ଭୟ କରୁଥିଲି, ସେଭଳି ଅବାଞ୍ଛିତ ଘଟଣା ଘଟିଲା। ସେ ନିଶାସକ୍ତ ଅବସ୍ଥାରେ ବିଧାୟକଙ୍କ ବାସଭବନ ସମ୍ମୁଖରେ ଯାଇ ମନଇଚ୍ଛା ଗାଳି ଦେଲେ। ସେଠାରେ ବିଧାୟକଙ୍କର କିଛି ଚେଲା ଉପସ୍ଥିତି ଥିଲେ। ସେମାନେ ଚାହୁଁ ନଥିଲେ ଯେ ବେଶୀ ସମସ୍ୟା ସୃଷ୍ଟି ହେଉ। ତେଣୁ କୌଣସି ପ୍ରକାରେ ମୋର ମଦ୍ୟପ ବାପାଙ୍କୁ ଘରମୁହାଁ କରିବାକୁ ସେମାନେ ସଫଳ ହେଲେ। କିନ୍ତୁ ପରଦିନ ତାଙ୍କ ବ୍ୟକ୍ତିଗତ ସଚିବ ଯାଇ ପୁଲିସ ନିକଟରେ ଏକ ଅଭିଯୋଗ ଦାଖଲ କରିଥିଲା ଯେ ମୋ ବାପା ନିଶାସକ୍ତ ଅବସ୍ଥାରେ ଆସି ବିଧାୟକଙ୍କୁ ହତ୍ୟା କରିବାକୁ ଚେଷ୍ଟା କରିଥିଲେ।

ଇନ୍ସପେକ୍ଟର ତୁରନ୍ତ ଏକ ଅଭିଯୋଗ ଗ୍ରହଣ କରି ମୋ ବାପାଙ୍କୁ ନର୍ସଲ ଅଭିହିତ କରି ଜେଲରେ ପୁରାଇ ଦେଇଥିଲେ। ବାପାଙ୍କର କୌଣସି ଦୋଷ ନ ଥାଇ ବି ସେ ରଜନନ୍ଦଗାଓଁ ଜେଲରେ ସଢୁଥିଲେ।

ତା'ପରେ ଆମ ଜନଜାତିର ଲୋକମାନେ ଏକତ୍ରିତ ହୋଇ ବିଧାୟକଙ୍କ ପାଦରେ ନାକ ରଗଡ଼ିଲେ। ଆମେ ଦୁଇଟି ଦୁଧିଆଲି ମଇଁଷି ବିକ୍ରି କରି ଓକିଲଙ୍କ ପାଉଣା ଦେଇଥିଲୁ। ଶେଷରେ ଜାମିନ ପାଇଁ ବାପାଙ୍କୁ କୋର୍ଟରେ ହାଜର କରାଇଲୁ।

ଆମ ସମ୍ପ୍ରଦାୟରେ ଝିଅମାନେ ଅନ୍ୟ ସମ୍ପ୍ରଦାୟ ଭଳି କଳା ମୋତି କିମ୍ବା ମଙ୍ଗଳସୂତ୍ର ପରି ବିବାହର କୌଣସି ବାହ୍ୟ ସଙ୍କେତ ପିନ୍ଧନ୍ତି ନାହିଁ। ଏହା ବଦଲରେ ଆମର 'ରେଙ୍କେଟେଡନା' ନାମକ ଏକ ବିଧ୍ ଅଛି ଯାହା ବିବାହର ଚତୁର୍ଥ ଦିନରେ କରାଯାଏ। ସେହିଦିନ, କନ୍ୟା ସମସ୍ତଙ୍କ ଉପସ୍ଥିତିରେ ସେ ପିନ୍ଧିଥିବା ବ୍ଲାଉଜ୍ ଖୋଲିବ ଏବଂ ସେହି ଦିନଠାରୁ ଛାତି ଉନ୍ମୁକ୍ତ ରଖିବ। ଏହା ପରେ ଏହା ଜଣେ ଭଲ ନାରୀର ସଙ୍କେତ ହୋଇଯାଏ। ତା'ପରେ ସେ ତା'ର ସ୍ତନକୁ ମୁକ୍ତ କରି ଦିନସାରା ରହିବ ବୋଲି ଆଶା କରାଯାଏ।

ମୁଁ ସର୍ବଦା ଏହି ଅଭ୍ୟାସକୁ ସଂପୂର୍ଣ୍ଣ ଘୃଣ୍ୟ ବୋଲି ବିବେଚନା କରିଛି ଏବଂ ଏହାକୁ ଖୋଲାଖୋଲି ଭାବେ ବିରୋଧ କରିଛି। ମୁଁ ମୋ ବାପାଙ୍କୁ ସ୍ପଷ୍ଟ ଭାବରେ ବୁଝାଇଥିଲି, ମୁଁ ମୋର ବ୍ଲାଉଜ ନ ପିନ୍ଧି ମୋ ପରିବାର ଗଢ଼ିବି ନାହିଁ।

"କିନ୍ତୁ, ଏହା କିପରି ହୋଇପାରେ, ଝିଅ? 'ରେଙ୍କେଟେଡନା' ପ୍ରଥା ତ ମାନିବାକୁ ପଡ଼ିବ!"

"ଯଦି ତୁମେ ଏହା ଉପରେ ଜୋର ଦିଅ, ତେବେ ଆମକୁ ଅଲଗା ପଥରେ ଯିବାକୁ ପଡ଼ିବ।"

ମୋ ବାପା ଭୟଭୀତ ମନେ ହେଉଥିଲେ। ତା ପରେ ସେ ମୋ ହାତଗୋଡ଼ ଧରି କହିଲା, ତୁ ଆଉଥରେ ବିଷ ପିଇବୁ କି?

"ନା, ଏଥର ମୁଁ ବଞ୍ଚି ରହିବାକୁ ନିଷ୍ପତ୍ତି ନେଇଛି। କିନ୍ତୁ ମୁଁ କୋଉ ସ୍ୱାମୀଙ୍କ ଘରକୁ ଯିବି ନାହିଁ କି ତୁମ ସହ ରହିବି ନାହିଁ।"

"କିନ୍ତୁ ଯଦି ତୁ ଦୂରକୁ ଚାଲିଯିବାକୁ ସ୍ଥିର କରଛୁ, ତାହେଲେ ବି କେତେ ଦୂର ଯାଇପାରିବୁ? ଯଦି ସମ୍ପ୍ରଦାୟ ମଧ୍ୟରେ ରହିବାର ଅଛି ତେବେ ତୋ ପଥରେ ସର୍ବଦା

ଏହି ପର୍ବତ ଆକୃତିର ପ୍ରତିବନ୍ଧକ ରହିବ। କାନ୍ତୁରେ ଯେତେ ମୁଣ୍ଡ ପିଟିଲେ ତୋତେ କ'ଣ ଲାଭ ମିଳିବ?"

ବ୍ଲାଉଜ ତ୍ୟାଗ ବିଷୟରେ ମୋର ଖୋଲା ବିତର୍କକୁ ସମ୍ପ୍ରଦାୟ ବିରୋଧରେ ଏକ ଚ୍ୟାଲେଞ୍ଜ ଭାବରେ ଦେଖାଗଲା। ଏହି ଖବର ସମଗ୍ର ଗାଁରେ ଜଙ୍ଗଲ ନିଆଁ ପରି ବ୍ୟାପିଗଲା। ସମ୍ପ୍ରଦାୟର ମହିଲାମାନେ ବିଶେଷ ଭାବରେ ଉତ୍ତେଜିତ ହୋଇଥିଲେ। ସେମାନେ କହିଲେ "ଏହି ଝିଅ କ'ଣ ବେଶ୍ୟା? ସେ ଆମ ଝିଅମାନଙ୍କ ପାଇଁ ଏକ ଖରାପ ଉଦାହରଣ ସୃଷ୍ଟି କରିବ।" ନିଆଁରେ ଏକ ଆଲୁମିନିୟମ ହାଣ୍ଡି ପରି ମୋ ମୁଣ୍ଡ ତାତି ଯାଇଥିଲା। ସେତେବେଳେ, ମୁଁ ମୋର ଭବିଷ୍ୟତ ସ୍ୱାମୀଙ୍କୁ ଏକ ବାର୍ତ୍ତା ପଠାଇଲି, "ମୁଁ ମୋର ବ୍ଲାଉଜ ଛାଡ଼ିବି ନାହିଁ। ଯଦି ତୁମେ ଏଥିରେ ରାଜି ତେବେ ବିବାହ ପାଇଁ ଆସ; ନଚେତ୍ ଆଗକୁ କ'ଣ ହେବ ସେକଥା ମୁଁ ଜାଣେ ନାହିଁ।"

ମୋ ବାପା ବହୁତ ଆଶ୍ଚର୍ଯ୍ୟ ହେଲେ। ମୁଁ ମୋ ଭାବୀ ସ୍ୱାମୀଙ୍କୁ ପଠାଇଥିବା ବାର୍ତ୍ତା ବିଷୟରେ ମଧ୍ୟ ଖବର ଆସିଥିଲା। ସମ୍ପ୍ରଦାୟର ଲୋକେ ଏତେ ବିବ୍ରତ ହୋଇଥିଲା ଯେ ଘୋଟୁଲରେ ଗାଁର ବୃଦ୍ଧ ଓ ମହିଲାମାନଙ୍କର ଏକ ବୈଠକ ଡକାଯାଇଥିଲା। ସେଠାରେ ମତ ବିନିମୟ ହୋଇଥିଲା ଯେ ମୁଁ ବିବାହ କରି ଶାଶୁ ଘରକୁ ଆସିବା ଯାଏଁ ସମସ୍ତେ ମୋ ସହ ମିଠା ଭାଷାରେ କଥା ହେବେ। ଥରେ ବିବାହ ସରି ମୋତେ ସ୍ୱାମୀଙ୍କ ଘରକୁ ପଠାଇଦେବା ପରେ, ଯଦି ମୋର ବ୍ଲାଉଜ ହଟାଇବା ପାଇଁ ମୋତେ ପ୍ରବର୍ତ୍ତାଇ ନ ପାରେ, ତେବେ କିଛି ଶକ୍ତିଶାଳୀ ଯୁବକଙ୍କୁ ପଠାଇ ମୋ ବସ୍ତ୍ରକୁ ଜବରଦସ୍ତ ଚିରିଦିଆଯିବ। ସବୁ କିଛି ସମ୍ପ୍ରଦାୟର ସମ୍ମାନ ରକ୍ଷା ନାମରେ! ଯାହା ହୋଇଯାଉ ପଛେ ଏହି ପ୍ରଥା ପାଳନ କରିବାକୁ ପଡ଼ିବ, ନଚେତ୍ ଗାଁ ଲଜ୍ଜିତ ହେବ। ବିବାହ ବଜାରରେ ଗାଁର ଅନ୍ୟ ଝିଅମାନଙ୍କର ଆକର୍ଷଣ ଶେଷ ହେବ।

ସମାବେଶରେ ବିଚାର ବିମର୍ଶ ଶୁଣି ମୁଁ ମୋର ଶେଷ ତୀର ମାରିଲି, "ବାବା, ଯଦି ତୁମେ ମୋ କଥା ନ ଶୁଣ, ମୁଁ ନକ୍ସଲ ଶିବିରରେ ଯୋଗଦେବି।" ଏହା ତାଙ୍କ ମନରେ କୋକୁଆ ଭୟ ସୃଷ୍ଟି କଲା। ତାଙ୍କ ଶୁଖିଲା ଓଠ ଥରି ଉଠିଲା, କିନ୍ତୁ ପାଟିରୁ କୌଣସି ଶବ୍ଦ ବାହାରିଲା ନାହିଁ।

ମୁଁ ସମ୍ପୂର୍ଣ୍ଣ ଭାବେ ମୋର ମନ ସ୍ଥିର କରିସାରିଥିଲି। ସବୁ ମଣିଷ ମାଙ୍କଡ଼ ପାଲଟିଗଲେ କି ସମସ୍ତ ମାଙ୍କଡ଼ ମାରୁତି ହୋଇଗଲେ ଅଥବା ମାରୁତି ଗଣେଶ ହୋଇଗଲେ ବି ଜାତି ଓ ଧର୍ମ ଦ୍ୱାରା ଲଦିଦିଆଯାଇଥିବା କିଛି ଖରାପ ପରମ୍ପରା ପାଇଁ ମୁଁ ନିଜକୁ ଉଲଗ୍ନ କରିବାକୁ ପ୍ରସ୍ତୁତ ନଥିଲି। ତା'ପରେ ମୋର ନିଜ ବୟସର ଗୀତାଳି ନାମକ ଏକ ଝିଅ କଥା ମନେ ପଡ଼ିଗଲା।

ଗୀତା ନଦୀର ଅପର ପାର୍ଶ୍ୱରେ ଥିବା ଏକ ଦୂର ପାହାଡ଼ର ପାଦଦେଶରେ ରହୁଥିଲା । ଆମେ ପ୍ରତି ସାପ୍ତାହିକ ହାଟରେ ଭେଟୁଥିଲୁ । ସମାନ ଦରଜି ଆମ ପାଇଁ ବ୍ଲାଉଜ୍ ସିଲେଇ କରୁଥିଲେ । ଆମେ ଦୁହେଁ ରଙ୍ଗିନ, ଦର୍ପଣ ଖଚିତ ବ୍ଲାଉଜ୍ ଏବଂ ସ୍କର୍ଟ ପିନ୍ଧିବାକୁ ଭଲ ପାଉଥିଲୁ ।

ମୁଁ ମଧ୍ୟରାତ୍ରିରେ ଉଠିଲି ଏବଂ ସଙ୍ଗେ ସଙ୍ଗେ ଜଙ୍ଗଲ ରାସ୍ତାରେ ଚାଲିବା ଆରମ୍ଭ କଲି । ମୋର ଅନ୍ଧକାରକୁ କିମ୍ବା ଭୂତ-ପ୍ରେତମାନଙ୍କୁ ଭୟ ନ ଥିଲା । ଏକାକୀ ସାହସ ସହିତ ମୁଁ ନଦୀ ପାର ହୋଇ ସେହି ସାଙ୍ଗର ଗାଁ ଢିଲପାର୍ମା ପାଖରେ ପହଞ୍ଚିଲି । ମୋର ପରିବାର ମୋତେ ଅନୁସରଣ କରିପାରନ୍ତି ବୋଲି ଭୟ କରି ଆମେ ଦୁହେଁ ସଙ୍ଗେ ସଙ୍ଗେ ସେଠାରୁ ଚାଲିଗଲୁ । ଆମ ସାଙ୍ଗରେ ତା ମାମୁଁଙ୍କ ଝିଅମାନେ ବି ଆସିଥିଲେ । ଆମେ ସମୁଦାୟ ପାଞ୍ଚ ଜଣ ଥିଲୁ । ଜଣେ ଝିଅ କହିଦେଇ ଆସିଲା ଯେ ଆମେ ଜଙ୍ଗଲକୁ ବୁଲିବା ପାଇଁ ଯାଉଛୁ ।

ଉଚ୍ଚ, ସବୁଜ ଜଙ୍ଗଲ । ଗଛଗୁଡ଼ିକ ଆକାଶରେ ଘଷି ହେଉଥିଲା ଭଳି ମନେ ହେଉଥିଲା । ରାସ୍ତାରେ ବିରାଟ ନଦୀ ଘନ ସବୁଜ ଜଙ୍ଗଲ ଓ ସୁନ୍ଦର ପରିବେଶ ମୋ ହୃଦୟକୁ ଆନନ୍ଦରେ ଭରିଦେଲା । ତିନି ଦିନ ଆନନ୍ଦରେ ବୁଲିବା ପରେ, ଆମେ ଏକ ଜଙ୍ଗଲ ଶିବିରରେ ପହଞ୍ଚିଲୁ ଯେଉଁଠାରେ ଲାଲ ପତାକା ଉଡୁଥିବାର ଦେଖିଲୁ । ଲାଲ ସଲାମ ଲୋକଙ୍କର ଏହି ନଦୀ କୂଳିଆ କ୍ୟାମ୍ପରେ ଆମେ ଦିବାକରଙ୍କୁ ଭେଟିଲୁ । ଜଣେ ଭଲ ମଣିଷ ଭାବେ ତାଙ୍କର ଖ୍ୟାତି ଥିଲା । ଗାଡ଼ଚିରୋଲିର ଅନେକ ଝିଅଙ୍କୁ ନକ୍ସଲ ସଂଗଠନରେ ନିଯୁକ୍ତ କରିବାରେ ତାଙ୍କର ମୁଖ୍ୟ ଭୂମିକା ଥିଲା । ସେମାନଙ୍କ ମଧ୍ୟରୁ କେତେଜଣ ଆମକୁ ଗୋଟିଏ ପାର୍ଶ୍ୱକୁ ନେଇ ଡରାଇଲେ: “ତୁମେ ଏଠାକୁ କିପରି ଆସିଲ, କାହା ସହିତ ରହୁଛ, ଏହି ସମସ୍ତ ତଥ୍ୟ ବର୍ତ୍ତମାନ ପୁଲିସ୍ ରେକର୍ଡରେ ଅଛି । ଏଠାରୁ ଗାଁକୁ ଫେରିବାଠାରୁ ବଡ଼ ବିପଦ ନାହିଁ । ପୁଲିସ ତୁମକୁ ବାନ୍ଧିନେଇ ରାଜନନ୍ଦଗାଓଁ କିମ୍ବା ନାଗପୁର ଜେଲରେ ପୁରାଇଦେବେ । ତୁମ ଜୀବନସାରା ସେଠାରେ ବସି ପଥର ଭାଙ୍ଗିବ । ଏଠାରେ ରହିବା ତୁମମାନଙ୍କ ପାଇଁ ଭଲ- ବୁର୍ଜୁଆଙ୍କ ବିରୋଧରେ ଲଢ଼ ଆଉ ଗରିବ ଓ ଭୋକିଲା ଲୋକଙ୍କୁ ନ୍ୟାୟ ଦିଅ ।”

ମୋର କିଛି ବନ୍ଧୁ ଭାଇ ଲାଲ ସଲାମ ଗୋଷ୍ଠୀରେ ଯୋଗ ଦେଇସାରିଥାନ୍ତି । ମୋ ପାଇଁ ନକ୍ସଲ ଦଳରେ ରହିବା ଗାଁରେ ଭୋକରେ ରହିବା ଅପେକ୍ଷା ଏକ ଆକର୍ଷଣୀୟ ବିକଳ୍ପ ଥିଲା । ଗୋଟିଏ ପଟେ ସ୍ୱାମୀଙ୍କ ସହିତ ବନ୍ଧା ହୋଇ ସାରା ଜୀବନ ଖାଲି ଅର୍ଧନଗ୍ନ ହୋଇ ବୁଲିବା; ଅନ୍ୟପଟେ ନକ୍ସଲମାନଙ୍କ ସେନା ପୋଷାକରେ ବୁଲିବା । ନକ୍ସଲମାନଙ୍କ ଦ୍ୱାରା ସେମାନଙ୍କ ଶିବିରରେ ବ୍ୟବହୃତ ଭାଷା ମୋତେ ମଧ୍ୟ

ଭଲ ଲାଗିଲା: "ଆଦିବାସୀ ଭାଇ ଓ ଭଉଣୀ, ରାଜନୈତିକ ଦଳ ଏବଂ ସେମାନଙ୍କର ନେତାମାନେ ଆମ ସମସ୍ତଙ୍କର ପିଲାମାନଙ୍କ ପ୍ରତି ବିଶ୍ୱାସଘାତକତା କରିଛନ୍ତି। ସେମାନେ ବଡ଼ ପୁଞ୍ଜିପତି ଏବଂ ଶିଳ୍ପପତିମାନଙ୍କ ସହ ହାତ ମିଳାଇଛନ୍ତି ଏବଂ ଆମ ସହିତ ଜଙ୍ଗଲର ମୂଳ ବାସିନ୍ଦାଙ୍କ ସହ ବିଶ୍ୱାସଘାତକତା କରିଛନ୍ତି। ସେଥିପାଇଁ ଆମେ ଏହି ଶତ୍ରୁମାନଙ୍କ ବିରୋଧରେ ଗୋଣ୍ଡୱାନା ଏବଂ ଛତିଶଗଡ଼ରେ ଏକ ଗଣଯୁଦ୍ଧ ଘୋଷଣା କରିଛୁ।"

ମୋ ପାଇଁ ଏହା ଶୁଷ୍କ ବିଲରେ ପାଣି ପଡ଼ି ଶୁଖୁଲା ମଞ୍ଜିରୁ ନୂତନ ପତ୍ର କଅଁଳିବା ପରି ଥିଲା। ସେଠାରେ ପାଠପଢ଼ା ହେଉଥିଲା ଏବଂ ମୁଁ ତାହା ଦ୍ୱାରା ବହୁତ ଉପକୃତ ହୋଇଥିଲି। ମୁଁ ପଢ଼ିବା ଏବଂ ଲେଖିବା ଶିଖିବାରେ ସବା ଆଗୁଆ ଥିଲି।

ଜଣେ ବାହାର ଲୋକ ପାଇଁ, ନକ୍ସଲ କ୍ୟାମ୍ପରେ ଜୀବନ ମଜାଳିଆ ଏବଂ ଆନନ୍ଦଦାୟକ ହୋଇପାରେ, କିନ୍ତୁ ତାହା ସତ ନୁହେଁ। ସେଠାରେ ଉତ୍ତମ ଅନୁଶାସନ ପାଳନ କରାଯାଉଥିଲା ଏବଂ କଡ଼ାକଡ଼ି ଭାବରେ ନିୟମ ପାଳନ କରାଯାଉଥିଲା। ସକାଳ ୫.୩୦ ସୁଦ୍ଧା ସଭିଙ୍କୁ ବିଛଣାରୁ ଉଠିଯିବାକୁ ପଡ଼େ। ଦାନ୍ତ ଘଷା, ମୁହଁ ଧୁଆ ଓ ଶୌଚ କାର୍ଯ୍ୟ ସମାପ୍ତ କରି ସଭିଙ୍କୁ ୬.୩୦ରେ ଉପସ୍ଥାନ ପକାଇବାକୁ ପଡ଼େ।

୬.୩୦ରୁ ୮.୩୦ ପର୍ଯ୍ୟନ୍ତ, ଦୁଇ ଘଣ୍ଟାର କଠିନ ବ୍ୟାୟାମ ହୁଏ। ଆମେ ସମସ୍ତେ ସକାଳେ ସ୍ନାନ କରିବା ଜରୁରୀ। ଯଦି ଆମକୁ ଜନତାଙ୍କ ଶତ୍ରୁ ସହିତ ଲଢ଼ିବାକୁ ପଡ଼ିବ, ତେବେ ଆମକୁ ପ୍ରସ୍ତୁତ ହେବାକୁ ପଡ଼ିବ। ନୁହେଁ କି ?

ଏହା ପରେ ଜଲଖିଆ ପାଇଁ ଏକ ଘଣ୍ଟା ବିରତି। ତା'ପରେ ଆମେ ବନ୍ଧୁକ ସଫା କରିବାକୁ ବସୁ। ଅଧ୍ୟୟନ ସମୟ ଦଶଟା ଠାରୁ ଅପରାହ୍ଣ ଗୋଟାଏ ପର୍ଯ୍ୟନ୍ତ ଥିଲା। ଯେଉଁମାନେ ଲେଖିବା ଜାଣି ନ ଥିଲେ, ସେମାନେ ଲେଖିବା ଅଭ୍ୟାସ କଲେ। ମୁଁ ପଢ଼ିବାକୁ ଭଲ ପାଉଥିଲି। ପାର୍ଟିର ଯେଉଁସବୁ ବହି ଥିଲା, ମୁଁ ସେସବୁକୁ ଶୀଘ୍ର ପଢ଼ିସାରିଦେଲି। ମଧ୍ୟାହ୍ନରୁ ପ୍ରାୟ ଦୁଇଟା ପର୍ଯ୍ୟନ୍ତ ଆମେ ମଧ୍ୟାହ୍ନ ଭୋଜନ କରି କିଛି ସମୟ ପାଇଁ ବିଶ୍ରାମ ନେଉଥିଲୁ। ଦୁଇରୁ ଚାରିଟା, ପାର୍ଟି ସାହିତ୍ୟ ପଠନ ଏବଂ ଅନ୍ୟାନ୍ୟ କାମ ପାଇଁ ଉଦ୍ଦିଷ୍ଟ ଥିଲା। ସନ୍ଧ୍ୟା ପ୍ରାୟ ସାଢ଼େ ଛଅଟାରେ ସନ୍ଧ୍ୟାର ଜଲଖିଆ ପରଷାଯାଉଥିଲା ତା'ପରେ ଦ୍ୱିତୀୟ ପର୍ଯ୍ୟାୟର ପଢ଼ା, ଯାହା ସନ୍ଧ୍ୟା ନଅ ପର୍ଯ୍ୟନ୍ତ ଚାଲେ। ଯେଉଁମାନେ ରାତିରେ ଡ୍ୟୁଟିରେ ଥିଲେ ସେମାନଙ୍କୁ ଛାଡ଼ି ଆଉ ସମସ୍ତେ ପ୍ରାୟ ଦଶଟା ବେଳକୁ ଶଯ୍ୟାରେ ଥାଉ।

ଆମ ପୁରୁଷ ଶିକ୍ଷକମାନେ ଆମ ଝିଅମାନଙ୍କ ହୃଦୟରୁ ଭୟ ଦୂର କରିବା ପାଇଁ ଆମ ସହିତ ଅଧିବେଶନ କରୁଥିଲେ। ଅବଶ୍ୟ ସେଠାରେ ମହିଳା ପ୍ରଶିକ୍ଷକମାନେ

ମଧ୍ୟ ଥିଲେ । କଠୋର ଅନୁଶାସନ ପାଇଁ ଜଣାଶୁଣା କ୍ୟାପ୍‌ଟେନ୍ ନିର୍ମଳା ଆମକୁ କୁହନ୍ତି, ଯଦି କାହାରିକୁ ଗୁଳି ବାଜେ, ତେବେ ଆମେ ସେହି ବ୍ୟକ୍ତିଙ୍କ କ୍ରନ୍ଦନ ପ୍ରତି ଅଧିକ ଧ୍ୟାନ ନ ଦେବାକୁ ଚେଷ୍ଟା କରିବା ଉଚିତ । ବନ୍ଧୁକ ଶବ୍ଦକୁ ଆମ ଶିରାପ୍ରଶିରାରେ କମ୍ପନ ସୃଷ୍ଟି କରାଇବାକୁ ବ୍ୟବହାର କରିବା ଦରକାର; ବନ୍ଧୁକ ଶବ୍ଦକୁ ଉପଭୋଗ କରିବା ଶିଖିବା ଗୁରୁତ୍ୱପୂର୍ଣ୍ଣ ।

ପାହାଡ଼ ଉପରେ ଅବସ୍ଥିତ ଗ୍ରାମଗୁଡ଼ିକରେ ଲୋକ ଅଦାଲତ ସଂଗଠିତ ହେଉଥିଲା । ଯେତେବେଳେ ବି ଜଣେ ଅଭିଯୁକ୍ତଙ୍କୁ ମୃତ୍ୟୁଦଣ୍ଡ ଦିଆଯାଏ, ଫାଶୀ ଦେବା ଆମ ଝିଅମାନଙ୍କର କର୍ତ୍ତବ୍ୟ ଥିଲା । ପୁଲିସ୍ ସୂଚନାଦାତା ଭାବରେ ଦୋଷୀ ସାବ୍ୟସ୍ତ ହୋଇଥିବା ପାଟୱାରୀଙ୍କୁ ମୃତ୍ୟୁ ଦଣ୍ଡ ଦେବାକୁ ମୋତେ କୁରାଢ଼ି ହସ୍ତାନ୍ତର କରାଯାଇଥିଲା । ମୋର ପ୍ରଶିକ୍ଷଣ ନିଶ୍ଚିତ କରିଥିଲା ଯେ ଗଣଶତ୍ରୁକୁ ହତ୍ୟା କରିବା ମୋ ମନର ଶୀର୍ଷରେ ବିଦ୍ୟମାନ ହୋଇଯାଇଥିଲା । ମୁଁ କୁରାଢ଼ିକୁ ଉପରକୁ ଟେକିଲି ଏବଂ ସମସ୍ତ ଶକ୍ତି ସହିତ ସେହି ବ୍ୟକ୍ତିଙ୍କ ବେକ ଉପରେ ପକାଇଲି । ମୁଁ ଅନୁଭବ କଲି ଯେ କୁରାଢ଼ିଟି ଓଦା କାଠ ଭିତରେ ପ୍ରବେଶ କରୁଛି । କିଛି କ୍ଷଣ ମଧ୍ୟରେ କୁରାଢ଼ିର ବେଣ୍ଟ ଗରମ ରକ୍ତରେ ଆଚ୍ଛାଦିତ ହୋଇଗଲା । ମୋର ପୁରୁଷ ଏବଂ ମହିଳା ସହକର୍ମୀମାନେ ଜୋରରେ କରତାଳି ଦେଇ ମୋର ପିଠି ଥାପୁଡ଼ାଇଲେ ।

ପ୍ରଥମ ପଦ୍ୟର ଦିନ ବୀରତ୍ୱର ଭ୍ରମରେ କଟିଗଲା । କିନ୍ତୁ କ୍ରମେ ମୁଁ ବିଳମ୍ବିତ ରାତିର ନିଦରୁ ଉଠିବାକୁ ଲାଗିଲି । ମୋ ଗଳା ଶୁଖ୍ୟାଯାଉଥିଲା । ଯେତେ ପାଣି ପିଇଲେ ମଧ୍ୟ ତଣ୍ଟି ଓଦା ହେଉ ନ ଥିଲା କି ଏହା ହୃଦ୍‌ସ୍ପନ୍ଦନକୁ ମନ୍ଥର କରିପାରୁ ନ ଥିଲା । ସେହି ବିଚରା ଲୋକଟିର ବେକ ହାଣିବା ପାଇଁ ଯେତେବେଳେ ମୁଁ କୁରାଢ଼ିଟିକୁ ଉଠାଇଥିଲି ଲାଗିଲା ଯେ ସେହି ପ୍ରଭାବରେ ସେହି ଲୋକଟିର ଆଖି ଭିତରକୁ ପଶିଯାଇଥିଲା । ମୁଁ ଆଜି ପର୍ଯ୍ୟନ୍ତ ସେହି ଅପରାଧବୋଧରୁ ମୁକ୍ତି ପାଇ ନାହିଁ । ମୋତେ ଲାଗୁନାହିଁ ସେଥିରୁ ମୁଁ କେବେ ମୁକ୍ତ ହେବି ।

ଏହିପରି ପ୍ରଥମ ଦୁଇ ତିନି ବର୍ଷ ଗୋଟିଏ ଶିବିରରୁ ଅନ୍ୟ ଶିବିରକୁ ଯିବାରେ ଅତିବାହିତ ହେଲା । ଦିନେ ଆମ ଦଳକୁ ଆବୁଜମାଦ୍‌ର କିଛି ବଡ଼ ନେତାଙ୍କ ପାଇଁ ସୁରକ୍ଷା ଡ୍ୟୁଟି କରିବାକୁ ହାଜର ହେବାକୁ ନିର୍ଦ୍ଦେଶ ଦିଆଯାଇଥିଲା । କୁହାଗଲା ଯେ ସମସ୍ତଙ୍କୁ ସେଠାକୁ ଯାଇ କୌଣସି ଜଣେ ନେତାଙ୍କୁ ସୁରକ୍ଷା ଦେବାକୁ ହେବ ।

ଆବୁଜ ଶବ୍ଦର ଅର୍ଥ ହେଉଛି 'ଅଜ୍ଞାତ ଅନ୍ଧକାର' । ତେଣୁ ଆବୁଜମାଦର ଅର୍ଥ ହେଉଛି ଏକ ଅତ୍ୟନ୍ତ ପ୍ରଶସ୍ତ ଏବଂ ଉଚ୍ଚ ପର୍ବତ ଯାହାର ପ୍ରକୃତ ଆକାର କେହି ଜାଣିପାରିବେ ନାହିଁ ।

ମୁଁ ଆବୁଜମାଦର ନାମ ଶୁଣିବା ଦିନଠାରୁ, ମୋ ମନରେ ଏକ ବିରାଟ, ରହସ୍ୟମୟ ଗୁମ୍ଫାର ଧାରଣା ସୃଷ୍ଟି ହୋଇଥିଲା। ମୁଁ ନକ୍ସଲ ସଂଗଠନକୁ ଆସିବା ଦିନଠାରୁ, ମୁଁ ମୋର ସାଥୀମାନଙ୍କ ସହିତ ଟ୍ରେନିଂ ନେବାକୁ ଆସିଥିବା ଲୋକଙ୍କ ମୁଖରୁ ଏହି ପର୍ବତ ବିଷୟରେ ନୂତନ ଏବଂ ଅଭୂତ କଥା ଶୁଣିଛି।

ମୋତେ କୁହାଗଲା ଯେ ଏହି ପର୍ବତ ଚାରି ହଜାର କିଲୋମିଟର ଧରି ବ୍ୟାପିଛି। ଯେଉଁ ଦିଗକୁ ଦେଖିଲେ, ପାହାଡ଼ଗୁଡ଼ିକର ଅସୀମ ଧାଡ଼ି ଦେଖାଯିବ, ସମସ୍ତେ ଘନ ସବୁଜ ରଙ୍ଗରେ ରଙ୍ଗିତ। ଯେଉଁଆଡ଼ି ବି ମୁଣ୍ଡ ବୁଲାଇ ଦେଖିଲେ, ଗୋଟିଏ ପଛରେ ଅନ୍ୟ ଏକ ପର୍ବତ ଥିଲା, ନଦୀଗୁଡ଼ିକ ଏକ ଅସୀମ କ୍ରମରେ ଧାଡ଼ି ହୋଇ ରହିଥିଲେ। ଥରେ ଆବୁଜମାଦ ନାମକ ଏହି ଗୋଲକଧନ୍ଦା ଭିତରେ ପଶିଲେ, ଯେଉଁଠାରେ ପଶୁମାନେ ମଧ୍ୟ ସେମାନଙ୍କ ରାସ୍ତା ଖୋଜିବା ଅସମ୍ଭବ ମନେ କରନ୍ତି, ମଣିଷ ଟିକ୍ସି ରହିବାର କୌଣସି ସମ୍ଭାବନା ନାହିଁ। ଘନ, ସବୁଜ ଗଛଗୁଡ଼ିକ ପ୍ରାୟ ୧୨ ପର୍ଯ୍ୟନ୍ତ ମିଟର ପର୍ଯ୍ୟନ୍ତ ବଢ଼ନ୍ତି। ଏହାର ଘାସ ମଧ୍ୟରେ ହାତୀ ପଲ ଚାହିଁଲେ ଲୁଚିପାରିବେ। ଏହି ଭୟଙ୍କର ଘନ ଜଙ୍ଗଲର ପୂରା ଚିତ୍ର ଏତେ ରହସ୍ୟମୟ ଥିଲା ଯେ ଜଣେ କଳ୍ପନା କରିବା ଅସମ୍ଭବ।

ଏହି ଅଞ୍ଚଳର ଆୟତନ କେତେ, ଏଠାରେ କେତେ ଗଛ ଅଛି, କେତୋଟି ପର୍ବତ ଏବଂ କେତେ ହ୍ରଦ ଅଛି, ଏହାର କୌଣସି ହିସାବ ନାହିଁ। ଏକ ସବୁଜ ମହାସାଗର ପରି ବ୍ୟାପିଥିବା ଏହି ଭୂମିର କେବେବି ସର୍ବେକ୍ଷଣ କରାଯାଇ ନ ଥିଲା। ବ୍ରିଟିଶ ଶାସନ କାଳରେ କିଛି ସର୍ବେକ୍ଷଣକାରୀ ସେମାନଙ୍କ ଲମ୍ବା ଟେବୁଲ୍, ବାଇନୋକୁଲାର୍ ବଡ଼ ମେସିନ୍ ଏବଂ ମାପ ଦଉଡ଼ି ସହିତ ଏଠାକୁ ଆସିଥିଲେ। କିନ୍ତୁ ସେଠାରେ କେବଳ ଜଣେ ଜୟଯୁକ୍ତ ହେବା ସମ୍ଭବ। ଜଙ୍ଗଲ ସହିତ ଏହି ପ୍ରତିଯୋଗିତାରେ ବ୍ରିଟିଶ୍ ସାହେବଙ୍କର ଶୋଚନୀୟ ପରାଜୟ ଘଟିଥିଲା।

ଯେଉଁମାନେ ସେମାନଙ୍କର ମାପ ଯନ୍ତ ସହିତ ଏହି ଜଙ୍ଗଲକୁ ଆସନ୍ତି, ସେମାନେ ନିଶ୍ଚିତ ଭାବରେ ମନ୍ଦ ଉଦ୍ଦେଶ୍ୟ ଦ୍ୱାରା ପ୍ରେରିତ। ଜଙ୍ଗଲର ଲୋକମାନେ ଏହା ଭଲ ଭାବରେ ବୁଝିଥିଲେ ଯେ ସେମାନଙ୍କର ସମସ୍ତ ସର୍ବେକ୍ଷଣ ଜଙ୍ଗଲ ଏବଂ ଏହାର ଅଧିବାସୀମାନଙ୍କ ଉପରେ ବିପଦ ଆଣିବ। ଏହି ଭୟ ସମସ୍ତ ଜଙ୍ଗଲ ଜନଜାତିକୁ ଏକତ୍ରିତ କରିଥିଲା। ମୁରିଆ, ହାଲବା, ଗୋଣ୍ଡ, ମାଦିଆ, ଆବୁଜ, ସମସ୍ତେ ତୀରର ଝଡ଼ରେ ସର୍ବେକ୍ଷଣକାରୀଙ୍କୁ ସ୍ୱାଗତ କଲେ। ତେଣୁ ବ୍ରିଟିଶ ସୈନିକ ଏବଂ ସର୍ବେକ୍ଷଣକାରୀମାନେ ସେମାନଙ୍କ ଉପକରଣ ଛାଡ଼ି ପଳାୟନ କରିବା ଛଡ଼ା ଅନ୍ୟ କୌଣସି ବିକଳ୍ପ ନ ଥିଲା। ସେମାନେ ଆଉ କେବେ ଜଙ୍ଗଲକୁ ଫେରି ନ ଥିଲେ।

ଆମର ନକ୍ସଲ କ୍ଲାସରେ ଆମକୁ ପଢ଼ାଯାଇଥିଲା ଯେ ଭାରତର ପୁଞ୍ଜିପତିଙ୍କ ଅନେକ ବଡ଼ କମ୍ପାନି ଜଙ୍ଗଲରେ ଚତୁର ଏବଂ ସ୍ୱାର୍ଥପର ପଦକ୍ଷେପ ନେଇଛନ୍ତି। ଜଙ୍ଗଲକୁ ସଫା କରିବା ନିଜ ସମ୍ପତ୍ତି ବଢ଼ାଇବାର ମିଶନ୍ ସହିତ ସେମାନେ ଚୁକ୍ତି କରୁଥିଲେ। କିଛି ଚୁକ୍ତି ଖୋଲାଖୋଲି ଭାବେ ଏବଂ କିଛି ଚୁକ୍ତି ଗୁପ୍ତ ଭାବରେ ସ୍ୱାକ୍ଷରିତ ହେଉଥିଲା। ଆମର ସାଥୀ ବାସନ୍ତୀ ସାନେ ମ୍ୟାଡାମ୍ ଆମକୁ କହିଲେ, "ତୁମେ ଜଙ୍ଗଲର ଆଦିବାସୀ ମାଟିର ନିରୀହ ସନ୍ତାନ। ଏହି ପୁଞ୍ଜିପତିମାନଙ୍କ ପାଖରେ ଥିବା ଅପାର ଶକ୍ତି ବିଷୟରେ ତୁମର କୌଣସି ଧାରଣା ନାହିଁ। ଏହି ଜଙ୍ଗଲଗୁଡ଼ିକର ସମ୍ପତ୍ତିକୁ ଲୁଣ୍ଠନ କରିବାକୁ ଚାହୁଁଥିବା ଏହି କମ୍ପାନିଗୁଡ଼ିକ ମଧ୍ୟରୁ ପ୍ରତ୍ୟେକଟି ଆବୁଜମାଦ୍ ପର୍ବତଠାରୁ ବଡ଼ ଏବଂ ଶକ୍ତିଶାଳୀ।

"ଏହି ସମସ୍ତ ଶକ୍ତିଶାଳୀ କମ୍ପାନି ଏଠାରେ ବଡ଼ ବଡ଼ ପ୍ଲାଣ୍ଟ ସ୍ଥାପନ କରିବାକୁ ଯୋଜନା କରିଛନ୍ତି। କେହି କେହି ଭୂଇଁ ତଳେ ଗଚ୍ଛିତ ସମସ୍ତ ଖଣିଜ ପଦାର୍ଥ ବାହାର କରିବାକୁ ଚାହାଁନ୍ତି, ଅନ୍ୟମାନେ ଏକ ବଡ଼ ବିଶୋଧନାଗାର ସ୍ଥାପନ କରିବାକୁ ଚାହାଁନ୍ତି, ଆଉ କେତେକ ଆପଣଙ୍କ ନଦୀ ଉପରେ ବନ୍ଧ ନିର୍ମାଣ ପରେ ବିଦ୍ୟୁତ୍ ଉତ୍ପାଦନ କରି ଅନ୍ୟତ୍ର ପଠାଇବାକୁ ଚାହୁଁଛନ୍ତି।"

ପାଠପଢ଼ା ବେଳେ କେହି ଜଣେ ପଚାରିଲେ, " କିନ୍ତୁ ମ୍ୟାଡାମ୍, ଆମେ କାହିଁକି ଏହି ସମସ୍ତ ପ୍ରଗତି ଓ ବିକାଶକୁ ବିରୋଧ କରୁଛୁ?"

"ଏହି ପୁଞ୍ଜିପତିମାନଙ୍କ ହେତୁ ଏହି କୋଟିପତିମାନେ ସେମାନଙ୍କର ଟଙ୍କା ଖେଳ ଖେଳିବାକୁ ଆଗ୍ରହୀ ହୋଇଥାନ୍ତି। ତାଙ୍କର ଯୋଜନା ହେଉଛି ଆମର ଜଳ, ଜମି ଏବଂ ଜଙ୍ଗଲକୁ ବଡ଼ ଆମେରିକୀୟ ବ୍ୟାଙ୍କଗୁଡ଼ିକର ନିୟନ୍ତ୍ରଣକୁ ସମର୍ପିଦେବା। ସେମାନେ ଏହି ମାଟିର ପିଲାମାନଙ୍କର ତଥା ଜଙ୍ଗଲର ପକ୍ଷୀ ପଶୁମାନଙ୍କର ଭବିଷ୍ୟତ ବିକ୍ରୟ କରିବାକୁ ବାହାରିଛନ୍ତି। ଆମକୁ ଭୂମିହୀନ କରିବା, ଆମ ଐତିହ୍ୟରୁ ବେଦଖଲ କରିଦେବା ଏବଂ ଆମକୁ ନିଜ ଦେଶରେ ବିଦେଶୀ କରିବା ପାଇଁ ଏହା ଏକ ସୁଚିନ୍ତିତ ଯୋଜନା।"

ଆମେ ନକ୍ସଲମାନେ ବିଶ୍ୱାସ କରୁଥିଲୁ ଯେ ଆବୁଜମାଦ ଏବଂ ଗାଡଚିରୋଲିର ଏହି ଅଞ୍ଚଲ ଦଣ୍ଡକାରଣ୍ୟର ଆଦିବାସୀ, କୃଷକ ଏବଂ ଶ୍ରମିକଙ୍କ ସଂଗଠନ ଦଣ୍ଡକାରଣ୍ୟ ଆଦିବାସୀ କିସାନ ମଜଦୁର ସଂଗଠନର ଅଟେ। ଏହି ଅଞ୍ଚଲ ପ୍ରାୟ ଛଅ ହଜାର ବର୍ଗ ମିଟର ଜଙ୍ଗଲରେ ବ୍ୟାପିଛି।

କେହି କେହି କୁହନ୍ତି ଯେ ସମଗ୍ର ଅଞ୍ଚଲରେ ଅଶୀଟି ବସ୍ତି ଅଛି, ଆଉ କେହି କେହି କୁହନ୍ତି ଏହି ପର୍ବତ ଉପରେ ଦୁଇଶହ ପଚିଶଟି ଛୋଟ ଗାଁ ରହିଛି। ତଥାପି ମାଟି

ତଳେ ଦୁନିଆର ସବୁଠୁ ବଡ଼ ଲୁହାପଥର ଭଣ୍ଡାର ଜମା ଅଛି। ଏହା ହତ୍ପ କରିବା ହେଉଛି ବଡ଼ ପୁଞ୍ଜିପତି ଏବଂ ସେମାନଙ୍କର ରାଜନୈତିକ ଦଲାଲମାନଙ୍କର ଉଦ୍ଦେଶ୍ୟ। ପାହାଡ଼ୀ ଲୋକଙ୍କୁ ଏହି ନିଷ୍ଠୁର ଲୋକଙ୍କଠାରୁ ରକ୍ଷା କରିବା ପାଇଁ ମାଓବାଦୀ ନେତାମାନେ ସେମାନଙ୍କର 'ଜନ ସରକାର' ପ୍ରତିଷ୍ଠା କରିଛନ୍ତି। ଏଗୁଡ଼ିକ ହେଉଛି କେତେକ କାହାଣୀ– କିଛି ଶୁଣିଛି ଓ କିଛି ପଢ଼ିଛି– ଯାହା ଆମ ହାତରେ ଖୋଦେଇଥିବା ସବୁଜ ଟାଟୁ ପରି ମୋ ହୃଦୟରେ ଛାପିହୋଇରହିଛି।

ଯେତେବେଳେ ମୁଁ ମୋର କିଛି ସାଥୀ ଝିଅମାନଙ୍କ ସହିତ ଇନ୍ଦ୍ରାବତୀ ଅତିକ୍ରମ କଲି, ସେତେବେଳେ ଦେଖିଲି ତାଳଗଛ ପରି ଲମ୍ବା, ମୋଟା-ସବୁଜ ଗଛଗୁଡ଼ିକ ଆକାଶକୁ ଛୁଇଁଯାଉଛନ୍ତି। ଏଠାରେ ଥିବା ଗାଁଗୁଡ଼ିକ ବାସ୍ତବରେ ଛୋଟ – ଏକ ଡଜନ ନଡ଼ା ଛପର ବିଶିଷ୍ଟ କୁଡ଼ିଆକୁ ନେଇ ଗୋଟିଏ ଗାଁ। ପ୍ରତି ପାଞ୍ଚ କିମ୍ବା ଦଶ ମାଇଲ୍ରେ ଏଭଳି ଗୋଟିଏ ଗାଁ ପଡ଼େ। ଗାଁଗୁଡ଼ିକରେ କ'ଣ ଅବା ଥିଲା ? କିଛି କୁକୁଡ଼ା, ଗୋଟେ ଦୁଇଟି ବତକ, ଛେଲିମେଣ୍ଢା ଆଉ ବୃଦ୍ଧମାନଙ୍କ ପିଠିରେ ଆବୁ। ଆମେ ଅତିକ୍ରମ କରିଥିବା ପ୍ରତ୍ୟେକ ଗାଁରେ ଏକ ଅଭୁତ ନିରବତା ଛାଇଯାଇଥିଲା, ସତେ ଯେପରି କେହି ମରିଯାଇଛନ୍ତି ଏବଂ ଗ୍ରାମବାସୀମାନେ ଶବ ଦାହ ଲାଗି ନଦୀ କୂଳକୁ ଚାଲିଯାଇଛନ୍ତି।

ଯଦିଓ ଜଙ୍ଗଲର ଏହି ଗ୍ରାମଗୁଡ଼ିକ ଶାନ୍ତିପୂର୍ଣ୍ଣ ହେବାର ଏକ ଧାରଣା ଦେଉଥିଲେ, ତଥାପି ସେମାନଙ୍କ ମଧ୍ୟରୁ ଅନେକରେ ଗୁପ୍ତ ନକ୍ସଲ କାର୍ଯ୍ୟକଲାପ ଚାଲିଥିଲା। ଏଠାରେ 'ଡିଏକେଏମ୍ଏସ୍' ଲେଖାଥିବା ଏକ ପ୍ଲାକାର୍ଡ ଏବଂ ଆମ 'ଜନତାଙ୍କ ସରକାର'ର ଲାଲ ପତାକା ଗାଁର ଉଚ୍ଚତମ ଗଛରେ ଲହରୁଥିଲା।

ଇନ୍ଦ୍ରାବତୀ ନଦୀର ଉଭୟ ପାର୍ଶ୍ୱରେ ଦୀର୍ଘ ବର୍ଷ ଧରି ଅସ୍ତିତ୍ୱର ଯୁଦ୍ଧ ଚାଲିଆସୁଛି। ଏଠାରେ ଥିବା ଜଙ୍ଗଲରେ ପୁଲିସ ଏବଂ ନକ୍ସଲମାନଙ୍କ ମଧ୍ୟରେ ଅନେକ ଥର ସଂଘର୍ଷ ଘଟିଛି। ଆବୁଜମାଦ୍ ପାହାଡ଼ ଉପରେ ନିୟନ୍ତ୍ରଣ ହାସଲ କରିବାକୁ ସରକାର ଏହି ଜଙ୍ଗଲ ଦେଇ ରାସ୍ତା ନିର୍ମାଣ ପାଇଁ ନିରନ୍ତର ଉଦ୍ୟମ କରିଛନ୍ତି। ଆମର ନକ୍ସଲ ଭାଇମାନେ ଏଭଳି ପ୍ରତ୍ୟେକ ପ୍ରୟାସକୁ ନିର୍ଦ୍ଦୟ ଭାବରେ ବାଧା ଦେଇଛନ୍ତି। ସେମାନେ ସରକାରଙ୍କୁ ଗୋଟିଏ ବି ରାସ୍ତା ତିଆରି କରିବାର ଚେଷ୍ଟାରେ ସଫଲ ହେବାକୁ ଦେଇନାହାନ୍ତି ଯାହା ଦ୍ୱାରା ସରକାର ସୈନ୍ୟବାହିନୀ ପଠାଇ ପାରିବେ। ଆମେ ପୁଲିସ ଏବଂ ନକ୍ସଲମାନଙ୍କ ମଧ୍ୟରେ ଏହି ସଂଘର୍ଷର ଜୀବନ୍ତ ପ୍ରତୀକ ଦେଖିଲୁ – ଜଳିଯାଇଥିବା ସଂକୀର୍ଣ୍ଣ ଜଙ୍ଗଲ ରାସ୍ତା ଏବଂ ପରିତ୍ୟକ୍ତ ଭାବେ ପଡ଼ିଥିବା ବୁଲଡୋଜର, ଟିପର, ଟ୍ରାକ୍ଟର, ଜେସିବି ଏବଂ ଅନ୍ୟାନ୍ୟ ଛୋଟବଡ଼ ଯନ୍ତ୍ରପାତିର ଅବଶେଷ।

ଯେତେବେଳେ ଆମେ ନଦୀର ଅପର ପାର୍ଶ୍ୱରେ ସର୍ପାକୃତ ରାସ୍ତାରେ ଚଢ଼ିଥିଲୁ, ଝିଅମାନେ ଏବଂ ଆମର ସାଥୀମାନେ ଗର୍ବର ସହିତ କହିଥିଲେ, 'ଆମର ସାଥୀମାନେ ବଡ଼ ପୁଞ୍ଜିପତିଙ୍କ ବିରୋଧରେ ଲଢ଼େଇ ବେଳେ ଅନେକ ଥର ଜଙ୍ଗଲରେ ନିଆଁ ଲଗାଇ ଦେଇଛନ୍ତି ।"

"ହଁ, ଏହା ସ୍ପଷ୍ଟ ଦେଖାଯାଉଛି –"

"ଆମର ଅନେକ ସାଥୀଙ୍କୁ ଆମ 'ଜନତାଙ୍କ ସରକାର'ର ସୁରକ୍ଷା ଏବଂ ଗରିବଙ୍କ କଲ୍ୟାଣ ପାଇଁ ସହିଦ ହେବାକୁ ପଡ଼ିବ । ଆମେ ଆମର ସଂଗ୍ରାମ ଛାଡ଼ିବାକୁ କେବେ ଚିନ୍ତା କରି ନାହୁଁ ଏବଂ ଶେଷ ପର୍ଯ୍ୟନ୍ତ ଲଢ଼ିବୁ ।"

ଜଙ୍ଗଲରେ ସାମାନ୍ୟତମ ଗତିବିଧିରେ, ଆମର ପାଦ ଶବ୍ଦରେ ମଧ୍ୟ, ଗାଁଗୁଡ଼ିକ ଘେରି ରହିଥିବା ଘନ ବୁଦାରୁ ଶୁଷ୍କୁରି ଶବ୍ଦ ବାହାରୁଥିଲା । ଏହି ବାଟ ଦେଇ ଯାଉଥିବା ଜଣେ ଅପରିଚିତ ବ୍ୟକ୍ତିଙ୍କ ସାମାନ୍ୟ ଆଭାସ 'ଜନତାଙ୍କ ସରକାର' ଆର୍ମିକୁ ତୁରନ୍ତ ସତର୍କ କରାଇଦେଉଥିଲା । ସେମାନେ ଧନୁ ଏବଂ ତୀର ଦ୍ୱାରା ସଜ୍ଜିତ ହୋଇ ହଠାତ ଦୃଶ୍ୟମାନ ହେଉଥିଲେ ।

ମାଓବାଦୀ ରାଜ୍ୟର ମୁଖ୍ୟାଲୟ ଆବୁଜମାଦ୍ ପର୍ବତମାଳାର ଗୋଟିଏ ପାହାଡ଼ ଉପରେ ଅଛି । ଯେଉଁଦିନ ଆମେ ସେଠାରେ ପହଞ୍ଚିଲୁ, 'ଜନତାଙ୍କ ସରକାର'ର ଏକ ସମ୍ମିଳନୀ ଚାଲିଥିଲା । ଆମେ ଜୟଶେଖର ସାରଙ୍କୁ ଭେଟିଲୁ ଯିଏ କେନ୍ଦ୍ରୀୟ କମିଟିର ସଦସ୍ୟ ଥିଲେ । ସେ ଥିଲେ ମୁଁ ଦେଖିଥିବା କିମ୍ୱା ସାକ୍ଷାତ କରିଥିବା ସବୁଠାରୁ ପ୍ରଭାବଶାଳୀ ବ୍ୟକ୍ତିତ୍ୱ । ଯେତେବେଳେ ଆମର ସାଥୀ ଭଉଣୀମାନେ ଆମକୁ ଜଣାଇଲେ ଯେ ସେ ପ୍ରାୟ ୬୫ ବର୍ଷ ବୟସ୍କ । ମୋ ଅନୁମାନରେ ସେ ପଚାଶ ବର୍ଷ ଅତିକ୍ରମ କରିଥିଲା ଭଳି ଲାଗୁଥିଲା । ଯଦିଓ ତାଙ୍କ ପଞ୍ଜରା ଟିକେ ଢିଲା ହୋଇଯାଇଥିଲା, ତଥାପି ସେ ସ୍ୱାସ୍ଥ୍ୟବାନ୍ ଥିଲେ । ସେ ବହୁତ ମୋଟା ଚଷମା ପିନ୍ଧିଥିଲେ । ଜଣେ ଯୋଗୀ ଭଳି ତାଙ୍କ ମୁହଁ ସର୍ବଦା ଶାନ୍ତ ଦିଶୁଥିଲା । ଲାଗୁଥିଲା ଏଠାରେ ପହଞ୍ଚିବା ପୂର୍ବରୁ ସେ ଅନେକ ସୁଖ ଏବଂ ଦୁଃଖର ନଦୀ ପାର ହୋଇ ଆସିଥିଲେ ।

ଜୟଶେଖର ସାରଙ୍କ ଦର୍ଶନ ଆମ ସମସ୍ତଙ୍କ ଉପରେ ଏକ ଗଭୀର ଛାପ ଛାଡ଼ିଥିଲା । ସେଠାରେ ଏକ ଶିବିର ପାଇଁ ଏକତ୍ରିତ ହୋଇଥିବା ଛାତ୍ରମାନଙ୍କୁ ଏବଂ ଆମର ସୁରକ୍ଷା ଦାୟିତ୍ୱ ତୁଲାଇବାକୁ ଆସିଥିବା ଛାତ୍ରମାନଙ୍କୁ ସମ୍ୱୋଧିତ କରି ସେ ଦୃଢ଼ ସ୍ୱରରେ କହିଲେ, "ଆମ ଦେଶର ବଡ଼ ବଡ଼ ନିଗମ ଏବଂ ବିଶ୍ୱର ବହୁ-ଦେଶୀୟ ନିଗମଗୁଡ଼ିକୁ ଦେଖନ୍ତୁ । ଆମର ଆବୁଜମାଦ୍ ସେମାନଙ୍କ ଲାଗି ସ୍ୱପ୍ନର ଭଣ୍ଡାର । ସେଥିପାଇଁ ବିଶ୍ୱର ଏହି କୋଟିପତିମାନେ କୋଟି କୋଟି ଡଲାର ମୂଲ୍ୟର ଏହି ଆଲିବାବା ଗୁମ୍ଫାକୁ

ନିୟନ୍ତ୍ରଣ କରିବା ପାଇଁ ଲୋଭରେ ସୁଯୋଗ ଖୋଜୁଛନ୍ତି। କିନ୍ତୁ ଆମେ ଆମର ଜଳ, ଜମି ଏବଂ ଜଙ୍ଗଲ ଭଳି ଅମୂଲ୍ୟ ସମ୍ପତ୍ତିକୁ କେବେବି ଏହି ଶତ୍ରୁମାନଙ୍କ ହାତରେ ପଡ଼ିବାକୁ ଦେବା ନାହିଁ।

"ଏହି ପୁଲିସ୍ ଏବଂ ଏହି ପାରାମିଲିଟାରୀ ଫୋର୍ସ ଆମକୁ ଭାଙ୍ଗିବା ପାଇଁ ଯେତେ ଯୁଦ୍ଧ କରନ୍ତୁନା କାହିଁକି, ଆମେ ଆମ ଆଦିବାସୀ ଭାଇମାନଙ୍କୁ ଏହି ହାତଗଣତି କୋଟିପତିଙ୍କ ବଚ୍ୟସ୍କର ହେବାକୁ ଦେବୁ ନାହିଁ। ସରକାରଙ୍କ ସାମ୍ରାଜ୍ୟବାଦୀ ବାହିନୀ, ସୈନ୍ୟବାହିନୀ ଏବଂ ସାଲଭା ଜୁଡ଼ୁମର ଗୁଣ୍ଡାଙ୍କ ଦ୍ୱାରା ହିଂସାର ନଗ୍ନ ନୃତ୍ୟ କେବଳ ଏହି କୋଟିପତିଙ୍କ ସ୍ୱାର୍ଥ ରକ୍ଷା କରିବା ପାଇଁ। ସେମାନେ ଟାଟା ଏବଂ ଏସର ପରି ବହୁରାଷ୍ଟ୍ରୀୟ ସଂସ୍ଥା ଏବଂ ସ୍ୱାର୍ଥପର ଶୋଷଣ ପ୍ରଣାଳୀର ଦଲାଲଙ୍କ ଛଡ଼ା ଆଉ କିଛି ନୁହଁନ୍ତି। ତଥାକଥିତ ଆଦିବାସୀ ନେତାମାନେ, ଯେଉଁମାନେ ନିଜର ବ୍ୟକ୍ତିଗତ ଲାଭ ପାଇଁ ଏମାନଙ୍କ ସହିତ ହାତ ମିଲାନ୍ତି, ସେମାନେ ସେମାନଙ୍କ ପାଲିତ କୁକୁର ଛଡ଼ା ଆଉ କିଛି ନୁହେଁ। ଏହି କଠିନ ପରିସ୍ଥିତି ସତ୍ତ୍ୱେ, ବଞ୍ଚିତ ଆଧିବାସୀଙ୍କ ଅଧିକାରର ସୁରକ୍ଷା ଏବଂ ସେମାନଙ୍କର ଉତ୍ତମ ଭବିଷ୍ୟତ ପାଇଁ ସଂଗ୍ରାମ କରିବା ଆମର ନୈତିକ କର୍ତ୍ତବ୍ୟ ବୋଲି ଆମେ ବିବେଚନା କରୁ।"

ଜୟଶେଖର ସାରଙ୍କ ପାଟିରୁ ବାହାରୁଥିବା ଶକ୍ତିଶାଳୀ ଶବ୍ଦଗୁଡ଼ିକ ମୋତେ ସ୍ତବ୍ଧ କରିଦେଇଥିଲା। ଗୋଟିଏ ପଟେ ସେ ଗରିବ ଏବଂ ଦରିଦ୍ରମାନଙ୍କ ସ୍ୱାର୍ଥ ପାଇଁ ଲଢ଼େଇ କରିବାର କଥା କହୁଥିଲେ ଏବଂ ଅନ୍ୟ ପଟେ ଗଣଶତ୍ରୁଙ୍କ ବିରୋଧରେ ସଂଘର୍ଷର ଆହ୍ୱାନ ଦେଉଥିଲେ। ଏହି ଶବ୍ଦଗୁଡ଼ିକ ମୋତେ ଜୟଶେଖର ସାରଙ୍କ ପାଟିରୁ ଟଙ୍କା ବ୍ୟାଗ୍କୁ ଲକ୍ଷ୍ୟ କରି ମେସିନ୍ ଗାନ ଚଲାଇବା ଭଳି ଦେଖାଗଲା।

ଆବୁଜମାଦରେ ଥିବା ସମୟରେ ମୁଁ ଅନେକ ପୁଅ ଏବଂ ଝିଅଙ୍କୁ ଭେଟିଥିଲି। ମାଓବାଦୀ ପ୍ରତିବଦ୍ଧତା ସହିତ ଆମର ପ୍ରାୟ ସମସ୍ତ ନେତା ଆନ୍ଧ୍ରପ୍ରଦେଶର ଥିଲେ। ସେମାନଙ୍କ ମଧ୍ୟରୁ କେବଳ ଅଳ୍ପ କେତେଜଣ ପଶ୍ଚିମବଙ୍ଗର ଥିଲେ। ଯେଉଁ ଯୁବକମାନେ ଜଙ୍ଗଲରେ ପ୍ରବେଶ କରିଥିଲେ ଏବଂ ଗରିଲା ଯୁଦ୍ଧ ଏବଂ ଅନ୍ୟାନ୍ୟ ବିବାଦର ମୁକାବିଲା କରିଥିଲେ, ସେମାନେ ସମସ୍ତେ ଥିଲେ ଛତିଶଗଡ଼ର ଗୋଣ୍ଡୱାନା ଏବଂ ମହାରାଷ୍ଟ୍ରର ଗାଡଚିରୋଲି ଜିଲ୍ଲାର। ସେଠାରେ ମୁଁ ସରିତା ନାମକ ଏକ ଗୋଣ୍ଡ ଆଦିବାସୀ ଝିଅକୁ ଭେଟିଥିଲି। ସେ ମୋ ପରି ଅଲିଭ୍-ଗ୍ରୀନ୍ ୟୁନିଫର୍ମ ଏବଂ ଏକ ଶକ୍ତିଶାଳୀ ସ୍ୱରରେ ଗାନ ଗୀତଗୁଡ଼ିକ ଦ୍ୱାରା ଆକର୍ଷିତ ହୋଇଥିଲେ।

ଆମେ ଦେଶକୁ ଲାଲ ରଙ୍ଗରେ ରଙ୍ଗାଇଦେବା, ମୁକ୍ତ କରିବା।

ବନ୍ଧୁଗଣ, ଆସ ନକ୍ସଲ ଦିବସ ପାଳନ କରିବା।

ଲାଲ୍ ପତାକା ଉଡ଼ାଅ, ବୀର ଦର୍ପରେ ଉଡ଼ାଅ।
ଲଢ଼େଇ କରି ଆଗକୁ ବଢ଼ିଚାଲ।

ଦିନେ ସନ୍ଧ୍ୟାରେ ମୁଁ ଦେଖିଲି ସରିତା ବହୁତ ଦୁଃଖୀ ଦେଖାଯାଉଛି। ସେ ମୋତେ ଜୋର ପାଟିରେ ଅଭିଯୋଗ କରି କହିଲେ, "ଡୁଡ଼ିୟା, ମୁଁ ତୁମକୁ କ'ଣ କହିବି ? ଯେବେଠୁ ମୁଁ ଏଠାକୁ ଆସିଛି, ଗାଁରେ ମୋର ଦୁଇ ସାନ ଭାଇ ବହୁତ ଖରାପ ସମୟର ସମ୍ମୁଖୀନ ହେଉଛନ୍ତି। ପୁଲିସ ତାଙ୍କ ଜୀବନକୁ ନର୍କ କରିଦେଇଛି। ସେମାନଙ୍କୁ ସବୁବେଳେ ପୁଲିସ ଷ୍ଟେସନକୁ ଡକାଇ ରାତିସାରା ଅଟକ ରଖାଯାଏ, ବେଲେବେଲେ ମାଡ଼ ମଧ୍ୟ ଦିଆଯାଉଛି।"

"କିନ୍ତୁ ତୁମେ ହିଁ ନକ୍ସଲମାନଙ୍କ ସହିତ ସାମିଲ ହୋଇଛ, ସେମାନେ ନୁହେଁ !"

"ଆମ ଜୀବନ ହିଁ ଏଇୟା। ପୁଲିସ ଏବଂ ନକ୍ସଲମାନଙ୍କ ଭିତରେ ଚାଲିଥିବା ଯୁଦ୍ଧରେ ଆମେ ଫଁସିଯାଇଛୁ।"

"ଆଉ ତୁମର ପିତାମାତା ?"

"ବହୁତ ଦିନ ପୂର୍ବରୁ ମୋର ବାପା ଆରପାରିକୁ ଚାଲିଯାଇଛନ୍ତି। ମୋର ବୃଦ୍ଧ ମା' ବର୍ତ୍ତମାନ ଏକୁଟିଆ। ଭଲ ଭାବରେ ଦେଖିପାରୁ ନାହାଁନ୍ତି। ଆମର ଅଳ୍ପ ଜମି ଅଛି କିନ୍ତୁ ଏହାର ଯତ୍ନ ନେବାକୁ କେହି ନାହାଁନ୍ତି। ମୋ ଭାଇମାନେ ପୁଲିସକୁ ନେଇ ଚିନ୍ତିତ ଅଛନ୍ତି। ସେମାନେ ଆଉ ଘରେ ରହୁ ନାହାଁନ୍ତି। ସେମାନେ ବର୍ତ୍ତମାନ ରାଜନନ୍ଦଗାଓଁ କିମ୍ବା ରାୟପୁରରେ ଶ୍ରମିକ ଭାବରେ କାମ କରନ୍ତି। ସେଠାରେ ବାସି ରୁଟି ଖାଇ କୁକୁର-ବିଲେଇଙ୍କ ପରି ଦୋକାନ ପିଣ୍ଡାରେ ଶୋଉଛନ୍ତି।"

"ଏହା ଏକ ଭୟଙ୍କର ପରିସ୍ଥିତି। ସରକାର କୁହନ୍ତି ନକ୍ସଲ ହେଉଛନ୍ତି ସେହି ଲୋକମାନେ ଯେଉଁମାନେ ଭୁଲ ବାଟରେ ଚାଲିଯାଇଛନ୍ତି, କିନ୍ତୁ ଅନ୍ୟପଟେ ପୁଲିସ ମିଛ ଦୋଷ ସ୍ୱୀକାର କରାଇବା ପାଇଁ ଗରିବ ଏବଂ ଦୁର୍ଦ୍ଦଶାଗ୍ରସ୍ତ ଲୋକଙ୍କ ଉପରେ ଚାବୁକ ଚଲାଉଛି।"

ଆବୁଜମାଦରେ ବରିଷ୍ଠ ମହିଲାମାନଙ୍କ ସହିତ ସାକ୍ଷାତ ମୋତେ କିଛି ନୂଆ କଥା ଶିଖାଇଲା। ତିରିଶ ବର୍ଷ ପୂର୍ବେ ବନ ରକ୍ଷକ, କଣ୍ଟାକ୍ଟର ଏବଂ ସରକାରୀ ବାବୁ ଆଦିବାସୀ ଯୁବତୀମାନଙ୍କ ଉପରେ ଅନେକ ଅତ୍ୟାଚାର ଓ ବଲାତ୍କାର କରିଥିଲେ। ଜଙ୍ଗଲର ଲୋକମାନେ ଶୋଷିତ ହୋଇଥିଲେ ଏବଂ ସେମାନଙ୍କୁ ଦାସ ଭଲି ବ୍ୟବହାର କରାଯାଇଥିଲା। ଏହି ଆଚରଣରେ କ୍ଷୁବ୍ଧ ହୋଇ ଗରିବ ଝିଅମାନେ ନକ୍ସଲବାଦ ମାର୍ଗରେ ଚାଲିବାରେ ଅଧିକ ଆତ୍ମସମ୍ମାନ ପାଇଲେ ଏବଂ ସେମାନଙ୍କ ମଧ୍ୟରୁ ବହୁ ସଂଖ୍ୟାରେ ସଂଗଠନରେ ଯୋଗଦାନ କଲେ।

ଆବୁଜମାଦରେ ବଡ଼ ନକ୍ସଲ ନେତାଙ୍କ ଜୀବନର ବହୁତ ଯତ୍ନ ନିଆଯାଏ। ଗୁରୁତ୍ୱପୂର୍ଣ୍ଣ ସଦସ୍ୟମାନେ ସର୍ବଦା ପଚାଶ କିମ୍ବା ଷାଠିଏ ସଶସ୍ତ୍ରରକ୍ଷୀଙ୍କ ସୁରକ୍ଷା ଅଧୀନରେ ଚାଲନ୍ତି। ଆନ୍ଧ୍ରର ମହବୁବନଗରର ବାସିନ୍ଦା ଜୟଶେଖର ଆବୁଜମାଦରେ ଅତ୍ୟଧିକ ସମ୍ମାନ ପାଉଥିଲେ। ଅନେକ କମ୍ରେଡ୍ଙ୍କ ମଧ୍ୟରେ ବିବାହ ହୁଏ। ପ୍ରେମ ପରି ରୋମାଣ୍ଟିକ ଧାରଣା ପାଇଁ ଏହି ଦୁନିଆରେ ଅଧିକ ସ୍ଥାନ ନ ଥିଲା, କିନ୍ତୁ ଭୋକ ପରି, ଶରୀରର ଶାରୀରିକ ଇଚ୍ଛାକୁ ସନ୍ତୁଷ୍ଟ କରିବାକୁ ପଡ଼େ। ଅନ୍ୟମାନଙ୍କୁ ସେତିକି ମଧ୍ୟ ଦରକାର ହୁଏ ନାହିଁ।

ଜୟଶେଖର ସାର୍ ମଧ୍ୟ କୌଣସି ମହିଲାଙ୍କ ସହ ଜଡ଼ିତ ନ ଥିଲେ। ତାଙ୍କ କୋଲରେ ଏକେ-୪୭ କିମ୍ବା ଏସ୍ଏଲ୍ଆର୍ ପରି ଶକ୍ତିଶାଳୀ ବନ୍ଧୁକ ଏବଂ ହାତରେ ପୁସ୍ତକ- ଏମାନେ ତାଙ୍କର ସ୍ଥାୟୀ ସାଥୀ।

ଯେତେବେଳେ ମୁଁ ଜଙ୍ଗଲକୁ ଗଲି, ସେତେବେଳେ ମୁଁ ମୋର ସବୁଜ ଡ୍ରେଙ୍ଗରୀକୁ ବହୁତ ଆକର୍ଷଣୀୟ ମଣୁଥିଲି। ମୋ ହାତରେ ଥିବା ବନ୍ଧୁକ ମୋତେ ଏକ ଯାଦୁକର ଭାବନାରେ ପରିପୂର୍ଣ୍ଣ କରୁଥିଲା। ଏହି ଦୁନିଆର ଚିନ୍ତାଧାରା ଏବଂ ଭାବନା ପ୍ରକ୍ରିୟା ତମ୍ବୁ ତିଆରି କରିବାରେ ବ୍ୟବହୃତ ଇସ୍ପାତ ଖଣ୍ଡ ପରି ଦୃଢ଼ ଥିଲା। ନୀଳ ପଲିଥିନ୍ ତମ୍ବୁ ମଧ୍ୟରେ ରହି ରହି, ଆମର ଚିନ୍ତାଧାରା ଅତ୍ୟନ୍ତ ଦୃଢ଼ ଏବଂ ସ୍ୱଚ୍ଛ ହୋଇଯାଇଥିଲା: ଆମେ ଏକ ଶ୍ରେଣୀ ସଂଗ୍ରାମରେ ଜଡ଼ିତ ଥିଲୁ; ଟାଟା ଏବଂ ଏସର ପରି କମ୍ପାନି ଏବଂ ପୁଞ୍ଜିପତିମାନେ ମୂର୍ଖ ଥିଲେ; ତାଙ୍କର ରାଜ୍ୟ ଏବଂ ସାମ୍ରାଜ୍ୟ ଗରିବଙ୍କ ରକ୍ତ ଉପରେ ନିର୍ମିତ ହୋଇଥିଲା।

ପୁଞ୍ଜିପତିଙ୍କ ସମ୍ପତ୍ତିକୁ ଜଗୁଥିବା ପୁଲିସ୍ ଫୋର୍ସ ଆମର ଶତ୍ରୁ ଥିଲା। ସିଆର୍ପିଏଫ୍ ଯବାନମାନେ ସମାନ ବର୍ଗ ଅନ୍ତର୍ଗତ ଥିଲେ, ଯେଉଁମାନେ ସେମାନଙ୍କର ସବୁଜ- ବାଦାମୀ ଜଙ୍ଗଲ ପୋଷାକରେ ବୁଲୁଥିଲେ। ସି-୬୦ ହେଉ ବା କୋବ୍ରା ସୈନ୍ୟ ହେଉ କିମ୍ବା ସାଲଭା ଜୁଡ଼ୁମ୍ ଗୁଣ୍ଡା ହୁଅନ୍ତୁ, ସେମାନେ ସମସ୍ତେ ପାହାଡ଼ର ଲୋକ ଏବଂ ଆଦିବାସୀମାନଙ୍କ ରକ୍ତ ପିଇ ବଞ୍ଚୁଥିଲେ।

ଜୟଶେଖର ସାର୍ ମୋତେ ଜାଣିଶୁଣି ସୋନୁ ଭୂପତିଙ୍କ ସହିତ ପରିଚିତ କରାଇଲେ। ଚାଳିଶ ବର୍ଷ ବୟସର ସୋନୁ ଜଣେ ଉତ୍ତମ ସ୍ୱଭାବର ବ୍ୟକ୍ତି ଥିଲେ। ତାଙ୍କ ପତ୍ନୀ ତାରା ସବୁବେଳେ ତାଙ୍କ ପାଖରେ ରହୁଥିଲେ। ଆହେରୀ ତହସିଲରେ ତାଙ୍କର ମୂଳ ଘର। ସେ ନିଜ ୟୁନିଫର୍ମରେ ଅତ୍ୟନ୍ତ ସ୍ମାର୍ଟ ଦେଖାଯାଉଥିଲେ।

ସୋନୁ ଦଣ୍ଡକାରଣ୍ୟ ଏବଂ ମହାରାଷ୍ଟ୍ର ଦାୟିତ୍ୱରେ ଥିଲେ। ସେ ଆମକୁ ଗ୍ରାମଗୁଡ଼ିକରେ 'ଜନତାଙ୍କ ସରକାର' ଗଠନ, ଲୋକଙ୍କୁ ଏକାଠି କରିବା, ଏକ ମିଳିତ

ସାଙ୍ଗଖ୍ୟ ଗଠନ ଆଦି ଉପରେ ତାଲିମ ଦେଉଥିଲେ। ସୋନୁ ପଢ଼ିବା ଏବଂ ଲେଖିବାରେ ବ୍ୟସ୍ତ ରହୁଥିବା ଦେଖାଯାଉଥିଲା। ବେଳେବେଳେ, ସେ ଆମକୁ ଅତ୍ୟଧିକ ସ୍ନେହର ସହ ସମ୍ବୋଧନ କରି କହୁଥିଲେ, "ଝିଅମାନେ, ତୁମେମାନେ ଜଙ୍ଗଲରେ ରୁହ ବା ସହରରେ ରୁହ ଏଥିରେ କୌଣସି ଫରକ ପଡ଼େ ନାହିଁ; କିନ୍ତୁ ଯଦି ମହିଲାମାନେ ପ୍ରକୃତ ସମ୍ମାନ ପାଇବାକୁ ଚାହଁ ତେବେ ତୁମକୁ ଅନେକ କିଛି ପଢ଼ିବାକୁ ପଡ଼ିବ।"

ଜୟଶେଖର ସାର ସର୍ବଦା ବହୁତ ଉସ୍ସାହଜନକ ବକ୍ତବ୍ୟ ଦେଉଥିଲେ ଯାହା ଆମ ମନ ଏବଂ ଶରୀରରେ ନିଆଁ ଲଗାଇ ଦେଉଥିଲା। "ଏହି ଆବୁଜମାଦ୍ ପର୍ବତ, ଦଣ୍ଡକାରଣ୍ୟର ଏହି ପୁରାତନ ଭୂମି ପୁଞ୍ଜିପତି ଏବଂ ସେମାନଙ୍କ କର୍ପୋରେଟ୍ ଜଗତ ପାଇଁ ଏକ ଆଲିବାବା ସୁନା ଗୁମ୍ଫା। ସେମାନେ ଏହାର ସର୍ବସ୍ୱ ଲୁଟିବା ପାଇଁ ଏକ ସୁଯୋଗକୁ ଅପେକ୍ଷା କରି ଶୋଇଛନ୍ତି। ସେମାନେ ଏଠାରୁ ସମସ୍ତ ଖଣିଜ ବାହାର କରି ଜମିକୁ ଧୂଳି ଏବଂ ପାଉଁଶରେ ପରିଣତ କରିବାକୁ ଚାହୁଁଛନ୍ତି। ଆମେ ସେମାନଙ୍କୁ ତାହା କରିବାକୁ ଦେବୁ ନାହିଁ। ଆମେ ଆମର ଜଙ୍ଗଲ, ଶିକାର କରିବାର ଅଧିକାର ଏବଂ ଆମର ପୂର୍ବଜଙ୍କଠାରୁ ଉତ୍ତରାଧିକାର ସୂତ୍ରରେ ପାଇଥିବା ଜମି ଛାଡ଼ିବୁ ନାହିଁ।" ସାରଙ୍କ ବକ୍ତବ୍ୟର ସଭିଏଁ ପ୍ରଶଂସା କରୁଥିଲେ।

ମୋ ଭିତରେ ମଧ୍ୟ ଏକ ବଡ଼ ପରିବର୍ତ୍ତନ ଆସିଗଲା। ଛେଳି ଓ ମେଣ୍ଢା ଚରାଉଥିବା ଚାରଣଭୂମିର ଗନ୍ଧ ସେମାନଙ୍କ ପାଟିରେ ଲାଗିଯାଏ। ମୋ ସହିତ ସମାନ ଘଟୁଥିଲା; ସେହି ସମସ୍ତ ବକ୍ତୃତା ଏବଂ ଭାଷଣ ଶୁଣି ଲାଲ ସଲାମର ଲୋକଙ୍କ ବାକ୍ୟ ମଧ୍ୟ ମୋ ଜିଭରେ ଲାଖିଗଲା। 'ଧନୀକ' ଶବ୍ଦ ବଦଳରେ ମୁଁ 'ପୁଞ୍ଜିପତି' ଶବ୍ଦ ବ୍ୟବହାର କରିବାକୁ ଲାଗିଲି; 'ସଂଗ୍ରାମ' ଶବ୍ଦ ବ୍ୟବହାର କରିବା ଆଉ ପର୍ଯ୍ୟାପ୍ତ ଲାଗିଲା ନାହିଁ, 'ଶ୍ରେଣୀ-ସଂଗ୍ରାମ' ଶବ୍ଦ ମୋତେ ଅନୁଭବ ଦେଲା ଯେ ଅସ୍ତ୍ର ଉପରେ ମୋର ଅଧିକ ନିୟନ୍ତ୍ରଣ ଅଛି। ଆମର ନେତା ଏବଂ ସଦସ୍ୟଙ୍କ ଭାଷଣ ସବୁବେଳେ ବିସ୍ମୟଜନକ ଲାଗୁଥିଲା। ତାଙ୍କ ଶବ୍ଦ ଆମ ଅସ୍ତିକୁ ବିଦ୍ଧ କରିବା ଭଳି ଲାଗୁଥିଲା। ଟାଟା ଏବଂ ଏସର ପରି ପୁଞ୍ଜିପତିଙ୍କ ନାମ ଆମକୁ କ୍ରୋଧିତ କରୁଥିଲା ଏବଂ ସେମାନଙ୍କୁ ସମର୍ଥନ କରୁଥିବା ପୁଲିସ୍ ଫୋର୍ସ ଆମର ଏକନମ୍ବର ଶତ୍ରୁ ହୋଇଗଲା। 'ମାଡ଼'ରେ ଆମକୁ ଜଙ୍ଗଲ ଯୁଦ୍ଧ ଏବଂ ଗରିଲା ଯୁଦ୍ଧରେ ତାଲିମ ଦିଆଯାଇଥିଲା।

ଦିନେ, ସାର କ୍ରାନ୍ତିକାରୀ ଆଦିବାସୀ ମହିଳା ସଙ୍ଗଠନ (କେଏଏମ୍ଏସ)ର କମ୍ରେଡ୍ ନର୍ମଦାଙ୍କ ସହିତ ମୋର ପରିଚୟ କରାଇଦେଲେ। ମୁଁ ମଧ୍ୟ କେଏଏମ୍ଏସ ପାଇଁ କାମ କରିବା ଆରମ୍ଭ କଲି। ନର୍ମଦା ଜଣେ ସାହସୀ ପରିଶ୍ରମୀ ମହିଳା ଥିଲେ। ଯେତେବେଳେ ସେ ଆମ ଝିଅମାନଙ୍କୁ ତାଲିମ ଦେଇଥିଲେ, ସେ ଆମକୁ ଅତ୍ୟଧିକ

କଠିନ ବ୍ୟାୟାମ କରାଉଥିଲେ। ଆମେ ବହୁତ କ୍ଲାନ୍ତ ହୋଇଯାଉଥିଲୁ। କିନ୍ତୁ ଯେତେବେଳେ ଆମ ଆଖି 'ଜନତାଙ୍କ ସରକାର' ପତାକା ଉପରେ ପଡ଼ୁଥିଲା, ଯେଉଁଥିରେ ସୁବର୍ଣ୍ଣ ଧନୁ, ତୀର ଏବଂ ସୁବର୍ଣ୍ଣ ତାରା ଥିଲା, ଆମ ହୃଦୟ ଗର୍ବରେ ଫୁଲିଉଠୁଥିଲା। ଏହି ଆଶାରେ ଯେ ଗରିବ ଲୋକଙ୍କର ଏହି ସରକାର ଶୀଘ୍ର ସବୁଆଡ଼େ ବ୍ୟାପିଯିବ, ଆମର କ୍ଲାନ୍ତି ସଂପୂର୍ଣ୍ଣ ରୂପେ ଦୂର ହୋଇଯିବ।

ସାଥୀ ନର୍ମଦା ହୁଅନ୍ତୁ ବା ଆମର ଜୟଶେଖର ସାର୍ ସେମାନେ ଆମକୁ ନିଜ ଭାଷାରେ ବୁଝାଉଥିଲେ କି ଶ୍ରେଣୀ ସଂଗ୍ରାମ କ'ଣ ଏବଂ ପୁଞ୍ଜିପତିମାନେ କିପରି ଆମ ଜଙ୍ଗଲରେ ଯୁଦ୍ଧ କରିବାକୁ ପ୍ରସ୍ତାବ ଦେଇଥିଲେ। ଜଙ୍ଗଲର ପକ୍ଷୀମାନେ ଯେମିତି ନୀଳ ଆକାଶରେ ମୁକ୍ତ ଭାବରେ ଉଡ଼ନ୍ତି, ଆମେ ଆଦିବାସୀମାନେ ମଧ ଜଙ୍ଗଲରେ ସେହିପରି ସ୍ୱାଧୀନ। ଆମର ପୂର୍ବପୁରୁଷମାନେ ଏହି ଜଙ୍ଗଲର ମାଲିକ, ତାହାର ରକ୍ଷକ ଏବଂ ତାହାର ସବୁକିଛି। ସେମାନେ ନଦୀରେ ମାଛ ଧରିବା ଏବଂ ଜଙ୍ଗଲରେ ଶିକାର କରି ବଞ୍ଚୁଥିଲେ। ଏହା ତାଙ୍କର ଜୀବନଶୈଳୀ ଥିଲା। ଆମର ଅନେକ ପିଢ଼ି ଏହି ମାଟିର ସୁରକ୍ଷା ପାଇଁ ଯନ୍ତ୍ରଣା ସହିଛନ୍ତି।

ସମ୍ପ୍ରତି, ସାର୍ ମୋତେ ତାଙ୍କ ତମ୍ବୁକୁ ନିମନ୍ତ୍ରଣ କରିବା ଆରମ୍ଭ କରି ମୋତେ କିଛି ଛୋଟ କାମ କରିବାକୁ କହିଲେ। ତାଙ୍କ ବସିବା ସ୍ଥାନରେ ଜଣେ ସାହସୀ ଯୁବକଙ୍କର ଚିତ୍ର ଥିଲା ଯାହାଙ୍କ ଆଖି ଅତ୍ୟନ୍ତ ଭାବପ୍ରବଣ ଦିଶୁଥିଲା। ତାଙ୍କ ଥୋଡ଼ରେ ପତଳା ଦାଡ଼ି ଥିଲା, ଯାହାକି ବହୁତ ଆକର୍ଷଣୀୟ ଲାଗୁଥିଲା। ଯେତେବେଳେ ଆମ ମହିଳା ସଂଗଠନର ଶକୁ ମୋତେ ସେହି ଚିତ୍ରକୁ ବାରମ୍ବାର ଦେଖୁଥିବାର ଦେଖିଲେ, ସେତେବେଳେ ସେ ମୋତେ କହିଥିଲେ ଯେ ଚିତ୍ରରେ ଥିବା ବ୍ୟକ୍ତି ହେଉଛନ୍ତି କ୍ୟୁବା ନାମକ ଦେଶର ପ୍ରସିଦ୍ଧ ବିପ୍ଳବୀ ଚେ ଗୁଏଭାରା। ମୁଁ ତାଙ୍କର ଠିଆ ନାକ ଏବଂ ତାଙ୍କ ମୁଣ୍ଡର ଟୋପିକୁ ଅଧିକ ଯତ୍ନର ସହ ଦେଖିଲି। ଜୟଶେଖର ସାରଙ୍କୁ ଶୁଣାଇ ଶକୁ କହିଲେ, "ଆମେ ଚେ ଗୁଏଭାରାଙ୍କୁ ଆମର ଆଧ୍ୟାତ୍ମିକ ପରାମର୍ଶଦାତା ତଥା ପ୍ରେରଣାର ଉସ ଭାବରେ ଗ୍ରହଣ କରୁ। ଆମର ସାର୍ ନିକଟ ଅତୀତରୁ ତୁମ ଉପରେ ନିର୍ଭର କରିଆସୁଛନ୍ତି, ତୁମକୁ କିଛି କାମ ପାଇଁ ଡାକନ୍ତି। ମୁଁ ଜାଣେ ନାହିଁ ତୁମେ ସାର୍ଙ୍କୁ ନେଇ ଗୋଟିଏ କଥା ଅନୁଭବ କର କି ନାହିଁ।"

"ସେଇଟା କ'ଣ?"

"ତୁମେ କେବଳ ଦେଖୁଚାଲ। ଦିନେ ଆମ ସାର୍ ଭାରତର ଚେ ଗୁଏଭାରା ହେବାକୁ ଯାଉଛନ୍ତି।"

ମୁଁ ମଧ ଜୟଶେଖର ସାରଙ୍କୁ ବହୁତ ପସନ୍ଦ କରିବାକୁ ଲାଗିଲି। ଯେତେବେଳେ

ସେ କମ୍ୟୁନିଟି ଟେଣ୍ଟରେ ନିଜର ବକ୍ତବ୍ୟ ଦେଇଥିଲେ, ମେସିନ୍ ଗନ୍‌ରୁ ଗୁଳି ବାହାରିବା ପରି ତାଙ୍କ ପାଟିରୁ ଶବ୍ଦ ବାହାରିଲା। ସେ ଯାହା କହିଥିଲେ ତାହା ମୋର ପରି ଜଣେ ସାଧାରଣ ମସ୍ତିଷ୍କଧାରୀର ବୁଝିବା ବାହାରେ। ତଥାପି ଏହା ଏତେ ଭାବଗର୍ଭକ ଥିଲା ଯେ ମୁଁ ସେଠାରେ ବସି ଶୁଣୁଥିଲି ଏବଂ ବିସ୍ମିତ ହେଉଥିଲି। ମୁଁ ବୁଝେ ନ ବୁଝେ, ତାଙ୍କର ପ୍ରତ୍ୟେକ ବକ୍ତୃତା ଶୁଣୁଥିଲି। ସେ କହୁଥିଲେ: "ଦଲିତଙ୍କ ନିକଟରେ ପହଞ୍ଚୁଥିବା ସତ୍ୟ ଦଲିତଙ୍କ ସତ୍ୟଠାରୁ ସମ୍ପୂର୍ଣ୍ଣ ଭିନ୍ନ। ସ୍ୱାର୍ଟାକସ ପ୍ରଥମେ ଦାସତ୍ୱ ବିରୋଧରେ ବିଦ୍ରୋହର ପତାକା ଉତ୍ତୋଳନ କରିବା ଦିନଠାରୁ, ଏହି ଯୁଦ୍ଧରେ କେତେଜଣ ଅଣ ନାୟକ ନିଜ ଜୀବନକୁ ଉତ୍ସର୍ଗ କରିଛନ୍ତି। ସେହି ପ୍ରାଚୀନ କାଲରୁ ଆଜି ପର୍ଯ୍ୟନ୍ତ।

ଆବୁଜମାଦ୍ କ୍ୟାମ୍ପରେ ପାଲନ କରାଯାଉଥିବା ନିୟମଗୁଡ଼ିକ ଅତ୍ୟନ୍ତ କଠୋର ଥିଲା। ବରିଷ୍ଠ ସିସି ସଦସ୍ୟଙ୍କ ଜୀବନ ସଂଗଠନ ପାଇଁ ଏତେ ମୂଲ୍ୟବାନ ଥିଲା ଯେ ସେମାନଙ୍କୁ ସବୁବେଲେ ଏକ ପୃଥକ୍ ତମ୍ବୁରେ ରଖାଯାଉଥିଲା ଏବଂ ଆଠଟି ଦିଗରେ ନଜର ରଖିବା ପାଇଁ ପାଞ୍ଚଟି ସଶସ୍ତ୍ର ଦେହରକ୍ଷୀଙ୍କ ଟେଣ୍ଟ ଚାରିପାଖରେ ଲଗାଯାଉଥିଲା। ହାତରେ ବନ୍ଦୁକ ଧରି ମୁଁ ସେହି ରିଙ୍ଗ ମଧ୍ୟରୁ ଗୋଟିଏରେ ଠିଆ ହୋଇଥିବା ସୁରକ୍ଷାକର୍ମୀଙ୍କ ମଧ୍ୟରୁ ଜଣେ ହେବାକୁ ଯାଉଥିଲି।

ଦିନେ ସନ୍ଧ୍ୟାରେ ମୁଁ ସାରଙ୍କ ନୀଲ ତମ୍ବୁରେ ସୁରକ୍ଷା ଆବରଣ ବାନ୍ଧିବାରେ ବ୍ୟସ୍ତ ଥିଲି। ମୁଁ ଟେଣ୍ଟର କାନ୍ଥରେ ଥିବା ଏକ ଫାଟ ଦେଇ ସାରଙ୍କୁ ଦେଖିପାରିଲି। ସେ ତାଙ୍କ ଖଟରେ ଶୋଇ ଛାତି ଉପରେ ଏକ ପୁସ୍ତକ ରଖି ପଢ଼ୁଥିଲେ। ସେ ତାଙ୍କ ପଢ଼ା ଚଷମାକୁ ନାକ ଉପରେ ସଜାଡ଼ିବାକୁ ଲାଗିଲେ ଏବଂ ମୁଁ ଭାବିଲି ସେ ମୋତେ ଦେଖିବାକୁ ଚେଷ୍ଟା କରୁଛନ୍ତି। ମୋ ଭିତରେ ଏକ ନିଆଁଶିଖ ଜଲିବା ଆରମ୍ଭ କଲା। ସେହି ରାତି ଆକାଶ ତାରାରେ ପରିପୂର୍ଣ୍ଣ ଥିଲା ଏବଂ ଜୁଲୁଜୁଲିଆ ପୋକମାନେ ଚାରିଆଡ଼େ ଉଡ଼ିବୁଲୁଥିଲେ। ଜୁଲୁଜୁଲିଆଙ୍କ ଦେହରୁ ବାହାରୁଥିବା ମିଞ୍ଜିମିଞ୍ଜି ଆଲୁଅ ମୋତେ ଅତ୍ୟନ୍ତ ଆକର୍ଷଣୀୟ ଦେଖାଯାଉଥିଲା।

କିଛି ସମୟ ପରେ ମୁଁ ସଚେତନ ହେଲି ଯେ ସାର ମୋତେ ଦୀର୍ଘ ସମୟ ହେଲା ଦେଖୁଥିଲେ, ତାଙ୍କ ଆଖି ପୁସ୍ତକରୁ ବିମୁଖ ହୋଇ ମୋ ଆଡ଼କୁ ଆସିଯାଇଥିଲା। ତମ୍ବୁର କାନ୍ଥରେ ଥିବା ଫାଙ୍କ ଦେଇ ସେ ମୋତେ ଦେଖିଲେ, ତାଙ୍କ ଆଖି ମୋ ଦେହସାରା ବୁଲିଆସିଲା।

ପଡ଼ୋଶୀ ଗାଁରେ ମୋର ଜଣେ ବନ୍ଧୁ ଥିଲେ ଯାହାର ଭାଇ ଶଙ୍କର ମୋ ପୂର୍ବରୁ ନକ୍ସଲ ସଂଗଠନରେ ଯୋଗ ଦେଇଥିଲେ। ସେ ମୋର ସମବୟସ୍କ। ମୁଁ ଅନୁଭବ କଲି ଯେ ସେ ମୋ ପ୍ରେମରେ ପଡ଼ିଯାଇଥିଲେ। ସେ "ଉଡ଼ିଯା, ଉଡ଼ିଯା" ସ୍ଲୋଗାନ

ଦେଇ ସବୁଆଡ଼େ ବୁଲୁଥିଲେ। ଦଳର ସଦସ୍ୟଙ୍କ ବିନା ଅନୁମତିରେ କ୍ୟାମ୍ପରେ କୌଣସି ପ୍ରକାରର ସମ୍ପର୍କକୁ ଅନୁମତି ମିଳୁ ନ ଥିଲା। ଶଙ୍କର ଏତେ ପାଗଳ ହୋଇପଡ଼ିଥିଲେ ଯେ ସେ ସିଧା ଜୟଶେଖର ସାରଙ୍କ ନିକଟକୁ ଯାଇ କହିଥିଲେ, "ମୁଁ ଡ଼ୁଡ଼ିୟା ବିନା ବଞ୍ଚି ପାରିବି ନାହିଁ।"

ପ୍ରଥମ ଥର, ଜୟଶେଖର ସାର ତାଙ୍କୁ ମୋ ପ୍ରତି ଥିବା ଅବସାଦରୁ ଦୂରେଇ ରଖିବାକୁ ଚେଷ୍ଟା କଲେ। ସେ ତାଙ୍କୁ କହିଲେ, "କିଛି ଦିନ ଅପେକ୍ଷା କର। ଗାଡ଼ଚିରୋଲିରେ କିଛି ନୂତନ ସଦସ୍ୟଙ୍କୁ ନିଯୁକ୍ତି ଦିଆଯାଇଥିଲା ଏବଂ ସେମାନେ ଏକ ମାସ ମଧ୍ୟରେ ଆମ ସହିତ ଯୋଗଦେବାର ଅଛି। ସେଠାରେ ଜଣେ ଭଲ ଝିଅ ପାଇପାରିବ ଯଦି ଚେଷ୍ଟା କର। ଡ଼ୁଡ଼ିୟା ପାଖରେ କ'ଣ ଅଛି?"

ଆବୁଜମାଦରେ ମହିଲାମାନଙ୍କୁ ଅତ୍ୟଧିକ ସମ୍ମାନ ଦିଆଯାଉଥିଲା। ଝିଅର ଇଚ୍ଛା ବିନା କେହି ପୁରୁଷ ବାଧ୍ୟ କରିପାରିବ ନାହିଁ। ଯଦି ପ୍ରକୃତରେ ପାରସ୍ପରିକ ପ୍ରେମ ଅଛି, ତେବେ କାହାର କୌଣସି ଅସୁବିଧା ନାହିଁ। କିନ୍ତୁ ଝିଅର ଆଗ୍ରହ ନ ଥିଲେ କେହି ତା ସହିତ ଜୋର ଜବରଦସ୍ତି କରିବାକୁ ଦୁଃସାହସ କରିବା ଅସମ୍ଭବ। ମହିଲାଙ୍କୁ ଦୁର୍ବ୍ୟବହାର କରୁଥିବା ପିଲାମାନଙ୍କୁ କ୍ୟାମ୍ପରୁ ସିଧାସଳଖ ବାହାର କରି ଘରକୁ ପଠାଇ ଦିଆଯିବା ମୁଁ ଦେଖିଛି। ମୁଁ ଯାହା ଦେଖିଛି ତାହା କହୁଛି, ମନଗଢ଼ା କାହାଣୀ କହୁ ନାହିଁ।

ଶଙ୍କର ଯେତେ ବୁଦ୍ଧିମାନ ଥିଲେ ହୃଦୟରୁ ସେତିକି ସ୍ୱଚ୍ଛ ଥିଲେ। ସେ ଅନୁଭବ କଲେ ଯେ ଜୟଶେଖରଙ୍କ ପରି ଜଣେ ବରିଷ୍ଠ ସିସି ସଦସ୍ୟ ମୋ ପ୍ରେମରେ ପଡ଼ିଯାଇଛନ୍ତି ଏବଂ ବୋଧହୁଏ ଆମ ମଧ୍ୟରେ କିଛି ଚାଲିଛି। ପ୍ରଥମ ସୁଯୋଗରେ ସେ ମୋତେ ପାଖକୁ ଡାକିଲେ ଏବଂ ଏକ ଚିନ୍ତିତ ସ୍ୱରରେ କହିଲେ, "ମୁଁ ତୁମକୁ ମୋର ପ୍ରସ୍ତାବରେ 'ହଁ' କରିବାକୁ ବାଧ୍ୟ କରୁନାହିଁ, କିନ୍ତୁ ଗୋଟିଏ ଜିନିଷ କହୁଛି ସର୍ବଦା ମନେ ରଖିବ।"

"ସେଇଟା କ'ଣ?"

"ଦୟାକରି ଆମ୍ଭର ଏହି ବଡ଼ ମାଓ ନେତାମାନଙ୍କ ପ୍ରତି ସାବଧାନ ରୁହ।"

"କାହିଁକି? ସେମାନେ ମଣିଷ ନୁହଁନ୍ତି?"

"ସେମାନେ ମଣିଷ ସତ, କିନ୍ତୁ ଆମ୍ଭର ଏହି ଲାଲ ସଲାମ ବାବୁମାନେ ବହୁତ ଚତୁର। ସେମାନଙ୍କ ମଧ୍ୟରୁ ବୟସ୍କମାନେ ଛତିଶଗଡ଼ ଏବଂ ଗାଡ଼ଚିରୋଲିର ଆଦିବାସୀ କିଶୋରୀଙ୍କୁ ବିବାହ କରିବାକୁ ବହୁତ ଇଚ୍ଛା କରନ୍ତି କିନ୍ତୁ ହାଇଦ୍ରାବାଦରେ ଘରେ ସେମାନଙ୍କର ପତ୍ନୀ ପୂର୍ବରୁ ଅଛନ୍ତି।

ମୋ ପ୍ରତି ଶଙ୍କରଙ୍କ ଆଗ୍ରହ ଜୟଶେଖର ସାରଙ୍କୁ ଖୁବ୍ ବିବ୍ରତ କଲା। ମୁଁ

ଶଙ୍କରଙ୍କ ବିଷୟରେ ବହୁତ କିଛି ଶୁଣିଥିଲି। ସେ ଆମ ଗାଁ ନିକଟ ଏକ ଗାଁର ଜଣେ ଭଲ ସ୍ୱଭାବର ପିଲା ଥିଲେ। ସେ ଏଗାର ବର୍ଷ ବୟସରେ ମାଓ ସଂଗଠନରେ ଯୋଗ ଦେଇଥିଲେ। କ୍ଷୀଣ ସ୍ୱର ଏବଂ ଆମ୍ୟାୟ ଆଖ୍ ଜରିଆରେ ସେ ଲୋକମାନଙ୍କ ସହ ବହୁତ ସମ୍ମାନ ଓ ସୌଜନ୍ୟର ସହ କଥା ହେଉଥିଲେ।

ଜୟଶେଖର ସାର୍‌ ମୋତେ ସନ୍ଧ୍ୟାରେ ତାଙ୍କ ତମ୍ବୁକୁ ନିମନ୍ତ୍ରଣ କରି ହସି ହସି କହିଲେ, "ତୁମେ ଜଣେ କୁଖ୍ୟାତ ପ୍ରାଣୀ। ତୁମେ ଏହି ଜଙ୍ଗଲୀଟାକୁ କେଉଁଠୁ ପାଇଲ ଯିଏ ମୋ ପରି ଜଣେ ଗମ୍ଭୀର କମ୍ରେଡ୍‌ ଅନ୍ତଃନଳୀରେ ଗଣ୍ଡି ପକାଇଦେଇଛି ?" ପ୍ରଥମେ ମୁଁ ବୁଝିପାରିଲି ନାହିଁ। ଯେତେବେଳେ ମୋର ଜଣେ ବନ୍ଧୁ ଏହାର ମର୍ମ ମତେ ବୁଝାଇଲେ, ମୁଁ ଡରିଗଲି।

ଚାରି ଦିନ ପରେ କମିଟିର ଏକ ବଡ଼ ବୈଠକ ହୋଇଥିଲା ଯେଉଁଠାରେ ଶଙ୍କର ପ୍ରେମ ସମ୍ପର୍କ ନେଇ ଆବେଦନ କରିଥିଲେ। ଡ୍ୟୁଟିରେ ଥିବା ଜଣେ ଝିଅ ମୋତେ ସମସ୍ତ ତଥ୍ୟ ଦେଇଥିଲା। ଜୟଶେଖର ସିଧାସିଳଖ କମିଟିକୁ କହିଲା, "ଶଙ୍କରଙ୍କ ଆବେଦନ ବିଳମ୍ବରେ ଆସିଛି। ଏହି ଝିଅଟି ମୋ ହୃଦୟକୁ ଏତେ ଦୁର୍ବଳ କରିଦେଇଛି ଯେ ମୁଁ ମୋର ଅଧ୍ୟୟନରେ ଧ୍ୟାନ ଦେଇ ପାରୁ ନାହିଁ। ପୂର୍ବରୁ କେବେ ଏଭଳି ହୋଇ ନଥିଲା।"

ଡ଼ଢ଼ିଯ଼ାଙ୍କ ପାଟି ଖନି ମାରିବା ଆରମ୍ଭ କଲା। ସେ ପୁଣି ତାଙ୍କ କାହାଣୀ ଆଗକୁ ବଢ଼ାଇଲେ।

ସେତେବେଳେ ମୁଁ ପ୍ରାୟ ସତର ବର୍ଷର ଥିଲି ଏବଂ ସାଙ୍କ ବୟସ ପଚାଶ ଅତିକ୍ରମ କରିସାରିଥାଏ। ମୁଁ ବହୁତ ଦ୍ୱନ୍ଦ୍ୱାତ୍ମକ ସ୍ଥିତିରେ ଥିଲି। କିନ୍ତୁ ଅନ୍ୟ ସାଥୀ ଝିଅମାନେ ମୋତେ 'ଭାଗ୍ୟବାନ' ବୋଲି ବୁଝାଇବାକୁ ଚେଷ୍ଟା କଲେ। "ଜଣେ ନେତା ଯିଏ ନିଜ ଜୀବନକୁ ଜନ ଆନ୍ଦୋଲନର ସେବାରେ ଉତ୍ସର୍ଗ କରିଥିଲେ, ଜଣେ ବ୍ୟକ୍ତି ଯିଏ ପୂର୍ବରୁ ତାଙ୍କ ହୃଦୟରେ କମ୍ପନ ଅନୁଭବ କରି ନ ଥିଲେ, ତୁମେ ତାଙ୍କୁ ପ୍ରେମରେ ପକାଇବାରେ ସଫଳ ହୋଇଛ। ତୁମେ ମହାନ।"

ଆମେ ଏକାଠି ରହିବା ଆରମ୍ଭ କଲୁ। ଜୟଶେଖର ସାରଙ୍କର ପ୍ରଭାବ ଓ ପ୍ରତିଷ୍ଠା ସାମ୍ନା ଶଙ୍କରଙ୍କୁ ନତମସ୍ତକ ହେବାକୁ ପଡ଼ିଲା। ସେ ତାଙ୍କ ଆବେଦନ ପ୍ରତ୍ୟାହାର କରିନେଲେ। ସାର ଏବଂ ମୁଁ ପରସ୍ପରର ବେକରେ ମାଲ ପକାଇ ବିବାହ କରିଥିଲୁ। ପ୍ରାରମ୍ଭିକ ଦିନରେ ସାର ମୋ ସହିତ ବହୁତ ଖୁସି ଥିଲେ। ସେ ଏକ ଟେପ୍ ରେକର୍ଡରେ ତାଲାତ୍ ମହମୁଦଙ୍କ ଗୀତଗୁଡ଼ିକ ବଜାଉଥିଲେ ଏବଂ ଅନେକ ସମୟରେ ସେଗୁଡ଼ିକ ମଧ୍ୟ ଗାଉଥିଲେ। ସେ ମୋତେ ଠଙ୍ଗା କରୁଥିଲା ଏବଂ ବେଳେବେଳେ ସ୍କୁଲ ପିଲା ଭଳି ମୋ ସହିତ ଖେଳୁଥିଲା। ବେଳେବେଳେ ରାତିରେ ସେ ହଠାତ୍ ମୋତେ ଭୋକିଲା ସିଂହ ପରି କାମୁଡ଼ି ପକାଉଥିଲେ; ପୁଣି ବେଳେବେଳେ ସେ ବାପାଙ୍କ ପରି ମୁଣ୍ଡକୁ ଆଉଁଷିଦେଉଥିଲେ। ଜଙ୍ଗଲରେ ଏକ ଘନ ବୃକ୍ଷ ତଳେ ବିଶ୍ରାମ ନେବା ପରି ମୁଁ ମଧ୍ୟ ସମାନ ଶାନ୍ତି ଅନୁଭବ କରୁଥିଲି।

ମୁଁ କିପରି ଗୁଣାମ୍ନକ ଶିକ୍ଷା ପାଇବି ତାହା ମୋର ଶିକ୍ଷକ ସୋନୁ ଭୂପତି ସୁନିଶ୍ଚିତ କରିଥିଲେ। ମୁଁ ହିନ୍ଦୀ ବର୍ଣ୍ଣମାଲା ପଢ଼ିବା ଏବଂ ଲେଖିବା ଶିଖିସାରିଥିଲି; ସେ ମୋତେ କମ୍ପ୍ୟୁଟରରେ କାମ କରିବା ଶିଖାଉଥିଲେ। ମାଓରେ ଦୁଇ ପ୍ରକାରର ତାଲିମ ଥିଲା: ଗୋଟିଏକୁ ମାସ୍- ମୋବାଇଲ୍ ଏକାଡେମିକ୍ ସ୍କୁଲ ଏବଂ ଅନ୍ୟଟିକୁ ମୋପସ୍- ମୋବାଇଲ୍ ପଲିଟିକାଲ୍ ସ୍କୁଲ କୁହାଯାଉଥିଲା। ମୋପସ୍ ପ୍ରୋଗ୍ରାମ୍‌ରେ, ଆମକୁ ପାର୍ଟି କାର୍ଯ୍ୟସୂଚୀ, କାର୍ଯ୍ୟଶୈଳୀ ଏବଂ ଯୁଦ୍ଧ ରଣନୀତି ଶିଖାଯାଉଥିଲା। ମାଓଙ୍କ ଲେଖା ସମେତ ଅନେକ ସାହିତ୍ୟ ଆମକୁ ପଢ଼ିବାକୁ ଦିଆଯାଇଥିଲା। ସେଥାରେ ତାଙ୍କର ଏକ ଗୁଣାମ୍ନକ ପାଠ୍ୟକ୍ରମ ଥିଲା।

ଆମକୁ ସାମରିକ ତାଲିମ ଦେବା ପାଇଁ ସ୍ଵତନ୍ତ୍ର ବ୍ୟବସ୍ଥା କରାଯାଇଥିଲା। ପୁଲିସ୍ ଏବଂ ଅନ୍ୟ ଶ୍ରେଣୀର ଶତ୍ରୁମାନଙ୍କ ଉପରେ ପ୍ରତିଆକ୍ରମଣ, ବିଭିନ୍ନ ପ୍ରକାରର

ଅସ୍ତ୍ରଶସ୍ତ୍ର ବିଷୟରେ ଜ୍ଞାନ, ସେହି ଅସ୍ତ୍ରଶସ୍ତ୍ରକୁ ନିୟନ୍ତ୍ରଣ କରିବା, ଗରିଲା ଆକ୍ରମଣର ଯୋଜନା ଏବଂ ମାପଚୁପ କରିବା, ଜଙ୍ଗଲ କ୍ରସିଂ ଅଭ୍ୟାସ କରିବା ଏବଂ ବାଧାବିଘ୍ନ, ଆକ୍ରମଣ ଏବଂ ଧ୍ୱଂସାବଶେଷକୁ ଦୂର କରିବା, ଏହିପରି ଜିନିଷଗୁଡ଼ିକରେ ଆମେ ତାଲିମ ପାଇଥିଲୁ। ମୁଁ ଯେତେବେଳେ ଅନ୍ୟ ଝିଅମାନଙ୍କ ସହିତ ଏହି ଶିକ୍ଷାଗୁଡ଼ିକର ରିହର୍ସାଲ୍ କରିବାରେ ବ୍ୟସ୍ତ ଥିଲି, ଜୟଶେଖର ସାର ପ୍ରାୟତଃ ଦୂରରୁ ଚୁପଚାପ୍ ଠିଆ ହୋଇ ମୋତେ ବହୁତ ଆଗ୍ରହର ସହିତ ଚାହିଁଥା'ନ୍ତି। ମୋର ଶିଖିବାର ଆଗ୍ରହ ଦ୍ୱାରା ସେ ବହୁତ ପ୍ରଭାବିତ ହୋଇଥିଲେ।

ଏହିପରି ପାଞ୍ଚ-ଛଅ ମାସ ବିତିଗଲା। ଧୀରେ ଧୀରେ ମୋ ପ୍ରତି ତାଙ୍କର ଆକର୍ଷଣ କମିଗଲା ଏବଂ ପୁସ୍ତକଗୁଡ଼ିକ ପୁନର୍ବାର ସେମାନଙ୍କର ଆକର୍ଷଣ ଫେରି ପାଇଲେ। ବେଳେବେଳେ ସେ ଉତ୍ତେଜିତ ହୋଇ ମୋତେ ତାଙ୍କ ନିକଟକୁ ଟାଣି ନେଉଥିଲେ। ଉତ୍ସାହ ଥରେ ବ୍ୟୟ ହୋଇଗଲେ, ମୁଁ ତାଙ୍କ ପାଖରେ ଅଲୋଡ଼ା ହୋଇ ଶୋଇରହୁଥିଲି। ତାଙ୍କର ସେହି ମୋଟା ପୁସ୍ତକ ସବୁବେଳେ ତାଙ୍କ ତକିଆ ପାଖରେ ଥିଲା। ସେହି ଦିନଗୁଡ଼ିକରେ ମୁଁ ମୋର ଶିଖିବାର ଇଚ୍ଛାକୁ ଅଧିକ ବ୍ୟାପକ କଲି। ମୁଁ ସାରଙ୍କ ସହ ସହି ବହୁତ କଷ୍ଟଦାୟକ ଶବ୍ଦ ଶିଖିବାକୁ ପାଇଲି। ସାର ମୋତେ ସ୍ୱରବର୍ଷ ସଂକେତ, ବ୍ୟାକରଣ ଏବଂ ଭଲ ପରିଷ୍କାର ଲେଖିବା ଶିକ୍ଷା ଦେବାରେ ବହୁତ ଆନନ୍ଦ ପାଉଥିଲେ। ବହି ପଢ଼ିବାରୁ ମୁଁ ଯେଉଁ ଆନନ୍ଦ ପାଇବାକୁ ଲାଗିଲି, ମୁଁ ଭାବୁଛି ପକ୍ଷୀମାନେ ଯେତେବେଳେ ଉଡ଼ିବା ଶିଖନ୍ତି ସେତେବେଳେ ସେମିତି ଆନନ୍ଦ ପାଉଥିବେ। ଶବ୍ଦ ପ୍ରତି ମୋର ପ୍ରେମ ବଢ଼ିଗଲା ଏବଂ ମୁଁ ଉତ୍ସାହର ସହିତ ପଢ଼ିବାକୁ ଲାଗିଲି। ମୁଁ ବିପ୍ଳବୀ ଗୀତ ଗାଇବା ଆରମ୍ଭ କଲି।

ଗୋଟିଏ ସନ୍ଧ୍ୟାରେ, ଅବଜମାଦ୍ କମ୍ପାଉଣ୍ଡ ସମ୍ପୂର୍ଣ୍ଣ ବିଶୃଙ୍ଖଳିତ ହୋଇଗଲା। ହଠାତ୍ ଏକ ପାହାଡ଼ିଆ ଗାଁରେ ହାତୀ ସୃଷ୍ଟି କରୁଥିବା ଆତଙ୍କ ଠାରୁ ଏହା ଭିନ୍ନ ନ ଥିଲା। ଜୟଶେଖର ସାରଙ୍କ ପାଇଁ ସମାନ ପରିସ୍ଥିତ ହୋଇଥିଲା। ତାଙ୍କର ବୈଧ ପତ୍ନୀ ପ୍ରଫେସର କୌଶଲ୍ୟା ଖବର ନ ଦେଇ ହଠାତ୍ ଆସି ସେଠାରେ ପହଞ୍ଚିଯାଇଥିଲେ। ସମଗ୍ର ଗୋଷ୍ଠୀର ମୁଣ୍ଡ ବୁଲାଇଦେଲା। ଏହି ପ୍ରକାରର ରୋମାଞ୍ଚ ପୂର୍ବରୁ କେବେ ହୋଇ ନ ଥିଲା। କୌଣସି ନକ୍ସଲ ସଦସ୍ୟଙ୍କ ପତ୍ନୀ ବା ପିଲାମାନେ କିମ୍ବା ମାଓବାଦୀ ସଂଗଠନର ପ୍ରତିଷ୍ଠିତ ନେତା ଆବୁଜମାଦ୍ ପରି ଏକ କଷ୍ଟଦାୟକ ସ୍ଥାନକୁ କ୍ୟାମ୍ପ ପରିଦର୍ଶନରେ ଆସିବା ସମ୍ପୂର୍ଣ୍ଣ କଳ୍ପନାତୀତ ଘଟଣା ଥିଲା। ଛତିଶଗଡ଼, ଝାଡ଼ଖଣ୍ଡ ଏବଂ ଆନ୍ଧ୍ରପ୍ରଦେଶ ଭଳି ରାଜ୍ୟମାନେ ମାଓବାଦୀ ନେତାମାନେ କେଉଁଠାରେ ଅଛନ୍ତି ସେ ସମ୍ପର୍କରେ ସୂଚନା ପାଇଁ ୫ ଲକ୍ଷ ଟଙ୍କା ପୁରସ୍କାର ଘୋଷଣା କରିଥିଲେ

ଫଳସ୍ୱରୂପ, ଏହି ନେତାମାନେ ନିଜ ପରିବାରକୁ ସୁଦ୍ଧା ସେମାନଙ୍କ ଠିକଣା ଜଣାଉନଥିଲେ। ତେଣୁ, ଆବୁଜମାଦରେ ହଠାତ୍ କେହି ଆସି ଆବିର୍ଭାବ ହେବା ସମ୍ପୂର୍ଣ୍ଣ ଅସମ୍ଭବ ଥିଲା।

ଅନ୍ୟ ସବୁ ସମୟରେ ଜୟଶେଖର ସାର୍ ଆତ୍ମବିଶ୍ୱାସ, ଦକ୍ଷତା ଏବଂ ପାଣ୍ଡିତ୍ୟର ଉଦାହରଣ ଥିଲେ; କିନ୍ତୁ ଯେତେବେଳେ କୌଶଲ୍ୟା ମ୍ୟାଡାମ୍ କୌଣସି ପୂର୍ବ ସୂଚନା ବିନା ସନ୍ଧ୍ୟାରେ ପହଞ୍ଚିଲେ, ସାର୍ ଗୋଟାପଣେ ଥରିବାକୁ ଲାଗିଲେ। ତାଙ୍କ ଗଳା ସମ୍ପୂର୍ଣ୍ଣ ଶୁଖିଗଲା।

ସମ୍ପୂର୍ଣ୍ଣ ଘଟଣାବଳୀ ଏହିପରି ଥିଲା: ସଙ୍କେତ ବାବୁ ନାମକ ଅନ୍ୟ ଜଣେ କେନ୍ଦ୍ରୀୟ କମିଟି ସଦସ୍ୟ ତେଲେଙ୍ଗାନାରୁ ଆବୁଜମାଦକୁ ଯିବାକୁ ଶୀଘ୍ର ବ୍ୟାଗ୍ ପ୍ୟାକ୍ କରୁଥିଲେ। ସେ ଘରୁ ବାହାରି ଯାଉଥିବାବେଳେ ମ୍ୟାଡାମ୍ କୌଶଲ୍ୟା ତାଙ୍କ ଦ୍ୱାରରେ ଉପସ୍ଥିତ ହେଲେ, ଯାତ୍ରା ପାଇଁ ସମ୍ପୂର୍ଣ୍ଣ ପ୍ରସ୍ତୁତ ହୋଇ ତାଙ୍କ ସାଥିରେ ଯିବାର ଜିଦ୍ ଧରିଥିଲେ। ଶେଷରେ ତାଙ୍କୁ ଭେଟିବା ପୂର୍ବରୁ ମୁଁ ସାରଙ୍କ ପ୍ରଥମ ବିବାହ ବିଷୟରେ ବହୁତ କିଛି ଶୁଣିଥିଲି। ଏହି କୌଶଲ୍ୟା ମ୍ୟାଡାମ୍ ଜଣେ ଅତି ବୁଦ୍ଧିମାନ ମହିଳା ଭାବେ ସୁନାମ ଅର୍ଜନ କରିଥିଲେ। ଜ୍ଞାନୀ, ସ୍ମାର୍ଟ ଏବଂ ନିର୍ଭୀକ। ସେ ନିଜେ ଜଣେ ପ୍ରଫେସର। ତେଲେଙ୍ଗାନାର କୌଣସି ସ୍ଥାନରେ ତାଙ୍କର ଏକ ବଡ଼ କଲେଜ ଅଛି ବୋଲି ମଧ୍ୟ ଆଲୋଚନା ହୋଇଥିଲା। କିନ୍ତୁ ଗତ ଦଶ ବର୍ଷ ଧରି ଦୁହେଁ ପରସ୍ପରକୁ ମୁହାଁମୁହିଁ ଭେଟି ନ ଥିଲେ।

ସଙ୍କେତ ବାବୁ ଇନ୍ଦ୍ରାବତୀ ପାର ହୋଇ ଆବୁଜମାଦ୍ ପର୍ବତ ଉପରକୁ ଯାଇ କ୍ୟାମ୍ପରେ ପହଞ୍ଚିବା ବେଳକୁ ମଧରାତ୍ରି ହୋଇଯାଇଥିଲା। ଜଣେ ମହିଳାଙ୍କ ପାଇଁ ଯିଏ ହଠାତ୍ ତାଙ୍କ ସ୍ୱାମୀଙ୍କଠାରୁ ଏତେ ଦୂରରେ ଥିଲେ ଯେ ସେ ତାଙ୍କୁ ଦଶ ବର୍ଷରୁ ଭେଟି ନ ଥିଲେ, ଏକଥା ଜାଣି ତାଙ୍କ ହୃଦୟ ନିଶ୍ଚିତ ଭାବରେ ନଦୀ ବନ୍ୟା ପରି ପରି କ୍ରୋଧିତ ହୋଇଥିବ। ତେବେ ଥରେ ସେ କ୍ୟାମ୍ପରେ ପହଞ୍ଚିଲା ପରେ, କିଏ ତାଙ୍କୁ ସ୍ୱାମୀଙ୍କ ତମୁକୁ ଯିବାକୁ ଅଟକାଇ ପାରିବ? ଆଉ ମ୍ୟାଡାମ୍ ବା କିପରି ଜାଣିଥାନ୍ତେ ଯେ ସାର୍ ଏଠାରେ ନିଜର ଏକ ନୂଆ ଦାମ୍ପତ୍ୟ ଜୀବନ ଆରମ୍ଭ କରିଦେଇଛନ୍ତି? ସଙ୍କେତ ବାବୁ ବୋଧହୁଏ ଏ ବିଷୟରେ ଅବଗତ ଥିଲେ। ଏକ ଅପ୍ରୀତିକର ଦୃଶ୍ୟକୁ ଏଡ଼ାଇବାକୁ ଚେଷ୍ଟା କରି ସେ ମ୍ୟାଡାମଙ୍କୁ ପାର୍ଟି ଅଫିସରେ ରାତି କାଟି ସକାଳେ ସ୍ୱାମୀଙ୍କୁ ଭେଟିବାକୁ ଅନୁରୋଧ କଲେ।

କିନ୍ତୁ ସଙ୍କେତ ବାବୁ ଜାଣିବା ଉଚିତ ଥିଲା ଯେ ଏତେ ବର୍ଷ ଅଲଗା ରହିବା ପରେ ଏହି ଯୁକ୍ତିର କୌଣସି ଲାଭ ନ ଥିଲା। ମ୍ୟାଡାମ୍ ସଙ୍କେତ ବାବୁଙ୍କୁ ରାଗିଯାଇ

କହିଲେ "ତୁମେ କ'ଣ ପାଗଳ? ଏତେ ବର୍ଷ ହେଲା ମୁଁ ମୋ ସ୍ୱାମୀଙ୍କ ନିକଟକୁ ଯାଇ ନାହିଁ। ମୁଁ କାହିଁକି ତାଙ୍କ ତମ୍ବୁ ବ୍ୟତୀତ ଅନ୍ୟ କୌଣସି ସ୍ଥାନରେ ରହିବାକୁ ଚାହିଁବି?" ଏଥି ସହିତ ସେ ନିଜର ପତ୍ନୀ ଅଧିକାରକୁ ବ୍ୟବହାର କରି ତମ୍ବୁକୁ ଭିତରକୁ ବାଘୁଣୀ ପରି ଡେଇଁପଡ଼ିଲେ।

ତମ୍ବୁର ହାର୍ଡବୋର୍ଡ କବାଟ ଦୀର୍ଘ ସମୟ ଧରି ଗର୍ଜନ କଲା। ରାତିରେ ବହୁତ ଥଣ୍ଡା ପବନ ବୋହୁଥିବାରୁ ମୁଁ ଗଭୀର ନିଦ୍ରାରେ ଶୋଇଥିଲି। ଶେଷରେ ଯେତେବେଳେ ଗର୍ଜନ ମୋତେ ଜାଗ୍ରତ କଲା, ମୁଁ ଅନୁମାନ କଲି ସେ ସେହି ସାଥୀମାନଙ୍କ ମଧ୍ୟରୁ ଜଣେ, ଯିଏ ସାର୍କ ସହିତ କିଛି ଜରୁରୀ ବାର୍ତ୍ତା ବିନିମୟ କରିବାକୁ ଚାହୁଁଥିଲେ। ମୁଁ ମୋର ମୁକୁଳା ଛାତି ଉପରେ ଏକ ଓଢ଼ଣୀ ଢାଙ୍କି ଦେଲି, ମୋର ଅସଜଡ଼ା କେଶକୁ ଟିକେ ସଜାଡ଼ିଦେବା ପରେ ନିଦୁଆ ଆଖିରେ ଯାଇ କବାଟ ଖୋଲିଲି। ସାମ୍ନାରେ ଜଣେ ମହିଳା ଠିଆ ହୋଇଥିବାର ଦେଖୁ ଦେଖୁ ଯେ ମୋର ବାମ ଗାଲରେ ଏକ ଶକ୍ତ ଚାପୁଡ଼ା ବସାଇଦେଲେ।

ଇଂରାଜୀରେ ଗାଳି କରିବା ସହ ମୋ କେଶ ଧରି ମୋତେ ଠେଲି ଦେଇଥିଲେ। ମୁଁ ଯନ୍ତ୍ରଣାରେ ଆଣ୍ଠୁମାଡ଼ି ପଡ଼ିଲି, କିନ୍ତୁ ପୁଣି ଉଠିପଡ଼ି ତାଙ୍କ ସାମ୍ନାରେ ଠିଆ ହେଲି। ଖାଲି ସେତିକି ନୁହେଁ, ଏହି ମଧ୍ୟରାତ୍ରି ପରିଦର୍ଶକ କିଏ ହୋଇପାରେ ସେ ବିଷୟରେ କୌଣସି ଧାରଣା ନ ଥିବାରୁ ମୁଁ ପାଟି କରି କହିଲି, "ତୁମେ କିଏ, ଅଭଦ୍ର ମହିଳା"?

"ଏହା ତୁମ ପାଇଁ ମୋର ପ୍ରଶ୍ନ! ତୁମେ ମୋ ସ୍ୱାମୀଙ୍କ ଶଯ୍ୟାରେ ଉଲଗ୍ନ ଅବସ୍ଥାରେ କଣ କରୁଛ?"

ସେହି ଗୋଟିଏ ପ୍ରଶ୍ନରୁ ମୁଁ ସବୁକିଛି ବୁଝିଗଲି।

ସେ ଏକ ବିରାଟ ଅଗ୍ନି ପିଣ୍ଡ ପରି ଜଳୁଥିଲା, ତାଙ୍କୁ ଶାନ୍ତ କରିବା ପାଇଁ ଯାହା କହିଲେ ବି ସେ ଶୁଣିବାକୁ ପ୍ରସ୍ତୁତ ନ ଥିଲେ। ଯାହା ହେଲେ ବି ସବୁ ଧର୍ମ, ସମାଜ ଏବଂ ପରମ୍ପରା ଜଣେ ବିବାହିତ ପତ୍ନୀଙ୍କୁ ଅନେକ ଅଧିକାର ଏବଂ ସୁବିଧା ପ୍ରଦାନ କରିଥାଏ। ସେ ତାଙ୍କ ଅଧିକାରକୁ କ୍ଷୁଣ୍ଣ ହେବା ଦେଖି ରାଗ ତମତମ ହୋଇଉଠିଥିଲେ। "ଏହା ତୁମର ବିପ୍ଲବ କି?" ସେ ତାଙ୍କ ସ୍ୱାମୀଙ୍କୁ ପାଟି କରି କହିଲେ। "ତୁମର ମାଓ ମଧ୍ୟ ତାଙ୍କ ପତ୍ନୀଙ୍କୁ ଛାଡ଼ି ଆଦିବାସୀ ଝିଅମାନଙ୍କ ପଛରେ ପଡ଼ିଥିଲେ କି?"

ତା'ପରେ ସେ ଚୁପ ରହିଲେ, ଦୂର ଆକାଶକୁ କ୍ରୋଧିତ ହୋଇ ଚାହିଁଲେ ଏବଂ ପୁଣି ଜୋରରେ କାନ୍ଦିବାକୁ ଲାଗିଲେ। ଜଣେ ମହିଳା ପର୍ବତ କିମ୍ବା ପ୍ରାସାଦର ହୁଅନ୍ତୁ, ସେ ସର୍ବଶେଷରେ ଜଣେ ମହିଳା; ସେ ନିଜ ଅଞ୍ଚଳରେ ଅନୁପ୍ରବେଶ କରୁଥିବା ବ୍ୟକ୍ତିଙ୍କୁ ସ୍ଥାନ ଦେଇପାରିବ ନାହିଁ।

"ଆଇଆଇଟି ତୁମ ପାଇଁ କ'ଣ ଭଲ କରିଛି ? ତୁମ ପରି ଜଣେ ଜ୍ଞାନୀ ବ୍ୟକ୍ତି, ଯଦି ତୁମେ କିଛି ବ୍ୟବସାୟରେ ମୁଣ୍ଡ ପୁରାଇଥାନ୍ତ, ତେବେ ତୁମେ ସେହି ଚାଟା ଏବଂ ବିଲ୍‌କୁ କୋଉ ଯୁଗରୁ ପଛରେ ଛାଡ଼ି ପକାଇ ଦେଇଥାନ୍ତ ! କିନ୍ତୁ ତୁମର ଏହି ସବୁ ଲକ୍ଷ୍ୟ ଥିଲା !" ସେ ଚିତ୍କାର କରି କହିଲା, "ସେହି ସମସ୍ତ ଦୁଃସାହସିକ ମିଶନ୍ ! ପ୍ରତ୍ୟେକ ଥର ଯେତେବେଳେ ତୁମେ ପାଟି ଖୋଲ, ତୁମେ ମାଓଙ୍କ ବିଦ୍ରୋହୀ ଚିନ୍ତାଧାରାକୁ ପ୍ରଜ୍ୱଳିତ କର ! ମୁଁ ତୁମ ଧୋକାର ଶିକାର ହୋଇ ହାଇଦ୍ରାବାଦରେ ଏକାକୀ ରହୁଥିଲି ! ଏବଂ ତୁମେ କ'ଣ କରୁଛ ଦେଖ। ତୁମ ପିଲାମାନଙ୍କଠାରୁ ସାନ ଝିଅ ସହିତ ଶଯ୍ୟାରେ ଗଡ଼ିବା ଅପେକ୍ଷା ଅଧିକ ଆମ୍ଭସନ୍ତୋଷ କ'ଣ ବା ଦେଉଥିବ ? ହେ ପୁରୁଷମାନେ ! କାମାସକ୍ତ ଛେଲିମାନେ ତୁମ ଭଳି ପୁରୁଷଙ୍କ ଠାରୁ ଭଲ !"

ବହୁ ସଂଖ୍ୟାରେ କମ୍ରେଡ଼ମାନେ କ ଆମ ତମ୍ବୁ ବାହାରେ ଏକତ୍ରିତ ହୋଇଥିଲେ। ଅତି ନିକଟକୁ ନ ଆସି, ତମ୍ବୁରୁ ବାହାରୁଥିବା ସମସ୍ତ କୌତୂହଳପୂର୍ଣ୍ଣ ଜିନିଷକୁ ସେମାନେ କାନ ଡେରି ଶୁଣୁଥିଲେ। ବାହାରେ ଜନତାଙ୍କ ଉପସ୍ଥିତି ଅନୁଭବ କରି ଜୟଶେଖର ସାର ଅଭିଯୋଗ କଲେ, "ଶାନ୍ତ ହୁଅ, କୌଶଲ୍ୟା, ମୂର୍ଖ ପରି ଚିତ୍କାର କର ନାହିଁ। ମୋ ଭିତରେ ବିପ୍ଳବର ନିଆଁ ଜୀବନ୍ତ ଅଛି। ଏହି ଆଦିବାସୀମାନଙ୍କୁ ପୁଞ୍ଜିପତିଙ୍କ କବଳରୁ ମୁକ୍ତ କରିବାର ଲକ୍ଷ୍ୟ ନ ଥିଲେ ମୁଁ କାହିଁକି ଏଠି ତମ୍ବୁ ଲଗାଇ ରହୁଛି ?"

"ଓଃ ହଁ, ମୁଁ ସବୁ ଦେଖୁଛି ! ଶ୍ରମ, ଆଦିବାସୀ, ପ୍ରତିବଦ୍ଧତା ପରି ତୁମର ଦୀର୍ଘ ଶବ୍ଦକୋଷ ଗୋଟିଏ ପଟେ। ମାଓ ନାମରେ ତୁମେ ତୁମର ଶାରୀରିକ ଲାଳସାକୁ ପୂରଣ କର !"

"କୌଶଲ୍ୟା, ତୁମେ ନିଜ ଜିଭକୁ ନିୟନ୍ତ୍ରଣରେ ରଖ !"

କିନ୍ତୁ ମ୍ୟାଡାମ୍ ଥଣ୍ଡା ହେବାକୁ ପ୍ରସ୍ତୁତ ନ ଥିଲେ। ମୋତେ ମଧ ଜୟଶେଖର ସାର୍‌ ପାଇଁ ଯନ୍ତ୍ରଣା ଭୋଗିବାକୁ ପଡ଼ିଲା। ମୁଁ ତାଙ୍କୁ ମୋ ଜୀବନର ତିନିଟି ଶ୍ରେଷ୍ଠ ବର୍ଷ ଉପହାର ଦେଇଥିଲି। ମୁଁ ଜଣେ ବ୍ୟକ୍ତିଙ୍କୁ ମନରେ ସ୍ଥାନ ଦେଇଥିଲି ଯିଏ ମୋ ବାପାଙ୍କ ବୟସର ଥିଲେ। ତେବେ ମୋ ଆଗରେ ମ୍ୟାଡାମଙ୍କ କଷ୍ଟ ଅଧିକ ବଡ଼ ଲାଗୁଥିଲା। ତାଙ୍କୁ ଶହେଟି ଜିନିଷର ଯନ୍ତ ନେବାର ଥିଲା: ପିଲାମାନଙ୍କର ଯନ୍ତ ନେବା, ସେମାନଙ୍କର ପୁଷ୍ଟିକର ଖାଦ୍ୟ ପ୍ରତି ଯନ୍ତ ନେବା, ସେମାନଙ୍କୁ ସଠିକ୍ ଶିକ୍ଷା ଦେବା ଏବଂ ପରିବାରର ଅନ୍ୟାନ୍ୟ ଆବଶ୍ୟକତାର ଯନ୍ତ ନେବା ! ସାର୍ ହିଁ ମୋତେ ତାଙ୍କ ଜାଲରେ ଫସାଇଥିଲେ; ଆଉ ବୋଧହୁଏ ମୁଁ ମଧ ଏଥିରେ ଆକର୍ଷିତ ହୋଇଥିଲି, ମୁଁ ନିଶ୍ଚିତ ଭାବରେ ତାହା ସ୍ୱୀକାର କରିବି।

କିଛି ଦିନ ପାଇଁ ମୁଁ ମୁଖ୍ୟ ଟେଣ୍ଟ ଛାଡ଼ି କିଛି ସାଙ୍ଗମାନଙ୍କ ନିକଟକୁ ଏକ ସାଧାରଣ ଟେଣ୍ଟକୁ ଚାଲିଗଲି। ତଥାପି ମ୍ୟାଡାମ୍ ଧୀର ଜଳୁଥିବା କୋଇଲା ପରି ଜଳୁଥିଲେ।

ମ୍ୟାଡାମ୍ ମୋ ଉପରେ ସବୁ ନିଆଁ ଢାଳିବାକୁ ଲାଗିଲେ। ତାଙ୍କର ସିଧାସଳଖ ଅଭିଯୋଗ ଥିଲା ଯେ ତାଙ୍କ ପ୍ରତିଭାଶାଳୀ ସ୍ୱାମୀଙ୍କୁ ଆକର୍ଷିତ କରିବା ପାଇଁ ମୁଁ ଦାୟୀ। ମୋତେ ସମ୍ବୋଧନ କରିବାକୁ ତାଙ୍କର ପ୍ରିୟ ଶବ୍ଦଗୁଡ଼ିକ ହେଲା 'ସେହି ଅର୍ଦ୍ଧନଗ୍ନ ଝିଅ', 'ସେହି ବଣୁଆ ଆଦିବାସୀ', 'ସେହି କାମୁକୀ ଡାହାଣୀ' ଇତ୍ୟାଦି। କିନ୍ତୁ ଧୀରେ ଧୀରେ ତାଙ୍କର ଅପବ୍ୟବହାର କମିଗଲା। ମୁଁ ଅନୁଭବ କରିପାରିଲି ଯେ ମୋ ପ୍ରତି ତାଙ୍କର ମନୋଭାବ ବଦଳୁଛି। କ୍ରମେ ସେ ମୋ ଆଡ଼କୁ ଚାହିଁଲା ବେଳେ ସହାନୁଭୂତି ଲୁଚାଇ ପାରିଲା ନାହିଁ।

କୌଶଲ୍ୟା ମ୍ୟାଡାମ୍ ସାର୍ଙ୍କ ବିରୋଧରେ କରିଥିବା ଏକ ମୁଖ୍ୟ ଅଭିଯୋଗ ଥିଲା ଯାହାକୁ ସେ 'ପାଶବିକ ଉପଭୋଗ' ବୋଲି କହିଥିଲେ। ମୋର ବନ୍ଧୁ ସୁରେଖା ମୋତେ ଏହାର ଅର୍ଥ କ'ଣ କହିଲା। ମ୍ୟାଡାମ୍ ଏହା ଭାବି କ୍ରୋଧିତ ହୋଇଥିଲେ ଯେ ସାର୍ ଶାରୀରିକ ସୁଖ ପାଇଁ ମାଓବାଦର ଲକ୍ଷ୍ୟ ଛାଡ଼ି ଦେଇଛନ୍ତି। ସେ ତାଙ୍କ ସ୍ୱାମୀଙ୍କ ପାଖରେ କିଛି ମାସ ବିତାଇବାକୁ ଆସିଥିଲେ, କିନ୍ତୁ ସେ ବେଶୀ ଦିନ ପର୍ଯ୍ୟନ୍ତ ତାଙ୍କ ଉପସ୍ଥିତି ସହିପାରି ନ ଥିଲେ। ସେ ତାଙ୍କ ବ୍ୟାଗ୍ ପ୍ୟାକ୍ କରି ନବମ ଦିନରେ କ୍ୟାମ୍ପ ଛାଡ଼ି ଚାଲିଗଲେ। ସୁରେଖା ଦେଖ୍ କହିଲେ, "ମ୍ୟାଡାମ୍ କିଭଳି ପବନ ପରି ଆସିଲା ଆଉ ଘୂର୍ଣ୍ଣିବାତ୍ୟାର ରୂପ ନେଇ ଚାଲିଗଲେ! ଏବେ ସମସ୍ତଙ୍କ ହତାଶ ମୁହଁ ଦେଖ୍ ଲାଗୁଛି ସେମାନେ ହେଉଛନ୍ତି ଏକ ବିଫଳ ବିପ୍ଳବର ଅବଶିଷ୍ଟାଂଶ!"

ମ୍ୟାଡମ୍‌ଙ୍କ ତମ୍ବୁରେ କାମ କରୁଥିବା ଝିଅମାନେ ଅନେକ କାହାଣୀ କହିଲେ। ମ୍ୟାଡାମ୍‌ ଜଳନ୍ତା କୋଇଲା ଉପରେ ରଖାହୋଇଥିବା ଖଣ୍ଡ ପରି ଲାଲ ଦିଶୁଥିଲେ। ସେ ରାଗ ତମତମ ହୋଇ ସ୍ୱାମୀଙ୍କୁ କଠୋର ସ୍ୱରରେ କହୁଥିଲେ, "ଜୟଶେଖର, ତୁମେ ମାଓକୁ ଭୁଲିଯାଇଛ। ତୁମେ ତୁମର ଚାରିପାଖରେ ଏକ ବିନାଶକାରୀ ଜାଲ ବିଛାଇଛ। ଏଥିରୁ ତୁମର କୌଣସି ଲାଭ ହେବ ନାହିଁ।"

ଆବୁଧାମାଦରେ ଗ୍ରୀଷ୍ମ ଋତୁ ହେଉଛି ସମୁଦାୟରୁ ଦୃଢ଼ ପରୀକ୍ଷା। ଜଳର ଅଭାବ ଭୟାବହ ହୋଇପଡ଼େ। ଜଳକୁ ଅତି ଯନ୍ତ୍ର ସହିତ ବ୍ୟବହାର କରିବାକୁ ହୁଏ। ଝିଅମାନଙ୍କ ପାଇଁ ଏହା ଅସହ୍ୟ ହୋଇଯାଏ।

ଦୀର୍ଘ ରାସ୍ତାରେ ପଇଁତରା ମାରିବା ଲାଗି ବାହାରକୁ ଗଲେ ଆଗକୁ ବଢ଼ିଚାଲିବା ଛଡ଼ା କୌଣସି ବିକଳ୍ପ ନାହିଁ। ମାସିକ ଧର୍ମର ସମୟ ହୋଇଥିଲେ ବି ପାଞ୍ଚ ଘଣ୍ଟା ଧରି ନିରନ୍ତର ଚାଲିବାକୁ ପଡ଼େ। ଏହାକୁ ଧୈର୍ଯ୍ୟର ପରୀକ୍ଷା ବୋଲି କହିହେବ। ଜଙ୍ଘର ଭିତର ଅଁଶରେ ଥିବା ଚର୍ମରେ ବାଲି କାଗଜ ଘଷିବା ଭଳି ଅନୁଭବ ହୁଏ। ସେହି ସ୍ଥାନ ବହୁତ ଜଳେ।

ଚାରଣଭୂମିରେ ହରିଣମାନେ ଦୂରରୁ ଅତି ଆକର୍ଷଣୀୟ ଦେଖାଯାନ୍ତି, ଠିକ୍‌ ଯେପରି ଦୂର ପର୍ବତଗୁଡ଼ିକ ସୁନ୍ଦର ଦେଖାଯାଏ। ସେମାନଙ୍କର ନିକଟତର ହେବା ପରେ ଯାଇ ସେମାନଙ୍କ ଚର୍ମରୁ ବାହାରୁଥିବା ଦୁର୍ଗନ୍ଧ ଜଣାପଡ଼େ। ସେମାନଙ୍କର ମଳ ଏବଂ ପରିସ୍ରାର ଗନ୍ଧ ବାନ୍ତି କରାଇପାରେ।

ଆମେ କାନ୍ଧରେ ରାଇଫଲ୍‌ ବୋହି ପାହାଡ଼ ଏବଂ ଉପତ୍ୟକା ଦେଇ ଗଲାପରେ, ଆମେ ବାସ୍ତବ ଦୁନିଆକୁ ବୁଝିବାକୁ ଲାଗିଲୁ। ଯେତେବେଳେ ଶୀତ ଋତୁ ଆସୁଥିଲା କିମ୍ବା ପ୍ରବଳ ବର୍ଷା ହେଉଥିଲା, ଆମ ମୁଣ୍ଡ ଉପରେ ରୁମାଲ ଆକାରର ପ୍ଲାଷ୍ଟିକ୍‌ ରଖି

କିମ୍ବା କେଉଁ ଗଛ ତଳେ ଆମେ ଆଶ୍ରୟ ନେଉ। ଥରେ ନକ୍ସଲ ଦୁନିଆରେ ପ୍ରବେଶ କଲେ, ଏଥିରୁ ବାହାରିବା ଅସମ୍ଭବ।

ଜଣେ ଆଦିବାସୀ ଝିଅ ହିସାବରେ, ମୁଁ ଆକାଶକୁ ଚାହିଁ ଗୋଟିଏ ପ୍ରଶ୍ନ ପଚାରୁଥିଲି, "ଭଗବାନ, ଗୋଟିଏ ପଟେ ନକ୍ସଲମାନଙ୍କ ଆକ୍ରମଣରୁ ଏବଂ ଅନ୍ୟ ପଟେ ପୁଲିସର ଅତ୍ୟାଚାର। ଏଥିରୁ ଆମ ଆଦିବାସୀ ଲୋକଙ୍କୁ ତ୍ରାହି ମିଳିବ କି ?"

ପ୍ରାୟ ସମୟରେ ମୁଁ ଅତ୍ୟଧିକ ଉଦାସୀନ ରହୁଥିଲି। ତିକ୍ତତା ମୋ ମନ ଭିତରେ ପ୍ରବାହିତ ହେଉଥିଲା। ମୋତେ ଜନ୍ମ ଦେଇଥିବା ବାପା ଅଦୃଶ୍ୟ ହୋଇଯାଇଥିଲେ। ଚାଷ କରି ଖାଇବା ପାଇଁ ପର୍ଯ୍ୟାପ୍ତ ଜମି ଥିବା ସତ୍ତ୍ୱେ ମୋର ଅବସାଦଗ୍ରସ୍ତ ମା' ନିଜକୁ ସମ୍ଭାଳି ପାରିଲା ନାହିଁ। ମୋର ଏକମାତ୍ର ଭାଇ ଥାକେରାମ ବାର ବର୍ଷ ପୂର୍ବେ ଘର ଛାଡ଼ି ଯେଉଁ ଯାଇଛି ଆଉ ଫେରି ନାହିଁ। ସେ ରୋଜଗାର କରିବା ପାଇଁ ପୁଲିସରେ ଭର୍ତ୍ତି ହେବା କ'ଣ ଅପରାଧ ଥିଲା ? ଆମେ ଭାଇ ଓ ଭଉଣୀମାନେ, ଯେଉଁମାନେ ସମାନ ଗର୍ଭରୁ ଜନ୍ମ ନେଇଥିଲୁ, ଆମେ କେବେ ପରସ୍ପରକୁ ଦେଖିବାର ସୁଯୋଗ ପାଇବୁ କି ? ଆମର ପୂର୍ବ ଜୀବନରେ ଆମେ କେଉଁ ପାପ କରିଥିଲୁ ଯେ ଏମିତି ଦଣ୍ଡ ମିଳୁଥିଲା ? ଏହି ଗଣତନ୍ତ୍ର ଜଳିଯାଉ। ଏହି ମାଓବାଦ ବି ଭସ୍ମୀଭୂତ ହୋଇଯାଉ। ଉଭୟ ପକ୍ଷରୁ ମିଳୁଥିବା ସହାନୁଭୂତି ଆମର ନିର୍ଯାତିତ ହୃଦୟକୁ ସାନ୍ତ୍ୱନା ଦେବାକୁ ଅସମର୍ଥ ଥିଲା।

ଦିନେ ସକାଳେ ନିଦରୁ ଉଠି ମୋର ବାନ୍ତି ହେଲା। ସଂଗଠନର ସଦସ୍ୟମାନେ ମୋ ପ୍ରତି ବିରକ୍ତି ପ୍ରକାଶ କରିବାକୁ ଲାଗିଲେ। ମୁଁ କାହିଁକି ଜନ୍ମ ନିୟନ୍ତ୍ରଣ ବଟିକା ଗ୍ରହଣ କଲି ନାହିଁ ବା ଗର୍ଭନିରୋଧକ ବ୍ୟବହାର କଲି ନାହିଁ ତାହା ଭାବି ସେମାନେ ମୋ ଉପରେ ରାଗୁଥିଲେ।

ଯେତେବେଳେ ଜୟଶେଖର ସାର୍ ଜାଣିବାକୁ ପାଇଲେ ଯେ ମୋ ପେଟରେ ପିଲା ଅଛି ସେ ବହୁତ ଗମ୍ଭୀର ହୋଇପଡ଼ିଲେ। ସେ ମୋତେ ଗାଳି କରି କହିଲା, "ଦେଖ, ଏଠାରେ ସନ୍ତାନ ପ୍ରସବ କରିବା ଗୁରୁତ୍ୱପୂର୍ଣ୍ଣ ପ୍ରସଙ୍ଗ ନୁହେଁ। ଶ୍ରେଣୀଶତ୍ରୁ ବିରୋଧରେ ଆମେ ଦୀର୍ଘ ବର୍ଷ ଧରି ଯେଉଁ ସଂଗ୍ରାମ କରିଆସୁଛୁ ତାହା ସର୍ବୋପରି।"

"ଏହା ବହୁତ ଅପ୍ରତ୍ୟାଶିତ ଥିଲା, ସାର୍ –"

"ଅପ୍ରତ୍ୟାଶିତ ମାନେ ତୁମେ କ'ଣ କହିବାକୁ ଚାହୁଁଛ ? ଶ୍ରେଣୀଶତ୍ରୁ ବିରୋଧରେ ଅସ୍ତ୍ରଶସ୍ତ୍ର ଉଠାଉଥିବା ବ୍ୟକ୍ତି କେବେହେଲେ ଲକ୍ଷ୍ୟକୁ ଦୃଷ୍ଟିରୁ ଦୂରେଇ ରଖିବା ଉଚିତ ନୁହେଁ। ଆମେ ସମସ୍ତେ ଶ୍ରେଣୀ ସଂଗ୍ରାମର ଶପଥକୁ ଭୁଲି ପାରିବୁ ନାହିଁ।"

"କିନ୍ତୁ, ସାର୍–"

"ରୂପ୍! ଯେତେବେଳେ ପାର୍ଟି ଓ ମାଓ ତୁମ ମାଧ୍ୟମରେ ଏକ ବିପ୍ଳବ ଆସିବ ବୋଲି ଆଶା କରନ୍ତି, ସେତେବେଳେ ତୁମେ ପାରିବାରିକ ସୁଖ ଏବଂ ଅନ୍ୟାନ୍ୟ ଛୋଟ ଜିନିଷର ସ୍ୱପ୍ନ ଦେଖ ପାରିବେ ନାହିଁ!"

ଦିନେ ସେ ମୋ ହାତରେ କିଛି ଗର୍ଭପାତ ବଟିକା ଧରାଇ ମୋତେ ଖାଇବାକୁ ନିର୍ଦ୍ଦେଶ ଦେଲେ। ମୁଁ ତାଙ୍କୁ ଅବଜ୍ଞା ସ୍ୱରରେ କହିଲି, "ମୋର ଏସବୁ ବଟିକା ଦରକାର ନାହିଁ। ମୁଁ ଗର୍ଭପାତ କରିସାରିଛି, ସାର୍-।"

ମୋର ଉତ୍ତରରେ ସାର୍ ଆଶ୍ଚର୍ଯ୍ୟ ହୋଇଗଲେ।

ସେ କହିଲେ, "ମୁଁ ଦୁଃଖିତ ଡୁଡିୟା। ମୁଁ ଆଶା କରୁଛି ତୁମେ ଅନୁଭବ କରୁନାହଁ ଯେ ମୁଁ ତୁମକୁ ଶୋଷଣ କରିଛି।"

"ଏହି ଶବ୍ଦଗୁଡ଼ିକରେ 'ଅନୁଭବ' ଏବଂ 'ଅନୁଭବ ନ କରିବାର' କୌଣସି ଅର୍ଥ ଅଛି କି? କେବଳ ଜାଣନ୍ତୁ ଯେ ଆପଣ ମୋତେ ଦେଇଥିବା ଶିକ୍ଷା ଅନୁଯାୟୀ ବଞ୍ଚିବାକୁ ମୁଁ ନିଷ୍ପତ୍ତି ନେଇଛ।"

ଜୟଶେଖର ତମ୍ବୁର ମୁଖ୍ୟ ଖମ୍ବ ଧରି ଛିଡ଼ାହେଲେ ଏବଂ ମୋତେ ସତର୍କ ଦୃଷ୍ଟିରେ ଚାହିଁରହିଲେ। ମୁଁ ତାଙ୍କ ସନ୍ଦେହକୁ ଦୂର କରି କହିଲି, "ଯଦି ମୋ ଗର୍ଭରେ ଥିବା ଭୁଣର ପିତା ଯଦି ତାକୁ ନେଲ ଲଜ୍ଜିତ, ତା'ହେଲେ ସେଭଳି ଶିଶୁକୁ ଜନ୍ମ ଦେଇ ଲାଭ କ'ଣ ହେବ? ଜନ୍ମ ପୂର୍ବରୁ ତାକୁ ଗର୍ଭପାତ କରିଦେବା ହିଁ ଭଲା।"

ମୁଁ ତାଙ୍କୁ ଏକଥା ମଧ୍ୟ ଶୁଣାଇଦେଲ କହିଲି ଯେ ସେ ପୁନର୍ବାର ଏହି ପ୍ରସଙ୍ଗ ଉଠାଇବେ ନାହିଁ ଏବଂ ମୁଁ ମଧ୍ୟ ସେ ବିଷୟରେ କେବେ କିଛି କହିବି ନାହିଁ।

ଏହି କଷ୍ଟଦାୟକ ସମୟରେ ଶଙ୍କର ହିଁ ମୋତେ ଆବେଗପୂର୍ଣ୍ଣ ସମର୍ଥନ ଦେଇଥିଲେ। ସାର୍ଙ୍କ ସହିତ ମୋର ବିବାହ ପୂର୍ବରୁ ମଧ୍ୟ ସେ ମୋତେ ବାରମ୍ବାର ଚେତାବନୀ ଦେଉଥିଲେ, "ଆନ୍ଧ୍ର ଏବଂ ବଙ୍ଗାଳାର ଏହି ବଡ଼ ଦଳର ସଦସ୍ୟମାନେ ସର୍ବଦା ଏଭଳି ଧୂର୍ତ କାର୍ଯ୍ୟ କରିଆସିଛନ୍ତି। ସେମାନେ ଆମର ଛତିଶଗଡ଼ର ଆଦିବାସୀ ଝିଅମାନଙ୍କୁ ପତ୍ନୀ ଭାବରେ ଗ୍ରହଣ କରି ଦ୍ୱିତୀୟ ପରିବାର ଗଢ଼ିବାକୁ ଭଲ ପାଆନ୍ତି। ଏବଂ ତା'ପରେ ସେମାନେ ସେମାନଙ୍କୁ ମାଓଙ୍କ ଆଦର୍ଶ ଏବଂ ଗର୍ଭନିରୋଧକ ବଟିକା ସହ ବଞ୍ଚିବାକୁ ଶିଖାନ୍ତି।"

ସାର୍ ବର୍ତ୍ତମାନ ମୋତେ କାମରେ ବାହାରକୁ ପଠାଇବା ଆରମ୍ଭ କଲେ। "ଆଦିବାସୀମାନଙ୍କ ଏହି ଶୋଷଣକାରୀ ଶ୍ରେଣୀ ଶତ୍ରୁମାନଙ୍କ ଦୁନିଆକୁ ଭଲ ଭାବରେ ବୁଝିବା ଆପଣଙ୍କ ପାଇଁ ଗୁରୁତ୍ୱପୂର୍ଣ୍ଣ। ବ୍ୟବସ୍ଥା ବିରୋଧରେ ଏକ ହିଂସାମ୍ବକ ଯୁଦ୍ଧ

କରିବା ଶିଖ ।” ଏହିଭଳି କଥା କହି ସେ ମୋତେ ଜାଣିବୁଝି ବାହାରକୁ ଯିବା ଲାଗି ମନାଇବା ପାଇଁ ଚେଷ୍ଟା କରୁଥିଲେ ।

କୁହାଯାଏ କୌଣସି ଏକ ବ୍ୟବସ୍ଥାର ଅଭିଜ୍ଞତା ହାସଲ କରିବା ପରେ, ଏହାର ସମସ୍ତ କାଳ୍ପନିକ ରଙ୍ଗ କ୍ଷୀଣ ହେବାକୁ ଲାଗେ । ମୋ ସହିତ ସମାନ ହୋଇଥିଲା । ମୋ ହୃଦୟ, ଯାହା ଏକ ଶ୍ରେଣୀଯୁଦ୍ଧ ଏବଂ ଗୌରବମୟ ବିପ୍ଳବର ସ୍ୱପ୍ନକୁ ଗୋଡ଼ାଉଥିବା ଗୁଡ଼ି ଭଳି ଉଡ଼ିବୁଲୁଥିଲା, ତାହା ଏବେ ବାସ୍ତବତାର ନିଛାଟିଆ ବାଲିରେ ଅବତରଣ କରିବାକୁ ଲାଗିଲା । ଜୟଶେଖର ସାରଙ୍କୁ ଘେରି ରହିଥିବା ଆଦର୍ଶବାଦୀ ଉଜ୍ଜ୍ୱଳତା କ୍ଷୀଣ ହେବାକୁ ଲାଗିଲା । ଏପରିକି ମନ୍ଦିରରେ ମଧ୍ୟ, ଯେତେବେଳେ ଦୀପରୁ ନିଆଁ ଲିଭିଯାଏ ସେତେବେଳେ ମଇଳା ପିଉଳ ଦୀପ ଉପରେ କଳା ଚିଟିକା ତେଲର ଅବଶିଷ୍ଟାଂଶ ଭୟଙ୍କର ଦେଖାଯାଏ । ଏହିପରି, ସାରଙ୍କ ପ୍ରକୃତ ଚରିତ୍ର ମୋତେ ଦୃଶ୍ୟମାନ ହେବାକୁ ଲାଗିଲା । ହଠାତ୍ କୌଶଲ୍ୟା ମ୍ୟାଡାମଙ୍କ ଆବୁଜମାଦରେ ପହଞ୍ଚିବା ଘଟଣା ମଧ୍ୟ ତାଙ୍କ ମନର ଆମ୍ଭବିଶ୍ୱାସକୁ ଭାଙ୍ଗିଦେଲା । ଆହୁରି ମଧ୍ୟ, ଆମ ସମ୍ପର୍କରେ ଦିନକୁ ଦିନ ବଢ଼ୁଥିବା ଦୂରତା ମଧ୍ୟ ତାଙ୍କୁ କଷ୍ଟ ଦେଇଥିବ । ତେଣୁ ଦିନେ ରାତିରେ ସେ ମୋ ପାଖକୁ ଆସି କହିଲା, “ଉଡ଼ିଆ, ତୁମେ ଏଠାରେ ଆବୁଜମାଦରେ ରହିବା ଉଚିତ ନୁହେଁ । ଟିକିଏ ବାହାରକୁ ଯିବା ଆରମ୍ଭ କର–”

“କୁଆଡ଼େ ?”

“କୌଣସି ଏକ ଆକ୍ରମଣ ଅଭିଯାନରେ ଯାଇପାର । ମାର୍ଚ୍ଚରେ ଆମର ସାଥୀମାନଙ୍କ ସହ କାନ୍ଧରେ କାନ୍ଧ ମିଶାଇ ଶ୍ରେଣୀଶତ୍ରୁମାନଙ୍କ ଉପରେ ଆକ୍ରମଣ କଲେ ଭଲ ହେବ ।”

‘ଠିକ୍ ଅଛି ସାର୍ ।’

“ଯଦି ତୁମେ ଗୋଟିଏ ସ୍ଥାନରେ ସୀମିତ ରୁହ ତେବେ ମସ୍ତିଷ୍କରେ ଫିଙ୍ଗ ଲାଗିବା ଆରମ୍ଭ କରେ ଏବଂ ଅସ୍ତ୍ରଶସ୍ତ୍ରରେ କଳଙ୍କି ଲାଗିଯାଏ ।”

ଏହି ସମୟରେ ଗାଡ଼ଚିରୋଲି ଜିଲ୍ଲାରେ ଏକ ମିଶନର ଯୋଜନା କରାଯାଉଥିଲା । ପୁଲିସ୍ ୟୁନିଫର୍ମରେ ଥିବା ସେହି ବ୍ୟକ୍ତିମାନେ ଆମର ସାଥୀମାନଙ୍କୁ ବହୁତ ଅସୁବିଧାରେ ପକାଉଥିଲେ– ସେମାନଙ୍କର ଦୈନନ୍ଦିନ ପାଟ୍ରୋଲିଂ, ରାସ୍ତାଘାଟ ଖୋଲିବା ଏବଂ କ୍ରମାଗତ ଗାଲିଗୁଲଜ । ଆମର ଏକ ଦଲ ସେଦିନ ଅପରାହ୍ଣ ୪ଟା ବେଳକୁ ଧାନୋରା ନାମକ ତହସିଲ ସହର ନିକଟରେ ପହଞ୍ଚିଲା । ସେହି ସମୟରେ ଆମ ନକ୍ସଲମାନଙ୍କୁ ଧ୍ୱଂସ କରିବାକୁ ବାହାରିଥିବା ଦୁଇଟି ପୁଲିସ୍ ଗାଡ଼ି ଆମେ ଦେଖିଲୁ । ଗୋଟିଏ ମାରୁତି ଜିପ୍ସି ଏବଂ ଅନ୍ୟଟି କମାଣ୍ଡର ଜିପ୍ ।

ଆମ ଦଳର ନେତା ଆକ୍ରମଣ ପାଇଁ ସଂପୂର୍ଣ୍ଣ ଜାଲ ବିଛାଇଥିଲେ । ଆମ ପିଠି ପଛରେ ହାତୀଗୋଟା ପାହାଡ଼ ଏବଂ ଘଞ୍ଚ ଜଙ୍ଗଲ ଥିଲା । ଆମର ସାଥୀମାନେ ଗଛ କାଟି ରାସ୍ତାରେ ବ୍ୟାରିକେଡ଼ ଆକାରରେ କାଠ ବିଛାଇ ଦେଇଥିଲେ । ଏହିପରି ଭାବରେ ଆମେ ଦୁଇଟି ପୁଲିସ ଗାଡ଼ିକୁ ଘେରିଦେଲୁ । ଏହାପରେ ଅନିୟନ୍ତ୍ରିତ ଗୁଳି ବିନିମୟ ହୋଇଥିଲା । ପୁଲିସ ଫୋର୍ସ ଜୋରଦାର ପ୍ରତିଆକ୍ରମଣ କରିଥିଲେ । କିନ୍ତୁ ସେମାନଙ୍କ ଗାଡ଼ି ଏବଂ ଭାଗ୍ୟ ମଧ୍ୟ ଏକ ଭୟଙ୍କର ଜାଲରେ ପଡ଼ିଯାଇଥିଲା । ଯେତେବେଲେ ସେମାନେ ଅନୁଭବ କଲେ ଯେ ଖସିଯିବା ଅଧିକ କଷ୍ଟକର ହୋଇପଡ଼ିଛି, ସେତେବେଲେ ସେମାନେ ମନୋବଲ ହରାଇବାକୁ ଲାଗିଲେ । ସେମାନେ ଛପିରହି କୌଣସି ସ୍ଥାନରୁ ସାହାଯ୍ୟ ପହଞ୍ଚିବା ଲାଗି ପ୍ରାର୍ଥନା କଲେ ।

ପୁଲିସ ଯେଉଁଭଲି ଭାବେ ହତାଶଜନକ ଅବସ୍ଥାରେ ପହଞ୍ଚିଥିଲା ତାହା ଦେଖି ଆମ କମାଣ୍ଡରମାନେ ଆଗକୁ ବଢ଼ିବାକୁ ଲାଗିଲେ । ଆମେ ଆମର ଏକେ-୪୭ ଏବଂ ୟୁଆରଏଲ ବନ୍ଧୁକରୁ ଏତେ ଜୋରରେ ଗୁଳି ଚଲାଇଥିଲୁ ଯେ ପୁଲିସ ଗାଡ଼ିର କବାଟ ଖସିପଡ଼ିଥିଲା । କାଚ ଖଣ୍ଡ ସବୁ ଦିଗରେ ବିଞ୍ଚିହୋଇଗଲା । ଗୁଳିବର୍ଷଣର ଯନ୍ତ୍ରଣାରେ ଛଟପଟ ହୋଇ ପୁଲିସ କର୍ମଚାରୀମାନେ ସେମାନଙ୍କ ଗାଡ଼ିରୁ ଡେଇଁପଡ଼ିଲେ । ସୂର୍ଯ୍ୟୋଦୟ ବେଲେ ପୁଲିସ କର୍ମୀଙ୍କ ଚିତ୍କାର ଏବଂ ସେମାନଙ୍କ ଶରୀରରୁ ଛିଟିକି ପଡ଼ୁଥିବାର ରକ୍ତର ଦୃଶ୍ୟ ହୃଦୟ ବିଦାରକ ମନେ ହେଉଥିଲା ।

ଆମେ ଗାଡ଼ି ଚାରିପାଖରେ ବିଛାଇ ହୋଇ ପଡ଼ିଥିବା ଏଗାରଟି ୟୁନିଫର୍ମଧାରୀ ଶବ ଗଣିଲୁ । ତା'ପରେ ମୁଁ କାରର ପଛରେ ସାମାନ୍ୟ ଗତି ଦେଖିଲି । ଦୌଡ଼ିଯାଇ ଦେଖିଲା ବେଲକୁ ପାଞ୍ଚ ଜଣ ମହିଳା କନଷ୍ଟେବଲ ଅନିୟନ୍ତ୍ରିତ ଥରୁଥିଲେ । ସେ ରାଜକୁମାର ହୁଅନ୍ତୁ କିମ୍ବା ଭିକାରୀ ହୁଅନ୍ତୁ ବା କୌଣସି ଖାସ ଅଧିକାରୀ ହୁଅନ୍ତୁ, ସମ୍ମୁଖରେ ମୃତ୍ୟୁର ଆଁ ସାମ୍ନାରେ ସଭିଏଁ ଥରିବାକୁ ଲାଗନ୍ତି ।

ଆମ ସମ୍ମୁଖରେ ଭୟଙ୍କର ରୂପେ ଥରୁଥିବା ମହିଳା କନେଷ୍ବଲମାନେ ସମସ୍ତେ ଯୁବବୟସ୍କା ଥିଲେ । ସେମାନେ ଖସିଯିବାର ଆଶାରେ ପଛକୁ ଘୁଞ୍ଚିବାକୁ ଚେଷ୍ଟା କରୁଥିଲେ । ମୋର ତୀକ୍ଷ୍ଣ ଆଖି ଦେଖିଲା ଯେ ସେହି ପାଞ୍ଚଜଣଙ୍କ ମଧରୁ ତିନିଜଣ ଗର୍ଭବତୀ ଥିଲେ, ଅର୍ଥାତ୍ ସେହି ତିନିଟି ଶରୀରରେ ଦୁଇଟି ଲେଖାଏଁ ପ୍ରାଣ ବଞ୍ଚିଥିଲା । ଶେଷ ମୁହୂର୍ତ୍ତ ଆସିଯାଇଛି ବୋଲି ଭାବି ସେମାନଙ୍କ ଚେହେରା ଧଲା ପଡ଼ିଗଲା । ଦୁଇଜଣ ବରିଷ୍ଠ ମହିଳା, ଯେଉଁମାନେ ଗର୍ଭବତୀ ନ ଥିଲେ, ହଠାତ୍ ସେମାନଙ୍କର ତିନି ଗର୍ଭବତୀ ସହକର୍ମୀଙ୍କ ସୁରକ୍ଷା ନେଇ ସଚେତନ ହୋଇଉଠିଲେ । କୌଣସି ପ୍ରକାରେ ତିନିଜଣ ଗର୍ଭବତୀଙ୍କୁ ରକ୍ଷା କରିବା ଲାଗି ସେମାନେ ସାମ୍ନାକୁ ଆସିଯାଇଥିଲେ ।

ଆମର ସାଥୀମାନେ ସେମାନଙ୍କୁ ଗୁଳି କରିବା ପାଇଁ ବନ୍ଧୁକ ଉଠାଇଲେ। ହଠାତ୍‌ ମୋର ସମଗ୍ର ଶରୀର ଏକ ଅସହ୍ୟ କମ୍ପନ ଖେଳିଉଠିଲା, ସତେ ଯେପରି ହଠାତ୍‌ ଆକାଶରୁ ମୋ ଉପରେ ବଜ୍ରପାତ ହେଲା। ମୁଁ ଆଗକୁ ଯାଇ ପୁଲିସ୍‌ ଏବଂ ମୋର ଅଗ୍ରଗାମୀ ସାଥୀମାନଙ୍କ ମଝିରେ ଠିଆ ହୋଇଗଲି। "ରୁହ!" ମୁଁ ଚିକ୍ଲାର କଲି, "ଦୟାକରି ରହିଯାଅ! ସେମାନଙ୍କୁ ମାର ନାହିଁ!"

"ତୁମେ ପାଗଳ କି!" ଆମ କମାଣ୍ଡର ଗର୍ଜନ କଲେ।

"କିନ୍ତୁ ଭାଇ, ମୁଁ ଭିକ୍ଷା ମାଗିଲି, "ଆପଣ ସେମାନଙ୍କୁ କିପରି ଗୁଳି କରି ପାରିବ? ସେମାନେ ଗର୍ଭବତୀ!"

"ମୂର୍ଖ ଝିଅ! ଏମାନେ ହେଉଛନ୍ତି ୟୁନିଫର୍ମ ପରିହିତ ଡକାୟତ! ପୁରୁଷ ହୁଅନ୍ତୁ କି ମହିଳା, ଯଦି ସେମାନେ ୟୁନିଫର୍ମରେ ଅଛନ୍ତି ଆମ ମାଓବାଦୀଙ୍କ ପାଇଁ ସେମାନେ ଶତ୍ରୁ। ସେମାନଙ୍କୁ ଧ୍ୱଂସ ନ କରିବା ଯାଏଁ ଆମେ ବିଶ୍ରାମ ନେବୁ ନାହିଁ।"

ମୁଁ କମାଣ୍ଡରଙ୍କ ପାଦତଳେ ପଡ଼ିଲି, "ଏମାନେ ଶତ୍ରୁ ନୁହଁନ୍ତି, ଏମାନେ ଶ୍ରେଣୀଶତ୍ରୁ ନୁହଁନ୍ତି।"

"ତା'ହେଲେ ସେମାନେ କ'ଣ?"

"ଯେହେତୁ ସେମାନେ ପିଲାମାନଙ୍କୁ ଜନ୍ମ ଦେବାକୁ ଯାଉଛନ୍ତି, ତେଣୁ ସେମାନଙ୍କୁ କେବଳ ମାଆ ରୂପରେ ଦେଖନ୍ତୁ କମାଣ୍ଡର! ସେମାନଙ୍କର ସ୍ଥାନ ଦେବତାମାନଙ୍କ ପାଦତଳେ!" ଏହା କହି ମୁଁ କମାଣ୍ଡରଙ୍କ ପାଦତଳେ ପଡ଼ିଗଲି। "ଦୟାକରି ରହି ଯାଆନ୍ତୁ, କମାଣ୍ଡର, ଭ୍ରୂଣ ହତ୍ୟାରୁ ବଡ଼ ପାପ ଦୁନିଆରେ ନାହିଁ।"

ପ୍ରାୟ ଆଠ କିମ୍ବା ଦଶଜଣ ପୁରୁଷ ନକ୍ସଲ ଆଗକୁ ବଢ଼ିଆସିଲେ ଏବଂ ମୋତେ ଉଠାଇନେଇ ଗୋଟିଏ ପାର୍ଶ୍ୱକୁ ଫିଙ୍ଗିଦେଲେ। ମୁଁ ଧୂଳିରେ ପଡ଼ରହିଥିବା ଅବସ୍ଥାରେ, ଗୁଳିର ଶବ୍ଦ ଶୁଣିଲି। ମୁଁ ବନ୍ଧୁକର ଗୁଳିବର୍ଷା ଭିତରୁ ରାକ୍ଷସଙ୍କ ପଦଧ୍ୱନି ଶୁଣିଲି।

ମୁଁ ଧୀରେ ଧୀରେ ନିଜକୁ ଉଠାଇ ମୋର ପୋଷାକ ଝାଡ଼ିଲି। ମୁଁ ଦେଖିଲି ପାଞ୍ଚଜଣ ମହିଳା କନେଷ୍ଟବଳଙ୍କ ମୃତଦେହ ମୋ ସାମ୍ନାରେ ବିଛାଡ଼ି ହୋଇ ରହିଛି। ତାଙ୍କ ପୋଷାକର ଖାକି ରଙ୍ଗକୁ ସେମାନଙ୍କ ଦେହର ରକ୍ତ ଆହୁରି ଗଭୀର କରିଦେଲା। ଗର୍ଭବତୀ ମହିଳାଙ୍କ ପେଟ ଟାୟାର ପରି ଫାଟିଯାଇଥିଲା। ମୁଁ ଭୟଙ୍କର ଭାବେ ବାନ୍ତି କରୁଥିଲି। ମହିଳାମାନଙ୍କ ଗର୍ଭାଶୟଗୁଡ଼ିକ ମାଟିରେ ଘୋଡ଼ାଇ ହୋଇ ରହିଥିଲା ସତେ ଯେପରି ସେମାନେ ପୁରୁଷମାନଙ୍କ ଏହି ନିଷ୍ଠୁର ଦୁନିଆକୁ ଦେଖିବା ପାଇଁ ଚାହୁଁ ନ ଥିଲେ।

ସେଦିନ ସନ୍ଧ୍ୟାରେ ଏକ ଭାରୀ ପୁଲିସ୍‌ ଫୋର୍ସ ହାତୀଗୋଟାର ସେହି ସ୍ଥାନରେ

ପହଞ୍ଚିଥିଲା । ଯେହେତୁ ଆମ ଉପରେ କୌଣସି ବିପଦ ଆସୁ ବୋଲି ଆମେ ଚାହୁଁ ନ ଥିଲୁ, ତେଣୁ ଜଙ୍ଗଲର ଗୁମ୍ଫା ଭଳି ଏକ ସ୍ଥାନରେ ଆମେ ଆଶ୍ରୟ ନେଇଥିଲୁ ଏବଂ ପରବର୍ତ୍ତୀ ଦୁଇ ତିନି ଦିନ ପର୍ଯ୍ୟନ୍ତ ସେଠାରେ ଲୁଚି ରହିଥିଲୁ ।

ସେହି ହାତୀଗୋଟା ଘଟଣା ପରେ, ମୁଁ ମୋର ମାନସିକ ଭାରସାମ୍ୟ ହରାଇଥିଲି । ନକ୍ସଲ ହେଉ ବା ପୁଲିସ, ରାଇଫଲ ତାହା ଦେଖେନାହିଁ । ମୁଁ ଶୋଇପାରିଲି ନାହିଁ । ପ୍ରତ୍ୟେକ ଥର ମୁଁ ଆଖି ବନ୍ଦ କଲାବେଳେ, ସେହି ବିକ୍ଷିପ୍ତ ଗର୍ଭାଶୟଗୁଡ଼ିକର ଦୃଶ୍ୟ ମୋ ଆଖିରେ ଝଲସିଉଠୁଥିଲା । ମୁଁ ଭିତରୁ ପୁରା ଭାଙ୍ଗି ପଡ଼ିଥିଲି । ମୁଁ ମୋ ମା' ବିଷୟରେ ଭାବିଲି ଯିଏ ମୋତେ ବଞ୍ଚାଇବାକୁ ଚେଷ୍ଟା କରି ନିଜକୁ ପଙ୍ଗୁ କରିଦେଇଥିଲା । ସେହି ରାଇଫଲଗୁଡ଼ିକ ସମେତ ସେହି ଅସ୍ତ୍ରକୁ ପୂଜା କରୁଥିବା ନକ୍ସଲଙ୍କ ପ୍ରତି ମୋର ଘୃଣା ବଢ଼ିଲା । ମୋତେ ଲାଗିଲା ଏମିତି ଏକ ଜଙ୍ଗଲକୁ ଚାଲିଯିବି ଯେଉଁଠାରେ ରାଇଫଲ ନ ଥିବ ।

ଖବରକାଗଜରେ ହାତିଗୋଟା ଆକ୍ରମଣକୁ ଗୁରୁତ୍ୱର ସହିତ ରିପୋର୍ଟ କରାଯାଇଥିଲା । ମୁଁ ସେହି ପାଞ୍ଚଜଣ ମହିଳାଙ୍କ ଚିତ୍ର ଦେଖିଲି, ସେମାନେ ସେଠାରେ ହସହସ ଦିଶୁଥିଲେ । ସେମାନେ ସେମାନଙ୍କର ପିତାମାତା କିମ୍ବା ସ୍ୱାମୀଙ୍କୁ ଘର ଚଲାଇବାରେ ସାହାଯ୍ୟ କରିବା ଉଦ୍ଦେଶ୍ୟରେ ଏହି ସେଦାରେ ଯୋଗ ଦେଇଥିଲେ । ଏହି ଚିତ୍ରଗୁଡ଼ିକ ପାଖରେ ସେମାନଙ୍କ କପଡ଼ାର ଆବୃତ ମୃତ ଦେହର ଚିତ୍ରଗୁଡ଼ିକ ଛପାହୋଇଥିଲା । ଶୋଭା ତାଡେ, ଫରିଦା, ଶକୁନ୍ତଳା ଆଲାମ, ଅଲକା ଗାଣ୍ଡ୍ରେ ଏବଂ ସୁନୀତା କାଲେ– ତାଙ୍କ ପିତାମାତା ଏହି ନାମଗୁଡ଼ିକ କେତେ ଆଦରରେ ଡାକୁଥିବେ ! ଦୁର୍ଭାଗ୍ୟ, ସେମାନେ ନିଜେ ସେମାନଙ୍କର ପିଲାଙ୍କ ନାମ ଦେଇପାରିଲେ ନାହିଁ ।

ଆବୁଜମାଦକୁ ଫେରିବା ବାଟରେ ଆମେ ଇନ୍ଦ୍ରାବତୀ ପାର ହେଉଥିଲୁ । ହାତୀଗୋଟା ଘଟଣା ପରେ ମୋ ମନ ଭାରାକ୍ରାନ୍ତ ହୋଇପଡ଼ିଲା । ଯେତେବେଳେ ଆମେ ବିଶାଳ ନଦୀଶଯ୍ୟା ଦେଇ ଗଲୁ, ସେତେବେଳେ ମୁଁ ବଡ଼ ଗୋଲାକାର, କଳା ପଥର ସବୁଆଡ଼େ ବିଛା ହୋଇଥିବାର ଦେଖିଲି । ଦୂରରୁ ବର୍ମା କିମ୍ବା ମାଲାବାରୀ ହାତୀ ସଦୃଶ ଦିଶୁଥିଲେ । କେତେକ ଛୋଟ ଛୋଟ ତିଖ ପଥର ବାଲିରେ ପୋତି ହୋଇଥିଲା, ସାବଧାନ ନ ରହିଲେ ପାଦରେ ପଶିଯିବାର ଆଶଙ୍କା ବହୁତ । ମୁଁ ସେହି ନଦୀପଠାର ସୂକ୍ଷ୍ମ ବାଲି ଉପରେ ଚାଲୁଥିବାବେଳେ ମୋର ଜଣେ ବନ୍ଧୁ ମୋ ପାଖକୁ ଆସି ମୋତେ ଏମିତି ଏକ ଖବର ଦେଲେ ଯାହା ମୋତେ ଅତ୍ୟନ୍ତ ଉତ୍ଫୁଲ୍ଲିତ କଲା ।

ନଦୀର ଅପର ପାର୍ଶ୍ୱରେ ଏକ ପୁଲିସ୍ କ୍ୟାମ୍ପ ଥିଲା ଯେଉଁ ଶିବିରରେ ମୋ

ଭାଇ ଠାକେରାମ କମାଣ୍ଡୋ ଭାବରେ କାର୍ଯ୍ୟ କରୁଥିଲେ । ମୁଁ ସିଧାସଳଖ ମାଉ୍ ପର୍ବତକୁ ନ ଯାଇ ନିକଟସ୍ଥ ଏକ ଗାଁରେ ଏକ ସପ୍ତାହ ବିତାଇବାକୁ ସ୍ଥିର କଲି ।

ମୁଁ ମୋର ଭାଇକୁ ଶେଷ ଥର ଦେଖିବାର ୧୦ ବର୍ଷରୁ ଅଧିକ ସମୟ ବିତିଯାଇଥିଲା । ମୁଁ ଯେତେ ଚେଷ୍ଟା କଲେ ମଧ ତାଙ୍କର ରୂପ ମନେ ପକାଇପାରିଲି ନାହିଁ । ମୋ ବାପା ନିଖୋଜ ହୋଇଯାଇଥିଲେ, ମୁଁ ଜାଣି ନ ଥିଲି ଯେ ମୋର ପଙ୍ଗୁ ମା' ଜୀବିତ କି ମୃତ । ଏହି ଦୁନିଆରେ ମୋର ରକ୍ତସମ୍ପର୍କର କେବଳ ଜଣେ ବ୍ୟକ୍ତି ଥିଲେ ଏବଂ ସେ ଥିଲେ ମୋର ଠାକେରାମ ଭାଇ ।

ମୁଁ ଯେଉଁ ବିପଦ ମୁହଁକୁ ଯାଉଥିଲି ସେ ନେଇ ମୁଁ ସମ୍ପୂର୍ଣ୍ଣ ଭାବେ ସଚେତନ ଥିଲି । ଜଣେ ନକ୍ସଲପନ୍ଥୀ ଝିଅ ପୁଲିସ୍ କ୍ୟାମ୍ପରେ ଭାଇକୁ ଭେଟିବାକୁ ଯାଉଥିବା ଠାରୁ ଖୁବ୍ କମ୍ ଉତ୍ତେଜନାମୂଳକ ପରିସ୍ଥିତ ହୋଇପାରେ । ବିସ୍ଫୋରକପୂର୍ଣ୍ଣ ସ୍ଥାନକୁ ଯିବା ଠାରୁ ଏହା କମ ବିପଦପୂର୍ଣ୍ଣ ନ ଥିଲା । କିନ୍ତୁ ମୁଁ ଏମିତି ଏକ ମାନସିକ ସ୍ଥିତିରେ ଥିଲି ଯେଉଁଠାରେ ମୁଁ ନିଜ ଜୀବନ କଥା ଚିନ୍ତା କରୁ ନଥିଲି । ରାସ୍ତାରେ ପାହାଡ଼ ଆକାରର ବାଧା ଥିଲା, କିନ୍ତୁ ଖୁସି ଖବରଟି ହେଲା ବିଭାଜନର ଉଭୟ ପାର୍ଶ୍ୱରେ ମୋ ନିଜର ଲୋକ ଥିଲେ- ପୁଲିସ୍ ଏବଂ ନକ୍ସଲ । ମୁଁ ଏହି ସମ୍ପର୍କର ଲାଭ ଉଠାଇ ଭାଇ ପାଖରେ ପହଞ୍ଚିବା ପାଇଁ ନିଷ୍ପତ୍ତି ନେଲି । ଏହି ଭୂମିରେ ଆମ ଉଭୟଙ୍କ ଜୀବନରେ କ'ଣ ହେବ ତାହା କହିବା ଅସମ୍ଭବ । ସାଲଭା ଜୁଡ଼ୁମର ଅଶାନ୍ତ ଦିନରେ ମୋ ମା'ର ଦୁଇ ଭଉଣୀ ଅଦୃଶ୍ୟ ହୋଇଯାଇଥିଲେ । ସେମାନେ ମୃତ କି ଜୀବିତ ତାହା କେହି ଜାଣି ନାହାନ୍ତି ।

ମୋର କିଛି ବନ୍ଧୁ ନଦୀର ଅପର ପାର୍ଶ୍ୱରେ ଥିବା ପୁଲିସ କମାଣ୍ଡୋ କ୍ୟାମ୍ ସହିତ ସଂଯୋଗ ସ୍ଥାପନ କରିବାରେ ସଫଳ ହୋଇଥିଲେ । ମୁଁ ଯେପରି ଆଶା କରିଥିଲି, ଦେଖାଗଲା ଯେ ସେହି ଶିବିରରେ ମୋ ଆଖପାଖ ଗାଁର ଅନେକ ପିଲା ଅଛନ୍ତି । ସେଠାରେ ସେନାଧ୍ୟକ୍ଷ ମୋର ଯନ୍ତ୍ରଣା ବୁଝିଥିଲେ ଏବଂ ସାହାଯ୍ୟ କରିବାକୁ ପ୍ରତିଜ୍ଞା କରିଥିଲେ । ମୋ ଭାଇ ଅନ୍ୟ ଏକ ଜିଲ୍ଲାରୁ ଏହି ୟୁନିଟ୍କୁ ବଦଲି ହୋଇ ଆସିଥିଲେ । ମୋର ଉତ୍କଣ୍ଠାର ସ୍ତର ଏତେ ଉଚ୍ଚ ଥିଲା ଯେ ମୁଁ ଖାଇବା ପିଇବା ଭୁଲିଯାଇଥିଲି । ମୋର ମନରେ କେବଳ ଗୋଟିଏ ଚିନ୍ତା ଚାଲିଥିଲା- ମୁଁ ଶୀଘ୍ର ମୋର ଏକମାତ୍ର ଭାଇକୁ ଦେଖିବି ।

ଏହା ପୂର୍ବରୁ ଉଭୟ ପକ୍ଷର ଉଚ୍ଚପଦସ୍ଥ ଅଧିକାରୀଙ୍କୁ ପ୍ରତିଶ୍ରୁତି ଦେବା ଜରୁରୀ ଥିଲା ଯେ କୌଣସି ପ୍ରକାର ବିଶ୍ୱାସଘାତକତା ହେବ ନାହିଁ । ସକାଳେ ସାକ୍ଷାତର ସମୟ ସ୍ଥିର କରାଯାଇଥିଲା । ସ୍ଥାନଟି ନଦୀଶଯ୍ୟାର ଶୁଖିଲା ଅଂଶରେ ପଡ଼ିଥିବା ଏକ

ବିରାଟ ସମତଳ ପଥର ଥିଲା। ସେଦିନ ଦଶ ବର୍ଷ ପରେ ଭୋର ସମୟରେ ଆମେ ଦୁହେଁ ଭେଟିବା ନିର୍ଦ୍ଧାରିତ ହୋଇଥିଲା।

ମୁଁ ଆୟୁଏ ଗଭୀର ପାଣିରେ ଚାଲିଚାଲି ଯାଉଥିବା ବେଳେ ଅନ୍ୟ ପାର୍ଶ୍ୱରୁ ପାଦ ଶବ୍ଦ ଶୁଣିଲି। ଶୀଘ୍ର ମୁଁ ଅନ୍ୟ ପାର୍ଶ୍ୱରେ ନିର୍ଦ୍ଧାରିତ ପଥର ନିକଟରେ କିଛି ଲୋକଙ୍କ ଛାଇ ଦେଖିପାରିଲି। ଛୋଟ ଗୋଷ୍ଠୀଟିକୁ ଜଣେ ଅଳ୍ପ ବୟସର ଯୁବକ ପରିଚାଳନ କରୁଥିଲେ। ସେ ମୋ ଆଡ଼କୁ ଦୌଡ଼ି ଦୌଡ଼ି ଆସୁଥିଲେ। ମୋ ପାଖରେ ଠିଆ ହୋଇଥିବା ବନ୍ଧୁ ମୋତେ ଠେଲିଦେଇ କହିଲେ, "ସେ ତୁମର ଭାଇ ଉଡ଼ିୟା। ଯାଅ ତାଙ୍କୁ ସାକ୍ଷାତ କର।" ମୁଁ ଗଛର ଡାଳରୁ ଉଡ଼ିଯାଉଥିବା ମୟୂର ପରି ଡେଇଁପଡ଼ିଲି ଏବଂ ତାଙ୍କ ଆଡ଼କୁ ଦୌଡ଼ିଲି। ଆମେ ପରସ୍ପରକୁ ଖୁବ୍ ଜୋର ଆଲିଙ୍ଗନ କଲୁ। ସତେ ଯେପରି ଆମ ହୃଦୟ ସମାନ ବେଗରେ ସ୍ପନ୍ଦିତ ହେଉଥିଲା। ପିତାମାତାଙ୍କ ସମାନ ରକ୍ତ ଆମ ଧମନୀରେ ପ୍ରବାହିତ ହେଉଥିଲା। ଆମେ ଆଲିଙ୍ଗନରୁ ପରସ୍ପରକୁ ମୁକ୍ତ କରି ଆଖି ମିଶାଇଲୁ, ପୁଣି ଆଲିଙ୍ଗନ କଲୁ; ଆମେ ହସିଲୁ, କାନ୍ଦିଲୁ ମଧ୍ୟ।

ସେଠାରେ ଅନ୍ୟ ଛଅ ଜଣ ଯୁବକ ଥିଲେ ଯେଉଁମାନେ ଠାକେରାମ ଭାଇଙ୍କ ସହିତ ଦେହରକ୍ଷୀ ଭାବରେ ଆସିଥିଲେ। ସେମାନେ ପରସ୍ପରଠାରୁ ପ୍ରାୟ ପାଞ୍ଚ କିମ୍ବା ଛଅ ଫୁଟ୍ ଠିଆ ହୋଇଥିଲେ। ସେମାନେ ଭାଇଙ୍କୁ ଏକ ସୁରକ୍ଷା ଦଳୟ ଭିତରେ ରଖିଥିଲେ। ସେହି ସଂକ୍ଷିପ୍ତ ସାକ୍ଷାତରେ ଆମେ ଦୁହେଁ ଝରାଇଥିବା ଲୁହ ଇନ୍ଦ୍ରାବତୀ ବନ୍ୟା ପରିସ୍ଥିତି ସୃଷ୍ଟି କରିବା ପାଇଁ ଯଥେଷ୍ଟ ଥିଲା। ଆମେ ପରସ୍ପରର ଗାଲ, କପାଳ, କାନ, ନାକକୁ ଚୁମ୍ବନ ଦେଲୁ। ତଥାପି ମନ ଭରୁ ନ ଥାଏ। ଠିକ୍ ସେତିକିବେଳେ ଅନ୍ୟ ପାର୍ଶ୍ୱରୁ ଏକ ଶବ୍ଦ ଭାସି ଆସିଲା; ଆମେ ବୁଝିଗଲୁ ଯେ ଗୁପ୍ତ ବୈଠକର ସମୟ ସମାପ୍ତ ହୋଇଛି। ଆମେ ପରସ୍ପରକୁ ଶେଷ ଧର ଜୋର୍‌ରେ କୁଣ୍ଢାଇ ପକାଇଲୁ ଏବଂ ଅଲଗା ହୋଇଗଲୁ।

ମୁଁ ସାତଜଣଙ୍କୁ ଫେରୁଥିବାର ଦେଖୁଥିବା ବେଳେ ହଠାତ୍ ମୋ ପଛରୁ ନକ୍ସଲ ଗୋଷ୍ଠୀରୁ ଗୁଳିମାଡ଼ ଆରମ୍ଭ ହେଲା। ମୋ ଆଗରେ ମୋ ଭାଇ ଗୋଷ୍ଠୀର କିଛି ଯବାନ ବାଲିରେ ଟଳିପଡ଼ିବା ଦୃଶ୍ୟ ଦେଖି ମୁଁ ସ୍ତବ୍ଧ ହୋଇଗଲି। ସେମାନଙ୍କ ମଧ୍ୟରୁ ପାଞ୍ଚଜଣ ମୁହଁ ମାଡ଼ି ପଡ଼ିଯାଇଥିଲେ। ସେମାନଙ୍କ ମଧ୍ୟରୁ ଦୁଇଜଣ କୌଶସି ପ୍ରକାରେ ଖସି ପଳାଇଲେ।

ପୁଲିସ ଏବଂ ନକ୍ସଲମାନେ ପରସ୍ପରକୁ କେବେବି ବିଶ୍ୱାସ କରନ୍ତି ନାହିଁ। ଏହି ଅବିଶ୍ୱାସ ହିଁ ଏହି ବିଶ୍ୱାସଘାତକତାର କାରଣ ହୋଇଥିଲା। ଏହି ମାମଲା ଉଭୟ ପକ୍ଷର ଉଚ୍ଚ ପଦାଧିକାରୀଙ୍କ କାନରେ ପଡ଼ିବାକୁ ଯାଉଥିଲା। କିନ୍ତୁ ମୋ ଆଖି ସାମ୍ନାରେ

ଖେଳିଯାଇଥିବା ଦୃଶ୍ୟ ମୋ ଆଖିରୁ ନିଦ ଛଡ଼ାଇ ନେଇଗଲା। ସେହି ଗୁଳିମାଡ଼ରେ ଟଳିପଡ଼ିଥିବା ପାଞ୍ଜଣ କିଏ ଥିଲେ? କେଉଁ ଦୁଇଜଣ ଖସି ପଳାଇବାରେ ସଫଳ ହୋଇଥିଲେ? ମୋର ଠାକେରାମ ଭାଇ ଏବେ କେଉଁଠି? ସେ ବାଲି ଉପରେ ପଡ଼ିଛନ୍ତି ନା ସୁରକ୍ଷିତ ସ୍ଥାନରେ ଅଛନ୍ତି? ଯାହା ହୋଇଥିଲେ ବି ଦୁଇଟି ଯାକ ପରିସ୍ଥିତି ନେଇ ଏକ ଅସହ୍ୟ ଅପରାଧବୋଧ ମୋ ମନକୁ ଆଚ୍ଛନ୍ନ କରିପକାଇଲା। ମୁଁ ଅନୁଭବ କରୁଥିଲି ଯେ ମୁଁ ସେହି ପାପୀ ଯିଏ ପାଞ୍ଚ ଜଣ ଯୁବକଙ୍କୁ ହତ୍ୟା କରିଥିଲା। ସେମାନଙ୍କ ମଧ୍ୟରୁ ଜଣେ ମୋର ଭାଇ ହୋଇଥାଇପାରେ। ଦୁଃସ୍ୱପ୍ନରେ ମୁଁ ଭାଙ୍ଗିପଡ଼ିଲି। ପାଞ୍ଚ ଜଣ ଯୁବକ ଦୌଡ଼ିବା ସମୟରେ ବାଲିରେ ମିଳେଇ ଯାଉଥିବା ଦୃଶ୍ୟରୁ ମୁଁ ମୁକ୍ତି ପାଇ ପାରିଲି ନାହିଁ।

ସେହି ଅଘଟଣ ପରେ ମୁଁ ବିକ୍ଷିପ୍ତ ମନରେ ଆବୁଜମାଦକୁ ଫେରିଗଲି। ମୁଁ ଲଗାତାର କାନ୍ଦିବାକୁ ଲାଗିଲି। ମୋର ଭାଷା ଅତ୍ୟନ୍ତ ଅଶ୍ରାବ୍ୟ ପାଲଟିଗଲା। ସେହି ଦୁଇଟି ଘଟଣା ମୋତେ ସବୁଦିନ ପାଇଁ ଅଶାନ୍ତ କରିଦେଇଥିଲେ। ସେହି ଘଟଣାଗୁଡ଼ିକର ଦୃଶ୍ୟ ଜାମୁକୋଲି ଗଛରେ ଲାଗୁଥିବା ପୋକ ପରି ମୋ ମସ୍ତିଷ୍କକୁ ବିଂଧ କରିଦେଉଥିଲେ। ମୁଁ ଯେତେବେଳେ ମୋର ଡାହାଣକୁ କଡ଼ କରି ଶୋଇଲି, ମୋତେ ସାତଜଣ ଯୁବକଙ୍କ ଛବି ଦିଶିଲା। ମୁଁ ଯେତେବେଳେ ମୋ ବାମକୁ କଡ଼ କରି ଶୋଇଲି, ହାତୀଗୋଟାସ୍ଥିତ ସେହି ଜଙ୍ଗଲରେ ପାଞ୍ଚଜଣ ମହିଲା ପଡ଼ିଥିବାର ଛବି ମୋ ମନରେ ଭାସିଉଠୁଥିଲା। ଏକଥା ଚାରିଆଡ଼େ ବ୍ୟାପିଗଲା ଯେ ମୁଁ ଆମ ଭଗବାନ ମାଓଙ୍କ ସମେତ ପାର୍ଟିକୁ ଖୋଲାଖୋଲି ଅଭିଶାପ ଦେଉଛି। ମୁଁ ଜ୍ୱରରେ ଥରି ଉଠୁଥିଲି। ଜୟଶେଖର ସାର ମୋତେ ସହାନୁଭୂତି ଦେଖାଇ ଶାନ୍ତ କରିବାକୁ ଚେଷ୍ଟା କଲେ। "ଦେଖ, ଆମର 'ଜନତାଙ୍କ ସରକାର' ପୃଥିବୀର ସନ୍ତାନଙ୍କ ଉନ୍ନତି ପାଇଁ ଉଦ୍ଦିଷ୍ଟ। ଯଦି ଏହି ଶ୍ରେଣୀ-ସଂଗ୍ରାମକୁ ଲକ୍ଷ୍ୟସ୍ଥଳରେ ପହଞ୍ଚାଇବାକୁ ହେଲେ ଉଭୟ ଭଲ ଏବଂ ଖରାପ ଘଟଣା ଦେଖିବାକୁ ପଡ଼ିବ। ତୁମେ ଏକଥା କାହିଁକି ବୁଝିପାରୁ ନାହିଁ?"

"କଣ ବୁଝିବି?"

"ପୁଞ୍ଜିପତିଙ୍କ ବିରୋଧରେ ଏହି ଯୁଦ୍ଧ କରିବାକୁ ଆମେ ଆମର ବ୍ୟକ୍ତିଗତ ଜୀବନକୁ ବିସର୍ଜ ଦେଇଛୁ। ଆମେ ଆମ ପରିବାରକୁ ତ୍ୟାଗ କରିଛୁ, ଆମର ସୁଖ ଦୁଃଖ ତ୍ୟାଗ କରିଛୁ ଏବଂ ଏହି ପର୍ବତଗୁଡ଼ିକରେ ଶଢ଼ିବାକୁ ଆସିଛୁ।"

"ସାର୍ ଏହା ମୋତେ ମିଛ ଭଳି ଲାଗୁଛି।"

"ମିଛ କାହିଁକି?"

"ତୁମର ପ୍ରକୃତ ପତ୍ନୀ, ଯାହାଙ୍କୁ ତୁମେ ବିବାହ କରିଛ ସେ ହାଇଦ୍ରାବାଦର ଜଣେ ପ୍ରଫେସର। ଏବଂ ତୁମର ପୁଅ ଦିଲ୍ଲୀରେ, ଜେନ୍ୟୁରେ ଅଥବା ଜ୍ୟୁରେ ପଢୁଛନ୍ତି—"

"ଜେଏନ୍ୟୁ"

"ସେ ଯାହା ବି ହେଉ। ସେ ସେଠାରେ ପଢୁଛନ୍ତି। ଆପଣଙ୍କର ଅନ୍ୟ ପୁଅ ଆମେରିକାରେ ଅବସ୍ଥାପିତ। କିନ୍ତୁ ଆମେ ଏବଂ ଆମର ପିଲାମାନେ କେଉଁଠି ଅଛନ୍ତି ? କିନ୍ତୁ ଆମେ ତ ଏହି ପର୍ବତର କାଦୁଅରେ ଘାଣ୍ଟି ହେଉଛୁ ?"

ସାର ତା'ପରେ ମୋତେ ଶ୍ରେଣୀ-ଶତ୍ରୁଙ୍କୁ ନେଇ ସେହି ସବୁ ପ୍ରପାଗୋଣ୍ଡା ଆରମ୍ଭ କଲେ। ମୁଁ ସେସବୁ କଥା ଆଉ ଶୁଣିପାରିଲି ନାହିଁ। ମୁଁ ବିଛଣାରୁ ଉଠି ତମ୍ବୁରୁ ବାହାରିଗଲି। ମୁଁ ମୋର ସାଙ୍ଗମାନଙ୍କ ସହିତ ସାମ୍ନାରେ ଥିବା ଏକ ସାଧାରଣ ତମ୍ବୁରେ ରାତି କଟାଇଲି।

ଏହା ମୋ ପାଇଁ ଏକ ଗୁରୁତ୍ୱପୂର୍ଣ୍ଣ ରାତି ବୋଲି ପ୍ରମାଣିତ ହେଲା। ମୋର ବନ୍ଧୁମାନେ ମୋ ପାଖକୁ ଆସି ମୋତେ କହିଲେ ଯେ ପାଖ ତମ୍ବୁରେ ଶୀର୍ଷ ନେତାମାନଙ୍କର ଏକ ବଡ଼ ବୈଠକ ଚାଲିଛି। ସଦସ୍ୟମାନେ ଦୁଇଟି ଦଳରେ ବିଭକ୍ତ ହୋଇଥିବା ପରି ମନେ ହେଉଛି— ଗୋଟିଏ ମହାରାଷ୍ଟ ଓ ଛତିଶଗଡ଼ର ସଦସ୍ୟ ଏବଂ ଅନ୍ୟଟି ଆନ୍ଧ୍ରର ସଦସ୍ୟ। ଏହି ଅଞ୍ଚଳର ଆଦିବାସୀ ଗୋଷ୍ଠୀ ଆନ୍ଧ୍ର ମାଓବାଦୀଙ୍କୁ ନେଇ କ୍ଷୁବ୍ଧ ଥିଲେ। ତାଙ୍କର ଅଭିଯୋଗ ଥିଲା ଯେ ଆନ୍ଧ୍ରର ସଦସ୍ୟମାନେ ସ୍ଥାନୀୟ ଝିଅମାନଙ୍କୁ ଯୌନ ଶୋଷଣ କରୁଥିଲେ।

କିନ୍ତୁ ଗୋଟିଏ କ୍ଷେତ୍ର ଥିଲା ଯେଉଁଥିରେ ସେମାନେ ମତପାର୍ଥକ୍ୟ ଭୁଲିଯାଇ ସମସ୍ତେ ସହମତ ହୋଇଥିଲେ। ସେମାନେ ସ୍ୱୀକାର କରିଥିଲେ ଯେ ସେମାନଙ୍କର ଅନେକ ବରିଷ୍ଠ ସଦସ୍ୟ କିଶୋର ଝିଅମାନଙ୍କ ପ୍ରେମରେ ପଡ଼ୁଥିଲେ ଏବଂ ଶାରୀରିକ ଲାଳସା ପାଇଁ ମାଓ ଓ ଲାଲ ସଲାମ ମିଶନ ପ୍ରତି ପ୍ରତିବଦ୍ଧତାକୁ ଭୁଲି ଯାଉଥିଲେ। ଆଉ ମଧ୍ୟ ସେମାନେ ବିଶ୍ୱାସଘାତକତା କରି ପୁଲିସ ନିକଟରେ ଆତ୍ମସମର୍ପଣ କରିବାର ସୁଯୋଗ ଖୋଜୁଥିଲେ। ସେମାନେ ନିଶ୍ଚିତ ଥିଲେ ଯେ ଯଦି ଏହି ଧାରା ବନ୍ଦ ନ ହୁଏ ତେବେ ଏହି ସଂଗଠନ ବିଚ୍ଛିନ୍ନ ହୋଇଯିବ।

ଏହିପରି ବିଚ୍ୟୁତିର ଅନେକ ଉଦାହରଣ ଥିଲା। ଡିକେଏସକେସିର ବରିଷ୍ଠ ମୁଖପାତ୍ର ଥିଲେ ସୁଧାକର ଓରଫ ଗୁଡସା ଉସେଣ୍ଡି। ସେ ବର୍ଷେ ବା ଦୁଇବର୍ଷ ନୁହେଁ ପୂରା ଅଠଚାଳିଶ ବର୍ଷ ଜଙ୍ଗଲରେ ବିତାଇଥିଲେ। ଜେନି ନାମକ ଜଣେ ଯୁବତୀଙ୍କ ପାଇଁ ସେ ପାଗଳ ହୋଇଯାଇଥିଲେ। ଉଭୟ ବ୍ୟକ୍ତିଗତ ଜୀବନକୁ ପ୍ରାଥମିକତା ଦେବାକୁ ନିଷ୍ପତ୍ତି ନେଇଥିଲେ ଏବଂ ପର୍ବତରୁ ପଳାଇ ପୁଲିସ ନିକଟରେ ଆତ୍ମସମର୍ପଣ

କରିଥିଲେ। ତା'ପରେ, ଅନିଲା ନାମକ ଏକ ସୁନ୍ଦର ଉଣେଇଶ ବର୍ଷର ଝିଅଟି ସଂଗଠନରେ ଯୋଗ ଦେଇଥିଲା। ଆମ୍ଭର ପଚିଶ ବର୍ଷ ବୟସ୍କା କମଳାକର ନାମକ ଜଣେ ବ୍ୟକ୍ତି ତାଙ୍କୁ ଭଲ ପାଉଥିଲେ। କିନ୍ତୁ ଏଠାରେ ଥିବା ଅନ୍ୟ ଜଣେ ନକ୍ସଲ କମାଣ୍ଡର ଦୀନେଶ ପାଲାମାଡି ମଧ୍ୟ ଅନିଲା ପ୍ରେମରେ ପଡ଼ିଯାଇଥିଲେ। ଝିଅମାନଙ୍କ ପ୍ରତି ପ୍ରେମ ପାଇଁ ସୁଦୃଢ଼ ମାଓବାଦୀ ଦୁର୍ଗରେ ଫାଟ ସୃଷ୍ଟି ହେଉଥିଲା।

ଅନ୍ୟ ସଦସ୍ୟମାନେ ଜୟଶେଖର ସାରଙ୍କୁ ଗମ୍ଭୀରତାର ସହିତ ପ୍ରଶ୍ନ କରିବା ଆରମ୍ଭ କଲେ। ଜଣେ କହିଲେ, 'ସାର୍‌, ଆପଣ ନିଜ ପକେଟ୍‌ରେ ବୋମା ରଖିଛନ୍ତି। ଏହି ଅଭଦ୍ର ଝିଅ ଡ଼ୁଡ଼ିଆ। ଆମର ପୂରା କ୍ୟାମ୍ପକୁ ଉଡ଼ାଇ ଦେଇପାରେ।'

ଝିଅମାନେ ମୋତେ ନେଇ ଚିନ୍ତିତ ହୋଇପଡ଼ିଥିଲେ। "ପଚରାଉଚରା ପାଇଁ ତୁମକୁ ଡକାଯାଇପାରେ। ଆସନ୍ତାକାଲି ସୂର୍ଯ୍ୟୋଦୟ ଦେଖିବା ଲାଗି ତୁମେ ଜୀବିତ ରହି ନ ପାର। ତୁମ ବେକରେ କୁରାଢ଼ି ପଡ଼ିପାରେ।"

ଏହି ଭୟ ଆଦୌ ଭିତ୍ତିହୀନ ନ ଥିଲା। ମଶା ମାରିବା ପାଇଁ ବହୁମୂଲ୍ୟ ଗୁଲି ନଷ୍ଟ ନ କରିବାକୁ ଦଲ ବିଶ୍ୱାସ କରୁଥିଲା। କୁରାଢ଼ି ସରକାରୀ ମନ୍ତ୍ରୀମାନଙ୍କୁ ଅସୁବିଧାରେ ପକାଇବା ପାଇଁ ଭଲ ଅସ୍ତ୍ର ଥିଲା। ତେଣୁ, ଏହା ସମ୍ପୂର୍ଣ୍ଣ ବିଶ୍ୱାସଯୋଗ୍ୟ ଯେ ସେମାନେ ମୋ ପାଇଁ ଗୁଲିଗୋଲା ନଷ୍ଟ କରିବାକୁ ଚାହିଁବେ ନାହିଁ।

ମୋର ନକ୍ସଲ ସାଙ୍ଗମାନେ ମୋ ଦୁଇ ପାର୍ଶ୍ୱରେ ଶୋଇଥିଲେ। ସେଦିନ ରାତିରେ ଏକ ଭୟର ଅନୁଭବ ଏକ ବିଦ୍ୟୁତ୍‌ ପ୍ରବାହ ପରି ମୋ ଶିରା ଦେଇ ଖେଲିଗଲା। ମୁଁ ଦେହରୁ ବହୁତ ଝାଲ ବାହାରୁଥିଲା। ମୁଁ ନିଃଶ୍ୱାସ ନେଇ ପାରିଲି ନାହିଁ। ବାହାରେ ବୁଲିବାର ବାହାନା କରି ମୁଁ କ୍ୟାମ୍ପ ଛାଡ଼ି ପଲାଇଗଲି। ମୁଁ ଚୁପଚାପ ମୋ ପିସ୍ତଲ ଉଠେଇଲି ଯାହାକୁ ମୁଁ ସବୁବେଲେ ତକିଆ ତଲେ ରଖିଥାଏ। ଥରେ ବାହାରକୁ ଗଲା ପରେ ମୁଁ ପାଣି ବାଲଟିକୁ ବୁଦା ଭିତରକୁ ଫିଙ୍ଗିଦେଇ ଦୌଡ଼ିବାକୁ ଲାଗିଲି। ଏକଥା ଭାବି ଆଶ୍ୱସ୍ତ ହେଲି ହେଲି ଯେ ମୁଁ ଏହିପରି ପଲାୟନ କରିବି ତାହା କେହି ଆଶା କରି ନ ଥିବେ। ମୁଁ କେବଲ ଘନ ସବୁଜ ଜଙ୍ଗଲ ଦେଇ ଦୌଡ଼ିବାକୁ ଲାଗିଲି। ମୁଁ ଅନୁଭବ କଲି, ଅବୁଜମାଦ୍‌ ନିଜେ ଭଗବାନଙ୍କ ଦ୍ୱାରା ବସାଯାଇଥିବା ଏକ ବିରାଟ ଫାଶ। ଏଥରୁ ବଞ୍ଚିବା ଏକ କଷ୍ଟକର କାର୍ଯ୍ୟ।

ମୁଁ ହରିଣ ପରି ଦୌଡୁଥିଲି। ହଠାତ୍‌ ମୁଁ ଅନୁଭବ କଲି ଯେ କେହି ମୋତେ ଅନୁସରଣ କରୁଛି। ମୋର ଦେହ ଶୀତେଇ ଉଠିଲା। ମୁଁ ଏକ ବୁଦା ଭିତରେ ପଶିଗଲି, ମୋ ପିସ୍ତଲକୁ ମୋ ଅଣ୍ଟାରୁ ବାହାର କରି ଠିଆ ହେଲି। ଠିକ୍‌ ସେତିକିବେଲେ ମୁଁ ଅନ୍ଧକାରରୁ ଏକ ସ୍ୱର ଶୁଣିଲି, "ମୂର୍ଖ ଝିଅ, ମୁଁ – ଶଙ୍କର।"

“ଶଙ୍କର ? ତୁମେ ଏଠାରେ କଣ କରୁଛ ? ତୁମେ ମୋତେ କାହିଁକି ଅନୁସରଣ କରୁଛ ?”

“ତୁମେ ପାଗଳ କି, ଡୁଡ଼ିୟା ? ଜଙ୍ଗଲର ବିପଦ ସମ୍ପର୍କରେ ତୁମେ କିଛି ଜାଣିଛ କି ?”

“ଛାଡ଼ ସେସବୁ । ମୁଁ ନକ୍ସଲମାନଙ୍କ ସହିତ ରହି ଅଭ୍ୟସ୍ତ ହୋଇସାରିଛି ।”

“ନକ୍ସଲମାନଙ୍କ ବିଷୟରେ କିଏ କହୁଛି ? ତୁମେ ଜଙ୍ଗଲରେ ଗୟଳ ସହ ମୁହାଁମୁହିଁ ହୋଇପାର । ଆସ, ମୁଁ ତୁମକୁ ନଦୀ ପର୍ଯ୍ୟନ୍ତ ନେଇଯିବି ।”

ବିଚରା ଶଙ୍କର ମୋତେ ସାହାଯ୍ୟ କରିବାକୁ ଆଗେଇ ଆସିଲେ ସତ; କିନ୍ତୁ ଏହି ଜଙ୍ଗଲରେ ଥିବା ଛୋଟ ଆଦିବାସୀ ବସ୍ତିଗୁଡ଼ିକ ମଧ୍ୟ ‘ଜନତାଙ୍କ ସରକାର’ ପ୍ରତି ବିଶ୍ୱସ୍ତ ଥିଲେ । ସେମାନେ ଥିଲେ ନଦୀ ପାର ହେବା ପାଇଁ ଆବଶ୍ୟକ ଛୋଟ ଡଙ୍ଗାର ମାଲିକ । ମୋତେ ନଈ ସେପାରକୁ ନେଇଯିବା ପାଇଁ କୌଣସି ନାବିକ ନ ଥିଲେ ।

ଶଙ୍କରା ଉପସ୍ଥିତ ବୁଦ୍ଧି ଖଟାଇ କୂଳରେ ଏକ ଗଛରେ ବନ୍ଧାହୋଇଥିବା ନଉକା ଠାବ କଲେ । ସେ ଶୀଘ୍ର ଦଉଡ଼ିଟି ଖୋଲିଦେଲା ଏବଂ ଏକ ଲମ୍ବା ବାଉଁଶ ସାହାଯ୍ୟରେ ଡଙ୍ଗାକୁ ପାଣି ଭିତରକୁ ଠେଲିଦେଲେ । ଛୋଟ ପିଲାମାନଙ୍କ ପରି ଛୋଟ ଛୋଟ କୁହୁଡ଼ି ପାଣି ଉପରେ ଖେଳୁଥିଲା । ଖୁବ୍ ଶୀଘ୍ର, ସୂର୍ଯ୍ୟଙ୍କ ସୁସ୍ନ୍ୟ କିରଣ ତାଙ୍କ ସହ ଖେଳିବାକୁ ଆସିଲା । ଠିକ୍ ସମୟରେ ଆମେ ନଦୀର ଅପର ପାର୍ଶ୍ୱରେ ପହଞ୍ଚିଲୁ । ଆମେ ଡଙ୍ଗାରୁ ଡେଇଁପଡ଼ି ଆଉ ଏକ ନୂଆ ଜଙ୍ଗଲକୁ ପଶିଲୁ । ଶଙ୍କର ଜୋରରେ ହସିଲେ । ଜୟଶେଖର ସାରଙ୍କ କବଳରୁ ମୋତେ ମୁକ୍ତ କରିବାରେ ସାହାଯ୍ୟ କରି ତାଙ୍କ ଆନନ୍ଦର କୌଣସି ସୀମା ନ ଥିଲା ।

ନଦୀର ଏହି ପାର୍ଶ୍ୱକୁ ଅତିକ୍ରମ କରିବା ପରେ ଆମେ ବହୁତ ଗମ୍ଭୀର ବିପଦକୁ ପଛରେ ଛାଡ଼ଦେଇ ଆସିଥିଲୁ । କିନ୍ତୁ ଆମ ସମ୍ମୁଖରେ ଥିବା ବିପଦ କମ୍ ଗମ୍ଭୀର ନ ଥିଲା । ବର୍ତ୍ତମାନ ସବୁକିଛି ସ୍ୱଚ୍ଛ ଏବଂ ଉଜ୍ଜ୍ୱଲ ଦେଖାଯାଉଥିଲା । ଏହା ଆମକୁ ଚିହ୍ନିବା ଏବଂ ଆମର ଗତିବିଧ୍ ଉପରେ ନଜର ରଖିବାକୁ ସୁଗମ କରିଦେଇଥିଲା । ଆମେ ଏତେ ଦୂର ଆସିସାରିଥିଲୁ, କିନ୍ତୁ ଆମେ କିପରି ନିଶ୍ଚିତ ହୋଇଥାନ୍ତୁ ଯେ କେହି ଆମକୁ ଅନୁସରଣ କରୁନାହାନ୍ତି ? ଆମକୁ ଆକ୍ରମଣ କରିବା ପାଇଁ କେହି ଜାଲ ପକାଇ ପାରନ୍ତି କି ? ଆଗକୁ ବଢ଼ିବା ପୂର୍ବରୁ ଏହି ପ୍ରଶ୍ନର ଉତ୍ତର ଦେବା ଆବଶ୍ୟକ । ଆମେ ଯେଉଁ ନଦୀପଥରେ ପହଞ୍ଚିଲୁ ତାହା ଘନ ଜଙ୍ଗଲରେ ଆଚ୍ଛାଦିତ ହୋଇଥିଲା, ଦିନସାରା ଲୁଚିରହିବା ପାଇଁ ଏକ ଆଦର୍ଶ ସ୍ଥାନ ।

ଆମେ ଭଲ ଖାଦ୍ୟ ଯୋଗାଡ଼ ପାଇଁ ବାହାରିଲୁ । ପାଚିଲା ଡିମିରି ଫଳ ତୋଳିବା

ସହିତ ନିକଟସ୍ଥ ଝରଣାରୁ କିଛି କଙ୍କଡ଼ା ଧରିଲୁ । ମୁଁ ସେଠାରୁ ବାହାରକୁ ଯାଇ ଏକ ସୁରକ୍ଷିତ ସ୍ଥାନରେ ପହଞ୍ଚିବାକୁ ତତ୍ପର ଥିଲି । ଶଙ୍କର ମଧ୍ୟ ଆବୁଜମାଦ୍ ଶିବିରକୁ ଫେରିବାକୁ ଚାହୁଁଥିଲେ । ଆମେ ପ୍ରାୟ ରାତିସାରା ଏହି ବିଷୟରେ ଆଲୋଚନା କଲୁ । ଭୋରରେ ଶଙ୍କର ମୋତେ ଜୋରରେ ଆଲିଙ୍ଗନ କରି ମୋ ଗାଲରେ ଏକ ଚୁମ୍ବନ ଦେଲେ । ସେ କହିଲେ, "ଉଡ଼ିଆ, ତୁମକୁ ମୁଁ ବହୁତ ପସନ୍ଦ କରେ ।"

"କିନ୍ତୁ ଶଙ୍କର, ମୁଁ ବନ୍ଧୁକଧାରୀ ହିଂସ୍ର ଜୀବନ ପ୍ରତି ସଂପୂର୍ଣ୍ଣ ବୀତସ୍ପୃହ ହୋଇସାରିଛି ଯାହା ଲୋକମାନଙ୍କୁ ଅବୁଜମାଦ୍ ପର୍ବତକୁ ଆକର୍ଷିତ କରିନେଇଥାଏ ।"

"ସତ କହିବାକୁ ଗଲେ, ଏହି ଲାଲ ସଲାମ ଲୋକଙ୍କ ଦୁନିଆ ସହିତ ମୋର ମଧ୍ୟ ଘନିଷ୍ଠତା ନାହିଁ । ଆଦ୍ୟ ଦିନରେ ସେମାନେ ଆମକୁ ଆକର୍ଷିତ କରିଥିବା କୌଣସି ସ୍ୱପ୍ନ ବାସ୍ତବତାର ରୂପ ନେଇ ନାହିଁ । ସେମାନେ ଯାହା କୁହନ୍ତି ଓ କରନ୍ତି ତାହା ମଧ୍ୟରେ ଏକ ବଡ଼ ପାର୍ଥକ୍ୟ ଅଛି ।"

"ତାହେଲେ ତୁମେ ସ୍ୱୀକାର କରୁଛ । ତେବେ ତୁମେ ଏଠାରେ କାହିଁକି ରହିବାକୁ ଚାହୁଁଛ ?" ମୁଁ ତାଙ୍କ ଉଜ୍ଜ୍ୱଲ ଆଖିରେ ଆଖି ମିଶାଇ ପଚାରିଲି । ସେ ଉତ୍ତରରେ କେବଳ ଏକ ଦୀର୍ଘ ନିଃଶ୍ୱାସଟିଏ ଛାଡ଼ିଦେଲେ । ମୁଁ ତାଙ୍କ ହାତକୁ ଧରି ମୋ ଆଡ଼କୁ ଟାଣିଲି ।

"କିଛି ମାସ ପୂର୍ବେ ତୁମେ ମୋତେ ବହୁତ ଭଲପାଉଥିଲ, ନା ? ଏବେ ଭଗବାନ ଏବଂ ଭାଗ୍ୟ ତୁମକୁ ଏହି ସୁଯୋଗ ପ୍ରଦାନ କରିଛନ୍ତି । ମୋ ସହିତ ଆସ, ଶଙ୍କର, ଆମେ ନିଜ ପାଇଁ ଏକ ନୂତନ ଦୁନିଆ ସୃଷ୍ଟି କରିବା ।

"ଆମେ କୁଆଡ଼େ ଯିବା ?"

"ତୁମେ କାହିଁକି ଚିନ୍ତିତ ? ଆମେ ଏ ଯାଏ ଆସିଗଲେଣି, ଆଉ ଟିକିଏ ଆଗକୁ ଯାଇ ପୁଲିସ ନିକଟରେ ଆମ୍ଭସମର୍ପଣ କରିଦେବା । ଆମେ ନିଜ ହାତରେ ନିଜ ଜୀବନ ଗଢ଼ିବା ।"

"କିନ୍ତୁ, ଆତ୍ମସମର୍ପଣ କରି ସମସ୍ତେ ଲାଭ ପାଇଛନ୍ତି କି ଉଡ଼ିଆ ?"

"ତୁମେ ଏମିତି କାହିଁକି କହୁଛ ?"

"ଚାକିରି ପାଇବାର ସରକାରୀ ପ୍ରତିଶ୍ରୁତି ପାଇଁ ଅନେକ ଲୋକ ଆତ୍ମସମର୍ପଣ କରିଛନ୍ତି । କିନ୍ତୁ ପ୍ରକୃତରେ ସେମାନଙ୍କୁ କ'ଣ ମିଳିଲା ?

"କିନ୍ତୁ ତୁମେ କାହିଁକି କହୁଛ ଯେ ସେମାନଙ୍କୁ କିଛି ମିଳି ନାହିଁ ?"

"ଏତେ ସଂଖ୍ୟକ ଆତ୍ମସମର୍ପଣକାରୀଙ୍କୁ ଆଠ କିମ୍ବା ନଅ ବର୍ଷ ଅପେକ୍ଷା କରିବାକୁ ପଡ଼େ । ସେତେବେଳକୁ ସେମାନଙ୍କର ଅଧା ଯୌବନ ନଷ୍ଟ ହୋଇସାରିଥାଏ ! କେତେ ଲୋକ ଅପେକ୍ଷା କରି କରି ସରକାରଙ୍କୁ ଗାଳି ଦେଉଛନ୍ତି ।"

ଶଙ୍କର ଏକ ମୌଲିକ ପ୍ରସଙ୍ଗ ଉପରେ ପ୍ରଶ୍ନ କରିଥିଲେ ଏବଂ ମୋ ପାଖରେ କୌଣସି ନିର୍ଦ୍ଦିଷ୍ଟ ଉତ୍ତର ନ ଥିଲା। ଶଙ୍କର ଜୋରରେ ନିଃଶ୍ୱାସ ନେବାକୁ ଲାଗିଲେ ଏବଂ କହିଲେ, "ମୁଁ ମାଓବାଦରେ ଯୋଗ ଦେବାର ପନ୍ଦର ବର୍ଷ ବିତିଗଲାଣି। ମୁଁ ଜଙ୍ଗଲ ବୁଲିବା ପାଇଁ ଦିବାକରଙ୍କ ଭଣଜା ସହିତ ଏଠାକୁ ଆସିଥିଲି ଏବଂ ସବୁଦିନ ପାଇଁ ଏଠାରେ ରହିଯାଇଥିଲି। ଏଗାର ବର୍ଷ ବୟସରେ ମୁଁ .୩୦୩ ରାଇଫଲ୍ ଚଲାଉଥିଲି। ପୁଲିସ ବିଭାଗ ଏବଂ ନକ୍ସଲ ଦାଦାଙ୍କ ମଧ୍ୟରେ ଥିବା ପାର୍ଥକ୍ୟ ବିଷୟରେ ମଧ୍ୟ ମୁଁ ସ୍ପଷ୍ଟ ନ ଥିଲି। ପରବର୍ତ୍ତୀ ଅବଧିରେ ବହୁତ ଅଶାନ୍ତି ଦେଖାଦେଇଥିଲା। ମୋର ତିନିଜଣ ସମ୍ପର୍କୀୟ ଭାଇ ସାଲଭା ଜୁଡୁମ୍ ଆନ୍ଦୋଳନରେ ଯୋଗ ଦେଇଥିଲେ। ଏହି ଆନ୍ଦୋଳନ କ୍ଷୀଣ ହୋଇଗଲା ଏବଂ ସେମାନଙ୍କୁ ରାସ୍ତାକଡ଼ର ଭିକାରୀଙ୍କ ପରି ଏକ ସରକାରୀ ଶିବିରରେ ଛାଡ଼ିଦିଆଗଲା। ଗାଁକୁ ଫେରିବା ଅର୍ଥ ଥିଲା ପୁଲିସ ସୂଚନାଦାତା ସନ୍ଦେହରେ ନକ୍ସଲମାନଙ୍କ ଗୁଳିକୁ ନିମନ୍ତ୍ରଣ କରିବ। ଶିବିରରେ ଥିବା ସୁବିଧା ମଧ୍ୟ ସମୟ ସହିତ ବନ୍ଦ ହୋଇଯାଇଥିଲା। ତାଙ୍କ ଅବସ୍ଥା ବର୍ତ୍ତମାନ ବୁଲା କୁକୁରର ଅବସ୍ଥାଠାରୁ ଶୋଚନୀୟ ହୋଇପଡ଼ିଛି। ସେମାନଙ୍କର ଏକଦା ସୁଖୀ ପରିବାର ପୁରା ଭାଙ୍ଗିଯାଇଛି।

"କିନ୍ତୁ, ଶଙ୍କର, ମୋ ସହିତ ଆତ୍ମସମର୍ପଣ କରି ତୁମେ କ'ଣ ହରାଇବ? ତୁମେ ତୁମ ଗାଁକୁ ଫେରି ପାରିବ। ତୁମର ପିତାମାତାଙ୍କ ସହିତ ରହିପାରିବ।"

"ନା, ଉଡ଼ିୟା, ତାହା ସମ୍ଭବ ନୁହେଁ। ଏ ଦୁନିଆ ମୋ ଚଲାପଥକୁ ଜଳନ୍ତା କୋଇଲାରେ ଭର୍ତ୍ତିକରିଦେଇଛି। ବର୍ତ୍ତମାନ ମୋ ଗାଁରେ ପୁଲିସ ଏକ ଫାଣ୍ଡି ସ୍ଥାପନ କରିଛି। ମୁଁ କାହିଁକି ନକ୍ସଲମାନଙ୍କ ସହ ସମ୍ପର୍କ ଛିନ୍ନ କରିଛି ସେମାନଙ୍କୁ ବୁଝାଇବା ଅସମ୍ଭବ। ଆବୁଜମାଦ ସହିତ ମୁଁ ବିଶ୍ୱାସଘାତକତା କଲେ ନକ୍ସଲମାନେ ମଧ୍ୟ ମୋ ଉପରେ କ୍ରୋଧିତ ହେବେ।

"ତେବେ, ତୁମେ କଣ କରିବାକୁ ନିଷ୍ପତ୍ତି ନେଇଛ?"

"ଦେଖ ଉଡ଼ିୟା, ମୋର ତିନି ଭାଇ ଅଛନ୍ତି ଯେଉଁମାନେ ଗାଁରେ ରୁହନ୍ତି। ସେମାନେ ନିଶ୍ଚିତ ଭାବରେ ଏହି ଗତ ପନ୍ଦର ବର୍ଷ ମଧ୍ୟରେ ବଡ଼ ହୋଇଯାଇଥିବେ। ସେମାନଙ୍କ ମଧ୍ୟରୁ କେହି କେହି ବିବାହ କରିସାରିଛନ୍ତି ବୋଲି ମୁଁ ଶୁଣିଛି। ମୋ ପାଇଁ ଏକ ଭଲ ପ୍ରତିଷ୍ଠିତ ଘରକୁ ଫେରିବା କ୍ଷୀରରେ ଏକ ବୁନ୍ଦା ବିଷ ପକାଇବା ପରି ହେବ। ମୁଁ ନିଶ୍ଚିତ ଯେ ମୁଁ ଫେରିଗଲେ ତାଙ୍କ ଜୀବନରେ ତିଳେ ମାତ୍ର ଉନ୍ନତି ସାଧନ କରିପାରିବି ନାହିଁ।"

"ମୁଁ ଭାବୁଛି ତୁମେ ଖାଲି ଅଯଥା କଥା ଚିନ୍ତା କରୁଛ। ଏସବୁ ତୁମ ମୁଣ୍ଡର କଳ୍ପନା।"

“ନା, ଏଗୁଡ଼ିକ କଳ୍ପନା ନୁହେଁ, ଏଗୁଡ଼ିକ ହେଉଛି ସତ୍ୟ। ଗୋଟିଏ ପଟେ ପୁଲିସ ମୋତେ କେବେବି ବିଶ୍ୱାସ କରିବ ନାହିଁ, ଅନ୍ୟପଟେ ବିଶ୍ୱାସଘାତକତା କଲେ ନକ୍ସଲମାନେ କେବେ ମୋତେ ଛାଡ଼ିବେ ନାହିଁ। ଗୋଟିଏ ପଟୁ ଗଧିଆ ଆକ୍ରମଣ ଏବଂ ଅନ୍ୟ ପାର୍ଶ୍ୱରୁ ବଣୁଆ ହାତୀପଲକୁ ମୋର ପରିବାର ଗଢ଼ିବାର ସ୍ୱପ୍ନ ସାମ୍ନା କରିପାରିବ ନାହିଁ।”

ଶଙ୍କର ତାଙ୍କ ଆଖିରୁ ଲୁହ ପୋଛି ମୋତେ ପୁଣି ଆଲିଙ୍ଗନ କଲା। ତା’ପରେ ସେ ନିଜକୁ ନଦୀକୁ ଟିରି ଚାଲିଗଲେ। ଅନ୍ୟ କୂଳରେ ପହଞ୍ଚିବା ପରେ, ସେ ମୋତେ ଦୀର୍ଘ ସମୟ ଧରି ହାତ ହଲାଇ ଅଭିବାଦନ କରୁଥିଲେ।

ମୁଁ ପୁନର୍ବାର ଦୌଡ଼ ଆରମ୍ଭ କଲି। ମୁଁ ଯେତେ ସମ୍ଭବ ଲୁଚି ରହି ଚାଲିବା ଜାରି ରଖିଥିଲି। ରାସ୍ତାରେ ଅନେକ ଗ୍ରାମ ଥିଲା ଯାହା ‘ଜନତାଙ୍କ ସରକାର’ ଅଧୀନରେ ଥିଲା। ଏହିପରି ପ୍ରତ୍ୟେକ ଗାଁରେ ‘ପିପୁଲ୍ସ ମିଲିଟିଆ’ ଗୋଷ୍ଠୀ ଥିଲା। ଏହି ଗୋଷ୍ଠୀ କୌଣସି ଅଜ୍ଞାତ ବ୍ୟକ୍ତିଙ୍କୁ ଗାଁ ଭିତରକୁ ଯିବାକୁ ଦେବେ ନାହିଁ। ସାମାନ୍ୟ ସନ୍ଦେହରେ ସେମାନେ କୌଣସି ଅଜ୍ଞାତ ବ୍ୟକ୍ତିଙ୍କୁ ହତ୍ୟା କରିବାକୁ କୁଣ୍ଠାବୋଧ କରନ୍ତି ନାହିଁ।

ଏହି ‘ପିପୁଲ୍ସ ମିଲିସିଆ’ ଗୋଷ୍ଠୀ ଅତ୍ୟନ୍ତ ବିପଜ୍ଜନକ ଥିଲା। ଏପରିକି ସେମାନେ ଜଣେ ନକ୍ସଲକୁ ଭେଟିଲେ ବି ସେହି ବ୍ୟକ୍ତିଙ୍କୁ ପ୍ରଥମେ ଏକ ଗଛରେ ବାନ୍ଧିପକାନ୍ତି। ଏହା ପରେ ସେମାନେ ମୁଖ୍ୟାଳୟ ସହିତ ଯୋଗାଯୋଗ କରି ବୁଝନ୍ତି ଯେ ବ୍ୟକ୍ତି ଜଣକ କ୍ୟାମ୍ପରୁ କାମକୁ ଯାଇଛନ୍ତି ନା ଆତ୍ମସମର୍ପଣ କରିବାକୁ ଯାଉଛନ୍ତି। ଏପରି ପରିସ୍ଥିତିରେ, ମୁଁ ରାତିରେ ଯିବା ଭଲ ବୋଲି ଭାବିଲି। ଖାଦ୍ୟ ଯୋଗାଡ଼ ଏକ ପ୍ରମୁଖ ସମସ୍ୟା ଥିଲା। କଅଁଳିଆ ବାଉଁଶ ମୂଳ ମୋର ମୁଖ୍ୟ ଖାଦ୍ୟ ହୋଇଗଲା। ମୁଁ ନରମ ପତ୍ର ଏବଂ ବେଳେବେଳେ ନରମ ଘାସ ମଧ୍ୟ ଖାଇଲି। ମୋ ପାଟିରୁ ଛେଳି ପରି ଗନ୍ଧ ଆସିବାକୁ ଲାଗିଲା। ମୁଁ ନିର୍ଗୁଣ୍ଡି ଗଛରୁ ଏକ ଡାଳ ନେଇ ଝରଣାରେ ମୋର ଦାନ୍ତ ଘଷୁଥିଲି। ଅନେକ ଦିନ ଚାଲିବା ପରେ, ଶେଷରେ ମୁଁ ଏକ ପୁରୁଣା ବନ୍ଧୁଙ୍କୁ ଭେଟିଲି। ତାଙ୍କ ସାହାଯ୍ୟରେ ମୁଁ ଶର୍ମା ସାରଙ୍କ ସାମ୍ନାରେ ଆତ୍ମସମର୍ପଣ କଲି। କୌଣସି ପ୍ରକାରେ, ମୁଁ ଶେଷରେ ସାଧାରଣ ଦୁନିଆକୁ ଫେରିଆସିପାରିଲି।

୨

- ଉଡ଼ିଯ଼ାର ସାମ୍ପ୍ରତିକ ପରିଚଯ଼: ସ୍ମାର୍ଟ, ସ୍ୱଷ୍ଟବାଦୀ ଏବଂ ଅବିସ୍ମରଣୀଯ଼ ।

ଉଡ଼ିଯ଼ାଙ୍କ ଦୁଃସାହସିକ ଜୀବନର କାହାଣୀ ମୋ ମନକୁ ସମ୍ପୂର୍ଣ୍ଣରୂପେ ଆଚ୍ଛନ୍ନ କରିପକାଇଥିଲା । ପରଦିନ ସନ୍ଧ୍ୟାରେ ମୁଁ ଶାନ୍ତ ହ୍ରଦ କୂଳରେ ବୁଲିବାକୁ ବାହାରିଲି । ସବୁଥର ପରି, ମୋର ଦେହରକ୍ଷୀ ମଧ୍ୟ ମୋ ସହିତ ଥିଲେ । ସୌଭାଗ୍ୟବଶତଃ, ମୁଁ ଡାକବଙ୍ଗଲା ବାହାରେ, ଉଡ଼ିଯ଼ାର ସ୍ୱାମୀ କଟରୁଙ୍କୁ ଭେଟିଲି ଏବଂ ମୁଁ ତାଙ୍କୁ ଚାଲିବା ପାଇଁ ଇଙ୍ଗିତ କଲି । ସେଦିନ ସନ୍ଧ୍ୟାରେ ସେ ଖୁସିରେ ମୋ ସହିତ ବୁଲିଲେ ।

ଯେତେବେଳେ ଆମେ ପାର୍କର ଏକ ବେଞ୍ଚ ଉପରେ ବସିଥିଲୁ, ଅଜାଣତରେ ମୋ ମନରେ ଉଡ଼ିଯ଼ାର କଥା ଉଠିଲା । ସେ ଏକ ଭାରୀ ସ୍ୱରରେ ଉତ୍ତର ଦେଲେ, "ବୋଧହୁଏ ସେ ତୁମକୁ ପୂରା କାହାଣୀ କହି ନାହାନ୍ତି ।"

"କ'ଣ ?"

"ମୁଁ କିପରି କହିବି ସାର୍ ସେ ପ୍ରବାହମାନ ନଦୀ ପରି ଗଭୀର ।"

ମୁଁ ଆଶ୍ଚର୍ଯ୍ୟ ହୋଇଗଲି । ଏହି ଅସମାହିତ ଯୁବତୀଙ୍କ ପାଇଁ କଟରୁ ଏକ ଉପଯୁକ୍ତ ବର୍ଣ୍ଣନା ପାଇଥିଲେ ।

"ମୋର ପ୍ରଥମ ପତ୍ନୀ କ୍ଷେତରେ କାମ କରୁଥିବାବେଳେ ବଜ୍ରପାତରେ ମୃତ୍ୟୁ ବରଣ କରିଥିଲେ ।"

"ଓଃ ?"

"ହଁ ସାର୍ । ସେହି ଦୁଃଖଦ ଘଟଣାର ଦଶ ବର୍ଷ ବିତିଗଲାଣି । ମୁଁ ଦ୍ୱିତୀଯ଼ ପତ୍ନୀ ପାଇବା ମୋ ପକ୍ଷେ ପ୍ରାଯ଼ ଅସମ୍ଭବ ଥିଲା । ନିଃସନ୍ତାନ ବିଧବା, ମୋ ଠାରୁ ବଡ଼ ହେଲେ ବି ଚଳନ୍ତା, କିନ୍ତୁ କେଉଁ ମହିଳା ମୋ ଭଳି ମୂର୍ଖକୁ ପସନ୍ଦ କରିବ ଆପଣ କୁହନ୍ତୁ ?

ହଁ, ମୁଁ ବୁଝିଲି ।

"ଫଳସ୍ୱରୂପ, ଆଠ ବର୍ଷ ପରେ ମଧ୍ୟ କୌଣସି ମହିଳା ମୋ ପିଲାମାନଙ୍କୁ ପ୍ରତିପୋଷଣ କରିବାର ଦାୟିତ୍ୱ ନେବାକୁ ପ୍ରସ୍ତୁତ ହେଲେ ନାହିଁ ।"

"ସେହି କାରଣରୁ ଡ଼ୁଡ଼ିଯାକୁ ବିବାହ କଲ ?"

"ଆମେ ଜଣେ ପାରସ୍ପରିକ ପରିଚିତ ବ୍ୟକ୍ତିଙ୍କ ଘରେ ଉଭୟଙ୍କୁ ଭେଟିଥିଲୁ । ଯେତେବେଳେ ସେ ଦେଖିଲେ ଯେ ମୁଁ ମୋର ଦୁଇ ଛୋଟ ପିଲାଙ୍କ ଓଜନ ବହନ କରିବାକୁ ସଂଘର୍ଷ କରୁଛି, ସେତେବେଳେ ସେ କହିଲେ ଯେ ଯେ ପିଲାମାନଙ୍କ ଲାଗି ଜଣେ ମାଆ ଆବଶ୍ୟକ । ଏହା ପରେ ସେ ନିଜେ ସେହି ଦାୟିତ୍ୱ ନେବାର ପ୍ରସ୍ତାବ ରଖିଲେ ।"

"କି ଆଶ୍ଚର୍ଯ୍ୟଜନକ !" ଏହି ମନ୍ତବ୍ୟ ମୋ ମୁହଁରୁ ଆପେ ଆପେ ବାହାରିଗଲା ।

"ମୋର ପିଲାମାନେ ଶୈଶବ ପାର କରିଯାଇଥିଲେ ମଧ୍ୟ, ଡ଼ୁଡ଼ିଯା ଆମକୁ କୋଳେଇନେଲେ ଏବଂ ଆମ ଉପରେ ସ୍ନେହ ଅଜାଡ଼ିଦେଲେ । ଯଦି ସେ ଚାହିଁଥାନ୍ତେ, ସେ ନିଜ ପାଇଁ ଏକ ଭଲ ସ୍ୱାମୀ ପାଇଥାନ୍ତେ, କିନ୍ତୁ ମୋ ପିଲାମାନଙ୍କ ମୁହଁରେ ନିରୀହ ନିରାଶା ତାଙ୍କୁ ଆକର୍ଷିତ କରିଥିଲା ।

"ପ୍ରଶଂସନୀୟ !"

"ସାର୍ ବର୍ତ୍ତମାନ ମୋର ସବୁଠୁ ବଡ଼ ଇଚ୍ଛା ହେଉଛି ଦିନେ ମୁଁ ଏଭଳି ଏକ ସୁଯୋଗ ପାଇବି, ଯେବେ ତାଙ୍କୁ ଏହି ରଣ ପରିଶୋଧ କରିପାରିବି ।"

ଦୁଇ ଦିନ ପରେ, କମ୍ରେଡ଼ ଗୋପାଳ ମୋତେ ଭେଟିବାକୁ ବଙ୍ଗଳାକୁ ଆସିଥିଲେ । ଯେତେବେଳେ ସେ କମ୍ପାଉଣ୍ଡ ଭିତରେ ପହଞ୍ଚିଲେ, ମୁଁ ମୋ ସ୍ୱତ୍ର ଝରକା ପାଖରୁ ଦେଖିଲି । ଯେତେବେଳେ ସେ ରିକ୍ସା ବାହାରକୁ ଆସିଲେ, ପୁଲିସ ତାଙ୍କୁ ଅଟକାଇ ନିୟମିତ ପଚରାଉଚରା କଲା ।

ଦୁଇ ଜଣ ଗାର୍ଡ ଗୋପାଳଙ୍କୁ ମୋ ସ୍ୱତ୍କୁ ପାଛୋଟି ଆଣିଲେ । କଲେଜ ଦିନର ମିଞ୍ଜାସରେ ସେ ମୋତେ ଦେଖିବା ପରେ ମୁଣ୍ଡ ହଲାଇ କହିଲେ, "ଏ କ'ଣ ? ତୁମେ କିପରି ଏହି ପ୍ରେତମାନଙ୍କ ଗହଣରେ ରହୁଛ ?"

ଗାର୍ଡମାନେ ଚାଲିଯିବା ପରେ ମୁଁ ଗୋପାଳକୁ ବସିବାକୁ ଇଙ୍ଗିତ କଲି । ମୁଁ ଠଟ୍ଟା କରି କହିଲି । "କ'ଣ ହେଲା, ବନ୍ଧୁ, ତୁମେ ଏତେ ଦୁଃଖିତ କାହିଁକି ?"

"କାହିଁକି ମାନେ କ'ଣ ? ତୁମେ କେଉଁ ପ୍ରକାରର ଲୋକ ଭଲା ?"

"ତୁମକୁ କିଛି ଅସୁବିଧା ହେଲା କି ?"

"ଦେଖ, ଆମ ଦେଶରେ ଏକ ଗଣତାନ୍ତ୍ରିକ ବ୍ୟବସ୍ଥା ଅଛି । ସମ୍ୱିଧାନ ସାଧାରଣ

ନାଗରିକଙ୍କୁ କିଛି ମୌଳିକ ଅଧିକାର ଦେଇଛି, କିଛି ନାଗରିକ ଅଧିକାର ମଧ୍ୟ। ସରକାରଙ୍କ ସମ୍ମାନଜନକ ଅଧିକାରୀମାନଙ୍କ ପାଖରେ ସେ ବିଷୟରେ କୌଣସି ସୂଚନା ଅଛି କି ?”

“ତୁମର ନାଗରିକ ଅଧିକାର ଏଠାରେ ଉଲ୍ଲଂଘନ ହୋଇଛି କି ?”

“ଉଲ୍ଲଂଘନ ହୋଇଛି କି ? ତୁମର ସମସ୍ତ ଗ୍ରୋହାଉଣ୍ଡ, ସି-୬୦ଧାରୀ ଯବାନ ଏବଂ ତୁମର ସାଲଭା ଜୁଡୁମ୍‌ର ଲୋକଙ୍କୁ ଜନତା ମଇଦାନରେ ଧାଡ଼ି କରି ଗୁଲି କରିଦେବା ଉଚିତ –”

କ୍ରୋଧରେ ପରିପୂର୍ଣ୍ଣ ଗୋପାଲ ପୋଙ୍କଶେ ମୋ କଥା ଶୁଣିବାକୁ ମନା କରିଦେଲେ। ବହୁ ବର୍ଷ ପରେ ଆମେ ସାକ୍ଷାତ କରୁଥିଲୁ, କିନ୍ତୁ ସରକାରୀ ବ୍ୟବସ୍ଥାକୁ କଡ଼ା ସମାଲୋଚନା କରିବାର ପ୍ରବୃତ୍ତି ଏବଂ ଶ୍ରେଣୀ ବ୍ୟବସ୍ଥା ଉପରେ ଆକ୍ରମଣ କରିବାର ଅଭ୍ୟାସ ତାଙ୍କର ପୂର୍ବପରି ଥିଲା। ତେବେ ସେ ଜୀବନରେ ସ୍ଥିର ହୋଇ ନିଜ ଜୀବିକା ପାଇଁ ସମାନ ବ୍ୟବସ୍ଥାରେ ଚାକିରି କଲେ କଣ ହେବ ? ମେ ?ଲବାଦୀ ବାମପନ୍ଥୀ ଦୃଷ୍ଟିକୋଣ ଏବଂ ଲାଲ ରଙ୍ଗ ପ୍ରତି ତାଙ୍କର ଆକର୍ଷଣ ସମାନ ତୀବ୍ରତା ସହିତ ବଜାୟ ରହିଥିଲା।

ମୁଁ ବାର୍ତ୍ତାଲାପ ମାଧ୍ୟମରେ କହିଲି, “ସାଲଭା ଜୁଡୁମ୍‌, ଛତିଶଗଡ଼ର ଦଲିତ ଲୋକଙ୍କ କ୍ରୋଧର ପରିଣାମ ଥିଲା। ଏହା ଏକ ବିଦ୍ରୋହ, ଜନ ଆନ୍ଦୋଲନ।”

ଗୋପାଲ ଏକଥା ଉଦରସ୍ତ କରିପାରିଲେ ନାହିଁ। ସେ ସୋଫାର ଆର୍ମରେଷ୍ଟ ଉପରେ ହାତ ରଖି ଟ୍ରେଡ୍ ୟୁନିଅନ୍ ନେତାଙ୍କ ପରି କହିଥିଲେ, “ଜନ ଆନ୍ଦୋଲନ ? ଏହା ନିଷ୍ଠୁର ଶକ୍ତିର ଏକ ନଗ୍ନ ପ୍ରଦର୍ଶନ। ଏହା ଏକ ନିଷ୍ଠୁର, ନିର୍ଦ୍ଦୟ କାର୍ଯ୍ୟ ଥିଲା। ଏହା ସରକାରଙ୍କ ଦ୍ୱାରା ପ୍ରରୋଚିତ ଏକ ସଶସ୍ତ୍ର ଗୁଣ୍ଡା ବାହିନୀର ତ୍ରାମା ଥିଲା।”

“କଣ ହେଲା ! ସରକାର କାହିଁକି ଏହି ସଶସ୍ତ୍ର ତାମସା କରାଇବେ ?”

“ବର୍ତ୍ତମାନ ଶୁଣ। ବିନା କାରଣରେ ତୁମର ମେସିନ୍‌ଗନ ଗୁଡ଼ିକ ମୌସୁମୀ ବର୍ଷା ଭଲି ଗୁଲି ଚଲାଉ ନ ଥିଲା। ଏହା ପଛରେ ଶହ ଶହ କୋଟି ଟଙ୍କାର ଚୁକ୍ତି ଥିଲା।”

“କେମିତି ଚୁକ୍ତି ?”

“ଗୋପନୀୟ ତଥା ବର୍ବର ଚୁକ୍ତି ଯାହା ଛତିଶଗଡ଼ ସରକାର ଟାଟା, ବିର୍ଲାସ୍‌, ଅ୍ୟାନିସ୍‌, ଏସର ଏବଂ ଅନ୍ୟାନ୍ୟ ଆନ୍ତର୍ଜାତୀୟ ସଂସ୍ଥା ସହିତ ସ୍ୱାକ୍ଷର କରିଛନ୍ତି; ଛତିଶଗଡ଼ର ଭୂତଲ ସମ୍ପତ୍ତି – ପେଟ୍ରୋଲିୟମ, ଲୁହାପଥର, କୋଇଲା ଲୁଟିବା ପାଇଁ ପୁଞ୍ଜିପତି ଏବଂ ଦୁର୍ନୀତିଗ୍ରସ୍ତ ରାଜନେତାଙ୍କ ମଧରେ ଚୁକ୍ତି ! ତୁମର ଦୁଷ୍ଟ ଯୋଜନାରେ

ସଫଳ ହେବା ପାଇଁ, ତୁମେ ଚାହୁଁ ନ ଥିଲ ଯେ ସ୍ଥାନୀୟ ଯୁବକଯୁବତୀମାନେ ନକ୍ସଲମାନଙ୍କ ପତାକା ଉତ୍ତୋଲନ କରନ୍ତୁ। ତୁମେ ଚାହୁଁଥିଲ ଯେ ଏହି ସମସ୍ୟା ସୃଷ୍ଟିକାରୀମାନଙ୍କୁ ଧ୍ୱଂସ କରାଯାଉ, ଏବଂ ଏହି ମନ୍ଦ, ବିନାଶକାରୀ, ଅମାନୁଷିକ ଯୋଜନାରୁ ସାଲଭା ଜୁଡୁମ୍ ଏବଂ ତୁମର ସମସ୍ତ ତଥାକଥିତ 'ଶାନ୍ତି ପଦଯାତ୍ରା' ଜନ୍ମ ହେଲା। ଏହି ନାରକୀୟ ଅସ୍ତ୍ର ହଜାର ହଜାର ଲୋକଙ୍କୁ ହତ୍ୟା କରିବାରେ ସାହାଯ୍ୟ କଲା। ଏହା ହିଁ ସତ।"

ମୁଁ ସେଦିନ ତାଙ୍କୁ ବିଦାୟ ଦେବାବେଳେ ନରମ ଭାବରେ ପଚାରିଲି, "ତୁମେ ଯେମିତି ଥିଲ ସେମିତି ଅଛ ?"

"କେମିତି ?"

"ସେହି ଲୋକମାନଙ୍କ ମଧରୁ ଜଣେ, ଯେଉଁମାନେ ଲେନିନ୍‌ବାଦୀ ଓ ମାଓବାଦୀଙ୍କ ମଧରେ ଗୁପ୍ତ ସମ୍ପର୍କ ଯୋଡ଼ି ରଖୁଛନ୍ତି ତାକୁ କ'ଣ ଗୋଟେ କୁହନ୍ତି–"

"ସହରୀ ନକ୍ସଲ ?"

"ହଁ, ସେଇୟା।"

ଗୋପାଳ କବାଟ ପାଖରେ ଠିଆ ହୋଇ ମୋତେ କହିଗଲା, "ତୁମେ କେବେ ଉନ୍ନତି କରିବ ନାହିଁ। ତୁମେ ନିଷ୍ଠୁର ସରକାରୀ କଳର ଏକ ଏକ ଅସହ୍ୟ ଅଂଶବିଶେଷ।"

ନିର୍ବାଚନ ପାଖେଇ ଆସୁଥିବା ବେଳେ ପରିବେଶରେ ଉତ୍ତେଜନା ବୃଦ୍ଧି ପାଇଥିଲା। ନକ୍ସଲମାନଙ୍କ ପାଇଁ ନିର୍ବାଚନ ପୁଞ୍ଜିପତିଙ୍କ ଦ୍ୱାରା ପରିଚାଳିତ ଏକ ପ୍ରହସନ ଛଡ଼ା ଆଉ କିଛି ନୁହେଁ। ତେଣୁ ତାଙ୍କର ପ୍ରତିକ୍ରିୟା ଥିଲା ଯେ ସମଗ୍ର ନିର୍ବାଚନକୁ ସମ୍ପୂର୍ଣ୍ଣ ଭାବେ ବାସନ୍ଦ କରାଯାଉ। କିଛି ଗାଁରେ ଏହି ବିଷୟରେ ପାମ୍ଫଲେଟ୍ ବର୍ଣ୍ଣନ କରାଯାଉଥିବା ସୂଚନା ଆସୁଥିଲା।

ମୋର ଗସ୍ତରୁ ଜଣାପଡ଼ିଲା ଯେ ଏହି ଗ୍ରାମଗୁଡ଼ିକର କେତେକ ନିର୍ବାଚନରେ ପ୍ରତିକ୍ରିୟା ଏତେ ଶିଥିଳ ଥିଲା ଯେ ସେମାନେ ନିର୍ବାଚନ ବିଷୟରେ ଜାଣିଛନ୍ତି କି ନାହିଁ ବୋଲି ମନରେ ପ୍ରଶ୍ନ ସୃଷ୍ଟି ହୁଏ। ଦୁର୍ଗମ ଗାଁର ଅବସ୍ଥା ଏତେ ଖରାପ ଥିଲା ଯେ ରାଜନୈତିକ କର୍ମୀମାନେ ସେଠାକୁ ଯିବାକୁ ସାହସ କରୁ ନ ଥିଲେ। ଯେତେବେଳେ ରାସ୍ତାରେ ଥିବା ମହିଳାମାନଙ୍କ ବିଷୟରେ ପଚରାଗଲା, ସେମାନେ କେବଳ ଲଜ୍ଜାରେ ମୁହଁ ଘୋଡ଼ାଇଦେଉଥିଲେ। ଆଉ କେତେଜଣ ଗଛ ମୂଳରେ ବସିଥିବା ପୁରୁଷମାନଙ୍କୁ ଦେଖାଇ କହିଲେ, ସେମାନଙ୍କୁ ପଚାର।

ଗ୍ରାମବାସୀଙ୍କୁ ମତଦାନ କେନ୍ଦ୍ରରୁ ଦୂରରେ ରଖିବା ପାଇଁ ନକ୍ସଲମାନଙ୍କ ସମସ୍ତ

ପ୍ରକାରର ଚାପ ବ୍ୟବହାର କରିବାର ଇତିହାସ ରହିଛି । ବୁଥ୍ ଦଖଲ, ଭୋଟ୍ ଦେବାକୁ ଯାଉଥିବା ଲୋକଙ୍କୁ ନିର୍ଦୟ ଭାବରେ ମାଡ଼ ମାରି ଜଙ୍ଗଲରେ ଫିଙ୍ଗିଦେବା ଭଳି ଅନେକ ମାମଲା ରହିଥିଲା ।

ମୁଁ ବ୍ୟକ୍ତିଗତ ଭାବରେ ଉତ୍ସାହ ଏବଂ ପ୍ରତିବଦ୍ଧତାର ସାକ୍ଷୀ ରହିଥିଲି ଯେଉଁଠାରେ ପ୍ରଭାତ ଶର୍ମାଙ୍କ ପରି ବରିଷ୍ଠ ପୁଲିସ କର୍ମଚାରୀମାନେ ନିଜର ଦୈନନ୍ଦିନ ଦାୟିତ୍ୱ ତୁଲାଉଥିଲେ । ସେହି ବ୍ୟକ୍ତିଙ୍କ ଉପରେ ଅବଧେଶ ବାବୁଙ୍କର ବହୁତ ବିଶ୍ୱାସ ଥିଲା । ସେ ପ୍ରାଦେଶିକ ସେବାରୁ ପଦୋନ୍ନତି ପାଇଥିବା ଜଣେ ଅଧିକାରୀ ହୋଇଥିଲେ ବି ସେ ଜଣେ ଅଭୁତ ବ୍ୟକ୍ତି । ସେ ଲୋକମାନଙ୍କ ଗହଣରେ ବହୁତ ସମ୍ମାନ ପାଉଥିଲେ । ଅମ୍ଭସମର୍ପଣକାରୀ ନକ୍ସଲମାନେ ମଧ୍ୟ ତାଙ୍କ ଉପରେ ବିଶ୍ୱାସ କରନ୍ତି । ପ୍ରାୟ ଚାଳିଶ ଜଣ ନକ୍ସଲ ତାଙ୍କ ସମ୍ମୁଖରେ ଆମ୍ଭସମର୍ପଣ କରିଥିଲେ । ଆମର କେହି ପ୍ରତ୍ୟକ୍ଷ ନିଯୁକ୍ତ ଅଧିକାରୀ ହୋଇଥିଲେ ସେମାନଙ୍କୁ ଏନ୍‌କାଉଣ୍ଟରରେ ହଟାଇଦେଇ ନିଜ ପାଇଁ ଗୋଟିଏ ଦୁଇଟି ପୁରସ୍କାର ଜିଣିନେଇଥାନ୍ତେ ।

କଲେକ୍ଟର ଅବଧେଶ ବାବୁ, ପ୍ରଭାକର ଶର୍ମା ଏବଂ ମୁଁ ଏକାଠି ମଧ୍ୟାହ୍ନ ଭୋଜନ କରୁଥାଉ । ହଠାତ୍ ବନ୍ଧୁ ଗୋପାଲ ପୋଙ୍କ୍ଶେ ସାଲଭା ଜୁଡ଼ୁମ୍ ପ୍ରତି ପ୍ରକାଶ କରିଥିବା ତୀବ୍ର କ୍ରୋଧ କଥା ମୋର ମନେ ପଡ଼ିଗଲା । ମୁଁ ଏହି ବିଷୟକୁ ଆଲୋଚନା ପରିସରକୁ ଆଣିଲି । "ବଡ଼ ପୁଞ୍ଜିପତିମାନେ ସ୍ପଷ୍ଟ ଭାବରେ ଚାହାନ୍ତି ଯେ ନକ୍ସଲଙ୍କ ବିପଦ ଦୂର ହେଉ । ଅବଶ୍ୟ ସେମାନଙ୍କ ସହିତ ପୁଲିସ ଅଛି । କିନ୍ତୁ ଏକ ବଦ୍ଧମୂଲ ବିଶ୍ୱାସ ରହିଛି ଯେ, ପୁଞ୍ଜିପତିମାନେ ଏହି ଉଦ୍ଦେଶ୍ୟରେ ସାଲଭା ଜୁଡ଼ୁମ୍ ନାମକ ଏହି ସୈତାନକୁ ସୃଷ୍ଟି କରିଛନ୍ତି । ଏହା ସତ କି ?"

ମୁଁ ଯେତେବେଳେ ମୋର ପ୍ରଶ୍ନ ବାଣ ଛାଡ଼ିଲି, ମୁଁ ଦେଖିଲି ଏହା ପ୍ରଭାକର ଶର୍ମାଙ୍କୁ ବହୁତ ଗଭୀର ଭାବରେ ଦୋହଲାଇ ଦେଇଛି । ସାଧାରଣତଃ ଶାନ୍ତ ମନୋଭାବ ପୋଷଣ କରୁଥିବା ସେହି ବ୍ୟକ୍ତି ସର୍ବଦା ଏକ ନିୟନ୍ତ୍ରିତ ସ୍ୱରରେ ନିଜର ମତ ଉପସ୍ଥାପନ କରିଆସୁଥିଲେ । କିନ୍ତୁ ମୋର ପ୍ରଶ୍ନ ତାଙ୍କ ଭିତରେ ଡାଇନାମାଇଟ୍‌ର ବିସ୍ଫୋରଣ ସୃଷ୍ଟି କରିଥିଲା । ସେ ଲାଲ ହୋଇଗଲା, ଆଖି ଜ୍ୱଳି ଉଠିଲା, ସେ ଡାଇନିଂ ଟେବୁଲ୍ ଉପରେ ହାତ ପିଟି କହିଲା, "ମୁଁ ଦୁଃଖିତ ସାର କିନ୍ତୁ ଆପଣଙ୍କ ମନ୍ତବ୍ୟ ସମ୍ପୂର୍ଣ୍ଣ ଅନୁପଯୁକ୍ତ । ଦେଶରେ ଯେତିକି ଟିକକ ସଚୋଟତା ବଞ୍ଚିରହିଛି ଏହା ତା ଉପରେ କଳା ବୋଲିଦେବା ଭଳି କଥା । ଏହା ସତ୍ୟର ପରିପନ୍ଥୀ ।"

"କିନ୍ତୁ ଆପଣ ଏହାକୁ କେମିତି ଅସ୍ୱୀକାର କରିବେ, ଶ୍ରୀ ଶର୍ମା ? ଅରୁନ୍ଧତୀ ରାୟ ଓ ନଲିନୀ ସୁନ୍ଦରଙ୍କ ପରି ଦୁଇଜଣ ବିଶିଷ୍ଟ ବୁଦ୍ଧିଜୀବୀଙ୍କୁ ସାଲଭା ଜୁଡ଼ୁମ୍ ବିପଦ

ବିରୋଧରେ ସୁପ୍ରିମକୋର୍ଟଙ୍କ ଦ୍ୱାରସ୍ଥ ହେବାକୁ ପଡ଼ିଛି । ସେଥିପାଇଁ ସୁପ୍ରିମକୋର୍ଟ ଏସ୍‌ପିଓଙ୍କ ନିଯୁକ୍ତିକୁ ସ୍ଥଗିତ ରଖିଛନ୍ତି ।"

"ତ କଣ ହେଲା ? ସାଲଭା ଜୁଡ଼ୁମ୍‌ ବସ୍ତରର ଲୋକଙ୍କ କ୍ରୋଧର ଏକ ପ୍ରାକୃତିକ ଉତ୍ତେଜନା ଥିଲା ଏବଂ ଏଥିରେ କୌଣସି ସନ୍ଦେହ ନାହିଁ । ସମଗ୍ର ଘଟଣାକ୍ରମର ସାକ୍ଷୀ ଥିଲା ମୋର ଆଖି । ତେଣୁ ମୁଁ ଶପଥ କରି କହିପାରେ ଯେ ସାଲଭା ଜୁଡ଼ୁମ୍‌ ଏପରି ଘଟଣା ନୁହେଁ ଯାହା ଟାଟା କିମ୍ବା ବିର୍ଲାସ୍‌ କିମ୍ବା ଅନ୍ୟ କୌଣସି ବାହ୍ୟଶକ୍ତି ଦ୍ୱାରା ଉତ୍ପନ୍ନ ହୋଇଥାଇପାରେ । ଏହା ଏକ ଅଦ୍ୱିତୀୟ ପ୍ରତିକ୍ରିୟାଶୀଳ ଜନସମାଗମ ଥିଲା ।"

ତାଙ୍କ ସ୍ମୃତିରେ ବୁଡ଼ିରହି ସେ ସେହି ଅଭିଯାନର ବିବରଣୀ ପ୍ରଦାନ କରିବାକୁ ଲାଗିଲେ । ଜୁନ୍‌ ୨୦୦୫ରେ ସେହି ଦୃଶ୍ୟ ଖୁବ୍‌ ସ୍ପଷ୍ଟ ଭାବରେ ମୋର ମନେ ଅଛି । ସତେ ଯେପରି ଆକାଶ ଆମ ମୁଣ୍ଡ ଉପରେ ଖସିପଡ଼ିଥିଲା । ଏହି ପ୍ରବଳ ବର୍ଷାରେ ହଜାର ହଜାର ଆଦିବାସୀ ଏହି ମାଟିରେ ଠିଆ ହୋଇଥିଲେ । ସେମାନଙ୍କ ସହିତ ସେମାନଙ୍କର ସର୍ବସ୍ୱ ଥିଲା: ଗାଈ, ବଳଦ, ଛେଲି, ମେଣ୍ଢା, କୁକୁଡ଼ା, ଖଟ, ହାଣ୍ଡି, ବାସନକୁସନ ଇତ୍ୟାଦି ସବୁକିଛି । ଏକ ଜନସମଗ୍ର ଭିରମଗଡ଼ ପୁଲିସ ଷ୍ଟେସନ୍‌ ବାହାରେ ଏକତ୍ରିତ ହୋଇଥିଲା । ସେମାନେ ସମସ୍ତେ ମଢ଼ିରେ ମଢ଼ିରେ ଚିତ୍କାର କରୁଥିଲେ, "ଯଦି ତୁମେ ଆମକୁ ମାରିବାକୁ ଚାହଁ, ତେବେ ଆମକୁ ମାରିପାର, କିନ୍ତୁ ଆମେ ଆମ ଗାଁକୁ ଫେରିବୁ ନାହିଁ ।" ଦଶ ହଜାର ଛତା ବର୍ଷାରେ ଉପରତଳ ହେଉଥିବାର ଦେଖାଯାଉଥିଲା । ସେମାନଙ୍କ ମଥରୁ ଅନେକ ପତଲା ପଲିଥିନ୍‌ରେ ଗୁଡ଼େଇ ହୋଇଥିଲେ । ଅଧିକାଂଶ ଲୋକଙ୍କ ଦେହରେ କେବଳ ଓଦା ପୋଷାକ ଥିଲା । ମୁଁ ସେହି ଦୃଶ୍ୟକୁ କେବେ ଭୁଲିପାରିବି ନାହିଁ ।"

ପ୍ରଭାକର ଶର୍ମା ତାଙ୍କ ହୃଦୟର କଥା ପ୍ରକାଶ କରିବା ପରେ ତତ୍‌କ୍ଷଣାତ୍‌ ମୁଁ ଅନୁଭବ କଲି ଯେ ଏହି ଆନ୍ଦୋଳନର ଗଣମାଧ୍ୟମ ପ୍ରଦର୍ଶିତ ଚିତ୍ର ବୋଧହୁଏ ବିଭ୍ରାନ୍ତିକର । ବହୁତ କିଛି କଥା ସାର୍ବଜନୀନ ହେବା ବାକି ଥିଲା ।

ମୁଁ ଛତିଶଗଡ଼ର ଇତିହାସ ସହ ଜଡ଼ିତ ପୁରୁଣା ଖବରକାଗଜ କଟିଙ୍ଗ, ଫଟୋଗ୍ରାଫ୍‌, ମାନଚିତ୍ର ଏବଂ ଉପଲବ୍ଧ ଭିଡିଓ-କ୍ଲିପ୍‌ ଗୁଡ଼ିକୁ ଅନୁସନ୍ଧାନ କରି ବିଳମ୍ବିତ ରାତି ପର୍ଯ୍ୟନ୍ତ ସେହି ବଙ୍ଗଳାରେ ରହିଲି । ଭିରମଗଡ଼ ତହସିଲରେ କରେଲି ନାମକ ଏକ ଛୋଟ ଗାଁ ଅଛି ଯେଉଁଠାରେ ପ୍ରାୟ ପାଞ୍ଚଶହ ଲୋକ ବାସ କରନ୍ତି । ଅଶୀ ଦଶକରେ ପ୍ରଥମ ଥର ପାଇଁ ପଡ଼ୋଶୀ ଆନ୍ଧ୍ରପ୍ରଦେଶରୁ ନକ୍ସଲମାନେ ଏହି ବସ୍ତରେ ପ୍ରବେଶ କରିଥିଲେ । ସେମାନେ ସଙ୍ଗେ ସଙ୍ଗେ ବାଉଁଶ କାଟିବା ଏବଂ କେନ୍ଦୁ ପତ୍ର

ତୋଳିବା ପ୍ରସଙ୍ଗ ଉଠାଇଲେ, ଯାହା ସେଠାରେ ଥିବା ଅଧିବାସୀଙ୍କ ପାଇଁ ଜୀବନ ଓ ମୃତ୍ୟୁର ବିଷୟ ଥିଲା। ଏହି କାର୍ଯ୍ୟକଲାପ ମାଧ୍ୟମରେ ସେମାନେ ଲୋକଙ୍କ ହୃଦୟ ଜିତିଥିଲେ।

ସେମାନଙ୍କୁ ବିଶ୍ୱାସ କରିବାକୁ ଅଧିକ ସମୟ ଲାଗିଲା ନାହିଁ ଯେ ଏହି ଉଦ୍ଧାରକାରୀଙ୍କ ବନ୍ଧୁକ ଭଗବାନ କୃଷ୍ଣଙ୍କ ସୁଦର୍ଶନ ଚକ୍ରଠାରୁ ଭିନ୍ନ ନୁହେଁ ଏବଂ ତାହା ହିଁ ତାଙ୍କ ସୁରକ୍ଷା ପାଇଁ ବ୍ୟବହୃତ ହେଉଥିଲା। କିନ୍ତୁ ଧୀରେ ଧୀରେ ଏହି ନକ୍ସଲମାନେ ଅହଂକାରୀ ହେଲେ। ସେମାନେ ବନ୍ଧୁକକୁ ଶୋଷଣକାରୀ କଣ୍ଟ୍ରାକ୍ଟର ଏବଂ ସରକାରୀ ବାବୁଙ୍କ ଛାତିରେ ରଖିଥିଲେ। ତାଙ୍କର ମୌଳିକ କାର୍ଯ୍ୟକ୍ଷମ ରଣନୀତି ପାଲଟିଲା: ଆମେ ଯାହା କରିବା ତାହା ହେଉଛି ଆଇନ।

ସେମାନେ ଶ୍ରେଣୀଶତ୍ରୁ ସହିତ ଲଢ଼ିବା ପାଇଁ ବାଧ୍ୟତାମୂଲକ ନିଯୁକ୍ତି ମାଧ୍ୟମରେ ପଡ଼ୋଶୀ ଗାଁର ଯୁବ ବାଳକ ଏବଂ ବାଳିକାମାନଙ୍କୁ ତାଲିକାଭୁକ୍ତ କରିସାରିଥିଲେ। ତା'ପରେ ସେମାନେ ଏକ ନୂତନ ଦାବି ଆଣିଲେ: ଯାହାର ପାଞ୍ଚ ଏକରରୁ ଅଧିକ ଜମି ଥିଲା, ସେ ଏହି ଆନ୍ଦୋଳନକୁ ଅତିରିକ୍ତ ଜମି ଦେବ। ପରବର୍ତ୍ତୀ ଦାବି ସବୁ ସୀମା ଅତିକ୍ରମ କଲା: ଏହା ଘୋଷଣା କରାଯାଇଥିଲା ଯେ ପିତାମାତାଙ୍କୁ ସେମାନଙ୍କ ବିବାହଯୋଗ୍ୟ ପୁଅ-ଝିଅମାନଙ୍କ ବାହାଘର କଥା ଚିନ୍ତା କରିବାକୁ ପଡ଼ିବ ନାହିଁ; ବର୍ତ୍ତମାନଠାରୁ, ସେ ନିଷ୍ପତ୍ତି ନକ୍ସଲମାନେ ନେବେ।

ନକ୍ସଲମାନେ ପରିବାରତ ବ୍ୟକ୍ତିଗତ କାର୍ଯ୍ୟରେ ହସ୍ତକ୍ଷେପ କରିବା ଆରମ୍ଭ କଲେ। ଏଥିରେ ରାଗିଯାଇ ପଡ଼ୋଶୀ ଗ୍ରାମବାସୀ ନକ୍ସଲମାନଙ୍କ ଅତ୍ୟାଚାର ବିରୋଧରେ ସ୍ୱର ଉଠୋଳନ କରିବାକୁ ଲାଗିଲେ। ଶେଷରେ, ନକ୍ସଲମାନେ ବନ୍ଧୁକ ଧରି କେରକେଲି ଗାଁ ଉପରେ ଆକ୍ରମଣ କରିଥିଲେ। ତେବେ ଗ୍ରାମବାସୀ ଏତେ ରାଗିଯାଇଥିଲେ ଯେ ସେମାନେ ହାତରୁ ବନ୍ଧୁକ ଛଡ଼ାଇ ନେଇଥିଲେ। ଏପରିକି ସେ ସେହି ପାଞ୍ଚଜଣ ନକ୍ସଲଙ୍କୁ ଗୋଟିଏ ଘରେ ତାଲା ପକାଇ ଦେଇଥିଲେ।

ଶେଷରେ ଗ୍ରାମବାସୀମାନେ ସେମାନଙ୍କର ସାହସ ପାଇଥିଲେ। ଏହା ପୂର୍ବରୁ, ଯେତେବେଳେ ସେମାନେ ଏକ ସଶସ୍ତ୍ର ନକ୍ସଲ ଦେଖିଥିଲେ, ସେମାନେ ନିଜ ଜୀବନରକ୍ଷା କରିବାକୁ ଜଙ୍ଗଲକୁ ଦୌଡ଼ୁଥିଲେ। ଏବେ କିନ୍ତୁ ସେମାନେ ପାଞ୍ଚଜଣ ନକ୍ସଲଙ୍କୁ ତାଲା ପକାଇ ପରେ ପୁଲିସକୁ ହସ୍ତାନ୍ତର କରିଥିଲେ।

ମୌସୁମୀ ରତୁର ଶିଖରରେ ଥିଲା ଏବଂ ତୁହାକୁ ତୁହା ବର୍ଷା ଚାଲିଚାଲିଥାଏ। କିନ୍ତୁ ବନ୍ୟା ପରିସ୍ଥିତି କିମ୍ବା ଏହା ସହିତ ଆସୁଥିବା ଶୀତଳ ପବନକୁ ଖାତିର ନକରି ଛୋଟ ଏବଂ ବଡ଼ ଗାଁର ହଜାର ହଜାର ଲୋକ ପର୍ବତ ଓ ଉପତ୍ୟକା ଅତିକ୍ରମ କରି

ହଜାର ହଜାର ସଂଖ୍ୟାରେ ଭିରାମଗଡ଼ ଅଭିମୁଖେ ଯାତ୍ରା ଆରମ୍ଭ କଲେ। ଛତିଶଗଡ଼ ଇତିହାସରେ ଏହି କାଳଖଣ୍ଡରେ ବିପ୍ଳବର ନୂତନ ଅଧ୍ୟାୟ ଲେଖାଯିବା ଆରମ୍ଭ ହୋଇଥିଲା।

ତା'ପରେ ନିକଟସ୍ଥ କୁଟ୍ରୁ ଗାଁରୁ କେ ମଧୁକରାଓ ନାମକ ଜଣେ କଲେଜପଢ଼ା ଯୁବକ କ୍ରୋଧିତ ହେଲେ। ଜଣେ ସାଧାରଣ ସ୍କୁଲର ଶିକ୍ଷକ ନିଜକୁ ଅସହାୟ ଲୋକଙ୍କ ନେତା ପରିଣତ କରିଥିଲେ। ସେ ନିକଟସ୍ଥ ଗ୍ରାମଗୁଡ଼ିକରେ ସଭା ଆୟୋଜନ କରି ଗର୍ଜନ କରୁଥିଲେ, "ଯେଉଁମାନେ ନକ୍ସଲମାନଙ୍କ ବିରୋଧରେ ଠିଆ ହେବାକୁ ଚାହାଁନ୍ତି ଏବଂ ନିର୍ଭୟରେ ଲଢ଼ିବାକୁ ଚାହାଁନ୍ତି, ସେମାନେ ମୋତେ ଅନୁସରଣ କରିବା ଆବଶ୍ୟକ।" ହଜାର ହଜାର ଲୋକ ତାଙ୍କ ଡାକରା ଶୁଣିଥିଲେ - ଯୁବକ, ବୃଦ୍ଧ, ପୁରୁଷ ମହିଳା, ସାକ୍ଷର, ନିରକ୍ଷର- ଏବଂ ସମସ୍ତେ ମୁହାଁମୁହିଁ ହେବାର ପଥ ବାଛିନେଇଥିଲେ।

ଏହି ଖବର ମହେନ୍ଦ୍ର କର୍ମାଙ୍କ କାନରେ ପଡ଼ିଲା ଯେ ଛତିଶଗଡ଼ର ଜଙ୍ଗଲର ସବୁଜ ଓ ସମତଳ ଅଞ୍ଚଳ ଲାଲ ଆତଙ୍କ ବିରୋଧରେ ବିଦ୍ରୋହର ସୂତ୍ରପାତ କରିଛି। ନଦୀରେ ବନ୍ୟା ପରି ଏହି ଆନ୍ଦୋଳନ ତୀବ୍ର ହୋଇଥିଲା। ମହେନ୍ଦ୍ର କର୍ମା ଜଣେ ସାହସୀ ଆଦିବାସୀ ନେତା ଯିଏକି କଂଗ୍ରେସ ଟିକେଟ୍‌ରେ ବିଧାନସଭାକୁ ନିର୍ବାଚିତ ହୋଇଥିଲେ। ନକ୍ସଲଙ୍କ କ୍ରୋଧର ନିଆଁ କର୍ମାଙ୍କ ପରିବାରକୁ ଧ୍ୱଂସ କରିଦେଇଥିଲା। ତାଙ୍କର କୋଡ଼ିଏ ସମ୍ପର୍କୀୟଙ୍କୁ ଅତି ନିର୍ମମ ଭାବେ ହତ୍ୟା କରାଯାଇଥିଲା। ସେ ନିଜର ସାରା ଜୀବନକୁ ନକ୍ସଲ ବିପଦ ବିରୋଧରେ ଲଢ଼ିବା ପାଇଁ ଉତ୍ସର୍ଗ କରିଦେଇଥିଲେ। ତେଣୁ ବିଦ୍ରୋହର ଖବର ତାଙ୍କ ଭିତରେ ଉତ୍ତେଜନା ସୃଷ୍ଟି କରିଥିଲା। ସେ ଏହି ଆନ୍ଦୋଳନରେ ଯୋଗଦେବାକୁ ଦୌଡ଼ିଗଲେ ଏବଂ ସବୁଆଡ଼େ ସଭା କରିବା ଆରମ୍ଭ କଲେ। ସେ ହିଁ ଏହି ଆନ୍ଦୋଳନର ନାମ 'ସାଲଭା ଜୁଡ଼ୁମ୍' ରଖିଥିଲେ। ଗୋଣ୍ଡି ଭାଷାରେ ଏହାର ଅର୍ଥ 'ଶାନ୍ତି ପାଇଁ ଆନ୍ଦୋଳନ'।

ଅଭିଯାନର ତୀବ୍ରତା ମହେନ୍ଦ୍ର କର୍ମାଙ୍କୁ ଚକିତ କଲା। ସେ ତୁରନ୍ତ ଛତିଶଗଡ଼ର ରାଜଧାନୀ ରାୟପୁର ଗସ୍ତରେ ଯାଇ ମୁଖ୍ୟମନ୍ତ୍ରୀ ରମଣ ସିଂଙ୍କ ସହ ଆଲୋଚନା କରିଥିଲେ। ସିଏମ୍ ଭାରତୀୟ ଜନତା ପାର୍ଟି (ବିଜେପି)ର ହୋଇଥିବାବେଲେ କର୍ମା କଂଗ୍ରେସର ଥିଲା। ତେବେ, ବାସ୍ତବତା ଏହା ଯେ ନକ୍ସଲମାନଙ୍କ ଲାଲ ଆତଙ୍କ ସବୁ ଦଳର ରାଜନୈତିକ ବ୍ୟକ୍ତିତ୍ୱଙ୍କ ଜୀବନକୁ ଅସହ୍ୟ କରିଦେଇଥିଲା।

ନକ୍ସଲମାନଙ୍କ ବିରୋଧରେ ଆଦିବାସୀ ବିଦ୍ରୋହର ଏହି ଅପ୍ରତ୍ୟାଶିତ ଘଟଣା ବିଷୟରେ ରମଣ ସିଂ ସ୍ୱସ୍ଥ ଭାବରେ ଶୁଣିଥିଲେ। ତେଣୁ ରାଜନୈତିକ ମତଭେଦକୁ

ଏଡ଼ାଇ ସେ ଏହି ଲୋକଙ୍କ ଯୁଦ୍ଧ ପାଇଁ ସର୍ଭମୂଳକ ସମର୍ଥନ ଘୋଷଣା କରିଥିଲେ । ସେ ଆଗକୁ ଯାଇ ସମସ୍ତ ଅଂଶଗ୍ରହଣକାରୀଙ୍କୁ ମାଗଣା ଖାଦ୍ୟଶସ୍ୟ ଘୋଷଣା କଲେ । ତାଙ୍କ ପ୍ରଶାସନ ସେମାନଙ୍କ ପାଇଁ ରାସ୍ତା ପାର୍ଶ୍ୱରେ ତମ୍ବୁ ଲଗାଇବା, ସେମାନଙ୍କୁ ସାଇକେଲ୍ ଯୋଗାଇବା ଏବଂ ସେମାନଙ୍କର ଦୈନନ୍ଦିନ ଖାଦ୍ୟର ମଧ୍ୟ ବ୍ୟବସ୍ଥା କରିବାରେ ସହାୟକ ହୋଇଥିଲା ।

ରାଜ୍ୟ ପ୍ରଶାସନର ଏହି ସମର୍ଥନ ହାତୀ ପରି ଏହି ଆନ୍ଦୋଳନକୁ ଦୃଢ଼ କରିଦେଲା । କେ ମଧୁକରରାଓ, ମହେନ୍ଦ୍ର କର୍ମା ଏବଂ ସେମାନଙ୍କର ସହଯୋଗୀମାନେ ବର୍ଦ୍ଧମାନ ଗାଁରୁ ଗାଁକୁ ଯାତ୍ରା କରିବା ଆରମ୍ଭ କଲେ ଏବଂ ଏକ ସମୟରେ ପନ୍ଦର ହଜାରରୁ ଅଧିକ ଲୋକଙ୍କ ସମାବେଶକୁ ସମ୍ବୋଧିତ କଲେ । ନକ୍ସଲମାନେ ଏଭଳି ସଭାଗୁଡ଼ିକରେ ଗୁଳି ଚଲାଇବା ଆରମ୍ଭ କରିଥିଲେ, ଏହାର ଉତ୍ତରରେ ପୁଲିସ ବିଭାଗ ସେମାନଙ୍କୁ ସୁରକ୍ଷା ଦେବା ପାଇଁ ସମ୍ପୂର୍ଣ୍ଣ ରୂପେ ବାହାରିଥିଲା ।

ଏହି ଅଭିଯାନ ମହେନ୍ଦ୍ର କର୍ମା ଓ ମଧୁକରରାଓଙ୍କୁ ଆଇକନ୍‌ରେ ପରିଣତ କରିଥିଲା । ସାଲଭା ଜୁଡ଼ୁମ୍ ସମଗ୍ର ରାଜ୍ୟରେ ଏକ ଜାଗରଣ ସୃଷ୍ଟି କରିଥିଲା । ଏହି ଆନ୍ଦୋଳନରେ ପ୍ରାୟ ଦୁଇ ଲକ୍ଷ ଆଦିବାସୀ ଅଂଶଗ୍ରହଣ କରିଥିଲେ । ଭିରାମଗଡ଼ ପରିସରରେ ଅଠରଟି ବିଶାଳ ଶିବିର ସୃଷ୍ଟି ହୋଇଥିଲା । ପ୍ରତ୍ୟେକ ଶିବିରରେ ଏକାସମୟରେ ପନ୍ଦରରୁ କୋଡ଼ିଏ ହଜାର ଆଦିବାସୀ ରହୁଥିଲେ । ନକ୍ସଲମାନେ ମଧ୍ୟ ପ୍ରବଳ ଆକ୍ରମଣ କରିଥିଲେ । ଯେଉଁମାନେ ଏହି ପ୍ରତିବାଦରେ ଯୋଗ ଦେଇଥିଲେ ସେମାନଙ୍କ ପାଇଁ ଗାଁ ଓ ଚାଷଜମିକୁ ଫେରିବା ଅସମ୍ଭବ ହୋଇପଡ଼ିଥିଲା । ନକ୍ସଲ ବନ୍ଧୁକ ନିୟନ୍ତ୍ରଣରେ ସେମାନଙ୍କର ଅଞ୍ଚଳ ଥିଲା । ତେଣୁ ପ୍ରଦର୍ଶନକାରୀଙ୍କ ସ୍ଥିତି ମଝି ନଈରେ ଡଙ୍ଗା ଭଳି ଅବସ୍ଥାରେ ପହଞ୍ଚିଗଲା— ଗୋଟିଏ ପାର୍ଶ୍ୱରେ ରାସ୍ତାରେ ତମ୍ବୁ ଥିଲା ଯେଉଁଠାରେ ସେମାନେ ନିଜ ଜୀବନ ବିତାଉଥିଲେ ଏବଂ ଅନ୍ୟ ପଟେ ଥିଲା ସେମାନଙ୍କ କୁଡ଼ିଆ ଓ ଚାଷ ଜମି ।

ମୁଁ ଜାଣିବାକୁ ପାଇଲି ଯେ ଏହି କେ ମଧୁକରରାଓ ବିଜାପୁର ଜିଲ୍ଲାର 'ପଞ୍ଚସିଲ୍ ଆଶ୍ରମ' ନାମକ ଏକ ଛାତ୍ର ହଷ୍ଟେଲ ଚଲାଉଥିଲେ । ମୁଁ ଏଠାରେ ଥିବାବେଳେ ଏହି ଭଦ୍ରଲୋକଙ୍କୁ ଭେଟିବାକୁ ବହୁତ ଉସ୍ସାହିତ ଥିଲି । କିନ୍ତୁ, ଜଣେ ନିର୍ବାଚନ ପର୍ଯ୍ୟବେକ୍ଷକ ସାହସ ଜୁଟାଇ ଏକ ଆଦିବାସୀ ଅଞ୍ଚଳ ପରିଦର୍ଶନ କରିବା ସମ୍ଭବ ହେଲେ ବି ମୁଁ ଜାଣିଥିଲି ନିର୍ଦ୍ଧିଷ୍ଟ ଅଞ୍ଚଳ ବାହାରକୁ ଯିବା ପାଇଁ ମୋତେ ଅନୁମତି ମିଳିବା ଅସମ୍ଭବ । ଅନ୍ୟ ଉତ୍ସରୁ ତାଙ୍କ ବିଷୟରେ ସୂଚନା ସଂଗ୍ରହ କରିବା ବ୍ୟତୀତ ମୋ ପାଖରେ କୌଣସି ବିକଳ୍ପ ନ ଥିଲା ।

ଶେଷରେ, ଗୋଟିଏ ରାତିରେ, ସାୟାଦିକ ବନ୍ଧୁକ କାର୍ଯ୍ୟାଳୟ ମାଧ୍ୟମରେ ମୁଁ

ତାଙ୍କ ସହିତ ସମ୍ପର୍କ ସ୍ଥାପନ କରିବାରେ ସକ୍ଷମ ହେଲି। ଜଣେ ଉତ୍ସାହିତ ଛାତ୍ରଙ୍କ ପରି ମୁଁ ତାଙ୍କୁ ପ୍ରଥମ ପ୍ରଶ୍ନ ପଚାରିଲି, "ସାର, ଆପଣ ଏତେ ଶକ୍ତିଶାଳୀ ଆନ୍ଦୋଳନ ଆରମ୍ଭ କରିବାର ସାହସ କେମିତି ଜୁଟାଇଲେ? ଜଣେ ସରଳ ଶିକ୍ଷକ କିଭଳି ଭାବେ ଏମିତି ଶକ୍ତିଶାଳୀ ନେତୃତ୍ୱ ନେଇପାରିଲେ?"

"ମୁଁ କ'ଣ କରିପାରନ୍ତି, ସାହେବ? ମୋର ଆଦିବାସୀ ଭାଇମାନଙ୍କୁ ଏହିପରି ନିର୍ଯ୍ୟାତନା ଦିଆଯାଉଥିବା ଦେଖି ପ୍ରତିଦିନ ମୋର ହୃଦୟ କାନ୍ଦିଉଠେ। ସେମାନଙ୍କର ପ୍ରାରମ୍ଭିକ ସଫଳତା ହେତୁ ନକ୍ସଲମାନେ ନିଜର ସମସ୍ତ ସୌଜନ୍ୟତା ହରାଇଥିଲେ। ସେମାନେ ଅତ୍ୟଧିକ ଅହଂକାରୀ ହୋଇଗଲେ। ସେମାନେ କେନ୍ଦୁ ପତ୍ର ସଂଗ୍ରହକାରୀଙ୍କ ସହିତ ଆମ ଆଦିବାସୀଙ୍କ ସମ୍ବଳରେ ବାଧା ସୃଷ୍ଟି କରିବାକୁ ଲାଗିଲେ। ଏକ ସମୟରେ ସେମାନେ କରାଲି ବଜାରକୁ ଲୁଟିବା ପର୍ଯ୍ୟନ୍ତ ଯାଇଥିଲେ। ସେନା ଆସିବା ଭୟରେ ଆଭ୍ୟନ୍ତରୀଣ ଅଞ୍ଚଳରେ ଅନୁପ୍ରବେଶ କରି ସେମାନେ ସ୍କୁଲ ନିର୍ମାଣ ବନ୍ଦ କରିଦେଇଥିଲେ। ଏହିପରି ଭାବେ ସମସ୍ତ ନିର୍ମାଣ କାର୍ଯ୍ୟ ବନ୍ଦ ହୋଇଗଲା। ତଥାପି ସେମାନେ ସାନ୍ତ୍ରା ଏବଂ ପାସଙ୍ଗାରା ପରି ସ୍ଥାନରେ ଆଶ୍ରମ ଏବଂ ହଷ୍ଟେଲ୍ କୋଠା ଭାଙ୍ଗିଦେଲେ। ଶିକ୍ଷକମାନଙ୍କୁ ମାଡ଼ ମାରିବା ସହ ସେମାନଙ୍କୁ ଜୀବନରୁ ମାରିଦେବାକୁ ଧମକ ଦେଲେ। ଏଭଳି ଜୀବନ ଠାରୁ ମୃତ୍ୟୁ ଭଲ ବୋଲି ଭାବି ଆମେ ଏହି ସାଲଭା ଜୁଡ଼ୁମ୍ ଆନ୍ଦୋଳନରେ ଯୋଗ ଦେଇଥିଲୁ। କୁଟ୍ର ଆମ୍ବେଲିରେ ଆରମ୍ଭ ହୋଇଥିବା ଆନ୍ଦୋଳନ ପ୍ରକୃତରେ କରେଲିରେ ପ୍ରଜ୍ୱଳିତ ହୋଇଥିଲା। କୁଟ୍ର ଆମ୍ବେଲିରେ ଆରମ୍ଭ ହୋଇଥିବା ଆନ୍ଦୋଳନ ପ୍ରକୃତରେ କରେଲିରେ ପ୍ରଜ୍ୱଳିତ ହୋଇଥିଲା। ଏହା ପରେ ପ୍ରବଳ ବର୍ଷାରେ ଭିରାମ୍ଗଡ଼ ପୁଲିସ ଷ୍ଟେସନରେ ସେହି ଜନସମାଗମ ହୋଇଥିଲା ଯେଉଁଠାରେ ଆଦିବାସୀମାନେ ଜନସମୁଦ୍ର ସୃଷ୍ଟି କଲେ। ଆମ ଲାଗି ଏକ ତିକ୍ତ ସତ ହେଉଛି ଯଦି ଆମେ ବଞ୍ଚିବାକୁ ଚାହୁଁଛେ ତେବେ ଆମକୁ ମରିବାକୁ ପ୍ରସ୍ତୁତ ହେବାକୁ ପଡ଼ିବ। ସଙ୍କଟ ନିୟନ୍ତ୍ରଣ ବାହାରକୁ ଚାଲିଗଲେ ଗଣଆନ୍ଦୋଳନ ଜନ୍ମ ନିଏ। ସର୍ବଶେଷରେ, ସାଧାରଣ ଲୋକମାନେ ହିଁ ଇତିହାସରେ ପରିବର୍ତ୍ତନ ଆଣନ୍ତି, ନୁହେଁ କି?"

ଲୋକମାନେ ବାଘ ଉପରେ ଚଢ଼ି ତ ଗଲେ। କିନ୍ତୁ ଏବେ ବାଘ ପିଠିରୁ ଓହ୍ଲାଇବାର ଅର୍ଥ ଥିଲା ବାଘର ଖାଦ୍ୟ ପାଲଟିବା।

ପ୍ରଭାକର ଶର୍ମା କହିଲେ, "ଏହି ସାଲଭା ଜୁଡ଼ୁମ୍ ଆନ୍ଦୋଳନ ଜଙ୍ଗଲ ନିଆଁ ପରି ଚାରିଆଡ଼େ ବ୍ୟାପିଗଲା। ଏହି ଆନ୍ଦୋଳନ ନକ୍ସଲମାନଙ୍କ ଅସ୍ତିତ୍ୱ ଉପରେ ଆକ୍ରମଣ ଥିଲା। ଏହି ଅଭିଯାନକୁ ଦମନ କରିବା ପାଇଁ ସେମାନେ ନିଜର ପୂର୍ଣ୍ଣ ଶକ୍ତି ସହିତ ପ୍ରତିଶୋଧ ନେବାକୁ ବାହାରିପଡ଼ିଥିଲେ।"

“ତେବେ ରାଜ୍ୟ ପ୍ରଶାସନ ଓ ପୁଲିସ ବିଭାଗ କ’ଣ କରୁଥିଲେ ?” ମୁଁ ପଚାରିଲି ।

“ଦେଖନ୍ତୁ, ମହେନ୍ଦ୍ର କର୍ମା ଜଣେ କଂଗ୍ରେସ କର୍ମୀ ହୋଇଥିଲେ ହେଁ ଅନ୍ୟ ନେତାମାନେ ସେମାନଙ୍କର ରାଜନୈତିକ ମତଭେଦକୁ ପାର୍ଶ୍ୱରେ ରଖି ସାଲଭା ଜୁଡ଼ୁମ୍‌କୁ ସମର୍ଥନ କରିବାକୁ ଏକାଠି ହୋଇଥିଲେ । ଏହି ଆନ୍ଦୋଳନକୁ ଦମନ କରିବା ପାଇଁ ନକ୍ସଲମାନେ ଏକ ବିରାଟ ତଥା ଅତ୍ୟନ୍ତ ହିଂସାମ୍ୟକ ଅଭିଯାନ ଆରମ୍ଭ କରିଥିଲେ । ଫଳସ୍ୱରୂପ ଏହି ସଂଘର୍ଷ ପୁଲିସ କଲର ନିୟନ୍ତ୍ରଣ ବାହାରକୁ ଚାଲିଯାଇଥିଲା ।

“ତେବେ ସମାଧାନ କ’ଣ ଥିଲା ?”

“ପ୍ରାଚୀନ କାଳରୁ ଆମର ସରକାରୀ ବାବୁମାନଙ୍କର ଏକ ନିଶା ରହିଛି- ଅତୀତର କୌଣସି ଅସ୍ୱସ୍ତ ଆଇନକୁ ମାଧ୍ୟମ କରି ଏହା ସାହାଯ୍ୟରେ ସମସ୍ୟା ସମାଧାନ ପାଇଁ ଉଦ୍ୟମ କରିବା । ସେଥିପାଇଁ ଏହି କାଣ୍ଡ ଘଟିଥିଲା ।”

“କେଉଁ କାଣ୍ଡ ?”

“ବ୍ରିଟିଶ ଆଇନର ଏକ ପରିଚ୍ଛେଦ ଜିଲ୍ଲା କଲେକ୍ଟର ଓ ଜିଲ୍ଲା ପୁଲିସ ମୁଖ୍ୟଙ୍କୁ ତାଙ୍କ ଅଧୀନରେ ଥିବା ଅଞ୍ଚଳକୁ ‘ଅସ୍ଥିର ଅଞ୍ଚଳ’ ଘୋଷଣା କରିବାକୁ ଅନୁମତି ଦେଇଥାଏ ।”

“କିନ୍ତୁ ଏହା ସାଲଭା ଜୁଡ଼ୁମ୍‌ ସହିତ କିପରି ଜଡ଼ିତ ?”

“ଅସ୍ଥିର ଅଞ୍ଚଳ” ଭାବେ ଘୋଷିତ ଅଞ୍ଚଳରେ ସ୍ଥିରତା ଆସିବା ପାଇଁ ପ୍ରଶାସନ ଏକ ସ୍ୱତନ୍ତ୍ର ପୁଲିସ ଅଧିକାରୀ (ଏସପିଓ) ନିଯୁକ୍ତ କରିପାରେ । ଅମଲାତନ୍ତ୍ରର ବ୍ୟାକୁଳତା ଯୋଗୁଁ ସବୁକିଛି ଅଡୁଆରେ ପଡ଼ିଥିଲା । ସାଲଭା ଜୁଡ଼ୁମ୍‌ ପରି ଏକ ପ୍ରମୁଖ ଆନ୍ଦୋଳନ ଉପରେ ଖରାପ ଲୋକଙ୍କ ନଜର ପଡ଼ି ଏହାର ପ୍ରକୃତ ଅବନତି ଆରମ୍ଭ ହୋଇଥିଲା ।”

“ଆଚ୍ଛା ।”

“ଲର୍ଡ ଆକ୍ଟନ୍‌ କହିନଥିଲା କି ଯେ କ୍ଷମତା ଲୋକଙ୍କୁ ଦୁର୍ନୀତିଗ୍ରସ୍ତ କରାଏ- ଏବଂ ଅବାଧ କ୍ଷମତା ସଂପୂର୍ଣ୍ଣ ଦୁର୍ନୀତିଗ୍ରସ୍ତ କରିଦିଏ ? ଏସପିଓମାନେ କ୍ଷମତାର ନିଶାରେ ଅତ୍ୟାଚାରୀ ଆଚରଣ ଆରମ୍ଭ କଲେ । ହାତରେ ବନ୍ଧୁକ ଧରି ସେମାନେ ବ୍ୟକ୍ତିଗତ ଶତ୍ରୁତାର ପ୍ରତିଶୋଧ ନେବାକୁ ଲାଗିଲେ । ହତ୍ୟା ଓ ବଳାତ୍କାର କରିବାକୁ ପଛାଇଲେ ନାହିଁ ।”

“ଓଃ ।”

“ପନ୍ଦର-କୋଡ଼ିଏ ହଜାରରୁ ଅଧିକ ଆଦିବାସୀ ସେହି ସମ୍ମିଳନୀରେ ସେମାନଙ୍କର ଉପସ୍ଥିତି ଜାହିର କରିଥିଲେ! ରାସ୍ତାକଡ଼ରେ ନିର୍ମିତ ତମ୍ବୁମାନଙ୍କରେ

ଲକ୍ଷ ଲକ୍ଷ ଲୋକ ବାସ କରୁଥିଲେ ! ଅପର ପାର୍ଶ୍ୱରେ ନକ୍ସଲମାନେ ଥିଲେ ଯେଉଁମାନେ ସେମାନଙ୍କ ଅସ୍ତିତ୍ୱ ପାଇଁ ଲଢୁଥିଲେ। କର ବା ମର ଲଢ଼େଇରେ ଝାସ ଦେବା ଛଡ଼ା ତାଙ୍କ ପାଖରେ କିଛି ଉପାୟ ନ ଥିଲା।"

"ତେବେ ଫଳାଫଳ କଣ ହେଲା ?"

"ଆମ ରାଜ୍ୟ ଗୃହଯୁଦ୍ଧ ଭଳି ପରିସ୍ଥିତି ଭିତରକୁ ଠେଲି ହୋଇଯାଇଥିଲା। ଶିବିରରେ ପହଞ୍ଚିଥିବା ଆଦିବାସୀମାନେ ଅନୁଶାସନ ବିଷୟରେ ଅନ୍ଧ ଥିଲେ। ଫଳସ୍ୱରୂପ, ପୂର୍ବ ଦିନର ଆନ୍ତରିକ ଉସ୍ଲାହ ଖୁବ୍ ଶୀଘ୍ର ଏକ ହାତ ଗହଳିରେ ପରିଣତ ହେଲା। ଚାରିଆଡ଼େ ବିଶୃଙ୍ଖଳା ଖେଳିଯିବା ବେଳେ ଏସ୍ପିଓମାନେ ମଧ୍ୟ ଅତ୍ୟାଚାରୀ ପାଲଟିଥିଲେ।

"ତାହା ଅତ୍ୟନ୍ତ ଦୁଃଖଦ। ଏମିତି ଏକ ବିରାଟ ଆଦୋଳନର ଏଭଳି ଦଶା ହେବାର ନ ଥିଲା।"

"ମୁଁ ସେହି କଥା କହୁଥିଲି। ଏହା ଦୁର୍ଭାଗ୍ୟଜନକ ଯେ ଲୋକଙ୍କର ଏହି ଯୁଦ୍ଧଯାତ୍ରା ହିଂସାର ରାସ୍ତାରେ ଯିବା ଆରମ୍ଭ କରିଥିଲା। ଏହି ଆଦୋଳନର ଏକ ବଡ଼ ସଫଳତା ସ୍ୱରୂପ ନକ୍ସଲମାନେ ପଛଘୁଞ୍ଚା ଦେବା ଆରମ୍ଭ କରିଥିଲେ। କିନ୍ତୁ ବର୍ତ୍ତମାନ ସେମାନେ ଏହି କଳଙ୍କିତ ଏସ୍ପିଓମାନଙ୍କ ଆଚରଣକୁ ଆମ୍ରକ୍ଷାର ଏକ ଉପଯୋଗୀ ଅସ୍ତ୍ର ଭାବରେ ବ୍ୟବହାର କଲେ। ସେମାନେ ଏହି ଏସ୍ପିଓମାନଙ୍କ ଦ୍ୱାରା ସୃଷ୍ଟ ଦଙ୍ଗାକୁ ସର୍ବସମ୍ମୁଖରେ ରଖି ମାନବାଧିକାର କର୍ମୀଙ୍କ ସହାନୁଭୂତି ହାସଲ କରିଥିଲେ। ଏହି ଅଭିଯୋଗ ସୁପ୍ରିମକୋର୍ଟରେ ପହଞ୍ଚିବା ପରେ, କୋର୍ଟ ଏସ୍ପିଓ ନିଯୁକ୍ତିକୁ ବେଆଇନ ଘୋଷଣା କରି ଏକ ବଡ଼ ଝଟକା ଦେଇଥିଲା। ଏହା ପରଠାରୁ ସାଲଭା ଜୁଡୁମର କୁଖ୍ୟାତି ଥମି ନ ଥିଲା।"

ନିର୍ବାଚନ ଦିନ ପାଖେଇ ଆସୁଥିବାରୁ ମୋର ଚିନ୍ତା ବଢ଼ିବାରେ ଲାଗିଲା। ସମସ୍ତେ ଜାଣିଥିଲେ, ଏହି ରାଜ୍ୟର ବିସ୍ତୃତ ଅଞ୍ଚଳ 'ଜନତାଙ୍କ ସରକାର' ଅଧୀନରେ ଥିଲା। ପୂର୍ବରୁ ମଧ୍ୟପ୍ରଦେଶର ଅଂଶ ଥିବା ସମୟର ରାଜ୍ୟସ୍ତରୀୟ ବରିଷ୍ଠ ସାମ୍ବାଦିକମାନେ ନିର୍ବାଚନ ସମୟରେ ମୋ ପାଖକୁ ଆସୁଥିଲେ ଏବଂ ବସ୍ତର ଓ ଅନ୍ୟ ନକ୍ସଲ ପ୍ରପୀଡ଼ିତ ଜିଲ୍ଲା ବିଷୟରେ ସୂଚନା ଦେଉଥିଲେ।

"ସାହେବ, ଦିଭାପୁର ଜିଲ୍ଲାର ଆଠଟି ଗାଁକୁ ନେଇ ଯେଉଁ ଅଞ୍ଚଳ ରହିଛି ତାହା ଅତ୍ୟନ୍ତ ବିପଜ୍ଜନକ। ସମସ୍ତ ନିର୍ବାଚନ ସାମଗ୍ରୀଗୁଡ଼ିକୁ ସେଠାରେ ହେଲିକପ୍ଟର ଯୋଗେ ପହଞ୍ଚାଇବାକୁ ପଡ଼ିବ। ଏହାର ଅର୍ଥ ହେଉଛି ସେହି ଅଞ୍ଚଳର ସମସ୍ତ ଅଶୀ ବୁଥ୍‌ର ନିର୍ବାଚନ କର୍ମଚାରୀ ଓ ସେମାନଙ୍କର ଆବଶ୍ୟକୀୟ ଜିନିଷପତ୍ର ହେଲିକପ୍ଟର ମାଧ୍ୟମରେ ବୁଥ୍‌ମାନଙ୍କରେ ପହଞ୍ଚାଇବାକୁ ପଡ଼ିବ।"

ଜଣେ ସତୁରି ବର୍ଷୀୟ ବରିଷ୍ଠ ସାମ୍ବାଦିକ କହିଲେ, "ଏହି ନକ୍ସଲବାଦ ଅସ୍ଥି କର୍କଟ ଭଳି। ପ୍ରତି ମୁହୂର୍ତ୍ତରେ, ପ୍ରତି ପଦକ୍ଷେପରେ ବିପଦ ରହିଛି। ଆମେ ଏକ ଲ୍ୟାଣ୍ଡମାଇନ୍‌ ଉପରେ ବସିଛୁ ବୋଲି ଆପଣ ଭାବିପାରନ୍ତି। ହେଲିକପ୍ଟର ଯୋଗେ ନିର୍ବାଚନ କର୍ମଚାରୀ ଓ ସାମଗ୍ରୀ ପହଞ୍ଚାଇବା ପ୍ରକ୍ରିୟାକୁ ଆପଣ ପ୍ରକୃତରେ କେତେ ସୁରକ୍ଷିତ କରିଛନ୍ତି ?

"କାହିଁକି କ'ଣ ହେଲା କି ?"

"ଗତ କିଛି ବର୍ଷ ମଧ୍ୟରେ ଏଠାରେ ଏଭଳି କିଛ ଘଟଣା ଘଟିଛି। ନିର୍ବାଚନ ସମୟରେ ଏକ ବୁଥ୍ ଉପରେ ହେଲିକପ୍ଟରଟିଏ ଉଡ଼ୁଥିବା ସମୟରେ ତା ଉପରକୁ ଗୁଳିମାଡ଼ ହୋଇଥିଲା।

"ଆପଣ କ'ଣ କହୁଛନ୍ତି ?"

"ବାସ୍ତବରେ ଏମିତି ଘଟିଥିଲା। ବିଚରା ପାଇଲଟ୍‌ଜଣକ ଆକାଶରେ ହିଁ ମୃତ୍ୟୁବରଣ କଲେ। ସୌଭାଗ୍ୟବଶତଃ ବିମାନରେ ଜଣେ ସହକାରୀ ପାଇଲଟ୍ ଥିଲେ ଯିଏ ହେଲିକପ୍ଟରଟିକୁ ସୁରକ୍ଷିତ ଭାବରେ ତଳକୁ ଆଣିଥିଲେ।"

ମୁଁ ଏହି ସମସ୍ତ କାହାଣୀ ବହୁତ ଆଗ୍ରହର ସହିତ ଶୁଣୁଥିଲି। ପ୍ରତି କାହାଣୀ ପୂର୍ବ କାହାଣୀରୁ ଅଧିକ ଚାଞ୍ଚଲ୍ୟକର ଥିଲା।

"ନିର୍ବାଚନ ସମୟରେ ହିଂସାର ନଗ୍ନ ନୃତ୍ୟ ଆରମ୍ଭ ହୁଏ। ୨୦୦୮ ନିର୍ବାଚନ ସମୟରେ, ନକ୍ସଲମାନେ କୁଟ୍ରୁ-ନେମେଡ ରାସ୍ତାରେ ସୁରକ୍ଷାକର୍ମୀଙ୍କ ଏକ ଗାଡ଼ିକୁ ଉଡ଼ାଇ ଦେଇଥିଲେ। ସେଥିରେ କିଛି ଶିକ୍ଷକ ମଧ୍ୟ ବସିଥିଲେ ଯେଉଁମାନେ ନିର୍ବାଚନ ଡ୍ୟୁଟି ପାଇଁ ଯାଉଥିଲେ। କହିବା ଅନାବଶ୍ୟକ ଯେ ଗାଡ଼ିରେ ବସିଥିବା ସମସ୍ତେ ନିଜ ଜୀବନ ହରାଇଲେ।"

ଏକ ଅତ୍ୟନ୍ତ ଚିନ୍ତାଜନକ ସୂଚନା ଥିଲା ଯେ ଛତିଶଗଡ଼ରେ କିଛି ବୁଥ୍ ଅଛି ଯେଉଁଠାରେ ନକ୍ସଲମାନେ ଦଶବର୍ଷ ହେଲା ଭୋଟ୍ ଦେବାକୁ ଅନୁମତି ଦେଉ ନ ଥିଲେ। କିନ୍ତୁ ଦିଲ୍ଲୀର ନିର୍ବାଚନ ଆୟୋଗ ସତର୍କତାର ସହ ପରିସ୍ଥିତି ଉପରେ ନଜର ରଖିଥିଲେ। ଆମର ନିର୍ବାଚନ ବ୍ୟବସ୍ଥା ହେଉଛି ବିଶ୍ୱର ସବୁଠାରୁ ବଡ଼, ଆଦର୍ଶନୀୟ ତଥା ସଫଳ ତନ୍ତ୍ର। ତେଣୁ ଦେଶର ପ୍ରତ୍ୟେକ ବୁଥରେ ନିର୍ବାଚନ ଅନୁଷ୍ଠିତ ହେବାକୁ ସୁନିଶ୍ଚିତ କରିବା ଆମର କର୍ତ୍ତବ୍ୟ। ସମଗ୍ର ବିଶ୍ୱ ଜାଣିବା ଉଚିତ ଯେ ଆମେ ସେହି ମୂଳଦୁଆ ଯାହା ଉପରେ ଗଣତାନ୍ତ୍ରିକ ବ୍ୟବସ୍ଥା ଛିଡ଼ା ହୋଇଛି। ଆୟୋଗ ଏହି କଥା ଆମମାନଙ୍କୁ ଭଲଭାବେ ବୁଝାଇ ଦେଇଥିଲେ।

ଯେଉଁ କେତେକ ସାମ୍ୟାଦିକ ଅବିଭକ୍ତ ମଧ୍ୟପ୍ରଦେଶ ଏବଂ ରାୟପୁର ଡିଭିଜନ୍‌ରେ କାର୍ଯ୍ୟ କରିଥିଲେ ସେମାନେ ନକ୍ସଲପ୍ରବଣ ଅଞ୍ଚଲରେ କେନ୍ଦ୍ରୀୟ ପୁଲିସ ବାହିନୀରେ କିମ୍ବା ସରକାରୀ କଳ ଉପରେ ସାମାନ୍ୟତମ ଆସ୍ଥା ରଖନଥିଲେ। ସେମାନଙ୍କ ମଧ୍ୟରୁ ଜଣେ କହିଲେ, "ଗତ ପଚିଶ ବର୍ଷ ଧରି ଆମର ରାଜ୍ୟ କଳ ଅତି ନିର୍ମମ ଭାବେ ମାତ୍ ଖାଇ ଆସୁଛି। ଅସ୍ତ୍ରଶସ୍ତ୍ର ଅଭାବ ହେତୁ ହେଉ କିମ୍ବା ରାଜନୈତିକ ସୁବିଧା ପାଇଁ ହେଉ।"

ଅନ୍ୟ ଜଣେ ହସି ହସି କହିଲେ, "ଆମର ଆଦିବାସୀମାନେ ଜଣେ ଚତୁର ଆଦିବାସୀ ମହିଲାଙ୍କ ଏହି ମତ ଉଦ୍ଧାର କରନ୍ତି, ଯିଏ ତାଙ୍କ ସ୍ୱାମୀଙ୍କୁ ସେତେଟା ଖାତିର କରୁ ନ ଥିଲେ।"

"ସେ କ'ଣ କହନ୍ତି?"

"ସେ କହନ୍ତି ଯେ ସରକାରୀ ବାହିନୀ ହେଉଛି ତାଙ୍କ କାପୁରୁଷ ସ୍ୱାମୀଙ୍କ ପରି– ଘରେ ଶୋଇଲେ କି ବର୍ଷାରେ ତିନ୍ତିଲେ ତାଙ୍କର କିଛି ଫରକ ପଡ଼େ ନାହିଁ।"

ନିର୍ବାଚନ ପାଖେଇ ଆସୁଥିଲା। ଜିଲ୍ଲା ପ୍ରଶାସନ ଯୁଦ୍ଧକାଳୀନ ଭିଉିରେ ନିଜକୁ ପ୍ରସ୍ତୁତ କରିବାରେ ବ୍ୟସ୍ତ ଥିଲେ। ଆମେ ଆଶା କରିଥିଲୁ ଯେ ବାରହାପଟୀ ନାମକ ଆମ ଜିଲ୍ଲାର ଏକ ସୁଦୂର ଅଞ୍ଚଳ ଆମକୁ ବିଶେଷ ଭାବରେ ହଇରାଣ କରିବ। ଏହି ଅଞ୍ଚଳରେ ଅଠରଟି ନିର୍ବାଚନ କେନ୍ଦ୍ର ଥିଲା ଯାହା ଚାରିପାଖରେ ପର୍ବତ ଏବଂ ଉପତ୍ୟକା ଘେରି ରହିଥିଲା। ସେଠାରେ ମାନବ ବସତି ସଂଖ୍ୟା ଖୁବ୍ କମ୍ ଥିଲା। ଦୁଇଟି ବୁଥ୍ ମଧ୍ୟରେ ଦୂରତା ଚଉଦ କିଲୋମିଟର ଯାଏ ଥିଲା। ତେଣୁ ଏହି ଅଞ୍ଚଳକୁ ନିର୍ବାଚନ ଦଳଗୁଡ଼ିକୁ ଅତି କମରେ ତିନି ଦିନ ପୂର୍ବରୁ ପଠାଯିବା ଜରୁରୀ ଥିଲା। ଥରେ ଜଙ୍ଗଲ ରାସ୍ତା ଉପରକୁ ଚଢ଼ିଗଲେ, ଏହା ସତୁରି କିଲୋମିଟର ପର୍ଯ୍ୟନ୍ତ ଲମ୍ବିଛି। ତେଣୁ ସେଠାକୁ ପଠାଯାଇଥିବା ଲୋକମାନେ ଦୃଢ଼ମନା ଏବଂ ଶକ୍ତିଶାଳୀ ହେବା ଗୁରୁତ୍ୱପୂର୍ଣ୍ଣ ଥିଲା।

ଆମେ ଜିଲ୍ଲା ସଦରର ଏକ ଜନବହୁଳ ମାଧ୍ୟମିକ ସ୍କୁଲର ଏକ ମତଦାନ କେନ୍ଦ୍ର ପରିଦର୍ଶନ କରିବାକୁ ଯାଇଥିଲୁ। ଯେତେବେଳେ ଆମେ ସେଠାରୁ ଫେରୁଥିଲୁ, ଆମେ ଗୋଟିଏ ଏକ ମହଲା ଛାତ ଘର ଦେଖିଲୁ। ସେହି ଛୋଟ ଘର ସାମ୍ନାରେ ଜୟେଶ ଦୀକ୍ଷିତ ଠିଆ ହୋଇଥିଲେ, ତାଙ୍କ ମୁହଁରେ ଏକ ଆକର୍ଷଣୀୟ ହସ ଖେଳୁଥିଲା। ସେ କହିଲା, "ଦୟାକରି ଭିତରକୁ ଆସନ୍ତୁ ସାର୍। ଟିକେ ଚା ପିଇଦେଇ ଯାଆନ୍ତୁ।"

ଘର ଦୁଆରେ ଗୋବର ଓ କାଦୁଅର ପ୍ରଲେପ ବୋଲାଯାଇଥିଲା। ପ୍ରାଙ୍ଗଣରେ ଏକ ସୁନ୍ଦର ତୁଲସୀ ଚଉରା ଥିଲା। ଘରଟିରେ କୋଠରିଗୁଡ଼ିକ ଗୋଟିଏ ପଛକୁ ଗୋଟିଏ ହୋଇ ରହିଥିଲା। ଜିଲ୍ଲା ସମବାୟ ବ୍ୟାଙ୍କରେ କାମ କରୁଥିବା ତାଙ୍କ ସାନଭାଇ ଉମେଶଙ୍କ ସହ ଜୟେଶ ଦୀକ୍ଷିତ ଏଠାରେ ରହୁଥିଲେ।

ଉଭୟଙ୍କୁ ନିର୍ବାଚନ ଦାୟିତ୍ୱ ଦିଆଯାଇଥିଲା ଏବଂ ପରଦିନ ସେମାନେ ନିର୍ଦ୍ଧାରିତ ସ୍ଥାନକୁ ଯିବାର ଥିଲା। ପଡ଼ୋଶୀ ଜିଲ୍ଲାରେ ରହୁଥିବା ତାଙ୍କର ତିନି ଭଉଣୀ ଭାଇମାନଙ୍କୁ ବିଦାୟ ଦେବାକୁ ଆସିଥିଲେ ଏବଂ ଘର ଭିତରେ ଟିକିଏ ଭିଡ଼ ଜମାଇଥିଲେ।

ଚା ତିଆରି ଚାଲିଥିବା ବେଳେ ଆମେ ଆଗ କୋଠରିରେ ବସି କଥା ହେବା ଆରମ୍ଭ କଲୁ। ଜୟେଶ ଦୀର୍ଘ ନିଃଶ୍ୱାସ ଛାଡ଼ି କହିଲେ, "ସାର୍ କିଛି ଜିଲ୍ଲାରେ ନିର୍ବାଚନ ଡ୍ୟୁଟି କରିବା ମୃତ୍ୟୁ ଫାନ୍ଦରେ ପଡ଼ିବା ସହିତ ସମାନ। କିନ୍ତୁ ଆମ ପାଖରେ କ'ଣ ବା ବିକଳ୍ପ ଅଛି? ଜୀବିକା ନିର୍ବାହ ପାଇଁ ଆମକୁ ସରକାରୀ ଚାକିରି ଦରକାର।"

"କିନ୍ତୁ ଦୀକ୍ଷିତ ଜୀ", ମୁଁ ପଚାରିଲି, "ତୁମେ ଏହି କାର୍ଯ୍ୟକଲାପକୁ କାହିଁକି ମୃତ୍ୟୁର ଫାନ୍ଦ ଭଲି ଖରାପ ନାମ ଦେଇଛ?"

“ସାର୍ ଗତ କିଛି ନିର୍ବାଚନରୁ ଆମ ସରକାରୀ କର୍ମଚାରୀଙ୍କ ଅଭିଜ୍ଞତା ସେମିତି ହିଁ ହୋଇଆସିଛି ।”

“କିଭଳି ଅଭିଜ୍ଞତା ?”

“ସମଗ୍ର ଜିଲ୍ଲାରେ ପ୍ରାୟ ନଅ ଶହ କର୍ମଚାରୀ ଅଛନ୍ତି ଯେଉଁମାନେ ନିର୍ବାଚନ ଡ୍ୟୁଟିରେ ଯାଉଛନ୍ତି । ସେମାନଙ୍କ ମଧ୍ୟରୁ ପଚିଶ କିମ୍ବା ତିରିଶ ଜଣ ଘରକୁ ଫେରିବ ନାହିଁ । ଅତିକମ୍‌ରେ ଦଶ କିମ୍ବା ପନ୍ଦରଙ୍କୁ ନିଜର ଜୀବନ ହରାଇବାକୁ ହେବ ।”

“ଏକଥା କ’ଣ ସତ ?”

“ଏହା ଜୀବନର ଏକ ତିକ୍ତ ବାସ୍ତବତା, ଯାହାକୁ ଆମେ ସମସ୍ତେ ଚୁପଚାପ୍ ଗ୍ରହଣ କରିଛୁ । ବିକଳ୍ପ ବା କ’ଣ ?”

ମୁଁ ଆଶ୍ଚର୍ଯ୍ୟ ହେଲି । ମୋ ପେଟ ମୋଡ଼ିମାଡ଼ି ହେଲା । ତାଙ୍କ ଘରୁ ବାହାରିବା ବେଳେ ମୁଁ ଏକଥା ନ ପଚାରି ରହିପାରିଲି ନାହିଁ, “ତୁମେ ସମସ୍ତ ଗୁରୁତ୍ୱପୂର୍ଣ୍ଣ କାମ ରଫାଦଫା କରିବା ପରେ ଘରୁ ବାହାର କି ?”

“ନିଶ୍ଚିତ ଭାବେ ସାର୍‌ । ଆମେ ଯିବାବେଳେ ଘର ଦୁଆରେ ଅନ୍ତିମ ବିଦାୟ ଦେଇ ଚାଲିଯାଉ ।”

ଦୀକ୍ଷିତ ଏବଂ ତାଙ୍କ ପାଖରେ ଚୁପଚାପ୍ ବସିଥିବା ସାନଭାଇଙ୍କୁ ମୁଁ ଦେଖିଲି । ସେ ପୁଣି କହିଚାଲିଲେ, “ସାର୍ ଆପଣ ଦେଖିପାରୁଥିବେ ଯେ ଆମେ ଦୁହେଁ ନିର୍ବାଚନ ଡ୍ୟୁଟି ପାଇଁ ଯାଉଥିବାରୁ ଆମର ତିନି ଭଉଣୀ ଘରକୁ ଆସିଛନ୍ତି । ସେମାନେ ଗତ ଚାରି ଦିନ ଧରି ଆମ ସହିତ ଅଛନ୍ତି । ଆମ ରାଜ୍ୟର ପ୍ରତ୍ୟେକ ଘରର ଅବସ୍ଥା ଏବେ ପ୍ରାୟ ସମାନ । ପ୍ରତ୍ୟେକ ଘରେ ବ୍ୟାଙ୍କ ବାଲାନ୍‌ସ ଯାଞ୍ଚ କରିବା, ପାସ୍‌ବୁକ୍ ଖୋଜିବା, ବୀମା କାଗଜପତ୍ର ଏବଂ ସମ୍ପତ୍ତି ରେକର୍ଡ ଏକାଠି କରିବା ଆଦି କାର୍ଯ୍ୟ ଚାଲିଥିବା ଆପଣ ଦେଖିବାକୁ ପାଇବେ । ଯଦି ଆମେ ଜୀବନ୍ତ ଫେରି ଆସିବା, ତେବେ ତାହା ଆମର ଭାଗ୍ୟ । ଯଦି ଆମେ ଡ୍ୟୁଟିରୁ ପଳାୟନ କରିବାକୁ ଚେଷ୍ଟା କରିବା, ଆମେ କୁଆଡ଼େ ଯିବୁ ? ଆମ କାନ୍ଧରେ ପିଲାମାନଙ୍କର ପାଠପଢ଼ା ସମେତ ଅନ୍ୟାନ୍ୟ ଦାୟିତ୍ୱ । ଏହି ବୟସରେ ଆମେ ଅନ୍ୟ କେଉଁଠି ଚାକିରି ପାଇବୁ ?”

ସରକାରୀ କର୍ମଚାରୀମାନେ ନିଜର ଅସହାୟତାକୁ ଗ୍ରହଣ କରି ନେଇଥିଲେ । ମୃତ୍ୟୁର ଏହି ଅନନ୍ତ ଛାୟା ବିଷୟରେ ମୁଁ ପୂର୍ବରୁ କଳ୍ପନା କରି ନ ଥିଲି । ମୁଁ ଏହା ଶୁଣି ଆଶ୍ଚର୍ଯ୍ୟ ହୋଇଗଲି । ଯେତେବେଳେ ତାଙ୍କ ମା’ ତାଙ୍କ ଜନ୍ମଭୂମିରୁ ଆସିଥିବା ଏହି ଅଧିକାରୀଙ୍କ ବିଷୟରେ ଶୁଣିଲେ, ସେ ମୋତେ ଭେଟିବାକୁ ଆସିଲେ । ସେ ଅଳ୍ପ ବୟସରେ ବିଧବା ହୋଇଯାଇଥିଲେ । ତା ପରେ ଦୁଇ ପୁଅଙ୍କୁ ଶିକ୍ଷା ଦେବା ପାଇଁ ସେ

ଅନେକ ପରିଶ୍ରମ କରିଥିଲେ। ସେ ମୋତେ ପୁଣେ ଏବଂ ପାଏଥାନ ବିଷୟରେ ପଚାରିଥିଲେ ଏବଂ ମୋ ସହିତ କିଛି ସମୟ କଥା ହେଲେ। ଯେତେବେଳେ ମୁଁ ତାଙ୍କ ପାଦ ଛୁଇଁ ପ୍ରଣାମ କଲି, ତାଙ୍କ ଆଖି ଓଦା ହୋଇଗଲା। ସେ ମୋତେ ଆଶୀର୍ବାଦ କରି କହିଲେ, "ବୁଢ଼ାଟେ ହୋଇଥା ପୁଅ।" ତା ପରେ ଅଭିଯୋଗ କଲାଭଳି ସ୍ଵରରେ କହିଲେ, "ନକ୍ସଲମାନେ ଏଠାରେ ତୋପ ଆକାରର ବନ୍ଧୁକ ବହନ କରନ୍ତି। ପୁଲିସ ଓ ରାଜନେତାଙ୍କ ପାଖରେ ମଧ୍ୟ ଅସ୍ତ୍ର ଅଛି। କିନ୍ତୁ ସାଧାରଣ ଲୋକେ ନିରସ୍ତ୍ର ଆଉ ଅସୁରକ୍ଷିତ ଭାବେ ଜୀବନ ବଞ୍ଚୁଛନ୍ତି।"

ମଧୁମେହ ରୋଗ ଥରେ ଆପଣଙ୍କ ଶରୀରରେ ପ୍ରବେଶ କଲା ପରେ ଏହା କେବେ ଭଲ ହୋଇ ନ ଥାଏ। ପଶ୍ଚିମବଙ୍ଗର ମାଓବାଦୀମାନେ ୧୯୬୦ ଦଶକରେ ଏହି ସଂଗ୍ରାମ ଆରମ୍ଭ କରିଥିଲେ। ଯଦି ସେହି ସମୟର ସରକାର ଏବଂ ସାମାଜିକ କର୍ମୀ ଗରିବ ଆଦିବାସୀମାନଙ୍କ ସମସ୍ୟାର ସମାଧାନ ଖୋଜିବାକୁ ଚେଷ୍ଟା କରିଥାନ୍ତେ, ବୋଧହୁଏ ଏହି ରୋଗ ଏତେ ଭୟଙ୍କର ହୋଇ ନ ଥାନ୍ତା। ମହୁଲ ଫୁଲକୁ ଔଷଧ ଭାବରେ ବ୍ୟବହାର କରିବା ଲାଗି ସେଗୁଡ଼ିକୁ ଭୋରରୁ ସଂଗ୍ରହ କରାଯାଏ। ବୈଠକ ଯେତେ ବିଳମ୍ବିତ ହୁଏ, ସେତେ ଅଧିକ ବିଷାକ୍ତ ହୋଇଯାଏ। ଠିକ୍ ସମୟରେ ନିୟନ୍ତ୍ରିତ ନ ହେବା ଯୋଗୁଁ ନକ୍ସଲମାନଙ୍କ ସମସ୍ୟା ଏଭଳି ରୂପ ଧାରଣ କରିଥିଲା।

ଏସ୍‌ପିଓମାନଙ୍କ ଅବାଧତା ଏବଂ ସାଲଭା ଜୁଡ଼ୁମର ଅଂଶଗ୍ରହଣକାରୀଙ୍କ ଅହଂକାରୀ ଆଚରଣ ଏହି ଆନ୍ଦୋଳନରେ ଅବନତି ଘଟାଇଲା। ଦିଲ୍ଲୀର ବୁଦ୍ଧିଜୀବୀମାନେ ଏସ୍‌ପିଓ ମାମଲା ସମ୍ପର୍କରେ କୋର୍ଟରେ ପହଞ୍ଚିଥିଲେ। ମାନବାଧିକାର କମିଶନ ମଧ୍ୟ ଆସିଥିଲେ। ଏସ୍‌ପିଓର ବ୍ୟବସ୍ଥାକୁ ବେଆଇନ ଘୋଷଣା କରାଯାଇଥିଲା। କିନ୍ତୁ ମହେନ୍ଦ୍ର କର୍ମା, ଯିଏ ଏତେ ସାହସର ସହିତ ଲଢ଼ିଥିଲେ, ନକ୍ସଲମାନଙ୍କ ବିରୋଧରେ ତାଙ୍କର ନିରନ୍ତର ତଥା ଲୋକପ୍ରିୟ ସଂଗ୍ରାମ ସେମିତି ଚଲାଇରଖିଥିଲେ। ସେ 'ବସ୍ତରର ବାଘ' ଭାବରେ ଜଣାଶୁଣା। କର୍ମା ଜଣେ ନିଷ୍ପାପ ଯୋଦ୍ଧା ଥିଲେ। ଆଦିବାସୀଙ୍କ ପ୍ରତିନିଧି ଭାବରେ ସେ ଛତିଶଗଡ଼ ସରକାରରେ ମନ୍ତ୍ରୀ ହୋଇଥିଲେ। ଗ୍ରାମ ପ୍ରଶାସନ ଠାରୁ ଆରମ୍ଭ କରି ଦେଶର ସଂସଦ ପର୍ଯ୍ୟନ୍ତ ରାଜନୈତିକ ଅଭିଜ୍ଞତା ହାସଲ କରିବାରେ ସେ ପ୍ରଥମ ଆଦିବାସୀ ନେତା ଥିଲେ।

ବସ୍ତରର ତୃଣମୂଳ ସ୍ତରୀୟ ନେତା ଭାବେ କର୍ମା ନିଜର ଏକ ଶକ୍ତିଶାଳୀ ଭାବମୂର୍ତ୍ତି ଗଢ଼ିଥିଲେ। ସେ ନକ୍ସଲମାନଙ୍କୁ ଚ୍ୟାଲେଞ୍ଜ କରିଥିଲେ। ଏଥିରେ ଆଶ୍ଚର୍ଯ୍ୟ ହେବାର କୌଣସି କାରଣ ନାହିଁ ଯେ ସେ ନକ୍ସଲ ହିଟ୍ ତାଲିକାରେ ସବା ଉପରେ ଥିଲେ। ଏଥିପାଇଁ ତାଙ୍କ ଭାଇଙ୍କ ସମେତ ଅନେକ ଘନିଷ୍ଠ ସମ୍ପର୍କୀୟ ନିଜ ଜୀବନ

ହରାଇଥିଲେ । ଯେତେବେଳେ ସେ କଂଗ୍ରେସ ପାର୍ଟିର ପରିବର୍ତ୍ତନ ମୋର୍ଚ୍ଚା ନେଇ ଯାତ୍ରା କରୁଥିଲେ, ଝିରାମଘାଟିର ଘନ ଜଙ୍ଗଲ ଦେଇ ଅତିକ୍ରମ କଲା ବେଳେ ନକ୍ସଲମାନେ ତାଙ୍କ ଉପରେ ଅତର୍କିତ ଆକ୍ରମଣ କରିଥିଲେ । ଟାର୍ଗେଟ୍‌ରେ ଥିଲେ କେତେକ ବରିଷ୍ଠ ନେତାଙ୍କ ସହ ନକ୍ସଲଙ୍କ ସବୁଠାରୁ ବଡ଼ ଶତ୍ରୁ ମହେନ୍ଦ୍ର କର୍ମା । ବ୍ୟାପକ ବିସ୍ଫୋରଣ ଏବଂ ଗୁଲି ଚାଲନା ଦ୍ୱାରା ତାଙ୍କର କାର୍‌କେଡ୍‌କୁ ରାସ୍ତାରେ ଅଟକାଇ ଦିଆଯିବା ପରେ ମାଓବାଦୀମାନେ ମହେନ୍ଦ୍ର କର୍ମାଙ୍କୁ ବାହାରକୁ ଆସିବାକୁ ଡାକିଲେ । ସେ ଭଲଭାବେ ଜାଣିଥିଲେ ତାଙ୍କର ପରିଣାମ କଣ ହେବ । ତେଣୁ ସଂପୂର୍ଣ୍ଣ ନିର୍ଭୀକ ଭାବେ ନିଜ କାର୍ ବାହାରକୁ ଯାଇ ବନ୍ଦୁକଧାରୀ ଶତ୍ରୁଙ୍କ ଆଡ଼କୁ ଅଗ୍ରସର ହେଲେ ।

ଏହି କାରଣରୁ ସମଗ୍ର ରାଜ୍ୟ ହିଂସାରେ ପରିପୂର୍ଣ୍ଣ ହୋଇଥିଲେ । ସାଧାରଣ ନିର୍ବାଚନ କରିବା କେତେ ଆହ୍ୱାନମୂଳକ ଥିଲା ତାହା କଳ୍ପନା କରିବା ନିର୍ବାଚନ ଆୟୋଗଙ୍କ ପାଇଁ କଷ୍ଟ ଥିଲା । ନିର୍ବାଚନ ପ୍ରକ୍ରିୟାରେ ପହଞ୍ଚିବାକୁ ଥିବା ବିପୁଲ ସାମଗ୍ରୀର ବୁଥ୍ ଅନୁଯାୟୀ ବଣ୍ଟନ, ବାଟରେ ଆସୁଥିବା ପ୍ରତିବନ୍ଧକ ଆଦି କଥା ବୁଝିବା ବେଳେ ଜିଲ୍ଲା ମୁଖ୍ୟାଲୟ ରଣାଙ୍ଗନର ରୂପ ନେଇଥିଲା । ଗୁଲିଗୋଲା ପ୍ରଚୁର ପରିମାଣରେ ଗଚ୍ଛିତ ହୋଇ ରହିଥିଲା । କ’ଣ ଘଟୁଛି ତାହା ଉପରେ ନଜର ରଖିବା ମଧ୍ୟ ମୋର ଦାୟିତ୍ୱ ଥିଲା । ଜିଲ୍ଲା କଲେକ୍ଟର, ଡେପୁଟି କଲେକ୍ଟର ଏବଂ ସେମାନଙ୍କୁ ରିପୋର୍ଟ କରୁଥିବା ଅନ୍ୟ ଅଧିକାରୀମାନେ ଦିନରାତି ଅବିଶ୍ରାନ୍ତ ଭାବେ ଖଟୁଥିଲେ ।

ଦିନେ ମୁଁ ଜିଲ୍ଲା ନିର୍ବାଚନ କାର୍ଯ୍ୟାଲୟରେ ମୋର କାର୍ଯ୍ୟ ଶେଷ କରି ମଧ୍ୟାହ୍ନ ଭୋଜନ ପାଇଁ ଡାକ-ବଙ୍ଗଲାକୁ ଶୀଘ୍ର ଫେରିଆସିଥିଲି । ମୋତେ କୁହାଯାଇଥିଲା ଯେ ଉଡ଼ିଆ, ତାଙ୍କ ସ୍ୱାମୀ ଏବଂ ତାଙ୍କ ପୂର୍ବ ପତ୍ନୀଙ୍କ ଦୁଇ ପିଲାଙ୍କୁ ନେଇ ମୋତେ ସାକ୍ଷାତ କରିବାକୁ ଆସିଥିଲେ । ରୋଷେୟା ଦେଖିପାରିଲା ଯେ ମୁଁ ବହୁତ କ୍ଲାନ୍ତ ହୋଇଯାଇଛି । ତଥାପି ସେ ନିବେଦନ କରି କହିଲେ, “ସାର୍ ଦୟାକରି ସେହି ମହିଲାଙ୍କୁ ଗୋଟିଏ ବା ଦୁଇ ମିନିଟ୍ ସମୟ ଦିଅନ୍ତୁ–”

“କିନ୍ତୁ –”

“ସାହେବଜୀ, ସେ ସେହି ଦୁଇ ଛୋଟ ପିଲାଙ୍କୁ ସାଙ୍ଗରେ ଆଣିଛନ୍ତି । ସେ ପିଲାଙ୍କୁ ଆପଣଙ୍କୁ ଦେଖାଇବାକୁ ଚାହୁଁଛନ୍ତି”

ସମ୍ମତି ଦେବା ବ୍ୟତୀତ ମୋର ଅନ୍ୟ କୌଣସି ବିକଳ୍ପ ନ ଥିଲା, କିନ୍ତୁ ଯେତେବେଳେ ଉଡ଼ିଆ ଏବଂ ତାଙ୍କ ପରିବାର ଆସି ମୋ ଆଗରେ ଗର୍ବର ସହିତ ଠିଆହେଲେ, ମୁଁ ଏହା ଭାବି ଖୁସି ହେଲି ଯେ ଭଲହେଲା ସେମାନଙ୍କୁ ଫେରାଇଦେଇ

ନ ଥିଲି । ମୋର ପାଦ ଛୁଇଁବାକୁ ସେ ପିଲାମାନଙ୍କୁ ଇଙ୍ଗିତ କଲେ । କଟରୁ ନିଜ ପିଲାମାନଙ୍କୁ ଗର୍ବର ସହିତ ଚାହିଁ କହିଲେ, "ପିଲାମାନେ, ତୁମେ ଏହି ବଡ଼ ସାହେବଙ୍କ ଭଳି ହେବା ପାଇଁ ଲକ୍ଷ୍ୟ ରଖିବା ଉଚିତ ।"

ମୁଁ ଜଣେ ପରିଚାରକଙ୍କୁ କିଛି ଟଙ୍କା ଦେଇ ପିଲାମାନଙ୍କ ପାଇଁ କଲମ, ପେନ୍‌ସିଲ୍‌ ଏବଂ ଖାତା କିଣିଆଣିବାକୁ ନିର୍ଦ୍ଦେଶ ଦେଲି । ପିଲାମାନେ ଖୁସିରେ ସେହି ବ୍ୟକ୍ତିଙ୍କ ସହିତ ଗଲେ ଏବଂ କଟରୁ ଓ ଡୁଡ଼ିୟା ମଧ୍ୟ ମୋ ପାଦ ଛୁଇଁ ଫେରିଯିବାକୁ ଉଦ୍ୟତ ହେଲେ ।

ମୁଁ ଡୁଡ଼ିୟାକୁ ପଛରୁ ଡାକି କହିଲି, "ଡୁଡ଼ିୟା, ବର୍ଷେ ଦୁଇ ବର୍ଷ ମଧ୍ୟରେ ତୁମ କୋଳରେ ମଧ୍ୟ ଶିଶୁଟିଏ ଥିବ ବୋଲି ମୋର ଆଶା ।" ଡୁଡ଼ିୟା ଅଟକିଗଲେ ଏବଂ ବୁଲିପଡ଼ି ମୋତେ ଚାହିଁଲେ । ମୁଁ କଟରୁଙ୍କୁ ଦେଖିଲି, ତାଙ୍କର ହାବଭାବରୁ ଜାଣିଲି ସେ ମୋର ପରାମର୍ଶ ସହିତ ସଂପୂର୍ଣ୍ଣ ଏକମତ ଥିଲା । ତଥାପି, ଡୁଡ଼ିୟା ଏକ ଦୀର୍ଘ ନିଃଶ୍ୱାସ ଛାଡ଼ି କହିଲା, "ନା ସାର୍ ମୁଁ ତାହା ଚାହେଁ ନାହିଁ ।"

ମୋର ପ୍ରଶ୍ନିଳ ଆଖି ଦେଖି ସେ ଆଉ ଏକ ଦୀର୍ଘ ନିଃଶ୍ୱାସ ଛାଡ଼ି କହିଲେ, "ମୋ ସ୍ୱାମୀଙ୍କର ଏହି ଦୁଇ ପିଲା ମୋର ନୁହନ୍ତି କି ?"

"ହଁ ନିଶ୍ଚୟ, କିନ୍ତୁ "

"ସାର୍ ମୋ ସ୍ୱାମୀ ମତ ମଧ୍ୟ ସମାନ । କିନ୍ତୁ ନା । ମୁଁ ଜୀବନରେ ବହୁତ କଷ୍ଟ ସହିସାରିଛି । ମୁଁ ଜୀବନରେ ଆଉ କୌଣସି ପରୀକ୍ଷା ଦେବାକୁ ଚାହେଁ ନାହିଁ ।"

"ତୁମେ ଏପରି କାହିଁକି କହୁଛ ?"

"କଟରୁଙ୍କର ଦୁଇ ପିଲା ଏବେ ବହୁ କଷ୍ଟରେ ମୋର ନିକଟତର ହୋଇଛନ୍ତି । ମୁଁ ସେମାନଙ୍କୁ ଏକଲାପଣରୁ ଉଦ୍ଧାର କରି ଭଲପାଇବାର ଛତ୍ରଛାୟା ତଳକୁ ଆଣିଛି ।"

"କିନ୍ତୁ ଆଉ ଥରେ ଚେଷ୍ଟା କରିବାରେ ଅସୁବିଧା କଣ ?" କଟରୁ ହସ୍ତକ୍ଷେପ କରି କହିଲେ ।

"ମୁଁ କାହିଁକି ଫାଟ ସୃଷ୍ଟି ଲାଗି ସୁଯୋଗ ସୃଷ୍ଟି କରିବି ? ଯେଉଁ ବାଟରେ ଯିବାର ନାହିଁ ସେଥିରେ ଥିବା ଖାଲଖମା ଗଣି ଲାଭ କ'ଣ ? ସେସବୁ କଥା ନ ଭାବିବା ଭଲ ସାର୍ ।" ଏହା କହି ଡୁଡ଼ିୟା ଚାଲିଗଲେ । ଚୁପଚାପ ଡୁଡ଼ିୟାଙ୍କୁ ଅନୁସରଣ କରିବା ଛଡ଼ା କଟରୁଙ୍କ ପାଖରେ ଅନ୍ୟ କୌଣସି ବିକଳ୍ପ ନ ଥିଲା ।

ଦନ୍ତେୱାଡ଼ାର ଦୁଇଜଣ ଯୁବ ତହସିଲଦାର ଭୋଟ୍ ଗଣତି ପାଇଁ ଆମ ଯବାନମାନଙ୍କୁ ତାଲିମ ଦେବାକୁ ଆସିଥିଲେ। ଦନ୍ତେୱାଡ଼ା, ନାରାୟଣପୁର, ବିଜାପୁର– ଏହିସବୁ ଜିଲ୍ଲା ବସ୍ତର ବିଭାଗ ଅଧୀନରେ ଥିଲା। ଏହି ଜିଲ୍ଲାମାନଙ୍କରେ ନକ୍ସଲ ପ୍ରଭାବ ଅଧିକ ଥିବାରୁ ଏଗୁଡ଼ିକୁ ଅତ୍ୟନ୍ତ ବିପଜ୍ଜନକ ଜିଲ୍ଲା ଭାବେ ବିବେଚନା କରାଯାଉଥିଲା। ଅବୁଜମାଦ ସେହି ଅଞ୍ଚଳ ଅନ୍ତର୍ଭୁକ୍ତ ଥିଲା।

ଟ୍ରେନିଂ ସରିବା ପରେ, ବିଭିନ୍ନ ଆଲୋଚନା ପାଇଁ ଆମେ ରାତ୍ରୀ ଭୋଜନ ସାରି ବଙ୍ଗଲାରେ ଏକାଠି ହେଉଥିଲୁ। ଯାଦବ ନାମକ ଜଣେ ଅଧିକାରୀ କହିଲେ, "ବସ୍ତରର ଲୋକମାନଙ୍କ ପାଇଁ ସାଧାରଣ ନିର୍ବାଚନ ଏକ ବିପଦପୂର୍ଣ୍ଣ ଆୟୋଜନ।"

"ସତ କଥା। ନିର୍ବାଚନର କୌଣସି ଦିଗ ଉପରେ ନକ୍ସଲମାନଙ୍କର ଆସ୍ଥା ନାହିଁ। ଇଭିଏମ୍ ମେସିନ୍, ଭୋଟ୍ ଦାନ, ଭୋଟ୍ ଗଣନା ଆଦିକୁ ସେମାନେ ଭରସା କରନ୍ତି କି ?"

"ନା, ଟିକେ ବି ନୁହେଁ। ସେଥିପାଇଁ ସେମାନେ ପ୍ରତ୍ୟେକ ପ୍ରକ୍ରିୟାରେ ବାଧା ସୃଷ୍ଟି କରିବାକୁ ଚେଷ୍ଟା କରନ୍ତି।"

"ଠିକ୍ କହିଲେ ସାର୍। ଦ୍ୱିତୀୟ ବିଶ୍ୱଯୁଦ୍ଧ ସମୟରେ ଯେପରି ପରମାଣୁ ବୋମା ହିରୋସିମା ଏବଂ ନାଗାସାକିର ବାୟୁକୁ ବିଷମୟ କରି ଦେଇଥିଲା, ଏଠାରେ ନିର୍ବାଚନ ମଧ ବାୟୁରେ ସେହିପରି ବିଷ ଛାଡ଼ିଥାଏ। ନିଃଶ୍ୱାସ ନେବା ଅସମ୍ଭବ ହୋଇଯାଏ।"

ମୁଁ ପଚାରିଲି, "କିନ୍ତୁ ବସ୍ତର ଏବଂ ଆବୁଜମାଦ୍ ଅଞ୍ଚଳରେ ତୁମର ସରକାର କାହିଁକି ଠିକ୍ ରାସ୍ତା ନିର୍ମାଣ କରୁନାହାଁନ୍ତି ? ସେଗୁଡ଼ିକ ସଶସ୍ତ୍ର ବାହିନୀ ପାଇଁ ମଧ ଉପଯୋଗୀ ହେବ !"

"ସାର୍, ପ୍ରଶାସନ କିପରି ଏହି ରାସ୍ତା ନିର୍ମାଣ କରିପାରିବ ? ଯେତେବେଳେ

ଆପଣ ସଡ଼କ ନିର୍ମାଣ ପାଇଁ ସମସ୍ତ ଯନ୍ତ୍ରପାତି ଧରି ଯିବେ, ସେତେବେଳେ ଆପଣ ନିଶ୍ଚିତ ହୋଇପାରିବେ ନାହିଁ ଯେ ଆପଣଙ୍କର ପରବର୍ତ୍ତୀ ପଦକ୍ଷେପ ଏକ ଲ୍ୟାଣ୍ଡମାଇନ୍, ଆଇଡି କିମ୍ବା ପ୍ରେସର ବୋମା ଉପରେ ପଡ଼ିବ। ଶ୍ରମିକମାନେ ଏଠାରେ ନିଃଶ୍ୱାସ ପ୍ରଶ୍ୱାସ କରିବାକୁ ଭୟ କରନ୍ତି।"

"ତୁମେ ଟିକିଏ ଅତିରଞ୍ଜିତ କରି କହୁ ନାହିଁ କି?"

"ଟିକେ ବି ନୁହେଁ, ସାର୍। ମୁଁ ଆପଣଙ୍କୁ ରାସ୍ତାର ନାମ କହିପାରିବି। ବାରନପୁର ଏବଂ ଜୟଗୁଣ୍ଡା ମଧ୍ୟରେ ଦୂରତା ମାତ୍ର ଅଠର କିଲୋମିଟର। ଏହା ମଧ୍ୟରେ ରାସ୍ତା ନିର୍ମାଣ କାର୍ଯ୍ୟ ଆରମ୍ଭ ହେବାର ଦଶ ବର୍ଷ ବିତିଗଲାଣି, କିନ୍ତୁ ରାସ୍ତାଟି ସମ୍ପୂର୍ଣ୍ଣ ହୋଇପାରୁନାହିଁ।"

"କାହିଁକି? ଏତେ ଛୋଟ ରାସ୍ତା ପାଇଁ ଦଶ ବର୍ଷ କାହିଁକି?"

"କାରଣ ସାର୍ ନକ୍ସଲମାନେ ଏକ ହଜାରରୁ ଅଧିକ ଲ୍ୟାଣ୍ଡମାଇନ୍ ଏହି ଅଞ୍ଚଳରେ ବିଛାଇଦେଇଛନ୍ତି। ନିର୍ମାଣ ଶ୍ରମିକ ଏବଂ ପାରାମିଲିଟାରି ଯବାନମାନେ ଏହା ଉପରେ ଚାଲିବା ମାତ୍ରେ ନକ୍ସଲମାନେ ବିସ୍ଫୋରଣ କରିଦିଅନ୍ତି ଏବଂ ଏତେ ସଂଖ୍ୟକ ଲୋକ କୀଟପତଙ୍ଗ ପରି ଯନ୍ତ୍ରଣାରେ ଛଟପଟ ହୁଅନ୍ତି।"

"ହଁ, ମୁଁ ସେ ସମସ୍ୟା ବୁଝିଛି, ଶ୍ରୀ ଯାଦବ। ଏଥିରେ କୌଣସି ସନ୍ଦେହ ନାହିଁ ଯେ ପ୍ରଶାସନ ଏବଂ ସାମରିକ ବାହିନୀ ଏଠାରେ ନିଜ ଜୀବନକୁ ବାଜି ଲଗାଉଛନ୍ତି। କିନ୍ତୁ ଏହି ମିଶନ ପାଇଁ ନିର୍ମିତ ଲ୍ୟାଣ୍ଡମାଇନ୍ ନିରୋଧୀ ଯାନଗୁଡ଼ିକ କେବେ କାମରେ ଆସିବେ?

ଯାଦବ ଏକ ନିରାଶ ସ୍ୱରରେ ଉତ୍ତର ଦେଲେ, "ସାର୍ ସେଗୁଡ଼ିକୁ ବେଶୀ ବ୍ୟବହାର କରାଯାଇନାହିଁ। ଏହି ଛବିଗୁଡ଼ିକ ଦେଖନ୍ତୁ।"

ସେ କିଛି ଫଟୋଗ୍ରାଫ୍ ବାହାର କଲେ, ଯେଉଁଥିରେ ଟିଫିନ୍ ବାକ୍ସରେ ବଡ଼ ପଥର ପଡ଼ିବା ଭଳି ଏହି ଯାନଗୁଡ଼ିକ ଭାଙ୍ଗିରୁଜି ଯାଇଥିଲେ।

"ଏହି ଆଣ୍ଟି-ମାଇନ୍ ଗାଡ଼ି ତଳେ ସତୁରି କିଲୋ ଡାଇନାମାଇଟ୍ ବିସ୍ଫୋରଣ ହୋଇଥିଲା। ଏହାକୁ ଦେଖନ୍ତୁ ମୋତେ କୁହନ୍ତୁ, ଏହା ଏକ ଲ୍ୟାଣ୍ଡମାଇନ୍ ନିରୋଧୀ ଗାଡ଼ି ନା ଭଙ୍ଗା ଖେଳନା ପରି ଦେଖାଯାଉଛି?"

ଯାଦବଙ୍କ କହିବା କଥା ଥିଲା ଯେ ନକ୍ସଲମାନଙ୍କ ମୋର୍ଟାର, ରାଇଫଲ୍ ଏବଂ ଲ୍ୟାଣ୍ଡମାଇନ୍ ସାମ୍ନାରେ ଜନସାଧାରଣଙ୍କ ପାଇଁ ବିକାଶ କାର୍ଯ୍ୟ କରିବା ଅତ୍ୟନ୍ତ କଷ୍ଟକର। ସେ ଦକ୍ଷିଣ ଭାରତରୁ ଆସିଥିବା ଗଣେଶ ନାମକ ଜଣେ ଇଞ୍ଜିନିୟରଙ୍କ ଦୁଃଖଦ କାହାଣୀ ବର୍ଣ୍ଣନା କଲେ। ବିଚରା ଗଣେଶ ଏଟାପାଲି-ଗାଟା ରାସ୍ତାରେ ଏକ ସେତୁ ନିର୍ମାଣର

ତଦାରଖ କରୁଥିଲେ । ରୋଜଗାରର ଆବଶ୍ୟକତା ତାଙ୍କୁ ତାଙ୍କ ଜନ୍ମ ଥାନଜଭୁରୁ ଗାଉଟିରୋଲି ଜଙ୍ଗଲକୁ ଟାଣି ନେଇଥିଲା । ସେ ସେତୁ ନିର୍ମାଣକୁ ତୁରନ୍ତ ବନ୍ଦ କରିବା ପାଇଁ ନକ୍ସଲମାନଙ୍କଠାରୁ ବାରମ୍ବାର ଧମକ ପାଉଥିଲେ; କିନ୍ତୁ ଗଣେଶ ତାଙ୍କ କାର୍ଯ୍ୟରେ ଏତେ ପ୍ରତିବଦ୍ଧ ଥିଲେ ଯେ ସେ ହାର୍ ମାନି ନ ଥିଲେ ।

“ଏହା କେବେ ଘଟିଥିଲା ?”

“ଜାନୁଆରୀ ୧୪, ୨୦୦୬ ଦିନର ରାତିରେ । ଗଣେଶ ତାଙ୍କ କାର୍ଯ୍ୟାଳୟରେ ଏକାକୀ କାମ କରୁଥିଲେ । ଦୁଇ ଶହ ନକ୍ସଲମାନେ ହଠାତ୍ ସେହି ସ୍ଥାନ ଉପରେ ଆକ୍ରମଣ କରି ପଞ୍ଚାୟତ ସମିତି, ସରକାରୀ ବିଶ୍ରାମ ଗୃହ ଏବଂ ଅନ୍ୟାନ୍ୟ ବିଲଡିଂ କବ୍ଜା କରିଥିଲେ । ସେମାନେ ସୀମା ସୁରକ୍ଷା ବଳର ନିର୍ମାଣ କାର୍ଯ୍ୟାଳୟରେ ପ୍ରବେଶ କରି ସମସ୍ତ ଦଲିଲ ଏବଂ ଆସବାବପତ୍ର ଗଦା କରି ନିଆଁ ଲଗାଇ ଦେଇଥିଲେ । ଯେଉଁ ସରକାରୀ କର୍ମଚାରୀଙ୍କୁ ପାଉଥିଲେ ସେମାନଙ୍କୁ ନିର୍ଦ୍ଦୟ ଭାବରେ ମାଡ଼ ମାରୁଥିଲେ । ତଥାପି, ଗଣେଶ ନିର୍ଭୀକ ଭାବେ ନିଜର କାର୍ଯ୍ୟ ଜାରି ରଖିଥିଲେ ।

ଜଣେ ସାଧାରଣ ଇଞ୍ଜିନିୟରଙ୍କ ଦୃଢ଼ ଭାବେ ନକ୍ସଲଙ୍କ ବିରୋଧରେ ଛିଡ଼ା ହେବା ସାଧାରଣ କଥା ନଥିଲେ । ଉଚ୍ଚପଦସ୍ଥ ଅଧିକାରୀମାନେ ସେମାନଙ୍କୁ ଦେଖି ପ୍ୟାଣ୍ଟ ଓଦା କରିଦେବା ଅଥବା ଚାକିରିରୁ ଇସ୍ତଫା ଦେବା ଭଳି ଘଟଣା ସହ ନକ୍ସଲମାନେ ଅଭ୍ୟସ୍ତ ଥିଲେ । ସେମାନେ ଗଣେଶଙ୍କୁ ଜଙ୍ଗଲର ଅନ୍ଧକାର ଭିତରକୁ ଟାଣି ନେଇଥିଲେ । ସେମାନେ ପ୍ରଥମେ ତାଙ୍କୁ ବାଉଁଶ ବାଡ଼ିରେ ପିଟିଲେ ଏବଂ ପରେ କୁରାଢ଼ିରେ ହାଣିଦେଲେ । ଏଥିରେ କୌଣସି ସନ୍ଦେହ ନାହିଁ ଯେ ତାଙ୍କର ଯନ୍ତ୍ରଣା ଚିକ୍ରାର ଏବଂ ସାହାଯ୍ୟ ପାଇଁ କ୍ରନ୍ଦନ ନିଶ୍ଚୟ ପାଖଆଖର ଲୋକେ ଶୁଣିଥିବେ, କିନ୍ତୁ ତାଙ୍କୁ ସାହାଯ୍ୟ କରିବାକୁ କେହି ସାହସ କଲେ ନାହିଁ । ଏପରିକି ଏକ କିଲୋମିଟର ଦୂରରେ ଥିବା ପୁଲିସ ଷ୍ଟେସନରେ ଡ୍ୟୁଟିରେ ଥିବା ପୁଲିସ କର୍ମଚାରୀମାନେ ମଧ ଅମାବାସ୍ୟା ରାତିରେ ଜଙ୍ଗଲର ଏହି ଘଟଣାରୁ ଦୂରେଇ ରହିବା ବୁଦ୍ଧିମାନ ବୋଲି ଭାବିଲେ ।

ତା’ପରେ ଯାଦବ ମୋତେ ଗଣେଶଙ୍କ ନିର୍ଦ୍ଦୟ ହତ୍ୟାକାଣ୍ଡର ଖବରକାଗଜ କଟିଙ୍ଗ ଦେଖାଇଲେ । ତାଙ୍କ ଦେହରେ କୁରାଢ଼ି ଦାଗ ସହିତ ତେଇଶଟି କ୍ଷତ ହୋଇଥିଲା । ଏହିପରି କି ତାଙ୍କୁ ହାଣିବା ପୂର୍ବରୁ ନକ୍ସଲମାନେ ତାଙ୍କ ପିଠି ପଛରେ ହାତ ବାନ୍ଧି ତାଙ୍କୁ ନିର୍ଦ୍ଦୟ ଭାବରେ ପିଟିଥିଲେ । ସେମାନେ ଯେଉଁ ବର୍ବରତା ସହିତ ତାଙ୍କର ଶତ୍ରୁ ଏବଂ ସୂଚନାଦାତାମାନଙ୍କ ସହିତ ଅତ୍ୟାଚାର କରୁଥିଲେ ତାହା ଦ୍ଵିତୀୟ ବିଶ୍ୱଯୁଦ୍ଧ ସମୟର ଜାପାନ ସେନା କଥା ମନେ ପକାଉଥିଲା ।

ସେହି ଶବର ମଳିନ ଚେହେରା ଏକ ଦୁଃଖଦ ବାତାବରଣ ସୃଷ୍ଟି କରିଥିଲା ।

ପୁଅର ମୃତ୍ୟୁ ଖବର ଶୁଣି ଗାଡଟିରୋଲିରେ ପହଞ୍ଚିଥିବା ବୃଦ୍ଧ ପିତାମାତାଙ୍କ ଫଟୋ ମଧ୍ୟ ସେଥିରେ ଥିଲା। ଘରେ ତାଙ୍କର ନିରୀହ ପତ୍ନୀ ମାନସିକ ଭାରସାମ୍ୟ ହରାଇବସିଥିଲେ। କେବଳ ନଦୀ ଉପରେ ଏକ ସେତୁ ନିର୍ମାଣ କରୁଥିବା ତାଙ୍କ ଇଞ୍ଜିନିୟର ସ୍ୱାମୀଙ୍କୁ କିଏ ବା କାହିଁକି ଆଘାତ ଦେବାକୁ ଚାହିବେ ? କିଏ ଥିଲେ ଏହି ନକ୍ସଲମାନେ ? ସେମାନେ କାହିଁକି ତାଙ୍କ ସ୍ୱାମୀ ଏବଂ ତାଙ୍କ ପରିବାର ଉପରେ ଏହି ବିପଦ ଅଜାଡ଼ିଦେଇଥିଲେ ? ସେହି ଦୁଃଖୀ ପରିବାରର ଚିତ୍ର ମୋତେ ହତାଶ କଲା।

ପରଦିନ ସକାଳେ, ଡୁଡ଼ିୟା ଏବଂ ତାଙ୍କ ସ୍ୱାମୀ ବହୁତ ଉତ୍ସାହର ସହିତ ଡାକ-ବଙ୍ଗଲାରେ ପହଞ୍ଚିଲେ। ସେମାନଙ୍କ ପାଖରେ ଏକ ରୋମାଞ୍ଚକର ଖବର ଥିଲା। ସହରରେ ମିଠା ଦୋକାନ ଖୋଲା ନ ଥିବାରୁ ଡୁଡ଼ିୟା ଜିଲ୍ଲା ମୁଖ୍ୟାଳୟର ବସ୍ ଷ୍ଟାଣ୍ଡ କ୍ୟାଣ୍ଟିନ୍‌ରୁ ପେଡ଼ା ଏବଂ ଲଡୁ କିଣିଆଣିଥିଲେ। ବଙ୍ଗଲାର ସମସ୍ତ କର୍ମଚାରୀଙ୍କୁ ମିଠା ବାଣ୍ଟିବା ପରେ ସେ ଉତ୍ସାହର ସହିତ କହିଲେ, "ସାର୍ ଆପଣ ଆମ ପରିବାର ପାଇଁ ଖୁବ୍ ଭାଗ୍ୟବାନ।"

"ସତରେ ! କେମିତି ?"

"ମୋ ଭାଇ ଠାକେରାମ ଜୀବିତ ଅଛନ୍ତି। ସେ ଜୀବିତ ! ମୁଁ ମୂର୍ଖ ଭଲି ଭାବୁଥିଲି ଯେ ସେ ସେଦିନ ସେହି ନଦୀପଠାରେ ଟଳିପଡ଼ିଥିବା ଯୁଦ୍ଧଙ୍କ ମଧ୍ୟରୁ ଜଣେ।

"ଏହି ଖବର ତୁମକୁ କିଏ ଦେଲା ?"

"ପ୍ରକୃତରେ ମୁଁ ଗତକାଲି ତାଙ୍କୁ ଭେଟିଲି। ସେ ଏହି ନିର୍ବାଚନ ରତୁରେ ଭଲ ଜାଗାକୁ ବଦଲି ହୋଇ ଆସିଛନ୍ତି। ତାଙ୍କୁ ପୁନର୍ବାର ନିଜ ଜିଲ୍ଲାକୁ ପଠାଯାଇଛି।"

ଡୁଡ଼ିୟାଙ୍କ ମୁହଁରୁ ଯେଉଁ ଉଜ୍ଜ୍ୱଳତା ବାହାରୁଥିଲା ତାହା ଦେଖିବାଯୋଗ୍ୟ। ଗଣେଶଙ୍କ ହତ୍ୟାକାଣ୍ଡ କାହାଣୀ ମୋତେ ଯେଉଁ ଯନ୍ତ୍ରଣା ଦେଇଥିଲା ତାହା କିଛି ପରିମାଣରେ ହ୍ରାସ ପାଇଲା।

ମାଓବାଦୀ ଦୃଷ୍ଟିକୋଣରେ, ବ୍ୟବସ୍ଥା ବିରୋଧରେ ସେମାନଙ୍କର ସଂଗ୍ରାମ ଏକ ବ୍ୟବସ୍ଥିତ ଢଙ୍ଗରେ ଅଗ୍ରଗତି କରିଛି। ପଚାଶ ବର୍ଷ ପୂର୍ବେ ଯେତେବେଳେ ସେ ବସ୍ତର ଅଞ୍ଚଳରେ ଅନୁପ୍ରବେଶ କରିଥିଲେ, ସେତେବେଳେ କେବଳ କିଛି .୩୦୩ ରାଇଫଲ୍ ଏବଂ ଲୁହା ରଡ୍ ସହିତ ସେମାନେ ଆସିଥିଲେ। ଆଜି ସେମାନଙ୍କର ଅସ୍ତ୍ରଶସ୍ତ୍ର ଏତେ ଶକ୍ତିଶାଳୀ ଯେ ସେମାନେ ହେଲିକପ୍ଟର ଉଡ଼ାଇ ପାରିବେ, ପୁଲିସର ଜଣେ ଅଧୀକ୍ଷକଙ୍କୁ ହତ୍ୟା କରିପାରିବେ, ଜିଲ୍ଲା କଲେକ୍ଟରଙ୍କୁ ଅପହରଣ କରିପାରିବେ, ତାଡ଼ମେଟ୍‌ଲା ପରି ଏକ ସ୍ଥାନରେ ସିଆର୍‌ପିଏଫ୍‌ର ଏକ କମ୍ପାନିକୁ ପୋଛିଦେଇ ପାରିବେ।

ମାଓବାଦର ଏହି କର୍କଟ ଦେଶର ଅସ୍ଥିମଜ୍ଜାରେ ଅନୁପ୍ରବେଶ କରିବାରେ

ନିଯୋଜିତ ଥିଲା । ତାଙ୍କ ସାଥୀମାନଙ୍କୁ ସମ୍ବୋଧିତ କରି ମାଓ ନିଜେ କହିଥିଲେ, "ଯଦି ତୁମେ ତୁମର ଶତ୍ରୁକୁ ଏକ ଶିବିରରେ ବିଶ୍ରାମ ନେଉଥିବାର ଦେଖ, ତେବେ ସେ ଏହି ଅପ୍ରତ୍ୟାଶିତ ଏବଂ ଚେତାଶୂନ୍ୟ ଅବସ୍ଥାରେ ଥିବାବେଳେ ତୁରନ୍ତ ତାକୁ ଆକ୍ରମଣ କର । ଆଉ ଯେତେବେଳେ ସେ ଅସ୍ତ୍ରଶସ୍ତ୍ରରେ ସଜ୍ଜିତ ହୋଇ ତୁମ ଆଡ଼କୁ ଆସୁଛି ତୁମେ ତୁରନ୍ତ ଯୁଦ୍ଧକ୍ଷେତ୍ର ଛାଡ଼ିଦିଅ । ଯଦି ଶତ୍ରୁ ନିଜେ ଦୌଡ଼ି ପାଳାଉଛି, ତେବେ ତାକୁ ହେଟାବାଘ ପରି ଅନୁସରଣ କର । ଶତ୍ରୁର ମୂଳ ଏବଂ ଡାଳକୁ ନଷ୍ଟ କରିବାର ସୁଯୋଗ ତୁମେ ହାତଛଡ଼ା କରିବ ନାହିଁ, କାରଣ ଶତ୍ରୁର ଅସ୍ଥିରତା ହେଉଛି ବିଜୟ ପାଇଁ ନିର୍ଣ୍ଣାୟକ । ସାମୟିକ ବିଫଳତାରେ ନିରାଶ ହୁଅ ନାହିଁ । ଜାଣ ଯେ ଆଜିର ବିଫଳତା ଆସନ୍ତାକାଲିର ବିଜୟରେ ପାଦ ଦେବା ଏବଂ ସଂଗ୍ରାମକୁ ଜାରି ରଖିବା ।"

ମାଓଙ୍କ ଏହି ନୀତିରେ, ଗତ ପାଞ୍ଚ ଦଶନ୍ଧି ଧରି, ନକ୍ସଲମାନେ ବସ୍ତର ଜଙ୍ଗଲରେ ସେମାନଙ୍କର କଠିନ ସଂଘର୍ଷ ଜାରି ରଖିଥିଲେ ।

ମୁଁ ଶୁଣିଥିଲି ଯେ କାରଖାନାରୁ ଅସ୍ତ୍ରଶସ୍ତ୍ର ଏବଂ ଗୁଳିଗୋଳାର ଚୋରା ଚାଲାଣ କରାଯାଇଥାଏ । ନହେଲେ ଅସ୍ତ୍ରଶସ୍ତ୍ରଗୁଡ଼ିକ କିପରି ଉଡ଼ି ଆସିପାରିବେ ? ବଡ଼ ସେ ? ନ୍ୟୁ ୟୁନିଟ୍ ଗୁଡ଼ିକ କିପରି ନତମସ୍ତକ କରିହେବ ? ମୁଁ ପ୍ରାୟତଃ ତାଡମେଟଲା ନାମଟି ଶୁଣୁଥିଲି ଏବଂ ସେ ନେଇ ଅଧିକ ଜାଣିବା ପାଇଁ ପ୍ରଭାକର ଶର୍ମାଙ୍କୁ ମୋର ଜିଜ୍ଞାସା ବ୍ୟକ୍ତ କରିଥିଲି । ସେ ମୋତେ କହିଲେ ଯେ, ଏହା ବସ୍ତର ଡିଭିଜନ୍ର ଦକ୍ଷିଣ ଭାଗର ସୁକମା ଜିଲ୍ଲାର ଏକ ଗାଁ । ସେଠାରେ ଯାହା ଘଟିଥିଲା ତାହା ନକ୍ସଲମାନଙ୍କ ସହ ଚାଲିଥିବା ଯୁଦ୍ଧର ସବୁଠାରୁ ଦୁର୍ଭାଗ୍ୟଜନକ ତଥା ଦୁଃଖଦ ଘଟଣା ବୋଲି କୁହାଯାଇପାରେ ।

"ବ୍ୟାଖ୍ୟା କରି କୁହନ୍ତୁ ।"

"ତାଡମେଟଲାର ଏହି ଗାଁ ନିକଟରେ ଆମର ସିଆର୍ପିଏଫ୍ ଯବାନମାନଙ୍କର ଏକ ସଂପୂର୍ଣ୍ଣ କମ୍ପାନି ପାଖାପାଖି ପୋଛି ହୋଇଯାଇଥିଲା – ସମୁଦାୟ ତେୟାଅଶୀ ଜଣଙ୍କ ମଧ୍ୟରୁ ଅଠସ୍ତରି ଜଣ ପ୍ରାଣ ହରାଇଥିଲେ ।"

"ଏତେ ସଂଖ୍ୟକ ଯବାନ ଗୋଟିଏ ଆକ୍ରମଣରେ ସହିଦ ହୋଇଗଲେ ?"

"ହଁ, ଏହା ଅତ୍ୟନ୍ତ ଯନ୍ତ୍ରଣାଦାୟକ ଏବଂ ଆଶ୍ଚର୍ଯ୍ୟଜନକ ଘଟଣା ଥିଲା । ଆମ ଯବାନମାନେ ଗାଁର ଅପରପାର୍ଶ୍ୱରେ ଥିବା ପାହାଡ଼ ପଛରେ ବିଶ୍ରାମ ନେଉଥିଲେ । ଏହି ପାହାଡ଼ ପଛରେ ଏକ ସଂକୀର୍ଣ୍ଣ ରାସ୍ତା ଥିଲା । ସାମ୍ନାରେ କିଛି ଫୁଟ୍ ଉଚ୍ଚତା ବିଶିଷ୍ଟ ଏକ ମାଟି କାନ୍ଥ ଥିଲା । ଏହିଠାରେ ମାଓବାଦୀମାନେ ନିଜକୁ ଲୁଚାଇ ରଖିଥିଲେ । ଏହିଠାରୁ ସେମାନେ ତାଙ୍କର ମାରାମ୍କ ତଥା ସୁନିୟୋଜିତ ଜାଲ ବିଛାଇଥିଲେ ।"

"ଏହା କିପରି ଆମ ଯବାନଙ୍କ ଦୃଷ୍ଟି ଆକର୍ଷଣ କଲା ନାହିଁ ?

"ମାଓବାଦୀମାନେ ଅତି ସତର୍କତାର ସହିତ ଜଙ୍ଗଲରେ ବୁଲନ୍ତି। ଯଦି ସେମାନଙ୍କର ଭିତରୁ କେହି ଶୌଚ ହେବାକୁ ଯାଏ ତେବେ ସେ ନିଜ ମଳକୁ ମାଟିରେ ଘୋଡ଼ାଇଦିଏ। ସେଦିନ ସେମାନେ ଆମର ସେଣ୍ଟ୍ରାଲ ରିଜର୍ଭ ପାରାମିଲିଟାରି ଫୋର୍ସକୁ ଜାଲରେ ପଡ଼ିବା ଯାଏ ଅପେକ୍ଷା କଲେ। ଯବାନମାନେ ବିଶ୍ରାମ ନେବାକୁ ବସିବା ପରେ ସେମାନେ ବିସ୍ଫୋରକ ଏବଂ ଗୁଳି ବର୍ଷାଇବା ଆରମ୍ଭ କରିଦେଇଥିଲେ।"

"ଏକଥା ମୁଁ ଶୁଣିଛି ଯେ ଏହି ଘଟଣାକ୍ରମ ଅତ୍ୟନ୍ତ ଭୟଙ୍କର ଥିଲା।"

"ହଁ। ଆଖପାଖର ମହୁଲ ଗଛରେ ବନ୍ଦୁକଧାରୀମାନେ ହାଲୁକା ମେସିନ୍ ଗନ୍ ଧରି ବସିଥିଲେ। ଏକାସାଙ୍ଗରେ ସମସ୍ତଙ୍କ ବନ୍ଦୁକରୁ ଗୁଳି ଫୁଟିବା ଆରମ୍ଭ ହୋଇଥିଲା।"

"ଆମ ଯବାନମାନେ ପ୍ରତିଆକ୍ରମଣ କଲେ ନାହିଁ ? କୌଣସି ପ୍ରତିରକ୍ଷା ପଦକ୍ଷେପ ନେଲେ ନାହିଁ ?"

"ହଁ ସମସ୍ତେ ତାହା ହିଁ କରିଥିଲେ। ଆମର ଯବାନମାନେ ନିଜକୁ ରକ୍ଷା କରିବା ପାଇଁ ଯଥାସମ୍ଭବ ଉଦ୍ୟମ କରିଥିଲେ। ସେମାନେ କ୍ଷେତ ପାର୍ଶ୍ୱରେ ଡ୍ୟାମ୍ ପଛରେ ଥିବା ଗାର୍ଡ଼ ଭିତରକୁ ଡେଇଁପଡ଼ି ଗୁଳି ଚଲାଇଥିଲେ। କିନ୍ତୁ ନକ୍ସଲମାନେ ସେହି ସ୍ଥାନରେ ଆଇଇଡି ବିଛାଇଥିଲେ। ତେଣୁ, ଆପଣ ସେମାନଙ୍କ ପରିସ୍ଥିତିକୁ କଳ୍ପନା କରିପାରୁଥିବେ– ସମ୍ମୁଖ ଏବଂ ଉପରେ ଥିବା ମହୁଲ ଗଛରୁ ଗୁଳି ଆକ୍ରମଣ ସାଙ୍ଗକୁ ସମସ୍ତ ଆଇଇଡିରେ ଏକାସାଙ୍ଗେ ବିସ୍ଫୋରଣ। ସେମାନଙ୍କୁ ପ୍ରଶ୍ୱାସ ନେବାକୁ ସମୟ ମିଳିଲା। ତଥାପି ରକ୍ତରେ ଜୁଡ଼ୁବୁଡ଼ୁ ଅବସ୍ଥାରେ ସେମାନେ ଅଢ଼େଇ ଘଣ୍ଟା ଲଢ଼େଇ କରିଥିଲେ। କିନ୍ତୁ, ଶେଷରେ ସେହି ଭୟଙ୍କର ଆକ୍ରମଣ ଆମ ସମଗ୍ର କମ୍ପାନିକୁ ନଷ୍ଟ କରିଦେଲା।"

"ହେ ଭଗବାନ !"

"ସାରଜୀ, ଯେହେତୁ ମୁଁ ମୁଖ୍ୟମନ୍ତ୍ରୀଙ୍କ ସୁରକ୍ଷା ଅଧୀନରେ କାର୍ଯ୍ୟ କରୁଥିଲି, ମୋତେ ହତ୍ୟାକାଣ୍ଡର ସ୍ଥାନ ପରିଦର୍ଶନ କରିବାର ସୁଯୋଗ ମିଳିଥିଲା। ମୁଁ ସେହି ଯୁବ ଯବାନମାନଙ୍କ ଅର୍ଦ୍ଧଦଗ୍ଧ ଶବଠାରୁ ଦୂରେଇ ଗଲି– ପ୍ରତ୍ୟେକ ଗାର୍ଡ଼ରେ ଏକ ଡଜନ କିମ୍ବା ଅଧିକ ଶବ ପଡ଼ିଥିଲା। ମାଓବାଦୀମାନେ ତାଙ୍କ ବୁଲେଟ୍ ପ୍ରୁଫ୍ ଜ୍ୟାକେଟ୍ ଏବଂ ଜୋତା କାଢ଼ି ନେଇଥିଲେ। ଗୋଟିଏ ଶବ ଅନ୍ୟ ଉପରେ ପଡ଼ିରହିଥିଲା। ସେମାନଙ୍କର ଶୃଙ୍ଖଳା ରକ୍ତରେ ଭୂଇଁ ଓଦା ହୋଇଯାଇଥିଲା। ଏହା ଏକ ଭୟଙ୍କର ଦୃଶ୍ୟ ଥିଲା। ମୋ ଆଖି ଆଗରେ ଉନ୍ମୋଚିତ ଦୃଶ୍ୟ ଜଣେ ପୁଲିସ୍ ଅଫିସର ହିସାବରେ ମୋର ସମସ୍ତ ମନୋବଳକୁ ଚୂର୍ଣ କରିଦେଇଥିଲା। ମୁଁ ସେହି ମହୁଲ ଗଛ ମଧ୍ୟରୁ ଗୋଟିଏକୁ ଜାବୁଡ଼ିଧରି କାନ୍ଦିବାକୁ ଲାଗିଲି।"

ଚାରି-ପାଞ୍ଚ ବର୍ଷ ପୂର୍ବେ ସେହି ଘଟଣାକୁ ମନେ ପକାଇ ତାଙ୍କ ମନରେ ଯନ୍ତ୍ରଣା ଭରିଗଲା ।

ପ୍ରକୃତିର କୋଳରେ ଅବସ୍ଥିତ ଛତିଶଗଡ଼ରେ ଗୋଟିଏ ପଟେ ନକ୍ସଲମାନଙ୍କ ସହିତ ପୁଲିସ୍ ଓ ସାମରିକ ବାହିନୀର ମୁହାଁମୁହିଁ ପରିସ୍ଥିତି ଅବାଧରେ ବୃଦ୍ଧି ପାଇଆସୁଥିଲା । ଅନ୍ୟ ପକ୍ଷରେ ଗୁରୁତର କ୍ଷତି ସାଧନ କରିବାକୁ ଉଭୟ ପକ୍ଷ କୌଣସି ସୁଯୋଗ ହାତଛଡ଼ା କରନ୍ତି ନାହିଁ ।

ଭାରତର ମାଓବାଦୀମାନେ ମିଆଁମାର, ଚୀନ୍ ଏବଂ ପାକିସ୍ତାନର ବିପଜ୍ଜନକ ସଂଗଠନମାନଙ୍କ ଗୁପ୍ତ ସମର୍ଥନ ଏବଂ ବନ୍ଧୁତା ଉପଭୋଗ କରୁଥିବା ଜଣାଯାଇଛି । ଜଣେ ଅଧିକାରୀ ଭୟଭୀତ ସ୍ୱରରେ କହିଲେ, "ସାର୍ ମୁଁ ଆପଣଙ୍କୁ ଗୋଟିଏ କଥା କହୁଛି । ନେପାଳର ମାଓବାଦୀମାନେ ପ୍ରାୟତଃ ଝାଡ଼ଖଣ୍ଡ ଏବଂ ଛତିଶଗଡ଼ର ଜଙ୍ଗଲକୁ ତାଲିମ ପାଇଁ ଆସନ୍ତି । ସେମାନେ ଏଠାରେ କିଛି ମାସ ରହି ତାଲିମ ପରେ ନିଜ ଦେଶକୁ ଫେରନ୍ତି ।"

ସୂଚନାଯୋଗ୍ୟ, ଜଙ୍ଗଲ ଯୁଦ୍ଧ ପାଇଁ ଉପଯୋଗୀ କେତେକ ଅତ୍ୟାଧୁନିକ ଫାଷ୍ଟ-ଆକ୍‌ସନ୍ ଅସ୍ତ୍ରଶସ୍ତ୍ର ଏବଂ ଯୋଗାଯୋଗ ଉପକରଣଗୁଡ଼ିକ ଭାରତୀୟ ସେନା କିମ୍ବା ପୁଲିସ ଦ୍ୱାରା ଅଧିଗ୍ରହଣ ହେବା ପୂର୍ବରୁ ନକ୍ସଲମାନଙ୍କ ନିକଟରେ ପହଞ୍ଚିଥାଏ । ପ୍ରଭାକର ଶର୍ମା ଥରେ ମୋତେ କହିଥିଲେ, ଯେପର୍ଯ୍ୟନ୍ତ ଶ୍ରୀଲଙ୍କାରେ ଏଲ୍‌ଟିଟିଇ ସକ୍ରିୟ ଥିଲା, ଛତିଶଗଡ଼ର ଆମର ନକ୍ସଲମାନେ ସେମାନଙ୍କ ସହ ଅତି ଘନିଷ୍ଟ ସମ୍ପର୍କ ରଖିଥିଲେ ।

"ଉଦାହରଣ ଦେଇ କହିବେ ?"

"ଆପଣ ନିଶ୍ଚିତ ଭାବରେ ସେମାନଙ୍କ କୁଖ୍ୟାତ ନେତା ପ୍ରଭାକରନ୍‌ଙ୍କ ବିଷୟରେ ଶୁଣିଥିବେ ।"

"ହଁ ତାଙ୍କୁ କିଏ ନ ଜଣେ ?"

"ସୁରେଶ ନାମକ ତାଙ୍କର ଜଣେ ଭୟଙ୍କର ସହଯୋଗୀ ଥରେ ଛତିଶଗଡ଼ ପରିଦର୍ଶନ କରିବାକୁ ଆସିଥିଲେ ।"

"କେବେ ?"

"୧୯୮୬ରେ ।"

"କାହିଁକି ?"

"ସେମାନଙ୍କୁ ଅସ୍ତ୍ରଶସ୍ତ୍ର ପରିଚାଳନାରେ ଉନ୍ନତ ପ୍ରଶିକ୍ଷଣ ଦେବା ଲାଗି ।"

ଏହି ନକ୍ସଲ ପ୍ରସଙ୍ଗର ମୂଳ କେତେ ଗଭୀର ଏବଂ କେତେ ବ୍ୟାପକ ଥିଲା ତାହା ଜାଣିବା ଅସମ୍ଭବ ଥିଲା । ମୁଁ ଥରେ ମୁଖରାମ ନାମକ ଜଣେ ଅଧିକାରୀଙ୍କୁ

କହିଥିଲି, "ଯଦି ନକ୍ସଲମାନେ ବାଂଲାଦେଶ ଏବଂ ଚୀନ୍ ସୀମାରୁ ଅସ୍ତ୍ରଶସ୍ତ୍ର କିଣନ୍ତି, ତେବେ ଏହି ସମସ୍ୟାର ମୁକାବିଲା ପାଇଁ ରାଜ୍ୟ ମଧ ରଣନୀତି ବଦଳାଇବା ଉଚିତ । ସେମାନେ ଅଧିକ ଆଧୁନିକ ପଦ୍ଧତି ଅବଲମ୍ବନ କରିବା ଉଚିତ ।"

"ହଁ ସାର୍ । ମୁଁ ନିଶ୍ଚିତ ଯେ ଆମେ ବର୍ତ୍ତମାନ ଠିକ୍ ମାର୍ଗରେ ଅଛୁ । ମିଜୋରାମର ଭାଇରେଙ୍ଗଟେରେ ଆମର ଏହି କାଉଣ୍ଟର୍-ଇନ୍ସର୍ଜେନ୍ସି ଆଣ୍ଡ ଜଙ୍ଗଲ ୱାର୍ଫେୟାର (ସିଆଇଜେଡବ୍ଲ୍ୟୁଏସ) ସ୍କୁଲ ଅଛି ।

"ସତରେ କି ?"

"ବର୍ତ୍ତମାନ ଛତିଶଗଡ଼ କାନକରରେ କାଉଣ୍ଟର୍ ଟେ'ରରିଜମ୍ ଆଣ୍ଡ ଜଙ୍ଗଲ ୱାରଫେର କଲେଜ ପ୍ରତିଷ୍ଠା କରିଛି"

"ଚମତ୍କାର !"

"ହଁ, ସାର ବ୍ରିଗେଡିୟର ବସନ୍ତ କୁମାର ପୋନୱାର୍ ପୂର୍ବରୁ ମିଜୋରାମରେ ସିଆଇଜେଡବ୍ଲ୍ୟୁଏସର ପ୍ରିନ୍ସିପାଲ୍ ଥିଲେ । ଅବସର ପରେ ତାଙ୍କୁ ମଧ ଏହି କଲେଜ ପ୍ରତିଷ୍ଠା ପାଇଁ ଅଣାଯାଇଥିଲା ।

ନିର୍ବାଚନ ସାମଗ୍ରୀର ବଣ୍ଟନ ଭୋରରୁ ଆରମ୍ଭ ହୋଇଯାଇଥିଲା: ଭୋଟର ତାଲିକା, ଇଭିଏମ୍ ମେସିନ୍, ଅନେକ ସଂଖ୍ୟାକ ଲଫାପା, ଅଠା, ମହମବତି, ଛୁରି ଏବଂ ସୂତା ପ୍ରଭୃତି ଅନେକ କିଛି । ସୁରକ୍ଷା ପାଇଁ ପୁଲିସର ଗାଡ଼ି ସହିତ ଜିପରେ କ୍ୟାମ୍ପସ ଫାଟକରୁ ପୋଲିଂ ଅଧିକାରୀମାନେ ବାହାରିବା ଆରମ୍ଭ କରିଥିଲେ । ଯେତେବେଳେ ଯୁବ ପିଢ଼ିର ମଞ୍ଚ ଅଭିନେତାମାନେ ଏକ ନାଟକ ମଞ୍ଚସ୍ଥ କରନ୍ତି, ନିମନ୍ତ୍ରଣ ନ ପାଇଲେ ବି ବୟସ୍କ ପିଢ଼ିର କଳାକାରମାନେ ସାଧାରଣତଃ ଯୁବକମାନେ କିଭଳି ଅଭିନୟ କରିବାକୁ ଯାଉଛନ୍ତି ଦେଖିବାକୁ ଯାଆନ୍ତି । ଏହି କ୍ରମରେ, ମଧ୍ୟପ୍ରଦେଶ ପ୍ରଶାସନରେ କାର୍ଯ୍ୟ କରୁଥିବା ଅବସରପ୍ରାପ୍ତ ସାମ୍ୟାଦିକମାନେ ସକାଳୁ କୌତୁହଲରୁ ଏକାଠି ହେବାକୁ ଲାଗିଲେ । ଏପରି ଜଣେ ବୃଦ୍ଧ ମୋ ସହିତ କଥା ହେବାକୁ ଲାଗିଲେ । ସେ କହିଲେ, "ସାରଜୀ, ଏହି କେତେକ ଜିଲ୍ଲାରେ ନକ୍ସଲବାଦ କର୍କଟ ରୋଗରେ ପରିଣତ ହୋଇଛି ।"

"ଏପରି କାହିଁକି ହେଲା ?"

"ଏକ ବଡ଼ ଅସ୍ତ୍ରୋପଚାର ଦ୍ୱାରା ସଂପୂର୍ଣ୍ଣ କ୍ୟାନ୍ସର ଟ୍ୟୁମର ବାହାର କରିଦେବା ପରେ ବି ଶରୀରର ଯେକୌଣସି ସ୍ଥାନରେ ଏହାର ଅଂଶ ରହିଯାଇପାରେ । ଏହି ବିଚାରକୁ ପାଥେୟ କରି କଂଗ୍ରେସ ପ୍ରଶାସନ ଏକ ବଡ଼ ଅପରେସନ୍ ଆରମ୍ଭ କରିଛି ଏହି ଆଶାରେ ଯେ ଏହା ଅନ୍ୟ ଅଂଶକୁ ବ୍ୟାପିବା ବନ୍ଦ ହୋଇଯିବ ।"

ଅନ୍ୟ ଜଣେ ବରିଷ୍ଠ ସାମ୍ବାଦିକ କହିଲେ ଯେ ଯେଉଁ ପ୍ରଶାସନ ଆଗକୁ ଆସିଥିଲା ସେହି ସମାନ ନୀତି ଆପଣେଇଥିଲା ।

ପ୍ରଥମ ବୃଦ୍ଧ ପ୍ରସଙ୍ଗକୁ ଫେରି ଆସି କହିଲା, "ନକ୍ସଲବାଦ ହେଉଛି ଏପରି ଏକ କର୍କଟ ରୋଗ ଯାହାର ଚିକିତ୍ସା ନାହିଁ ।"

ମୁଁ କହିଲି, "ଆପଣ ସଂପୂର୍ଣ୍ଣ ଠିକ୍ କହିଛନ୍ତି । ମୁଁ ଏହା ଭଲ ଭାବରେ ଜାଣିଛି ।"

"ତେବେ, ଏହି ବିସ୍ଫୋରଣ ପଛରେ ପ୍ରକୃତ କାରଣ କ'ଣ ବୋଲି ଆପଣ ଭାବନ୍ତି ?" ସେ ମୋତେ ପ୍ରଶ୍ନ କଲେ ।

"ଏହା ଅତ୍ୟନ୍ତ ସ୍ପଷ୍ଟ । ପୂର୍ବରୁ କେବଳ ମାଓବାଦୀମାନେ ଆମ ପାଇଁ ସମସ୍ୟା ଥିଲେ, କିନ୍ତୁ ବର୍ତ୍ତମାନ ଆମ ପେଟ ରୂପକ ବ୍ୟବସ୍ଥାକୁ ଏକ ଅନ୍ୟ ଏକ ଟ୍ୟୁମର ଗ୍ରାସ କରିଛି ।

"କେଉଁଟି ?" ମୋ ହାତକୁ ଧରିନେଇ ବୃଦ୍ଧ ଭଦ୍ରଲୋକ ହସିଲେ ।

"ନକ୍ସଲବାଦକୁ ପ୍ରତିହତ କରିବା ପାଇଁ ନକ୍ସଲ ପ୍ରଭାବିତ ରାଜ୍ୟମାନଙ୍କୁ ପ୍ରତିବର୍ଷ ହଜାର ହଜାର କୋଟି ଟଙ୍କାର କେନ୍ଦ୍ରୀୟ ସହାୟତା ଦିଆଯାଉଛି । ବର୍ତ୍ତମାନ ସମସ୍ତେ କେନ୍ଦ୍ରୁ ଏତେ ପରିମାଣର ଅର୍ଥ ପାଇବାରେ ଅଭ୍ୟସ୍ତ ହୋଇଯାଇଛନ୍ତି । ଯଦି ନକ୍ସଲମାନଙ୍କୁ ରାତାରାତି ହଟାଇ ଦିଆଯାଏ, ତେବେ ଏହି ଅନୁଦାନ ବନ୍ଦ ହେବ । ପ୍ରଶାସନ କିମ୍ବା ରାଜନେତା ଏହା ହେଉ ବୋଲି ଚାହିବେ ନାହିଁ ।

ପରିସ୍ଥିତି ନେଇ ମୋର ମୂଲ୍ୟାଙ୍କନକୁ ସମର୍ଥନ କରି ବୃଦ୍ଧ ଜଣକ ହୃଦୟରୁ ହସିଲେ ।

ମତଦାନ ଦିନ ପାହାଡ଼ର ଏକ ଗାଁର ଏକ ମତଦାନ କେନ୍ଦ୍ରରେ ଆକ୍ରମଣ ହେବାର ଆଶଙ୍କା ରହିଥିଲା । ମତଦାନ ଅଧିକାରୀମାନେ ବିଲଡିଂର ଦାୟିତ୍ୱ ଗ୍ରହଣ କରିବା ପୂର୍ବରୁ ବୁଥରେ ଲ୍ୟାଣ୍ଡମାଇନ୍ ବିଛାଯାଇଥିଲା । ଜଣେ କର୍ମଚାରୀ ବିଲଡିଂ ପାଖରେ ଥିବା ବୁଦା ଭିତରକୁ ଯାଇ ପରିଶ୍ରା କରିବା ବେଳେ ଦେଖିଲେ ଯେ ଭୂଇଁରୁ ଡିଟୋନେଟର ତାର ବାହାରିଛି । ତାଙ୍କର ସତର୍କତା ପରିସ୍ଥିତିକୁ ରକ୍ଷା କରିଥିଲା । ମାଇନ୍କୁ ନିଷ୍କ୍ରିୟ କରିବା ଏବଂ ଉକ୍ତ ସ୍ଥାନକୁ ବୋମାମୁକ୍ତ କରିବା ପାଇଁ ତୁରନ୍ତ ଏକ ବମ୍ ଡିଟେକସନ୍ ସ୍କ୍ୱାଡ଼ ପଠାଯାଇଥିଲା । ଅବଶିଷ୍ଟ ଜିଲ୍ଲାରେ ଶାନ୍ତି ଥିଲା । କିନ୍ତୁ ନିର୍ବାଚନ ଦିନ ଆମ ସମସ୍ତଙ୍କର ପରୀକ୍ଷା ହେବାକୁ ଯାଉଥିଲା ।

ଶେଷରେ ନିର୍ବାଚନ ଦିନଟି ଅତିକ୍ରମ ହୋଇଯାଇଥିଲା। କୌଣସି ଅପ୍ରୀତିକର ଘଟଣା ବିନା ଭୋଟିଂ ହୋଇଥିଲା। ମୁଁ ଜିଲ୍ଲା କଲେକ୍ଟର ଅବଧେଶ ବାବୁଙ୍କୁ ଅଭିନନ୍ଦନ ଜଣାଇଲି। ସେଦିନ ସନ୍ଧ୍ୟାରେ ଏସପି ପ୍ରଭାକର ଶର୍ମାଙ୍କୁ ଅଭିନନ୍ଦନ ଜଣାଇବାର କୌଣସି ସୁଯୋଗ ନଥିଲା; ସେ ନକ୍ସଲମାନଙ୍କ ଦ୍ୱାରା ଘେରି ରହିଥିବା ଜିଲ୍ଲାରେ ଦିନରାତି ଯାତ୍ରା କରୁଥିଲେ। ବିରତି ବିନା ସେ ତାଙ୍କ କାମ ଜାରି ରଖିଥିଲେ। ଏହି ମୁହୂର୍ତ୍ତରେ ସେ କୌଣସି ପାହାଡ଼ କିମ୍ବା ଉପତ୍ୟକାରେ ସୁରକ୍ଷା ଦ୍ୱ୍ୟବସ୍ଥାର ତଦାରଖ କରିବାରେ ବ୍ୟସ୍ତ ଥିବେ। ଗତ କିଛି ଦିନ ହେଲା ସେ ଗୋଟିଏ ରାତି ବି ଶୋଇଥିବାର କୌଣସି ସମ୍ଭାବନା ନାହିଁ।

"ସାରଜୀ, ଆମର ଦକ୍ଷତାର ପରୀକ୍ଷା ପ୍ରକୃତରେ ବର୍ତ୍ତମାନ ଆରମ୍ଭ ହେଉଛି।"

"ଅବଶ୍ୟ ସତ, ଅବଧେଶ ବାବୁ। ଇଭିଏମ୍ ଏବଂ ଅନ୍ୟାନ୍ୟ ନିର୍ବାଚନ ସାମଗ୍ରୀ ମୁଖ୍ୟ କାର୍ଯ୍ୟାଳୟରେ ଜମା ହେବା ପରେ ଆମକୁ ମୁକ୍ତି ମିଳିବ।

ସମସ୍ତ ଯନ୍ତ୍ରପାତି ଓ ଲଫାପା ସିଲ୍ କରିବା ପରେ ଜିଲ୍ଲାର ବିଭିନ୍ନ ସ୍ଥାନରୁ ମତଦାନ ଦଳ ମୁଖ୍ୟାଳୟକୁ ଫେରିବା ଆରମ୍ଭ କରିଥିଲେ। ପ୍ରକୃତ ଚିନ୍ତା ବାରହାପଟୀ ଜୋନ୍‌କୁ ନେଇ ଥିଲା। ସେହି ଅଞ୍ଚଳ ଉମ୍ରାଗାଓଁ ତହସିଲର ଅପର ପାର୍ଶ୍ୱରେ ଘଞ୍ଚ ଜଙ୍ଗଲ ଭିତରେ ଥିଲା। ଆମେ ସନ୍ଧ୍ୟାରେ ମୁଖ୍ୟ କାର୍ଯ୍ୟାଳୟ ଛାଡ଼ିଥିଲୁ। ରାତି ପ୍ରାୟ ନଅଟା ବେଳେ ଆମେ ଡେରାଟୋଲା ଗାଁ ଆଗରେ ଏକ ବଡ଼ ଝରଣା ପାର ହୋଇ ଏକ ପାହାଡ଼ିଆ ରାସ୍ତାରେ ଚଢ଼ିଲୁ। ଏଠାରୁ ଦେଢ଼ କିଲୋମିଟର ଦୂରତାରେ ଏକ ଜଙ୍ଗଲ ରାସ୍ତା ବାମକୁ ମୋଡ଼ିଛି। ଏହି ରାସ୍ତା ବାରହାପଟୀକୁ ଯାଇଛି।

ଆମେ ଅଧିକାରୀମାନେ ଗମ୍ଭୀର ଆଲୋଚନାରେ ବ୍ୟସ୍ତ ରହିଲୁ। ଏକେ-୪୭ ଏବଂ ଅନ୍ୟାନ୍ୟ ଅସ୍ତ୍ରଶସ୍ତ୍ରରେ ସଜ୍ଜିତ ବହୁ ସଂଖ୍ୟକ କମାଣ୍ଡୋ, ରାଜ୍ୟ ଏବଂ

କେନ୍ଦ୍ରୀୟ ପୁଲିସ୍ ଫୋର୍ସ କର୍ମଚାରୀ ଆମର ଦୁଇଟି କାର୍କୁ ସୁରକ୍ଷା ବଳୟ ଭିତରେ ରଖ୍ଲେ। ନିର୍ବାଚନୀ ଦଳର ସାହସିକତା ପାଇଁ ଆମେ ଅତ୍ୟଧିକ ଗର୍ବିତ ଅନୁଭବ କରିଥିଲୁ। ସେମାନେ ବାରହାପଟୀ ଅଞ୍ଚଳରୁ ମୁଣ୍ଡରେ ନିର୍ବାଚନ ଉପକରଣ ବୋହି ପାହାଡ଼ ଓ ଉପତ୍ୟକା ଦେଇ ସତୁରି କିଲୋମିଟର ଦୂରତା ଅତିକ୍ରମ କରିଥିଲେ।

ଆମେ ଦେଖ୍ଲୁ ଏକ ବଡ଼ କାର୍କେଡ଼ ଡେରା ଟୋଲା ପାର୍ଶ୍ୱରୁ ଝରଣା ପାର ହୋଇ ଆମ ଦିଗକୁ ଆସୁଛି। ସେଗୁଡ଼ିକର ହେଡ୍ଲାଇଟ୍ ଖୁବ୍ ଚମକୁଥିଲା ଏବଂ ରାସ୍ତାରେ ଟାୟାର ଘଷିହେବାର କର୍କଶ ଶବ୍ଦ ଆସୁଥିଲା। ଏହି ସମୟରେ ସରକାରୀ ଯାନଗୁଡ଼ିକର ଚକ ମଧ୍ୟ ଅହଂକାରୀ ପାଲଟିଯାନ୍ତି। ଦୁଇଟି ଲିଡ୍ ଜିପ୍ରେ କମାଣ୍ଡୋମାନେ ଭର୍ତି ହୋଇଥିଲା, ଗାଡ଼ିଗୁଡ଼ିକ ଆମ ସାମ୍ନାରେ ଅଟକିବା ମାତ୍ରେ ସେମାନେ ଗାଡ଼ିରୁ ଡେଇଁପଡ଼ିଲା। ତା'ପରେ ଏକ ଅତ୍ୟାଧୁନିକ ଆଣ୍ଟି-ଲ୍ୟାଣ୍ଡମାଇନ୍ ଗାଡ଼ି ଗର୍ଜନ କରି ଆମ ସାମ୍ନାରେ ଅଟକିଗଲା। ପ୍ରଭାକର ଶର୍ମା ସେଥିରୁ ବାହାରକୁ ଆସିଲେ। ତାଙ୍କ ମୁହଁରେ କିଛି ଗମ୍ଭୀର ଚିନ୍ତାର ସ୍ପଷ୍ଟ ସଙ୍କେତ ଥିଲା। ଆମ ତିନିଜଣ ଆଲୋଚନା ପାଇଁ ଏକ ଅନ୍ଧାରିଆ ସ୍ଥାନକୁ ଗଲୁ।

ପ୍ରଭାକର ଶର୍ମା ଏକ ତୀବ୍ର ସ୍ୱରରେ କହିବା ଆରମ୍ଭ କରିଥିଲେ, "ପର୍ଯ୍ୟବେକ୍ଷକ ସାର୍ ଓ ଡିଏମ୍, ସ୍ୱାର୍ ମୋବାଇଲ୍ରୁ ଏକ ଚିନ୍ତାଜନକ ବାର୍ତ୍ତା ମିଳିଛି।"

"ବାର୍ତ୍ତା କଣ?" ଆମେ ଦୁହେଁ ଏକା ସାଙ୍ଗରେ ପଚାରିଲୁ।

"ବାରହାପଟୀ ପାଖରେ ଥିବା ଜଙ୍ଗଲ ରାସ୍ତାରେ ଏକ ବଡ଼ ଦଳର ଗତିବିଧି ସମ୍ପର୍କରେ ସୂଚନା ମିଳିଛି। ସେମାନେ ବହୁ ସଂଖ୍ୟାରେ ଏକାଠି ହେଉଛନ୍ତି। ରାସ୍ତାରେ ବାରହାପଟୀ ନିର୍ବାଚନ ପାର୍ଟିକୁ ଫେରିବାକୁ ନ ଦେବାକୁ ସେମାନେ ସଂକଳ୍ପବଦ୍ଧ। ସେମାନଙ୍କୁ ବାଟରେ ଉଡ଼ାଇଦେବାକୁ ସେମାନେ ପ୍ରସ୍ତାବ ଦେଇଛନ୍ତି।"

"ତାହେଲେ କ'ଣ କରିବା?" ଡିଏମ୍ ପଚାରିଥିଲେ।

"ଯବାନ, ଅସ୍ତ୍ରଶସ୍ତ୍ର ଏବଂ ଗୁଳିଗୋଳା– ଏ କ୍ଷେତ୍ରରେ ଆମର କୌଣସି ଅସୁବିଧା ନାହିଁ। ତେବେ ମୋତେ ତୁରନ୍ତ ସେହି ଦିଗରେ ଦୌଡ଼ିଯିବାକୁ ପଡ଼ିବ। ମୁଁ ରାସ୍ତାରେ ସେମାନଙ୍କୁ ଭେଟିବାକୁ ଚାହୁଁଛି। କିଛି ବି ହୋଇପାରେ।"

ଏଠାରେ ପହଞ୍ଚିବା ପୂର୍ବରୁ ଏସ୍ପି ତାଙ୍କ କର୍ମଚାରୀମାନଙ୍କୁ ନିର୍ଦ୍ଦେଶ ଦେଇସାରିଥିଲେ। ତାଙ୍କର ବ୍ୟକ୍ତିଗତ କର୍ମଚାରୀମାନେ ତୁରନ୍ତ କାର୍ଯ୍ୟରେ ଲାଗିଲେ। ଜୋତା, କିଟ୍ ଏବଂ ଜଙ୍ଗଲ ସଫାରି ପାଇଁ ଉପଯୁକ୍ତ ଅନ୍ୟାନ୍ୟ ସାମଗ୍ରୀ ପିନ୍ଧି କମାଣ୍ଡୋମାନେ ସମ୍ପୂର୍ଣ୍ଣ ସଜ୍ଜିତ ହେଲେ। ମୁଁ ମୋର ଯୋଗାଯୋଗ ଅଧିକାରୀଙ୍କୁ ତୁରନ୍ତ କିଛି ନିର୍ଦ୍ଦେଶ ଦେଲି ଏବଂ ଡିକିରୁ ମୋ ଜୋତାଗୁଡ଼ିକୁ ବାହାର କଲି। ଭୋଟ୍ ଦାନ

ପ୍ରକ୍ରିୟାର ସଫଳ ସମାପ୍ତି ବିଷୟରେ ମୁଁ ମୋର ରିପୋର୍ଟ ଦିଲ୍ଲୀର ନିର୍ବାଚନ ଆୟୋଗଙ୍କ କାର୍ଯ୍ୟାଳୟକୁ ପଠାଇ ସାରିଥିଲି। ମୁଁ ଏକ ସ୍ୱିଚର ପିଣ୍ଡିଦେଇ କହିଲି, "ଶର୍ମାଜୀ, ମୁଁ ମଧ୍ୟ ତୁମ ସହିତ ଆସୁଛି।"

"କ'ଣ?"

"ହଁ ମୁଁ ନିଶ୍ଚୟ ଯିବି।"

"ଏହା ସତୁରି କିଲୋମିଟରର ଜଙ୍ଗଲୀ ରାସ୍ତା। ହାମକସ୍ ଦେଇ ପହଞ୍ଚିବା ପାଇଁ ୧୪୦ କିଲୋମିଟର ହୋଇଯାଏ। ଏହା ଆପଣଙ୍କ ପାଇଁ ଅତ୍ୟନ୍ତ କଠିନ ହେବା, ସାର୍।"

"ମୋ ପାଇଁ ଏହା ସମ୍ଭବ। ସାହିଦ୍ରି ପର୍ବତରେ ଥିବା ବେଳେ ଆମେ କେବଳ ଶିବାଜୀଙ୍କ ନାମ ଜପ କରୁନାହୁଁ। ପ୍ରତିବର୍ଷ ଜୁଲାଇ ମାସରେ ଯେତେବେଳେ ପ୍ରବଳ ବର୍ଷା ହେଉଥାଏ, ମୁଁ ପାନହାଲା ଠାରୁ ବିଶାଲଗଡକୁ ଯାଏ। ମୁଁ ଚାଲିଚାଲି ଦେଢ଼ଦିନ ମଧ୍ୟରେ ଷାଠିଏ କିଲୋମିଟର ପହଞ୍ଚିଯାଏ। ମୋର ଭାରୀ ଶରୀର ଦେଖି ଭାବନ୍ତୁ ନାହିଁ ଯେ ମୁଁ ପାରିବି ନାହିଁ।"

ବାରହାପଟୀ ଯିବାକୁ ମୋର ନିଷ୍ପଉିରେ ମୁଁ ବହୁତ ଦୃଢ଼ ଥିଲି। ଡିଏମ୍ ଏବଂ ଏସପି କିଛି ସମୟ କଥା ହୋଇଥିଲେ। ଦାସ୍ତରେ, ସେମାନେ ମୋତେ ଜଙ୍ଗଲ ଭିତରକୁ ନେଇ କରି ଏକ ବଡ଼ ବିପଦ ମୁଣ୍ଡାଇଥାନ୍ତେ। ଜଣେ ପର୍ଯ୍ୟବେକ୍ଷକ କିଛି ଘଣ୍ଟା ଧରି ନିଖୋଜ ରହିବା ସହଜରେ ଭାତୀୟ ଖବର ହୋଇପାରେ। କିନ୍ତୁ ଅବଧୋଶ ବାବୁ ହସି ହସି କହିଲେ "ଏହି ମୂର୍ଖ ପ୍ରଶାସନିକ ସେବାରେ କ'ଣ ଅଛି?" ତା'ପରେ ସେ ମୋ ଆଡ଼କୁ ବୁଲି କହିଲା, "ଆପଣ ଯାଆନ୍ତୁ, ସାର୍। ମୁଁ ଏଠାକାର ପରିସ୍ଥିତି ସମ୍ଭାଳିନେବି।"

ସେ ମୋର ଦୁଃସାହସିକ ଯାତ୍ରା ଲାଗି ସ୍ଥାନ ପ୍ରସ୍ତୁତ କଲେ। ତାଙ୍କୁ ଆଉ ପାଞ୍ଚ ଜଣ ଯବାନ ଦରକାର ବୋଲି ଏସପି କହିଥିଲେ। ଏକ ଡଜନ କିମ୍ଭ ଅଧିକ ସୁସଜ୍ଜିତ ପୁରୁଷ ତୁରନ୍ତ ତାଙ୍କ ଦଳରେ ଯୋଡ଼ି ହୋଇଗଲେ। ମୁଁ କ୍ଲାନ୍ତ କିମ୍ଭ ଆହତ ହେବାକୁ ନେଇ ଏସପି ପ୍ରସ୍ତୁତ ହେଉଥିଲା। ତା'ପରେ ଏହି ଲୋକମାନଙ୍କୁ ମୋତେ କାନ୍ଧରେ ବୋହି ନେବାକୁ ପଡ଼ିଥାନ୍ତା। ଅବଶ୍ୟ, ମୁଁ କେବେବି ଏହି ପରିସ୍ଥିତି ସୃଷ୍ଟି କରିବାକୁ ଦେଇ ନ ଥିଲି।

ରାତିରେ ଆମର ଯାତ୍ରା ପାହାଡ଼ ଏବଂ ଖାଲରୁ ଆରମ୍ଭ ହେଲା। ଭୂଇଁ କଠିନ ଥିଲା। ପୁଲିସ୍ ଏବଂ ଅର୍ଦ୍ଧସାମରିକ ବାହିନୀକୁ ଗଣନା କଲେ ଆମେ ପାଖାପାଖି ଶହେ ଜଣ ଥିଲୁ। ଏଥରେ କିଛି ମହିଳା ମଧ୍ୟ ଥିଲେ। ୧୪ଟି ପାହାଡ଼ ବୁଥ ନକ୍ସଲମାନଙ୍କ ଭୟଙ୍କର ବିପଦରେ ଥିଲା ଏବଂ ଆମେ ତାହା କରିବାକୁ ଦେଇ ନ ଥିଲୁ।

ଆମେ ପ୍ରାୟ ଦୌଡୁଥିଲୁ । ଶକ୍ତିର ପ୍ରଥମ ପ୍ରବାହରେ ଆମେ ଯଥାସମ୍ଭବ ଦୂରତା ଅତିକ୍ରମ କରିବାକୁ ଚାହୁଁଥିଲୁ । ଯଦିଓ ଅନ୍ଧକାର ଗଭୀର ଥିଲା, ଶରତ ରୂତୁ ବହୁ ପରିମାଣରେ ପରିବେଶକୁ ସଫା କରିଦେଇଥିଲା । ଶର୍ମା ଚାଲିବାବେଳେ କହିଲେ, "ପତ୍ରଝଡ଼ା କାରଣରୁ ଆମେ ବହୁତ ଉପକୃତ ହୋଇଛୁ ।" ଆମେ ଜଙ୍ଗଲରେ ମାଇଲ୍ ମାଇଲ୍ ଦୂରତା ଦେଖିପାରୁଥିଲୁ । ନଚେତ୍ ଏଠାରେ ଯିବା ଅସମ୍ଭବ ହୋଇଥାନ୍ତା । ନକ୍ସଲମାନେ ଆମକୁ ଶହେ ସ୍ଥାନରେ ଉଡ଼ାଇ ପାରିଥାନ୍ତେ ।"

ରାସ୍ତାଟି ବାସ୍ତବରେ କଠିନ ଥିଲା । ତୀକ୍ଷ୍ଣ ଉତ୍ଥାନ ଏବଂ ହଠାତ୍ ପତନ । ମାଟି ଦୁର୍ବଳ ଥିଲା ଏବଂ ଗୋଡ଼ ଖସିଗଲେ ପାହାଡ଼ ତଳକୁ ଖସିଯିବାର ବିପଦ ଥିଲା । ଏଠାରେ ରାସ୍ତା ବୋଲି କିଛି ନ ଥିଲା । ନକ୍ସଲମାନେ ନିର୍ମାଣକୁ ଅନୁମତି ଦେଇ ନ ଥିଲେ ।

ପାହାଡ଼ଗୁଡ଼ିକ ଏତେ ଅସମତଳ ଥିଲା ଯେ ହେଲିକପ୍ଟର ବ୍ୟବହାର କରିବା ଅସମ୍ଭବ ଥିଲା । ସେନା ହେଲିପ୍ୟାଡ୍ ନିର୍ମାଣ ପାଇଁ କୌଣସି ସମତଳଭୂମି ନ ଥିଲା । ବିଜାପୁର, ନାରାୟଣପୁର ଏବଂ ବସ୍ତର ପରି ଅନ୍ୟ ଦୁର୍ଗମ ଜିଲ୍ଲାରେ ହେଲିପ୍ୟାଡ୍ ନିର୍ମାଣ ପାଇଁ କିଛିଟା ସମ୍ଭାବନା ଥିଲା, କିନ୍ତୁ ପ୍ରକୃତି ଏଠାରେ କୌଣସି ସୁବିଧା ଯୋଗାଇ ଦେଇ ନଥିଲା ।

ଏହି ଅଞ୍ଚଳର ଜଙ୍ଗଲ ଏଠାରେ ନକ୍ସଲମାନଙ୍କୁ ନିଜ ପରି କଠୋର କରିଦେଇଥିଲା । ସେମାନେ ଏହି ଅଞ୍ଚଳଠାରୁ ଷାଠିଏ କିଲୋମିଟର ଦୂରତା ପର୍ଯ୍ୟନ୍ତ ଚାଲିପାରନ୍ତି । ପରିସ୍ଥିତି ଜିଲ୍ଲା ପ୍ରଶାସନର କର୍ମଚାରୀଙ୍କୁ ମଧ୍ୟ କଠିନ କରିଥିଲା । ବ୍ରିଟିଶ ସମୟରୁ ରାଜସ୍ୱ ବିଭାଗ ଏମିତି ହିଁ ସରକାରୀ ପ୍ରଶାସନର ମେରୁଦଣ୍ଡ ହୋଇଆସିନାହିଁ ।

ଚଉଦଟି ବୁଥର ଯନ୍ତ୍ରପାତି ସହିତ ସେଠାରେ ପ୍ରାୟ ଚାରି ଶହ କର୍ମଚାରୀ ଥିଲେ ଯେଉଁମାନଙ୍କୁ ନକ୍ସଲଙ୍କ ଦୌରାମ୍ୟରୁ ରକ୍ଷା କରିବାର ଥିଲା । କାର୍ଯ୍ୟଟି ସାହସ ଏବଂ ନମନୀୟତା ଆବଶ୍ୟକ କରେ । ତେଣୁ ଆମେ ହରିଣ ପରି ଆଗକୁ ବଢ଼ିଚାଲିଲୁ । ସାମ୍ନାରେ ସେହି ଲୋକମାନେ ଥିଲେ ଯେଉଁମାନେ ପୂର୍ବରୁ ଏହି ରାସ୍ତା ଜାଣିଥିଲେ । ପାଦ ବେଳେବେଳେ ଅସମାନ ମାଟି, ତୀକ୍ଷ୍ଣ ପଥର ଆଦି ଉପରେ ପଡୁଥିଲା କିନ୍ତୁ କେହି ଅଟକି ରହୁ ନ ଥିଲେ । କୌଣସି କାରଣରୁ ପଛକୁ ଫେରିବାର କିଛି ମୂଲ୍ୟ ନାହିଁ । ଚାଲିବା ସହିତ ବାସ୍ତବରେ ପାଦ, ଗୋଇଠି, ଗୋଡ଼, ଆଣ୍ଠୁରେ ଧମନୀରୁ ପ୍ରବାହିତ ରକ୍ତ ପୁରା ଗରମ ହୋଇଯାଇଥିଲା । ଛୋଟ ଜିନିଷକୁ ଅଣଦେଖା କରିବା ଲାଗି ଉଷ୍ଣତା ଏବଂ ଉତ୍ସାହ ଯଥେଷ୍ଟ ଥିଲା ।

ଏହି ବିପଜ୍ଜନକ ଭୂମି ଦେଇ ଯିବାବେଳେ ଏକ ଅଘୋଷିତ ନିୟମ ଥିଲା —

ଆମ ପାଖରେ ମାଟିସ୍ ନାହିଁ କି ବୈଦ୍ୟୁତିକ ଟର୍ଚ ନାହିଁ। ଏହାର ଅର୍ଥ ହେଉଛି ଏକ ଛୋଟ ନିଆଁ ମଧ୍ୟ ଜାଳିବା ନାହିଁ, କାରଣ ଏହା ନକ୍ସଲମାନଙ୍କୁ ଆମର ସ୍ଥିତି ବିଷୟରେ ଜଣାଇଦେବ।

ସେହି ଯାତ୍ରା ସମୟରେ ଖାଦ୍ୟ କିପରି ଖାଇଥିଲୁ, କେମିତି ବୋତଲରୁ ପାଣି ପିଇଥିଲୁ ମୋର କିଛି ମନେ ନାହିଁ। ପ୍ରଭାକର ଶର୍ମା ଏବଂ ତାଙ୍କର ଦଶ କମାଣ୍ଡୋ ଦିଗ୍‌ବଳୟ ଉପରେ ସମସ୍ତ ଧ୍ୟାନ ଦେଇଥିଲେ। ଏକ ପାହାଡ଼ ଉପରେ ପହଞ୍ଚିଲେ, ସେ ନକ୍ସଲ ଆକ୍ରମଣର ସମ୍ଭାବନାକୁ ଆକଳନ କରିବା ପାଇଁ ଦୂରରୁ ଆସୁଥିବା ଝରଣା ଏବଂ ଖାଲଗୁଡ଼ିକୁ ଦେଖୁଥିଲେ। ଆମେ ଅନ୍ଧାରରେ ଦ୍ରୁତ ଗତିରେ ବଢ଼ିଲୁ। ରାସ୍ତାରେ ଆମେ ଗଛର ଡାଲ କିମ୍ବା ଗଣ୍ଠି ପଡ଼ିଥିବାର ଦେଖୁ ଯବାନମାନେ ମାଇନ୍ ଚିହ୍ନଟ ଉପକରଣ ସହିତ ଆଗକୁ ବଢ଼ି ମାଟି ତଳେ ଲ୍ୟାଣ୍ଡମାଇନ୍ କିମ୍ବା ପ୍ରେସର ବୋମାର ସନ୍ଧାନ କରୁଥିଲେ।

ଗତ ପନ୍ଦର ପଚିଶ ବର୍ଷ ମଧ୍ୟରେ ଛତିଶଗଡ଼ରେ ଘଟିଥିବା ସମସ୍ତ ଏନ୍‌କାଉଣ୍ଟର, ସେମାନଙ୍କର ଯୋଜନା, ସଫଳତା ଏବଂ ବିଫଳତା, ସମର୍ଥନ ଏବଂ ବିଶ୍ୱାସଘାତକତା ବିଷୟରେ ପ୍ରଭାକର ଶର୍ମା ଭଲଭାବେ ଜାଣିଥିଲେ। ଆମର ଚାଲିବା ସମୟରେ ଆଲୋଚନା ପ୍ରସଙ୍ଗରେ ସେ ମୋତେ କହିଲେ।

ମଧ୍ୟରାତ୍ରି ପରେ ମୁଁ ଜାଣିଲି ଯେ ଆମ ସହିତ ପ୍ରାୟ ପନ୍ଦର ଜଣ ମହିଳା କର୍ମଚାରୀ ଯାତ୍ରା କରୁଥିଲେ। ସେମାନଙ୍କ ମଧ୍ୟରୁ ଅନେକ ସ୍ଥାନୀୟ ମହିଳା ଥିଲେ ଯେଉଁମାନେ ନିକଟରେ ପୁଲିସ୍ ଫୋର୍ସରେ ନିଯୁକ୍ତ ହୋଇଥିଲେ। ଅନ୍ୟ କେତେକଙ୍କ ସହିତ ନିର୍ବାଚନ ଅବଧୀ ପାଇଁ ଚୁକ୍ତି କରାଯାଇଥିଲା। ଏହି ଝିଅମାନଙ୍କ ମଧ୍ୟରୁ ଜଣେ ମୋତେ ଅନ୍ଧାରରେ ନମସ୍କାର ଜଣାଇଲେ। ମୁଁ ପ୍ରତ୍ୟୁତ୍ତରରେ "ନମସ୍କାର" କଲି। ସେ ଜଣେ ଜୁନିଅର ଅଫିସର ହୋଇପାରନ୍ତି ଯିଏ ଟ୍ରେନିଂ ସମୟରେ ମୋ ସହିତ ପରିଚିତ ହୋଇଥିଲେ। ଅନ୍ଧାରରେ ସେମାନଙ୍କୁ ଦୂରରୁ ଚିହ୍ନିବା କଷ୍ଟକର ଥିଲା।

ମୁଁ ଚାଲିବାବେଳେ ପ୍ରଭାକର ଶର୍ମାଙ୍କୁ ପଚାରିଲି, "ଆପଣ ଏହି ଯୁବତୀଙ୍କୁ ଏହି କଠିନ ଜଙ୍ଗଲକୁ କାହିଁକି ଆଣିଲେ?"

ଶର୍ମାଜୀ ହସି କହିଲେ, "ଏହି ମହିଳାମାନେ ପ୍ରକୃତରେ ବିପଜ୍ଜନକ ଦାୟିତ୍ୱ ନେବା ପାଇଁ ପ୍ରଶାସନ ସହିତ ଲଢ଼େଇ କରିଥିଲେ। ଆମେ ବା କ'ଣ କରିପାରିବା?"

"ମାନେ?"

ଏହି ଅଂଶକୁ ଯାଉଥିବା ମତଦାନ ପାର୍ଟିରେ ବୁଥ୍ ମୁଖ୍ୟ ଭାବରେ ଆମର ଦୁଇଜଣ ଉତ୍ସାହୀ ମହିଳା ଅଧିକାରୀ ଥିବାର ସେ କହିଲେ।

ସେମାନଙ୍କୁ ନିରାପଦ ସ୍ଥାନ କାହିଁକି ଦିଆଗଲା ନାହିଁ ?

"ଏହି ଯୁବ ଅଧିକାରୀମାନଙ୍କୁ ରାଜ୍ୟ ଜନସେବା ଆୟୋଗ ମାଧ୍ୟମରେ ନିଯୁକ୍ତି ଦିଆଯାଇଛି । ସେମାନେ ପ୍ରକୃତରେ ଆମ ସହିତ ଯୁଦ୍ଧ କରିଥିଲେ । କଠିନ ସ୍ଥାନରେ କାମ କରି ନିଜର ପାରଦର୍ଶୀତାର ପ୍ରମାଣ ଦେବାକୁ ଜିଦ୍ ଧରିଥିଲେ । ସେମାନଙ୍କୁ ବିଭ୍ରାନ୍ତ କରିବାର କୌଣସି ଉପାୟ ନ ଥିଲା ।"

"ଓଃ ! !"

"ତା'ପରେ ଆମେ ତାଙ୍କ ଅଧୀନରେ କାମ କରିବା ପାଇଁ କିଛି ଜୁନିଅର ଝିଅଙ୍କୁ ନିଯୁକ୍ତି ଦେଲୁ । ଏହାର ଅର୍ଥ ହେଲା କିଛି ଲେଡି ଗାର୍ଡଙ୍କୁ ସୁରକ୍ଷା ବିଭାଗରେ ଯୋଡ଼ିବା; ତେଣୁ ଏକ ପୂର୍ଣ୍ଣ ମହିଳା ୟୁନିଟ୍ ଆମ ସାଙ୍ଗରେ ଆସିଲା ।"

ସକାଳ ପୂର୍ବରୁ ଅନ୍ଧକାର ଦୂରେଇ ଯିବାକୁ ଲାଗିଲା । ଆମକୁ ଘେରି ରହିଥିବା ପର୍ବତଗୁଡ଼ିକୁ ଆମେ ଦେଖିପାରିଲୁ । ଆମେ ଏକ ପାହାଡ଼ ଉପରେ ଚଢ଼ୁଥିଲୁ । ସେତେବେଳେ ଆମେ ହାତୀମାନଙ୍କର ଗର୍ଜନ ଶୁଣିବାକୁ ପାଇଲୁ । ଆମେ ଆଶ୍ଚର୍ଯ୍ୟ ହୋଇ ଗୋଟିଏ ସ୍ଥାନରେ ଅଟକିଗଲୁ । ଜଙ୍ଗଲରେ ବଣୁଆ ହାତୀ ସହିତ ମୁହାଁମୁହିଁ ହେବା ଅର୍ଥ ମୃତ୍ୟୁକୁ ନିମନ୍ତ୍ରଣ କରିବା । ସେମାନଙ୍କ ମୁଣ୍ଡ ବିଗିଡ଼ିଗଲେ, ସେମାନେ ସବୁକିଛି ଅଳିଆ ଗଦାରେ ପରିଣତ କରିପାରିବେ । ଶର୍ମା ସଙ୍ଗେ ସଙ୍ଗେ ନିଜ ପାଇଁ ଏବଂ ମୋ ପାଇଁ ଗୋଟିଏ ଲେଖାଏଁ ସିଗାରେଟ୍ ଜାଳିଦେଲେ । ମୋତେ ସେ ଯେତେ ସମ୍ଭବ ଧୂଆଁ ବାହାର କରିବାକୁ କହିଥିଲେ । ଅନ୍ୟ କମାଣ୍ଡୋମାନେ ମଧ୍ୟ ସେମାନଙ୍କ ସିଗାରେଟ୍ ଜାଳିଲେ । ହାତୀମାନେ ସିଗାରେଟ୍ ଧୂଆଁକୁ ଏତେ ଘୃଣା କରନ୍ତି ଯେ ସେମାନେ ପାଖକୁ ଆସିବେ ନାହିଁ ।

ଆମକୁ ହାତୀ ସଙ୍କଟର ସମ୍ମୁଖୀନ ହେବାକୁ ପଡ଼ିଲା ନାହିଁ । ଗୋଟିଏ ହାତୀ ପଲ ଏକ ପାହାଡ଼ର ଦୂର ପାର୍ଶ୍ଵରେ ଦୃଶ୍ୟମାନ ହେଉଥିଲା । ଦୂରରୁ ତାହା ମେଣ୍ଢା ପଲ ପରି ଦେଖାଯାଉଥିଲା ।

ଏବେ ପର୍ଯ୍ୟାପ୍ତ ଆଲୁଅ ଦେଖାଯାଉଥାଏ । ଚେହେରା ଚିହ୍ନିବା ସମ୍ଭବ ହେଲା । ପଛକୁ ଚାହିଁ ମହିଳା ଦଳରେ ଥିବା ସମସ୍ତଙ୍କ ସହ ଡ଼ୁଡ଼ିୟା ଦୌଡ଼ୁଥିବାର ଦେଖି ମୁଁ ବହୁତ ଚକିତ ହୋଇଗଲି । ସେ ହିଁ ମୋତେ ଅନ୍ଧକାରରେ ନମସ୍କାର କରିଥିଲେ । ଆମେ ଝରଣାରେ ଚାଲିବାବେଳେ ପରସ୍ପରକୁ ଦେଖିଲୁ । ତାଙ୍କର ସୁନ୍ଦର ଆଖି ଉଜ୍ଜ୍ୱଳ ହୋଇଉଠିଲା ଏବଂ ମୁହଁରେ ଏକ ସୁନ୍ଦର ହସ ଖେଳିଗଲା । ସେ ନିଜ ସାଥୀଙ୍କ ସହିତ ଦ୍ରୁତ ଗତିରେ ଚାଲିବାକୁ ଲାଗିଲେ ।

ମୁଁ କହିଲି, ଆରେ ଶର୍ମା, ମୁଁ ଦେଖିଲି ଯେ ଆମର ଡ଼ୁଡ଼ିୟା ମଧ୍ୟ ମହିଳା ଦଳରେ ଯୋଗ ଦେଇଛନ୍ତି ।

"ହଁ ସାର୍। ଆପଣ ଜାଣନ୍ତି, ନିର୍ବାଚନ ଡ୍ୟୁଟି ପାଇଁ ଭତ୍ତା ବହୁତ ଅଧିକ। ଜଣେ ଶ୍ରମିକଙ୍କ ପାଇଁ ସାଧାରଣ ଦରମାର ଚାରି ଗୁଣ ମିଳେ। ବିପଦପୂର୍ଣ୍ଣ ଅଞ୍ଚଳ ଦେଇ ଯାତ୍ରା ପାଇଁ, ଏହା ପୁଣି ଦୁଇଗୁଣ ହୋଇଯାଏ। ସେମାନଙ୍କୁ ଦିନକୁ ସର୍ବମୋଟ ଆଠଶହ ଟଙ୍କା ମିଳେ।

ଆମେ ଏକ ଅତ୍ୟଧିକ କଠିନ ରାତି ପଛରେ ଛାଡ଼ି ଯାଇଥିଲୁ, ଯାହାକୁ ଆମେ କେବଳ ଚାଲିଚାଲି ବିତାଇ ଦେଇଥିଲୁ। ସାମ୍ନାରେ ବର୍ତ୍ତମାନ ଏକ ସମତଳ ଜମି ଥିଲା। ପର୍ବତ ପାର୍ଶ୍ୱରୁ ସୂର୍ଯ୍ୟ ଆମ ଉପରେ ଆଲୋକିତ ହେବାକୁ ଲାଗିଲେ। ଆଲୋକ ମୋ ଧାନକୁ ଆସିଲା ଯେ ଏହି ଅଂଶଗୁଡ଼ିକରେ ମାଟି ବହୁତ ଲାଲ୍ ଥିଲା। କ୍ରମେ ଆମେ ଏକ ଝରଣାରେ ପାଦ ଦେଲୁ। ଝରଣା ତଳର ମାଟି ସତେଜ ରକ୍ତ ପରି ସତେଜ ଲାଲ ଦେଖାଯାଉଥିଲା। ସକାଳର ସୂର୍ଯ୍ୟକିରଣରେ ଏହା ତରଭୁଜ ଖଣ୍ଡ ପରି ଦେଖାଯାଉଥିଲା। ମୁଁ ଏମିତି ଦୃଶ୍ୟ ପୂର୍ବରୁ କେବେ ଦେଖି ନ ଥିଲି।

ବିଶ୍ରାମ କରିବାକୁ ଆମର ପାଖରେ ସମୟ ନ ଥିଲା। ଆମର ଅନେକ ଯବାନ ପାଟି ଲଗାଇ ଛେଲି ପରି ଝରଣାରୁ ଥଣ୍ଡା ପାଣି ପିଇଲେ। ଯେଉଁମାନଙ୍କର ପାଖରେ ବୋତଲ ଥିଲା ସେମାନେ ପାଣି ଭରିଦେଲେ। ଯେତେବେଳେ ଆମେ ପାଣି ପିଉଥିଲୁ, କମାଣ୍ଡୋମାନେ ଚାରିଆଡ଼େ ଘୁରି ବୁଲୁଥିଲେ, ରାଇଫଲ୍ ପ୍ରସ୍ତୁତ ଥିଲା।

ମଧ୍ୟାହ୍ନ ପାଖାପାଖି ଆମେ ଏକ ମାଳଭୂମିରେ ଅବତୀର୍ଣ୍ଣ ହୋଇଥିଲୁ। ଏହା ପରେ ଆମେ କିଛି ଖଜୁରି ଓ କିଛି ବାଉଁଶ ଗଛ ଦେଖିଲୁ। ଆମେ ଗାଟପାର ନାମକ ଏକ ଛୋଟ ଗାଁ ଦେଖିଲୁ, ଯାହା କିଛି ବୁଦା ପଛରେ ଲୁଚି ରହିଥିଲା। ଏଠରେ ମୁଖ୍ୟତଃ ବାଉଁଶରେ ନିର୍ମିତ ଘରଗୁଡ଼ିକ ରହିଥିଲା, ଯାହାର ସମ୍ମୁଖ ଭାଗକୁ କାଦୁଅ-ଗୋବରରେ ଲିପାଯାଇଥିଲା। ଛୁଆମାନେ ଖୋଲା ଦେହରେ ବୁଲୁଥିଲେ। କପାଳ, ବେକ ଓ ହାତରେ ସବୁଜ ଟାଟୁ ଥିବା ଆଦିବାସୀ ମହିଳାମାନେ ଘାସର କାନ୍ଥୁ ପଛରୁ ଆମକୁ ଉତ୍ସାହର ସହ ଦେଖୁଥିଲେ।

ଏଠାରେ ଆମେ ହେଡ଼ମାଷ୍ଟର ଜୟେଶ ଦୀକ୍ଷିତଙ୍କୁ ଭେଟିଥିଲୁ। ସେ ବାରହାପଟୀର ଉପ-ଆଞ୍ଚଳିକ ଅଧିକାରୀ ଥିଲେ। ମୁଖ୍ୟାଳୟ ଛାଡ଼ିବା ପରେ ପ୍ରଥମ ଥର ପାଇଁ ଆମେ ଦୀର୍ଘ ନିଃଶ୍ୱାସ ଛାଡ଼ି ଅଟକିଗଲୁ। ଆମ ଗୋଡ଼ରେ ଥିବା ଶିରା ଏବେ ଥରି ଉଠୁଥିଲା। ଏହା ଅତ୍ୟନ୍ତ ସନ୍ତୋଷଜନକ ଭାବରେ ଆମେ ଶେଷରେ ବସିପଡ଼ି ବିଶ୍ରାମ କଲୁ। ଆମ ଖୁସିର ଅନେକ କାରଣ ଥିଲା। ଗୋଟିଏ ହେଲା, ଆମେ ପଚିଶ କିଲୋମିଟର ଅତିକ୍ରମ କରିସାରିଥିଲୁ। ଏହି ଅଞ୍ଚଳର ନିକଟବର୍ତ୍ତୀ ଆଠଟି ମତଦାନ କେନ୍ଦ୍ରକୁ ପଠାଯାଇଥିବା କର୍ମଚାରୀମାନେ ସେମାନଙ୍କର ନିର୍ବାଚନ ସାମଗ୍ରୀ ସହିତ

ଏଠାରେ ଏକତ୍ରିତ ହୋଇଥିଲେ । ଇଭିଏମ୍ ମେସିନ୍‍ରେ ଭର୍ତ୍ତି ହୋଇଥିବା ଅଖା ଏବଂ ଅନ୍ୟାନ୍ୟ ସାମଗ୍ରୀ ଗାଁ ମଝିରେ ସୁନ୍ଦର ଭାବରେ ଗଦା ହୋଇ ରହିଥିଲା ଏବଂ କ୍ଲାନ୍ତ ନିର୍ବାଚନ କର୍ମୀମାନେ ଗଛ ମୂଳରେ ବିଶ୍ରାମ ନେଉଥିଲେ । କମାଣ୍ଡୋ ଏବଂ ଅନ୍ୟ ସୁରକ୍ଷା କର୍ମୀମାନେ ଏହି ଛୋଟ ଗାଁର ଚାରିପାଖରେ ଏକ ସୁରକ୍ଷା କର୍ଡନ୍ ଗଠନ କରିଥିଲେ ।

ଶୁଭେଚ୍ଛା ବିନିମୟ କରିବା ପରେ ଜୟେଶ ଦୀକ୍ଷିତ ଆମକୁ ତାଙ୍କ ପାଖରେ ଥିବା ସୂଚନା ଦେଉଥିଲେ । "ସାର୍‍ଜୀ, ଚିନ୍ତା କରିବାର କିଛି ନାହିଁ । ଆଜି ସକାଳେ, ବାରହାପଟୀ ବୁଥର ଶେଷ ଭାଗରୁ ଦୁଇଜଣ ବାର୍ତ୍ତା ନେଇ ଆସିଥିଲେ ।"

"ତାହା କଣ ଥିଲା ?"

"ଆଗକୁ ଟିକିଏ ଗତିବିଧି ଅଛି, କିନ୍ତୁ ଚିନ୍ତାଜନକ ନୁହେଁ । ପରିସ୍ଥିତି ନିୟନ୍ତ୍ରଣରେ ରହିଛି । ସେହି ଅଂଶର ସମସ୍ତ ମତଦାନ ପାର୍ଟି ଅପରାହ୍ଣ ୫ଟା ସୁଦ୍ଧା ଏଠାରେ ପହଞ୍ଚିବ ।"

ପ୍ରଭାକର ଶର୍ମା କିଛି ଦୂର ଯାଇ ତାଙ୍କ ଫୋନ୍‍ରେ ଗୁପ୍ତ ଉ‍ସରୁ ନିଶ୍ଚିତତା ପାଇଲେ । ଯେହେତୁ ଏହା ପୂର୍ବରୁ ନିଷ୍ପତ୍ତି ନିଆଯାଇଥିଲା ଯେ ସୁରକ୍ଷାକୁ ଦୃଷ୍ଟିରେ ରଖି ବାରହାପଟୀ ଜୋନ୍‍ର ସମସ୍ତ ମତଦାନ ବୁଥ ଅଧିକାରୀ ଏବଂ ସେମାନଙ୍କର ସମସ୍ତ କର୍ମଚାରୀଙ୍କୁ ଏଠାରେ ଏକାଠି ହୋଇ ଆଗକୁ ବଢ଼ିବାକୁ ପଡ଼ିବ । ଏଭଳି ପରିସ୍ଥିତିରେ ସୁରକ୍ଷା ବାହିନୀର ଶକ୍ତି ବୃଦ୍ଧି ପାଇବ । ଯଦି ଏହି ରାତିରେ ଜଙ୍ଗଲର ପାଦଦେଶରେ ନକ୍ସଲମାନଙ୍କଠାରୁ କୌଣସି ଆକ୍ରମଣ ହୋଇଥାନ୍ତା, ତେବେ ଏକ ଶକ୍ତିଶାଳୀ ଲଢ଼େଇ କରିବା ସହଜ ହୋଇଥାନ୍ତା । ଯେହେତୁ ଆମକୁ ସନ୍ଧ୍ୟାର ଯାଏ ଅନ୍ୟମାନଙ୍କୁ ଅପେକ୍ଷା କରିବାକୁ ପଡ଼ିଲା, ଏହା ଏକ ବାଧତାମୂଳକ ବିଶ୍ରାମ ଥିଲା । ତଥାପି ଆମେ ବିଶ୍ରାମ ନେବାକୁ ବସିଲୁ କି ? ନା ଆମେ ଯିଏ ଯେଉଁଠି ପାରିଲୁ ଗଡ଼ିପଡ଼ିଲୁ ।

ମୁଁ ଯେତେବେଳେ ମୋର ପିଠିକୁ ଭୂମିରେ ବିଶ୍ରାମ କଲି ଏବଂ ଏକ ଆରାମଦାୟକ ପଥରକୁ ତକିଆ କଲି, ମୋ ଆଖି ତିନି କୋଠରି ବିଶିଷ୍ଟ ପରିତ୍ୟକ୍ତ ସ୍କୁଲ ଆଡ଼କୁ ଗଲା । ଏହାର ଅସ୍ଥାୟୀ ଛାତକୁ ନକ୍ସଲମାନେ ପୋଡ଼ି ଦେଇଥିଲେ, ଫଳସ୍ୱରୂପ ପ୍ରବଳ ବର୍ଷା ଦ୍ୱାରା ପଥର, କାଦୁଅ ଏବଂ ପାଉଁଶ ଆବର୍ଜନା ଧୋଇ ହୋଇ ସେଠାରେ ଏକ ଅଭୁତ ସବୁଜ-ଧୂସର-କଳା ରଙ୍ଗର ଆବରଣ ସୃଷ୍ଟି କରିଥିଲା । ମୋତେ ଏକ ପାତ୍ରରେ ସୁପ୍ ତିଆରି କରି ପରିବେଷଣ କରାଯାଇଥିଲେ । ଏହାକୁ ପିଇବା ପରେ, ମୁଁ ବହୁତ ସନ୍ତୁଷ୍ଟ ଅନୁଭବ କଲି । ପ୍ରଭାସ ଶର୍ମା, ଦୁଇସପ୍ତାହ ନିଦ୍ରାହୀନ

ରାତି ପରେ ହଠାତ୍ ନିଜ ଦୁନିଆର ଅଶାନ୍ତିରୁ ଏହି ବାଧ୍ୟତାମୂଳକ ବିରତି ପାଇଲେ। ସେ କ୍ଷଣ ପରି ଘୁଙ୍ଗୁଡ଼ି ମାରିବାକୁ ଲାଗିଲେ।

କିଛି ସମୟ ପରେ ମୁଁ ଏକ ଗତିବିଧ୍ୟ ଦେଖିଲି। ଉଡ଼ିୟା ଏଠାକୁ ଦୌଡ଼ୁଥିଲା, ଯେପରି ସେ କିଛି ହଜାଇଦେଇଥିଲେ। କ'ଣ ହେଲା ଜାଣିବାକୁ ମୁଁ ଆଗ୍ରହୀ ହୋଇ ଉଠିଲି। ସେଠାରେ ଜଣେ ବ୍ୟକ୍ତି ଏକ ଛାତ ତଳେ ଯନ୍ତ୍ରଣା ଭୋଗୁଥିଲେ। ଆମ ଦଳ ସହିତ ଆସିଥିବା ଉଡ଼ିୟା ଏବଂ ଡାକ୍ତରମାନେ ତାଙ୍କ ଉପରେ ନଜର ରଖିଥିଲେ। ଯେତେବେଳେ ମୁଁ ଯଥେଷ୍ଟ ନିକଟତର ହେଲି, ଦେଖିଲି ଯେ ସେ ଉଡ଼ିୟାର ସ୍ୱାମୀ କତରୁ। ମୁଁ ଆଶ୍ଚର୍ଯ୍ୟ ହୋଇ ଚିତ୍କାର କଲି, "ଆରେ, ସେ ଏଠାରେ କଣ କରୁଛନ୍ତି ?"

"ସାହେବ, ସେ ଜଣେ ପ୍ରାଥମିକ ଶିକ୍ଷକ, ନୁହେଁ କି ?" ଜୟେଶ ଦୀକ୍ଷିତ ପଛରୁ ଉତ୍ତର ଦେଇଥିଲେ।

ସେ ଡିସେଣ୍ଟ୍ରି ଏବଂ ଜ୍ୱରରେ ପୀଡ଼ିତ ହୋଇଥିଲେ। ସେ ତୀବ୍ର ଡିହାଇଡ୍ରେସନ୍‌ରେ ପୀଡ଼ିତ ବୋଲି ଡାକ୍ତର କହିଲେ। ତାଙ୍କ ଜିଭ ଶୁଖ୍ୟାଇଥିଲା ଏବଂ ଆଖି ଲାଲ ହୋଇଯାଇଥିଲା। ଡାକ୍ତରଙ୍କ ପରାମର୍ଶରେ ସେ ତାଙ୍କୁ ଲେମ୍ବୁ ରସ ସହିତ ଲୁଣ ପାଣି ଦେଉଥିଲେ। ଏହି ପରିସ୍ଥିତିରେ ଆଗକୁ ବଢ଼ିବା ଛଡ଼ା କୌଣସି ଉପାୟ ନ ଥିଲା।

ଠିକ୍ ନବେ ମିନିଟ୍ ଶୋଇବା ପରେ ପ୍ରଭା ଶର୍ମା ସମ୍ପୂର୍ଣ୍ଣ ସତର୍କ ହୋଇଗଲେ ଏବଂ ସଙ୍ଗେ ସଙ୍ଗେ ତାଙ୍କ ମୁଣ୍ଡ ପାଖରେ ଥିଆ ଏକେ-୪୭ ଧରିଲେ। ସତେ ଯେପରି ସେ ଶୋଇଥିବା ସମୟରେ ନକ୍ସଲ୍ ଗୋଷ୍ଠୀର ଉପସ୍ଥିତି ଅନୁଭବ କରିଥିଲେ।

ସନ୍ଧ୍ୟା ପବନ ପ୍ରବାହିତ ହେବାକୁ ଲାଗିଲା। ହଠାତ୍, ଅନ୍ୟ ପାର୍ଶ୍ୱରେ ଥିବା ଜଙ୍ଗଲରୁ ହସ ଏବଂ କଥାବାର୍ତ୍ତାର ଶବ୍ଦ ଶୁଣିବାକୁ ମିଳିଲା। ବାରହାପଟୀର ଅବଶିଷ୍ଟ ସମସ୍ତ ମତଦାନ କେନ୍ଦ୍ରରୁ ଦଳଗୁଡ଼ିକ ଶେଷରେ ପହଞ୍ଚିଗଲେ। ବର୍ତ୍ତମାନ ପ୍ରତ୍ୟାବର୍ତ୍ତନ ଯାତ୍ରା ପାଇଁ ଅନ୍ଧାର ପର୍ବତ ବାଟରେ ପଚିଶ କିଲୋମିଟର ଚାଲିଚାଲି ଯାତ୍ରା। ଆମର ସମସ୍ତ ଶକ୍ତି ସହିତ ଏକତ୍ରିତ ହେବା ଆମ ପାଇଁ ଜରୁରି ଥିଲା ଯାହାଫଳରେ ପଦଦିନ ସନ୍ଧ୍ୟା ସୁଦ୍ଧା ଆମେ ତେରା ଟୋଲାର ମୂଲ ଶିବିରରେ ପହଞ୍ଚି ପାରିଥାନ୍ତୁ। ଆହୁରି ମଧ୍ୟ ଆମର ଯାତ୍ରାକୁ ଅଧ ଘଣ୍ଟା ଘୁଞ୍ଚାଇବାକୁ ପଡ଼ିଲା କାରଣ ଦଳରେ ଯୋଗ ଦେଇଥିବା ନୂଆ କର୍ମଚାରୀମାନଙ୍କୁ ନିଃଶ୍ୱାସ ନେବାକୁ ଅଧ ଘଣ୍ଟା ବିଶ୍ରାମ କରିବାକୁ ଦିଆଗଲା।

ଅଧ ଘଣ୍ଟା ଶେଷରେ ସମସ୍ତେ ଉଠିଲେ। ସେମାନେ ସମସ୍ତେ ଶୀଘ୍ର ନିଜ ପରିବାର ନିକଟକୁ ଫେରିବା ପାଇଁ ଅପେକ୍ଷା କରିଥିଲେ ଏବଂ ଶୀଘ୍ର ଏହି ବିପଦପୂର୍ଣ୍ଣ ସ୍ଥାନ ଛାଡ଼ି ଚାଲିଯିବାକୁ ଚାହୁଁଥିଲେ।

ଅନ୍ଧକାର ଉପତ୍ୟକାକୁ ଆଚ୍ଛାଦିତ କରିବା ପୂର୍ବରୁ ଆମେ ଶୀଘ୍ର ଫେରି ଯାଇଥିଲୁ । କର୍ମଚାରୀମାନେ କିଛି ବାଉଁଶ ବାଡ଼ି ଏବଂ ମୋଟା ଚଦର ସାହାଯ୍ୟରେ କତରୁଙ୍କ ପାଇଁ ଏକ ଷ୍ଟେଚର ତିଆରି କରିଥିଲେ । ସେମାନେ ସାତ କିମ୍ବା ଆଠ ଜଣ ଶକ୍ତିଶାଳୀ ଗୋଷ୍ଠୀର ଥିଲେ, ଯେଉଁମାନେ କାନ୍ଧରେ ଷ୍ଟେଚର ଧରି ଶୀଘ୍ର ଗତି କରୁଥିଲେ । ମୁଁ ସେହି ଗୋଷ୍ଠୀ ଉପରେ ନଜର ରଖିଥିଲି । ନିୟମିତ ବ୍ୟବଧାନରେ ଭିନ୍ନ ଭିନ୍ନ ଯବାନ ଷ୍ଟେଚର ବୋହିଲେ । ଡୁଡ଼ିୟା କତରୁଙ୍କ ଦ୍ରୁତ ଗତିଶୀଳ ଷ୍ଟେଚର ସହିତ ତାଲ ଦେଇ ଦୌଡୁଥିଲେ । ବେଲେବେଲେ, ତାଙ୍କ ଗଲା ଅସହ୍ୟ ଶୁଖିଯାଉଥିଲା ଏବଂ ସେ କଷ୍ଟରେ ଚିତ୍କାର କରୁଥିଲେ । ଷ୍ଟେଚର କିଛି ସମୟ ରହୁଥିଲା । ଡୁଡ଼ିୟା ତାଙ୍କ ଶୁଖିଲା ଗଲାରେ କିଛି ପାଣି ଢାଲିବା ପରେ ଯାତ୍ରା ପୂର୍ବ ପରି ଜାରି ରହୁଥିଲା ।

ବେଲେବେଲେ ରାସ୍ତା ଏତେ ସଂକୀର୍ଣ୍ଣ ହୋଇପଡୁଥିଲା ଯେ ଦୁଇଜଣ ଏକାସାଙ୍ଗରେ ପାର ହେବା ଅସମ୍ଭବ ଥିଲା । ଏହା ଆମର ଏକ ବଡ଼ ଧାଡ଼ି ସୃଷ୍ଟି କରୁଥିଲା । ଏହା ମଧ୍ୟ ସୁରକ୍ଷା ଚିନ୍ତା ବଢ଼ାଇଦେଉଥିଲା । ଏପରି ସମୟରେ ଶର୍ମାଜୀ ଏକ ଛୋଟ ପାହାଡ଼ ଖୋଜି ନିଜ ୟୁନିଟ୍ ସହିତ ଚଢ଼ୁଥିଲେ । ଅନ୍ଧାରରେ ମଧ୍ୟ ମଧ୍ୟ ସେ ନିଜର ନିରୀକ୍ଷଣ କାର୍ଯ୍ୟ ଜାରି ରଖିଥିଲେ ।

ମଧରାତ୍ରିରେ, ଆମେ ଏକ ବଡ଼ ଉପତ୍ୟକା ପାର ହେଉଥିଲୁ । ଏହି ଗ୍ରୀଷ୍ମ ସମୟରେ ମଧ୍ୟ ପର୍ଯ୍ୟାପ୍ତ ପରିମାଣର ଜଲ ପ୍ରବାହିତ ହେବା ସହିତ ନିକଟସ୍ଥ ଏକ ଝରଣାର ଶବ୍ଦ ଶୁଣିବାକୁ ମିଳିଥିଲା । ପ୍ରଭାତ ଶର୍ମା ହଠାତ୍ ଅଟକିଗଲେ ଏବଂ ଚୁପ୍ ରହିଲେ । ଆମ ପ୍ରତ୍ୟେକ ନିଜ ରାସ୍ତାରେ ଅଟକି ଗଲୁ । ଉପତ୍ୟକାର ଆରପାରିରେ ଯାଉଥିବା ଦୁଇଶହ ଲୋକଙ୍କର ଶବ୍ଦ ଆମ କାନରେ ପଡ଼ିଲା । ରାଇଫଲମ୍ୟାନ୍‌ମାନେ ସମ୍ପୂର୍ଣ୍ଣ ସତର୍କ ଥିଲେ । ଯାହା ବି ହେଉ ସେମାନଙ୍କ ବନ୍ଦୁକ ଲୋଡ୍ ହୋଇଥିଲା । ଆମେ ବହୁତ ସତର୍କତାର ସହିତ ଅଗ୍ରଗତି କଲୁ । ପରବର୍ତ୍ତୀ ଷ୍ଟପ୍ ପାର ହେବାବେଲେ ଆମକୁ ଏକ ଅଜବ ଦୃଶ୍ୟ ସ୍ୱାଗତ କରିଥିଲା । ଅନ୍ଧାରରେ ହଠାତ୍ ନିଆଁ ଲାଗିଲା ଏବଂ ସେଇ ଆଲୁଅରେ ଅତି କମରେ ଦୂରରୁ ତିନି ଶହ ନବ୍ବଲ ଅସ୍ତ୍ରଶସ୍ତ୍ର ପ୍ରସ୍ତୁତ କରୁଥିବା ଦେଖିବାକୁ ମିଳିଥିଲା । ସେହି ନିଆଁ ଜଲାଇବାର କାରଣ ବୁଝାପଡ଼ିଲା ନାହିଁ । ଶର୍ମା କ୍ରୋଧରେ ଦାନ୍ତ କଡ଼ମଡ଼ କରି ଛେପ ପକାଇଲେ, "ଡରୁଆ ଜନ୍ତୁଗୁଡ଼ାକ ଆମକୁ ଭୟଭୀତ କରିବାକୁ ଚେଷ୍ଟା କରୁଛନ୍ତି ।"

ତାଡମେଟଲା, ଜିରାମ ଘାଟି, ମାଣିକପୁର ଏବଂ ଅନ୍ୟାନ୍ୟ ସ୍ଥାନରେ ମୁହାଁମୁହିଁ ହେବାର ପୂର୍ବ ଅନୁଭୂତି ଆଦୌ ଭଲ ନ ଥିଲା; ଅବଶ୍ୟ ଏହା ନିର୍ବାଚନ କର୍ମୀଙ୍କୁ ବହୁତ ଅସୁବିଧାରେ ପକାଉଥିଲା । ସମ୍ମୁଖରେ ଥିବା ସଙ୍କେତଗୁଡ଼ିକ ସ୍ପଷ୍ଟ ଥିଲା- ଗତ

ସନ୍ଧ୍ୟାରେ ଡେରା ଟୋଲା ଗନ୍ତବ୍ୟ ସ୍କୁଲରେ ପହଞ୍ଚିବା ପୂର୍ବରୁ ଆକ୍ରମଣର ଆଶଙ୍କା ଥିଲା। କେତେ ଜୀବନ ନଷ୍ଟ ହେବ ସେ ନେଇ କାହାରି ଧାରଣା ନ ଥିଲା। ଏକ ସମ୍ଭାବନା ଥିଲା ଯେ ସେମାନେ ପାହାଡ଼ରୁ ଶୀଘ୍ର ଓହ୍ଲାଇବେ ଏବଂ ଗୁଳି ବିନିମୟ କରିବେ। ଅସ୍ତ୍ରଶସ୍ତ୍ର ପ୍ରସ୍ତୁତ ଥିଲା। ନିଃଶ୍ୱାସ ପ୍ରଶ୍ୱାସର ବେଗ, ଚିନ୍ତା ଏବଂ ଭୟ ମଧ୍ୟ ବଢ଼ିଯାଇଥିଲା।

ଆମେ ନିଶ୍ଚିତ ଥିଲୁ ଯେ ଆକ୍ରମଣ ସେହି ଦୁଇଟି ଉଚ୍ଚ ପର୍ବତର ଶିଖରରୁ ହେ, କିନ୍ତୁ ସେ ? ଭାଗ୍ୟବଶତଃ ଏହିପରି କିଛି ଘଟିଲା ନାହିଁ। ତଥାପି, ଅନ୍ଧାର ରାତି ଆହୁରି ବାକି ଥିଲା। ଆମେ ଧ୍ୟାନ ଦେଇଥିବା ଗୁରୁତ୍ୱପୂର୍ଣ୍ଣ ବିଷୟ ହେଉଛି ଯେ ନକ୍ସଲମାନେ ମଧ୍ୟ ଆମର ନିର୍ବାଚନ ଦଳ ସହିତ ସମାନ ବେଗରେ କିଛି କିଲୋମିଟର ସମାନ୍ତରାଲ ଭାବରେ ଗତି କରୁଥିଲେ। ସେମାନେ ଏକ ସ୍ଥାନ ଚିହ୍ନିତ କରିଥିଲେ, ବୋଧହୁଏ ଯାହା ତାଙ୍କୁ ସଫଳତା ପାଇଁ ଏକ ଆଦର୍ଶ ସ୍ଥାନ ପ୍ରଦାନ କରିବ। ସେଠାରେ ସେମାନେ ଆମ ସମସ୍ତଙ୍କୁ ଫାନ୍ଦରେ ପକାଇ ସହଜରେ ହତ୍ୟା କରିପାରିବେ। ଅତୀତରେ ସେମାନେ ଏପରି ସଫଳ ଆକ୍ରମଣ କରିଥିଲେ, ଯେଉଁଠାରେ ସେମାନେ ତିନିଟି ଦିଗରୁ ଆକ୍ରମଣ ଆରମ୍ଭ କରିଥିଲେ। ତାଡମେଟ୍ଲା ସେହିପରି ବର୍ବରତାର ଏକ ଜ୍ୱଳନ୍ତ ଉଦାହରଣ ଥିଲା।

ଅନ୍ୟପଟେ, ନକ୍ସଲମାନଙ୍କ ଭୟଙ୍କର ଉପସ୍ଥିତି ବିଷୟରେ ସଚେତନତା ଆମକୁ ଏକ ଅପ୍ରତ୍ୟାଶିତ ଉପାୟରେ ସାହାଯ୍ୟ କଲା: ଏହା ଆମ ପାଦକୁ ଡେଣା ଦେଲା। ଶତ୍ରୁମାନେ ମଧ୍ୟ ଆମ ସହିତ ମେଳ ହେବା ପାଇଁ ତାର ଗତି ବଢ଼ାଇ ଦେଲେ।

ଆମ ମଧ୍ୟରୁ ଖୁବ୍ କମ୍ ଲୋକ ନିଜ ବ୍ୟାଗରୁ ଖାଦ୍ୟ ବା ପାଣି କାଢ଼ି ଉଦରସ୍ଥ କରିଥିବେ। ଆମ ମଧ୍ୟରୁ ଅଧିକାଂଶ ଭୋକଶୋଷରେ ସମସ୍ତ ଅନୁଭବ ହରାଇବସିଥିଲୁ। ଶେଷରେ ରାତି ପାହିଲା। ରାତିରେ ଅନେକ ଥର ଆମ ପୋଷାକ ଝାଲରେ ଭିଜି ପୁଣି ଥଣ୍ଡା ପବନରେ ଶୁଖିଯାଇଥିଲା। ଆଲୋକ ଅଧିକ ଉଜ୍ଜ୍ୱଳ ହେବା ସହିତ ଆମେ ଦୂରରୁ ସେହି ତିନି ଶହ ନକ୍ସଲମାନଙ୍କ ଛାଇ ଦେଖିପାରୁଥିଲୁ। ସେମାନେ ମଧ୍ୟ ଆମକୁ ଦେଖିପାରୁଥିବେ। ଆମ ପାଖରେ ଥିବା ପ୍ରଚୁର ଯୁଦ୍ଧ ସାମଗ୍ରୀ ଦେଖି ସେମାନଙ୍କ ଭିତରେ ଯଥେଷ୍ଟ ଭୟ ସୃଷ୍ଟି ହୋଇଥିବ ନିଶ୍ଚୟ।

ଯେତେବେଳେ ଆମେ ଆଗକୁ ବଢ଼ୁଥିଲୁ, ଶର୍ମା ଉଚ୍ଚ ସ୍ୱରରେ ହସିଲେ ଏବଂ କହିଲେ, "ଆମ ଉପରେ ଆକ୍ରମଣ କରିବାକୁ ସେହି ଭୀରୁମାନଙ୍କର ସାହସ ନାହିଁ। ଅନ୍ୟ କମାଣ୍ଡୋମାନେ ମଧ୍ୟ ଶତ୍ରୁମାନେ ଶୁଣିବା ଭଳି ପାଟିକରି ଚ୍ୟାଲେଞ୍ଜ କଲେ, "ପାଖକୁ ଆସ ଗୁଣ୍ଡୁରୀମାନେ। ତୁମେ ଏତେ ଦୂରରେ କାହିଁକି ଦୌଡୁଛ ?"

ନକ୍ସଲ ଗୋଷ୍ଠୀ ଅତ୍ୟନ୍ତ ଚତୁର ଥିଲେ। ସେମାନେ ଆମ ଆହ୍ବାନକୁ କର୍ଣ୍ଣପାତ କଲେ ନାହିଁ। ଶର୍ମା ମଧ୍ୟ ସେମାନଙ୍କ ଉପରକୁ ଗୁଲି ଚଲାଇବାକୁ ଇଚ୍ଛା ପ୍ରକାଶ କରି ନ ଥିଲେ। ସାଢ଼େ ଆଠଟା ବାଜିବା ବେଳକୁ ସୂର୍ଯ୍ୟର ଉଭାପ ଅନୁଭବ ହେବାକୁ ଲାଗିଲା। ହଠାତ୍ ନକ୍ସଲମାନେ ଦୃଷ୍ଟିରୁ ଅଦୃଶ୍ୟ ହୋଇଗଲେ। ସେମାନଙ୍କର କୌଣସି ଚିହ୍ନବର୍ଣ୍ଣ ମିଲିଲା ନାହିଁ!

ବାରହାପଟୀର ଏକ ଦୂର ମତଦାନ କେନ୍ଦ୍ରରେ ଆସିଷ୍ଟାଣ୍ଟ ମତଦାନ ଅଧିକାରୀ ଥିବା ଜୟେଶ ଦୀକ୍ଷିତଙ୍କ ସାନଭାଇ ଉମେଶ ମଧ୍ୟ ଆମ ଦଲରେ ଆସୁଥିଲେ। ରାସ୍ତାରେ ଆମେ ନଦୀ କୂଲରେ ଠିଆ ହୋଇ ଜଲଖିଆ ଖାଉଥିଲୁ। ସେତେବେଲେ ଗତିବିଧି-ନିରୀକ୍ଷକ ୟୁନିଟ୍ ଆମକୁ ଖୁସି ଖବର ଦେଇଥିଲା ଯେ ଆମେ ଆଶା ଠାରୁ ବହୁତ ଦ୍ରୁତ ଗତିରେ ଯାତ୍ରା କରିଥିଲୁ। ଏହା ପୂର୍ବରୁ ସନ୍ଧ୍ୟା ଚାରିଟା ସୁଦ୍ଧା ଡେରା ଟୋଲାରେ ପହଞ୍ଚିବୁ ବୋଲି ଅନୁମାନ କରାଯାଉଥିଲା, କିନ୍ତୁ ଏବେ ମଧ୍ୟାହ୍ନ ସୁଦ୍ଧା ବେସ୍ କ୍ୟାମ୍ପ୍‌ରେ ପହଞ୍ଚିପାରିବାର ଆଶା ଉଜ୍ଜୀବିତ ହୋଇଥିଲା। ଏତେ କମ୍ ସମୟ ମଧ୍ୟରେ ଆମେ ମୃତ୍ୟୁର ଉପତ୍ୟକା ଅତିକ୍ରମ କରି ଶୀଘ୍ର ନିରାପଦ ସ୍ଥାନରେ ପହଞ୍ଚିଯିବୁ ଭାବି ଖୁବ୍ ଆଶ୍ୱସ୍ତ ହେଲୁ। ଏହି ସଫଲତା ଆମକୁ ଏକ ନୂତନ ମନୋବଲ ଦେଲା ଏବଂ ଆମେ ଆମର ଗତି ତ୍ୱରାନ୍ବିତ କଲୁ। ଠିକ୍ ସେତିକିବେଲେ, ଦୌଡ଼ର ଉସ୍ସାହରେ ଉମେଶଙ୍କ ପାଦ ଏକ ତୀକ୍ଷ୍ଣ ପଥରରେ ଜୋରରେ ଆଘାତ ପାଇଲା। ପଥରଟି ଜୋତା ଦେଇ ଚର୍ମ ଭିତରକୁ ପ୍ରବେଶ କରିଯାଇଥିଲା। ସେ ତଲେ ପଡ଼ିଯାଇ ଦେଖିଲେ ଯେ ତାଙ୍କ ବୁଟ୍ ଶୀଘ୍ର ଲାଲ ହୋଇଯାଉଛି। ମେଡିକାଲ୍ ୟୁନିଟ୍ ତାଙ୍କ ଚିକିସ୍ସା କରି କ୍ଷତରେ ପଟି ବାନ୍ଧିଲା। ସେ ଚାଲିବାକୁ ଚେଷ୍ଟା କଲେ, କିନ୍ତୁ ଗଭୀର କ୍ଷତ କାରଣରୁ ଚାଲିବା ଅସମ୍ଭବ ହୋଇଗଲା। ଶର୍ମା ସାହେବଙ୍କ ଯବାନମାନେ ଆଉ ଏକ ଷ୍ଟ୍ରେଚର ପ୍ରସ୍ତୁତ କରି ଉମେଶଙ୍କୁ ମଧ୍ୟ କାନ୍ଧରେ ବୋହି ନେବାକୁ ଲାଗିଲେ।

ବର୍ତ୍ତମାନ ଏଗାରଟା ବାଜିଥିଲା ଏବଂ ଜ୍ବଲନ୍ତ ସୂର୍ଯ୍ୟଙ୍କ କିରଣ ମୁଣ୍ଡ ଉପରେ ପଡ଼ୁଥିଲା। ଏହା ଆମକୁ ଅପ୍ରତ୍ୟାଶିତ ଭାବେ ଅତ୍ୟନ୍ତ କ୍ଲାନ୍ତ କରିଦେଇଥିଲା।

ଆମର ମନ୍ଥର ଗତି ଯୋଗୁଁ ଆମ ଯାତ୍ରା ଏକ ଘଣ୍ଟା ବିଲମ୍ବିତ ହୋଇଥିଲା। ଆମର ପାଦ, ଗୋଡ଼, ଆଣ୍ଠୁ ଓ ଜଙ୍ଘ ଖଣ୍ଡ ଖଣ୍ଡ ହେବା ପାଇଁ ପ୍ରସ୍ତୁତ ଥିଲେ। ଆମର ପଞ୍ଜରା ଓ ହାଡ଼ ପଥରରେ ପରିଣତ ହୋଇଥିଲା। ମଧ୍ୟାହ୍ନ ଭୋଜନ ପାଇଁ କୌଣସି ସ୍ଥାନରେ ଅଟକି ଯିବାକୁ ସ୍ଥିର କଲୁ। ଆମେ ଏକ ପାହାଡ଼ରୁ ତଲକୁ ଓହ୍ଲାଇଗଲା ପରେ ଦୂରରୁ ଡେରା ଟୋଲା ଦୃଶ୍ୟମାନ ହେଲା। କ୍ଷୁଧା ଲୋପ ପାଇଲା। ସମସ୍ତେ ସହମତ

ହେଲେ ଯେ ଚାଲିବା ଜାରି ରଖିବା ଏବଂ ଗନ୍ତବ୍ୟ ସ୍ଥଳରେ ପହଞ୍ଚିବା ପରେ ଉପଯୁକ୍ତ ଉସ୍ସବ ସହିତ ଆମର ଭୋଜନ କରିବା।

ନୂତନ ଶକ୍ତି ସହିତ, ଆମେ ଉଦାସୀନତାକୁ ଅତିକ୍ରମ କଲୁ। ଆମ ଦେହରେ ଏତେ ଯନ୍ତ୍ରଣା ହେଉଥିଲା ଯେ କ୍ରମେ ତାହା ଅସହ୍ୟ ହୋଇଗଲା। ଆମର ଅଙ୍ଗଗୁଡ଼ିକ ବିଚ୍ଛିନ୍ନ ହେବାକୁ ପ୍ରସ୍ତୁତ ଥିଲା। ଆମର ଗତି ପୁଣି ମନ୍ଥର ହୋଇଗଲା। କିନ୍ତୁ ଗାଁକୁ ଯାଉଥିବା କ୍ଷୁଦ୍ର ରାସ୍ତା ବର୍ତ୍ତମାନ ଆମେ ଠିଆ ହୋଇଥିବା ମୁଣ୍ଡରୁ ସ୍ପଷ୍ଟ ଦେଖାଯାଉଥିଲା। ଆମର ଅନେକ ଲୋକ ପଛରେ ରହିଯାଇଥିଲେ। ସେମାନଙ୍କୁ ଆଣିବା ପାଇଁ ସୁରକ୍ଷା ଦଳ ପଛକୁ ଫେରିଯାଇଥିଲା।

ଆମେ ହଠାତ୍ ଶୁଣିଲୁ "ଭାରତର ଜୟ! ଗଣତନ୍ତ୍ରର ଜୟ!"।

ଜଣେ ସବ୍‌-ଇନ୍‌ସ୍‌ପେକ୍ଟର ଆସି ଏସ୍‌ପିଙ୍କ ସମ୍ମୁଖରେ ଠିଆ ହେଲେ। ପ୍ରାରମ୍ଭରେ ସେ ମଧ୍ୟ ଆଶ୍ଚର୍ଯ୍ୟ ହୋଇଗଲେ। ଶର୍ମାଙ୍କ ଅତ୍ୟାଧୁନିକ ଲ୍ୟାଣ୍ଡମାଇନ୍ ଗାଡ଼ି ବେସ୍ କ୍ୟାମ୍ପରେ ଅଟକି ରହିଥିଲା। ଆମକୁ ମୁଖ୍ୟାଳୟକୁ ଫେରାଇ ନେଉଥିବା ଯାନଗୁଡ଼ିକ ମଧ୍ୟ ବେସ୍ କ୍ୟାମ୍ପର ସୁରକ୍ଷା କର୍ଡନରେ ଅପେକ୍ଷା କରିଥିଲେ। ଚିନ୍ତାର ସମସ୍ତ କାରଣ ଦୂର ହୋଇଗଲା। ଡେରା ଟୋଲା ବର୍ତ୍ତମାନ ପ୍ରାୟ ପାଞ୍ଚ କିଲୋମିଟର ଦୂରରେ ଥିଲା। ଆମକୁ କେବଳ ଝରଣା ଅତିକ୍ରମ କରିବାକୁ ପଡ଼ିଲା ଏବଂ ଏହା ପରେ ଆମେ ଘର ଅଭିମୁଖେ ଯାତ୍ରା ଆରମ୍ଭ କରିବାକୁ ପ୍ରସ୍ତୁତ ଥିଲୁ।

ପଛରୁ କେହି ଜଣେ କହିଲା, "ସାର, ନମସ୍କାର।"

ମୁଁ ବୁଲି ଦେଖିଲି ଉଡ଼ିଆ ହସହସ ମୁହଁ ନେଇ ଠିଆ ହୋଇଛନ୍ତି। କତରୁଙ୍କ ସ୍ଟ୍ରେଚର୍ ମଧ୍ୟ ତାଙ୍କ ସହ ପହଞ୍ଚିଥିଲା। ବିସ୍ମୟକର କଥା, କତରୁ ସେଠାରୁ ଫେରି ଆସିବା ମାତ୍ରେ ସୁସ୍ଥ ଅନୁଭବ କରିବାକୁ ଲାଗିଲେ। ଜୟେଶ ଦୀକ୍ଷିତ ଶୀଘ୍ର ଆମ ସହିତ ଯୋଗ ଦେଇଥିଲେ। ତାଙ୍କ ପଛେ ପଛେ ଥିଲା ଉମେଶଙ୍କ ସ୍ଟ୍ରେଚର୍।

ଆମେ ରାସ୍ତାରେ ଯିବା ବେଳେ ଗାଡ଼ି ଆସି ଗର୍ଜନ କରି ବହୁ ଧୂଳି ଉଡ଼ାଇ ଆମ ସାମ୍ନାରେ ଅଟକିଲା। ଏହା ଗ୍ରାମୀଣ ସ୍ୱାସ୍ଥ୍ୟକେନ୍ଦ୍ର ଏକ ଆମ୍ବୁଲାନ୍‌ସ ଥିଲା। ଆପ୍ରୋନ୍ ପିନ୍ଧା ଜଣେ ଡାକ୍ତର ଆଗ ସିଟ୍‌ରୁ ଓହ୍ଲାଇଲେ। ସେ ସଙ୍ଗେ ସଙ୍ଗେ ଗାଡ଼ି ଚାରିପାଖେ ବୁଲି ଦୁଇଟି ପଛ କବାଟ ଖୋଲିଲେ। ଆମକୁ ହସୁଥିବା ମୁହଁରେ ଚାହିଁ ସେ କହିଲା, "ଆପଣ ଏବେ ସେହି ପାହାଡ଼ ଉପରୁ ଫେରିଛନ୍ତି ନା ସାର ଆମ୍ବୁଲାନ୍‌ସ ଭିତରେ ବସିଯାଆନ୍ତୁ।" ସେହି ପୁରୁଣା ଗାଡ଼ିର ଉଭୟ ପାର୍ଶ୍ୱରେ ଦୁଇଟି ବେଞ୍ଚ ଥିଲା। ପ୍ରଭାକର ଶର୍ମା ଏବଂ ମୁଁ ପ୍ରଥମେ ପଶିଲୁ। ତା'ପରେ ଆମେ ବାହାରେ କୋଲାହଲ ଆରମ୍ଭ ହେଲା। ସେଠାରେ ବସିବା ଲାଗି ଅନ୍ୟମାନଙ୍କ ବ୍ୟାକୁଳତା ଆମେ ଦେଖିଲୁ।

ଶର୍ମା। ଏବଂ ମୁଁ ପରସ୍ପରକୁ ଚାହିଁ ଆମ୍ବୁଲାନ୍ସରୁ ଓହ୍ଲାଇଗଲୁ। ପ୍ରାୟ ତିନି କିଲୋମିଟର ଦୂରତା ଥିଲା। ଯେଉଁ ଲୋକମାନେ ପ୍ରକୃତରେ ସୁଦୂର ଅଂଶରୁ ଆସିଥିଲେ ସେମାନେ ଉପଯୁକ୍ତ ଦାବିଦାର ଥିଲେ। ତେଣୁ ଆମେ ଓହ୍ଲାଇଗଲୁ। ବର୍ତ୍ତମାନ କାରରେ ସିଟ୍ କିଏ ପାଇବ ସେନେଇ ପ୍ରତିଯୋଗିତା ଚାଲିଥିଲା। ଜୟେଶ ଦୀକ୍ଷିତ ହୁଏତ ନିଜ ପାଇଁ ଏକ ସିଟ୍ ନେଇଥିବେ, ଯାହା ସେ ଆହତ ଭାଇଙ୍କ ସପକ୍ଷରେ ଛାଡ଼ି ଦେଲେ। ଉଡ଼ିୟା ଏବଂ କାନୁ ଆଗ ସିଟ୍‌ରେ ଟିପି ହୋଇ ବସିଥିଲେ।

ଅନ୍ୟ କେତେଜଣ ସେଥିରେ ବସିଲେ। ବାହାରେ ଠିଆ ହୋଇଥିବା ଲୋକମାନଙ୍କ ମଧ୍ୟରେ ଜଣେ ବୟସ୍କ ଭଦ୍ରଲୋକ ଥିଲେ। ସେ ଏତେ ଜୋରରେ ଥରି ଉଠୁଥିଲେ ଯେ ତାଙ୍କୁ ଭୀଷଣ ଜର ହେଉଥିଲା ବୋଲି ସ୍ପଷ୍ଟ ଜଣାପଡ଼ୁଥିଲା। କୋଡ଼ିଏରୁ ଅଧିକ ଲୋକ କୌଣସି ପ୍ରକାରେ ସେହି ଗାଡ଼ିରେ ବସିବାରେ ସଫଳ ହୋଇଥିଲେ। ମଝିରେ ଠିଆ ହୋଇଥିବା ଲୋକମାନଙ୍କ ଦ୍ୱାରା ସମଗ୍ର ସ୍ଥାନ ଅକ୍ତିଆର ହୋଇଯାଉଥିବାରୁ ନିର୍ବାଚନ ସାମଗ୍ରୀ କାଢ଼ିବାକୁ ପଡ଼ିଲା।

ଇଞ୍ଜିନ୍ ଆରମ୍ଭ ହେଲା, ସାଇଲେନ୍ସର ଜୋର୍‌ରେ ଗର୍ଜନ କଲା। ଏଥିରୁ ବାହାରୁଥିବା ସମସ୍ତ ଧୂଆଁ ଏବଂ ଏଥିରୁ ଉଠୁଥିବା ଧୂଲି ଏଡ଼ାଇବା ପାଇଁ ଆମେ ଆଖି ବନ୍ଦ କରିଦେଲୁ। ଆମେ ବୁଲିପଡ଼ି ଦୁଇଚାରି ପାଦ ବଢ଼ିଛୁ କି ନାହିଁ ଆମେ ଏକ କାନଫଟା ବିସ୍ଫୋରଣ ଶୁଣିଲୁ। ସତେ ଯେପରି ଆମ ପାଦ ତଳେ ଥିବା ମାଟି ଖସିପଡ଼ିଲା। ଯେତେବେଳେ ଆମେ ଟିକେ ଦୂରକୁ ଚାହିଁଲୁ ଦେଖିଲୁ ଯେ ଆମ୍ବୁଲାନ୍ସଟି ଏକ ପୁରୁଣା ପୋଲ ଅତିକ୍ରମ କରୁଥିବା ସମୟରେ ପୋଲଟି ବିସ୍ଫୋରଣରେ ଭୁଶୁଡ଼ି ପଡ଼ିଥିଲା। ଆମ୍ବୁଲାନ୍ସଟି ଉପରକୁ ଉଡ଼ିଯାଇ ଖଣ୍ଡ ଖଣ୍ଡ ହୋଇଯାଇଥିଲା। ଆମେ ପ୍ରଥମେ କିଛି ଦେଖି ପାରିଲୁ ନାହିଁ। ଆମେ ଦେଖିପାରୁଥିଲୁ ଧୂଲି ଏବଂ ଧୂଆଁର ଏକ ବିଶାଳ ବଳ। ପୋଲ ଥିବା ସ୍ଥାନରେ ହୁତୁହୁତ ନିଆଁ ଜଳୁଥିଲା

ଆମେ କ୍ଷିପ୍ର ବେଗରେ ଘଟଣାସ୍ଥଳକୁ ଦୌଡ଼ିଲୁ। ଯେତେବେଳେ ଆମେ ଯଥେଷ୍ଟ ନିକଟତର ହେଲୁ, ଏସ୍‌ପି ଶର୍ମା ଏବଂ ତାଙ୍କ ସହଯୋଗୀମାନେ ଲୋକମାନଙ୍କୁ ଭିତରକୁ ନ ଯିବାକୁ ଦେବା ପାଇଁ ଏକ ସୁରକ୍ଷା ବଳୟ ଗଠନ କଲେ। ଭୟ ଥିଲା ଯେ ନକ୍ସଲମାନେ ହୁଏତ ଆଉ କିଛି ଲ୍ୟାଣ୍ଡମାଇନ୍ ଲଗାଇଥାଇ ପାରନ୍ତି। ଅବଶ୍ୟ ତାହା ହୋଇନଥିଲା। ପ୍ରଥମ ବିସ୍ଫୋରଣରେ ହିଁ ବହୁ କିଛି ଧ୍ୱଂସ ହୋଇଯାଇଥିଲା। ଏହି ଜାଗାଟି ଅର୍ଦ୍ଧଦଗ୍ଧ ଶରୀର ଶରୀରରେ ଚିହ୍ନିତ ହୋଇଯାଇଥିଲା। ଅଧିକାଂଶ ଦେହରୁ ତଥାପି ଧୂଆଁ ବାହାରୁଥିଲା।

ବେସ୍ କ୍ୟାମ୍ପରେ ଛିଡ଼ା ହୋଇଥିବା ଗାଡ଼ିଗୁଡ଼ିକ ଆମକୁ ସାହାଯ୍ୟ କରିବାକୁ

ଦୌଡ଼ିଆସିଲେ ଏବଂ କିଛି ସମୟରେ ନିଆଁକୁ ନିୟନ୍ତ୍ରଣ କରାଗଲା। ଜଳିଯାଇଥିବା ଲୋକଙ୍କର ଶବଗୁଡ଼ିକ ଏକା ପରି ଦେଖାଯାଉଥିଲା। ଜୟେଶ ଦୀକ୍ଷିତ ବିଛାଯାଇଥିବା ମୃତ ଦେହ ମଧ୍ୟରେ ନିଜ ଭାଇକୁ ଖୋଜୁଥିଲେ। ପୋଲର ଅପର ପାର୍ଶ୍ୱରେ ଏକ ମୃତ ଦେହ ଥିଲା ଯାହାର ମୁଣ୍ଡ ନଥିଲା। ଡୁଡ଼ିଆ ସେ ପାଖରେ ବସି କାନ୍ଦୁଥିଲେ। ସେ ତାଙ୍କ ସ୍ୱାମୀଙ୍କୁ ହାତରେ ପିନ୍ଧିଥିବା ବଳା ଦେଖି ଚିହ୍ନିଥିଲେ।

ବିଶେଷଜ୍ଞ ଏବଂ ବରିଷ୍ଠ ପୁଲିସ ଅଧିକାରୀମାନେ ଏକତ୍ରିତ ହୋଇ ଏକ ସର୍ବସମ୍ମତ ନିଷ୍କର୍ଷରେ ପହଞ୍ଚିଲେ: ନିର୍ବାଚନ ପ୍ରକ୍ରିୟା ଆରମ୍ଭ ହେବାର କିଛି ମାସ ପୂର୍ବରୁ ନକ୍ସଲମାନେ ଚତୁରତାର ସହିତ ବୋମା ଏବଂ ଆଇଇଡି ଲଗାଇଥିଲେ। ଏଥିମଧ୍ୟରୁ ଗୋଟିଏ ବୋମା ଦୁର୍ଭାଗ୍ୟଜନକ ଭାବେ ଆମ୍ବୁଲାନ୍ସ ଯାଉଥିବା ବେଳେ ପୋଲଟିକୁ ଉଡ଼ାଇ ଦେଇଥିଲା।

ମୁଁ ସେଦିନ ସକାଳେ ମୋର ବ୍ୟାଗ୍ ପ୍ୟାକ୍ କରୁଥିଲି। ମୋର ବିମାନ ଧରିବା ପାଇଁ ରାୟପୁର ଯିବାର ଥିଲା। ଆଇନ ଅନୁଯାୟୀ ନିର୍ବାଚନ ପ୍ରକ୍ରିୟା ସମାପ୍ତ କରିବାର ପ୍ରମାଣପତ୍ର ମୁଁ ପାଇସାରିଥିଲି।

ପୋଲରେ ବିସ୍ଫୋରଣ, ଚାରିଆଡ଼େ ବିଛା ଯାଇଥିବା ଦଶ ଶବଗୁଡ଼ିକ ଏକ ଅବିଶ୍ୱସନୀୟ ଦୃଶ୍ୟ ସୃଷ୍ଟି କରୁଥିଲା। ଅବଶ୍ୟ, ଇଭିଏମ୍ ଏବଂ ଅନ୍ୟାନ୍ୟ ନିର୍ବାଚନ ଉପକରଣ ସେହି ଗାଡ଼ିରେ ନ ଥିଲା। ନିର୍ବାଚନ କର୍ମୀଙ୍କ ମନରେ ଗୋଟିଏ ଜିନିଷ ବଦ୍ଧମୂଳ ହୋଇରହିଥାଏ: ଯଦି ଦରକାର ହୁଏ ତେବେ ନିଜ ଜୀବନର ବଳିଦାନ ଦିଅ, କିନ୍ତୁ ନିର୍ବାଚନ ଉପକରଣକୁ ନଷ୍ଟ ହେବାକୁ ଦିଅ ନାହିଁ।

ମୁଁ ମୁଖ୍ୟାଳୟ ଛାଡ଼ିବା ପରେ ଜୟେଶ ଦୀକ୍ଷିତଙ୍କ ଘର ମୋ ରାସ୍ତାରେ ପଡ଼ିଲା, ତେଣୁ ମୁଁ ଅଟକିଗଲି। ଘୋର ବାତାବରଣ ପୁରା କାହାଣୀ ବ୍ୟକ୍ତ କରୁଥିଲା। ତାଙ୍କ ମାଥା ମେରୁଦଣ୍ଡ ଭାଙ୍ଗିଯାଇଥିବା ଭଳି ବସିଥିଲେ। ଉମେଶଙ୍କ ଛବି ସାମ୍ନାରେ ଏକ ଛୋଟ ଦୀପ ଜଳୁଥିଲା। ଜୟେଶଙ୍କ ଗଳାରୁ ଶବ୍ଦ ବାହାରିଲା ନାହିଁ। ସେ କେବଳ ଉମେଶଙ୍କ ଛବି ଆଡ଼କୁ ହାତ ବଢ଼ାଇଲେ ଏବଂ ତାଙ୍କ ଦୁଃଖକୁ ଦବାଇବାକୁ ଚେଷ୍ଟା କଲେ। ତାଙ୍କ ମୁହଁର ହାବଭାବରୁ ଜଣାପଡ଼ୁଥିଲା ଯେ ସେ ନିଜ ଭାଇର ମୃତ୍ୟୁ ପାଇଁ ନିଜକୁ ଦାୟୀ ମଣୁଥିଲେ। ସେ ହିଁ ଉମେଶଙ୍କୁ ସେହି ଗାଡ଼ିରେ ବସିବାକୁ ଜିଦ୍ ଧରିଥିଲେ। ମୁଁ ସମସ୍ତଙ୍କୁ ବିଦାୟ ଦେଇ ସେଠାରୁ ଚାଲିଯିବା ପରେ, କିଛି ଦିନ ପୂର୍ବରୁ ଜୟେଶଙ୍କ ମା' କହିଥିବା କଥା ମୋର ମନେ ପଡ଼ିଲା: "ସାହିବ, ପୁଲିସ, ରାଜନେତା ଏବଂ ନକ୍ସଲମାନଙ୍କ ପାଖରେ ଅସ୍ତ୍ର ଅଛି। କିନ୍ତୁ ନିରସ୍ତ ଜନସାଧାରଣ ସର୍ବଦା ଅସୁରକ୍ଷିତ ଅବସ୍ଥାରେ ରହିଥାନ୍ତି।"

ଛତିଶଗଡ଼ ଛାଡ଼ିବା ମାତ୍ରେ ମୁଁ ସେହି ସ୍ଥାନର ଇତିହାସକୁ ଆଦିବାସୀମାନଙ୍କର ସ୍ଥଗିତ ବିକାଶରୁ ଅଲଗା କରିବା ଅସମ୍ଭବ ମନେ କଲି। ବସ୍ତର, ଆବୁଜମାଦ୍‌, ଗାଡ଼ଚିରୋଲି-ଦଣ୍ଡକାରଣ୍ୟର ଧୂଳି ଭର୍ତ୍ତି ରାସ୍ତା ମୋ ମସ୍ତିଷ୍କରୁ ବାହାରୁ ନ ଥିଲା।

ଜଣେ ସାମ୍ୟାଦିକ ବନ୍ଧୁଙ୍କ କାର୍ଯ୍ୟାଳୟ ମାଧ୍ୟମରେ ମୁଁ ବିଜାପୁର ଜିଲ୍ଲାରେ ଥିବା କେ. ମଧୁକରରାଓଙ୍କ ପଞ୍ଚସିଲ୍‌ ଆଶ୍ରମକୁ ଫୋନ୍ କଲି। ମୁଁ ଜାଣିଥିଲି ଯେ ଏହି ଭଦ୍ରଲୋକ ପ୍ରାୟ ଦୁଇଶହ ବାଳକ ଏବଂ ବାଳିକାଙ୍କ ଏକ ଆବାସିକ ସ୍କୁଲ ଚଳାନ୍ତି। ସାଲଭା ଜୁଡୁମ୍ ଆନ୍ଦୋଳନ ସମୟରେ ଯେଉଁମାନେ ନିଜ ଜୀବନ ସମେତ ସବୁକିଛି ହରାଇଛନ୍ତି ସେମାନଙ୍କ ପିଲାମାନଙ୍କର ଯତ୍ନ ନେଉଥିଲେ ମଧୁକରରାଓ। ମୁଁ ଯେତେବେଳେ ତାଙ୍କୁ ଏହି ବିଷୟରେ ପଚାରିଥିଲି, ସେ କହିଥିଲେ, "ମୁଁ ଆଉ କ'ଣ କରିପାରିବି, ସାର୍ ମୁଁ କେବଳ ମୋର କର୍ତ୍ତବ୍ୟ ପାଳନ କରୁଛି। ଏହି ଆନ୍ଦୋଳନରେ ସହିଦ ହୋଇଥିବା ଆମର ସାଥୀଙ୍କ ପରିବାରର ଯତ୍ନ ନେବା ଛଡ଼ା ଆମର କୌଣସି ବିକଳ୍ପ ନାହିଁ।"

ମଧୁକରରାଓଙ୍କୁ ତାଙ୍କ ଉତ୍ସର୍ଗୀକୃତ ପ୍ରତିବଦ୍ଧତା ପାଇଁ ବହୁତ ଭାରି ମୂଲ୍ୟ ଦେବାକୁ ପଡ଼ିଲା। ତାଙ୍କ ପୂର୍ବରୁ ମହେନ୍ଦ୍ର କର୍ମାଙ୍କ ପରି ନକ୍ସଲ ହିଟ୍ ଲିଷ୍ଟରେ ତାଙ୍କ ନାମ ବହୁତ ଉଚ୍ଚ ସ୍ଥାନ ଥିଲା। ସେ କୌଣସି ପ୍ରକାରେ ତାଙ୍କ ଜୀବନରେ କିଛି ଡଜନେ ଗୁରୁତର ଆକ୍ରମଣରୁ ବଞ୍ଚିବାରେ ସଫଳ ହୋଇଥିଲେ ଏବଂ ବର୍ତ୍ତମାନ 'ଜେଡ୍' ସୁରକ୍ଷା ଅଧୀନରେ ଥିଲେ। ମୁଁ ତାଙ୍କୁ ପଚାରିଲି, "ଗୁରୁଜୀ, ଆପଣ କେତେ ଦିନ ଯାଏ ଏହି ସଂଘର୍ଷ ଚଳାଇବେ ?

"ମୋର ଶେଷ ନିଃଶ୍ୱାସ ପର୍ଯ୍ୟନ୍ତ, ସାର୍। ଏଥିରେ ମୋର କୌଣସି ସନ୍ଦେହ ନାହିଁ।"

ମୋ ସାଙ୍ଗରେ ଥିବା ପ୍ରୋଟୋକଲ୍ ଅଧିକାରୀ ମୋତେ ଏହି ସରଳ ଶିକ୍ଷକ ଛିଡ଼ା କରାଇଥିବା ବିଶାଳ ଜନ ଆନ୍ଦୋଳନକୁ ମନେ ପକାଇଦେଲେ। ପରେ ମାମଲା ସୁପ୍ରିମକୋର୍ଟ ଯାଇ ଅନ୍ୟ ଏକ ଦିଗକୁ ଚାଲିଯାଇଥିଲା। ମଧୁକରରାଓଙ୍କ ସୁରକ୍ଷା ପାଇଁ ସରକାର ଆଜି ଲକ୍ଷ ଲକ୍ଷ ଟଙ୍କା ଖର୍ଚ୍ଚ କରୁଛନ୍ତି। କିନ୍ତୁ ଏହି ବ୍ୟକ୍ତି ତାଙ୍କ ଜୀବିକା ନିର୍ବାହର ଉସ୍ତ ମଧ୍ୟ ହରାଇଥିଲେ। ଯେତେବେଳେ ଏହି ଆନ୍ଦୋଳନ ସମାପ୍ତ ହେଲା ତାଙ୍କୁ ପୁଣି ଚାକିରି ଦେବାର କୌଣସି ଉପାୟ କରାଗଲାନାହିଁ। ବଡ଼ ବାବୁମାନଙ୍କ କଲମର କାଲି ବିଶାଳ ଡ୍ୟାମ୍, ବିମାନ ବନ୍ଦର, ବନ୍ଦର ଏବଂ ଦ୍ୱୀପପୁଞ୍ଜ ସୃଷ୍ଟି କରିଦେଇପାରେ, କିନ୍ତୁ ଜଣେ ସମାଜସେବୀଙ୍କୁ ତାଙ୍କର ନିଯୁକ୍ତି ଫେରାଇଦେବାରେ ସେମାନେ ଅସମର୍ଥ।

ମୁଁ ମୋ ବ୍ୟାଗ୍ ଯାଞ୍ଚ କଲି; ସେଥିର ଜଙ୍ଗଲୀ ମହୁର ଏକ ପୁରୁଣା ବୋତଲ ଥିଲା ଯାହା ଉଡ଼ିୟା ଶ୍ରୀମତୀ ଶର୍ମାଙ୍କ ମାଧ୍ୟମରେ ମୋତେ ପଠାଇଥିଲେ। ଉଡ଼ିୟା

ବହୁତ ଅସୁସ୍ଥ ହୋଇପଡ଼ିଥିଲେ ଏବଂ ପ୍ରଭାକର ଶର୍ମା ତାଙ୍କୁ ଚିକିତ୍ସା ପାଇଁ ଏକ ଡାକ୍ତରଖାନାରେ ଭର୍ତ୍ତି କରିଥିଲେ।

ଯେତେବେଳେ ମୁଁ ଡାକ୍ତରଖାନାରେ ତାଙ୍କୁ ଦେଖା କରିବାକୁ ଯାଇଥିଲି, ସେତେବେଳେ ମୋର ପୂର୍ବ ବିଦାୟ କଥା ମନେ ପଡ଼ିଲା: "ସାହେବ, ଦୁଇ ସପ୍ତାହ ପୂର୍ବେ ମୁଁ ମୋ ଭାଇ ବିଷୟରେ ଜାଣିବା ପରେ ମୁଁ ଆପଣଙ୍କୁ ମୋ ଲାଗି ଭାଗ୍ୟବାନ ବୋଲି କହିଥିଲି। ସେହି ସୁଖ ଦୁଇସପ୍ତାହ ମଧ ରହିଲା ନାହିଁ। ମୁଁ ମୋ ଭାଇକୁ ଗୋଟିଏ ପଟେ ଫେରାଇ ଆଣିଲି ଏବଂ ଅନ୍ୟ ପଟେ ବିସ୍ଫୋରଣରେ ମୋ ସ୍ୱାମୀଙ୍କୁ ହରାଇଲି।"

ତାଙ୍କର ଗଭୀର, ଭାବପ୍ରବଣ ଆଖି ଏବଂ ସୁନ୍ଦର ଦାନ୍ତର ଚିତ୍ର ଜୀବନସାରା ମୋର ମନେ ରହିବ।

ରାଜନୈତିକ ଅସ୍ଥିରତା ଏବଂ ପରିବର୍ତ୍ତନର ପୃଷ୍ଠଭୂମିରେ, ନକ୍ସଲବାଦ ଦେଶର ଅନେକ ରାଜ୍ୟରେ ସମସ୍ତଙ୍କ ଆବଶ୍ୟକତା ହୋଇଥିବାର ଦେଖାଯାଉଛି। ନକ୍ସଲମାନେ ସେମାନଙ୍କର କାର୍ଯ୍ୟ କରିବା ପାଇଁ ଜଙ୍ଗଲ ଆବଶ୍ୟକ କରନ୍ତି; ଯେତେବେଳେ କି ନକ୍ସଲବାଦ ବିରୋଧରେ ଲଢ଼ିବା ପାଇଁ ରାଜ୍ୟ ପ୍ରଶାସନ ବାର୍ଷିକ ଅନୁଦାନ ଆକାରରେ କୋଟି କୋଟି ଟଙ୍କା ଆବଶ୍ୟକ କରେ। ଯଦି ନକ୍ସଲମାନେ ହଠାତ୍ ଅଦୃଶ୍ୟ ହୋଇଯାନ୍ତି, ତେବେ ଏହି ରାଜ୍ୟ ସରକାରମାନେ ସେମାନଙ୍କର ଖାଲି ଦାନ–ପାତ୍ର ନେଇ କ'ଣ କରିବେ ?

ଆଦିବାସୀମାନଙ୍କୁ ମୁଖ୍ୟ ସ୍ରୋତକୁ ଆଣିବା ଅର୍ଥ ସେମାନଙ୍କୁ ଦହୁ ସଂଖ୍ୟାରେ ମତଦାନ କେନ୍ଦ୍ରକୁ ଆସିବାକୁ ବାଧ୍ୟ କରିବା। ସମସ୍ତ ରାଜନୈତିକ ଦଳର ଲକ୍ଷ୍ୟ ହେଉଛି ସେମାନଙ୍କର ଭୋଟ୍ ବ୍ୟାଙ୍କ ବୃଦ୍ଧି କରିବା। ସମସ୍ତ ରାଜନେତାଙ୍କ ଆବେଦନ ଏବଂ ଆଶ୍ୱାସନାରେ ସର୍ବଦା ରାଜନୈତିକ ଲାଭର ମିଶ୍ରଣ ରହିଥାଏ। ଆଦିବାସୀମାନଙ୍କ ପ୍ରତି ତାଙ୍କର ପ୍ରକୃତ ଚିନ୍ତା କିୟା ସହାନୁଭୂତି ନାହିଁ। ଅପରପକ୍ଷେ, ମାଓବାଦୀମାନେ ଜଙ୍ଗଲରେ ଥିବା ଗଛ ପରି ଆଦିବାସୀମାନଙ୍କ ସହ ସହଭାଗୀ ହୁଅନ୍ତି। ସେମାନେ ସମାନ ବାୟୁ ନିଃଶ୍ୱାସ ନିଅନ୍ତି ଏବଂ ସମାନ ପାଣି ପିଅନ୍ତି। ସେଥିପାଇଁ ଆଦିବାସୀମାନେ ସେମାନଙ୍କ ପ୍ରତି ଅଧିକ ସହାନୁଭୂତି ଦେଖାନ୍ତି।

ମୋଟାମୋଟି ଭାବେ କହିଲେ ରାଜନୈତିକ ବିଶୃଙ୍ଖଳାର ଏହି ବୋମା ସବୁଆଡ଼େ ବିସ୍ଫୋରଣ ଜାରି ରଖିଛି ଏବଂ ସାଧାରଣ ଲୋକ ଏହି ବିସ୍ଫୋରଣର ଶିକାର ହେଉଛନ୍ତି।

ଗୋଟିଏ ପଟେ ନକ୍ସଲମାନେ ଏହି ପ୍ରଚାରରେ ସଫଳ ହୋଇଛନ୍ତି ଯେ ପୁଞ୍ଜିପତିମାନଙ୍କର ଜଣାଶୁଣା, ଶକ୍ତିଶାଳୀ ଏବଂ ଦକ୍ଷ ବହୁରାଷ୍ଟ୍ରୀୟ କମ୍ପାନି ସେମାନଙ୍କ

ଜଙ୍ଗଲରେ ପ୍ରବେଶ କରିବା ଉଚିତ ନୁହେଁ; ସେମାନେ କେବଳ ଆଦିବାସୀମାନଙ୍କର 'ଜଳ, ଜମି ଏବଂ ଜଙ୍ଗଲ' ଲୁଟିବାକୁ ଆସନ୍ତି; ସେମାନଙ୍କର କମ୍ପାନିଗୁଡ଼ିକ ସାଧାରଣ ଆଦିବାସୀଙ୍କ କଲ୍ୟାଣକୁ ପ୍ରତିହତ କରନ୍ତି; ସେମାନେ ଗରିବ ଆଦିବାସୀଙ୍କ ରକ୍ତ ଶୋଷିବା ପାଇଁ ରାଜନେତାଙ୍କ ସହ ଷଡ଼ଯନ୍ତ୍ର କରୁଛନ୍ତି। ଅନ୍ୟପକ୍ଷରେ, ଭାରତୀୟ ଶିଳ୍ପପତିମାନେ ଏହି ଆଦିବାସୀମାନଙ୍କୁ ସେମାନଙ୍କ କମ୍ପାନି ସ୍ୱଚ୍ଛ ବୋଲି ମନାଇବା ଉଦ୍ୟମରେ ବିଫଳ ହୋଇଛନ୍ତି; ସେମାନେ ଦୁର୍ନୀତିଗ୍ରସ୍ତ ରାଜନେତା ଏବଂ କ୍ରୋଧିତ ଅମଲାତନ୍ତ୍ର ସହିତ ହାତ ମିଲାଉ ନାହାନ୍ତି। ପ୍ରଗତି ଏବଂ ବିକାଶ ସେମାନଙ୍କ ଅଞ୍ଚଳ ପରିଦର୍ଶନ କରିବା ଉଚିତ କି ନାହିଁ ପ୍ରଶ୍ନରେ ଗରିବ ଆଦିବାସୀମାନେ ଏହିପରି ଭାଙ୍ଗିପଡ଼ିଛନ୍ତି। ଫଳସ୍ୱରୂପ, ତାଙ୍କ ଜୀବନ ଅତ୍ୟନ୍ତ କଷ୍ଟଦାୟକ ଏବଂ ଦୁର୍ଭାଗ୍ୟଜନକ ହୋଇଯାଇଛି।

ଏହି ସମସ୍ତ ଅଶାନ୍ତିର ଶିକାର ହୁଅନ୍ତି ଗଣେଶଙ୍କ ପରି ଯୁବ ଇଞ୍ଜିନିୟରମାନେ; ଡୁଡ଼ିୟାଙ୍କ ପରି ଯୁବତୀଙ୍କ ଜୀବନ- ଯିଏ ବନଫୁଲ ପରି ଫୁଟିବାକୁ ସଂଘର୍ଷ କରି, ନିଜର ଛୋଟ ସ୍ୱପ୍ନ ସାକାର କରିବା ପାଇଁ କଠିନ ପରିଶ୍ରମ କରିବା ପରେ- ଏକ ମରୁଭୂମିରେ ପରିଣତ ହୁଏ।

ମୋ ସ୍କୁଲ୍ ଦିନମାନଙ୍କରେ, ମୁଁ ସାତ ସମୁଦ୍ର, ଆଲିବାବା ଏବଂ ଚାଲିଶ ଚୋରଙ୍କର ଅନେକ କାହାଣୀ ପଢ଼ିଥିଲି। ଏହି ନିର୍ବାଚନ ମୋ ପାଇଁ ଏକ ଅଜବ, ବିସ୍ଫୋରକ ଭୂମିକୁ ଯିବାର ଏକ ବାହାନା ହୋଇଗଲା। ଯେଉଁଠାରୁ ମୁଁ ଜୀବନ୍ତ ଫେରିବାରେ ସଫଳ ହେଲି। ଏହା ନିଶ୍ଚିତ ଭାବରେ ସନ୍ତୋଷଜନକ ବିଷୟ। କିନ୍ତୁ ସେହି ଭୂମିରେ କିଛି ମୂଲ୍ୟବାନ ଜିନିଷ ହରାଇଦେବା ଭଳି ଅନୁଭବ କରୁଥିଲି।

ମୋ କାର୍ ରାୟପୁର ବିମାନ ବନ୍ଦରରେ ପହଞ୍ଚିଲା। ରାୟପୁର ନିର୍ବାଚନମଣ୍ଡଳୀର ଫଳାଫଲ ଘୋଷଣା କରାଯାଇଥିଲା। ଏବଂ ଏହି ରାସ୍ତାରେ ବିଜେତାମାନେ ସେମାନଙ୍କର ବିଜୟ ଉତ୍ସବ ପାଳନ କରୁଥିଲେ। କିନ୍ତୁ ମୁଁ ଯେତେ ଚେଷ୍ଟା କଲେ ବି ମୋ ମନରୁ ଡେରା ଟୋଲାର ସେହି ଝରଣାରେ ବିଛାଯାଇଥିବା ଶବଗୁଡ଼ିକର ଚିତ୍ର ବାହାର କରିପାରିଲି ନାହିଁ।

ମୁଁ ରାୟପୁର ବିମାନ ବନ୍ଦରରେ କାରରୁ ଓହ୍ଲାଇ ଏକ ଟ୍ରଲିରେ ମୋର ଲଗେଜ୍ ରଖିଲି। ସେଠାରେ ମୁଁ ଦେଖିଲି ଡୁଡ଼ିୟାଙ୍କ ଭାଇ ଠାକେରାମ କମାଣ୍ଡୋମାନଙ୍କ ଗହଣରେ ଠିଆ ହୋଇଛନ୍ତି। ମୋତେ ଦେଖିବା ପରେ ସେ ସାଲ୍ୟୁଟ୍ କଲେ। ତାଙ୍କ ଛଲଛଲ ଆଖି ଭିତରେ ମୋ ହୃଦୟ ଡୁଡ଼ିୟାଙ୍କୁ ଖୋଜିବାକୁ ଲାଗିଲା। ମୁଁ ଅତ୍ୟଧିକ ଭାରାକ୍ରାନ୍ତ ହୋଇପଡ଼ିଥିଲି।

BLACK EAGLE BOOKS

www.blackeaglebooks.org
info@blackeaglebooks.org

Black Eagle Books, an independent publisher, was founded as
a nonprofit organization in April, 2019. It is our mission to
connect and engage the Indian diaspora and the world at large
with the best of works of world literature published on a
collaborative platform, with special emphasis on
foregrounding Contemporary Classics and New Writing.